我以马军队政治工作四十多年，曾经历
基层部队到总部机关各级政治工作，对
政治工作无比热爱，通过多年对东北解放
战争的考察，写一部揭示政治工作是我
赢得这次战役的制胜密码，是一部政治工作生命线
的作用，献给我军建军一百周年，这是我
的使命和责任。

曹 批
二○二○年五月

生命线

雪松 —— 著

辽宁人民出版社
重庆出版集团
重庆出版社

图书在版编目(CIP)数据

生命线/雪松著.—重庆:重庆出版社;沈阳:辽宁人民出版社,2024.5
ISBN 978-7-229-18688-3

Ⅰ.①生… Ⅱ.①雪… Ⅲ.①长篇小说—中国—当代 Ⅳ.①I247.5

中国国家版本馆CIP数据核字(2024)第093790号

生命线
SHENGMING XIAN

雪 松 著

责任编辑:张继佳 王 增
策划编辑:寇 馨 陈琰枫 李林娟
责任校对:刘 刚
封面设计:桂 描 李南江 郭 燕

重庆出版集团
重庆出版社 出版
辽宁人民出版社

重庆市南岸区南滨路162号1幢 邮编:400061 http://www.cqph.com
重庆出版社艺术设计有限公司制版
重庆正文印务有限公司印刷
七曜光彩(辽宁省)影视文化传媒有限责任公司发行
E-MAIL:fxchu@cqph.com 邮购电话:023-61520499

开本:710mm×1000mm 1/16 印张:27.25 字数:520千
2024年5月第1版 2024年5月第1次印刷
ISBN 978-7-229-18688-3
定价:75.00元

如有印装质量问题,请联系调换:023-61520499

版权所有 侵权必究

目录
Contents

序　　章 …………………………………………001
第 一 章　曙光乍现 ……………………………012
第 二 章　三国四方，厉兵秣马 ………………027
第 三 章　高远战略引大军出关 ………………041
第 四 章　呦呦鹿鸣，食野之"平" ……………053
第 五 章　满怀期待，"七个没有" ……………062
第 六 章　奉命接人，兄妹重逢 ………………067
第 七 章　"智斗"拿到武器，"弄巧"反蚀把米 …075
第 八 章　同窗巧遇，唇枪舌剑 ………………086
第 九 章　迅猛扩军，鱼龙混杂 ………………094
第 十 章　醉入骗局，老牛吃了嫩草 …………105
第十一章　透过现象，"三个不纯" ……………111
第十二章　土改新政，赢得民心 ………………121
第十三章　小题大做，秋毫无犯 ………………135
第十四章　军调来了 ……………………………146
第十五章　到底谁大，击中命脉 ………………157
第十六章　复盘沙岭，找到教训 ………………167

第 十 七 章	孪生对阵,心灵感应	176
第 十 八 章	化四平为马德里	189
第 十 九 章	住进地主之家,土改队长被杀	200
第 二 十 章	含冤负屈,忍耐等待	208
第二十一章	衣锦还乡,关东往事	216
第二十二章	临危断后,悟出心得	221
第二十三章	以实事求是的勇气正视敌强我弱	227
第二十四章	转化俘虏,"三个认同"	236
第二十五章	开诉苦会,看《白毛女》	244
第二十六章	吹口哨,读家书	253
第二十七章	抓住寡妇事件狠狠敲打部队	261
第二十八章	战地婚礼,难产输血	269
第二十九章	七道江会议	278
第 三 十 章	新开岭战役首次大捷	291
第三十一章	洞房逃婚	300
第三十二章	信仰是世间最大的力量	313
第三十三章	皈依之门	320
第三十四章	人性的冲突	328
第三十五章	死别化蝶	338
第三十六章	坍塌之根	345
第三十七章	择优决策核心在"优"	356
第三十八章	百里夜袭关键在"奇"	364
第三十九章	正风肃纪,杀一儆百	372
第 四 十 章	重演"将在外,军令有所不受"	382
第四十一章	见证"党指挥枪,而绝不容许枪指挥党"	390
第四十二章	铜墙铁壁	395
第四十三章	漫长的一天	404
第四十四章	营口之殇	414
后 记		424

序　章

　　从惊涛万里的太平洋由东往西鸟瞰，一只昂首报鸣的"雄鸡"迎面而来，"雄鸡"的嘴下垂挂着一个海湾，这就是中国的辽东湾。

　　在辽东湾里有一处入海口，1861年英国人就从这里打开了辽东对外贸易和文化交流的窗口，使之成为东北第一个对外开埠的通商口岸。当年多国在此设立领事馆，开办银行和商铺，使这里曾有过盛极一时的繁荣。但这个入海口的海滩与其他海滩有一个很大的不同，它不是一望无际的沙滩，而是满眼泥泞的滩涂。每当海水退潮后，泥泞的滩涂上到处可见鲜活的虾爬子、黄蚬子、咸泥溜、玻璃牛，以及活蹦乱跳的小鱼、小螃蟹，这正是吸引各种鸟兽在此栖息的缘故。

　　每当潮起潮落时，几十万只鸟兽就会凝聚成一支浩浩荡荡的大军，好似刀尖上的舞者，潮起时，各类鸟兽就收势惊飞；潮落时，各类鸟兽又顺势追击。这就使得它们随海潮的一涨一落而一高一低地翻滚着，又随海潮的一进一退而一收一放地搏击着，它们以大海和天空为舞台，尽情表演着举世无双的空中特技，展示着大气磅礴的"鸟浪"奇观。

　　此刻正值黎明，海湾静得令人害怕。几十万只鸟兽预感到今天要迎来天文大潮，都屏住呼吸、一动不动地等候着大潮的到来。

　　转眼，天际发亮。放眼望去，海平线的尽头已浮现出一丝光亮。一层层朦胧的薄雾飘荡在茫茫的群山之中；一浪浪波涛翻滚的海水拍打着乱石穿空的海礁，发出震耳欲聋的轰鸣声。

　　在辽河岸边的土丘上，立着一座巴掌大小的龙王庙，庙前的石阶上站满了国民党军官。身着笔挺军服、露着锃亮光头的刘玉章，掏出一块手帕用力擦了擦冒着蒸腾白烟的大光头，然后从一旁的副官手中接过三炷香，深深地拜了三拜，重重地叹了口气，说道："叩祈四海龙王，吾等诚心拜祭，期盼龙王显灵，保我太平顺达。"

　　刘玉章将三炷香插在了香火台上，双手合十，心中又默念道：老天爷保佑啊！若是此番得了您的眷顾来了天文大潮，我五十二军全体将士定铭记大恩，为您重塑金身。

"拜喽——！拜喽——！"一旁的副官竭尽全力，扯着沙哑的嗓子高喊道。

破旧的龙王庙几乎没了半个房顶，缺了五分之一的破钟，在老道士的用力撞击之下，发出了一阵阵悲鸣，似乎在回应着刘玉章许下的"宏愿"。

石阶上，站着一位方脸英眉、身材高大的中年男子，他头顶大盖帽，身披呢大衣，脚蹬长马靴，远远望去甚是威风，走近一瞅却很狼狈。呢大衣上有几个烧焦的窟窿，马靴上沾满了泥沙，他脸色铁青，神色黯然，胡子拉碴，双眼里布满了血丝，一副疲惫不堪的模样。这就是时任国民革命军第25师师长牛秦川。此刻，他手中捏着三炷冒着青烟、微微发抖的香，正呆呆地望着海面上模糊的舰船。

他的目光在涣散与坚毅中反复转换，更多的是绝望还是迷茫不甘？很多事情牛秦川自己也分不清楚，一辈子不服输的他认为输就是输，只有不肯正视结果的懦夫才会找借口。

但是，这次他觉得自己的借口实在太多了，明明能够排山倒海、摧枯拉朽，偏偏最后一败涂地。迟迟未到的天文大潮让时间的绞索越勒越紧，真让人喘不过气来。

在牛秦川身后不远，驻扎着五十二军在营口设立的临时指挥部。这个临时指挥部的所在地，正是1861年英国人为了打开营口这个通商口岸而建立的"太古轮船公司"，它也是营口成为东北第一个开埠口岸的标志。

这座欧式的二层洋楼，不知当年英国人出于何种目的，所有建造用的砖头、木材、生灰等，全部都是从英国本土海运过来的。小洋楼背后的老街上还陈列着几只千钧大铁锚，它足以说明当年来开埠的船只不仅远涉重洋而且形如巨无霸，让人感慨当年的世界海洋强国就是全球霸主。可能正是为显耀这一霸主地位，在小小的营口入海口也留下了这栋小洋楼作为历史的标记。据说，后来许多英国人来此，都会用脸贴着这栋洋楼的墙，久久不愿离去。

此时此刻，用走投无路来形容从龙王庙来到这栋洋楼前的牛秦川，那真是再恰当不过了。

远处的炮声越来越紧，好似催命的丧钟一样令人不寒而栗。在一阵皮靴铁掌踩踏着礁石的咔嚓声中，国民革命军第五十二军军长、神情憔悴的刘玉章，外号刘光头，此刻出现在牛秦川身后。

军服笔挺的刘玉章看了一眼如鲠在喉的牛秦川，安抚道："文武呀，此时，你我兄弟皆是望眼欲穿呐！"

刘玉章上下反复打量着牛秦川乞丐一般的打扮，责备道："好歹也是少将师长，怎能如此不修边幅？军容亦是士气嘛！"

牛秦川回首望了一眼刘玉章，心里嘀咕，老子是从死人堆里面爬出来的，粮草弹药无一补给，跟我讲什么军容？他面无表情地谈起昨夜的战事："昨夜，外围留守部队与共军鏖战了一夜，警卫营都上去了，这才击退了共军，可折损的都是打过小鬼子的老底子呀！"

刘玉章拍了拍牛秦川的肩膀，回应道："赢了就好，赢了就好啊！"

这个血淋淋的"赢"字瞬间触及了牛秦川的灵魂，想起昨晚那些重重叠叠的身影闪现在爆炸的火光中。

牛秦川惨笑道："照这样再赢一次，恐怕我们谁也回不了家了。"

刘玉章瞟了一眼牛秦川，提脚把踩着的石子猛地踢入海中，撇了一下嘴说道："想说什么就直接说吧！"

牛秦川神情苦涩地摇了摇头，仿佛陷入了回忆，说道："军座，昨晚冲上来的共军反穿着我军的棉衣，几次冲进阵地与我军肉搏。我就无法理解了，即俘即补，可能吗？为什么这些家伙在国军队伍里畏首畏尾、贪生怕死，一旦被俘就掉转枪口死心塌地替共军打仗呢？难道真的是党国气数已尽了吗？"

刘玉章跺了一下脚，仿佛胸中有百万雄兵一般，带着沙哑磁性的声音说道："党国还有几百万大军嘛，还有美国朋友在，东北战场的形势虽已成定局，但从全国战场来看，我强敌弱的局面并无根本改变，总体优势仍然在我。"

牛秦川看了一眼飘飘然的刘玉章，转动着眼睛，诡秘地说道："现在讲什么定局、说什么优势都没有用，还是把古人兵书中讲的'走为上策''以退为进'拿来古为今用吧！"

刘玉章听了牛秦川这番话，双手一把抓住他的肩膀，激动地说道："多亏文武提醒啊，若不是提前脱离了廖兵团，选择在营口这弹丸之地作了部署，恐怕此刻的你我皆为共军的阶下囚喽！"

牛秦川长叹一声，回应道："廖兵团之败并非败于东野共军，而是败在我们自己。我们明明知道共产党打的是政治军事仗，他们能做到，我们为什么不能？"

刘玉章微微一愣，牛秦川这番话的含义他不是没有思考过，当年25师骄狂无比的李大麻子翻车，"千里驹"被共产党全歼，他还怀着一丝幸灾乐祸，转眼自己就成了丧家之犬。他想过原因，但他不敢说，也不能说呀。迟疑片刻，他决定提醒一下爱钻牛角尖的牛秦川。

脱下皮手套在手心抽打了几下，刘玉章神情郁郁地提醒道："莫要小看了共产党噢，虽然他们底层都是农民，但他们的领导层当年不是出国留学就是叱咤一方，他们的高级军事指挥员多数毕业于黄埔前四期或曾留学于法、德、俄等国的高级军事学院，与吾党和国军相比，不比我们素质低哟！他们能做得到的，我们未必行哟！你我是党国军人，当以服从为天职。我们此番从营口撤退，我看，这就是东方的敦刻尔克大撤退！让共产党在东北战场不能全其功，其意义重大啊！"

"东方的敦刻尔克大撤退？哼！"牛秦川一字一字地回念道，自嘲地笑了笑，心想这算是什么敦刻尔克，不过是最后的遮羞布罢了。

旭日东升，迎着阳光的牛秦川却感觉不到一丝暖意，无法驱散心中阴霾的他，总觉得输得莫名其妙。照理说，兵力、武器乃至政权之优势皆在国民党军，但几十万国民党军，精锐虎贲、金戈铁马、气吞万里，出关不到三年，怎么就兵败如山倒了呢……

突然，港口方向升起三颗绿色信号弹，牛秦川与刘玉章猛地抬头望去，心里咯噔了一下，他俩都明白，这代表着要来大潮了。

如释重负的牛秦川突然感到嗓子眼一甜，他皱了皱眉头，用力将涌上来的带着腥味的一口热血强咽了回去。这时的他心里非常清楚：绝不能倒下，还未到最后关头。

虎啸龙吼的大潮声让牛秦川想起了前两天在龙王庙的那一炷高香，一辈子秉承"子不语怪力乱神"的他，觉得幸好是烧了这炷香，求来了天文大潮，否则想跑也跑不了。冥冥之中他想起了他苦苦哀求却坚决不愿意跟他走的梅钰琳，他闭上双眼，心里暗暗念道：人间之最大痛苦莫过于离别，而这种永不能见面的"生离"更是痛苦至极！

这时，"鸟浪"掀起的一阵狂风如排山倒海般席卷过来。牛秦川抬头一望，黑压压的"鸟浪"飞奔而来，他知道，这会儿天文大潮是真的要来了。顿时，他热血沸腾、激动不已，像一头发狂的狮子，甩了甩头，大声嘶吼道："天不灭我啊！天不灭我！谢谢龙王爷！谢谢龙王爷啦！"

此刻，刘玉章将一份空中侦察照片递给牛秦川，焦急地说了一声："共军重兵压境啊！"

牛秦川迅速看了几眼照片，目光一下聚焦到照片的人物上，只见共产党军行军的队伍和推着独轮车、挑着担子的老百姓，浩浩荡荡地疾驰在空旷的田野里。在照片上，牛秦川还看到了插着红旗的坦克，他想，这一定是廖兵团被俘的国民党军成了"解放战士"，正掉转枪口，"自己打自己"喽！

看过照片的牛秦川又沉默起来，心想：共产党把土地实实在在地分给了农民，谁把老百姓举过头顶，老百姓就把谁放在心上，果然是得民心者得天下啊！

牛秦川又想起一路上看到的、总是挥之不去的标语：最后一碗米送去做军粮，最后一尺布送去做军装，最后一件老棉袄盖在担架上，最后一个亲骨肉送去上战场。还是共产党的政治宣传工作厉害啊！腐朽到无可救药的国民党焉有不败之理！

刘玉章拍了拍陷入沉思的牛秦川的肩膀道："文武，老哥哥可否求你一件事？"

牛秦川知道刘玉章想说什么，微微叹了口气说："军座，职部国民革命军第25师所部，自当与共军血战至最后一人，策应全军各部登船。"

面露感激之色的刘玉章拱了拱手："文武高义啊！有什么要求？你提出来。"

牛秦川抿着嘴，沉默了一会儿，望着刘玉章说道："军座，你这次回去，给我和我从关中带出来的兄弟们多买一些冥钞吧！不是我迷信，只是我实在对不起跟我出来却战死的忠魂啊！我不想让他们成为孤魂野鬼，无人问津……"说到这儿，他泪水盈眶，再也说不下去了。

刘玉章知道，牛秦川自抗战以来，从陕西老家招了不少牛家子弟。这些牛家子弟跟随牛秦川浴血征战，抗战结束后又与共产党打了几年内战。连连战争使这帮牛家子弟死伤无数。于是，他立即回应道："我买，我买！我一定多买些冥钞，找一个风水最好的路口烧掉，让这些牛家子弟都能感受到你的问候。"

说到这里，刘玉章用双手把全身从上到下摸了一遍，自言自语道："可是，我身上一个铜板都没有啊……"突然，他从大衣口袋里掏出一沓法币，自嘲地笑了几声，说道："可这玩意儿和废纸有什么区别呢？"然后他用力一甩，将法币抛向大海。法币被海风吹得肆意飞舞，仿佛在嘲弄此刻在海边孤零零站着的他俩。

这时，刘玉章望着远方，神情凝重地自言自语道："青山处处埋忠骨，我马革裹尸足矣！"

牛秦川瞬间颇为感动，他知道，刘玉章在军中被称为猛将，除了精打细算之外，牵强附会也是一等一的高手。刘玉章认为自己军事才能超人，常常自诩："这用兵如做人，须洞悉他人之心意，察言观色不仅是一种智商和情商，而且是为人处世的本事。"为此常常自得："要不是有这本事，五十二军也轮不到我来领兵。"

"嘟嘟——"随着一声悠长的汽笛声，牛秦川目送着专程接刘玉章前往"重庆舰"的快艇劈波斩浪地驶离。五分钟前信誓旦旦、要马革裹尸的刘玉章，此时却一刻也不耽搁，丢下生死与共的弟兄们直奔"重庆舰"绝尘而去。

刘玉章能走，牛秦川却走不了。牛秦川有一种预感，他的老同学、老对手、死对头赵云鹏现在已抵达营口并正在逼近这里。

牛秦川看了一眼太平山方向，此刻，一个剃着光头、满脸硝尘的方脸大汉走到面前，啪的一个立正："师座，卑职师直属辎重营营副牛怀忠前来报到。"

牛秦川满意地点了点头，心中万般不忍道："怀忠，你跟我多少年了？"

浓眉大眼的牛怀忠想也不想地说："师座，您民国十七年回老家征兵，我从南梁赶去投军的，咱们还沾着亲咧，我大名还是师座给赐的，明儿个就足二十年了。"

牛秦川犹豫了：这可是自己真正的子弟兵啊，25师给五十二军断后，辎重营给25师断后，不成功便成仁，能说者众多，做到者寥寥无几。

牛怀忠看出了牛秦川的为难："师座，下命令吧，我们老牛家人，血管里流的都是硬气，八百里秦川都是英雄汉呐！"

牛秦川的眼圈一红："我任命你为团副，给辎重营补充一百个老兵，凑足三百人，重武器随你挑，太平山阵地能扛多久就扛多久吧。"

牛怀忠啪的一个立正："是，卑职定当与阵地共存亡。"

牛怀忠转身准备离开，牛秦川叫住了他："还有什么要求？"

牛怀忠微微一愣，犹豫了一下，搓了搓手："副了这么些年，临到头，我咋还是个副的？师座给我一个正的行不？营长就行，我不想到了下面还是个副的。"

牛秦川点了点头："任命你为辎重营营长！"

望着牛怀忠离开的背影，牛秦川很快冷静了下来，自古慈不掌兵，五十二军登船过程事先已做了周密的预案，且参谋们组织了三次应对不同情况的预演。

刘玉章与参谋长廖传枢登上"重庆号"巡洋舰后就再也没露面，负责掩护太平山右翼的第五团团长郭永也率领残部撤出阵地，按序列开始登船。

正在此刻，一位戴着"解放帽"，上缀"八一"红五星帽徽，身穿土黄色旧棉衣，佩戴白底黑字红边布胸章，腿上扎着绑带，穿着矮帮皮鞋的指挥员，神态坚毅地站在美制105毫米榴弹炮炮架上，挥舞手臂指挥着急行军的队伍。此人身长八尺，天庭饱满，脸方唇厚，鼻挺眉浓，两眼炯炯有神，戴着一副黑色宽边近视镜，颇有儒将风范。这正是东野独立师政委赵云鹏。

他那强有力的手臂不断挥舞着，好似在指挥一支交响乐团，这首"交响乐"是由独特的跑步声、喘息声、吼叫声、马嘶鸣声而演奏的"战地交响曲"。

此时赵云鹏深邃的目光中充满了对胜利的渴望，当他的目光转向行军队列中的战士们时，却又多了一种关爱的意味。

行进的部队中很多战士还反穿着国民党的棉衣。望着衣着各异但士气高昂的行军队伍，赵云鹏挥舞手臂大声喊道："同志们加油啊！绝不能让敌人从我们眼皮底下逃掉，他们现在是鼓着肚子充胖子——外强中干喽！"

赵云鹏纵身跳下炮架，气喘吁吁的警卫员马德礼拿着电报跑到他面前敬礼道："政委，上级命令，不惜一切代价追击海上逃兵。"

赵云鹏将电报折起来收进口袋，询问马德礼："师长那边联系上了吗？"

马德礼摇了摇头回应道："联系不上，各部队都在拼命急行军，序列已经打乱了，不过咱们独立师的四团好像冲在最前面。"

忽然，赵云鹏的目光被一队同样在急行军的宣传队所吸引，只不过这些队员携带的不是武器而是乐器。恍然间，他仿佛看到了一个模糊而又熟悉的身影。

他快速拦截住了这支宣传队："同志们，来上一曲，鼓鼓劲儿怎么样？"

在《八路军进行曲》激昂雄壮的节奏声中，赵云鹏快步向前，他意识到伊人已逝，那熟悉的身影不过是自己的错觉，乐曲声越来越远，直到听不见又仿佛还在耳边。

路旁十几口大锅中盛满了热气腾腾的米饭，急行军路过的官兵有的用饭盒盛，有的用钢盔或棉帽盛，甚至有的直接用手抓上两把，边跑边吃。

为了防止连续两天两夜急行军中有人打瞌睡，以班为单位，用白绳子连接每个人的一只手，人便连跑带拉地强行往前走，整个部队就像一条灵活游动的蛇一样快速窜行着追击。

先头部队以急行军的方式赶到了营口外围。赵云鹏早早将目标锁定为太平山的主要原因是他们师刚刚缴获了十二门美制105毫米榴弹炮。

为了解决有"炮"无"兵"的尴尬，赵云鹏那可是会做工作的：他一边急行军，一边给坐在马车上被俘虏的国民党炮兵们讲我军的俘虏政策，讲什么是土改政策，为什么叫解放战士，还让新开岭一战被俘转化的老兵适时地搞行进中的"诉苦"，现身说法。

当被俘虏的国民党军炮兵得知跟着马车跑前跑后给他们讲政策的竟然是独立师赵政委后，吓得没人再敢坐车了。这些国民党俘虏兵纷纷窃窃私语："共产党这么大的官，竟然不拿俺们俘虏兵当外人，不是亲眼所见，说出来谁会信？"

随后，赵云鹏还哼起了《白毛女》剧中杨白劳的唱段，边哼边给俘虏兵们简明扼要地讲起了《白毛女》的故事。一名头顶留有伤疤的方脸大汉顿时眼圈一红，脱下棉衣反穿起来，当即说道："老子就跟共产党干了！替咱们穷苦人打天下！"

　　一时间，一呼百应。就这样，赵云鹏有了炮也有了炮兵。

　　独立师对地控八方的太平山阵地展开了三面进攻。25师守军将阵地设在了棱线后，让我军的直射炮火无法直接摧毁火力点，只有步兵冲上棱线才能看到对方，双方打得异常惨烈。

　　隆隆的炮火炸得泥土肆意飞扬，弹坑冒着白烟。布满残肢断臂的阵地上，残存的辎重营国民党官兵都集中在核心地堡做最后的顽抗。

　　滩头上，只见一位海军指挥官乘着快艇飞抵岸边，一下艇就急匆匆地跑到牛秦川面前报告："报告长官，船装不下这么多人，只能放弃一些，让一部分人上船吧！"

　　牛秦川一下急了眼，大骂道："混账东西，这些兄弟跟我九死一生，我怎么能丢下他们不管呢！"随即下令："丢掉所有辎重，拆下枪栓，把枪械丢进海里。上船后不许坐卧只能站立。"听到命令后，所有官兵排着浩浩长队开始登船，他们纷纷拆下枪栓揣进口袋，在登船的一瞬间将枪械抛入大海，一个接着一个地挤上舰船。

　　此刻，太平山方向的枪炮声戛然而止，登上船的官兵顾不得人多，一个挨着一个站立着，头斜仰着挤在一起。没有登上船的戴着钢盔的官兵挤满了码头，远远望去，黑压压的一片。他们神情焦急又恍惚地望着太平山方向，一会儿你看看我，一会儿我看看你，互相张望，不知所措。看到这种混乱不堪的场面，带兵多年的牛秦川迅速反应过来：必须立即整理队伍，否则会出乱子，这个时候最管用的办法是统一大家的动作。于是，他立即爬到一个集装箱上，深吸了一口气，扯开嗓子，大声吼起了经常带士兵们唱的秦腔老调：

　　"八百里秦川——"，牛秦川一声拉长的秦腔立即响彻了码头。

　　排着队、还没有登船的官兵好像接到了命令似的，用枪托敲击着地面，立即跟进回应道："呦！哈！"

　　接着，牛秦川又大吼了一声："千万里江山——"。

　　官兵们又敲击着枪托回应了一声："哈！"

　　整个码头上，牛秦川吼一句，官兵们就用枪托敲击着地面回应一声，一步一蹾，一吼一应：

　　"乡情唱不尽——"

　　"哈！"

"故事说不完——"

"哈!"

最后,牛秦川使出全身的力气大吼道:

"伙计们,抄起家伙来——"

全体官兵都附和着,大声吼道:

"呦、呦、哈!"

整个场面,上下互动,紧张有序。这样不仅提振了士气,而且加快了登船的速度。

伴随着铿锵有力的秦腔老调,一队队官兵,不许坐卧只能站立,不能低头只能昂首,一个紧挨着一个地挤满了停泊的军舰和商船。远远望去,这些军舰和商船好似一个个开盖的沙丁鱼罐头,被压得喘不过气来的军舰和商船在海浪拍打下,摇摇晃晃,昏昏欲醉,如此狼狈而又悲壮的逃跑场面,令人刻骨铭心。

在检查商船"宣怀号"的时候,牛秦川闻到了一股浓烈的汽油味,一经询问方才知道,"宣怀号"之前运输了一批汽车,车辆在船上加油,汽油漏得到处都是。

牛秦川提醒海军的人千万要注意防火。说这些盛气凌人的海军置若罔闻都是客气的,根本是左耳进右耳出。在负责联络的海军少校看来,这帮丢盔弃甲的残兵败将还有什么资格向海军要求这要求那!

军舰与商船起锚驶离。牛秦川突然意识到,这一走恐怕再也回不来了,一阵心酸顿时涌上心头。

此时此刻,赵云鹏正带领炮营的"解放战士",将十二门缴获的美制榴弹炮推上了太平山山顶。摆好炮阵后,赵云鹏举起望远镜,看到海面上大批军舰与商船正在生火拔锚准备驶离。

"最大仰角,五号装药,射尺加一!"炮兵指挥员焦急地等待赵云鹏最后的口令。只见赵云鹏目光一聚,高举右手,猛地向下一挥:"开炮!"

随着炮口的闪光和呼啸,海面上激起朵朵水柱,黑大个的炮兵营长遗憾地摇了摇旗子:"敌人已经出了射程,不要浪费炮弹啦!"

赵云鹏望着兵败如山倒的国民党军,感慨万千:三年血战,我军之所以越战越勇,越打越强,最大的倚靠就是有政治工作这条看似无形的"生命线"!这才是我们永远立于不败之地的根和魂!

船舷上披着大衣的牛秦川叼着自己用烟叶卷成的简陋雪茄,一种逃出生天的庆幸让他心有余悸，望着入海口泾渭分明的海水，他微微一愣。

突然，副官焦急地指着"宣怀号"商船上的浓烟道："看呀，商船着火了，着火了，我们炮营还在底舱啊！"

被滚滚浓烟笼罩的"宣怀号"商船底座似乎发生了倾斜，甲板上的步兵纷纷纵身跳入大海，底舱的炮兵和通讯营的国民党兵为了争夺出口而大打出手。船体倾斜，造成踩踏，尸体堵死了舷梯的出口。被困的官兵在浓烟中拼命地敲打舷窗也无济于事，他们想找支枪打破舷窗，结果发现大家都是两手空空。

望着烈火、浓烟和即将倾覆的"宣怀号"商船，牛秦川知道那个海军少校根本没有把他的话当回事，这明明是可以避免的灾难啊！

牛秦川的手死死地抓着一旁的护栏，他的手被护栏上的铁齿割得血流不止，他却浑然不觉。

副官跑出通讯室，望着脸色铁青的牛秦川畏缩道："师座，上面说这是共产党地下组织放的火。"

"这帮该杀的，火还在烧着，人还没死绝，怎么调查结果就出来了？"牛秦川气得边破口大骂边闭上了眼睛，他实在不愿意看到大火活活烧死一船官兵的惨景，就在这闭上眼睛的一小会儿空隙里，他想起了昨夜读到的屈原在《远游》中的两句诗：意荒忽而流荡兮，心愁凄而增悲——忽然觉得自己的神志恍惚如眼前的水波一样激荡，心中涌起万般苦愁而悲哀愈增，越想越感到胸中充满了忧伤，满肚子的委屈和气愤难以平息，他"哇"的一声喷出一口鲜血，身子一软，军帽落地，大檐帽上的军徽摔落在甲板上叮当一响，弹起来又沿着船舷滚动着掉落海中。副官赶紧呼喊军医，一把托住了牛秦川的身体。

好像有什么心灵感应，此时在太平山顶的赵云鹏，突然感觉胸口也一阵莫名的发闷，身子一晃，差点摔倒，被一旁的警卫员及时搀扶住了。

一只手死死抓着护栏的牛秦川意识开始模糊，恍惚间，他好像看见了在燕京一起读大学的赵云鹏，好像看见了在乌江之战中围堵红军时放过自己一马的赵云鹏，又好像看见了抗战之中把因破袭鬼子机场而受伤的自己背出几十里地的赵云鹏，还好像看见了在二战四平争夺塔子山战斗中顽强抵抗的赵云鹏，最后又好像看见赵云鹏在举枪怒斥他……此刻好像梅钰琳也出现在他眼前，她还抱着一个看不清相貌的孩子远远地向他招手……

牛秦川的视线变得模糊起来，眼前泾渭分明的海水在阳光照射下也变得模糊不清，好像一半是血、一半是水，好像自己和赵云鹏的脸庞、身影都倒映在这水血交融的海水中。静水深流息，水声心上流，是深还是浅？是苦还是咸？是血溶于水还是血浓于水？此刻的牛秦川已有了真正的体会。

此刻，在太平山顶上，赵云鹏放下了望远镜，久久凝望着近在咫尺的营口港，脑海里突然蹦出了两个字：末日。是啊，只能用"末日"来形容眼前的这番景象：远方乌云密布，一批狼狈逃窜的军舰和商船开足马力，冒着滚滚的浓烟，向着昏暗的远海漂去；一艘燃着熊熊大火的商船慢悠悠地拖在尾巴上，正在被大海吞没。码头上，残尸遍野，残兵哭嚎，残火黑烟，一片惨乱不堪的景象，这真是一幅任何画家都难以画出来的"末日"杰作。

敌人的末日就是人民的黎明。

被牛怀恩扶进舰长室的牛秦川躺在窄小的床上，一边用白手套擦着嘴边残留的血迹，一边喘着粗气，心情无法平静，自己一直没有想明白的一系列为什么，这时又浮现在了眼前。他自问："为什么国军这么好的美械装备却打不过共军？为什么国军士兵一旦被俘就掉转枪口死心塌地地为共军打仗？为什么共军在三年多时间里让党国这么多久战沙场的老将名将铩羽而归，甚至落得个身败名裂的下场？"

提出这些为什么的何止国民党少将牛秦川一人？要拉直这些问号，故事还要从我军抢占东北前说起。

第一章　曙光乍现

一切要回到三年前。

1945年8月15日，齐鲁大地艳阳高照，山东八路军滨海军区独立团驻地热闹非凡。中午时分，原独立营营长钟守田与原教导员赵云鹏还沉浸在部队刚刚由滨海军区独立营扩编为独立团的喜悦之中，一千五百多名新兵的补充，让这个"架子团"瞬间充满了活力。

按照老规矩，军区抗敌宣传队要来扩编单位驻地进行慰问演出，演出的剧目是从延安鲁迅艺术学院学过来的五幕歌剧《白毛女》。该剧通过杨白劳和喜儿父女两代人的悲惨遭遇，深刻揭示了地主和农民之间的尖锐矛盾，愤怒控诉了地主阶级的罪恶，热情歌颂了光明的新社会，用艺术展示了旧社会把人变成"鬼"、新社会把"鬼"变成人的主题，指出了农民翻身得解放的必由之路。其优美旋律和接地气的歌词，对广大官兵产生了强烈的吸引力。

一大早，独立团的"光棍们"就开始给自己捯饬起来，新三年、旧三年、缝缝补补又三年的旧军装纷纷不见了，取而代之的是压箱底还没穿过的新军装，用新任团长钟守田的话说，一个个的都准备当新姑爷啊。

这时，大大咧咧、从来不顾及形象的钟守田走了过来，只见他披着上衣，东张西望，一手撩起有几个破洞的背心搓着肚皮上的泥，一手拿着卷了几根大葱的煎饼大快朵颐，左脚上的布鞋还露出了大脚趾，好像在和路人打招呼似的。

新任独立团政委赵云鹏正聚精会神地趴在桌子上进行地图作业。钟守田还没进屋，赵云鹏就闻到了大葱的味道。钟守田用力一推团部的门，赵云鹏急忙扶住了门框道："你给我轻点。"

钟守田一张嘴："俺咧个娘，政委你棒槌咙咚的，鼓捣个啥呢？"

赵云鹏瞥了一眼钟守田："老钟，你好歹也是个团长，注意点形象。别说宣传队的女同志，村里的大姑娘小媳妇看到了，影响也不好！"

钟守田撇了撇嘴："反动派的歪理邪说。"

赵云鹏一瞪眼："你个撮把子的，少给老子亡里亡魂！"

满身补丁、满脸皱褶、满手泥浆的老司务长，有"半个秀才"之称的黄大福，拿着账本气冲冲地推门径直进入团部，将账本摔在了只有三条半腿、晃晃悠悠的桌子上。

钟守田微微一愣："咋了，没门？这是团部，连门也不敲？"

黄大福沉默了片刻转身离开，关上摇摇欲坠的门，一声洪亮的"报告！"

钟守田闷声闷气："进来！"

黄大福随手一推，团部的门连同门框轰然倒塌。赵云鹏、钟守田、黄大福赶紧去收拾，三人面面相觑。

赵云鹏拿起了黄大福摔在桌子上的账本："咱们的财神爷今天是怎么了，这么大火气？"

黄大福瞥了一眼钟守田，心里嘀咕着：俺怎么了，你政委能不知道？于是也毫不客气道："这是咱们独立营的账本，从民国三十一年咱们钟营长那会儿就开始拉饥荒，现在咱们都整编成独立团了，女娲补天也没补过这么大的窟窿啊！"

赵云鹏瞪了一眼钟守田，将黄大福拽出了团部，好言安慰，解释这件事团里会想办法解决。送走了黄大福，赶走了钟守田，赵云鹏看了看账本，感到头皮直发紧，无论是政治工作还是对敌军事斗争，对他来说都不在话下，但唯独这个经济开销让他头疼，这些年部队打胜仗加餐，支援地方同志，招待兄弟部队等等，看似不大的花销累积起来数字就有点吓人。

怎么办？钟守田冲赵云鹏喊道："只能凉拌！以前可以敲小鬼子和伪军的闷棍，现在这些家伙也是马瘦毛长没有二两肉了，只能回头大家一起想办法了。"

处理完这事后，赵云鹏细心地把事先准备好的一竹筒野果子干洗了又洗，与两个苹果一同包裹起来，犹豫了一下，又从木箱子里掏出两个缴获的日本罐头与之捆在一起，掂了掂，觉得要送给白晓芳的小包裹，现在似乎有了些"分量"。

赵云鹏从军区宣传干事处得知，抗敌宣传队的台柱子"小百灵"白晓芳这两天要来驻地，一晃他俩已有小半年没见面了。

赵云鹏与白晓芳结识颇为巧合。此前，渤海军区《白毛女》首演，当时演大春的男演员在通过敌人封锁线时负伤，无法登台演出。为了不让官兵们失望，杨司令员从军区选了十几个大春，一个一个扒拉下来，结果都不行。最后，白晓芳无意中发现给官兵讲政治课的独立营教导员赵云鹏还有点模样，于是赵云鹏就被赶鸭子上架了。

演出过半，台下一名战士因有过类似的经历，当看到万恶的黄世仁逼死还不上债的杨白劳并要强行把喜儿抓走时，满腔的怒火使他当即拉栓上膛，瞄准台上的黄世仁，恨不得一枪把他崩了，多亏一旁的班长眼疾手快抬高了枪口。当时扮演大春的赵云鹏，好像觉察到了台下的一支黑洞洞的枪口瞄准了台上，他瞬间挡在了白晓芳的身前。事后，那宽厚的背影和有力的臂膀总是在白晓芳脑中挥之不去，她第一次感受到了什么叫做有安全感。

从那之后，军区任何部队观看《白毛女》，都一律事先宣布：不准带枪带弹；官兵也只能徒手观看，现场的哨兵还必须做到枪弹分离。

由于演出的剧本是凭记忆写出来的，加之许多地方还需要充实一点儿"当地口味"。于是，闲暇时间赵云鹏就开始帮助白晓芳充实完善剧本。由于歌剧需要的伴奏乐器较多，而抗敌宣传队的条件又十分有限，歌唱演员和服装道具也都难以满足演歌剧的要求，加之当地群众对地方色彩浓厚的"梆子戏"和"柳琴戏"甚是喜欢，于是，赵云鹏绞尽脑汁将五幕的剧本压缩成了四幕，《白毛女》也被改编成了官兵们和当地老百姓喜欢看的"土洋结合"的情景剧。这部《白毛女》情景剧坚持《白毛女》内容主题不变，以歌剧《白毛女》的旋律为基调，加入地方戏曲元素，再加入一些东北习俗，比如，杨白劳和喜儿的穿着，就变成了东北老汉的肥裆裤和东北大姑娘的花棉袄，这样反而更贴近当地群众了，也更贴近了官兵的口味和喜好，让群众和官兵们看得更加过瘾。

赵云鹏和白晓芳这两人，一来二去就慢慢暗生情愫，只是碍于赵云鹏不够"二八五七团"（年满二十八岁，五年党龄，七年军龄，团级及以上干部）的结婚条件，故最后一层窗户纸至今也没捅破。

这会儿，白晓芳正带着队员们在排练《白毛女》。小路上，直奔土地庙而来的赵云鹏，则用口哨吹着《北风吹》的旋律，优美清脆的口哨声随着微风在金黄色翻滚的稻浪上飘荡。他越吹越投入，好像周围什么都不存在了，自我陶醉在这首对他来说有着特殊意义的曲子里。

白晓芳在剧团成员的起哄声和索要喜糖的声音中，面露娇羞地跑向赵云鹏。独立营成了独立团，所有人都清楚这对"有情人"要"终成眷属"了。

赵云鹏一激动，径直把新改编好的剧本递给白晓芳，扭捏地说道："白晓芳同志！吃了吗？"

面对这个对敌战斗中的"智多星"，白晓芳其实更喜欢赵云鹏在个人情感方面那种不善言辞，还有些腼腆的"木讷"。

她担心赵云鹏继续询问吃了什么，于是急忙转移话题："赵云鹏同志，你好！"

白晓芳翻看剧本，露出了十分好奇的神情。她想，十几出剧目，为什么各单位偏偏要选《白毛女》呢？

对于白晓芳的疑惑，赵云鹏微笑着解释道："官兵大多是穷苦出身，文化程度不高，让他们懂得'为何而战'，也就是'为谁扛枪、为谁打仗'这一点很重要。很多官兵都有类似《白毛女》里主人公的苦难经历，往往我这个政委说上十遍，也不如你们抗敌宣传队演上一场。他们明白了为土地而战，就会生出一种强大的精神力量，这种精神力量能胜过敌人的飞机大炮。"

白晓芳环顾四下无人，迅速从怀里掏出一个苹果塞进赵云鹏口袋里。附近有宣传队员经过时，两人不约而同地向后退了一步，保持着距离，赵云鹏也迅速把小布包塞给了白晓芳。

"这是什么？"白晓芳惊讶道。

"两个日本肉罐头和两个苹果。"赵云鹏压低声回应道。

白晓芳皱着眉头说："日本罐头不好吃，都是高粱粉掺的骨粉，根本没有肉。"

赵云鹏微微一笑："那不就说明鬼子快不行了嘛！"

白晓芳望着手中的苹果疑惑道："你哪里来的苹果？"

赵云鹏故作神秘地说："你的苹果是……不告诉你！"

戏台方向有人呼叫白晓芳，她闻声迅速转身离开。望着白晓芳一蹦一跳的背影，赵云鹏仿佛吃了一口蜜一般甜在心头，他觉得手里握着的仿佛不是苹果，而是一份浓浓的爱意。

"老赵，你个棒槌咙咚呛的，杵在这儿干什么？手里拿的是什么？"不知道从哪里冒出来的钟守田用力拍了一下赵云鹏的肩膀，一把夺过苹果，吭哧啃了一口。

一瞬间，赵云鹏想掐死钟守田的心都有了。钟守田踮着脚望着宣传队方向，慢悠悠地说："咱们俩现在可都'二八五七团'了，人生大事也得考虑考虑了。我这个年纪在老家都能当爷爷了，你这个当政委的还不快帮衬帮衬，你不称职啊！"

赵云鹏看了一眼被啃烂的苹果，一言不发地返回团部，他要为明天晚上的演出做好准备工作，且与敌寇近在咫尺，片刻也不能放松警惕。

刚刚返回团部，赵云鹏就接到上级命令，要求立即打开收音机。

赵云鹏与钟守田满头雾水地打开了全团唯一的一台收音机。凭着直觉，赵云鹏判断一定有什么大事发生。

钟守田指了指赵云鹏道："你们政工干部就是鼻子尖，我们还傻愣着的时候，你就感觉有大事了。这不佩服不行啊！"赵云鹏把钟守田的手打了回去，说道："这不叫鼻子尖，这叫政治敏锐性。快，听听说的啥。"

收音机里发出的嗞嗞声，让皮肤黝黑的钟守田不禁皱起了眉头，他焦急地在房间里踱来踱去。警卫员马德礼在一旁摇着发电机,赵云鹏则耐心地调着波段。不一会儿收音机里就传出了日语的播音。

钟守田急忙吩咐马德礼把团部懂日语的李参谋赶快叫来,但他一转身看到赵云鹏,顿时一愣:"我怎么把政委你给忘了,小李的日语还不如你呢。赶紧,赶紧上!"

赵云鹏拿了一个小本和一支钢笔放在一旁,钟守田撇了撇嘴,酸溜溜地说道:"派克金笔呀,这不是司令员缴获小鬼子大队长的战利品嘛,怎么偏心眼给你了?"

赵云鹏拿起钢笔,不高兴地递给钟守田:"来,给你!"

钟守田闪身道:"别恶心我,你一个在燕大读过书的人跟我这个私塾扒窗户的较什么劲儿?"

赵云鹏微微一笑:"哎哟,又上火了,不就一支钢笔吗?我说老钟啊,上回伏击鬼子运输队,只缴获了五发炮弹和一点儿干粮,看来这鬼子是一天不如一天了,鬼子投降了你想干什么?"

钟守田嘿嘿一笑,撇着腿坐在炕沿上得意道:"三十亩地一头牛,老婆孩子热炕头呗!"

"哼哼,鬼子还没投降你就想着热炕头了?我警告你,不要鬼子要投降了就滋生和平麻痹思想哦!"赵云鹏瞪了一眼一心要过太平日子的钟守田。

"'二八五七团'从谐音上说就是'饿吧,我的团'。照此来说,俺早就是饿死的团长了!还不该回家娶老婆吗?哼!"钟守田愤愤不满地晃着头。

"你是团长,我得先给你打个预防针,如果鬼子投降了,不要想着马放南山、刀枪入库,仗还在后面呢!"赵云鹏说完想走,又回头看了看坐在炕上的钟守田。

闲极无聊的钟守田,悄悄地从赵云鹏的茶叶罐子里面掏出茶叶丢进自己的杯里。赵云鹏走近一看,发现几乎是半缸茶叶半缸水了,于是气愤地说道:"你也不怕齁着?"

钟守田见赵云鹏要发火,急忙道:"都是战友嘛,占有,占有,就是大家都有嘛!"

忽然,收音机中传出一阵怪异的日语,李参谋顿时一愣:"这日语我怎么一句也听不懂啊?难道是日本方言?"

赵云鹏拿起纸笔,神情严肃道:"这应该是日本皇室独特的鹤音。"

收音机中传出日语,赵云鹏迅速翻译写成中文,还不停地涂抹勾画着,一旁的钟守田急得抓耳挠腮。

"朕深鉴于世界之大势与帝国之现状，欲以非常措置收拾时局，兹告尔忠良之臣民：朕已命帝国政府，对米、英、支、苏四国，通告接受其共同宣言旨。

"抑图帝国臣民康宁，偕万邦共荣之乐者，皇祖皇宗之遗范，而朕之所拳拳不措也，所以宣战米英二国……至若排他国主权侵领土者，固非朕志。然交战已阅四岁，朕陆海将士之勇战，朕百僚有司之励精……而战局也必不好转，世界大势亦非利我。加之敌新使用残虐爆弹……而尚继续交战，终非但招来我民族之灭亡，延可破却人类文明。如斯，朕何以保亿兆赤子，谢于皇祖皇宗之神灵哉。是朕使帝国政府，应共同宣言所以至也。

"然朕时运所趋、堪难堪、忍难忍，欲以为万世开太平……尔臣民，其克体朕意！"

最后，赵云鹏的钢笔终于停在了纸上，钢笔的笔尖戳破了纸张也浑然不知。

许久，赵云鹏站起身来，缓缓地走出房门。钟守田和李参谋也紧随其后。钟守田一把拽住赵云鹏："别卖关子了，鬼子到底说了什么？"

赵云鹏深深吸了口气，边吐气边大声说道："日本裕仁天皇发表了《终战诏书》，鬼子投降啦！——"

钟守田顿时一愣，身形一个踉跄，扶住了一旁的老榆树："你说鬼子投降了？俺的个亲娘嘞，咱们足足打了八年啊！"

赵云鹏摇了摇头，眼圈有点发红，铿锵有力地紧跟道："不是八年，从1931年9月18日算起，我们可是足足打了十四年啊！"

李参谋如同发疯一般冲出团部，站在院子里面大声吼了起来："日本鬼子投降了！——日本鬼子投降了！——"

院子中除了风吹过的声音，一片寂静。随后李参谋拿起脸盆，拾起一截木棍，冲出大院，边跑边敲边喊："日本鬼子投降了！——日本鬼子投降了！——"

之后，确认了消息真实性的官兵们，纷纷操起脸盆、铁锅、水壶等一切能敲得响的家伙冲出了团部，他们沿着山脊边跑边喊。团部司务长老黄则瘫坐在大榆树下失声大哭起来："孩子他娘哎——你睁睁眼啊——鬼子投降啦——"

日本鬼子投降的消息如同一下子吹绿了大地的春风一般，很快传遍了各地。当夜，兴奋的人们纷纷点燃火把，一个接着一个地沿着山脊奔跑，火把仿佛一条火龙在大山之顶跳跃，很快，人越来越多，火把越来越旺，远看整座山好像都在燃烧一样。

钟守田坐在磨盘上一会儿哭一会儿笑，哭得泪雨滂沱，笑得开怀至极，像发癫一般，但无论他怎么喜怒，此刻像疯了一样欢呼的气氛使得已经没有人在意他了。

这一晚，赵云鹏喝多了，他自从弃笔从戎，十几年没见过爹娘，没回过家乡，不知道儿时门口的那棵杨柳是否依然春风拂絮万千条，当年莘莘学子挥着手臂、高喊"打倒日本帝国主义"口号的校园是否依然书声琅琅。"唉——自古忠孝不能两全，终于能够尽孝了，可家又怎样？父母大人是否安好？"赵云鹏借酒消愁，自问自答。

"回想十四年抗战，"钟守田对赵云鹏说，"多少熟悉的面孔离我们而去，但你从不退却和悲伤，打败日寇的信念越来越强，许多人是以你这个政委为榜样的！"

日本鬼子投降了，一瞬间，辣心烧肺的土锅烧变成了琼浆玉液，牺牲了那么多人，当年赵云鹏也高声呐喊过："一年打不赢就打三年，三年不行五年、十年，一直打到彻底胜利！"

战争的残酷让赵云鹏有着切肤之痛，对于牺牲两个字他有着特殊的理解，作为一名政工干部，每每在战斗结束后签字确认阵亡通知书的那一刻，他都会在相当长的时间里沉浸在痛苦的煎熬中，恨不得自己去替官兵们牺牲。

喝得太多的赵云鹏毫无意识地头一歪便睡倒在床上，他面部的表情显得十分轻松，甚至嘴角还浮现出一丝笑意，没人知道他梦到了什么！

第二天，爆竹声声之中，街头巷尾的酒馆里挤满了要喝二两的人。之前所有人都期盼着赶走鬼子过上好日子，现在鬼子投降了，好日子还远吗?！

头疼欲裂的赵云鹏从床上和衣起身，端起一碗凉茶一饮而尽，回忆起昨晚的梦。他想，日本人投降了，但战争带来的阴影还在，此刻他感觉到中国呈现出的是一片虚假的和平景象，似乎在预兆着什么，现在牺牲的同志已经离去了，我们活着的人可是要准备继续战斗啊！

傍晚，赵云鹏听到团部不远处传来哭嚎声，一经询问，才知道是几个才补充来的新兵听说日本鬼子投降了，动起了逃跑的念头，结果被警卫连抓了回来，此刻钟守田正在打板子惩罚他们。

钟守田光着膀子亲自上场，五个逃兵被绑在板凳上，只见钟守田挥舞着扁担，对着几个人白花花的屁股不停地狠劲抽打。

"住手！"赵云鹏大喝一声。顿时，抡圆了胳膊的钟守田差点闪到了腰，一见是赵云鹏，硬是把后面骂娘的话咽了回去，十分不高兴地把扁担一扔，气喘吁吁地说道："他奶奶的，棒槌小鬼子才投降，就敢给我当逃兵？别说你们几个，就是唐三藏来了，我也给他打出舍利子，牛魔王来了也得耕地。"

第一章　曙光乍现

赵云鹏劝走了钟守田，命令人先放开几名逃兵。通过了解，他才得知这批补充的新兵，大多数是被国民党抓壮丁来的，分配到独立团也才三个多月而已。赵云鹏当即意识到独立团在做俘虏转化工作上出了问题。

转化俘虏是八路军兵员的主要来源，而转化俘虏不是简简单单地给他们换一身衣服的事，是要让他们提高思想觉悟，发自内心地认同，否则就是"红皮白心"，更容易出问题。现在，大多数俘虏兵都是被抓壮丁抓回来的，甚至是被来回贩卖的，对他们来说当兵扛枪完全是被动和不情愿的，所以只要有机会就会开小差。

对于俘虏兵转化问题，赵云鹏十分慎重，常常一个人坐在那里冥思苦想，怎样有效地转化他们，总觉得除了加强连队党支部、班排党小组的凝聚力，以及一对一地帮教谈心使其思想认同外，还要寻找一个外部因素，通过引导其情感认同的方式来促进俘虏转化。

夜半时分，钟守田见赵云鹏的房间还亮着灯，于是推开房门，看见赵云鹏正对转化俘虏苦思无果。

钟守田乐呵呵地盘腿坐在了赵云鹏对面，若无其事地说："几个俘虏兵的事就把咱们大政委难住了？要俺说，不听招呼的直接搞个公审，送他回老家！"

"就这么简单？"赵云鹏瞥了一眼钟守田。

钟守田从口袋里面掏出半盒香烟，得意地点燃一支，吸了一口说道："可不就这么简单嘛！这洋烟就是比烟袋锅强。"

赵云鹏望着一脸享受、吞云吐雾的钟守田说道："要是这么简单，1932年你老钟就没了。"

被勾起往事的钟守田，心中顿时一惊，放慢语速，深情地说："是啊！那年多亏你了，要不然哪里能有我钟守田的今天，别说当八路军的团长了，俺这个白狗子的俘虏早成了红军的刀下鬼了。当年，为了救俺还差点把你给搭进去了呢。"

赵云鹏点了点头，坦言道："那还多亏了当时的董教导员啊！那会儿，我还是一排长。刘副连长让我带人把俘虏过来的国民党官兵都砍了，我当时觉得不怎么对劲。经了解，国民党下层军官和士兵里面，绝大多数是苦大仇深的穷人，不能一概而论。结果刘副连长说我是动摇派、墙头草，要问罪执纪。"

谈起当年，钟守田顿时也来了精神，回忆道："我被关在柴房里面，后来你也被关了进来。我还合计着，这是不是苦肉计呀？"

赵云鹏鄙视地看了钟守田一眼道："第二天一早砍头，外面磨刀声哗哗的，就你一个人还睡得那么香，你真行啊！"

钟守田活动了一下身子，继续说道："棒槌个咙咚呛的，伸头一刀，缩头一刀，老子怕有个鸟用？不过你救下的那几个，我记得两个牺牲在湘江了，小湖南牺牲在雪山，大老李牺牲在破袭鬼子机场里，没一个是孬种，你眼力还真毒啊！"

"这不是我有什么眼力，这是政治工作发挥了作用！但是，最近我发现，用当年打白狗子和黑狗子那套转化俘虏兵的方法去转化国民党兵和伪军，总觉得效果不够理想。"赵云鹏微微皱起眉头道。

钟守田紧跟着说道："当年的俘虏，中央军最难转化，用你的话说是冥顽不灵。白狗子和黑狗子离了本省，出了窝，一打就散。国民党痞多，壮丁多，伪军更是无可救药，奸懒馋滑，坑蒙拐骗。做他们的转化工作，那就是自找麻烦，说不准哪天他们就带着武器投敌了，那可就真麻烦了！"

"不能那么一概而论，三连的一排长黄满山就是伪军起义过来的，政治觉悟高，才两年就成了中共预备党员了。你先回去休息，让我再想想。"赵云鹏摆了摆手，严肃认真地说道。

钟守田还想要反驳，被赵云鹏硬推出了门。"只要思想不滑坡，办法总比困难多！让我独自好好琢磨琢磨吧。"赵云鹏自信满满地说道。钟守田无奈地摇了摇头，哼着小曲儿去查哨了。

赵云鹏清醒地意识到，打仗需要人，只有人和武器的结合才能产生战斗力，而转化俘虏从红军时期开始就是我军的一大创造，而且是主要兵力的来源。现在有可能要打大仗，就更需要发扬这个传统，把转化俘虏的工作做得更有成效。但是，要针对不同时期、不同类型、不同层次的俘虏做转化工作，政治工作尤其是此时转化俘虏的工作，必须讲究针对性、实效性，必须有的放矢、与时俱进，我们连日本人都能转化过来，就不相信国民党顽军和伪军转化不了。为此，赵云鹏这些天是食之无味、寝不安息，全身心投入如何做好转化俘虏工作的探索之中。

清晨时分，一缕暖阳穿过玻璃窗，照到了桌子上摆着的《白毛女》剧本上。赵云鹏环视屋里一周，顺着阳光照射，一下就看见了《白毛女》剧本。他随即拿起剧本，迅速翻了起来，翻几页，想一想，再翻几页，又想一想。他的两个眼珠随着翻剧本而不停地转动着，忽然，他感到眼前一亮，之前笼罩在头上的困惑一下子烟消云散了——他找到了解决问题的"药引子"：先开诉苦会，让战士们"吐一吐苦水"，在吐苦水中认识到自己不是土地的奴隶，而是土地的主人，要翻身得解放，就必须获得土地，为土地而战；在此基础上，再组织观看《白毛女》，让有着相同经历的战士们被感动而流下眼泪，达到情感认同的目的。想好了就做，试试看吧。

傍晚，组织新兵开完诉苦会后，赵云鹏又组织他们带着大小不一的"马扎"列队进场观看《白毛女》。附近十里八乡的老百姓也都赶过来看戏，就连树上都爬满了人。

在《北风吹》那个清新悦耳的乐曲声中，白晓芳扮演的喜儿一开腔就迎来热烈的掌声："北风（那个）吹——雪花（那个）飘——雪花（那个）飘飘——年来到——风卷（那个）雪花——在门（那个）外……"

白晓芳朴实真情的表演，把受苦受罪却勤劳朴实的喜儿表演得非常动人。抗敌宣传队的队员们还把穆仁智巧言令色、狐假虎威的奴才相，把黄世仁狠毒贪婪、无恶不作的恶霸地主相，把杨白劳忠厚善良、懦弱好欺的农民相，均表演得淋漓尽致。就在被打晕的杨白劳被拽着按下喜儿卖身契的瞬间，现场的官兵和群众再也按捺不住气愤，顿时群情激愤，不计其数的小板凳飞上了舞台……

《白毛女》的演出效果超出了赵云鹏的预期。全团从钟守田到新兵无一不是看得津津有味，哭得稀里哗啦，就连五个被打了屁股的逃兵也哭得像泪人似的。

但是，由于无数小板凳飞上了舞台，白晓芳躲避不及而被无辜地砸伤了小腿。返回团部的赵云鹏在笔记本上写道：以后观看《白毛女》一定要清场，不能携带小板凳，地面的石块一定要捡干净，人员席地而坐。

深夜时分，醉醺醺的钟守田摇摇晃晃地走进团部。日本鬼子投降了，钟守田立即成了乡绅们的座上宾，今晚平生第一次喝到所谓"上流社会"的舶来货——威士忌。钟守田有点飘飘然了，想起两年前自己向何老倌借粮，对方那副阴阳怪气的嘴脸，心中好一阵不痛快。

用钟守田的话讲，这也是"打土豪分田地"，吃他娘的，喝他娘的，这不就是革命到底嘛！

回到团部，钟守田自顾倒了一碗凉茶，一饮而尽，顿时解了胸中火辣辣的烧劲儿。他看了一眼还在埋头疾书的赵云鹏，舒展着眉头，拉开了嗓子，喊道："伙计啊，哎呀呀，今天我是太开眼了！"他抹了一下嘴巴，接着说："这何老倌的女婿在省城的洋行当协理，家里三进的大套院，摆设家具气派，后院还有一辆意什么利的小轿车，咦！那座位可是软的耶，好弹手嘞！何老倌还说，车给咱们独立团用，因为他家没汽油了。唉！咱们上次不是缴获了鬼子几桶汽油吗？练练车，艺不压身嘛！"

赵云鹏头也不抬，扔过去一句："汽油上交军区了。"

钟守田瞬间一瞪眼，不高兴地回应道："败家玩意儿。"

赵云鹏抬起头，用深沉的语音郑重地说道："钟守田同志，我现在以独立团政委的身份，单独和你谈话！"

钟守田知道赵云鹏轻易不会摆架子上纲上线，于是尴尬地咧了咧嘴，起身扣好了敞开的扣子，慢声慢气地回答道："老赵，别那么严肃嘛，有啥说啥呗，鬼子都投降了，我高兴啊，今晚多喝了点。"

赵云鹏盯着钟守田，愤愤地问道："仅仅是今晚吗？这个星期你是不是去了三回？何老倌家的酒就这么让你上瘾吗？"

钟守田眉头一紧，迅即追问道："你派人跟踪我了？我可是独立团的团长！"

赵云鹏风轻云淡地回答道："你还知道你是独立团的团长啊！没扩编之前，何老倌请过你一顿吗？你去借粮借回来了吗？你知道这是什么吗？这就是糖衣炮弹！就是用糖糊糊把炮弹包裹起来，让你感到像甜滋滋的棒棒糖一样好吃，从看似不起眼的吃吃喝喝开始，逐步麻痹你的思想，这家伙，比敌人在战场上的真枪实弹还要厉害得多啊！我的同志哥，明不明白？"

钟守田想起之前自己借粮时何老倌那副嘴脸，对比如今，也唏嘘道："政委提醒得对，我要注意，要警惕。不过你也别危言耸听，眼下这小鬼子都投降了，咱们也适当放松放松嘛。"

赵云鹏把日本天皇《终战诏书》译成汉字的笔记本放在钟守田面前，看了他一眼说："你瞧，日本人从头到尾都在玩文字游戏，根本没承认侵略，更不承认战败，而且还轻蔑地称呼我们中国为'支'，通篇丝毫没有对战争造成的灾难进行忏悔，而是宣称积蓄力量，蛰伏等待时机东山再起，这是无条件投降吗?!"

钟守田顿时一愣，骂道："他奶奶的，小鬼子敢？他们想打多久老子奉陪到底！"

赵云鹏眉头一皱，心里想：像这样整天想着三十亩地一头牛、老婆孩子热炕头的人，何止钟守田一个啊！要让这些人真正懂得东北那片遥远的黑土地对中国共产党、中国革命前途有多么重大的意义，懂得我们要抢占东北肩负的使命，必须让他们了解党中央确立的东北战略。

于是，赵云鹏拿起桌子上的一张报纸，指着画了许多圈圈点点的一段文字，念了起来："东北是很重要的，从我们党，从中国革命的最近将来的前途看，东北是特别重要的。即使我们把现在的一切根据地都丢了，只要我们有了东北，那么中国革命就有了巩固的基础。当然，其他根据地没有丢，我们又有了东北，中国革命的基础就更巩固了。"

念完后，赵云鹏把报纸一甩，用高亢的语调说道："我们党就是根据毛主席的这个战略思想,确立了'向北发展、向南防御'的八字方针,这就是我们党的东北战略啊!"

钟守田听得入了迷,眨巴着眼睛说道:"明白了,往北边拼命打,向南边玩命扛。老天爷,东北这么重要啊——"

赵云鹏又大声说道:"是啊!这个战略决定了我党我军的方向和命运,也决定了我们挺进东北的成败!"

"战略是上面定的,那我们下面该怎么办呢?"钟守田又追问道。

赵云鹏深沉地回答道:"在历史的紧要关头,对党和领袖来说,要做的是分析判断形势,提出重大战略思想;对我们下面来说,就是如何用党中央关于东北的战略统一官兵思想,让部队在战略下自觉行动!"

"在战略下自觉行动。"钟守田一边点头一边喃喃自语。

接着,赵云鹏又说道:"我琢磨着,向南防御,就是我们主动撤出南方八个解放区,转到山东、苏北及鄂豫皖地区,收缩战线,集中力量,以应对国民党的大举进攻。向北发展,就是要全部控制热河、察哈尔,积极向东北发展力量并力争控制东北。"

赵云鹏清了清嗓子,接着说道:"这一战略的关键在于控制东北,但蒋介石不会甘心把东北拱手让给他所痛恨的共产党。可以预见,一场抢占东北的大戏就要上演了。现在鬼子投降了我们就能马放南山了吗?远的不说,紧邻济南的禹城就有日军一个加强大队与伪军的一个警备旅,他们的武装还未被解除,国民党能坐视我们解除日伪武装吗?绝对不能!我们要保卫抗日战争胜利成果和巩固解放区,国民党反动派必然要争夺抗战胜利果实,必然要蚕食鲸吞解放区。"

钟守田急切地追问道:"你的意思是说全面内战?重庆那边可还谈着呢!"

赵云鹏紧接着说:"要让全团官兵明白,和平必须由我们手中的枪来争取,枪听我使唤,我听党指挥。或许这一刻,国民党已经起草好了接收东北的方案,一帮接收大员已经在来济南的途中了。"

通讯员推门进入道:"政委、团长,军区杨司令员电报。"

泥泞的道路边,人高马大、面容坚毅、胡子拉碴的牛秦川,挽着袖子蹲在一块石头上,端着一个比脸盆小一点儿的搪瓷盆,狼吞虎咽地吃着浇满了辣椒油的"裤带面"。

牛秦川甩了一把额头上的汗水,突然,他往身后挥了挥手,紧接着,一阵枪声响起,十几名日军俘虏倒在了路旁。

见此状，跪在地上的一群伪军瑟瑟发抖。牛秦川放下盛面条的搪瓷盆，提起一支冲锋枪，走到还在抽搐的日军身旁，一梭子直接清空了弹夹。接着，他对着暗红的枪管，点燃了一支雪茄，不屑地说道："什么投降？老子没接到通知！小鬼子在我们的地界烧杀抢掠，就算放下武器他们也是小鬼子，原谅他们是菩萨的事，我只负责送他们去见菩萨喽！"

一旁的副官牛怀恩给牛秦川披上了上校军服。牛秦川一屁股坐在了副驾驶的位置上，用马鞭抽打了一下挡风玻璃。

半个月前，还在海防整编，准备参加越南受降的牛秦川，突然被划归到五十二军第25师。当时25师师长李正谊婉拒了牛秦川这个外来户。经过多方面的说情拉关系，李正谊无奈，只好捏着鼻子接纳了牛秦川。不过为了恶心牛秦川这员悍将，他把牛秦川任命到师补充团代团长。

去补充团，还是个代团长。对此，牛秦川心里别提有多憋屈了，八百里秦川走出来的汉子，门牙打掉了也要往肚里咽。

代团长就代团长吧，好歹也算有了位置。就在牛秦川带着心腹嫡系兴高采烈地赴任时，方才得知，所谓的补充团根本是子虚乌有的，这是李正谊的缓兵之计，更是一箭三雕，既恶心了为牛秦川奔走说情的2师师长刘玉章，又恶心了牛秦川，还虚构了建制可以捞上一把。

李正谊直言不讳，抗战胜利不假，但是中央不能坐视地方势力趁机做大，更不能让共产党有可乘之机。山东是一块肥肉，日本人和汪伪汉奸政权所辖的华北治安军和汪伪中央军就有十七万多人。

李正谊虚情假意地安抚牛秦川，说他与山东省主席何思源有一面之交，五十二军未来肯定是要被拉上去反共的，具体是华北还是东北那还不好说，与其坐等分羹，不如主动出击，还有得挑选。

国府给了五十二军整补的命令和编制，美国人也给了武器，但是人需要他们自己拉，为此李正谊多方奔走给牛秦川解决了一个空架子补充团。牛秦川明白李正谊言下之意是他已经"够意思了"，剩下的看你自己了。

临行前，作为朋友，赵高参设宴给"一穷二白"的牛秦川钱行，席中劝诫牛秦川收一收"牛脾气"，别管这伙汉奸王八犊子之前干了些什么缺德事，只要他们反共，一切都不是问题。

赵高参给牛秦川出了一个主意：抢在国府各路接收大员到来之前，先抵达济南附近的禹城，禹城附近有华北治安军一个满编的警备旅，拿下这支部队，手里既有了兵，又占了地盘，那牛秦川这个25师暂编补充团的上校团长就算坐稳了。

随后，牛秦川对山东的局势进行了一番了解，结果吓了一大跳，方知山东的八路军是八路军在关内最强的武装力量。随着日本人的投降，山东有百分之九十的土地是解放区，对于国民党军来说，津浦路、陇海路这些至关重要的交通线都在共产党和八路军的威胁和控制范围之内。

对比李正谊想捞一票就跑的短见，牛秦川更加担忧山东整个局势，面对共产党军重兵围困的日伪军会倒向自己吗？牛秦川唯一的底气就是共产党不愿打响内战"第一枪"。

牛秦川并不知道的是，虽然国民党军主力尚未抵达，但是山东省主席何思源早已善舞长袖与各方交好，原因非常简单，就是现在他这个山东省主席可谓名不副实，甚至连济南都不敢去，只是不断地派出各路接收专员督察，结果被我军团团围困在了济南。

为了能够最大限度抢夺抗战胜利的成果，何思源不惜与日寇、汪伪人员相互勾结，狼狈为奸之下求同存异，本末倒置地把反共放在了首要位置。

牛秦川抵达禹城不远的西千户屯。沿途他看到的日伪军皆惶恐不安，很多公路制高点的炮楼和工事被遗弃，日军华北派遣军所属第47师团131步兵联队的山峪大队已经完全龟缩进了禹城。

距离西千户屯不到五公里的地方，胡家庄就是伪军警备旅的旅部所在。警备旅旅长胡泽烽带着小老婆卷着军饷跑了，留下一个烂摊子，原本四千多人的警备旅，跑得只剩下两千余人，整天惶惶不可终日。

牛秦川的吉普车风驰电掣一般开进了伪军警备旅的旅部。门口站岗的伪军连抬枪的勇气都没有，张了张嘴没说出一句话，反而吃了一嘴飞灰。牛秦川带领的一个连迅速接管了警备旅的弹药库、电讯室、指挥部等重要位置。

警备旅仅剩的一名副旅长刘大麻子和旅副参谋长魏三等人，仍毫不知情地在那里赌得不亦乐乎。双手沾满了抗日根据地军民鲜血的刘大麻子和魏三，他们知道自己算是完蛋了，每天一睁眼睛就是今朝有酒今朝醉，明日没酒蒙头睡。

看到牛秦川肩膀上的三颗"梅花"，刘大麻子狠狠地咽了一口唾沫，魏三更是眼前一黑差点跌倒。靠有"眼力见"著称的刘大麻子急忙高喊一声："都他娘的注意了！"接着，又拖着烟酒嗓子，拉着长腔喊道："立——正！向——长官——敬礼！"

在乌烟瘴气的房间里面的伪军军官们纷纷立正敬礼。刘大麻子伸出双手欲与牛秦川握手。牛秦川面无表情地把雪茄灰弹在了刘大麻子手里，轻声而又严肃地问道："这个警备旅还剩多少人？多少装备？"

刘大麻子微微一愣，回答道："我们还没接到收编的命令，请问长官是？"

牛秦川神态自若，上下打量了一下刘大麻子，气势压人地回应道："国民革命军五十二军第25师补充团上校团长牛秦川，怎么？不够吗？"

刘大麻子顿时一愣，点头哈腰道："兄弟听过，听过，一等一的精锐。"

这时，督导警备旅的日军少佐铃木南山推门而入，当他听说有部队直接开进了军营，顿时一惊，因为华北派遣军司令部并未给予任何具体命令，济南的细川司令官每天心急如焚，现在国民党正规军部队的出现总算让铃木南山彻底松了一口气。

铃木南山也很干脆，给牛秦川一个立正敬礼，把警备旅的花名册双手奉上，转身就上了三轮摩托，带着两辆汽车连同一个小队的日军直奔禹城方向山峪大队驻地。

牛秦川见日军走得如此匆忙便有些疑惑。刘大麻子解释道："如今不比以往，天黑了日军少于一个中队都不敢出城。"

牛秦川点验了警备旅的"歪瓜裂枣"之后，才清楚这群让日本人都感到绝望和无可救药的伪军是什么货色。他忍着怒气告诉刘大麻子和魏三："你们两个人替我稳住队伍，等国军主力开到，我会给你们每人一笔钱，托关系让你们去上海当富家翁。"

牛秦川没有许官，因为这伙人都是老兵油子，奸、懒、馋、滑，比他还能画大饼，对待这种人要想让他们卖命，就必须给他们想要的，画饼、威胁对这种滚刀肉根本不起作用。

牛秦川没想到的是刘大麻子给他带来一份惊喜——八路军渤海军区、鲁南军区营以上干部的花名册及简历表。

正所谓知己知彼百战不殆，可牛秦川的兴奋还不足三秒就收了回去，他翻开本子，里面所谓的山东八路军营以上军官简历表，大多只有一个姓名，下面空空如也。

刘大麻子见牛秦川脸色不对，急忙凑近道："长官，这才是真的，那些画得有模有样的都是胡咧咧。八路军，就没文化，都是泥腿子出来的，边打边学，有个姓名就很不易咧！"

牛秦川翻看着名册，突然目光聚焦到一个名字上：八路军渤海军区独立营教导员，赵云鹏。

第二章　三国四方，厉兵秣马

惠民县，小雨淅淅沥沥下了一整天。

渤海军区大院里面人来人往，今天军区要在这里开一个战前动员大会。渤海军区是由原清河军区与原冀鲁边军区合并而来的，杨司令员与景书记兼军区政治委员都抵达了司令部的小楼。

这座小楼当初是一个汉奸给自己家老爷子修建的所谓的"积福之家"，他逼着当地每户百姓掏钱出力，还美其名曰"万福楼"。八路军一来，汉奸全家就仓皇逃窜了，这里也就成了渤海军区的办公地。

袁副司令员一进院子就看见了站在所有参会领导干部最后，如同出嫁的新媳妇一般规规矩矩的赵云鹏和钟守田，顿时一乐："哎哟，独立营时就敢抢别的团主攻，现在是独立团了，怎么反而谦虚了呢？"

唰——，几乎在场所有干部的"复杂"目光都迅速集中在了赵云鹏和钟守田身上，堪称万众瞩目。

赵云鹏对于"万众瞩目"有两种理解，有一种是正常的无须解释，还有一种是和钟守田在一起的"显眼"，更让他难以接受的是钟守田的不以为意。

曾经有人抢战利品没抢过钟守田，形容此人脸皮比长城都厚，正在调解的赵云鹏当即给了一句："长度还差不多……"

说实话，开始的时候没人重视这个缺枪少弹还没人的独立营，大家只是知道当时的教导员赵云鹏能说会道，大道理一大堆，营长钟守田大老粗"不要脸"，一个大老爷们儿为了个主攻任务能抱住司令员大腿抹泪，一般的部队还真争不过他们。

渐渐地，大家发现原来赵云鹏才是钟守田的主心骨，也是独立营的主心骨。独立营之所以战斗力强，主要是政治工作搞得活跃，部队听党指挥又能打仗，每一次战斗，不论困难有多大，任务有多艰巨，都完成得非常出色。

对于钟守田来说，当年他的命就是赵云鹏救下的，为此赵云鹏还差点蒙了冤。从当年的俘虏到因作战勇敢而当上了连长的钟守田，现在一上任就立即翘了尾巴。对赵云鹏心怀感激不假，但是对政治工作基本上是左耳朵进右耳朵出，丝毫不上心，甚至还认为，政治工作玩的是虚的，能起什么作用？始终抱着好兵是用鞭子抽出来的陈旧观念不放。

因为受不了钟守田打骂官兵的旧习气，行军途中，几个同村来的新兵就趁半夜换岗逃跑了。为此，钟守田带人把他们追了回来，准备全部重罚，杀鸡儆猴。

极少发脾气也不讲粗话，看似文弱但性格倔强的赵云鹏，一点儿也不惯着钟守田这种旧军阀作风，直接夺了鞭子，当着全连官兵的面给烧了，并郑重地警告钟守田：以后绝不能干打骂士兵甚至枪毙逃兵的事，并借此机会宣讲了古田会议决议精神，特别讲到古田会议决议狠批了这种现象，并把不打骂士兵、官兵平等再次重申为我们的建军之规，这才是人民军队与国民党军队的根本区别。

钟守田也是个暴脾气，被收了鞭子的他认为赵云鹏没给他面子，挑战了他作为连长的尊严，于是拽着赵云鹏要单挑。

面对钟守田耍旧军阀作风的那套歪理和"枪杆子最大"的错误逻辑，一向"以德服人"的赵云鹏，用湖南人特有的"霸得蛮"的拼劲儿，与钟守田比试了一番拳脚。钟守田凭着力气大，一下子把赵云鹏摔到地上。没想到，赵云鹏在躺倒的状态下，一个"鲤鱼打挺"翻起身后飞起一脚，把钟守田踹了个"狗啃屎"。被教训了一顿的钟守田感叹："没想到赵政委从小就练过武功！"

打完后，赵云鹏又搬出了古田会议决议和延安转发的关于军队政治工作的报告，他从确立党对军队的绝对领导的建军之魂，讲到长征路上张国焘仗着人多枪多向中央要权；从井冈山确立的官兵平等之军规，讲到红军时期总结的《三大纪律六项注意》。钟守田听得直眉瞪眼，最后才搞明白：共产党的军队不是个人领军，什么曾国藩的湘军、李鸿章的淮军那一套，在我们军队是绝对不允许存在的。我们军队是政党领军，毛泽东在井冈山时期就通过三湾改编把党支部建在了连上。同时，各级都设有党代表，这个党代表在连队叫指导员，在营叫教导员，在团以上部队叫政委。党代表通过召集党的会议对重大问题作出决策。因此，我们这支军队最根本的原则，就是党指挥枪而绝不容许枪指挥党。

虽然赵云鹏讲得很清楚，但钟守田并没有真正听进去。当时赵云鹏还没意识到，钟守田是在敷衍自己。习惯了叫苦说牢骚话的钟守田也没意识到，正因为他缺乏政治头脑，在之后不仅自己差点丢了性命，而且又一次连累了赵云鹏。

事情的起因是红一方面军和红四方面军在懋功会师，本来是一件非常激动人心的事，但相对兵强马壮的红四方面军里有很多人对于红军未来的前途和发展方向提出质疑。

赵云鹏当时与意见不同的红四方面军的一些同志发生过争执，此时他还不清楚红四方面军不听中央领导的根子在于张国焘想另立中央。

钟守田则借着酒劲乱发牢骚，称"整天东奔西跑，还不如拉个山头舒服些"，实际上钟守田所说的拉山头的意思就是赵云鹏口中的建立根据地。结果，被红四方面军一个保卫处长听到，对方假意套钟守田的话，钟守田又是个直筒子，几句话就把赵云鹏卖了个干干净净。

半夜红四方面军的政治部保卫人员就把赵云鹏和钟守田抓了去。那段时间红一方面军和红四方面军摩擦不断，为了保证绝对团结，红一方面军采取了忍让的对策。

赵云鹏和钟守田因被扣上了"托派"、"AB团"等帽子而被关进了水牢。多亏红四方面军的徐总指挥巡查发现了问题，救出了几十名因各种名义被抓的红军官兵。

后来到了陕北，赵云鹏才知道原来右路军有人搞分裂，要另立中央，多亏红四方面军的指战员们旗帜鲜明地反对分裂，让野心家闹分裂的图谋落了空，也使红四方面军回到了跟着党中央北上抗日的正确路线上来。之所以能做到这些，就是因为支部建在连上，使党始终保持着对部队的掌控。

在过去很长一段时间里，在钟守田眼里，赵云鹏的政治工作就是和战士们搞好关系，把大道理掰碎，换成"白话"让所有人都听得懂，听得进去。其实不完全是这样。赵云鹏做政治工作向来不是搞关系，更不喜欢搞说教，而是坚持党指挥枪这个根本原则，注重做人的思想工作，更注重言传身教。他知道战士们很难理解政治工作是个啥东西，于是就从教战士写自己的名字开始，从经常烧热水给战士烫脚、挑血泡做起。他行军时总是背得最多、走在队伍的最后面，吃饭时总是最后一个打饭，要亲眼看到每一个战士都吃饱，打起仗来更是身先士卒、冲锋在前，哪里任务最艰巨就跑到哪里，哪里最危险就出现在哪里……这些都使官兵真正感受到，政治工作是真的、实的、暖的，是可信的、可行的、崇高的。于是，官兵们对党代表充满了高度的信任，任何传下来的命令，如果没有政委签字，他们都不相信。所以，从当指导员到教导员，再到现在任政委，不知不觉间，赵云鹏就成了钟守田的主心骨，也成了部队的主心骨。这就是政治工作的"绝对权威"，也是政工干部的威信，这不是自封的，而是在斗争中形成的；也不是纸上任命的，而是经过实践检验、群众检验、历史检验出来的；更不是官兵口头上的拥护，而是官兵发自内心高度自觉的拥护。

说是军区大会，实际上会场连简陋都称不上，警卫连在戏台子会场外围拉了二百米的警戒线，两张桌子六条半腿，下面的团长和政委们大多席地而坐，来得早的离戏台子近一点儿，来得晚的或者资历浅的往后坐点儿。

杨司令员照旧先端起大茶缸子一顿猛灌。赵云鹏见状明白杨司令员这是准备"忆往昔"了。

渤海军区杨司令员和景政委都是老革命了，他们都非常明白，山东的大局由山东军区的罗司令员兼政治委员在主持。当年罗司令员兼政委带着"干部团"和机关三千人独立无援转战齐鲁大地，到现如今，山东军区已今非昔比、兵强马壮了。山东军区（野战军级），下辖五个军区（兵团级）、二十二个军分区（师级）、四个独立旅、十八个独立团，还有二十四个基干团，总兵力已近三十万人。

对于罗司令员兼政委，赵云鹏简直佩服得五体投地。能在敌人腹地纵横捭阖、转战沙场，短短几年把两万多人的队伍发展成近三十万人的队伍，靠的是什么？上下官兵都亲身体会到，靠的就是政治工作，它是一切工作的生命线。

杨司令员环顾在场的干部，提高嗓门说道："同志们，现在小鬼子是投降了，但东北瞬间成了美、苏、中，国民党和我们共产党'三国四方'抢占的焦点，东北的极端重要性毛主席提出的战略已经讲到家了，我们能不挺进东北吗？大家都期盼着过和平日子，但我告诉你们，此时这种和平麻痹思想万万要不得啊！就拿我们山东来说，国民党反动派阻止我们接受日伪军投降，不断地进攻解放区根据地搞摩擦，不是和平快来喽，而是战争快来喽！再说了，东北的几十万小鬼子投降了，苏联红军不可能总占着东北不走，我们已经有兄弟部队挺进东北了，但蒋介石顽固地坚持东北不在停战协定的范围内，不承认共产党及其部队在东北的合法地位。据说，蒋介石派了一名要员到营口与苏军联系时发现，营口已由东北人民自治军接收。这名要员返回重庆向蒋介石报告营口的情况时，蒋介石咬牙切齿，认为不能把东北白白送给共产党！可见，国民党在美国佬的支持下不会让我们独吞东北。我们今天还在山东，明天可能就要到东北去啦，这场大仗，我看是非打不可啊！"

杨司令员的话引发台下一阵议论纷纷。钟守田惊讶地望着赵云鹏："行啊老赵，杨司令员讲的和你前几天给我掰饽饽讲的一样啊。"

赵云鹏白了钟守田一眼："认真听司令员讲话。"

杨司令员喝了口水，接着说道："我们进东北，国民党肯定也坐不住了，他们一定会调重兵前往东北。东北到底是个什么情况？我们并不了解，但是苏联人、美国人、我们、国民党三国四方唱大戏是一定的，这个戏不好唱啊！大家要有心理准备。我们山东的形势算是好的，但很多解放区都处在国民党军的包围之中，现在不是放下枪杆子过太平日子的时候啊！同志们，要准备打仗，要时刻准备打仗哟！我们要准备打一场抢占东北的大仗啊！"

台下，赵云鹏眉头紧锁，他清楚杨司令员绝对不会无的放矢，今天的大会说是战斗动员，却更像是"出关"动员，山东地理位置与东北相邻，无论是陆路还是海路都有便利条件，党中央下决心抢占东北，很可能会从山东抽调主力部队去。

台上的杨司令员说着说着，语气突然一变："咱们有些同志，平日里吹三哨六的，真把自己当成长坂坡的赵子龙还是当阳桥上的猛张飞了？别人夸你，你要谦虚嘛！要心中有数，不能都当真嘛！很多时候，勇敢过了头就和愚蠢画等号了。"

赵云鹏下意识地看了一眼身旁的钟守田，他清楚杨司令员所说的勇敢过了头，很可能说的就是钟守田。但钟守田却一副幸灾乐祸的表情，在那里左顾右盼的，前后打听杨司令员批评的是谁。一旁的众团长和政委们都看着他笑而不语。

此时此刻，赵云鹏尴尬得恨不得用脚趾抠出一个重机枪掩体。杨司令员看着台下东张西望的钟守田，好像是在寻找难兄难弟似的，气不打一处来，从桌子底下抄出一个铁皮喇叭，大声喊道："钟守田，我说的就是你！你娘那个……"突然声音又转入低八度说了一句："最近身体怎么样？"

杨司令员下意识地看了看身旁的景政委，眨巴眨巴了几下眼睛，又说道："景政委不让俺爆粗口，今儿个是便宜了你，不想挨骂你争气一点儿啊！"

景政委又用力拽了一下杨司令员。杨司令员起身双手按着桌子，提高嗓门说道："不让好好说话了？独立营战功累累扩编独立团是好事，但是，这些年独立营的伤亡你们统计了吗？"

听到这个问话，赵云鹏与钟守田立即双双站起身来。赵云鹏立正敬礼，报告道："报告首长，从1941年组建至今，独立营牺牲副营级五人，伤残一人，连排级七十一人，正副班长一百二十一人，士兵二百七十九人。"

杨司令员满意地看了一眼赵云鹏。景政委点了点头道："同志们，为了国家独立、民族解放、人民幸福，每一个牺牲的人都会被永远铭记的。"

杨司令员停顿了片刻，继续斥责钟守田道："前段时间打鬼子运输队，你个混蛋骑着白马，让大家跟你冲，这是不是你？一连长高广来，那是个多好的干部啊，抗日大学回来的好苗子，本来可以好好培养，结果牺牲了，你不心痛我心痛啊！打仗是要有牺牲的，但不是要这样白白牺牲啊！赵云鹏，你是政委，以后再出这样的事情你有一半的责任！"

战前动员大会很快结束了。从现在开始到入冬之前，整个山东军区的目标是完成对四十个以上县城的解放，扩大解放区，形成对重庆谈判有利的态势。对于那些顽抗的不肯投降缴械的日伪军，就是要坚决给予歼灭。

赵云鹏与钟守田迅速返回了驻地，他们领回的作战任务是与军区直属特务一团和特务二团牵制禹城之敌；同时，监视济南之敌的动向，伺机包围胡家庄伪军警备旅，形成围点打援之势；一旦驻守禹城的日军增援，寻机将其歼灭，解放禹城。

这个任务看似简单，实则不确定因素极多。赵云鹏与钟守田认真地分析了禹城周边的形势。钟守田信心十足，一副志在必得的样子。

赵云鹏却眉头紧锁，提出质疑，完成这个作战任务的先决条件是敌人能够被调出来。游击战、运动战、围点打援是我军的强项，但是野战攻坚则相对缺乏经验。

独立团的家底钟守田清楚，赵云鹏更清楚，团迫击炮连的十二门迫击炮分别是三种口径，六国生产，九种型号，被戏称为三六九迫击炮连，而且一共只有二十一发炮弹……

攻坚需要火力掩护，突破口需要火力支援和延伸，所以钟守田嘴里一直念叨着："富有富的打法，穷有穷的打法。"

赵云鹏清楚，以往钟守田这么说，肯定是有什么歪主意想让他把把关，但是今天可能是个例外，因为钟守田是真没主意了，独立团拔过鬼子的据点和炮楼，但是几个团相互配合的大型攻坚这还是第一次。

眼下日寇与汪伪余孽同国民党沆瀣一气，勾结在一起给八路军受降设置重重阻碍，国民党方面甚至利用起日寇战犯冈村宁次。而作为"剿共专家"的冈村宁次给国民党方面的建议就是"拖"和"困"，拖慢我军扩大解放区的速度，从战略角度将各个解放区孤立起来，从战术角度逐个击破。

八路军不能等，也等不起，所以上级首长才决定发起大规模的反攻，破局的关键点就在于置之死地而后生。

卧榻之旁岂容他人鼾睡？独立团的驻地就在禹城敌人的眼皮子底下，这并不是什么灯下黑，而是硬碰硬打出来的，日伪军实在拿独立团没了办法，就选择性看不见。

赵云鹏认为现阶段的部队缺少攻坚经验，可以组织班排长和有战斗经验的老兵一起研究，相互交流战斗经验。多年的对敌斗争中，基层官兵总结出了许多确实有效的战术和战法。

在战斗前发扬军事民主，从团里到班里，层层组织，每个人都要积极发言，让有经验的老同志畅所欲言，这样一来可以让战术战法灵活机动，集大家之所长，老兵带新兵，一帮一，一带一，一学一，以点带面。

为此，赵云鹏专门召集连以上主官开了一个小型政工会。在会上，他把自己认真准备的一番话跟大家作了交流："我们军政主官特别是政工干部，都应知道我军政治工作的方针。我把毛主席概括的我军政治工作的方针给大家简单说说，那就是：要放手发动官兵，在集中领导下充分发扬民主，让官兵政治上高度团结，生活上得到改善，军事上提高技术和战术。"

会议之后，各连队都学习赵云鹏的做法，把实行我军政治民主、经济民主、军事民主与做好政治工作结合起来，把两者糅在一起做，贯穿渗透到官兵日常学习、战斗和生活的一点一滴，让官兵不仅感受到我军与一切旧军队的区别，焕发出敢打必胜的战斗精神，而且把我军政治工作做到看得见、摸得着、说得清。

赵云鹏忙得脚打后脑勺，钟守田却躺在炕上喝着小酒，捏着花生米，哼着胶东小调，好一个悠闲自得。在他看来，赵云鹏就是精力旺盛乱折腾。见赵云鹏进屋，他赶紧把酒瓶藏了起来，用带着挑衅的语气说道："我说老赵你不嫌累呀？我看着都累，部队就要打大仗了，能不能消停消停。"

赵云鹏闻到了酒味，但他觉得要看破不说破，于是平和地说道："你真放心？那一千五百个新兵每人只打过三发子弹，拼刺、投弹只学了个皮毛。"

钟守田皱了皱眉头："老赵，打了这么多年仗，你还没打够？重庆那边正在谈判，日后是个啥样哪个能说得准？我这是以不变应万变。"

赵云鹏倚在钟守田的小酒桌上："是啊，谁不想舒舒服服过几天安稳日子啊！老蒋让咱们把军队都交出去，好过太平日子。"

"熊蛋玩意儿，交出枪杆子，等着咱们的就是任人宰割的命运。没军队，没实力，老蒋会跟咱们谈判吗？"钟守田怒不可遏地盯着赵云鹏。

赵云鹏微微一笑道："你看你也知道和平从来都不是乞求施舍来的，是打出来的。眼下咱们团最大的问题是新兵太多。"

钟守田无奈坐起身，摇着头问道："谁生下来就会打仗！你想咋个搞？"

赵云鹏坐到了钟守田对面，沉稳地回应道："对，谁都不是生下来就会打仗，所以发动全团的干部、战斗骨干、老兵，传授战斗经验、小窍门，帮助新兵迅速成长、融入集体，带着新兵一起训练、一起吃饭、一起睡觉。"

钟守田皱了皱眉头，反问道："一起训练我没意见，一起吃饭和一起睡觉能干啥？"

赵云鹏耐心解释道:"官教兵、兵教官,官兵互教,这既能密切官兵关系,又坚持了官兵一致,这是我军探索多年的经验。我们现在补充的新兵多,按这个原则去抓战斗力,没有抓不上去的。"

钟守田点点头,站起身来说:"行啊,说吧,让我干什么?"

赵云鹏微微一笑,摊开一张地图,边指边说道:"这是郭家庄的防御工事群,交给你了。"

钟守田顿时一愣:"在驻地挖什么防御工事?"

赵云鹏指了指地图上大片的解放区:"过去我们打游击战、运动战、破袭战,随着对手的变化,作战样式也应改变了,现在我们要探索如何打防御战、阵地战,下一步我们还要学会如何打攻坚战。而且,我们的战士最擅长在战斗中学习战斗,这是我们最大的优势。"

钟守田被赵云鹏对过去、现在的分析和对将来的憧憬所鼓舞,怀里像装了一只小兔子要蹿出来似的,想打仗的瘾头发作,抓起军帽,起身说道:"交给我了!"

赵云鹏拽住了钟守田补充道:"大战在即,郭家庄所有人只进不出,命令已经下达了,要反复叮嘱官兵,不能因为与老乡熟络就网开一面。军事行动,情报至关重要。"

钟守田点了点头:"俺明白啦。"

在庄外绕了一圈,检查交通壕搞了一身泥土的钟守田碰到了焦急万分的何老倌。何老倌一见钟守田,一下子跪下,高喊救命。

不明所以的钟守田扶起何老倌一问才知道,原来何老倌前几年在外面养了个小的,不知道怎么被家中悍妻得知了,准备要磨刀砍死狐狸精。

钟守田知道何老倌与大老婆没孩子,何老倌一直念叨的也是不孝有三,无后为大。自己平日没少吃人家的,也不能眼睁睁地看着出人命不是?犹豫了片刻,钟守田还是亲自把何老倌带到了小河边。何老倌连连作揖,很快消失在河滩上。

钟守田哪里知道,他这一放差点让独立团陷入险境。何老倌更没料到这次告密被家里的长工李四宝得知,山东解放后他因此被检举清算。

眼下日本人失魂落魄无心死战,双手沾满中国人鲜血的他们非常害怕共产党给他们拉清单。于是,国民党所谓的承诺成了他们的救命稻草。

最不要脸的就数那帮汉奸,一转身全部都变成了曲线救国的英雄,臭不可闻地聚在一起,共商挟制山东共产党的会议竟然中途变成了分赃大会。不仅仅是国府各路大员的代表,还有国防部、国民党军方各派系的代表也云集于此。

第二章　三国四方，厉兵秣马

前几天还炙手可热的代表五十二军的牛秦川，随着各路大员纷纷抵达，此时成了无人问津的小虾米。胶东半岛地理环境得天独厚，先不提海对岸的大连、旅顺、营口、秦皇岛、葫芦岛等数十座大大小小的码头，在众人眼中这里就是开采不完的金矿。

吉普车在泥泞的道路上颠簸，司机哼着刚刚学会的小曲："给爷一根烟，快活赛神仙，红袖头背响火，狗皮帽两边翘。贩烟土，卖军火，走私货，搂着情妹怀里摸……"

"闭嘴！哪儿学来的淫腔滥调？！"牛秦川一声大吼吓得司机一脚刹车停在了原地。

牛秦川皱着眉头望着吉普车外出神，片刻挥了挥手："开车！"

牛秦川随着吉普车的颠簸，忽然想起了什么一样，转身看向牛怀恩道："你这次回老家，见到老太爷了吗？"

牛怀恩听后一愣，立即回应道："我回去的时候，老太爷去老宅子了，我见到老太太了，能吃二斤裤带面呢，精神头足哩！"

牛秦川听说母亲身体还好，满意地点了点头，问道："我说你，怎个没回趟家瞅瞅？"

牛怀恩摇了摇头："我家没啥人哩，我就跟着大少爷你，你家不就是我家嘛！"

牛秦川得意地撇了下嘴说："你小子倒是打好了主意噢，让我给你娶婆姨养老呀！"

听说要给娶婆姨，牛怀恩一探头，贱兮兮地说了一声："我要米脂的婆姨！"

吉普车刚要拐进驻地大门，突然一个人影径直扑了上来，司机一脚急刹车，措手不及的牛秦川与挡风玻璃贴了个脸对脸，毫无防备的牛怀恩张着嘴径直从吉普车上摔了出去。驻地大门口瞬间出现了人仰马翻的一幕。

何老倌的消息原本是带给女婿刘大麻子的，没想到已经换了做主的，于是支支吾吾，顾左右而言他。牛秦川明白老滑头是在要好处，于是把两根"小黄鱼"扔在地上。

在任何人眼中这都是不折不扣的侮辱，但是何老倌恨不得让牛秦川把他祖宗八辈都挨个侮辱十遍才算罢休。

何老倌竹筒倒豆子般把独立团的情况全部告诉了牛秦川。牛秦川最感兴趣的是独立团政委赵云鹏的情况。在何老倌嘴里的赵云鹏成了神掐妙算的姜太公。

送走何老倌，牛秦川立即命令刘大麻子集合连以上军官，因为在返回的途中他就隐约发现有些异常，从前经常能看见的八路军武工队在公路两侧的"信息哨"为何全都不见了呢？

如果是伪军的岗哨不见了踪影，牛秦川可谓见怪不怪，通过各种渠道以及乡绅摸来的情报，大多数是要么看见，要么听见，或者干脆就是捕风捉影，结合何老倌的情报，牛秦川判断山东共产党军正在谋划搞一场规模空前的大反攻。

牛秦川琢磨着，山东共产党军的目的非常明确，赶在国民党军主力进入山东之前巩固扩大解放区，赢得战略缓冲。但让牛秦川疑惑的是共产党军为何这么急于发起全面反攻，他认为，共产党军是知道国民党军主力至少在年底才能完成对东北、华北等地的兵力调遣部署。

山东共产党军第一锤子会砸在哪里呢？

这个全线大反攻来得颇有些蹊跷，如果这样的话，国民党军主力是必须分兵援鲁来阻止山东共产党军的扩张的，如此一来会拖慢国民党军进军东北的速度。

这是欲盖弥彰？难道是中共方面准备抽调山东共产党军主力出关抢占东北？牛秦川越想越觉得形势发展可怕，他被自己的推断惊出了一身冷汗。站在地图前静思片刻，牛秦川越发坚定了自己的判断："发报！"

副官牛怀恩立即翻开笔记本执笔等候，等了许久没有出声，只见牛秦川摆了摆手，叹了口气道："下去吧！"

牛秦川慢条斯理地拿着一支雪茄，在鼻子下面嗅了嗅，起身在房间里来回踱起了步子。不是他不想发报，而是他不知道应该把这封电报发给谁，报告给南京国防部二厅，说一切都是自己预判推断出来的？刚刚光复，大家都在忙着跑马圈地发大财……

牛秦川的目光再一次落回了地图上，又慢慢聚焦到了小郭庄，这里驻扎着老八路，是由一个独立营扩编而来的独立团，这个团政委赵云鹏就是自己读燕京大学时的同窗旧友。

想起赵云鹏，牛秦川想起了他俩第一次见面的情景：在走廊的尽头，穿着学生服的他俩，因为相貌长得十分相像，结果差点以为对面是镜子而撞了上去。

当年，一副大少爷做派的牛秦川有钱花不完，但是却"土"得掉渣；而逃婚出来的赵云鹏为报考大学，几乎变卖了身上全部值钱的东西，到了燕京发现已身无分文，高烧不退的他病倒在了街头，最后被好心的梅教授从街上救起送到医院医治好了身体。

这段经历让赵云鹏刻骨铭心，那不是简单的雪中送炭的恩情，而是救命之恩。赵云鹏是很讲究知恩图报的人，心中暗暗发誓，一定要保护被梅教授视为珍宝的小师妹梅钰琳。

随后梅教授对康复后的赵云鹏进行了一番考察，觉得这个年轻人确实品学兼优，于是用自己的名额推荐了赵云鹏参加招生考试并让他被顺利录取。与此同时，拿着省党部推荐信的牛秦川也顺利进入了燕大。

让梅教授惊讶的是，牛秦川与同班同桌的赵云鹏，无论是长相还是神态动作都十分相像，两人好像是一个模子刻出来的。最开始的时候牛秦川因为顽皮，干了不少不堪的事，好些事都差点扣在赵云鹏头上。梅教授对品学兼优、荣辱不惊、为人低调的赵云鹏很是欣赏。梅钰琳发现父亲很喜欢赵云鹏，甚至还经常叫赵云鹏到家里来"蹭饭"，便主动与赵云鹏接触起来。没想到，这个穷学生还躲躲闪闪，常常推托婉拒。他既喜欢梅钰琳，又对她若即若离，始终保持着师兄与师妹那种互相尊重的距离。

同样喜欢梅钰琳的牛秦川颇有心机，决定明修栈道，暗度陈仓。为了追求梅钰琳，他要成为赵云鹏最好的朋友，一切全部向赵云鹏看齐。

大家都感到很蹊跷的是，一个来自陕西，一个来自湖南，两个人没有血缘关系却酷似同胞孪生兄弟。巧合的是，他们不仅同班还同坐一桌；更让人不可思议的是，他们不管身处哪里，都能超越时空限制地感受到彼此的存在，有一种喜怒哀乐互通互联的心灵感应。牛秦川打排球被撞伤左臂的当天上午，赵云鹏打篮球也被撞伤了右胳膊。学校发校服，两人常常可以共穿互用。

牛秦川回想起在大学校园那些无忧无虑的日子，好多场景都历历在目。记得那时，两人经常陪着小师妹一起去玩，春天去踏青，夏天去游泳，秋天去摘果，冬天去堆雪人，还满大街找冰糖葫芦给小师妹吃。

在三人交往中，小师妹似乎更加喜欢人品厚道的赵云鹏，但却不知道为什么，赵云鹏始终不表明自己的态度，这恰好给了牛秦川穷追猛打追求梅钰琳的机会。

实际上，赵云鹏之所以没接受梅钰琳的示爱，是因为他有一种亏欠感，总觉得自己虽然是逃婚出来的，但也算是结过婚的人，不想欺骗恩师和小师妹，更怕耽误了小师妹的终身大事。

让牛秦川记忆犹新的是当年在选择未来去向的时候，他想选择出国，而且还主动邀请梅钰琳、赵云鹏一同出国，打算学成归来实业救国，结果自以为好心的牛秦川却在赵云鹏这里碰了壁。

赵云鹏与牛秦川从中西方文明到如何实业救国，曾进行过一场激烈的辩论，小师妹梅钰琳坚定地站在赵云鹏一边，帮着他一起舌战牛秦川。

在这场激烈的辩论中，关于中西方文明孰优孰劣的问题上，牛秦川认为，虽然中华五千年文明灿烂辉煌，但近代长达百年的衰弱是不争的事实，他认为我们要向先进的西方全面学习，包括他们的民主。

赵云鹏则认为，西方的民主不适应中国当今之社会，中国人独有的文明底蕴岂能是只有区区几百年历史的国家能比拟的？并且举出了西方文明的火种是普罗米修斯盗取并赐给他的信徒的，而我们中国祖先则是钻木取火而获得了火种的例子。

赵云鹏还认为西方文明是从大洪水来临之际听从神明的召唤中来的，而我们中国则有大禹治水，从骨子里有着一种敢于迎接大自然挑战的勇气和驾驭大自然的智慧。

赵云鹏与牛秦川的激烈辩论引来了梅钰琳的父亲梅教授。听完他们辩论的观点后，梅教授并没有发表意见，而是默默地微笑，在他看来，这种辩论的意义不在于各自讲了什么，而在于他们有自己的思想和独到的见解，让他更欣慰的是，有此间少年志，国家才有希望。这场辩论后，梅教授还提醒女儿要多向两位师兄学习，尤其要与赵云鹏多加来往。

看到梅教授偏向赵云鹏的态度，牛秦川受到了刺激。他想，既然不能一起共同实现实业救国之理想，那就弃笔从戎吧，好男儿应干一番精忠报国的大事。但一想到自己离校岂不是成全了赵云鹏，于是又想拉着赵云鹏去投考黄埔军校，结果遭到赵云鹏的拒绝。赵云鹏认为，当今之中国，需要的是刮骨疗毒式的根治，国民党连治标都做不到，何谈治本？结果两人又一次不欢而散。

此时，望着军事地图上八路军密密麻麻的驻地和番号，牛秦川知道靠眼前警备旅的几头烂蒜硬扛肯定打不过八路军，于是命令部下把带来的几百套国民党军军服全部发下去。八路军敢打鬼子、打汉奸，但面对国民党军，八路军敢打第一枪吗？

这天，伪军警备旅的驻地突然升起了青天白日旗。赵云鹏很快得知了这一情报，第一反应是不太可能，因为日本人与汪伪汉奸为了各自出路，激化了矛盾。

再说，国民党方面，何思源本身不是嫡系，却是亲日派，手里没有实权，南京方面才放心委任他为山东省主席暂时稳住山东日伪势力，实际上就是一个过渡。

何思源自然也明白南京方面的"用心良苦"，所以他也"十分大方"地敞开大门。各方大员，委任的，过路的不是都想捞一把吗？欢迎大家，火中取栗各凭本事，这才造成了山东现在的乱局，这也恰好给了我军发展巩固解放区的机会。

赵云鹏和钟守田将伪军警备旅被国民党收编的情况上报给了渤海军区，他们正在等待命令。

对于赵云鹏的举动，钟守田不太理解。在他看来什么日本鬼子、汉奸伪军、国民党"遭殃军"，逮到了先打一顿，先斩后奏，反正肉已经吃到了嘴里，吐出去是不可能的。

对此，赵云鹏认真地数落了钟守田一番，什么个人主义、自由主义，什么本位主义、山头主义，结果完全成了对牛弹琴。钟守田则认为这是给他打棍子、戴帽子，他最怕赵云鹏给自己上课，于是含糊不清地说了几句认错的话，好像要去干什么重要的事似的，急急忙忙地溜之大吉，搞得赵云鹏颇为无奈。

禹城距离济南很近，济南城内一下子聚集了数万日伪残兵败将。根据禹城敌我形势发生的变化，军区重新调整了作战任务，把独立团由"主攻"改成了"主看"。

于是，钟守田放松了下来，但他并不知道，牛秦川已经把独立团的布防琢磨了个精透，只需要派一支全部由老兵组成的步兵连加一个迫击炮排，牛秦川就有把握掏掉独立团的指挥部，继而直捣渤海军区机关驻地。

平心而论，牛秦川对打内战是有抵触情绪的，但身为军人的他认为，如果国共真无法谈出和平，那么就要以迅雷不及掩耳之势将共产党的武装彻底歼灭，只有这样，才能让国家尽快实现和平而恢复元气。

牛秦川将被上峰视为绝密的"剿匪"手册轻轻地放在桌子上，仿佛这本薄薄的小册子有万钧之力一般。

牛秦川用手指有节奏地敲打着"剿匪"手册，边敲打边想，这玩意儿他1933年就看过了，里面的内容至今记忆犹新，什么国家兴亡，军人之责，"盗匪"不灭，军人之耻，等等。

看来全面内战已经是箭在弦上不得不发喽！牛秦川微微叹了口气，他清楚重庆的《双十协定》不过是拖延之计，给共产党造成一种错觉，国府根本没有半点和谈的诚意，还想让共产党背上挑起内战的恶名。

傍晚，副官牛怀恩端来一碗热气腾腾的面条。牛秦川见到面条就来了情绪，内心的喜气洋洋难以抑制。他一手端着大碗，一手拿着筷子并捏着一根大葱，用筷子夹起面条，上下拎了一拎，拎出碗面后，又高高亮了一下，然后，闷下头把面条塞进嘴里，一瞬间，使劲地吸上一大口，呼噜呼噜呼噜，面条全部吃了进去。就这样，他吃一筷面、蘸一次酱、咬一口大葱，真是吃得津津有味。牛怀恩在一旁看着这么专心吃面条的牛秦川，一脸为难地悄悄说道："团座，家里面捎信来哩,今年老太太八十大寿,让您无论如何也要回去一趟。"

牛秦川放下了面碗,停顿咀嚼,心想:前些年"围剿"共军、打小鬼子就没消停过,那时他从未提及家人,不是他不想,而是不敢,他总觉得,人一旦顾及得多了,就会变得"贪生怕死"。

家人尤其年迈的母亲是他的"心病",也是他最怕被触碰的软肋。这些年母亲也知道他为国征战没打扰他,反而把族里面优秀的娃送到了队伍上,每次就一句话:"亲不亲,打断骨头连着筋;上阵还要父子兵!"他不敢回老家的原因还有一个,那就是这些年作战勇猛的"牛家军"几乎死伤殆尽,他怕回去,怕对不起父老乡亲。

不知不觉,两行泪水流过脸颊。牛秦川眼前浮现出了那沟壑纵横的黄土高坡,浮现出老家那套青砖大庄园,五进五出的套院,方圆百里没人见过。

老牛家出过二品的总兵、四品的防守尉,那是老牛家的高光时刻,但到曾祖父那一辈,只中了一位三榜进士,再到老太爷这一辈,就没见出什么人才,于是老太爷把家里的巷子改窄了,两个人迎面相遇都要侧着身子,横跨半步才能过得去。

牛老太爷称:"前者是礼,后者为节,这叫有礼有节。有了礼节才算读书人家,读书人家自然就会冒出中举之人。"

这样,牛家也就成了自认的正儿八经的"书香门第"。

读书人什么最重要?老太爷那辈就认孔圣人说的一句话:人不可无傲骨。读书人就是要一身傲骨!

为培养子孙们一身傲骨,不知从什么时候起,打儿子就成了老牛家的一个传统。放在牛秦川身上,就是不打不成才。三天不打上房揭瓦。有事打一顿教育为主,没事打一顿预防为辅。

记忆中牛秦川被母亲那"家法"追得满院跑,棒打出孝子不假,正因为母亲的严厉教育,才打出了一个燕京大学的大学生,这让质疑老牛家"书香门第"的人也都闭上了嘴。但到后来,牛秦川还是弃文从武,玩起了舞枪弄棒的行道,气得老太爷当年差一点儿两腿一蹬驾鹤西去了。

牛秦川起身来到窗边,自言自语道:"什么破葱,怎么这么辣眼啊!怀恩,今年老娘大寿,咱们一定要回去一趟!"

牛怀恩当即一个立正,喜笑颜开答道:"好嘞!"

就在独立团紧张训练、积极备战之际,军区机要秘书突然来到独立团驻地,宣布有重要的电令。

第三章　高远战略引大军出关

根据毛主席关于建立东北根据地，中国革命就有了巩固基础的重大战略思想，党中央确定"向北发展、向南防御"的重大战略方针。如何用我党制定的这一重大战略方针统一部队的思想和行动，把这一战略方针真正抓实落地，广大政工干部发挥了不可替代的关键作用。

1945年9月19日，中央军委向全军发出了"向北发展、向南防御"的重要指示。根据这一决策部署，山东军区奉命分批抽调五个步兵师、一个警备旅和十八个基干团，以最快的速度开始渡海，迅速挺进东北。

独立团恰好就是抽调的基干团之一。听到这个令人振奋的消息，钟守田立马精神抖擞。据管机要的季秘书透露，去东北的基干团要留下现有的全部轻重武器，每个班仅携带两支步枪，全体轻装简行，到了东北全部换新的，苏联红军缴械了七十万日本关东军，那装备海了去了。

季秘书绘声绘色地给独立团官兵描绘了一个到东北的美好前景：富饶的黑土地，全新的武器装备，吃不完的大米白面，更重要的是，能过上远离战火硝烟的平静日子。

赵云鹏感到有点摸不着头脑地询问季秘书："独立团要留下大部分新兵和几乎全部的装备，以班排连营骨干组成架子团，那不是几乎徒手出关吗？到了关外，兵员、给养、被装、武器、弹药如何补给呀？"

季秘书没想到赵政委会如此较真儿，含糊地回答道："放心，早就协调好了，上级首长会解决的。"

站在一旁的钟守田听到这样不太满意的答复，却兴奋地搓了搓手，大声问道："季秘书，那到东北发不发媳妇啊！"

"哈哈哈——"季秘书大笑了起来，接着回应道，"一准发，钟团长，你完全符合'二八五七团'的标准！"

顿时，士兵们也起哄起来，大家哈哈哈笑个不停，有个士兵擦着笑出来的眼泪，顽皮地问道："团长，你都有媳妇了，俺们呐？"

钟守田看了看这个战士，没理他，箭步登上院子里的一个大石磨，双手叉着腰，一脸严肃地说道："笑啥？东北现在被苏联老大哥占领了，咱们过去是跟着老大哥过好日子！"

在众人的欢笑声中，赵云鹏的神情开始凝重起来。他清楚，这些官兵还没有真正意识到挺进东北的重大意义，各种传说使他们形成了一种错觉，好像前往苏军控制下的富饶东北，就能远离战火硝烟，每天吃上大米白面，就能马上过上安逸的好日子。

赵云鹏见大家根本没有意识到出关的重要性，神情严肃地环顾了一下众人，大声说道："大伙儿静一静，静一静！我想问一下，你们有谁去过东北？"

在场的众人面面相觑，除个别人听说过一些外，大家对东北的印象就是听季秘书描绘的那样：全国有一半的粮食、煤炭、钢铁、矿山、工厂都集中在东北，用东北话来说，就是"老好了"！

见此状况，赵云鹏意识到，现在最需要的是用党中央的战略方针统一官兵的思想，于是清了清嗓子，语气沉稳地说道："同志们，我们出关进入东北是为了什么，大家想过没有？前几天杨司令员在动员会上就提到了党的七大上毛主席多次就东北的重要性发表了看法，大意是：我们就算丢掉现有所有的根据地，但只要有了东北，中国革命就有了巩固的基础。"

提到党中央和毛主席，在场的所有人顿时安静下来，一下子把目光聚到了赵云鹏身上。赵云鹏接过大家投来的目光，又环视了一圈，他看到大家瞪大的眼中都闪跳着一种自信的神色，他明白，这是一种期待，一种渴望。于是他拿出一幅东北地图，指着地图上公鸡头的位置，沉稳地说道："东北为什么重要？"

话音刚落，钟守田就冲上前来，指着模糊不清的东北地图，大大咧咧地插话道："党中央说重要，那就肯定重要！"

钟守田忽然发觉自己说了一句非常没有营养的话，于是赶紧闭上了嘴。

赵云鹏用手按住了东北地图，慢慢地、一字一句地说道："东北与我们熟悉的关内有很大不同。如果把中国的版图比作一只翘首挺立的雄鸡，那么高昂的鸡首处就是东北地区。白山黑水的东北沃土千里，物产丰富。罕见的黑钙土形成的松辽平原是中国最大的粮食产地。大小兴安岭和长白山系延绵数千里。在千里冰封、万里雪飘的北国风光下，还闪耀着瑰丽多彩的矿藏，有的是中国之最，有的是世界之冠。东北不仅是近代中国工业最发达的地区，其交通也十分便利，铁路和公路四通八达。此外，东北背靠苏联，与朝鲜、蒙古国接壤。总之，东北的战略地位十分重要。我们与国民党谁占领了东北，谁就将取得全面的战略优势。所以毛主席多次强调，只要我们占领了东北，中国革命就有了巩固的基础。"

一副恍然大悟表情的钟守田,狠狠地抓下头顶的帽子,死死盯着赵云鹏,憋足了气大声说道:"大棒槌啊!老赵,你看我理解得对不对啊。争夺东北对于我们和国民党来说是一场你死我活的拼争。大家伙儿加把劲儿啊!拿下了东北,我们就有足够的本钱和国民党掀桌子了!"

赵云鹏听到钟守田这番话,立即提醒道:"老钟,到东北仗有得打,最后一仗指的是我们对日伪军的,而并非国民党军,国民党不可能坐视我们占领东北,未来东北的战斗一定会非常残酷。"

在场的所有官兵顿时有了一种拨云见日的感觉,众人纷纷议论:"东北这么重要,国民党肯定也要抢。那么咱们去东北就不是去过舒服日子,而是要做好经受更残酷战斗的准备。"

季秘书惊讶道:"赵政委,你的政治工作做得太及时了,真好比是春风夏雨啊!"

钟守田一脸不解:"啥政治工作?老赵不是明明在讲东北有多重要吗?"

赵云鹏微微一笑:"我如果照本宣科,当面锣、对面鼓地给你老钟讲东北的重要性,你肯定左耳朵进右耳朵出了。你明白了去东北的重要性,全团的骨干就都明白了,不是吗?"

钟守田闹了个大红脸,心中暗暗感叹这政治工作还真是无处不在、无时不有啊!

出关前的各种准备让赵云鹏和钟守田忙得脚打后脑勺。新兵需要移交给军分区,留下的骨干要时刻统一思想。对于不少老山东的骨干来说,少部分人还是舍不得远离家乡的。

移交武器装备对于独立团来说更多的是不舍。让钟守田气愤的是老田、老钱、老方三个厚脸皮的家伙竟然约好了,一同登门打起秋风来啦!

田继业、钱守仁、方桦三个人是钟守田的老战友,也是钟守田当班长那会儿带的新兵,他们竟然都比钟守田先当了团长。对此,钟守田表面不说,心里却一直酸酸的。

四个团的防区又是相邻,正所谓远亲不如近邻。但是,这三个邻居对于钟守田来说就过分得很了,一口一个老班长,当团长的打当营长的秋风就发生在了钟守田身上。

此刻,钟守田拎着九环大刀堵着团部的门口,大声嚷道:"叫花子盆里抠食,把你们几个出息的!滚蛋——不招待,有多远滚多远去!"

一刻钟后,一个炭火盆,架上了一个锅沿像狗啃一般,被烟熏得黑黢黢的破砂锅。为了让钟守田招待老战友有面子,赵云鹏还贡献了最后一条老乡送他的腊肉。

围着砂锅,赵云鹏和钟守田陪着三位团长大快朵颐,好不热闹。田继业绰号"田大拿",顾名思义,一张口就是"你啊!拿来吧"。

大长脸的田继业一边盯着腊肉,一边敲着钟守田边鼓说道:"老班长,你发达了!去东北捡洋落,让我们羡慕得不得了啊!我听军区的季秘书说,基干团到了东北全部要换新的,我的乖乖,清一色的四个步兵营,还外加一个炮营。"

刚刚吞下一口冻豆腐的钱守仁顿时眼睛一瞪,含着嘴里的豆腐,含糊不清地说道:"阔气得很啊!炮营?老班长把你的那些迫击炮分我三门怎么样?不白拿,我把这个给你。"

说着,钱守仁顺手把一块欧米茄金表放在了桌子上。脸上一道疤,说话闷声闷气的方桦顿时一愣,看着钱守仁满脸疑惑地问道:"不是说这是你祖传的吗?说送人就送人了?"

一旁的田继业嘴一撇,调侃道:"那是1944年打鬼子运输队时,在鬼子中佐手上撸下来的。咱们钱团长正儿八经的苦出身,往上数八辈都是要饭的,全家就一条裤子。"

"要你大爷的饭!"钱守仁作势立马要动手。赵云鹏急忙拦住两人:"喝酒,喝酒,三位团长,装备是要移交军区的,你们来我们这里打秋风,我和老钟也不敢做主把装备给你们。电话就在隔壁,只要军区同意,我们二话不说,怎么样?"

三个人听罢也未表态,低头猛吃。赵云鹏与钟守田对视一眼,接着说道:"每人两挺歪把子,二十支三八大盖,多了我和老钟可不敢做主,但是你们每家要支援我们五百斤横纹布,不过分吧。"

三人听了条件顿时喜笑颜开,连连碰杯。片刻后,三个人几乎一起抹了抹嘴巴,起身出门,上马直奔军区而去。

钟守田气得咬牙切齿,追着骂道:"就是给狗吃了,狗也知道摇摇尾巴啊!对了,老赵,你要布干啥呀?"

赵云鹏嘿嘿一笑,宽慰道:"都是老战友,难得相聚。部队要出关了,东北沦陷了十四年,咱们中国人自己的军队进入东北,形象也要尽力顾及一下嘛!"

突然,钟守田看到了桌子上的金表:"哈哈,老钱把这个给忘了,这个守财奴能哭一晚上。"

一转身,钟守田面露疑惑:"我的九环大刀呢?那可是平津名家向登魁的手艺啊!"

第三章 高远战略引大军出关

忽然，钟守田额头青筋直跳："老赵，俺的个娘啊，这手表咋不动呢？还没针？"

赵云鹏无奈地摇了摇头。老战友之间最"淳朴"的探访，下场就像家里进了贼或者有土匪来了一样。

赵云鹏配合钟守田开始点验起移交的武器装备。钟守田站在一挺九二式重机枪面前唏嘘不已。赵云鹏用力拍了拍钟守田的肩膀，沉重地说："当年为了抢这挺重机枪，还牺牲了几个棒小伙子呢！"

几乎每一挺机枪和每一门迫击炮，赵云鹏都能准确地说出缴获的地点和过程，现在把这些武器移交出去，从内心里说，真是有些难以割舍。

破家值万金。面对这个要带着、那个不能列入移交名单的守财奴钟守田，赵云鹏只好安慰道："到了东北一切都会有的！"

独立团抛下了赵云鹏和钟守田多年积攒的家底，立即启程，轻装简行。直到闻到了刺鼻的海腥味，赵云鹏才意识到部队已奔至大海边准备登船了。为了防止遭到国民党海军的拦截，全团官兵在海边更换了便衣，等候着渔船深夜出发。

与此同时，牛秦川也接到了李正谊的电报，命令他率领由伪军警备旅整编的补充团，前往秦皇岛与师主力会合。牛秦川更是将山东一行的全部收获都给了李正谊。李正谊也投桃报李，安排牛秦川任25师75团上校副团长兼暂编补充团团长。

望着被自己精简到不足千人的队伍，牛秦川苦笑不已。山东人有闯关东的历史，但那是拿命在闯，毕竟故土难离，队伍开拔的当晚就跑了二百多人。

牛秦川的队伍刚刚鞍马劳顿抵达秦皇岛，李正谊就火速召见了牛秦川并面授了玄机。

为了配合苏联红军进入中国东北作战并准备接受日满伪军投降，党中央、中央军委连续下达了几道命令，其中有：

一、原东北军吕正操所部由山西、绥远现地，向察哈尔、热河进发。

二、原东北军张学思所部由河北、察哈尔现地，向热河、辽宁进发。

三、原东北军万毅所部由山东、河北现地，向辽宁进发。

四、现在河北、热河、辽宁边境之李运昌所部，即日向辽宁、吉林进发。

除了派出十万大军出关外，中共中央还派出了二十名中央委员和候补委员，其中包括四名政治局委员，率领两万多干部到东北指导作战与展开工作，并成立了中共中央东北局，彭真任书记。1945年成立了东北人民自治军总部，1946年1月改名为东北民主联军，林彪任总司令，彭真任第一政委，罗荣桓任第二政委，还有张闻天、高岗、陈云等重量级人物。由这样一个共产党的精英集团统一指挥东北的部队。

同时，党中央为了整肃军纪，向进入东北的所有部队统一公布了四个枪毙军规：打黑枪的枪毙；强奸妇女的枪毙；投敌的枪毙；带枪开小差的枪毙。

与此同时，轻装简行的赵云鹏与钟守田终于指挥部队抵达了乘车地点。很多士兵是第一次乘坐火车，而且对东北的一切都非常陌生。

他们要去的东北第一大城市，早年间叫奉天城。"奉天"两个字，取的是"奉天承运"之意。1928年张学良在东北易帜改名为沈阳；1931年东北沦陷后又改回了奉天；如今再次改回了沈阳。

奉天与沈阳名称交换之间，有多少妻离子散的人间悲剧，又有多少东北民众流下的血汗。看看抚顺、小丰满的万人坑，又有多少累累白骨。

雪片夹杂呼啸的寒风，顺着车厢的缝隙肆无忌惮地狂虐，车厢外的大地白茫茫一片，铁轨与车轮发出哐当哐当的节奏声，让人感觉最后一丝暖意也被卷入寒冷到一定极限而变成的白烟之中。

幽暗寒冷的车厢内，赵云鹏坐在一堆稻草上，这堆稻草是他作为团政委唯一的特殊待遇。满身酒气，敞着怀不惧寒风的钟守田跺了跺脚，从腐朽的车皮上掰下一块锈迹斑驳的铁皮，抱怨道："政委，你看，都快散架了，这四面漏风的铁壳子，没等到东北咱们就冻僵了。"

赵云鹏合上笔记本，望着钟守田，严肃地说道："老钟，你是团长，关键时刻要以身作则。咱们出发前整训那会儿，淮南的兄弟部队入关，人家是靠着两条腿走了几千里，在咱们解放区多休息一天都不肯，为了什么？不就是为了抢在国民党反动派前面出关抢占东北吗！"

关外是个什么样？独立团的官兵包括赵云鹏也没去过，只知道非常冷，为了尽快熟悉关外的情况，赵云鹏干脆就找东北人打听包括风土人情在内的一切。

结果，各种感觉靠谱与一看就不靠谱的消息接踵而来，比如东九省奉天、长春、哈尔滨、承德、大连等这些地方都是有钱人扎堆的。

据说东北的冬天解手都要带个小木棍……

据说东北有几大惹不起：大马猴子、瘪犊子、傻狍子、兔崽子、黄皮子……

据说东北有三宝：人参、鹿茸、乌拉草。

火车缓缓驶入山海关货场，身穿薄棉衣的官兵们好奇地趴在车厢门上，望着铁路两侧三步一岗五步一哨的苏联红军士兵。

载有中共武装的列车能够进入山海关，是有着相当复杂的背景的。停战后东北的局面异常复杂，就拿苏联来说，苏联红军占领东北后，一方面要遵守战后恢复国际秩序的协定，另一方面也要为自己的利益而斗争。当苏联红军发现美军九月在华北登陆，并开始用军舰运送国民党军前往东北时，怀疑美军有染指东北的企图，因此苏联方暗中扶助中共武装进入东北以抵制美蒋。正是在这样的大背景下，赵云鹏、钟守田带领的部队才能顺利地进入山海关。

钟守田望着苏联红军士兵胸前挎着的波波沙冲锋枪和站台上顶着一个盘圆的机枪垂涎欲滴。他拽了拽赵云鹏，问道："老赵，你见多识广，那玩意儿是啥枪？"

赵云鹏看了一眼，微微一笑道："苏军的波波沙冲锋枪和捷格加廖夫轻机枪。捷格加廖夫轻机枪结构简单，全枪只有65个零件，弹容量47发，比鬼子的歪把子都要大，7.62毫米54弹威力极大。"

钟守田不经意间把手按在了带着冰霜的车厢上，问道："老赵，你说苏联老大哥会不会给咱们也装备上那个什么饽饽冲锋枪，什么麸子轻机枪？"

赵云鹏微微叹了口气，回应道："看外面的架势，好像并没有之前说的那么乐观，我下车去看看情况。"

钟守田一抬手，"哎哟"一声。赵云鹏这才发现钟守田的手掌肉皮与铁粘在了一起。钟守田一用力，手掌心顿时撕扯得鲜血淋漓。

赵云鹏想起了此前军区一个东北籍参谋讲的关于东北冬季舔铁的故事，于是立即叫来警卫员马德礼，口述道："所有人不准摸铁，更不准舔铁，把命令传达到各班，传达到每一个人。"

马德礼急忙立正敬礼："是！"

向来以工作细致著称的赵云鹏很快就发现，其实很多时候有些命令不用太详细具体。

站台上，东北局机关的工作人员与两名翻译和一名苏军中校在火药味十足地争论。苏军中校仿佛没睡醒一般，完全无视东北局的工作人员。

苏军中校轻蔑地看着东北局的同志，傲慢地说道："你们连军衔都没有，你告诉我这叫什么军队？"

赵云鹏看了一眼苏军中校胸前的三枚奖章，其中一枚奖章正面有粗体的俄文题词：为了攻克柏林。

赵云鹏用俄语试探道："红军同志，你在法西斯的心脏柏林战斗过？"

苏军中校伊万诺维奇听到了纯正的俄语，惊讶地上下打量了一番赵云鹏，迅疾回应道（俄语）："不错，我的中国同志，你的俄语在哪里学的？"

赵云鹏微微一笑，连声对应（俄语）："红军同志，这么冷的天我们不喝一杯吗？"

东北局机关的几个同志顿时心领神会，急忙安排人去取酒。赵云鹏则一把拽住了钟守田，眼睛都不看他，但又好似意念直达钟守田的心脏，说道："现在需要你的胃了！"

钟守田莫名其妙地被赵云鹏安排在了车站值班室的火炉前。东北的老龙口酒和熏鸡、花生米让伊万诺维奇顿时现出了好酒的原形。在他看来，有酒的地方才有生活，于是不再睡眼惺忪地板着脸一言不发了。

一杯接一杯，钟守田发觉这次自己真的是碰到了对手。两瓶老龙口下了肚，鼻头发红的伊万诺维奇对钟守田产生了浓厚的兴趣。

伊万诺维奇一脸歉意地对赵云鹏说道（俄语）："赵，我们有命令，你们不能乘坐火车进入东北。这是沈阳卫戍司令部的命令，你我都是军人，我想你会理解的。"

醉意十足的钟守田一把拽住赵云鹏，急切地问道："老毛子说啥？"

赵云鹏眉头一皱，清晰地翻译道："他说，苏军沈阳卫戍司令部有命令，不让我们进入东北。"

钟守田眼睛一亮，迅速反应过来，一下撸起袖子露出了胳膊上的镰刀锤子的疤痕，咧着大嘴，对着伊万诺维奇大声说道："刚进山海关就给截了？看，看看，这是什么？镰刀锤子，共产党——"

钟守田看伊万诺维奇还没有反应过来，又指了指他胸口，说道："你是共产党，我也是共产党，我把镰刀锤子刻在了胳膊上，也就是刻在了骨头上，融进了血液里，共产党为什么要为难共产党？"

伊万诺维奇望着钟守田身上的镰刀锤子疤痕，无奈地摇了摇头，将酒杯里面的老龙口一饮而尽。

东北局机关的几名同志站在一旁干着急，使不上劲。赵云鹏深深呼了一口气，用十分缓和的口气问道（俄语）："亲爱的伊万诺维奇，这个命令是什么时候下达的？"

带着酒意的伊万诺维奇看了看手表，迅即回应道（俄语）："中午11点，现在已经是12点了。如果你们11点前抵达，我或许还可以放行。你明白的，我的同志，干杯，为了健康！"

钟守田瞪了瞪眼睛，望着赵云鹏问了一句："他说啥了？"

赵云鹏收回了目光，低头凝神沉思，随便应付了一句："人家说喝，为了健康。"

听说不让进东北，钟守田也意识到了情况可能与他们在解放区了解的大不一样，于是气呼呼地与伊万诺维奇用力一碰铝饭盒："为了你老娘个腿！"

赵云鹏沉着地环视着四周，好似要敏锐地捕获一切机会。突然，他看到值班室墙上的挂钟，目光一点一点地聚焦到了这个挂钟上，心里暗暗地说道："哎呀！办法不就在这里吗？"此刻他感到一股电流瞬间流过大脑，他立即站起身来，把挂钟的时针往回拨到了十点位置，接着又将自己的手表和伊万诺维奇的手表都调到了十点位置。

伊万诺维奇先是一愣，随即露出惊讶的表情，望着赵云鹏，伸出大拇指赞叹道（俄语）："莫斯科都没有你这么聪明的同志！"

赵云鹏望着伊万诺维奇，严肃道（俄语）："伊万同志，我们能否出发？"

伊万诺维奇猛地起身，摇摇晃晃地走出值班室，大吼道（俄语）："并轨，放行！放行！"

生怕苏联人变卦，赵云鹏扶着钟守田，跌跌撞撞地跑回列车。他看到了让他终生难忘的一幕：几名卫生员拿着热水壶如同救火队一般，到处解救因舔铁栏杆被困的官兵……

赵云鹏忽然意识到了，正是因为他的提醒，很多官兵都非常好奇，东北的铁有什么特殊的地方吗？不能摸，更不能舔？舔一下会怎么样？

在强烈的好奇心驱使下，近百名官兵的舌头被粘在了车站的铁栏杆上，用了十几壶宝贵的热水才救下来。

列车缓缓启动，伴随着白色的滚滚蒸汽。之前还醉态十足的伊万诺维奇，此刻正军容严整地立在站台上，向驶离的列车郑重敬礼。

一瞬间，赵云鹏仿佛明白了什么，他与钟守田站在车厢门口，给伊万诺维奇郑重回了一个军礼。

列车行驶在白山黑水之间，大多数官兵并不知道山海关站的小插曲。但是伊万诺维奇言语之间透露出的一些信息，给原本对东北充满了憧憬的钟守田和赵云鹏泼了一盆冷水，透心凉。

列车在寒风中飞驰，钟守田一屁股坐在了赵云鹏身旁，皱着眉头担忧道："老赵，不乐观啊！"

赵云鹏微微一笑，望着白茫茫空旷无边的大地，自言自语道："车到山前必有路，船到桥头自然直。这个时候担忧是解决不了任何问题的，现在要充分发扬我们的革命乐观主义精神。"

赵云鹏并不知道，就在他们被放行几个小时后，牛气十足的牛秦川也率领补充团在山海关被苏军拦停。

赵云鹏本身就会俄语，东北局的同志也配备了俄语翻译。但牛秦川这边两个参谋英语说得贼溜，俄语却一窍不通。虽然牛秦川对着伊万诺维奇一顿使劲比画，但结果是，不但人被赶下了车，而且车皮和车头都被苏军没收了，就连车皮里面的补给也被苏军没收得精光。

望着站台上神气活现的苏军，牛秦川呸了一口，愤怒地骂道："还叫苏联红军呢？连土匪都不如！土匪还知道七不抢，你个哈㞗，我一巴掌扇死你！"

原来，试图拽着伊万诺维奇理论的牛秦川，被苏军扒了内衬貂皮的呢子大衣。望着被苏军拖走的吉普车，牛秦川终于明白了刘玉章那句"离老毛子远点"的真正含义了。

五十二军主力从秦皇岛登陆，原本两天就能挺进山海关，因为据说国民政府正与苏联红军进行高层秘密会晤，所以登陆的各部队整补进展得非常缓慢。

当然了，这仅仅是国府官方的说法，真正导致登陆各部进展缓慢的原因，是配给登陆各部队运输补给和技术装备的船只被某些大员借走去运私货牟利了。

在秦皇岛，军司令部给牛秦川送来了一沓盖有五十二军关防大印的封条，目的就是让牛秦川这支小部队作为五十二军先头部队出关前往沈阳，故技重施查封日伪产业。

望着那一沓厚厚的封条，牛秦川跺了跺脚，心里无比压抑。抗战多年，他带领的老陕冷娃把血洒遍了大半个中国，一次次大溃败，让他觉得身为军人却浑身散发着腐烂的味道。

金陵失陷，国殇致哀，怀着必死之志，在台儿庄他报了一箭之仇，而这一切为的就是眼前的一沓封条？他非常清楚，如果出了问题，那问题肯定是他牛秦川自己的，不是五十二军的；若是平安无事，皆大欢喜，正所谓千里做官只为财啊！

顶着寒风走了十几里路，牛秦川命令给刘玉章发报，请求调派五十二军的汽车营运输部队。因为他得到了确切的消息，几个小时前有一列运输共产党军的军列驶过，对方的目标一定也是沈阳。

很快，牛秦川接到了军部的回电，称：车辆另有要务安排，望职部攻坚克

第三章 高远战略引大军出关

难，尽快赶到沈阳。

牛秦川一边骂娘一边组织部队前行。从老家就一直跟着他的副官牛怀恩不知道从哪里搞来了一辆毛驴车。

牛秦川与他人选副官不一样。别人选副官第一选出身，长相标致的公子哥和有文化的学生优先，尤其是会几句洋文的那就更加抢手了。

牛秦川则完全不同。他选的副官牛怀恩，人高马大、身材魁梧，是正儿八经的老陕。虽然牛怀恩才不到三十岁，但一脸沧桑，额头、眼角和嘴两边刻满了黄土高原般的沟壑，整天胡子拉碴，看面相能当牛秦川他爹了。

从战场上拼命打出来的牛秦川，选牛怀恩的考虑是，副官不是摆设，关键时候要能背得起长官跑上几十里不歇脚。别人是抱着机枪，牛怀恩则单手举着捷克造ZB26轻机枪，和别人拿冲锋枪一个架势。

就好比眼前，牛怀恩牵着瘦驴与别人牵着一条狗差不多；没有了吉普车，毛驴车也算对付。裹着老羊皮的牛秦川，盘腿坐在驴车上忍受着寒风的肆虐。被苏联人欺负了，连个发火的地方都没有，还饥寒交迫，凄惨无比。

突然，远处一队汽车碾压着雪泥呼啸驶来，远远就可听到汽车发动机振动声与车轮压着雪泥的咔嚓声交织在一起的刺耳轰鸣。等车队靠近后，牛秦川忽然发现这些车竟然是五十二军的，于是命令部下立即拦住。

一名穿着军装却没佩戴军衔，中分的头发如同被牛犊子舔过一般闪闪发亮的中年人，叼着烟从副驾驶位置上跳下车来，摘下墨镜骂道："是哪个王八犊子吃了豹子胆，敢拦老子的车？"没人搭腔，他又大声喊道："你们这帮混蛋是哪部分的？眼睛瞎了吗？五十二军的车也敢拦！"

牛秦川一瞪眼睛，"啪"的一声赏了这个油腻中年人一个响亮的大耳光。中年人顿时一愣，牛秦川反手又是一个大耳光，然后追着连接抽了十来个大耳光。

油腻中年人一下跪在牛秦川面前，哭喊道："长官，长官，别打了！别打了！我叫徐晓凡，是东北行营督察处的后勤，您有什么随便问，我全部说出来，全都告诉你。"

牛秦川嘴巴一噘，嘲笑道："你个哈尿，早这么听话就不用挨打了。东北行营督察处到这儿来耍威风，我这不吃那套，明白了吗！"

徐晓凡急忙点头哈腰，对下面的人摆了摆手，车队最后一辆车的帆布车篷伸出一根天线。

徐晓凡陪着牛秦川查看了几辆车车厢里的货物，他还大方地让牛秦川尽管拿，别客气，都是由葫芦岛和秦皇岛上岸的好东西。

撬开一个印着军需物资的箱子，里面装了满满的香水、丝袜和高跟鞋。牛秦川看后哼了一声，气得骂起娘来。

现在共产党和国民党都在全速抢占东北。共产党根本不管苏联人有什么看法，不顾一切地向东北挺进。而国民党军挺进东北则是雷声大、雨点小，珍贵的运力竟然被高层拿去走私牟利，难道要靠丝袜、香水、高跟鞋打败共产党吗！

正在这时，牛怀恩跑了过来，把一份电报递到牛秦川面前。电报是刘玉章发的，来得正是时候。他告诉牛秦川，这批物资是东北督察处替上面人经办的，根本惹不起，立即放行，并且让牛秦川派一个连武装押送。

牛秦川把电报一甩，扬长而去。面带微笑的徐晓凡做了一个请的手势后，车队又缓缓上路了。

望着渐渐远行的车队，牛秦川感觉胸口仿佛压了一块巨石一般，压得他喘不过气来，一股热血涌上头来，他大吼了一声："伙计们，华阴老腔一声吼啊！大伙儿一起跟我抖啊！"

"哈——哈——"跟随其后的众多士兵立即随声附和起来。

牛秦川用悲愤的秦腔唱起了华阴老调，众多士兵也跟随他悲愤地唱了起来：

"八百里秦川——哈！"

"千万里江山——哈！"

"乡情唱不尽——哈哈！"

"故事说不完——哈哈哈！"

……

"乡情唱不尽""故事说不完"的悲壮秦腔，在冰天雪地、白雪茫茫的东北大地上随风飘荡，牛秦川之前的意气风发此刻已荡然无存。

第四章　呦呦鹿鸣，食野之"平"

火车缓缓减速进入苏家屯车站，赵云鹏又遇到了麻烦，显然，苏军沈阳卫戍区方面并不知道山海关放过了一列装有中共军队的列车。

大批的苏军荷枪实弹将列车团团围住，这次苏军方面只有一名大尉在指挥，他根本不理睬赵云鹏的任何诉求。望着苏军黑洞洞的枪口，赵云鹏知道他们除了等待，别无他法。

冰冷的车厢内气氛十分压抑，官兵的热情也随着沈阳寒冷的天气开始降温。东北的冷不同于南方的湿冷，这是一种暴虐的冷，一瞬间仿佛能把你呼吸的空气都冻结起来。然而，最冷的要数官兵们此时此刻的心情了，因为大家都能感觉得到，东北的情况似乎和他们出发前说的不大一样。

清晨时分，经过东北局机关工作人员的努力协调，苏军沈阳卫戍司令部同意只携带了极少数武器的独立团六百余名骨干以东北局警卫团的名义徒步进入沈阳城内。

寒风凛冽，赵云鹏与钟守田昂首挺胸走在部队的最前面。虽然绝大多数官兵的军服破旧、征尘仆仆，但意志坚定、精神抖擞。虽然他们手中没有钢枪，但心中却有敢于战胜一切敌人及困难的斗志和激情。虽然只有区区六百余人，却步伐坚定、踏地有声，如同百万大军一般，充满气势地踏进了沈阳。

沈阳的老百姓第一次见到八路军，似乎和他们想象的不一样。自从1931年九一八事变之后，这是第一次中国人自己的军队走在沈阳的大街上。冷清的大街上几乎无人驻足，由于日伪长久以来的反共宣传，多数人对共产党领导的人民军队并不了解而保持着谨慎，更多的人则是麻木和漠不关心。这年头，对于老百姓来说，最大的事莫过于活着。

发了新军装的独立团军容还算严整，一同前来的兄弟部队就差了许多，各种颜色的破旧军装混杂在一起，有的甚至穿了一条日军的裤子，还有人穿着一件日军的大衣，更有人全套都是日军的，还扛着缴获来的日制武器。

条件更差的则是披着被子、裹着毯子，有的用包袱皮和裤子包在脑袋上，还有的用麻袋片裹着脚防冻，确实是有点狼狈。

望着衣衫褴褛的官兵和愣着不动的群众，赵云鹏跃上一个地势高的地方，大声呼喊道："部队注意！听我说几句。同志们，虽然我们的双鬓沾满了征程的冰霜，战场的硝烟熏黑了我们的脸庞，此刻我们身上也没有一件好的衣裳，但我们心里装的是老百姓，我们是为劳苦大众打天下的军队！十四年抗战让我们更加坚强！同志们，把八路军军歌唱起来！"于是，赵云鹏起声领唱了一句："铁流两万五千里，直向着一个坚定的方向！"

紧接着，官兵们用坚定有力、带着沙哑的声音喊唱起来：

"苦斗十年锻炼成一支不可战胜的力量。

一旦强虏寇边疆，慷慨悲歌奔战场。

首战平型关，威名天下扬。

首战平型关，威名天下扬。

……"

尽管官兵们身体看似羸弱，尽管他们军服褴褛，但是他们每个人脸上都表现出坚定的意志和旺盛的斗志，如同一团火一般的精神开始燃烧并且迅速扩散开来。

雄壮的歌声穿破城市的喧嚣，回响在城市上空。一些民众听到这种好似《义勇军进行曲》气概的歌声，纷纷围了过来，不时爆发出一阵阵自发的掌声。

一个裹着裘皮的女学生，在人群中踮起脚，用好奇的目光打量着这支并不算威武雄壮的军队。

此刻，天下起了鹅毛大雪，飘落的雪花片刻把整个城市变成了银色世界。轰隆隆，巨大的雷声让赵云鹏止住了脚步。"下雪天打雷，这属于极为罕见的天气，自古以来也不是好兆头。"赵云鹏望着天，自言自语地念道。

雷打雪似乎惊扰到了路上的行人，本来就不多的围观群众又全部消失了。街上一片寂静，甚至能够清晰听到沙沙的落雪声。

赵云鹏望着街道两侧的洋楼，几乎所有窗户前都有人影晃动，无数双眼睛在注视着他们的一举一动。赵云鹏暗暗告诫自己，不能出任何一点儿纰漏，要提高警惕，防止敌人刻意歪曲抹黑，因为今天他们代表的不是独立团自己，而是中国共产党领导的人民军队。

钟守田无奈地叹了口气道："别说群众欢迎了，就是连口热水都没人给送。"

赵云鹏环顾四周，街道上原有不多的几个摊贩看到部队经过也慌忙收拾落荒而逃。他非常清楚，现在的东北没有什么群众基础，由此可想而知，后续的工作开展会遇到多大的阻碍，肯定会遇到更多更大的困难和挑战。我们部队常把军队

第四章　呦呦鹿鸣，食野之"平"

和老百姓的关系比作鱼和水，现在看来，沈阳的情况不是"水"，而是以另外一种形式出现的"冰"！

部队行至商埠地附近，赶来的东北局同志带着满脸的歉意送来菜金，他们一个劲儿地解释道："东北局机关也是刚刚抵达，现在正在与苏联方面交涉各种问题，包括吃饭等生活保障问题。"最后他们反复解释部队的伙食问题暂时还只能由自己来解决。

赵云鹏和钟守田早就习惯了过苦日子，但看到东北局机关同志给的菜金时傻眼了，边区票？而且还不是一种。有山东解放区的，有陕甘宁边区的，还有华北、华中解放区的，面值从一元到十元不等。钟守田望着足足两麻袋边区票，疑惑地问道："老赵，咱们的票子在沈阳能用吗？"

一旁东北局机关的几名同志也无可奈何地回答道："现在各路大军都在进入东北，在辽中、辽西一带集结，银元硬通货原本就少，所以请大家多多担待。"

东北局机关的同志离开后，赵云鹏打起精神给大家鼓劲："同志们，我们就是抱着挺进东北的信念来的，只要信念不滑坡，办法总比困难多！"赵云鹏的宣传鼓动还是起到了一定的作用，全团的官兵足足三十多个小时米水未进了，但大家还是硬挺着不吭一声。俗话说，人是铁，饭是钢，一顿不吃心发慌。赵云鹏知道，现在政治工作最重要的任务，就是要保证"吃饱饭"。

围绕着如何用边区票让部队吃饱这个问题，赵云鹏发动大家群策群力。基于沈阳的老百姓根本不认边区票的前提，最后想出的办法是，即使打欠条，也绝不能欠老百姓一分钱。

在一旁雪地里打转转的钟守田清楚，以往几乎无所不能的赵政委，这会儿也遇到了出关后的第一道难题。

赵云鹏安慰大家："同志们，眼下的困难都不算什么事，会有办法解决的。"

钟守田在一旁蹭火道："这回出关印象深刻啊。在山东解放区跟着咱们赵政委，那是煎饼卷油旋、大葱搭着黄焖鸡，按现今出关的架势，妥妥的三天饿九顿。"

钟守田的话提醒着赵云鹏，也刺激着赵云鹏，他立即召集了临时党委会，分析了当前的形势后，最后明确了一条：当前首要的任务就是站稳脚跟，绝不能刚进入东北就三天饿九顿。

与我军冰天雪地、食不果腹的艰苦生活相比，国民党高层在庐山"美庐"觥筹交错、轻歌曼舞的宴会却是人间仙境一般。

庐山之美，可用"匡庐奇秀"来形容；"美庐"之美，美到了蒋介石亲自题名赞美的程度。

围绕着庐山大瀑布分布的别墅多达数百栋，别墅建筑风格各异、争奇斗艳，想在这里拥有一栋别墅不是有钱就能办到的。

在这"百花"丛中，有一栋面对长冲河、背靠大月山、藏于茂密森林之中青砖红顶的中西结合别墅，看似山水一体、天人合一、自然雅致，实则巧妙利用了"风水术"将"自然"与"无为"完美结合，显得格外耀眼。今晚，这里进出的各种名牌小轿车川流不息，悠扬的舞曲声从这栋特殊的别墅中不时飘出。

打扮得雍容华贵的宋美龄，戴着滚圆帝王绿翡翠珠宝，穿着深绿色旗袍，面带自信典雅的笑容，在侍女的陪同下站在二楼的阳台上。她就是蒋委员长的影子，此刻，她正在向来宾频频招手致意。来宾都知道，这代表了国民党最高领袖的关注和关爱。

初冬的庐山夜晚可谓寒意十足，今晚抵达的贵宾人数虽然不多，但这些人可以说几乎掌握了中华民国的军事、人事和财政命脉。

穿着一身板正合体、英伦格子呢西装的孔令伟，缓步走到宋美龄身后。宋美龄只闻其声就知道是自己的外甥女来了，于是微微侧头问道："客人到齐了吗？"

留着男式短发的孔令伟将一份名单递给宋美龄，撒娇道："妈咪，有人动了名单。"

作为"第一夫人"的宋美龄，有着多年喜怒不形于色的习惯，她简单翻看了一下名单，发现几个军方将领的名字被画掉了。她非常清楚，"达令"并不喜欢这几个可以用流利的英语同自己交流的人。

明眼人都清楚，其中原因有诸多，很多黄埔系的将领也不喜欢和美英两国走得太近的人。黄埔一期的杜聿明曾公开表示过，自组建远征军起他就跟美军打交道，看够了美军将领的飞扬跋扈，对美国人的颐指气使打心眼里反感和厌恶。还因为这些人并非黄埔系，党同伐异，而孙立人就是其中的重点人物。

宾客已尽数抵达，但蒋介石书房内却毫无动静，宋美龄知道"达令"不喜欢这些社交活动，每次大多露一面就匆忙离去。今晚，"达令"没有离去，也没有露面，这让她有些困惑，只好派人去请，如果自己的晚宴"达令"不露面，很容易引发外界的猜忌。

孔令伟来到书房门前，侍从将她拦住并小声透露："蒋委员长今天心情不好，不要去触霉头了。"孔令伟十分好奇地追问原因。侍从回道："国共和谈并不顺利，中共军队大举向东北挺进，东北的熊式辉主任接收东北失败，被苏联人'卡了脖子'。委员长拍桌怒斥其无能，刚口述完计策，还没有静下心来呢。"

晚宴上，宾客们随着舒伯特的《小夜曲》跳起了慢四步。宋美龄站在钢琴旁随着舞曲的旋律有节奏地敲击着，手指间夹着翡翠烟嘴，上面插着一支未点燃的香烟。

她很快发现今晚参加舞会的人们仿佛兴致都不高，有些人甚至是强颜欢笑。

兴致颇高的孔令伟见到李高峰情绪不高便询问道："你这是怎么了？"

李高峰长叹一声，痛苦地说道："我老家在山东，共产党搞土改，几代人积攒的家业，都被共产党给平分了，最过分的是还给我留了三亩地，这是赤裸裸的羞辱啊！"

宋美龄听到了李高峰的抱怨，示意孔令伟把宾客们聚集过来。孔令伟用银勺敲了几下香槟杯。

一旁的人们自觉凑在了宋美龄的身旁。宋美龄若有所思地点了点头："共产党搞土改收买人心，这一点我们学不来。共产党如今的举动不过是他们还没尝到权力的滋味，把这江山交给共产党，十年、二十年，谁能保证他们不会变吗？"

在众人的点头赞许中，宋美龄举起香槟杯："这是堡林爵年份香槟，当年伊丽莎白女王御用的，请大家品尝！"

一阵镁光灯闪耀后，众人纷纷举起香槟杯，很多人并未听清宋美龄的介绍，也纷纷举起香槟杯面带笑容地相互庆祝。

凌晨时分，优雅的舞曲中舞会还在进行。宋美龄似乎酒意十足，频频举杯，宾客们也在西班牙火腿与鱼子酱中逐渐迷失了。在雪茄烟的青烟中，仿佛一切都变得不那么重要了。

与此同时，沈阳街头，一位头戴狗皮帽子、身着青布棉袍、脚踩千层底布鞋的中年人，带着几名伙计，在一位挂着文明棍的"小胡子"引导下，来到了赵云鹏和钟守田面前。此人两手一拱，谦逊地说道："鄙人刘四海，沈阳商会理事。这位是鹿鸣春的东家陆一鸣。刚才，我们看到大军进城后一路冒雪徒步行军，甚是艰难，我和陆老板冒昧地问一句：大军莫不是遇到了什么难事吧？"陆一鸣也想跟上去问一句，被对方招手示意而打断。

赵云鹏与钟守田对视了一眼，指着队伍坦言道："不瞒你们说，正在为部队的吃饭问题犯愁呢。"

陆一鸣与刘四海目光一对，点头微笑。陆一鸣一拱手，说道："五湖四海皆兄弟，行走八方靠朋友，既然到了东北的地界，万万饿不着兄弟们呐。"

钟守田顿时激动不已，随即冷静了一下，犹豫道："我们可有六七百人呐！"

钟守田言下之意非常明显，提醒对方这么多人要吃饭可不是个简单的事。

刘四海哈哈大笑，摸了一把下巴，说道："一鸣，你看怎么说？"

陆一鸣向前迈上一步，指着鹿鸣春饭庄，说道："瞧，这就是我家的老饭庄。俗话说，在家千日好，出门一日难。既然诸位到了我鹿鸣春的门口，就在我这里吃好了。"

刘四海掏出卷烟给钟守田和赵云鹏递了上去，殷勤地说道："舶来的美利坚货，两位长官尝尝。"

突然，一个清脆悦耳的声音响了起来："真是土包子！竟然不知道奉天城的'三春'。在我们奉天城啊，有三个饭庄都有个'春'字，洞庭春、明湖春、鹿鸣春，可谓'三春'齐鸣。我们鹿鸣春虽然没有洞庭春和明湖春成名早，但在东北这地界也是响当当的招牌。溥仪、婉容都来过，少帅吃过后还留下了墨宝呢：店要随势，菜要精烹，人要和善。别说你们区区六七百人，就是一千人也坐得下。"

随着这话音，穿着天蓝色百褶裙、对襟窄袄，围着雪白狐狸围脖的陆璐，神气地快步走到了钟守田的面前。她就是刚刚在车站前围观八路军的女学生。钟守田顿时目瞪口呆，心想，这女娃不冷吗？陆璐这大冷的天，穿着百褶裙和长袜，一副洋学生的打扮，别说在山东解放区了，就是在沈阳城也是不多见的。

看着女儿的脸蛋冻得跟红苹果一样，陆一鸣无奈地对赵云鹏、钟守田做了一个请的手势："小女陆璐，管教无方，让长官见笑了！"

赵云鹏急忙摆了摆手："哪里，哪里，我们共产党的部队没有什么长官。我姓赵，您叫我赵政委就行了。这位是我们钟团长。"

陆璐上下打量了一番钟守田，说道："你应该是个大官！鹿鸣春这条街怎么样？"

钟守田环视了一下左右，兴奋地点了点头，回答道："真不赖啊，我看中的是这条街的位置好！"

陆璐把头一歪，惊诧地问道："位置好？好在哪里？"

钟守田指着街头的小楼，一口气连珠炮似的说道："在那里架两挺机枪，交叉射击，能封锁附近两条街道。在你们鹿鸣春，则放几门迫击炮，我一个排能挡一个营。"

站在一旁的赵云鹏听得目瞪口呆。陆璐则鼻子一哼，甩手转身离去……留下寒风中的钟守田不知所措，他完全不知道自己到底哪里说错了。

第四章　呦呦鹿鸣，食野之"苹"

钟守田打量着四周的建筑，心里还在嘀咕着：不应该啊？加两挺机枪，多设几个射击阵地。

赵云鹏见左右无人，急忙把陆一鸣拽到一边，机敏地说道："陆老板，您的好意我们心领了。上级拨的经费还没到位，我们共产党的部队有纪律，'不能拿群众一针一线'。所以您的好意我们心领了。"

陆一鸣犹豫了一下，说道："就是些家常便饭，又不上八珍席，千里迢迢地来到东北，又路过我们鹿鸣春，怎么能让弟兄们饿着肚子呢！人是铁，饭是钢啊！"

赵云鹏沉思片刻，问道："陆老板说的也有道理，您看，打个借条行吗？"

陆一鸣一听就笑了，连忙点了点头说："行！行啊！大雪天让兄弟们进来烤烤火吧。"

赵云鹏摇了摇头说道："这真的不行，部队的纪律就是纪律，不能扰民。"

厨房里火光冲天，香味四溢。陆一鸣、刘四海、陆璐等人站在二楼的窗前。

鹅毛大雪飘飘洒洒下个不停。赵云鹏、钟守田带着六七百人的部队，如同铁打铜铸一般站在街道一侧等着开饭。陆璐不解地问道："他们为什么就不肯进来烤火呢？他们真的不冷吗？"

刘四海眉头紧锁，神情凝重地说道："这就是共产党的军队，了不起啊！难怪关里都管他们叫人民子弟兵。"

陆一鸣望着雪中的队伍，只见赵云鹏与钟守田两人就站在队伍的前面，顿时感慨道："这共产党的官兵平等竟然能做到如此程度，敬佩！我看那个赵政委还是个文化人；自古得民心者得天下啊！说国共两党争天下，倒不如说是争民心啊！"

刘四海紧张地四下环顾，小声谨慎地说："我的个亲娘祖奶奶，涉及国共之争，陆兄你慎言，慎言啊！"

陆一鸣看了刘四海一眼，不满意地说："我觉得四海兄只能当商会会长了。"

陆一鸣转身离去，刘四海照了照镜子："陆璐，你说表舅我有会长的派头吗？"

陆璐一撇嘴："歇歇吧表舅，我爹那是埋汰你，他说你一副汉奸相。"

刘四海顿时急了眼，大声喝道："陆一鸣，站住！我怎么就汉奸了？我还不是为了你好，你站住！"

膀大腰圆的大厨用力一敲铁锅，昂起脖子，提高嗓门，顺口溜似的喊了起来："素炒用荤油——木耳下肥肉——盐口要偏重——急火颠爆炒喽……"

整个厨房十几口锅同时开炒,哗哗地翻炒,厨子们整齐划一地重复喊着大厨的口令。

陆一鸣把大厨叫到一旁,迎着翻炒的旺火,说道:"红烧肉炖粉条,做一大盆给那两位长官,好歹也是团长一级的官儿,别让人说咱们怠慢了。"

胖乎乎的大厨嘿嘿一笑,接应道:"好嘞,拿手菜,猪左前肘下料,糖炒三分上色,秘制配料,肉皮沾嘴,保证吃过的都咬舌头。"

大厨把热气腾腾的红烧肉端到赵云鹏和钟守田面前。赵云鹏看了一眼金黄发亮、肥而不腻、酥香扑鼻、入口即化的红烧肉,冲着钟守田示意了一下。只见他们一起端起一大盆红烧肉炖粉条,一下就倒进了官兵们的大菜盆里。大厨见此情景,顿时惊呼:"长官,长官,这可是给你俩单独做的啊!"

赵云鹏微微一笑道:"我们共产党讲的是官兵平等,这是井冈山时期就立下的军规。"

在漫天雪花飘飘的空旷雪地上,只见这些军人把路边捡的砖头当作桌子,蹲在地上狼吞虎咽地吃起饭来。雪花飘落在热气腾腾的米饭上,一瞬间就化了。没吃几口,饭菜就变得冰凉冰凉。官兵们在冰天雪地中就餐的行为,温暖了在楼上观察的陆家父女的心。

站在二楼窗前的陆一鸣微微叹了口气:"希望中央军能有他们一半就行了。"

一旁的陆璐听到中央军三个字,面露不悦道:"爹,你没听人说嘛,想中央,盼中央,中央来了就遭殃,什么中央军,就是'遭殃军'!"

陆一鸣瞪了陆璐一眼:"你知道什么?不要乱说,回去读书,《女训》抄十遍!"

陆璐往后退了一步,大喊一声:"不写,都什么时代了?女性要独立自由!陆一鸣,你就是封建残余!"

没等陆一鸣发火,刘四海在旁边带着忧虑道:"陆兄,共产党八路军毕竟不是正统的。英美俄法诸强承认的可是国民政府,你接济了几百共军,不怕日后国军来了找你麻烦吗?"

陆一鸣迎着寒风挺了挺腰,从容回答道:"俗话说,雷打雪,人吃铁,雷打冬,十个房子九个空。这个年景啊,唉!吉先生曾说过,人活着,钱不是第一,名不是第一,良心是第一。有良心的人堂堂正正做人,正正经经做事!"

刘四海惊讶地望着面露坚毅的陆一鸣。陆一鸣却突然微微一笑:"嘻,国共争天下,咱们谁都惹不起。刘兄里面请,里面请,月初发的熊掌到时候了,尝尝?"

刘四海一听有熊掌,顿时喜笑颜开:"尝尝!"

刘四海招呼陆璐:"大侄女,一起,一起!"

陆璐独自一人站在窗边,望着满身是雪的钟守田和赵云鹏。她很难相信堂堂一个团长竟然与下属的士兵一同蹲在雪地里吃饭,明明可以进屋吃,为何偏偏要在街头吃呢?

陆璐第一次对共产党八路军产生了浓厚的兴趣和好奇,她从口袋里面掏出一个苹果,大声喊道:"那个团长,接着!"

在银铃般的呼唤声中,钟守田一抬头,只见一个红通通的东西径直向双手端着饭盆的自己飞来。说时迟那时快,赵云鹏手疾眼快地一伸手⋯⋯

"哎呀"一声,被击中的钟守田倒地的同时仍不忘保护好自己的饭盆。拦截失败的赵云鹏悻悻地收回手,看了一眼眼眶发青的钟守田,再看了一眼摔在地上的罪魁祸首——苹果!

陆璐见自己闯了祸,一伸舌头,关上窗户,逃之夭夭。

赵云鹏执意给陆一鸣写下欠条。因为部队新番号的章子未刻,钟守田与赵云鹏分别盖上了自己的私章,这也是预防万一其中有人牺牲说不清楚情况。

第五章 满怀期待，"七个没有"

东北的冷让赵云鹏与钟守田有些措手不及。面对这种透骨的寒冷，部队在山东解放区穿着的棉衣略显单薄。

"都说来了东北什么都有，结果什么都不靠谱，差点没进来城！哎呀，到了驻地要是能喝上一盅就美滋滋喽。"钟守田边走边嘀咕。

赵云鹏看了一眼陷入美好憧憬的钟守田，没说什么，心想警卫团条件再艰苦，怎么也比辽西的兄弟部队强。

满怀憧憬的赵云鹏与钟守田在东北局工作人员的引领下，进入张氏故居附近的警卫团驻地，两人顿时傻了眼。一间倒塌了一半的废旧仓库，据说是原来关东军的被服仓库，维修的时候修塌了一半，当时快要投降的日本人也无心修缮，直接废弃了。偌大的仓库说是四面漏风还是客气的，就连大门都不知所终，那真是外面北风吹，里面雪花飘啊。

赵云鹏深深叹了口气："靠山山倒，靠人人走，唯有靠自己！同志们，咱们不等不靠，自己动手解决。"

赵云鹏带着全体官兵拆东墙补西墙，用草垫子、木板条、旧瓦，将半个仓库收拾了出来，终于有了一点儿"家"的模样。

钟守田耷拉的脸这才有了点起色，他看着赵云鹏忙前忙后，有些不好意思，叹了口气："真是希望越大失望越大啊！堂堂东北局警卫团连个像样的营房都没有。"

赵云鹏又连夜让人找来几个空油桶，往里面丢木柴，熊熊火光让所有人顿时感到有了暖意，官兵们纷纷掏出了鹿鸣春送的肉包子和馒头在火上烤了起来。

清晨，赵云鹏和钟守田带着一个排的战士前往换岗熟悉驻地情况，遇到了昨天送他们来驻地的东北局工作人员马玉宝。

马玉宝十分热情，与赵云鹏和钟守田打招呼："赵政委、钟团长早！休息得怎么样？"

钟守田拉着脸毫不客气道："感谢机关同志的关怀。头上没有顶，风吹屁屁凉。同志们大老远地从山东根据地过来，说好的大米白面管够呐？说好的全新武器装备呐？老子全部的家当都留在根据地了，现在两手空空啊！"

马玉宝有些不好意思，无奈地搓了搓手道："钟团长，这里面是不是有什么误会？东北土地确实肥沃，但是大多未经开发，现有耕地种的大多是玉米和高粱。日占时期日本人不允许中国人吃细粮，所以老百姓大多吃的是粗粮。至于武器，要看苏联方面的态度了。"

赵云鹏皱眉："苏联方面不是允诺过把缴获的日本关东军的武器装备给我们吗？"

马玉宝望着眼前有些天真的赵政委和钟团长，心里合计，东北的事情哪里有那么简单？他无奈苦笑，解释道："两位领导，这事情一时半会儿说不清。你们早饭吃了吗？"

听到吃早饭，钟守田顿时眼前一亮："正好没吃！大家一起去。"

马玉宝瞬间有些为难地看着这二十多人的队伍："机关食堂才成立，物资相对匮乏，只有赵政委和钟团长可以解决一下。"

赵云鹏颇为无奈，他没有想到就连东北局机关都如此困窘。马玉宝带着两人来到机关食堂，端来了两碗"清粥"，放在钟守田和赵云鹏面前，说道："两位领导垫垫吧，机关食堂都是按配比给的，今早没有多余的主食了。"

赵云鹏看着缺了边的粥碗，再环顾四周，眉头紧锁地想：这里怎么比根据地还艰苦啊？

马玉宝也看出了赵云鹏的疑惑，解释道："日本人投降之后，这些地方几乎被老百姓搬空了，条件是差了点。现在我军进入东北面临的最大困难就是缺乏群众基础，老百姓和咱们不亲，还有大量土匪接受了国民党特务和所谓特派员的收编，袭击我军小股部队，猖狂得很。赵政委、钟团长，如果你们要外出，那至少要带一个班。沈阳城内虽然由苏军控制，但是国民党特务和日伪残余勾结在一起，威胁还是很大的。"

钟守田端起"清粥"一口喝完，一抹嘴："什么时候领武器？"

马玉宝挠了挠头："这个说不准，等通知吧。"

钟守田看了看赵云鹏面前的粥碗，舔了舔嘴唇："老赵，你不饿吗？"

赵云鹏眉头紧锁："你喝吧！"

毫不客气的钟守田又喝光了一碗，起身道："部队的早饭还没着落，俺先回去想办法了。马同志，给句实话，昨天你给俺的那些边票在沈阳到底能用吗？"

一听边票，马玉宝顿感头疼。这几天他总感觉自己老家的祖坟冒烟，冒的不是青烟，而是被骂得冒起了滚滚浓烟。从他手里发出去的边票少说也有几十麻袋，能不能用他心如明镜一般。东北局机关警卫团担负重任，不能让他们饿肚子。无奈之余，马玉宝犹豫再三，轻声道："我回去想想办法，这边票能用尽量用。"

返回驻地途中，赵云鹏和钟守田决定去试一下边票是否能用。天寒地冻，沿街两侧都是流离失所的老百姓。钟守田于心不忍，掏出了几张边票塞给路边的一家老少。老人感恩戴德，连连鞠躬。当老人看清票子上的红星和文字的一瞬间，将票子揉作一团砸在钟守田的脸上，这让他顿时愣在了原地。

老人大骂了一声。钟守田这才明白是日本鬼子，于是挥舞着拳头冲了过去，当拳头即将把老人打倒在地的一瞬间，他硬生生收住了拳头，悻悻道："你运气好，要是在战场上遇到老子，还不弄死你！"

一旁裁缝店的老板冷笑道："稀奇了，还给小日本钱？以前他们作威作福，现在都成了落水狗。天道好轮回，报应！"

赵云鹏拾起边票，捋平还给了钟守田。裁缝店老板好奇探头一看："你们那票子不顶用，伪币都比你们那个强。"

两人带着换岗撤下来的一个排的战士走在街上。街头的老百姓对他们避之不及的模样让赵云鹏更加担忧了，这岂是一句"东北政治落后"能形容得了的？部队没有任何群众基础，又缺衣少食，十几万地方干部和大军出关，把一切希望寄托在苏联方面显然不现实。

下午，马玉宝带着两车玉米来到警卫团驻地。钟守田望着一麻袋一麻袋的玉米，有些高兴不起来：这玩意儿怎么吃啊？在根据地，玉米都是给磨成玉米面的。

赵云鹏十分热情地送走了马玉宝，他知道东北局的首长已经尽力了。马玉宝教了赵云鹏处理玉米粒的"好办法"，那就是砸碎后用水浸泡，然后蒸煮几遍，蒸过的水加盐就是"汤"。

于是，整个下午警卫团驻地都响彻着乒乒乓乓的砸击声。

警卫员刘小虎告诉钟守田，有粮店的伙计说他们老板愿意收边票。钟守田怕错过大好良机，于是带上所有边票前往购粮。

太阳落山时，原本热情满满的钟守田垂头丧气地返回驻地。赵云鹏一问才知道，钟守田是被设局骗了，现在连不好花的边票也没了。

心里愧疚不已的钟守田长叹了口气："俺相信他们是淳朴的，肯定是遇到了什么不得已的困难。"

这时，马德礼拿着一封信走进了团部，递给赵云鹏说道："政委，门口有人送了一封信给咱们。"

赵云鹏打开一看，顿时火冒三丈。原来是一伙日伪特务余孽，他们不但骗走了边票，还写信骂人。为了避免钟守田过于冲动，赵云鹏不动声色地把信藏了起来。

深夜寒风阵阵，赵云鹏挨个检查完席地而眠的官兵后，来到了钟守田身旁。钟守田见赵云鹏似乎在记录什么，于是皱着眉头道："老赵，你也睡不着？"

赵云鹏甩了甩因为低温墨水快要凝结的钢笔："我要给上级写个报告，把我们在这里遇到的困难和实际情况如实反映上去。"

听到赵云鹏要向上级反映情况，钟守田急忙坐了起来，忧心忡忡地说："反映啥情况？咱们在这里不挺好的吗？就这条件也比辽西的兄弟部队强多了，比上不足比下有余。咱们可不兴叫苦，再说叫苦有用吗？咱们共产党可不兴会哭的孩子有奶吃那一套，有本事自己找奶，别多事，听我的准没错。"

赵云鹏眉头紧锁："我们抵达东北，就是要做上级首长的眼睛和耳朵，让上级首长知道东北的真实情况而及时调整部署。东北的现状与我们在根据地时了解到的完全不同，群众基础更是没有，兵源、弹药甚至吃喝被服都会成为大问题。"

满不在乎的钟守田摇了摇头，靠在墙边说道："老赵啊！那些是首长们该考虑的，你就是个团政委，能把咱们团自己的事管好就不错了。这么冷的天，现在这种情况，人是要冻坏的。远的不说，这两车苞米吃完怎么解决？还去鹿鸣春打秋风？"

赵云鹏长长呼了口气："我坚信一点：说实话，干实事，什么时候也不会错。"

钟守田担忧道："老赵，你这几个'没有'一旦报告上去，知道会有多严重的后果吗？"

赵云鹏坚定地说道："就是因为情况紧迫我才报告。你看看那些前往辽西的兄弟部队中，很多士兵还穿着夹衣。辽西的条件能和沈阳比吗？辽西的兄弟部队遇到的困难比我们大多了。"

钟守田裹紧了大衣，故意长叹道："不听老钟言，吃亏在眼前啊！"

对钟守田这句话，赵云鹏不是不相信，但他总觉得心中有一股要冒出来的火苗，好像不把心中的真话讲出来就过不去。

此刻，赵云鹏想起了对自己影响最深的一位老首长。这位老首长是赵云鹏在第五次反"围剿"时，把他培养为连指导员的团政委董敢真。大家一听这个名字，就会觉得这里面有故事。是的，这是大家给他取的。因为老首长最大的特点就是不盲从、不苟同、敢讲真话、坚持真理，所以大家都叫他董敢真，顾名思义就是敢讲真话。

想到这里，赵云鹏觉得必须把目前进入东北后遇到的困难和问题如实向董副政委反映，并希望通过他向中央报告。于是，赵云鹏鼓起勇气，搓了搓冻僵的手，奋笔疾书:"尊敬的首长,我把进入东北后的真实情况作个汇报。来前以为东北什么都有,来后才发现目前东北的情况是'七个没有':没有党组织,没有群众基础,没有粮食,没有经费,没有医药,没有枪支弹药,没有衣服鞋袜。严寒中每天都有非战斗减员……希望首长了解这些情况后,指导我们拿出解决的对策。"

写好信后,赵云鹏心想,作为一个团政委直接给上级首长写信,甚至要求对方向中央反映,对此他不是没有顾虑的,他也清楚这种行为很容易被扣上"越级反映情况"以及"吃不了苦、贪生怕死"的"帽子"。

但是,赵云鹏清醒地意识到:此时此刻,为了革命的胜利,他要以老首长为榜样,不能顾及个人得失,而必须以实事求是的勇气讲实话、报实情,让上级首长和机关直至党中央及时了解部队挺进东北后的真实情况,以便于实施正确指导,这样才能够让我军真正在东北站稳脚跟,才能打胜仗。

突然,一只手伸到了赵云鹏面前。钟守田拔出赵云鹏手中的钢笔,用尽吃奶的劲儿,在笔尖被用力压得爆发出咔咔的声响中完成了联名签字。

签完后,钟守田大大咧咧地说道:"我就知道你不会放弃这个打算,劝是劝不回的,干脆陪着你干,谁让咱俩是政治夫妻呢?夫唱妇随嘛。"

赵云鹏感激地看了一眼钟守田,两人对视的目光中充满了坚定和自信。赵云鹏一直信奉着革命乐观主义,革命要乐观,无论条件如何艰苦。他深知这种情绪不仅会激励自己,还会影响身边的同志,再苦还能有长征苦吗?那个时候完全看不到革命的出路,完全是靠着信仰的力量在支撑。赵云鹏裹紧了大衣,在稻草上和衣而眠,虽然寒风凛冽,但他的胸中好像揣着一团火一般。

深夜无眠的钟守田偷偷瞄了一眼赵云鹏。说起来非常奇怪,这个固执的湖南人拥有的睿智让他敬佩,但是他也不理解,为什么好多他都懂的"小道理"和"人情世故",这个家伙就是不懂呢?

后来,据赵云鹏了解,董副政委看了赵云鹏的来信后,又做了大量实地调查,在掌握了真实情况的基础上,给党中央、毛主席发了一封电报,建议暂不作战,待休整后占领中小城市,建立起根据地后再作战。这与当时总部提出的"拒敌于城外"的指示是不符的,但董副政委这一举动对当时上级如何正确指导部队,不失为一种提醒。

清早,钟守田根据东北局联络处同志的安排,兴高采烈地带领一营前往苏军仓库领取军械。

赵云鹏则带领团部通讯班架设有线电话。电话刚刚接通,东北局就给警卫团指派了任务——去车站接翻译组的专家。

第六章　奉命接人，兄妹重逢

"芝麻卷糕——驴打滚呦——老张家秘方芝麻卷糕，滋阴补气啦——"

"吃了驴板肠，忘了爹和娘！驴板肠！驴板肠！"在沈阳的胡同里面，经常有这样结帮搭伴的小贩走街串巷，你卖烧饼，我挑豆腐花！吃烧饼嘴吃干了，自然要来碗豆腐花润润口，这就是生意人的小算盘。

几个走街串巷挑小吃担子的小贩才走出胡同，就被张氏故居门口两名担负警卫的士兵拦住。平日油嘴滑舌的小贩，老老实实地放下担子，站在胡同里一动不敢动。

不过一会儿，三辆黑色的梅赛德斯轿车风驰电掣般驶过，远远地停在了张氏故居的门前，几名达官贵人鱼贯而入。

路口一名黑衣巡警拿着"招魂棍"对着几名小贩一指，用浓重的东北腔开口道："咋的啊！你瞅啥？都知道这是啥地界不？下次再敢跑附近吆喝，直接砸了你的摊子，记住没？"

"记住了！记住了！"几名小贩一溜烟地挑着担子穿了几条胡同才敢放下歇歇。一名带有河北保定口音的商贩擦了擦汗道："这沈阳城的黑狗子，真是太霸道了，吆喝都不让，在我们老家在大街吆喝都没人管！"

卖驴板肠的小贩不屑道："没见识了吧？那是什么地儿？那是张氏故居，号称中西结合，里面修了一个叫什么来着，哦，叫什么骡子马式的建筑大青楼，还有奇山怪石堆砌的小园子，花的大洋海了去了，知道吗？"

一旁满脸麻子、正在压烟袋的小贩一撇嘴道："张大帅还不是让日本人炸死了吗！"

卖驴板肠的小贩得意洋洋地卖弄道："抬杠不是？老帅是没了，后来少帅易帜封了个什么副司令，节制奉、吉、黑、晋、察、热、绥、鲁八省！"

"是啊，托了少帅不抵抗的福，让咱们爷们儿足足当了十四年的亡国奴。"麻子脸当即给了驴板肠小贩一个"杠上杠"，让对方顿时哑口无言。沦陷十四年是东北最大最疼的伤疤。

赵云鹏带着两名士兵准备进张氏故居，见附近胡同里的小贩鸟兽四散，唯独一个"马脸"的商贩双手笼在袖子里还蹲在原地不动，面前的篮子上还盖着一块花布。

赵云鹏上前蹲在商贩面前，揭开篮子上盖着的花布，只见里面整齐摆放着五根木炭。赵云鹏上下打量了一番商贩，小声道："这么冷的天，太辛苦了，进去烤烤火吧！"

商贩抬头看了赵云鹏一眼，神情疑惑道："长官，我被发现了？"

赵云鹏点了点头，一指刚刚经过的拉木炭的马车："看到没有，拿个篮子卖木炭，亏你想得出来。"

商贩也不尴尬地说道："对不住了这位长官，既然识破了，兄弟就回去了，明儿再换人过来。"

警卫员马德礼望着没皮没脸的特务训斥道："你们脸皮咋这么厚？"

商贩嘿嘿一笑："瞧您说的，就好像咱什么时候要过脸。"

赵云鹏看了一眼路口方向来回转悠的巡警，他知道这些日伪留用警，名义上是协助维持治安的，实则是在监视东北局驻地的一举一动。

偌大一个张氏故居，警卫团面临的警卫工作可谓压力巨大。赵云鹏拿着张氏故居的平面图返回驻地，准备等钟守田回来一起研究一下如何部署警卫工作。

突然，院子里面传来一阵怒骂声："看老子怎么呼死他！你们谁也别拉着我，呼不死，老子就一枪毙了他！"

气呼呼的钟守田一屁股坐在了驻地大院老榆树下。赵云鹏疑惑地看了看钟守田身后赤手空拳的几名士兵，皱眉抬眼问："咋回事？"

钟守田起身指着东南方向道："毛子说话跟放屁一样，说好了几个军械库都移交给咱们，结果今天一去却变卦了，说是被请出来的还算客气的，是拿刺刀顶着鼻尖把俺们撵出来的。"

陪钟守田一同去的东北局联络处的钱彬也一脸无奈道："谁说不是呐。站岗的全部都换了一个遍，说没接到通知。"

赵云鹏沉思片刻，不慌不忙地说："这样，把部队现有的长短枪集中到三个排，从今天起，三班倒，担负起东北局驻地的警卫任务，要时刻保证一个排担负警卫，一个排警戒，一个排作为预备队。"

赵云鹏拽起钟守田，用命令式口吻说道："你也别抱怨了，和我去车站，接从莫斯科回来的翻译组专家。"

一百个不愿意的钟守田，嘟嘟囔囔地跟着赵云鹏，坐上了一辆几乎快散架的道奇卡车。随行的两名士兵全部配了两把二十响盒子炮，还加了一支司徒登冲锋

第六章 奉命接人，兄妹重逢

枪。部队虽然现在非常缺少武器装备，但是虚实不能让敌人摸清。

车上钟守田见赵云鹏忧心忡忡，于是询问道："老赵，摆个鸟的苦瓜脸，那是给谁看？"

赵云鹏犹豫了一下，回应道："敌人自山海关、锦州后分兵两线，西线攻陷朝阳、凌源直扑热河，东线敌人的25师奇袭营口得手，我们现在十分被动啊！"

钟守田趁势说道："老赵，我们联名向组织请求，派个差点的兄弟部队来接替咱们，咱们团打起仗可是嗷嗷叫的。"

赵云鹏瞪了钟守田一眼，严肃地说道："以后这种破坏团结的话不要说。咱们现在有新四军的部队，有冀热辽的部队，有咱们山东根据地的部队，还有延安来的，谁比谁差？组织上把保卫东北局驻地的任务交给了咱们，咱们就要肩负起来。"

钟守田压低声音，问道："听说这几天大首长们每天开会到半夜，一直在争论什么？"

赵云鹏做了一个嘘声的动作，警卫部队第一原则就是保安全守秘密，他自然清楚钟守田想问什么。东北局领导层对怎么抢占东北意见不太统一，在到底谁听谁的问题上产生了分歧。而且，两名随车警卫是山东来的老同志，开车的司机可是在沈阳招来的……

火车站前，两名士兵分别在卡车前后警戒。钟守田盘腿坐在了卡车的车头上，屁股下发动机的余温让他感到十分惬意。赵云鹏则在车站出口举着迎接翻译专家的牌子。人流散尽也没见到专家的人影。

赵云鹏和钟守田急忙带人上了站台。只见一位身穿列宁装女式皮大衣，脚穿意大利女式高跟皮靴，戴着一副棕茶色墨镜的高挑女子，向着赵云鹏迎面走来。走近一看，她皮肤白皙，脸若鹅蛋，柳眉细长，唇红齿白，一双明眸如秋水波光粼粼，一头秀发如瀑布倾泻而下，真是个魅力十足的女性。只见她放下手提箱，一个飞扑来到赵云鹏的怀中，紧紧抱住赵云鹏。

一旁的钟守田下巴顿时掉了一地，他心想：这是什么情况？那是谁？我是谁？我在哪里？我来干什么了？

赵云鹏更是浑身僵硬，高举双手，上气不接下气地问道："这位同志，这位女同志，哎哎，是不是认错人啦？"

梅钰琳摘下墨镜和帽子，瞪大眼睛，笑嘻嘻地往一旁一蹦："大师兄，你变了，变了，你不宠我了，还装作不认识我呢！"

赵云鹏迟疑了一会儿，轻轻地问道："你是梅钰琳？小师妹？你怎么在这儿?"

梅钰琳一撇嘴,翻着眼皮一连串的话语说了出来:"良心呢?良心被狗叼走了?二师兄可比你强多了!"

赵云鹏又惊又喜地搓了搓手,赶忙迎上去热情地招呼道:"你来东北干什么?我这会儿有个任务,晚上我请你吃铁锅炖。"

梅钰琳退了几步,摇摇头,仔细看了看赵云鹏身后战士举着的牌子,疑惑地问道:"师兄,你是不是来接东北局翻译组的专家?"

赵云鹏一个劲儿地猛点头:"是的是的!"

梅钰琳微微一笑:"那我们走吧!你要接的专家远在天边近在眼前!"

这时赵云鹏才恍然大悟,用惊喜的眼光上下打量了一下梅钰琳,如释重负地说:"我要接的从莫斯科回国的翻译专家就是你呀!"

梅钰琳不屑地回应道:"想起来了吧!你的俄语和日语还是我帮你补习的呢!"

一旁的钟守田插不上话,急得抓耳挠腮。他想起来了,之前在山东解放区时自己曾打过结婚报告,都因为条件不符被赵云鹏给退了回来,为此两人还大吵了一架。没想到平时不显山不露水的赵云鹏竟然打了一个埋伏,难怪他在解放区说啥也不找对象,原来藏了一个洋妹妹,不,一个大美人呀!

赵云鹏一侧身,左手做了个请的姿势,微笑道:"请专家上车吧!"

钟守田急忙上前一步,追补了一句:"梅专家,你的行李我帮你装车。"

赵云鹏这才反应过来,刚才一阵忙乱,忘了介绍钟守田,于是,赶忙介绍了一句:"这位是咱们警卫团的钟团长。"

梅钰琳微微点头,非常文雅地露出了一点儿微笑,接着她边提起自己的行李箱边说道:"这个箱子就不麻烦钟团长了,那边的箱子麻烦您帮我装上车吧。"

钟守田一转身,看了一眼那堆着的箱子,瞬间石化。他望着站台上堆得像小山一样的各种尺寸的行李箱,结结巴巴地嚷嚷道:"这……这些都是?"

梅钰琳点头,拽着赵云鹏说道:"师兄,咱们别妨碍钟团长。走,给我讲讲你这些年的英雄壮举,尤其是那个突破重围的长征。"

钟守田一转身,两名战士也迅速跟着转身,他们一起走向那堆行李箱,开始搬运起来。钟守田一瞬间开始后悔了:自己为什么鬼迷心窍跟着赵云鹏来接什么专家呢?什么专家非要团长和政委一起来接呀?望着堆成小山一样的行李箱,他心里狂呼:造孽啊!这是搬家吗?

累得满头大汗,捂着腰的钟守田终于出现在车门旁,他抬头看着相谈甚欢的赵云鹏和梅钰琳,喘着粗气道:"我说政委同志,俺们老家的规矩,搬家是要请客的!"

梅钰琳拽了拽赵云鹏的袖口,笑着问:"师兄,你请我吃铁锅炖,炖什么啊?"

"刺啦"一声,赵云鹏袖口的补丁被梅钰琳扯开了,里面露出了微微发黑的棉花。

一旁幸灾乐祸的钟守田嘿嘿一笑,得意地说道:"完蛋了,你师兄一千零一套衣服报销了,还好不是裤子,要不然咱们赵政委光腚了怎么回去呀!"

赵云鹏狠狠瞪了钟守田一眼道:"没看见这里有女同志吗?走,带你们去饱饱口福。"

卡车停在了鹿鸣春门前,钟守田惊讶道:"在这吃?不过了?"

梅钰琳则十分开心地跳下卡车,爽朗愉快地说道:"师兄大气,有样儿。奉天'三春'我在北平时就听说过,今天一定要大饱口福啊。"

赵云鹏微笑着带几人走进了鹿鸣春,恰好迎面碰上陆一鸣。陆一鸣见赵云鹏来了,立刻露出喜色地招呼道:"我说一大早怎么喜鹊就飞来了,合着是赵政委、钟团长一起驾到啊!哈哈哈,真是蓬荜生辉啊!"

赵云鹏拱手还礼道:"我们这是恶客,您不嫌叨扰就感激不尽了。今天小师妹来沈阳,我这当师兄的想不破费也不成啊!"

陆一鸣让掌柜的招呼人,凑到赵云鹏耳边,低声说道:"账单我给你挂起来,什么时候方便了什么时候还上不就是了嘛。"

赵云鹏感激地拍了拍陆一鸣的肩膀,点了点头。

望着赵云鹏的背影,陆一鸣心中激动不已,抄在裘皮袖子里的双手在微微颤抖,但是丝毫没有流露出半分异样,东北现在斗争形势极其复杂,一个不慎就是万劫不复。

1930年由于叛徒杜兰亭的出卖,中共满洲省委遭到严重破坏。1931年陆一鸣奉命进入东北执行潜伏任务,从亲戚手中接管经营鹿鸣春作为紧急备用联络点。

1936年由于叛徒杨波、刘明夫的出卖,中共东满、南满、北满、吉东四个省委和哈尔滨特委全部遭到破坏。至此,陆一鸣如同断线的风筝,与上级失去了联络。他曾经多次试图联系组织,但都因为无法证明自己的身份而只好作罢。现在共产党的武装已经进入东北,让陆一鸣这颗沉寂多年的心再次跳动起来,期盼着回归组织的怀抱。

梅钰琳皱着眉头在翻看菜牌。一旁赵云鹏疑惑道:"师妹,你不是去美国留学了吗？怎么从苏联回来了呢？"

梅钰琳合上菜牌，回应道："我在普林斯顿大学拿到金融硕士学位之后，又去了普希金俄语学院专攻俄语。斯大林格勒保卫战胜利后，普希金俄语学院因缺少博士生导师，我只好中断学业回国。对了，我在莫斯科就读期间入了党，怎么样！"

听到梅钰琳在美国普林斯顿大学获得了硕士学位，又到历年来俄国内排名最高的语言大学专修俄语，赵云鹏感到有点相形见绌，因为，在此之前赵云鹏这个"大学生"的身份还从未被人超越过，今天轮到他羡慕自己的小师妹了。

学历为"私塾窗外偷听"的钟守田，一味地催促赵云鹏点菜，而且故意往"硬菜"上引。"抠门"的政委难得要请客打牙祭，两名警卫士兵更是准备好了碗筷，如同准备冲锋夺旗一般跃跃欲试。

梅钰琳看到赵云鹏笨手笨脚又犹豫不决的样子，干脆自己来点。她翻了翻菜本，"啪"的一声合了起来，迅速递给站在一旁伺候的老掌柜，昂头闭眼地说道："炒一本。"

老掌柜顿时一愣，眨巴眨巴眼睛，追问道："什么什么？菜牌上没有'炒一本'这道菜啊？"

梅钰琳微微一笑，轻松地扔过去一句："哦，把所有的菜都上一遍就是'炒一本'了。"

老掌柜恍然大悟，原来是把菜本上的十几道菜全部上一遍。听到这，赵云鹏脸部的肌肉瞬间抽搐了几下，小心翼翼地轻声说道："师妹，咱们可不兴浪费啊！"

一旁不嫌事大的钟守田按住赵云鹏挥起的右手，很用劲地说道："能吃完，能吃完，放心吧！"

两名警卫士兵也如同小鸡啄米一般猛点头，心中感叹：团长太懂咱们了，这回可算是掏上了。

忽然门外响起了银铃一般的声音，陆璐推门进入包厢，她刻意看了看钟守田道："我爸说让我来给你道个歉。我看你眼睛也没什么事，道歉就免了哈！"

钟守田见到陆璐一下慌了神，李家坡"白马战神"的神勇瞬间偃旗息鼓，如同做错事的孩子一般手足无措地站起身，把黑乎乎的手在衣服里子上用力蹭了几下，憋了半天直到陆璐离开才憋出了"没事"两个字。

钟守田往身上抹了抹手心的汗，见赵云鹏和梅钰琳都在望着自己，心虚道："你们看什么，俺脸上又没花！"

第六章 奉命接人，兄妹重逢

梅钰琳微微一笑道："钟团长，看上去你很喜欢刚才那个女孩子呀？"

正准备坐下的钟守田，椅子突然一歪，摔了个四脚朝天。他趴在地上，抬头一望，正好能从窗户缝隙看到正在看自己的陆璐。钟守田恨不得找个地缝钻进去。

流水席一般的菜肴不断地端上来。钟守田心里琢磨今天算是丢人丢大发了，本着"道友可以吃亏，贫道必须吃饱"的原则，非常不客气地大快朵颐。他原本还想再来点酒的意图被赵云鹏识破而未能得逞。两名士兵也吃得嘴角冒油。

梅钰琳好奇询问道："师兄，你是团政委，你平时的待遇怎么样？"

"待遇？什么待遇？"赵云鹏瞬间一愣。

梅钰琳放下筷子："就是薪水多少？各种补贴多少？我现在担任东北局的翻译组副组长，也算有工作了，我要自食其力，不能再依靠家里了。就比如今天这桌饭，你一个月的薪金能吃几次？"

钟守田叼着筷子与赵云鹏对视一眼。赵云鹏犹豫了一下道："之前是四块五法币，现在是解放区的解放票十块。"

目瞪口呆的梅钰琳手中的一根筷子掉落在地，她边弯腰捡筷子边说道："法币和解放票，那和废纸有什么区别！不行，我要去趟电报局。"

赵云鹏一愣，不解地问道："去电报局干什么？"

梅钰琳急不可待回应道："给我老爸发封电报，看来下个月的生活费照旧不能停啊。"

饕餮大餐结束后，钟守田几个人几乎是扶着墙走出了鹿鸣春。梅钰琳没让每月只赚"废纸"的赵云鹏付账，她拿出了美元和卢布，这两样硬通货在沈阳比银元和"小黄鱼"还受欢迎。

从电报局回到张氏故居，赵云鹏把梅钰琳安全地送到了驻地。身为警卫团政委的赵云鹏亲自充当了一次搬运工，导致整个驻地大院的工作人员几乎全部驻足参与了围观。

返回警卫团驻地，钟守田急忙把身旁几个连长赶走。赵云鹏不动声色地悄悄把几个连长分别找来自己缺了一半屋顶的办公室谈话，结果不出他所料，钟守田竟然准备半夜带着几个连的士兵夜袭苏军军械库，不给就抢了！

钟守田得知自己的计划暴露，于是找到赵云鹏危言耸听道："国民党的部队说进沈阳就进沈阳，苏联人不让我们的大部队进城，也不让我们接收日伪军械物资。我们的主力都在辽西，咱们现在等于赤手空拳呐！这也太危险了！我的政委同志啊！"

赵云鹏犹豫了一下，沉稳地说道："不要急，要沉住气，我先去一趟苏军卫戍司令部，找他们卫戍司令员卡夫通交涉一下。现在苏联人对待我们和国民党的态度非常微妙，我们不能鲁莽行事，增加不必要的麻烦。"

赵云鹏刚刚走到大门口，与李参谋相遇。面露紧张神色的李参谋递上一份电报，上面写着：国民党五十二军一部抵沈。

第七章 "智斗"拿到武器,"弄巧"反蚀把米

相比我军简陋到不能再简陋的入城仪式,国民党军的入城却是气派非凡。士兵们戴着美式M1钢盔,背着汤姆逊冲锋枪、M1卡宾枪,穿着牛皮帆布军靴,军官们清一色的华盛顿呢短风衣,手套、耳包等一应俱全。他们举着青天白日旗,迈着整齐的步伐入城,带给沈阳老百姓一次全新的震撼。

沿街的欢呼声和跑来跑去的女学生们,让同样徒步入城的牛秦川感觉有点飘飘然,不知所措。

他的这个团虽然是拼凑起来的,但是也应了老话,傻人有傻福,由于组建最晚,所以配发的全部都是美国盟友援助的新式装备,这些装备连大名鼎鼎的"千里驹"师都没装备齐全。

站在路口的赵云鹏望着五路纵队的国民党部队,以连为单位踩着军号和军鼓的节奏点缓步前进,接受沿街民众的欢呼。

大街两侧楼房的窗户纷纷打开,碎彩纸片满天飞舞,队伍行进到哪里,鞭炮就炸响到哪里,欢呼声此起彼伏。商会绘制了巨大的蒋介石半身像,由八个赤膊上阵的壮汉抬着跟随在队伍的后面。

更多的民众高举着慰问品跟随在半身像后面,人们脸上洋溢着发自内心的喜悦。

此时此刻,赵云鹏心中备感不是滋味,他理解东北人民渴望光复、不当亡国奴的期盼。对于东北人民来说抗战始于1931年9月18日。艰苦卓绝的十四年,共产党人领导的东北抗日联军将鲜血洒满了白山黑水。

赵云鹏是第一次近距离观察国民党军美械部队,他发现国民党军一个连竟然有九挺轻机枪,二十多支冲锋枪,以及三个六零迫击炮组,整齐的队列、严整的军容……

战斗在敌后的八路军正如《游击队之歌》唱的那般,没有枪没有炮,敌人给我们造,几乎所有的武器弹药都来自缴获,就连大部分的被服也是靠缴获而来的。

赵云鹏还不知道这支入城的国民党军的指挥官正是自己当年的同窗牛秦川。

但是，他有一种强烈的预感，现阶段东北大城市普遍缺乏群众基础，我军暂时无法在争取民心方面占据优势，反观优势似乎在国民党军那一边。

赵云鹏赶到原关东军沈阳司令部，现在的苏军驻沈阳卫戍区司令部，请求与卫戍司令员卡夫通会面。

结果赵云鹏在大门前从早上被晾到了下午，凭着自己懂一点儿俄语，反复解释才得以与卡夫通会上面。身材不高、满脸小黑斑、蓄着斯大林式胡子的卡夫通，敞着军装，咬着雪茄，吞云吐雾，对赵云鹏的到来好像瞎子看戏——视而不见。

赵云鹏主动用俄语问候了一下对方。卡夫通皱了皱眉头，瞟了赵云鹏一眼，一看，一个身穿八路军简朴军装的人站在眼前，他戴着八路军的军帽，上有两个竖着钉上去的扣子，显得非常耀眼。卡夫通足足盯了一分钟，摸了摸挂在鼻梁下的八字胡，漫不经心地开口道："你们是什么军队？连军衔都没有？真后悔让你们下车。"

赵云鹏挺直了腰板，不卑不亢地回应道："我们是毛泽东与朱德领导下的中国共产党武装八路军，是中国国家武装力量的一部分。我们为了民族独立与解放在自己的土地上同敌人战斗。现在，奉中共中央的命令，我们挺进了东北，准备与苏联红军并肩战斗。我们有权利接收日伪的物资和设施。"

卡夫通似乎听懂了赵云鹏在说什么，于是摆着手、摇着头，用轻蔑的口吻说道："不，不，不，中国共产党的同志，你们什么权利都没有！根据1945年2月，英、美、苏三强签订的《雅尔塔协定》，以及我们与中华民国签订的《中苏友好同盟条约》，东北的全部设施和土地，在苏联红军撤军后都要移交给国民党政府军！我什么都不能给你们，什么也不会给你们的！"说完，又提高嗓门，拉高声调补充了一句逐客令："对不起啦！"

赵云鹏沉稳地站在那儿一动不动，听完后有礼有节地说道："卡夫通将军，我重申一遍，八路军也是中国政府承认的武装力量。我们的信仰都是镰刀与锤子，中国共产党得到了共产国际的大力支持，我们是同志加兄弟的关系。"

这时，卡夫通收到一份紧急来电，刚才他非常强硬的态度，因突然接到这份电报而有些细微的变化。于是，卡夫通不动声色地撵走了赵云鹏。

赵云鹏感到事情有些蹊跷，琢磨了一会儿后，假装出门，拐了个弯，又回到了卡夫通面前。卡夫通手上的电报被赵云鹏看到，原来，松江军区兼哈尔滨卫戍司令员卢冬生被拦路抢劫的苏军士兵杀害。卡夫通深知这很可能会引发东北的一系列矛盾，在当前东北局势错综复杂的情况下是极其不利的。

第七章 "智斗"拿到武器,"弄巧"反蚀把米

因此,卡夫通带着一丝歉意,暗示赵云鹏:"今晚驻扎小河沿和东郊武器库的守卫会临时撤离,你们能拿多少尽量拿吧。"

国防部抵达沈阳的赵高参也带着牛秦川抵达了苏联卫戍司令部门前,结果被苏军警卫拦住。牛秦川一不留神被地面的阻铁磕到了左脚大拇指,疼得他额头青筋直蹦,瘸着一条腿,一蹦一跳地边走边骂道:"真他娘倒霉蛋!跟老毛子打交道真是犯冲啊!"

正往外走的赵云鹏突然觉得右腿一麻,于是站在原地揉了几下,走出大门恰好碰上苏军士兵把刺刀架在了牛秦川的脖子上并大喊缴械。牛秦川听不懂俄语,一脸茫然,不知所措。

苏军士兵强行收缴了赵高参与牛秦川的手枪。牛秦川与赵云鹏四目相对,愣在了原地。牛秦川与赵云鹏几乎同时向前迈了一大步,就在两人准备相拥之际,却又尴尬地停在了原地。

因为他们俩都注意到了对方身上的军装。赵云鹏的眼圈有些发红:"师弟,几年没见了,竟然在这里遇到了。"

牛秦川有些哽咽:"一别五年了,打鬼子机场我被炮弹皮咬了一口,五十里路你硬是把我背了出来。对了,有小师妹梅钰琳的消息吗?"

一旁的赵高参皱着眉头看着赵云鹏,丈二和尚摸不着头脑,问了一声:"你是哪部分的?"

赵云鹏微微一笑道:"无可奉告。师弟,小师妹也在沈阳,我们驻地就在张氏故居,你可以随时过来,咱们聚聚。"

牛秦川点了点头。赵云鹏离开后,赵高参拍了拍牛秦川的肩膀,不可思议地问道:"你们是亲兄弟?怎么从来没听你说起过?"

牛秦川摆了摆手:"他是湖南人,我是陕西人;他老家澧县,我老家凤县;我们是大学同学,同一个老师,还是同桌,一起弃笔从戎;我上了黄埔,他跟了共产党。"

赵高参大感不解,但又一番感慨,不停地念道:"你俩长得也实在太像了!真有意思,绝了,太绝了!"接着,又警觉地问道:"他的驻地在张氏故居?共产党东北局的驻地?他们来苏联卫戍司令部干什么?"

与赵云鹏的意外相见仿佛冥冥之中一样,抗战胜利后牛秦川最想见的就是赵云鹏,但最不愿相见的也是赵云鹏。因为他们一旦相见就意味着很可能要兵戎相见。牛秦川记得有一次赵云鹏为了保护小师妹手被划破,当时自己竟然莫名其妙跟着痛了好一会儿。

赵高参见牛秦川发愣，轻轻拍了一下他，关注道："文武，你怎么了？"

牛秦川回过神来，犹豫了一会儿道："他们来的时候大部分人是空着手的，估计是找苏联人要武器、要物资吧！"

赵高参把嘴一抿，目光深邃地说道："走，我们回去！"

牛秦川望着赵高参，惊讶地问道："我们不见卡夫通少将了？"

赵高参摇了摇头，推着牛秦川边走边说道："苏联人的势力大，我们去了未必有结果，很可能是自取其辱，何必拿自己热脸去贴人家的冷屁股呢？回去自然有重要事情商量。"

令牛秦川头痛的事情远不止于此，他派出牛怀恩带领五个排负责张贴封条，结果没过一会儿牛怀恩派人报告说和以前的军统、现在的保密局顶上了。

听到消息，牛秦川皱了皱眉："贴个条子，憨瓜都会，给狗子二斤糨糊都能干。"

但是，他不敢耽搁，急忙带人赶到二经街小白楼。这是一栋1910年俄国人车可列夫斥资修建的洋行，后为日本商人板井所得，成为黑龙会秘密情报据点，日占时期是日本关东军的一处秘密情报据点，实则是关东军的一个秘密刑讯地。

日本人投降之后，这里瞬间由"阎王窟"变成"香饽饽"。牛秦川的吉普车抵达后，发现路边停着一辆黑色的别克轿车。

牛怀恩则和一名大背头、穿黑色中山服的男子顶牛。两人相互瞪着对方，你贴一张，我马上在你的封条上面再贴一张，你来我往，整个门上布满了厚厚的封条。

牛怀恩一见牛秦川到来，随即一脸委屈道："团座，我没能干好活计。"

牛秦川看了一眼黑色的别克小轿车，对方后座的车帘微微掀起了一个边，随即车辆驶离，保密局的特务们也立即跟着别克小轿车跑步离开。

"就这？"牛秦川一头雾水，他还准备和对方闹闹，没想到自己的"猛牛冲撞"竟然撞在了一团棉花上。带着满腹疑惑准备离开的牛秦川，转身看了一眼被贴成"大花脸"的小白楼大门，顿时气不打一处来："牛怀恩，把门清理干净，派一个班守在这里。"

与此同时，痛并快乐着的赵云鹏给钟守田带来了好消息，但是很快两个人就又头疼起来。因为没有运力，靠人肩扛背驮能拿多少？但还有兄弟部队陆续过来，能多拿就多拿一些吧。

去大街上准备雇车的钟守田遇到了刘四海，随意聊起雇车的事，刘四海当即

第七章 "智斗"拿到武器,"弄巧"反蚀把米

拍着胸脯保证:交给他,没问题!入夜后,三百辆大车准时出现在苏军仓库附近,苏军果然如约撤走了看守。

刘四海给尤贵打了一个眼色,尤贵心领神会地凑了过来:"共军得到这批武器的消息要不要告诉那边?他们最近趁共军手里缺家伙,好像要有所行动。"

刘四海点燃了一支香烟微微一笑:"日本人没投降前,大家精诚团结,现在日本人投降了,各为其主。当兵的吃进去的东西你连个渣都见不到,巴不得让他们斗起来,时局越乱,钱越多啊!"

赵云鹏与钟守田各自负责一头,从夜幕降临开始,到天明时分,钟守田不知自己运了多少车,但赵云鹏却记得是接收了六百一十二车物资和武器。

根据一连长报告,至少九百车是有的。

赵云鹏把部队全部武装后,开始调查其中原委,想把刘四海请来了解情况。但是钟守田坚决反对,反复解释道:"或许是天黑一连长记错了吧,再说了,人家是好心帮忙,咱们怎么还去质疑人家呢?"

与此同时,在灯光幽暗的一个大客厅里,一台留声机正放着来自墨西哥的拉丁舞曲。赵高参搂着一位艳妆浓抹的女子正尽情地跳着欢快的伦巴,一旁的桌子上扔了上百张各种委任状,牛秦川随手拿起一张就是冀热辽挺进军少将旅长。

望着这些盖了戳子的空白委任状,牛秦川觉得恶心至极。他想,自己与敌寇血战十余年,只落得个上校补充团"三无团长",而赵高参从南京过来却带了上百个将军的委任状,还有几百张上校、中校的委任状,什么时候党国的将军军衔和站街的窑姐一样如此不值钱了?

赵高参见牛秦川拿着委任状,于是拍了拍牛秦川的肩膀:"这些委任状严格意义上说是真的,换一个说法又不是真的,我这么说你能听懂吗?"

牛秦川微微一愣,他最恨有人跟自己打哑谜,偏偏还不能发作,只好尴尬一笑:"愿闻高见。"

赵高参推开窗户,从屋檐掰下一截冰溜丢入杯中,摇晃了一下,酒杯中金黄色的威士忌起了漩涡。

牛秦川看了一眼这一大堆委任状。赵高参微微一笑:"不谋全局者,不足谋一域啊!你们太不了解熊长官了。熊式辉,字天翼,江西安义人,高大威猛,仪表堂堂,于日本陆军大学毕业,进入东北之前是陆军中将,带兵打仗的时间不长,但可谓军人出身的政治要角,仅从他曾独揽江西军政大权十年,就足可见蒋家父子对他的信任。日本人一宣布投降,极有政治头脑的他就一眼看上了东北,

与人密谋后，成立了东北复原委员会，并以此为由起草了一份接收东北的计划呈报蒋委员长。委员长看后大为满意，很快就任命熊式辉为国民党政府军事委员会委员长，派他接收东北。你知道吗？在熊主任的计划中有这么一条：对东北原有伪军部队进行收编整训，使其为己所用。实际上就是给伪军、汉奸和土匪封官，让他们跟着干。熊主任到东北后常说：'为什么我们要弃伪军不用而要劳民伤财地剿匪呢？让他们和我们一起对付共产党不好吗？明明几张纸就能解决的问题为什么不干呢？乱世玩政治嘛，就得这么玩！'"

牛秦川掂量了一下委任状，问道："就这么个玩法？"

故作神秘的赵高参摇晃着酒杯："这个惑我替你解不了，你自己很快就会明白的。"

赵高参转身拿出一套八路军的军服，神情诡秘地说道："明早你带着一个连的精锐，换上八路军的军服，借着你和那个张氏故居的八路政委长得很像，趁他们主力在辽西，警卫部队又缺枪少弹，端了这个共产党的东北局，敢不敢？"

牛秦川被赵高参的狗胆包天吓了一跳，装作镇定地问道："上峰明确开打了？重庆《双十协定》？"

赵高参摇着杯中散发浓郁香味的威士忌，眯着眼睛，边品着酒边说道："协定？那玩意儿就跟婊子的牌坊一样，签署协定的目的就是撕毁协定，这个世界上一切的真理只在你的大炮射程之内。"

赵高参见牛秦川有些犹豫，紧跟着说道："不敢打第一枪？那你能把共产党的东北局驱逐出张氏故居也算立了大功。兄弟啊！你的资历有目共睹，又在远征军混过，为什么还是一个区区上校？富贵险中求，良心是什么玩意儿？多少钱一斤？光复了，大家都在忙着捞钱，你这两千多条枪就是我们捞钱的腰杆子。你要是个师长，咱们的合作能更多。过段时间国军主力全面进入东北，老兄你就彻底凉快靠边站了，你现在可是占了先机啊！"

牛秦川一杯接着一杯地喝酒，赵高参的肺腑忠言让他听得憋屈难受，常言说忠言逆耳，但是赵高参的"忠言"让他有一种想抽人的冲动。鹿鸣春最大的包厢，赵高参眼皮不眨一下就包了半年。

这就是党国的接收大员，实则是带着各个派系的任务来东北大捞特捞，原本将被制裁的汉奸土匪摇身一变再次成了捞钱的帮凶，而老百姓依旧处于暗无天日之中。现阶段由于苏军还在东北，国府的各路接收大员还相对低调。据说北平现在都直接顶上了火，夜里偷摸打对方黑枪的比比皆是。这几天连沈阳街头的老百姓都开始传唱着"刮，刮，刮，国民党就是'刮民党'"的民谣！

第七章 "智斗"拿到武器，"弄巧"反蚀把米

刘四海端着酒杯就给赵高参敬酒。一旁醉眼迷离的牛秦川不屑道："喝什么喝？美国人、英国人、苏联人哪个安了好心？他们恨不得把我们拆成几十个小国，恨不得我们每天都在打仗。"

赵高参略微不悦地看了一眼牛秦川道："文武兄慎言，你这是喝多了，美国人和英国人都是盟邦嘛！"

牛秦川猛地起身一口干了一杯，愤愤不平地嚷道："盟邦？美国人援华？纯属放屁！《租借法案》那是租中国人的命，借中国人的血，近五百亿美元的《租借法案》只给了我们八亿多，其中一大半被英国人掌控，宁可被日军缴获、炸掉也不给我们，剩下的物资里面扣除那些洋酒、丝袜、香水还剩什么？野人山，数万大军被活活拖死，就是英国佬造的孽啊！白皮黑心的没一个好东西！谁不知道他们的战略是先欧后亚，目的就是让我们牵制数百万日军，拿那么点物资吊着我们的命。"

牛秦川用力拍着桌子，发泄着愤怒。以儒将自居的赵高参看得直皱眉，不停地摇头，也不知道是不理解，还是"英雄所见略同"。

从走廊路过的陆璐，听到屋里面又是拍桌子又是骂娘，被吓得心惊肉跳。据伙计说里面砸桌子的也是个团长，陆璐寻思着：咋中央军的团长和八路军的团长就差别这么大呢？

赵高参点燃一支香烟，开导起牛秦川来："文武，你告诉我什么是贪，什么是不贪？一个有能力的人能够力挽狂澜，他贪点怎么了？相比一个清廉的无能之辈葬送三军，你为帅，你用哪个？人世间的事情没有绝对。你觉得我在务虚，你在务实，我告诉你，你恰恰搞反了，人人皆务虚，唯独尔清醒？会不会是只有你在务虚？"

牛秦川的鼾声起伏跌宕，赵高参脸上的表情可谓"五彩缤纷"。

一旁的刘四海却看出了门道：赵高参牵不动牛团长的"鼻环"，今晚的"套"赵高参算是白下了。片刻工夫，赵高参搂着美女先行告辞，刘四海追着送到大门外。赵高参前脚一走，牛秦川瞬间清醒过来，从窗缝里望着赵高参上了一辆绿白双拼色的敞篷凯迪拉克轿车。

副官牛怀恩将大衣披在牛秦川肩膀上，一边吹掉大衣上沾着的毛，一边低声慢气地说道："驴球蛋，这东北真真冷死个人，话才出口就被冻住掉在地上了。团座你说这赵高参是不是瓜尻？这个天还坐个敞篷车，他不冷？哼！"

牛秦川嘴角一翘，差点笑出声来，也哼了一声说道："在东北这就叫烧包，在我们老家这货就是一个骚板子，还想拿老子当枪使？呸！这个尻货，光总司

令、总指挥的任命就发出去三十二份，军长三十八份，师长一百五十八份，都他娘的发给了土匪，外面都叫中央胡子，这么搞能拿下东北吗？"

冷风一吹，牛秦川也彻底清醒了，赵高参那句"你自己很快就会明白的"回响在他耳旁，原来是怕这些人投共，所以忙着都"圈"起来、"委"起来了。

这时，牛秦川感到酒是醒了，但脑中还回想起赵高参说的那些话，觉得这赵高参的话不能不听，但也不能全听，夜袭中共东北局驻地肯定不行，但是自己不出面，把缺枪少弹的赵云鹏警卫团赶出去，这也不是不可以考虑。

这晚，赵云鹏睡了一个好觉，梦中全国迎来了大解放，数百万人民军队以摧枯拉朽之势，秋风扫落叶一般横扫了国民党反动势力。最关键的时刻被冻醒了，赵云鹏擦了擦眼睛，一看手表，已是早晨五点，他意识到要查哨了，于是立即起床，穿好衣服，带上枪，查哨去了。查着查着，突然，他发现了钟守田端着一支司徒登冲锋枪，带着人躲在张氏故居大门口的影壁墙后。

钟守田对赵云鹏做了一个嘘声的动作，果然，街对面的胡同里面有大批的人影在蠢蠢欲动。

张氏故居大门打开，几名清扫的士兵瞬间被数百名国民党军冲翻在地，这批国民党军打头的百十人穿着八路军的服装，凶狠无比。

赵云鹏立即命令墙头隐蔽的机枪火力点鸣枪示警，从四周冲出来的八路军包围了这伙国民党军。原想坐享其成的牛秦川，此刻坐在车里，正点着一支雪茄惬意地抽着，听到枪声，他手一抖，不知怎的，雪茄碰到嘴唇上，差一点儿烫伤了嘴……他知道，这下完蛋了，被"包饺子"了。

牛秦川可不是吃亏的主，他面带笑容距离十几米远就伸出双手冲到赵云鹏面前，紧紧握住赵云鹏的手说道："误会，误会，放下武器，放下武器，绝对是个误会，绝对是个误会！"

赵云鹏沉着而严肃地问道："你确定这是一个误会吗？"

牛秦川呼哧呼哧地喘着气，不再吭气。他十分清醒，人在机枪下，不能不低头啊。硬挺着吃大亏的事牛秦川干不出来，但是共产党军什么时候一下全部武装了起来？赵高参信誓旦旦地说内线报告了共产党军缺枪少弹，这是咋回事？

赵云鹏也不想扩大冲突，因为上级派来的抗敌宣传队刚刚抵达东北局驻地，罗政委此刻正在接见队员们。

气定神闲的罗政委根本没把门口牛秦川的闹剧当回事，他相信警卫团的同志们一定能处理好。

赵云鹏正视着牛秦川，大声说道："我们共产党人一向恩怨分明，人不犯我，我不犯人，人若犯我，我必犯人！"

牛秦川一挥手，高声命令道："撤！"

外围的八路军却丝毫没有让路的意图，牛秦川转向赵云鹏问道："什么意思？"

赵云鹏微微一笑，立即回应道："把我们的军装和武器还给我们。"

牛秦川看了看那一个个穿着八路军装的兄弟，犹豫了一下，挥了挥手，大声命令道："兄弟们！都给他们吧！谁让八路穷啊！"

口头讨了一句便宜的牛秦川足足丢了一个连的装备，九挺捷克造，二十二支汤姆逊，六十三支村田步枪，说不心痛自己都不信。但是，更丢人的是整整一个连的士兵穿着内衣裤在寒风中冻得瑟瑟发抖。

八路军的记者们在快速地报销着底片，牛秦川知道自己肯定出名了，这回可是把国民党军的脸都丢光了。正准备撤离的牛秦川被赵云鹏拦住："老同学啊，同窗见同窗，两眼泪汪汪啊！好久不见了，不聊几句？"

牛秦川绷着脸，窘迫地望着赵云鹏，尴尬地说："知道什么是话不投机吗？你们得了便宜还卖乖，我就不要一点儿面子吗？"

赵云鹏立刻反问道："你武装冲击我东北局驻地，这是什么行为？你们一方面把'挑起内战'的脏水往共产党身上泼，另一方面又杀气腾腾，恨不得把中共在东北最高领导机关都端掉，到底是谁在挑起内战？难道你想充当这个罪人吗？"

牛秦川白了赵云鹏一眼，敷衍搪塞地说："军人不谈政治，奉命行事！"

赵云鹏抓住牛秦川抛出的"军人"与"政治"的话题，咬住不放地说："当年你我面临不同抉择时，你对我说，军人必须懂政治，战争是政治的延续，是流血的政治，必须服从政治。"

牛秦川脸一红，有意避开这个话题，扯着嗓子嚷道："当年？你好意思提当年？湘西把我一个连打没的是你吧？奇袭日军榆树堡机场……"

赵云鹏打断牛秦川的话，反驳道："榆树堡机场若不是你一意孤行，怎么可能出现那么大的伤亡？我背着你走了几十里山路躲过了日军的追击。"

牛秦川小声嘀咕了一句："没那么远好吧！"

突然，一声清脆的声音响起："二师兄——！"

赵云鹏当即心头一紧，瞬间后悔做牛秦川的工作，自己怎么把小师妹给忘记了呢？

此刻，梅钰琳如同欢快的百灵鸟一般，连蹦带跳地来到牛秦川面前。牛秦川也展开了双臂准备拥抱,结果梅钰琳突然停住了脚步,疑惑地打量着牛秦川身上的国民党军军服:"二师兄,你是去潜伏的吗?"

牛秦川吓得小腿肚子一抖,小师妹一向思路清奇,好在身旁没有保密局的人,否则就这一句就能把自己送进去。

梅钰琳打量了一番牛秦川道:"还是你们的军服好看,可好看代表不了能打胜仗啊!"

梅钰琳的下一句把赵云鹏吓了一跳。心有余悸的赵云鹏和牛秦川对视了一眼。赵云鹏知道梅钰琳是无心之言,因为她没见过五次反"围剿",更没体会过爬雪山、过草地的残酷。

牛秦川看了梅钰琳一眼,犹豫了一下道:"晚上我请你,我们一起吃个饭,就在鹿鸣春。"

正在这时,只见一位上身穿着红色斜门襟短衫,下身穿着深色的裤子,脚上穿着黑面薄布鞋的女子,自我介绍她是刚来报到的宣传队副队长白晓芳。她是从山东军区调到东北民主联军来组建演出队的。她一到民主联军机关,就请人带她去见了赵云鹏常跟她提起的老首长。这位老首长就是董副政委,现在是东北民主联军副政委兼后勤司令员。她听赵云鹏说过,这位老首长虽然高度近视,但极有战略眼光。据说,高度近视使他吃了不少苦头,他在红军时期的一次战斗中还差点因此送了命。当时两军混战,老首长突然发现一支队伍向自己走来,他因眼镜片上沾了汗水分不清对方是敌是友,便迎着这支队伍走去,靠近时才看到有几个人端着枪正对着他,这时他才意识到对方是敌人,敌人开枪的同时他立即倒地顺着山坡滚了下去,才侥幸逃过了这一劫。警卫员在远处看到他在枪响后倒地滚下山了,还以为他牺牲了。

这位老首长极有战略眼光,据说他作为师政委参加一个重要会议时,得知苏联红军已进入中国东北,他立即意识到这是抢占东北的最佳时机,于是建议上级领导给总部发电报。但上级领导嫌他多管闲事,不同意发电报。于是他只好以个人名义上书党中央,建议派大批部队到东北去。

白晓芳一见到董副政委就主动说道:"首长好,我叫白晓芳。云鹏让我来后第一件事就是代他来看您。"

"哦,你就是白晓芳,听说过。请坐请坐!"

"我虽没见过首长,但首长的名字却如雷贯耳。我十分敬佩您!"

"敬佩我什么啊?小同志,当心有吹捧之嫌哦。"

第七章 "智斗"拿到武器,"弄巧"反蚀把米

"大家都知道,您很有战略眼光。听说您向党中央、毛主席提过抢占东北的建议呢。"

"哎,不能那么说!挺进东北是党中央、毛主席深谋远虑后做出的战略决策。"

"云鹏还说,首长是一个敢于讲真话、坚持真理的人。听说第五次反'围剿'时,您对红军不顾敌强我弱,与敌堡垒对堡垒的战术提出了反对意见。在红军改为八路军后,您看到部队的政治工作强度变弱,兵民关系紧张,军阀习气开始滋长,于是您提出了必须恢复政委制和政治机关的意见,得到了中央赞同……还有好多呢,您是我们心中铁骨铮铮的英雄!"

"哎哟,你这个小同志还知道不少呢!这都是过去的事了,我只是动了动嘴皮子而已,没你说的那么好。"

"不是的,云鹏还跟我讲了,在第五次反'围剿'时,他是指导员,您是团政委,是您手把手地教他做政治工作的,他一直把您当作学习的榜样。"

"好好好,今天不说这些了。现在云鹏就在沈阳,是东北局警卫团的政委,你快去看看他吧!"

"好的,看完您后我就去找他。"

白晓芳说完,回住处放下行李稍加安顿后,就径直朝着警卫团驻地的方向走去了。

走近细看这位女子,眉清目秀,鼻挺唇红,杏脸红润,身材丰满,一条乌黑发亮的大辫子搭在腰际,端庄秀丽又秀而不媚,一副傲霜斗雪的神态透着坚韧执着、决不屈服的反抗气质。她走着走着,看见一名士兵迎面走来,便甜甜地问道:"小同志,知道警卫团赵云鹏赵政委在哪里吗?"

顺着士兵手指的方向,白晓芳看到了赵云鹏与一名国民党军官站在一起,旁边竟然还有一名长相甜美、秀气柔和的女干部,三人似乎在交谈着什么……

第八章　同窗巧遇，唇枪舌剑

牛秦川立即脱下自己的军大衣披在梅钰琳的身上，轻声说道："二师兄这些年不在你身旁，委屈你了，自己一个人要懂得照顾好自己。"

一旁的赵云鹏顿时尴尬无比。梅钰琳瞬间眼圈红了，想想这么多年自己求学漂泊在外，到处都在打仗，整个世界都在分崩离析，仿佛没有一个安静的角落能让她摆下一张小书桌。

"为什么不能摒弃内战？和平有多难？军人在厮杀，全国民众在流血，国共如同兄弟，相煎何太急？"梅钰琳发自灵魂的质问让牛秦川哑口无言。

牛秦川犹豫了一下，摘下手套露出了手腕和一串果核做成的手串。梅钰琳顿时破涕为笑，惊喜道："你还留着呢？"

牛秦川认真地点了点头。梅钰琳立即转向了赵云鹏问道："大师兄你的呢？"赵云鹏被问得不好意思，侧过了脸去。

当年，赵云鹏和牛秦川给梅钰琳偷杏，梅钰琳吃完后用杏核做了两个手串。可现在，赵云鹏的那串不见了踪影，而牛秦川那串却还完好地戴在手上。赵云鹏从梅钰琳失望的目光中读出了许多难以言表的东西，可见，小师妹真的长大了。

牛秦川微微叹了口气，带有几分焦虑地说道："共产党不肯解除武装，可一个国家只能有一个政党、一种声音、一种主义！现在国军主力已经拿下了山海关、锦州、朝阳、营口，大军不日就能抵达沈阳。云鹏你是一个聪明人，识时务者为俊杰嘛，君子不立危墙之下的道理你是懂的！"

赵云鹏立刻针锋相对地说道："一个国家只能有一个政党没错，但这个政党要代表广大人民的根本利益，而不是腐朽的官僚买办阶层的利益。一种声音，应该是人民的声音。一种主义，那就是共产主义！"

梅钰琳望着针锋相对的两人神情黯然，她意识到，他们再也不是当年校园里秋天给自己偷杏的两个大哥哥了。他们一个成熟稳重、少言寡语，时刻关心自己；一个离经叛道、桀骜不驯，带着自己冒险。人生无常，不会永恒。一切似乎再也回不到以前了，不同的主义，不同的信仰，不同的身份，难道只剩下你死我活了吗？

第八章 同窗巧遇，唇枪舌剑

牛秦川和赵云鹏也意识到了自己在小师妹面前似乎有些过分了。牛秦川急忙改换话题，自卖自夸道："云鹏，你知道国民革命军远征军的美械师火力有多强吗？M5轻型战车、M4中型战车装备到师，105毫米榴弹炮装备到师，75毫米野山炮装备到团，六零迫击炮装备到营连。你们手里缴获日本人的那点洋落真的不够看，国共火炮的差距大概是7∶1吧。"

赵云鹏点了点头，回应道："其中一部分是缴获你们的，日本人不是一样陷入人民战争的汪洋大海吗？'陷寇汪洋'这四个字什么时候都是不会过时的。你说的轻型、中型坦克，105毫米、75毫米大炮，只要你们敢来侵犯，我们也会有的。"

牛秦川翻了翻白眼道："你这是存心抬杠！山海关已经在我们掌控之中了，辽西的共军不日也将被歼灭！"

这时，白晓芳来到赵云鹏身后，轻轻咳嗽了一声。赵云鹏一回头，看到了正望向自己的白晓芳，顿时心里一阵懊恼。哎呀！自己怎么把抗敌宣传队白晓芳今天要来的事给忘了呢？

梅钰琳见白晓芳用审视的目光注视着自己，顿时明白了许多，于是故意靠近赵云鹏，面带微笑地说道："快给我们介绍一下吧！"

赵云鹏显得有些尴尬，但又很快收回失态，赶紧往前凑地说道："我给你们介绍一下，这位是咱们抗敌宣传队的白晓芳副队长。"

白晓芳则微微一笑，顺着说道："明晚我们在小故宫有场演出，邀请各位前来观看。另外，赵政委你答应我的新编剧本呢？没剧本明天就要影响演出了，首长问起来责任可不在我啊！"

梅钰琳一下挽住了赵云鹏的胳膊，惊奇地问道："大师兄，你还能写剧本啊？凄美的爱情？如同《哈姆雷特》那样？"随即她甩出了一句《哈姆雷特》的经典台词："简洁是智慧的灵魂，冗长是肤浅的藻饰。"

白晓芳皱了皱眉头，她非常不喜欢梅钰琳挽着赵云鹏撒娇，觉得她讲这句台词要么是挑衅，要么是卖弄，因为在国内很多人都不知道《哈姆雷特》这出剧目，好在自己曾在北平看过，对于里面很多台词记忆犹新，于是，就用《哈姆雷特》的另一句经典台词怼了过去："谁同意忍耐人世的拷打与讥讽，榨取者的侮辱，清高者的冷眼……"

白晓芳还没说完，梅钰琳就反应过来，她听懂了，这是用《哈姆雷特》中寓意着不畏是非谣言、孤勇前行的台词在回她的"灵魂之问"。这时赵云鹏急忙插话进来，介绍道："晓芳，这是咱们东北局翻译组的梅钰琳副组长，是我的小师妹。"

赵云鹏没介绍牛秦川，这让一旁抻着脖子等了好一会儿的牛秦川狠狠地白了他一眼。受到刺激的牛秦川于是主动站出来，面带微笑，跟着说了一句："美具有引人向善的作用和力量——黑格尔。"本来牛秦川想夸赞一下梅钰琳和白晓芳的容貌，在小师妹面前展示一下自己的"博学"和"优雅"，但结果却是弄巧成拙。

白晓芳瞟了一眼牛秦川身上的国民党军军装，感觉十分厌恶，立即不客气道："一个民族有一群仰望星空的人，他们才有希望——黑格尔。"她在暗喻国民党的黑暗和腐败到了无可救药的地步，将共产党比喻成一群仰望星空的人。

牛秦川顿时一愣，他能听得出来白晓芳是把矛头对准了自己，没想到白晓芳和梅钰琳两人的"文戏"到了自己这里已经是"武斗"了。于是，他回应道："怎么针对起我来了？国民党是有问题，难道换一个别的党就不会出这种问题吗？当前抗战胜利，百废待兴，国民党需要时间来振兴民生、发展国力。共产党不当政，站着说话不腰疼。"

梅钰琳毫不客气地回敬道："共产党是为人民大众服务的，所以要搞土改，把土地分给农民，实现'耕者有其田'，你们国民党敢搞吗？"

被梅钰琳怼了的牛秦川十分郁闷，他不好针对梅钰琳，于是把枪口对准了赵云鹏，激动地说道："我们国民党信奉三民主义，今日国共之争，说到底就是信仰之争，我坚信三民主义能够救中国。"

赵云鹏冷静地望着有些激动的牛秦川，郑重地说道："信仰有不同，但百川归海，就看是不是为人民谋利益。人民是无私的，人民是公正的，人民的检验是最严格的，我们今天的争论无所谓胜负，关键是看人民怎么评说，看人民怎么选择！对于这一点，我们有坚定的信心！"

信仰不同，话不投机，四人可谓不欢而散，唯独牛秦川被尴尬地丢在了张氏故居门口。大清早给人家送了一个连的装备，说实话，这种天气一整连的人光着膀子跑回营区，换位思考，自己都觉得"挺敢冻"的。

不过牛秦川心里明白，这事是冤有头、债有主，那个让自己大动干戈的赵高参必须给自己一个交代。

目睹这次张氏故居前的巧遇，白晓芳压根没给赵云鹏解释的机会。虽然她知道赵云鹏不是那样的人，但是心里就是不好受，气鼓鼓的她决定晾赵云鹏几天。事后，主动来送剧本的赵云鹏得到的待遇是剧本放下，人吃闭门羹。

这时，有宣传队员传过话来，晚上在小故宫的戏台子，宣传队有一场公开演出，让赵云鹏早点儿来。

第八章 同窗巧遇，唇枪舌剑

赵云鹏又想起了当年刚入学时的情景：牛秦川和自己竟然被分到了同一个班。身着校服，都提着马克牛皮箱的两人，在门口巧遇时都差点以为对面是一面镜子。

在学生时代，赵云鹏对于牛秦川总有一丝莫名的熟悉感和好感，于是，与他很快成了朋友。在学习上，两人你追我赶，是竞争对手；在生活上，牛秦川居然非常喜欢吃辣，口味比赵云鹏这个湖南人还重；在篮球场上，两人默契配合得如同一个人似的，让对手瞠目结舌。

迎新会上，热情迎接新生梅钰琳的牛秦川被误认为赵云鹏。小师妹梅钰琳的出现，让两个人又不约而同地以自己的方式展开追求。赵云鹏内敛含蓄、才华出众；牛秦川热情如火、胆大心细。梅钰琳为了识别两人，分别送了他们一条用不同颜色线绳编成的杏核手串以示区分。

赵云鹏记得自己第一次与牛秦川发生争执是关于主义和信仰的问题。第五次反"围剿"时，自己袭击了牛秦川负责看守的弹药库；抗日战争那会儿，两人又联手袭击过鬼子的野战机场；如今，两人之间主义与信仰方面的矛盾已经到了几乎无法化解的地步，难道真要割袍断义、同室操戈吗？

万千感叹于心，赵云鹏微微叹了口气，往事不可追忆啊……

赵云鹏刚刚返回驻地，钟守田就带来了一个坏消息：国民党早上吃了大亏，自然不肯善罢甘休，他们勾结留用的日伪汉奸、地痞流氓和一贯道分子威胁本地商户，不让他们出售粮食和副食品给东北局机关和警卫团。

敌人的小伎俩确实上不了台面，但是处理起来却非常棘手，毕竟沈阳现阶段缺乏群众基础。就在赵云鹏与钟守田商量准备派部队到周边去采购的时候，刘四海带着商会的十几辆大车及时赶来慰问了，送来的东西都是部队急需的粮食和副食品。

满脸笑容的刘四海依然是一副江湖做派，对于警卫团驻地的艰苦条件竟然还假模假样地眼圈一红，信誓旦旦地承诺要在傍晚前帮助警卫团解决席地而睡的困难。

钟守田与赵云鹏也是震惊不已。赵云鹏有心拒绝，但是实在不忍官兵们受寒挨冻。刘四海带来的一名叫尤贵的小伙子更是腿脚勤快，跑前跑后，下午就筹集齐了数百张床板和数百床棉被，并且亲自带人把仓库的屋顶修补好，还给赵云鹏和钟守田砌了一个煤炉子。

钟守田对尤贵满意得赞不绝口。当晚，赵云鹏感受到了难得的暖意，但让赵云鹏想不明白的是，为什么国民党方面刚刚煽动胁迫商户不卖物资给东北局机关和警卫团，而刘四海就非常及时地送来了物资？难道刘四海没有半点儿顾忌？而且送得也太过及时,更值得注意的是,他此前调查从苏军仓库拉走大批物资和武器的嫌疑,直接指向的就是刘四海。

赵云鹏越想越不对劲,于是把他的担忧告诉了钟守田。没想到钟守田听了当场炸了锅:"世上不能有好人吗?人家不顾国民党反动派的威逼帮助我们,我们还要去怀疑人家吗?"

忽然,满头大汗的尤贵不顾哨兵阻拦冲进了院子,气喘吁吁的他顾不上擦汗,焦急地说道:"我们老板打听到一个消息,有留用的日伪汉奸想要破坏今晚的演出,他们准备甩炸弹啊!"

尤贵的话惊出了赵云鹏一身冷汗。白晓芳等人今晚的演出才刚刚定下时间,怎么敌人这么快就知道了呢?

钟守田也不敢大意,与赵云鹏立即将这个情况上报了东北局机关:是继续演出以抓捕意图破坏的国民党特务和日伪汉奸,还是取消今晚的演出?最后,赵云鹏向上级建议:演出不取消,不然会显得我们惧怕敌人。但事先要做好设伏,坚决阻止敌人的破坏。

设伏方案很快确定下来:一方面让尤贵带头协助识别混入会场的日伪特务,另一方面提前占领制高点安排神枪手。完成初步部署之后,赵云鹏又与钟守田分别带领警卫连的士兵混在围观的群众中,等待着特务分子的出现。

留着清朝金钱鼠尾小辫和山羊胡子的胡四峰,在东北是个传奇人物。他爷爷给白俄当翻译,走私过军火烟土,他姥爷是大土匪,他爸爸是奉天有名的"蹚地头",他妈妈经营着奉天最大的烟馆和妓院,他哥哥是伪满洲国警察局长,他本人1928年就投靠日本人当了汉奸。别人是满门忠烈,他家则是满门抄斩。

今晚,从头到脚坏透了的胡四峰带着一群日伪汉奸余孽,在十根金条的鼓舞下,按照赵高参制订的计划行动:一是制造混乱给共产党泼脏水,让苏联人头疼;二是想趁机搞掉几个共产党东北局的大人物;三是敲打沈阳的各方势力看清形势,可谓一箭三雕。

赵高参自认为棋高一着,没想到过程却像漏风的筛子一样。刘四海恰好想继续取得钟守田的信任,于是他决定狠狠坑一次对自己爱搭不理的"友军",非常及时地把情报传给了钟守田。

尤贵在群众中穿梭,不断地给警卫连的士兵指认目标。身着便装的警卫连士兵不动声色地挤到敌特身旁。赵云鹏则盯住了自以为行踪隐秘的胡四峰。

台下毫不知情的牛秦川手拿望远镜,目光却一直停留在梅钰琳的身上。随着《白毛女》悠扬的乐曲声响起,白晓芳登台的一瞬间,约定了以此为信号同时动

第八章　同窗巧遇，唇枪舌剑

手的日伪特务被瞬间按倒。赵云鹏则一个抱摔将毫无防备的胡四峰摔了个七荤八素，满眼冒金花。

捉拿日伪余孽破坏分子在群众中引起了片刻的骚动，但不一会儿，大家的注意力又被演出吸引回了台上。

胡四峰一见自己被八路军抓住，知道东窗事发，于是急忙求饶道："长官、长官，我要入党。"

一听这个汉奸要入党，钟守田顿时恨得牙根发痒，抡起拳头就要暴打。这一次赵云鹏没有阻止钟守田，反而悄悄递过一根棍子叮嘱道："别把手打疼了！"

就在赵云鹏等人押解着这伙特务准备回去审讯之际，人群中突然有人高呼："汉奸特务要扔手榴弹炸死大家，打死汉奸！"

瞬间，群情激愤的群众围了过来。推搡之间，几名汉奸全部身中数刀毙命。见了血，人群一下就散去了。

此时此刻，牛秦川完全被《白毛女》演出的效果所震惊，在场的老百姓，甚至偷偷跑来观看的国民党士兵无不被深深吸引，随着演出节奏时哭、时愤、时悲，几名国民党士兵几乎是义愤填膺地挥舞拳头。牛秦川感叹共产党的政治工作实在是太厉害了，简简单单一场情景剧竟然能够达到如此效果。

为了掩盖内心的震撼和冲击，牛秦川强装镇定，微微一笑，向梅钰琳潇洒地敬了一个礼转身离开。牛秦川有一种极为不好的预感，从戎十余年来，这种预感屡次让他逃出生天。

这一次，牛秦川预感到：如果不能有效地瓦解共产党的政治工作，再多的美械恐怕也难以力挽狂澜。

当晚，为了感谢刘四海提供的情报和帮助，钟守田找赵云鹏商量，两人凑份子在鹿鸣春答谢一下刘四海。赵云鹏原本觉得尽量要少与地方人员往来，但又一想，接触刘四海这样的人不也是我军政治工作的应有之意嘛，说具体一些，就是我军政治机关设的敌工部要做的事，于是同意了钟守田的提议。

鹿鸣春因为要接待钟守田和赵云鹏早早打烊谢客了。陆一鸣则亲自掌勺做了几个地道的鲁菜和湘菜，可谓用心良苦。

席间，陆璐被陆一鸣招呼过来敬酒。钟守田见到陆璐，一改往日的豪气而略微显得有些拘谨。这一切全部被刘四海看在眼中，他不动声色试探道："听说国军主力已经挺进山海关了，这沈阳你们是守还是不守啊？你们东北局的大领导要往哪里撤啊？"

钟守田刚要开口，被赵云鹏拦住。听到刘四海问这么敏感的话题，赵云鹏若无其事地敷衍道："守与不守的事由上级决定，东北局机关撤与不撤，撤到哪里更是上面的事，我们只管听命。来来来，刘会长请用菜！"

刘四海不愿停下这个话题，有些不死心地说道："你们在沈阳还算好的，我听说辽西那边，你们的队伍冻死冻伤好多人，有的队伍直接就散架了。"

钟守田听到刘四海这些话，顿时露出一副惊讶的表情。赵云鹏则微微一笑地说道："冻伤肯定是有，但是我们的部队有严格的纪律和稳定的补给，这两种情况应该是以讹传讹。"

刘四海尴尬一笑："那就好，那就好！"

陆一鸣让陆璐捧出两件呢子内毛、羔羊皮领子的大衣："这是鄙人和小女的一点儿心意。东北不比山东和江南，这边天寒地冻，若是离开沈阳，温度还要低很多。两件大衣赠送给两位长官，聊表一下心意。"

赵云鹏正在琢磨如何推辞，陆璐就径直把大衣交到了钟守田手上。两人的手微微碰了一下，都感觉好像被烫了一下，急忙各自向后退了一步。

望着紧抱大衣的钟守田，赵云鹏知道这大衣算是要不出来也还不回去了。

返回途中，钟守田穿着大衣得意洋洋，用力嗅了嗅："真香！这陆老板真是粗中有细啊，呢子面朝外加了一层灰布，里面是貂皮，羔羊皮的领子，真暖和。"

警卫员马德礼则抱着赵云鹏的那件大衣疑惑道："政委你怎么不穿？"

赵云鹏微微一笑："我不冷！"

天寒地冻的深夜，身处室外，严寒能够瞬间掠走人体最后一丝暖意。赵云鹏查哨发现哨兵小梁正在原地小跑取暖，不停地搓手哈气。

寒意刺骨，小梁听到脚步声，转身步枪下肩，喊了一声："口令！"

赵云鹏停住脚步："白山，回令。"

一听是政委的声音，小梁顿时也放松了下来："大马猴子！"

口令这玩意儿原本就是用来识别敌我的，不需要对仗匹配，如同长江对黄河一样，一不小心真的会被敌人碰巧蒙过去，问题就大了。

小梁将步枪扛上肩却发出一声闷哼。赵云鹏借助煤油灯发现他的手被枪上的金属部分"咬下"一层皮。这在东北属于司空见惯，从侧面也反映出民主联军面对的极端困境。

瑟瑟发抖的小梁用袖子垫着手托着步枪。赵云鹏见状把大衣披在小梁身上，并叮嘱小梁："交哨的时候大衣往下传。"

小梁见状急忙往后躲，连连摆手："政委，俺不冷，俺不冷。"

赵云鹏板起脸硬将大衣披在小梁身上："穿上，这是命令。"

第八章 同窗巧遇，唇枪舌剑

小梁用感激的目光注视着赵云鹏。赵云鹏摸了摸小梁的头关心道："入伍多长时间了？"

小梁憨憨一笑："俺是在本溪的时候被队伍上救助孤寡捡回来的，入伍不到两个月。"

赵云鹏替小梁整理了一下大衣领子："《白毛女》看了吗？"

小梁看了一眼悬挂在夜空的明月，羡慕地说道："嗯，真羡慕她啊！"

赵云鹏顿时愣了一下，做了这么多年的政治工作，还是第一次听战士说羡慕喜儿的，面对全新的视角和思维，他耐心询问道："为什么呀？"

小梁叹了口气道："她还有个爹，她小时候还见过她娘，还有大春对她好，这年头谁个不苦？"

赵云鹏陷入了久久的无语，他用力抱了一下小梁："咱们独立团就是你的家，我们所有人都是你的亲人。"

小梁的眼圈湿润了，他努力让泪水不要流下来，终于紧紧地抱住赵云鹏："政委！"

赵云鹏摸了摸小梁的头："叫大哥！"

望着赵云鹏离去的背影，小梁用力地握住了步枪，摸着身上带来暖意的大衣，小梁觉得这股暖意是从心底发出的，他握着步枪的手更加用力了。

满天星斗，赵云鹏想起了与牛秦川此前的争论，正要回屋，遇到了钟守田。两人坐在石阶前各怀心事，赵云鹏在思考刘四海今晚的话，钟守田则是听到风声，说部队可能要撤出沈阳城，心里总有那么一丝割舍不下。

赵云鹏更加担忧的是眼前的扩军工作。他看了看忧心忡忡的钟守田说道："最近马上要大规模扩军了，老钟啊！过去咱们在根据地有群众基础，扩军工作不用担心，现在东北有大量的伪军、惯匪、伪警察、流氓，很容易趁我们扩军之际混入革命队伍。"

心不在焉的钟守田掐灭烟头："不是有政委你把关嘛，俺信得着你。"

真是越怕什么就越来什么，赵云鹏最担心的就是干部对此警惕性不高，往往重数量不重质量，如果这些混进革命队伍的坏分子恶习难改还容易识别，就怕别有用心的潜伏特务，一旦出了问题就是大问题，这关系到组织是否纯洁，必须未雨绸缪啊。

赵云鹏原本想与钟守田多聊几句，钟守田推托太乏，赵云鹏也是颇为无奈。

国民党重兵压境，各方势力蠢蠢欲动，看似平静的沈阳实际已经是暗流涌动了。

第九章　迅猛扩军，鱼龙混杂

中午时分，去东北局开会的钟守田会后急匆匆地返回驻地，用拆房门的劲头冲进赵云鹏的办公室，扯着嗓子大喊道："老赵，老赵，上级批准咱们这些基干团就地征兵了！"

赵云鹏顿时也兴奋起来，毕竟独立团出关时说得好听是"基干团"，其实就是个"架子团"。

赵云鹏随即询问钟守田上级对于征兵的要求和具体政策，结果钟守田一问三不知。按他的想法，在山东根据地怎么征兵就怎么干呗！赵云鹏无奈之下给东北局机关打了电话询问，机关的齐干事告诉赵云鹏：因为部队驻地情况各不相同，要根据各地的具体情况由团里自行决定。

钟守田指挥警卫连兴冲冲地搬上桌子，拿上铁皮喇叭，带了几面红旗，准备上大街去征兵。赵云鹏见状，无奈地摇了摇头道："沈阳是大城市，用根据地那一套征兵，'老三件'（锣、鼓、大红花）加'老三套'（喊口号、开大会、做工作）肯定不行！"但赵云鹏知道钟守田比老黄牛还倔，不撞南墙是不会回头的，唯有等他撞了南墙才能真正说服他。

兴致勃勃的钟守田将征兵点设在了鹿鸣春对面，想在陆璐面前威风一把，拿着铁皮喇叭开始动员起来。结果除了个别打听东北民主联军和国民党军有什么区别的人之外，大多数人一听说共产党的东北民主联军没有军饷，就纷纷散去了。

为了引起众人注意，钟守田站在人来人往、喧闹繁忙的大街上肆意招兵。虽围观的人不少，但没有一个要登记的，弄得钟守田如同孤岛一般无人问津，很是丢人现眼。

在鹿鸣春对面的大街上冻了整整一天、喊哑了嗓子的钟守田，就这样，一个兵也没招到，反而让二楼的陆璐看了一整天的笑话。

一回团部，钟守田又一次撞开了赵云鹏刚刚加固的大门，扯着沙哑的嗓子，用求教的口吻问道："我说老赵，你已经猜着了结果，为什么不拦着我点？"

赵云鹏做政治工作是要和很多人打交道的，不仅有自己的同志、战友，还有汉奸、地主、奸商、伪军、日本人等，可以说是各式各样的人都见过，但见过不

第九章 迅猛扩军，鱼龙混杂

要脸的，却没见过猪八戒倒打一耙还这么理直气壮的。于是，他只好和风细雨地劝慰道："我说过了，根据地招兵的办法在大城市行不通，在这里咱们一没群众基础支撑，二没当地党组织帮助，三没有军饷薪金保障，你怎么招兵？"

钟守田顿时傻了眼，犹豫了一下，无奈地说："那这个兵怎么招？"

对于撞了南墙的钟守田，赵云鹏感到又好笑又生气，哭笑不得地说道："当然是要用政治工作喽，要通过宣传工作开路啊！"钟守田一看赵云鹏理会他了，且给他指点迷津，顿时眼睛一亮，乖乖地坐在赵云鹏面前，一副洗耳恭听的样子。

赵云鹏见状，耐着性子，平和地说道："下午我去了白晓芳那里一趟，我想请宣传队帮忙宣传一下我们的征兵政策，让老百姓知道我们这支队伍是区别于国民党军的。我们是人民的子弟兵，是为天下劳苦大众打江山的，咱们现在缺乏根据地那种群众基础，更没有土改工作作为呼应，如果让老百姓懂得当兵的意义在于保卫自己的土地，那效果就不一样了。"

听了赵云鹏这一番话，钟守田打心眼里服，刚进门那种焦躁不安的情绪慢慢消退了，一种化百炼钢为绕指柔的劲儿在钟守田的脑海里渐渐地生根发芽，他觉得浑身又充满了力量。

看到钟守田沉心静气地领悟和思考起来，赵云鹏感到水到渠成，于是指着自己手绘的沈阳地图说道："而且我们可多设几个位置，如学校附近、钢厂、电厂附近，矿工大院这些地方。你去鹿鸣春招兵？陆一鸣能当兵还是陆璐能当兵啊？"

钟守田觉得自己此刻在赵云鹏眼前就是透明的存在，自言自语道："陆一鸣自然不能，人家是大老板。陆璐也许差不多，八成能当兵，人家是大学生，文化高，素质高。"

赵云鹏也不戳穿钟守田，拍了拍他的肩膀，宽厚地说道："我给你烧了热水，你烫烫脚去去寒气吧。哎，你那皮毛大衣呢？"

钟守田嘿嘿一笑，憨厚地回应道："给夜间站岗的哨兵了，就你政委觉悟高，你不穿我怎么敢穿？"

一番对话后，两人双目对视、满眼泪光，不管怎么说吧，这么多年来，他俩就是这样一对对彼此"又恨又爱"的"夫妻"。

与此同时，鹿鸣春的最大包厢内灯火通明。赵高参与牛秦川推杯换盏。牛秦川只字不提昨天早上因为赵高参的策动和情报错误让他白白搭进了一个连装备的事。

牛秦川不提，赵高参也装作没事一般，酒过三巡后他挥手赶走了陪酒的酒托。牛秦川意识到这会儿终于要进入主题了。赵高参环顾了一下四周,神神秘秘地说道:"共军在扩军招兵你知道吗?"

赵高参的话差点气得牛秦川一佛升天,二佛出世。钟守田白天搞那么大的阵仗,只要不是瞎子都能看见,只要不是聋子都能听到。

赵高参见牛秦川不感兴趣,强行接话说道:"据可靠消息,国民党政府最近打了一张漂亮的外交牌,一方面让苏军运走东北机器设备,允许共军进入山海关,阻挠国民党接收东北等情况,用备忘录形式送至苏联政府,要求尊重中国在东北的完全主权以及领土之完整;另一方面,把所有代表国民党政府来东北的接收人员全部撤到北平待命,用这种以退为进的外交攻势,向全世界宣告苏军阻挠国民政府在东北行使主权,以引起美英等国的声援。这张牌一打,苏联马上就答应协助国民政府接收东北,把东北的主权交给国民党。据说,这一高招还是蒋委员长亲自指点的熊式辉。现在,苏联人要把共军赶出沈阳了。同时要注意的是,共产党为了赖在东北不走,现在要拼命扩军了。"

牛秦川听到这个可靠消息,可谓心潮澎湃,他觉得大显身手的时候来了。于是,他端起一杯威士忌一饮而尽。

赵高参又给牛秦川倒了一杯威士忌,牛秦川立即意识到赵高参又要出馊主意了。赵高参一副风轻云淡的架势,自信满满地说道:"共产党的政治工作确实厉害,这一点我们必须承认。但是这里还是沈阳,是大城市,他们那套打土豪分田地的做法在这里行不通。你明天带人上街也开始招兵,共军在哪里招兵,你就怼在他们对面,他们给十块军饷,我们就给二十块,把新武器、新军装都搬出去,让共军那帮土八路见识见识,再搭个戏台,找些能说会唱的把小曲一唱,看他们怎样招架!"

牛秦川对于赵高参的馊主意既不佩服也不愿意表现轻蔑,于是说道:"你好牛啊,这是招兵吗?25师也是一等一的主力,要的是青年学生和家世清白的良人,干过伪军或有劣迹记录的一律不取。如果按这套去招兵,丢了25师的人,李正谊第一个就不会放过我。"

赵高参犹豫了一下,坚持己见地说:"这样,我们的目的不是招兵,而是让共军招不成,明白吗?"

牛秦川这才点了点头,装作十分听话的样子回应道:"明白,明天我就会让共军知道什么是国军精锐。"

赵高参满意地摇晃着酒杯,带着许诺地问道:"25师即将要空出一个副师长的位置,你是怎么考虑的?"

牛秦川知道赵高参是上面大佬捞钱的"耙子",否则也不可能带上百份委任状来东北,这种人自己万万得罪不起,他未必能成全你,但绝对能祸害你。

于是,牛秦川调整了一下坐姿,谦逊地说道:"还要请赵兄多多抬举啊!事后必有重谢!"

赵高参微微一笑道:"国府方面需要一个军调的联络人,我向上面推荐的就是老兄你,混个资历,多挪动挪动会有好处的。"

赵高参最后一句话让牛秦川仿佛掉到了云雾里,不知为何,牛秦川却突然想起了小师妹的音容,虽然近在咫尺,但碍于双方身份,他只能尽量克制自己的情感,不给自己和小师妹增加麻烦。

第二天一早,赵云鹏与白晓芳碰头之后,宣传队的数支小分队便跟随招兵队伍开始向设定位置进发。途中赵云鹏察觉到似乎情况不对:一支国民党的队伍一直紧跟其后。

等赵云鹏在钢厂附近摆开架势,国民党方面利用卡车的后车厢也搭起了招兵站的牌子,还有几名妖艳的女子,身着旗袍,随着舞曲扭动起来。

声音巨大的舞曲干扰了宣传队同志打的快板书,人嗓子喊哑了也喊不过扩音器啊!赵云鹏陆续得到消息,每一处征兵点都遭到了国民党军的干扰。

很快,白晓芳也带着设备赶来支援,上级指示宣传队要倾巢出动,于是大街两边形成了不同的风景线。一边是舞女唱着《夜来香》并伴随扭着妖艳的舞姿,一唱一扭地跳着歌厅里的销魂艳舞;另一边是白晓芳带着十几个人组成的小分队,打着手鼓,整齐划一地跳起了《解放区的天是明朗的天》的秧歌。当面比较,高下立见,国民党军方面的"舞女战术"完败。

但是,赵云鹏很快发现了问题,自己这边只招到了两个人,国民党军那边却挤满了人。白晓芳非常不解,为什么会是这样呢?

赵云鹏无奈地给大家分析道:"因为我们缺乏相应的群众基础,同时我军招兵没有安家费和军饷,国民党军那边则开出的条件优越,25师又是有名的'千里驹'师,自然更容易吸引青壮年。"

这时,钟守田气呼呼地找到赵云鹏,一见面就大发脾气地骂起了国民党军这套招数:"你娘的奶奶个腿,你害了俺,俺绝不会放过你这个熊崽子!你给俺等着,看俺怎么呼死你!"

赵云鹏拍了拍钟守田的肩膀,沉稳地说:"人家这会儿恐怕还等着你送上门去让他羞辱一顿呢。实际上延安已经明确指示东北局不要以争夺沈阳、长春为目标来开展工作,现阶段占领大城市是不可能的,我们还是要依托中小城市和广大农村,发挥我们政治工作的优势来创建根据地。只有建立起巩固的根据地,我们才能在应对强敌时有实力与其周旋。沈阳的情况毕竟特殊,从1904年日俄战争爆发,日本人的势力就已经渗透了进来,从1931年九一八事变全面沦陷,到日本投降,整整十四年的殖民地式教育和管理,让很多观念已经深入人心,这对于我们的政治工作是一个非常大的挑战,急不得啊!"

赵云鹏突然发现钟守田的额头有一道青紫,于是询问道:"老钟,这是怎么回事?"

钟守田长叹一声:"憋屈啊,老赵,刚刚路上遇到苏联士兵抢劫,比土匪还土匪,这他娘的还是布尔什维克吗?我呸!"

赵云鹏眉头紧锁,说道:"最近苏军的抢劫、伤人、强奸案件剧增,可能是一种预兆,苏军可能真的很快就要撤离了。"

钟守田突然提到下午遇到的一件事,太原街的一家粮店内竟然挂着斯大林、毛主席、蒋介石三个人的画像。气不过的钟守田跑去质问,结果老板理直气壮地说:"谁知道明天你们谁坐庄啊?不挂三个怎么办?"

赵云鹏意识到了这是典型的投机主义者,同时也是我们缺乏群众基础的又一种表现。可见,现在最大的问题是群众的信心问题,我们民主联军必须要给群众信心,而信心要靠有效的政治工作来树立,因此必须把政治工作做深、做细、做实。

此刻,在鹿鸣春的二楼,陆璐正在练字。悠然自得的刘四海正在一楼品着香茗、哼着小曲。探头探脑的尤贵碎步跑到刘四海身旁,小声报告道:"老板,共军招兵这事果然没搞过国军。不过国军那边条件虽然优厚,标准也很高,当过伪军汉奸、有过劣迹记录的一概不要,纯属雷声大雨点小,主要就是拆共军的台。"

刘四海放下茶壶,皱了皱眉头道:"这对我们来说是件好事啊!你别小瞧了这个不足千人的警卫团,他们保卫的可是中共在东北的最高领导机关东北局啊,据说中共一半的常委都集中在了东北局。这样,你们还是按我昨晚的布置,马上去办!"

尤贵面露难色但又不敢推辞,便连声说道:"好的,好的,我去,我去。"可刚转身走了几步,又回过头来,跑到刘四海身边,咬着他的耳根子小声说道:"就算我愿意,那些兄弟也未必愿意啊。"

刘四海的小三角眼倒立着,眨巴眨巴眼睛,嘟了嘟嘴,狠狠地说道:"重赏之下必有勇夫,哪来那么多废话!"

第九章　迅猛扩军，鱼龙混杂

尤贵一脸的无奈，只好又转身出了门。刘四海看到二楼开着的窗口有陆璐的身影，寻思片刻，起身上楼，在经过陆璐练字的房间时故意咳嗽了一声，轻声细气地关心道："大侄女，练字呢？我的个妈呀，你这一笔字老厉害了！杠杠的！"

陆璐转眼一看是刘老板，微微一笑道："表舅也懂得欣赏？"

刘四海假装生气道："你表舅放在早年间那也是举人的料，满洲国开科举我没赶上，要不怎么也是个探花、榜眼什么的！"

陆璐微微一笑："大清早亡了，满洲国也灭了，您好好歇歇吧。"

刘四海凑近道："给表舅题几个字怎么样？"

陆璐顿感疑惑："题字？题什么字？"

刘四海也不搭理，赶紧从怀中掏出一块白边满工的云锦道："题在这上面就行。这可是唐代刘方平的一首好诗，叫什么来着？哦——叫《春怨》。"说着，刘四海把抄好的诗递了过去，陆璐看了一眼，只见上面写的是：

纱窗日落渐黄昏，金屋无人见泪痕。寂寞空庭春欲晚，梨花满地不开门。

陆璐边看诗边看云锦，惊讶道："这可是云锦啊！表舅，这么高级的丝绸，你真舍得？"

刘四海微微一笑，回答道："有什么舍不得的？来！表舅给你研墨。"

片刻之后，陆璐就抄完了《春怨》，随即在炭炉上烘烤了一下又递给刘四海。刘四海小心翼翼地揣入怀中，然后，拿起自己的文明棍，摆了摆手，连忙说道："不用送了，不用送了。"

望着刘四海离去的背影，陆璐觉得今天的表舅好像有点不对劲，但哪儿不对劲又说不出来。

傍晚，刘四海拎着一只烧鸡和几个小菜约钟守田小酌去了。为此钟守田还特意向赵云鹏打了埋伏，称自己要去见个故人。赵云鹏也没多想，忙着调整征兵工作，总想着怎么能尽量减少敌人干扰带来的影响。为此，赵云鹏第一个就自然而然地想到了白晓芳，决定找到白晓芳一起研究研究对策。

赵云鹏与白晓芳正准备离开驻地前往张氏故居，一出门又恰巧遇到换了便装准备外出的梅钰琳。赵云鹏只好先去送梅钰琳，到了门口又发现不远处还停着一辆别克轿车，旁边等候的正是牛秦川。赵云鹏顿时明白了一切，叮嘱小师妹："非常时期要注意安全哟，早点回来。"

没想到，小师妹回了他一句："大师兄，你比我妈还我妈！"

对此，白晓芳笑话赵云鹏多管闲事，让赵云鹏尴尬不已。

刘四海专门从国民党军弄来了两瓶王立夫老酒给钟守田喝。刚喝第一杯,钟守田就新奇地问道:"这酒不错啊,哪弄来的?"

"这是一个商会的老板弄来的,说是国军这次从大西南迁大东北的先头部队带来的。他们说这个'王立夫酒'可有历史了,民国四年就是'王茅'的荣和烧房酿制的酒,赴美国巴拿马博览会获得了金奖。听说这次重庆谈判,蒋总裁请毛泽东喝的酒,就是从重庆道河口'王茅'店买的,老好了!"

钟守田一边吃着菜,一边品着酒。钟守田喝完一杯,刘四海就赶忙斟满一杯,钟守田一杯接着一杯地喝,刘四海不断地在旁边劝道:"好酒,好酒啊!可劲儿喝,可劲儿地喝啊!喝完再弄来!"喝着喝着,钟守田嚅动着咀嚼的嘴说道:"现在招兵太难了,以前在根据地一呼百应,现在可好,小猫两三只,也不知道猴年马月才能完成招兵任务。"

其实,钟守田着急还有一个原因,就是武器的问题,他听说,国民党把我军做通苏军工作而搬运了一批军火的事告到了国联,弄得苏联方面非常被动,只好把之前给的武器全都收了回去。所以,后续来的部队就出现了"新兵新枪,老兵没枪"的困窘局面。警卫团因为赵政委做通了苏军的工作,近水楼台先得月,弄到了一批武器,但是如果警卫团迟迟不能完成扩编任务,这批武器很有可能会被上级给调剂走,分配给其他部队用,吃到嘴里的肉哪还能吐出去呀?反正他钟守田没这个习惯。

当年,在老区的时候就是因为上级调剂武器,所以钟守田带着人和友邻兄弟部队打了一架,后果是双方营长都受了处分,被降为连长,留任戴罪立功。

这种情况赵云鹏给钟守田分析过,属于我军发展壮大中的一个独特现象,这种各显神通的发展,导致各部队凭本事自己发展,正如《游击队之歌》唱的那样:没有枪没有炮,敌人给我们造……

有本事的天天吃肉,没本事的则连粥都喝不上,这导致发展很不平衡,有的团才一千多人有枪,而一个独立营也有一千多人有枪。山头主义、利己主义、小团体、小圈子又滋生起来,这些消极因素也使得上级想调配综合一下各部队实力都非常困难。

钟守田喝着闷酒,大倒招兵难的苦水,刘四海听后跟着说道:"要军饷没军饷,整天吃苦受罪,难怪人家不愿意到你这里来参军,加上东北这地界老百姓和咱们队伍又不亲,这咋整?"

钟守田一口自饮了一杯,放下杯子,一抹嘴,点了点头说:"按咱们赵政委的话,就是没群众基础啊!又没有当地组织可依靠,再加上宣传跟不上。唉,这

第九章　迅猛扩军，鱼龙混杂

真是水缸里捞芝麻——难啊！"

刘四海皱了皱眉头，跟着又说："如果有人带一班的人来投军呢？你们一般会怎么对待？"

钟守田心不在焉地回应道："辽西那边的大部队，一般是招一个班你当班长，动员一个排你当排长，你带一个连来嘛，最多能给个副连长就算到头了呗！"

刘四海听后双手端起一碗酒，一仰脖子，一口喝干后说道："你是我兄弟！你的难处就是我的难处，明天看你老哥哥我给你表现！"

醉醺醺的钟守田被刘四海用黄包车送回了驻地。望着烂醉如泥的钟守田，赵云鹏气得七窍生烟，一是认为身为东北局警卫团肩负重任的军事主官不应该如此酗酒，二是担心钟守田的人身安全。东北民主联军要撤出沈阳，苏军要走的消息已经漫天飞了，很多日伪汉奸都琢磨着给即将主政东北的国民党递投名状呐。

第二天一早，钟守田来到征兵点，已经不抱什么希望的他想走个过场就回去。国民党那边牛秦川似乎也意识到了警卫团可能要放弃在城里征兵，于是也没做更多部署。很快一大群青年在尤贵的带领下来到征兵点报名。

这一下国民党方面牛秦川有点坐不住了。近百人被尤贵分批带到了征兵点开始登记。牛秦川敏锐地发现这批人里面很多是之前被自己这边淘汰不予录取的人，其中更有在伪满洲国当过伪军的，这些滑头和兵油子怎么肯去共产党的部队吃苦受累呢？

钟守田乐得几乎合不拢嘴，两天以来的晦气一扫而光，当即任命尤贵为九连副连长兼一排长。这次尤贵带领的"新兵"也大多被安置在了九连。

回到驻地，赵云鹏了解了一些基本情况，得知尤贵曾经在伪满洲国的伪军中有服役的经历。他找到钟守田试图说服他不要放松，不能一来就任命尤贵当什么副连长兼一排长，要经过一段时间考验再说。

钟守田却满不在乎道："之前演出避免受敌特袭击就是人家提供的情报，是立了大功的，不能因为人家在伪军里面干过就认定为坏人。伪军里面的大多数是被抓的壮丁，他们和自甘堕落的汉奸特务不是一回事。"

赵云鹏看钟守田今天招兵有收获，高兴得听不进意见，于是耐心地说道："咱们在根据地的时候，有过带三十人就能当排长的，鼓动一百人参军就能当副连长的例子也是有的，但是那些同志都是武工队或者民兵的战斗骨干，那是在群众基础好、进行了土改的根据地选的。在这里就不是那么回事了，面对成分复杂的对象，一夜迅速招兵扩军，必定会造成组织和队伍不纯的严重问题。"

钟守田却大手一挥，很不服气地说道："革命是个态度问题，不是出身问题。

我觉得尤贵这小伙不错，头脑还灵活，又是当地人，熟悉情况。若不同意让他任副连长，那就让他先干三排长，咱们也不能寒了人家的心。这事听我一次，准没错！"

赵云鹏皱了皱眉头。扩军导致鱼龙混杂，唯一的解决办法就是通过做政治工作，一方面进行甄别，不好的坚决清除出革命队伍；另一方面加强教育和转化。但这些都需要时间。面对敌人重兵压境，现在民主联军最缺的也就是时间啊！

赵云鹏非常清楚，迅速扩军和大规模清理，都不利于队伍的稳定。这会儿，他看着不远处站没站相、坐没坐相的"新兵"，真是头疼不已。

赵云鹏不想和钟守田继续争论下去，于是找借口离开团部，下午去张氏故居值班调整警卫部署了。刘四海则带着两瓶烧酒前来拜访钟守田，他被钟守田招呼到了团部，当他看到墙上的军事地图时，留意多看了几眼，特别是一直盯着上面我军各部的番号，对此钟守田也并未在意。

两人推杯换盏中刘四海询问赵云鹏的去向。保密意识淡薄又讲义气的钟守田，直言告诉刘四海："赵政委每天都要给自己找点事情干，就连任命尤贵当个副连长都不同意，连排长都是自己直接下的命令。唉！不提他了。"

刘四海听后，十分感激地换上笑脸道："最近怎么不去鹿鸣春了？侄女陆璐几次都提起了钟团长啊！"

钟守田顿时感到不好意思，带着一张憨厚的笑脸，问道："陆璐提起了我？她问我什么了？"

刘四海故作神秘道："承蒙钟团长看得起我刘某人一介商贾，我们也算是英雄惜英雄了。我侄女陆璐就喜欢钟团长这样的大英雄，我来的时候她还让我带给你一方手帕呢。"

被吓得慌了神的钟守田连忙婉拒，称自己配不上。刘四海临走时留下了一块写有诗词的手帕。

赵云鹏返回团部时，刘四海已经离开。他把东北局机关肯定了警卫团的扩军和破获敌特的通报给了钟守田。

但钟守田却心不在焉，自顾自擦着一双价值三块大洋的皮鞋，这双皮鞋正是上次喝酒刘四海送给他的礼物。钟守田虽然开始百般谢绝，但是架不住刘四海硬塞，再一想，不过是一双皮鞋而已，就满心欢喜地收下了。赵云鹏注意到了桌子上的手帕，刚想看时却被钟守田一把夺了回去。

为了转移视线，钟守田故意拿起巩固对象的名单，这一看瞬间炸了毛："狗东西魏马列，把老子列成了巩固对象？有团长当逃兵的吗？"

赵云鹏无奈地摇了摇头，以前在山东根据地，东北的、河北的、陕西的战士

第九章　迅猛扩军，鱼龙混杂

都是巩固对象，现在来了东北，原本山东的官兵顺理成章地成了"巩固对象"，这确实让大家有点啼笑皆非，难以接受。

钟守田故意假装生气，实则是回到自己房间，把陆璐这首他认不全的"诗"全部歪歪扭扭地抄了下来，然后非常有心机地将这首七律裁成了二十八个小纸片儿。

戴着一顶破毡帽遮挡了半张脸的钟守田来到了街头替人读写书信的字摊，躲躲闪闪的他观察了几个字摊，最终确定了一个，急忙冲了过去。

稳坐字摊、一身破旧长袍的老秀才中午刚喝了二两，正摆出一副指点江山的架势，见钟守田这副模样，以为遇到了抢劫，大喊一声："救命啊！"

于是，钟守田和老秀才顿时成了街头的焦点。原本想低调的钟守田索性也不装了，一把拽住了老秀才，瞪着眼睛，粗声狠劲道："读字怎么收钱？"

老秀才原本想说两个银角子，面对凶神恶煞的钟守田哆哆嗦嗦伸出一个指头。钟守田"啪"的一声把钱拍在了桌子上。

老秀才见不是抢劫的，虽然惊魂未定，也开始不客气地怼道："粗鄙之人，下次收你三毛！"

钟守田拿出了一个字，老秀才心中窃喜，这下合适了，看了看写的"狗爬体"的"寞"字，胸有成竹地说道："此乃寂寞的寞字，此字出自……"

结果刚刚想卖弄一番"底蕴"的老秀才被钟守田又掏出了一个字的行为给噎了回去。

这是砸场子还是捣乱？老秀才一生气把钟守田手中的纸片全部一把夺了过来："拿来吧你！"

老秀才皱着眉头拼了一会儿，得意洋洋摇头晃脑道："纱窗日落渐黄昏，金屋无人见泪痕。寂寞空庭春欲晚，梨花满地不开门。"

钟守田小心翼翼询问道："老先生，这是什么意思？"

老秀才微微一笑道："此乃《春怨》，看来是有女子钟情某人。"

心头如同小鹿乱撞般的钟守田额头鬓角瞬间流淌下来了汗水。陆璐真的喜欢自己？

打量自己一番，浑身补丁不说，衣服、裤子都跟打了包浆一般，跟丐帮弟子几乎没什么区别。陆璐喜欢自己什么？钟守田这辈子少有的不自信让他开始紧张和忐忑起来。

扪心自问，自己配得上陆璐吗？陆一鸣能同意娇滴滴的女儿嫁给自己这个朝不保夕的大老粗吗？

这时，老秀才也看出了端倪：这首情诗的正主八成就是眼前这位，看这身穿着估计还是个"赘婿"。

"撂地"最主要的就是察言观色,于是他轻轻转过字摊小幡,只见上面赫然写着:测字,看相,问姻缘。

钟守田顿时一愣,下意识捂住口袋,他感觉老秀才的目光已经伸进了自己的口袋,试图掂量所剩不多的"零钱"。于是,钟守田在老秀才鄙视的目光中捂着没有"整钱"的口袋"落荒而逃"。

正在这时,牛秦川从苏军卫戍司令部离开,遇到了前来协调的赵云鹏。牛秦川坦言木已成舟,如不嫌弃,他会留出位置给赵云鹏。

赵云鹏当场严词拒绝。牛秦川也不纠缠,转身乘车离开。赵云鹏没想到的是,自己竟然吃了苏军的闭门羹,别说协调了,连大院都没进去。

第十章　醉入骗局，老牛吃了嫩草

一列列装载着工业设备和各种物资的列车从沈阳开出驶向苏联。赵云鹏望着一片被拆成了空壳的、满地狼藉的工厂，痛心疾首。东北拥有整个亚洲最多的铁路和最先进的列车与重工业，但现在绝大部分被苏军拆除运走了。

"这是赤裸裸的掠夺！"返回张氏故居东北局驻地的赵云鹏一直愤愤不平。

赵云鹏意识到现在的局势正在发生深刻的变化，从各方势力博弈或角逐来看，现在已呈现出错综复杂的局面，显露出美苏争霸世界格局的雏形。

美国人自以为控制了国民党，所以在很多问题上，美方代表马歇尔为争取延安亲美故而并不偏袒国民党，愿意出来调停，但又担心苏联势力在中国东北根深蒂固。而苏军却一直以东北现有机场均受损严重，暂不能使用为借口，拖延美国想把国民党主力部队从大西南空运到东北的计划。在此情况下，美国只好加紧催促和帮助国民党军通过海运抢占东北。

由于我党一直坚持独立自主的发展路线，苏联方面对于我们是否会被美国争取过去也没有把握，更是一手制造了张莘夫事件栽赃东北民主联军。

而国民党方面如风箱里的老鼠一般两头受气。亲美的蒋介石清楚，只有得到苏联的支持才能顺利接收东北，失去苏联的支持则中共将在东北站稳脚跟，争夺东北控制权对于日后的国共决战有着至关重要的战略意义。

苏联则利用这一情况在撤军问题上大做文章，准备从国民政府手中捞取足够的好处，而这一点是美国人不愿意看到的。迫于国内的反苏情绪和国际的舆论压力，苏联方面对我军的态度三番五次出现变化也就不足为奇了。

鉴于苏军的所谓最后通牒，东北局机关开始有条不紊地进行文件销毁和打包转运工作。赵云鹏返回团部却发现钟守田集合全团官兵正在进行动员。尤贵、马二流等人在一旁大声高喊："听大哥的，跟着团长干！"

赵云鹏眉头紧锁，当即怒斥尤贵等人："我们是人民军队，跟党走、听党指挥是我们不容违反的原则底线。"

钟守田一见赵云鹏动了真格，急忙挥手宣布散会。赵云鹏却对钟守田这种避重就轻的态度非常不满。

赵云鹏并不是在危言耸听，他看到一味快速扩军带来的影响已经产生了消极的后果，尤贵等人高呼听大哥的，这还是共产党领导的人民军队吗？虽然这还不是什么大问题，但千里之堤溃于蚁穴，组织不纯的问题如果不能尽快解决，留下的隐患会更大，这是赵云鹏最为担忧的问题。

今天赵云鹏在东北局机关列席了会议，了解到当前形势非常严峻。

钟守田宣布散会后，赵云鹏把钟守田叫到房间，向他传达了党中央审时度势调整的东北战略方针，由此前的"向北发展，向南防御"调整为"让开大路，占领两厢"，并解释道："让开大路具体指的是铁路，泛指的是大城市，因为国民党重兵集团离不开铁路；占领两厢具体指的是占领铁路沿线的两侧，广义上指的是中小城市和广大农村，从战略上形成对敌人的包围。"

赵云鹏提醒钟守田："苏联人近期对待我们的态度再度发生变化，他们与国民党政府签订了《中苏友好同盟条约》。根据《雅尔塔协定》，苏军要将整个东北交给国民党政府，在美国和国联的联合施压下，苏军甚至极有可能将我们驱赶出沈阳。为此，党中央决定再调集一些高层领导和大批干部到东北工作，从政治上、组织上强化抢占东北的工作，以尽快地建立起巩固的东北根据地。"

钟守田十分惊讶："撤出沈阳？那我们要撤到哪里去？"

赵云鹏看了一眼墙上的地图，用手指了指一个地方，说道："就这个地方，本溪！东北局机关将撤到这个地方。本溪地处辽东半岛腹地，自然地貌为'八山一水半分田'，山多，属于长白山余脉；河多，大小河流近两百条，这种复杂的地形使敌人的摩托化重型装备不易展开，又能与四平的民主联军互为犄角、遥相呼应，这对我们来说是比较理想的选择。"

赵云鹏喝了一小口水，又接着说道："现在国民党重兵集团已经开进东北，我们想独吞东北几乎没有可能。东北局领导和远在延安的毛主席也在时刻关注和思考着东北战场未来的战略格局，最终决定选择性地避开主要铁路沿线而让开大路，在主要铁路沿线和大城市周边建立根据地，占领两厢。同时，拟将东北的根据地建设划为四大区域：一为北满，二为南满，三为东满，四为西满，这四个根据地同时又是四个军区。"

赵云鹏说得极为兴奋，钟守田好像有点走神。

"去本溪？"钟守田说实话有些舍不得离开沈阳，一来，沈阳是大城市，生活舒适；二来，陆璐好像情窦初开，怎么也得回应一下；三来，自己也具备了"二八五七团"结婚条件，也该是考虑成家的时候了。

眼下部队准备护送东北局机关前往本溪，在这么紧要的关头提出结婚是否合

第十章 醉入骗局，老牛吃了嫩草

适？但钟守田又十分担心过了这个村就没了这个店，一时间心头烦乱不堪。

一清早，苏军方面派了一名少校将苏军的最后通牒送达东北局机关，虽然我方已经做了最坏的预判，但仍然让人非常震惊，甚至有点措手不及。苏军要求我方七日之内必须撤出大城市，否则将"武力驱之"。也就是说，七日之内包括东北局机关在内的所有民主联军武装必须全部撤出沈阳，否则将被坦克轰出去。

对于苏军的数次反复，赵云鹏已经习以为常了。苏联方面与美国方面相互利用的同时，都在为己方争取最大的利益筹码，这也是苏联方面对待东北民主联军几次态度转变的主要原因之一。

得知部队即将开拔，钟守田憋了一晚上写了几十个字的情书送给了刘四海，请他转交给陆璐。刘四海看了这封字写得大小不一样且用了不少符号代替的情书，忍俊不禁，又实在感到拿不出手，只好找人重写了一封，勉勉强强交给了陆璐。

看到这样一封不伦不类的情书，陆璐感到莫名其妙，钟团长什么时候成了自己的追求者？当即表示无法接受，并以自己还年轻，需要以学业为重为由立马予以了回绝。

刘四海得知后，极力劝说道："婚姻是件说不清道不明的事情，当官太太总比跟着穷书生苦熬好。再说了，找他也是给鹿鸣春找了一个靠山嘛。"一想到此前鹿鸣春被汉奸特务、土匪恶霸轮番敲诈盘剥，几经风雨波折，陆璐又有些犹豫而没有再当场拒绝。她思忖着：虽然鹿鸣春急需一个有力的靠山，但也绝对不能以牺牲自己的婚姻幸福为代价呀。况且，自己与钟守田仅仅是见了几面，只能说是认识而已，距离相识还有很大的距离，现在就谈婚论嫁，她觉得表舅想得太离谱了，真是犯糊涂！

世上没有不透风的墙，部队要被苏军赶出沈阳城这一消息很快传得沸沸扬扬。九连三排长尤贵更是大肆渲染八字没一撇的苏联坦克，仿佛一下子走慢了，苏军的坦克就能从自己身上碾过去一样，把一群新兵吓得哆哆嗦嗦又不敢吭气。

尤贵正讲得起劲，恰好被九连副指导员余开来遇到。余开来丝毫不给尤贵面子，劈头盖脸批了尤贵一顿，让尤贵刚刚拥有的一点儿威信荡然无存。为此，尤贵恨上心头。

远离沈阳的本溪山城，山势更为陡峭也更加寒冷，这让队伍里面才从沈阳参军的新兵开始动摇起来。赵云鹏及时发现了这一动态，让各连的指导员多注意新兵的情绪，有针对性地做好思想工作，稳住新兵的情绪。

下午，梅钰琳忽然找到赵云鹏，因为有商户到东北局机关反映问题，说有警卫团的人带着枪，敲诈商会要了所谓的"开拔费"。

赵云鹏非常重视梅钰琳反映的这个情况，配合东北局机关来调查此事的黄参谋，换好便衣对此前举报的商户逐一进行了走访调查。

成衣铺的孙掌柜向赵云鹏描述了前来逼捐的民主联军军官的模样。赵云鹏好奇孙掌柜如何知道对方是军官。

孙掌柜告诉赵云鹏："那人带了五个人来，只有他一个人背着驳壳枪，肯定是个当官的，手下叫他尤排长。"

赵云鹏立即意识到了很有可能是尤贵，于是与黄参谋又进行了走访。走访过程中赵云鹏了解到一个非常重要的细节，尤贵在日伪时期曾经在伪满洲国警备旅当过相当长一段时间的伪军小队长。

为了核实这个调查情况，赵云鹏把尤贵叫到团部，准备先扣押审问再做具体处理。尤贵抵达团部后意识到了气氛不对，滑头的他矢口否认逼捐和自己当过伪军的经历，称那些都是与他有仇的人干的，他帮商会副会长刘四海收租确实得罪了一批人。

赵云鹏准备让几家被勒索的商户来现场对质，就在这时，钟守田赶了回来。钟守田不听调查情况，拍着胸脯对赵云鹏保证道："尤贵绝对没有问题，明天我可以亲自带着尤贵上门去和那十几个商户当面锣对面鼓地核实，如果真是尤贵干的，要杀要剐我钟守田绝对不拦着。"

天色已晚，尤贵被扣押在团部等待第二天的现场核实。赵云鹏没想到的是，与尤贵交好的郑三炮和马二流一见尤贵被带走，就意识到了很可能他们敲诈商户的事情会东窗事发，于是两人一商量，连夜跳墙去找刘四海想办法。

第二天一早，赵云鹏和钟守田加上机关的黄参谋押着尤贵来到了商业街。让赵云鹏不解的是很多店铺都未开门，昨天给自己描述尤贵长相的成衣店孙掌柜甚至没看到尤贵就矢口否认。

一旁被敲诈了一百多块的钟表店老板娘，也表示从来没有人敲诈过他们，各位长官可能是误会了。赵云鹏提及昨天反映情况的胖大嫂，老板娘表示她昨晚就回乡下了，那女人头脑不是太好，可能乱说话，说错了吧。

连续走访了七八家，就连黄参谋都感到很奇怪，昨天信誓旦旦的商户怎么今天不是没开店，就是矢口否认，要么就说从来没见过尤贵，等等，说辞出奇相似。

赵云鹏皱起了眉头，显然他低估了尤贵背后的势力。看来，有人利用昨晚的时间差，让所有被逼捐的苦主都闭上了嘴，谁能有这么大的能耐呢？是刘四

第十章 醉入骗局，老牛吃了嫩草

海吗？"

钟守田笑嘻嘻地让人给尤贵打开了铐子道："白的黑不了，黑的白不了。政委啊，我老钟的眼光你还信不过吗？"

逃过一劫的尤贵对钟守田千恩万谢，对赵云鹏却恨之入骨。返回驻地后，赵云鹏静下来想了想：前段时间扩军，尤贵带着几十人参军，现在这些人几乎全部都在九连，于是叫来九连副指导员余开来，把尤贵等人入伍登记册再拿来分析分析。

余开来前往团部送入伍登记册时，恰好尤贵回到连里。尤贵从通讯员处得知赵政委要去了九连入伍登记册，顿时深感不妙，自己今天等于是在鬼门关前走了一遭，但显然赵政委并不打算轻易放过此事，如果让赵政委深挖下去，他带来参军那些人往日干的缺德事就会陆续暴露出来。

绝对不能坐以待毙！尤贵当即招呼郑三炮和马二流等十几个心腹，到街尾的茶馆二楼会聚。蛇鼠一窝的郑三炮和马二流等人相继抵达，郑三炮更是以功臣自居："怎么样，尤哥，多亏我昨晚机灵，给四海大舅报了信，否则他哪能连夜带人摆平？"

尤贵面色铁青地站在窗户前向外面张望道："姓赵的并不打算放过咱们，他让余开来把入伍登记册送到团部去了。你们大伙儿很多人的参军登记是假的，很好核实，之前不是伪警察就是伪军，李大个你还在日本人的侦搜队干过黑坎肩。这些东西一旦被姓赵的掌握，肯定会对我们下手，看来共产党是容不下我们的！眼下国军已大兵压境，共产党很快就要被赶出去钻山沟了，我们还跟着去吃苦挨枪子干吗呀？"

郑三炮皱了皱眉头，拿起桌上的酒碗一口干掉，一抿嘴，酒水还留在嘴边，他边抹着嘴边大声嚷道："尤哥，你就说怎么干吧！"

尤贵环顾了一下众人，眼盯着外面，低着头、歪着嘴说道："你们放宽心，回去各自联系老乡和关系好的，记住悄悄联系，我们一不做二不休，把队伍拉出去投国军吃香的喝辣的！"

当晚，刘四海宴请钟守田感谢他为尤贵仗义执言，并请来陆璐作陪，为此特意打开了一瓶陆璐最喜欢的法国香槟。

席间，刘四海多次建议陆璐向钟守田敬酒。不胜酒力的陆璐喝了刘四海"加料"的香槟后很快返回了客房休息。认为刘四海仗义豪爽的钟守田则贪杯猛喝，往日酒量极好的钟守田发觉今晚的"酒劲"格外大，虽感到有一种深深的愉悦和放松，又觉得越喝越燥热，仿佛有一股炽热的火焰在喉间燃烧。

与此同时，尤贵得知团长钟守田去鹿鸣春赴宴，赵政委在张氏故居值班，意识到机会难得，于是与郑三炮悄然来到值班的副指导员余开来的房间。两人偷袭得手，残忍地割断了余开来的喉咙，并用大被捂住他的口鼻。

鹿鸣春这边不胜酒力的钟守田被刘四海搀扶进了一个房间休息。躺在床上的钟守田迷迷糊糊地发觉身旁有个人，一阵阵香气扑鼻而来，袭人心怀、沁人心脾，使人久闻不厌。丝滑的肌肤、软糯的嘴唇，肌肤相亲、耳鬓厮磨，让人魂不守舍，一瞬间钟守田的大脑一片空白……

由于刘四海更换了"沉鱼"和"落雁"两个房间的门牌，使得钟守田"误入藕花深处"。当钟守田艰难睁开眼睛逐渐恢复意识之际，他发现陆璐竟然睡在自己怀中，顿时被吓出了一身冷汗，情急之下，连滚带爬地下了床，哆嗦着穿好衣服，打开门，恰好又遇到了满脸震惊的刘四海……

尤贵把愿意跟他走的六十多人全部集合到了南墙下，携带着武器弹药，从墙下的排水沟钻了出去，他的计划是先进山躲几天，一旦国民党军进入沈阳，他们就举起义旗、直接投诚。

没想到，尤贵等人刚刚离开驻地就被赵云鹏安排的暗哨发现。由于没有命令路条，更对不上口令，尤贵等人就直接开了枪。清脆的枪声划破了寂静的夜空，回荡在入冬后渐渐寒冷的空旷街道上。

第十一章　透过现象，"三个不纯"

正在张氏故居值班的赵云鹏听到驻地方向枪响，迅速带人赶到现场，一眼就发现了哨兵的尸体，于是立即集合全团，等清点完人数后发现，唯独九连只有不足三十人。赵云鹏带人撞开副指导员余开来的房间，一股血腥味扑面而来，掀开被子一看，余开来已经被割喉杀害，全连的武器弹药也被洗劫一空了。

赵云鹏找不到钟守田。警卫员说团长下午独自出去了，没让警卫员跟着，具体去了哪里也不清楚。

赵云鹏立即命令警卫连随他行动，他要在这伙叛乱分子未造成重大损失之前把他们解决掉。

此时此刻，钟守田犹如犯了错误的孩子一样满脸愧疚。刘四海则表现出欲哭无泪、后悔不已的样子，无奈地说："钟兄啊，钟兄，你让我怎么面对一鸣大哥啊！两个房间的牌子你怎么能搞错呢？"

头疼欲裂的钟守田哪里还能回忆得起来是谁送的自己，在刘四海帮忙回忆之下，他意识到出大事情了，这恐怕是"私闯民宅""强奸民女"的大罪啊，这可是要杀头的！最为真实的是他已和陆璐衣衫不整地抱在了一起，是自己毁了人家的清白。他当兵多年，深知我军在这一方面是绝不姑息迁就的。

刘四海也没过分责备钟守田，只是说让他先回去想想，等想清楚了这事该如何处理后再来找他。失魂落魄的钟守田刚刚返回团部，就被一个惊天动地的消息震得目瞪口呆：原来，他亲自招来并拍胸脯担保的尤贵竟然带着九连一大帮新兵叛逃了，而且还残杀了副指导员余开来和一名哨兵，政委正带着警卫连在追击之中。

懊悔万分的钟守田意识到自己不仅酒后乱性，而且酒后误了大事，悔恨不已的他狠狠地甩了自己几个耳光，还不解气，又用头重重地撞了几下门板，满腹的悔恨和惭愧让他感到撕心裂肺的痛苦，也第一次感到人生竟然还有生不如死的时候。

这时，赵云鹏带着警卫连悄悄跟在叛逃队伍的后面，他担心在城内动手会伤及无辜，于是命令部队一出沈阳城就放开手脚，一举拿下。

战斗进行得非常顺利，仅十几分钟，战斗作风勇猛的警卫连就击毙了数名逃兵，击溃了尤贵组织的抵抗。很快被俘的逃兵全部被集中到了一起，但唯独不见了尤贵等几个人。郑三炮与马二流供述尤贵开枪之后催促大家快点出城，他们也不知道什么时候尤贵不见了踪影。

赵云鹏押着逃兵返回。钟守田正在大骂九连长李占元和三营教导员魏马列。一旁的担架上盖着白布的是被杀害的九连副指导员余开来。

被抓回来的逃兵们个个惶恐不安，沿着墙壁蹲成一排瑟瑟发抖地听候处理。钟守田一见赵云鹏就有些慌神，一脚踹开了李占元，瞪了魏马列一眼："你们三营是怎么搞的？晚上点名、查岗没发现问题吗？"

上衣口袋别着两支钢笔的魏马列，是上级派来挂职锻炼的干部，他是吃百家饭长大的孤儿，更是靠自学成才，一个连初小都没念完的人，硬是凭着死记硬背，把《共产党宣言》《资本论》等多部经典著作啃了下来，还经常用一大段一大段的背诵来显示出自己的理论水平。他在中俄边境地下交通站工作期间，还到处找会点儿俄语的同志收集一些俄语单词，又把这些单词连起来反复地背诵。功夫不负有心人，这还真让他成了一名会讲俄语的干部，经常蒙得人家以为他到苏联留过学，吃过"洋面包"。就凭着这些，魏马列被上级领导看作出身好、肯学习、能吃苦的好干部，推荐他前往延安军政大学进修，后又分配他到警卫团三营代职锻炼。这是组织上培养干部的安排，也是对警卫团的信任，没想到部队开拔在即竟然出了这么大的乱子。

望着钟守田满脸怒气的样子，魏马列"哼"了一声，不服气地说道："团长你是军事主官，我才来营里时间不长还不了解情况，昨晚团长你在驻地吗？"

钟守田瞪着通红的眼睛注视着魏马列。魏马列则一副针锋相对的架势。魏马列1939年入伍，属于后来者居上，他最反感的就是钟守田这样的"老革命"摆资格，一张口就是"你是哪年兵啊"。

团部里，钟守田如同一头暴躁的狮子一般来回踱步。昨晚的酒后失德加上部队发生了逃亡叛乱，使他心乱如麻、悲愤交加。见赵云鹏走进办公室，他不敢抬头正视，一言不发、十分懊悔地垂头坐在屋子的一个角落里。

赵云鹏倒了一杯热水，走到角落里，放在口干舌燥的钟守田面前，冷静地说："事情已经发生了，躲是躲不过去的。"

钟守田端起杯子猛喝了一口，立即被烫得又吐了出来，瞪大眼睛，自责地说道："尤贵是我招的，他出了问题我负全责，要杀要剐不连累你们！"

赵云鹏坐在了钟守田对面，将《要迅速发展队伍》和《加强东北部队政治工

第十一章 透过现象，"三个不纯"

作》两份文件推到他跟前，严肃地说："出了问题回避不了，你是团长我是政委，是这个部队的主官，板子肯定要打到我和你屁股上，上级要撤职要处分我们都得服从。但是，我们必须弄清楚问题究竟出在哪里，如何彻底解决问题。否则，我们还会在同一个坑里跌倒，还会发生更大的问题！"

钟守田抬头望着赵云鹏，流着眼泪，愧疚地说："出了这么大的事，我真是没脸啦！"

赵云鹏长长呼了口气，用平静的口吻说道："万幸的是尤贵他胆子还没那么大，如果他煽动的这场叛乱直接袭击了东北局机关驻地，那后果真就是惊天动地了！"

钟守田被赵云鹏这番话惊得心都发颤，脸上的肉抽搐起来。赵云鹏知道，火候到了，该用重锤了，接着又追加了一句："那你我才是万死难辞其咎喽！"

房间里沉默了好一会儿，谁都不想说话。赵云鹏见钟守田情绪渐渐平稳了一些，压低了声音说道："老钟啊，你觉得问题到底出在哪里？"

钟守田犹豫了一下，不假思索地回应道："尤贵给我们提供过情报，又是刘四海推荐的，我才有重用那小子的打算。唉，有眼无珠，识人不清啊！"

赵云鹏摇了摇头，立即回应道："这只是其中一个方面。迅猛扩军看似一下子能够兵强马壮了，但实际上战斗力不升反降，不仅是新兵没经过战火考验，打仗不行，更重要的是新扩编的人员成分复杂，而我们的政审又仅限于各村各保开个证明，也没有精力去走访核实。再就是，前段扩军我们收编了一些伪军和身份不明的人，虽然清退了一些有劣迹的人员，但还是有隐瞒过去的。这些人满身的恶习，怎么可能去为穷苦人打天下呢？让他们当我们的基层干部，带来的危害那就更严重了。这就是此前我最担心的问题，说穿了，就是个组织不纯的问题啊！"

眉头紧锁的魏马列连忙起身道："政委同志，对你的观点，我作为一名基层政工干部，要坚持实事求是，我表示不同意。按你这么说，我们前段扩军的成果就要全部被抹杀掉喽？革命队伍得到了壮大，有兵力才有战斗力，这是事实，是谁也抹杀不了的。"

赵云鹏点了点头，回应道："同志们，魏教导员说的革命队伍壮大了，这确实是事实，但我们必须面对的问题是，我们是一个架子部队进入东北的，满打满算才六百多人，大半年前我们还是独立营，然后迅速扩为独立团，由于扩军速度太快，人虽然多了，但队伍的成分却杂了，标准降了，部队的作风开始蜕变了，各类问题也层出不穷了。依我看，我们现在的问题集中表现为'三个不纯'：思想不纯，不想打仗，不知道为什么打仗；组织不纯，数量上多了，但什么人都有，甚至鱼龙混杂；作风不纯，红军到八路军的好传统和好作风受到了很大的冲击，违反群众纪律的有之，偷偷去喝酒的有之，去逛窑子的有之，甚至放空枪、打滑头仗的有之！这样的部队还是人民子弟兵吗？这样的部队凭什么能打胜仗呢？"

赵云鹏的"重锤"敲在了在场所有人的心头上。因为此前从班排到连营，各级都总是抱怨兵不好带，却不知道问题出在哪里。

赵云鹏的话点醒了大家，引发大家开始剖析进入东北以来部队发生的这样那样的问题，一桩桩、一件件，最后大家都认识到，这些问题从本质上说就是"三个不纯"。

哑口无言的魏马列也被赵云鹏的一番话深深震撼，他想的是表层，把问题看得太简单了，而赵政委思考的是深层问题，挖的是根源，并且要找出解决问题的办法。刚刚自己跳出来质疑赵云鹏的行为如同小丑一样，太不应该了，与赵云鹏相比，自己这个教导员在做政治工作方面显得太浅薄了。

"三个不纯"也深深震撼了钟守田，他心服口服，但又不满足于只认识现象。于是他十分迫切地追问道："那该怎么解决呢？"

赵云鹏看了看大家，语气沉稳、胸有成竹地说："那就是要刀口对己，下决心刮骨疗毒、挖除腐肉、纯洁思想、纯洁组织、纯洁作风。这里面有很多政治工作要做，需要我们花力气、下功夫去做啊！当然，打仗是我们的中心任务，但不能把打仗与做政治工作对立起来，而是要把这两者结合起来，捆在一起来抓。比如，要抓政治整训，把解决'三个不纯'作为核心内容，在纯洁思想、纯洁组织、纯洁作风方面拿出真招实策，像打仗一样，一仗一仗地打，一个问题一个问题地解决。又比如，要突出抓正风肃纪，把'三个不纯'典型的人和事拿出来，深刻剖析原因、危害和教训。对严重违规违纪的人和事，有多少就处理多少，该怎么处理就怎么处理。真正让大家看到纪律是一把刀，谁碰上去都要流血。还比如，要抓政治工作的教育功能和组织功能，要强化官兵对我军性质和宗旨的认同教育，把'人民子弟兵，全心全意为人民服务'这些根本的东西刻在骨头上、融入血脉里。要大抓基层组织建设，真正做到连有支部、排有小组、班有党员。要注重身教重于言教，把党员的先锋模范作用发挥出来，把领导干部的模范带头作用发挥出来，特别是把政工干部以身作则、冲锋在前、享受在后的精神发挥出来，等等。我们在红军时期、抗战时期，都遇到过思想不纯、组织不纯、作风不纯的问题，创造出不少解决问题的好经验、好做法。现在我们要在继承的基础上创新，继续探索新办法、总结新经验。九连发生的事情对我们教训很大，要抓住

第十一章 透过现象，"三个不纯"

九连这件事不放，不仅我们要抓，还要让他们连队自己总结教训，研究解决'三个不纯'实在管用的办法。"

赵云鹏说到这里，并没有把话题收住，而是像剥笋一样，一层一层地往里剥。这时，他站起身来，走到窗前，把窗户推开，让外面的冷空气吹进来，让大家清醒清醒。几分钟后，他关上窗户，转过身来，站在大家面前，提高嗓门循循善诱地说道："'三个不纯'的表现大家都看到了，那么它的根在哪里呢？"大家一听这句话，都屏住了呼吸，盯着赵云鹏，想听他说下去。只听赵云鹏一字一句沉稳地说道："依我看呐，就在于没有弄清'为谁扛枪、为谁打仗'这个根本问题。解决了这个根本问题，'三个不纯'就会迎刃而解。我们的每一个官兵就会弄清为谁而战、为何而战，就会不怕牺牲、冲锋陷阵，赴汤蹈火也在所不辞。我们的军队就必定无敌于天下！"

赵云鹏的话音一落，大家自发地鼓起了掌，纷纷点头赞许。钟守田带头说道："赵政委说得好，说得太好了！就像带我们挖田鼠一样，一挖一窝准！以后政委你负责牵驴，我来拔橛子。"

接着，钟守田又说："这次九连有两个新战士表现不错，本溪日伪矿山逃出来参军的房土根和王铁柱，他们两个是在阻止尤贵等人叛逃中被打晕负伤的，他们同样是从那边过来的，但与叛逃者的选择根本不同，他们敢与叛逃行为作坚决的斗争，这让我这个老解放战士也为之感动啊！"

赵云鹏听后，紧随其后说道："好战士该表扬的要表扬，该奖励的要奖励，该培养入党的要培养入党。我们要特别注重在从俘虏转化过来的士兵中培养和发展党员。"

钟守田立马接着说："我就是个最好的例证！我在山东被国民党抓壮丁，1934年反'围剿'时被俘后，是红军的俘虏政策让我留了下来，后来遇到了赵政委，是赵政委这样的政工干部把我和一大批穷苦出身的俘虏兵培养成为共产党员，历经磨难、淘尽泥沙才走到了今天。"

赵云鹏看到钟守田的眼光由迷茫开始变得明亮，双目渐渐有了神，眼前好像出现了当年组织钟守田等人入党仪式时的情景：在新党员宣誓之后，钟守田拉着他的手说："赵指导员，我从一名国民党的俘虏兵，经过组织培养，成为一名共产党员，今后我不能为个人的利益去战斗，而是要为天下劳苦大众的解放和过上幸福生活去打仗！"

想到这，赵云鹏把钟守田从角落的椅子上一把拉了起来，用加油打气的语气说道："老钟啊，不要泄气，我们有政治工作这个看家本领，只要一腾出手来，就采取坚决措施，一定能解决这个不纯、那个不纯的问题。"说完，两人不约而同走出办公室，向着九连走去。

警卫团出了大乱子，梅钰琳特意抽时间过来，想安慰一下赵云鹏，结果与白晓芳不期而遇。两人虽然并肩同行，却又沉默不语，最终在警卫团驻地门口一左一右分道扬镳，让二楼看见两人身影，正准备下楼接人的赵云鹏左右为难、手足无措。

刘四海以陆璐名义要求钟守田到鹿鸣春相商。由于出了尤贵叛逃事件，钟守田对刘四海也多了一分警惕。

趁着钟守田未到，刘四海请出了陆一鸣。陆一鸣非常不解刘四海何以如此热情。刘四海也直言不讳：想给陆璐和钟守田做个媒。刘四海这话一出，着实惊出了陆一鸣一身冷汗。陆一鸣两腿发软，几乎站不稳，气得身子不由自主地颤抖起来。

陆一鸣苦着脸，十分不安地说道："现在虽然不讲究父母之命、媒妁之言，但我们家陆璐与钟团长也确实不配啊，你就别瞎拉扯了。再说了，我们陆璐年纪还小，还要求学，不着急，而钟团长年龄不小了，要急于解决婚事，咱们别耽误了人家！"

刘四海拿住陆一鸣处处胆小怕事的谨慎劲儿，反话正说地问道："是不是因为共产党在沈阳站不住脚跟了？所以才……"

陆一鸣一听此话，立马十分气愤地回应道："我陆一鸣行得正、坐得直，岂是攀权附贵之人！"

刘四海见陆一鸣这般倔强难以被说服，便改变策略，拿出早已准备好的那一手，好像不好意思说又不得不说的样子，悄悄隐晦地透露道："前几日，钟团长醉酒与陆璐都弄到一起了。"

"是吗？到什么程度了？！"

"恐怕已有肌肤之亲喽！"

"啊——"陆一鸣一听就炸了锅，当即就去找陆璐质问。结果是，一个不依不饶，一个干脆说不清楚，躲在房间里面直哭。面对生米煮成熟饭的局面，陆一鸣尴尬万分，气得喘不上气来。

这两天，赵云鹏的全部精力都集中在如何应对组织不纯的问题上。这个问题说起来简单，但要解决，在实际工作中可谓错综复杂，牵扯了赵云鹏的大量精力。

第十一章 透过现象，"三个不纯"

赵云鹏这几日一直留意钟守田的动向，因为这次发生的尤贵叛逃事件，让警卫团蒙受了巨大耻辱，大家都在观望他俩会受到什么处分。最后，上级给了钟守田一个行政记大过处分，政委赵云鹏也受了一个行政警告处分。上级已经向他俩明确，部队抵达本溪之后将会有兄弟部队接替警卫工作，现在他们俩都算是戴罪立功，虽然辽西一些部队也出现了类似的情况，但是警卫团不一样，警卫团担负着整个东北局机关安危，责任重大，容不得再发生这样的问题。因此，赵云鹏紧盯钟守田。

今天钟守田换了皮鞋，又换了一件干净点的衣裳，还背了一个小挎包，他这些反常的举动全部被赵云鹏看在了眼里。

于是，赵云鹏带着警卫员马德礼和刘小虎两人，悄悄地跟着钟守田出门，不一会儿就来到了鹿鸣春。见到钟守田进入鹿鸣春，赵云鹏犹豫了一下，决定稍等片刻再进。

如同三堂会审一般的架势，让钟守田一下心虚了。陆一鸣一脸无奈，陆璐羞愧得抬不起头来，只有罪魁祸首刘四海好像没事人一般。

三方就这么僵持着，钟守田犹豫了一下，从小挎包里面掏出勃朗宁手枪塞进陆璐的手中，语气诚恳道："你要是心里过不去，你就一枪把我崩了。你要是信得过我，你这辈子就交给我。我发誓这辈子都对你好，对你全家都好，谁敢欺负你，我连他家猫狗都通通崩掉。"

听惯了"阳春白雪"的陆璐还是第一次听到这么"下里巴人"的情话，一时间更是心乱如麻，不知如何是好。

门外刚想推门进来的赵云鹏，听到钟守田掏心掏肺的表白后，立刻收回了推门的手，心想：这老钟看样子遇到了"对眼的"而动了真情了。赵云鹏根本就不看好钟守田和陆璐的关系，觉得两人太不相配，一个是大字不识几个的大老粗，一个是上过学堂的洋学生；一个喜欢焚琴煮鹤、舞枪弄炮，一个喜欢阳春白雪、琴棋书画；一个穷得连件好衣裳都没有，一个出身于富贵之家。两人找不到任何相配之处，说不出任何共同语言，怎么可能呢？唉，现实往往要给不承认现实的人开个玩笑啊。

或许，爱情就是一种看不见、摸不着、说不清、道不明的奇怪东西。

陆璐哭肿了眼睛望着陆一鸣。许久，陆一鸣长叹了一声想：自己地下党的身份还没有得到组织上的承认，现在自己的女儿反而要嫁给共产党的一位团长，真是人生如戏啊！

陆璐平静下来后，想把手枪还给钟守田。钟守田嘿嘿一笑，称这是缴获鬼子一个大佐的收藏品,就当聘礼了吧,说着哗啦哗啦给了陆璐几把子弹和两枚手雷,告诉陆璐手雷是缴获国民党的。这举动惊得一旁的陆一鸣眼皮直跳。

你还别说,陆璐这个大家闺秀居然非常喜欢这把镶金错银的勃朗宁手枪,望着一大堆子弹却皱了皱眉头说:"谁会用手枪和手雷当聘礼啊?"

钟守田傻兮兮地一笑道:"我啊,钟守田就会,这聘礼多有意义,等解放了全中国,咱们买两头牛耕地去。耕牛满地走,日子久久久。哎嘿,多有意思啊!"

一旁的刘四海觉得钟守田对共产党的前景太过乐观,国民党军重兵压境,还妄言解放全中国?共产党还能挺多久?谁知道啊!

见到陆一鸣默认了陆璐与钟守田婚事的刘四海,好似哑巴讨老婆——说不出来的高兴,顿时控制不住喜上眉梢。原本他就一直认为陆一鸣很可能是共党的地下谍报人员,但派人盯了好几年也没发现端倪。随着鹿鸣春越做越大,其实陆一鸣是不是共产党已经不重要了。

为了谋取鹿鸣春,刘四海可谓绞尽脑汁布下了一盘大棋,先是利用表亲关系让陆一鸣放松了警惕,再撮合陆璐与钟守田结合,等到国民党军进城接管时,陆一鸣就是"匪属",到那时,清算陆一鸣、接管鹿鸣春,不就是顺理成章、名正言顺的事了嘛!

听到房间里面传出笑声,赵云鹏觉得时机合适了,于是推门而入。一见赵政委突然到来,钟守田吓了一跳,顿时紧张起来。刘四海则不以为然,倒觉得是好事降临,立即迎上去说道:"太好了,太好了!赵政委来了。你们共产党的干部结婚都要经过政委批准啊?"听刘四海这么一说,屋里的人都眼前一亮,脸色由阴转晴。刘四海经历过商场的大风大浪,最能随机应变了,于是扯着笑脸说道:"择日不如撞日,我看今天就定下来怎么样?"

赵云鹏强撑着笑脸,向大家解释道:"我要恭喜两位有情人终成眷属。另外我们确实有严格的规定,钟团长要打报告经过上级组织审查批准了才行,今天恐怕是来不及了。如果今天一定要喝顿酒表示一下,我建议将这顿酒改为答谢和饯行酒。所谓答谢,就是答谢我们入城以来,鹿鸣春一直给予的支持和帮助;所谓饯行,就是说不准哪天我们一走,你们还送不上呢!"

陆璐满脸担忧地望着钟守田。钟守田一脸严肃道:"你放心,我们如果离开,那只是暂时的,沈阳这旮旯早晚是我们的。"

与陆璐分别后,在回部队的路上赵云鹏看到钟守田耷拉个脑袋无精打采,就有意刺激他:"想早结婚是不是?那就琢磨琢磨怎么早一点儿打败国民党吧。"

没想到赵云鹏这么一说,钟守田的精神状态一下就振奋起来了,他挥动着拳

第十一章 透过现象,"三个不纯"

头表示道:"我这一回去就把吃奶的劲儿都拿出来抓打胜仗。"对此,赵云鹏亲身感受到,刚才老钟同意暂时放下订婚,实际上就是政治工作起了作用,通过讲军规让钟守田正确处理好个人利益和集体利益的关系,自觉服从挺进东北的大局需要。可见,政治工作无处不在、无时不有,需要时时处处留心,随时随地做。由此可见,政治工作不仅有针对性、时效性,还有随机性、贯穿渗透性。

部队出发在即,梅钰琳来到驻地向赵云鹏告别,遇到了在三营挂职的教导员魏马列。

魏马列第一次看到女同志穿着苏式大翻领合体呢子军服,加上里面内衬着白色的高领毛衣,感到特别新奇。梅钰琳身材苗条,眉清目秀,红嫩的脸颊带着一丝微笑,给人感觉是一只充满活力的百灵鸟。

不明所以的魏马列,对梅钰琳可谓一见钟情,死皮赖脸地拦着人家硬要聊几句。钟守田等人看在眼里却并未提醒魏马列,反而兴致勃勃地看起了热闹。

魏马列也没客气,连打听一下底细都不顾,把梅钰琳当成了宣传队的女队员,当即抛出了自己的"三剑客":教俄语、送情诗、讲马列!

这时赵云鹏恰好返回,他奇怪梅钰琳怎么和魏马列聊上了,正要发作,被眼疾手快的钟守田拽到了一旁。虽然魏马列来的时间不长,但大家都了解他的特点:自恃清高,整天瞧不起这个、看不起那个,而且做人没有担当,脾气又大,在领导面前一个样,背后又一个样。着实让人不爽。

梅钰琳见这个死缠烂打的家伙连情书都是事先写好夹在笔记本里面,而且一点儿不避讳地当面递给自己,着实感觉很不自在。她皱了皱眉头,望着其貌不扬、梳着三七分发型的魏马列,在心里暗自说道:"他哪里来的自信和勇气要来教我俄语?真是瞎子逛大街——目中无人!"

赵云鹏看着快憋坏了的钟守田提醒道:"注意团结,注意团结啊!"

钟守田则满不在乎道:"怎么不团结了?让魏教导员教俄语翻译组的梅副组长俄语,正好满足了他要发光发热的强烈愿望嘛!"

赵云鹏正想阻止这场闹剧,不料来东北局机关办事的董副政委经过这儿。赵云鹏顺着走廊进了旁边一间屋子。魏马列立即凑上前去,非常用力地一跺脚,立正敬礼,嗓门洪亮道:"报告政委,警卫团三营教导员魏马列向您报到!"

董副政委眉头微微动了动:"小魏啊,我知道你,前几天出事的就是你那个营吧?我是副政委,那个副字不要随意去掉哦。正常敬个礼就行了,别那么生搬硬套的了。"

董副政委转向梅钰琳,以长辈关怀晚辈的口吻说道:"小梅副组长,到这儿生活上有什么困难就提出来啊！对你这样从国外回来的女同志，该照顾的我们要主动关心照顾，你们都是咱们未来建设国家的宝贵人才啊！你在这忙什么呐？"

董副政委接过警卫员手中的大茶缸正准备喝口水，梅钰琳指了一下魏马列，眼皮往上一抬，噘着嘴说道："他非要教我俄语。"

董副政委刚喝进去的一口水差点呛了出来，顿时惊讶地望着魏马列，左右打量了一下，问道："你要教她俄语？她可是在普希金俄语学院专门学俄语的，也是咱们东北局俄语翻译组的副组长啊！"

魏马列听此介绍后，顿时脸一红，非常尴尬地回答道："我是请教，是请教！"

梅钰琳也不放过这个纠缠自己的家伙，抽出刚才硬塞过来的那封情书，往魏马列眼前一甩，冷冷地说："这封情书是不是送错人了！"

此刻，魏马列直冒虚汗，心虚不已地看着皱眉盯着自己的董副政委。梅钰琳又及时补上最后一击："你还要不要教我马列主义呀？"

听到这，董副政委不停地摇头，忍不住流露出一副恨铁不成钢的表情。这个魏马列他听说过，据说是个很不错的干部，苦出身，肯学习，很善于宣讲马列主义，还把自己原来的名字魏小龙改为了魏马列，但没想到竟然会如此不堪。看来呀，好干部首先还是要有德才行！什么时候都得坚持以德为先哦！

还击魏马列如此痛快，梅钰琳高兴得一蹦一跳地离开了，看得董副政委禁不住"呵呵"笑了几声。魏马列站在原地不知如何是好，这才意识到了自己今天完完全全是自取其辱。

钟守田大大咧咧地告诉魏马列："那是人家赵政委的小师妹！"

钟守田没想到，他随口说的这句话对魏马列刺激那么大，让这个不思反省、心胸狭隘的人后来给赵云鹏添了很多麻烦。

第二天清晨，部队护送东北局机关踏上了前往本溪的征程。

第十二章 土改新政，赢得民心

浓霜中夜零，千林成雾凇。

却似江南时，梅花恼清梦。

这是明代词人王世贞对雾凇的赞美。沿河几十里的江畔长堤上，洁白晶莹的霜花缀满了枝头，如水晶一样亮丽，如宝石一样耀眼，如珍珠一样晶莹剔透，在碧净的蓝天衬托下，像梨花盛开了一般，荧光闪烁、美丽动人。这种壮观的美、奇绝的美，警卫团的官兵绝大多数没有见过，因为他们大多数来自南方，还有不少来自山东。赵云鹏漫步在这壮美的雾凇之下，心旷神怡、遐想无比。他在想，如果此时此刻能牵着白晓芳的手，在这银色的世界里尽情地奔跑，那该是多美啊……

"啥破玩意儿？掉一身！"钟守田用粗鲁而又带点沙哑的嗓音大吼了一声，顿时把赵云鹏美好的憧憬破坏得一干二净。让赵云鹏更哭笑不得的是，来沈阳没多长时间，钟守田不知道从哪里学了不少"跑偏"的东北方言。看到什么顺眼的，就说"老好了"；看到什么不顺眼的，就说"整事儿"；想说什么，都在后面加上"犊子"两个字；想批什么，都在前面加上"稀里马哈"四个字。每每这个人学讲东北话，都让人气不打一处来，最后又总让人啼笑皆非。

从十一月初开始，东北局机关开始向本溪陆续转移，一月这次是大规模也是最后一次转移。

沿途由于计划制订周密，兵力部署合理，东北局机关人员与全部设备已毫发无损地安全抵达了本溪这座底蕴丰厚的山城。

更为幸运的是，由于美国出动军舰帮助国民党运兵，刺激苏联方面作为回应，将东北大城市周边的大量日军武器库和补给品全部移交给了东北局。

东北局的领导彭真、陈云、程子华、伍修权、林枫等人，带着警卫部队入驻原日伪时期建造的一座工字楼，并按照党中央着眼形势的变化而调整的"让开大路，占领两厢"的战略方针，开始组织部队迅速转移战场、打开局面。

为了解决东北地区群众基础差、敌社情复杂、宣传工作跟不上的问题，东北局还决定抽调骨干充实下去，力图尽快把文艺宣传队伍组织起来。

赵云鹏敏锐地意识到，本溪及周边的老百姓对民主联军感到十分惧怕，尤其提到八路军更是一副避而远之的模样。

有一天，一些群众将警卫团在本溪周边铁刹山大肆欺行霸市、抢占民财的行为告到了东北局首长那里。一头雾水的赵云鹏被上级机关叫去谈话核实了解情况。

为了彻底搞清这个"欺行霸市、抢占民财"究竟是怎么回事，赵云鹏决定变装侦察。他带着警卫员马德礼装扮成掌柜和伙计到大集去采买。果然，刚到大集入口处，他们就被一伙身份不明、戴着红袖章、自称是八路军警卫团的人拦住不让进去。最后这群人是硬生生收了赵云鹏和马德礼两人一块大洋才准进入。

在茶水摊前，马德礼仔细打量了这帮人的模样，愤愤不平地说道："这帮狗东西根本不是八路军，是'披着羊皮的狼'，是土匪。"驼背的老大爷苦笑着安慰道："呵呵，兄弟啊，是不是八路军不重要，你就看着这帮家伙瞎咧咧吧，总会有人来收拾他们的！这铁刹山的大集啊，别的不多，就野味多！不管什么时期，总是有人盯着它想发财呢。从直奉大战到易帜，日本人来了，成了满洲国；日本人刚走，老毛子又来了。这不，老毛子快走了，八路军、国民党军算着日子也该来了吧。这些人呀，蛇鼠一窝，都不是什么好东西，每一拨人都换着花招欺压百姓。"

赵云鹏拽了一下马德礼，他现在明白了，这是一伙盘踞多年的"积年老匪"，这些家伙现在正在群众中败坏民主联军的名声，要赶快除掉，宜快不宜慢。心里有了打算，赵云鹏立即带着马德礼将铁刹山附近的地形地势与土匪老巢进行了抵近侦察。之后，两人迅速返回驻地。

好好一个本溪八景之一的铁刹山被这帮土匪搞得乌烟瘴气，不明真相的当地老百姓还不天天唾骂八路军呀！

钟守田一听有仗可打，立即就兴奋起来，与赵云鹏一起很快制订出夜袭土匪老巢铁刹山道观的行动计划。

赵云鹏把行动计划反复研究了数遍后提交上级获得批准，自认为不会出什么问题，结果还是出了问题。

情况是这样的：铁刹山附近的冀热辽兄弟部队也发现了这个问题，他们也准备为民除害，于是选择在天亮清晨实施打击。而赵云鹏制订的行动计划是凌晨进攻。但这"两家"事先没有沟通，卷到一起了。

这边枪声一响，警卫团先是佯作撤退，把土匪主力诱出道观，在二道梁将其百余人团团围住。

第十二章 土改新政，赢得民心

那边冀热辽的兄弟部队见土匪出窝，就集中力量直接掏了土匪的老窝。没想到，老窝里的东西还真多，不仅有枪支弹药，还有各种名贵的山珍野味，可谓深入虎穴，缴获颇丰。

结果，山头小团体意识浓厚的冀热辽部队带队营长与钟守田发生了激烈的冲突，双方打起架来。

为了争夺战利品，双方差点动枪走火。入东北的部队由于来自各个不同解放区，由不同部队组成，拉山头、攀老乡、抢俘虏、抢战利品等不良现象开始出现。

面对山头主义、乡情主义、本位主义，以及无组织无纪律行为一度比较盛行的现象，东北局领导意识到，不下决心除掉这些破坏和危害我军内部团结的弊病，不仅要影响我军打胜仗，而且必然给部队长远发展埋下祸根。因此，上级决定对部队必须进行一次整编，打破原有的建制，重新组建纵队，并对所辖的各旅进行一次加强团结的教育。

这几天，赵云鹏等政工干部开始忙活起来。因为按分工，搞团结教育这样的工作，自然要落到赵云鹏这些政工干部的头上，钟守田等军事干部还要集中精力打仗。

对于这次钟守田和兄弟部队营长打架的事件，上级予以两边带队领导和主要参与者严肃处分。

通过这件事，赵云鹏还敏锐地发现了一个很大的问题：都是驻扎在本溪的部队，警卫团的作战任务是上级批准实施的，但友军却毫不知情。这个问题对各部队来说，不要说协同作战或配合作战了，就连基本的沟通情况都无法实现。如果从战术角度来看，在一个团内部各营协同配合还好说，一旦到了战役层面，那十几万人将如何协同配合呢？

赵云鹏被自己的发现惊出了一身冷汗。很快，两人也接到命令，警卫团不再担负东北局保卫工作，而是扩编为五营建制的独立作战旅。钟守田心里乐开了花，水涨船高，从营长到团长还不到一年时间，现在咱老钟又成了旅长了，这不活活气死老田他们几个才怪呢！

赵云鹏给水涨船高、官长一级的钟守田泼了一盆冷水，把"三个不纯"的问题，特别是扩军太猛招致鱼龙混杂的问题再次摆了出来，说道："思想不纯、组织不纯、作风不纯看似是三个不同的问题，但实际上是关联在一起的，不能单纯地解决哪一个不纯的问题，也解决不好，应当把'三个不纯'捆在一起，分步骤分阶段来解决。"结果钟守田连连点头，表示完全赞同，全听政委安排！全力配合大干起来!

　　赵云鹏的想法完全符合东北局的决策部署和工作思路,东北局一手"破"一手"立",在大抓"三个不纯"问题解决,做到一手"破"的同时,又围绕打仗和土改大抓宣传教育工作,做到一手"立",具体来说就是在每个纵队组建一支宣传队。因此,在东北局的高度重视和有力领导下,十几个宣传队在东北民主联军本级和各纵队相继组建起来。赵云鹏找到白晓芳商量,请求她所在的宣传队能够协助做好他们旅扩招新兵的宣传教育工作。白晓芳微微一笑:"你忘记了,我老家就是本溪的,对这里的情况很了解。这里的人民群众深受日本人和汉奸的剥削和压迫。招兵的重点可以放在矿区,这里的矿工都是劳苦大众出身,而且很能吃苦。"还建议:最好把土改工作和文艺宣传结合起来进行,这样效果会更好。

　　轰轰烈烈的本溪土改运动开始了,大批土改工作队进入各村进行土改动员。赵云鹏所带的土改工作队也带着白晓芳的文艺宣传队进了村,一方面宣传土改政策,另一方面统计兵员数量和对当地兵员进行走访调查,彻底解决组织不纯的问题。

　　白晓芳演出的《白毛女》无疑是十分深入人心的,有的时候演出未完就有一群青年冲向报名点争先恐后地要求参军。但是人群中却挤着两个不三不四的青年,他们两个的目光一直盯在白晓芳的脸上。

　　白晓芳带领的文艺宣传队就一个村子一个村子地去宣传演出。由于日夜不息,过度劳累,白晓芳日渐消瘦。赵云鹏看在眼里急在心上,让他更揪心的是,演出宣传的效果并不十分理想,更多的人还属于围观和彷徨的状态,因为大多数人不相信真的会有人把土地分给他们,更不相信东北民主联军是一支为天下劳苦大众打江山的军队。

　　随着土改工作的深入,闲不住的梅钰琳主动承担起了《东北日报》的采访任务。听说晚上有《白毛女》的演出,梅钰琳决定留在老矿场,欣赏一下赵云鹏口中神乎其神的《白毛女》。

　　下午,提前抵达的宣传队开始彩排。梅钰琳挎着相机准备拍几张照片做宣传用。这年头照相可是一件十分时髦的事情,演员们围着梅钰琳问东问西,梅钰琳耐心地一一解答。

　　白晓芳见梅钰琳不理解演员们的意图,于是现身道:"梅钰琳同志,现在成大记者了,能不能给我们演出的队员也照几张照片啊?"

　　梅钰琳感受到了身旁渴望的目光,十分大方地报销了半卷胶卷。果干、花生、瓜子装满了她的小挎包。

第十二章 土改新政，赢得民心

傍晚，情景剧《白毛女》正式拉开了帷幕。梅钰琳是第一次看到这样土洋结合的表演。喜儿等着爹爹回来过年的台词虽然很土，甚至可以说土得掉渣，但很接地气很抓人。虽然《北风吹》等曲子是用民族乐器来演奏的，但旋律是那么"阳春白雪"，与台词形成了鲜明的反差。梅钰琳越看越有味儿，越看越入迷。当看到杨白劳给喜儿扎红头绳那一幕时，她感到等待父亲回来过年那种焦急期待，以及杨白劳回来以后给喜儿扎红头绳时喜悦兴奋的那种表演，好像在哪里看过；当看到贴窗花那一幕时，她感到几个少女欢快轻松、喜气洋洋的那种表演，好像也在哪里看过；当看到《喜儿哭爹》《相认》等剧目时，她感到痛苦悲愤、撕裂人心的那种表演，又好像在哪里看过，她越看越觉得自己好像是在莫斯科芭蕾舞剧院看柴可夫斯基创作的芭蕾舞剧《天鹅湖》、歌剧《胡桃夹子》的表演，觉得虽然一个是中国传统形式的艺术表演，一个是俄罗斯浪漫派的艺术表演，但两者之间好像有共通之处，能够融为一体。

于是，演出结束后，她一直等到很晚，才找到白晓芳。她激动地谈了一番自己的感想："你们今天的表演太出色了！但我有一个想法或者说是建议，不知道合不合适？我觉得你们可以借鉴芭蕾舞的艺术精华来表演这部优秀的作品，我在俄国读书期间多次看过柴可夫斯基创作的芭蕾舞剧。柴可夫斯基是俄国浪漫派作曲家，他也是矿工家庭出身，现在的演出场地恰恰就是老矿场。柴可夫斯基把高度的芭蕾舞技巧与民族音乐传统结合起来，创作出具有戏剧性冲突和浓郁民族风格的作品。我们完全可以借用这一点，可以用舞蹈动作表现力更强的芭蕾舞来呈现《白毛女》。"白晓芳听到后非常兴奋，但感到这很难做到，于是以一种非常为难的语气说道："芭蕾舞是需要功底的。我们这宣传队一个专业舞蹈演员也没有，要用芭蕾舞来表现谈何容易啊！"

"试试看嘛，我陪你！"

"好啊！但我们现在连最基本的芭蕾舞鞋都没有。"

梅钰琳皱了皱眉头："我知道哪里有芭蕾舞鞋。"

白晓芳一把握住梅钰琳的肩膀惊喜道："真的吗？"

梅钰琳没意识到，自己这个大胆的设想还捅了一个大娄子。

第二天，坐在小火车上的白晓芳神情紧张忐忑不安道："钰琳，咱们这就直接前往哈尔滨了？不请假报告一下吗？"

吃着苹果的梅钰琳塞了一个给白晓芳，嘟囔道："给谁报告？就是报告了能有经费吗？钟守田裤子都漏棉花了，大师兄赵云鹏的衣服也是补丁摞补丁，一个旅长和政委想换条裤子都做不到，哪能给你买芭蕾舞鞋啊！所以咱们还是自力更生吧。"

白晓芳望着眼前这个从靠谱到越来越不靠谱的梅钰琳道："咱们怎么解决？"

梅钰琳微微一笑，拍了拍口袋："我已经找我爹解决了。"

正在旅部书写材料的赵云鹏亲身体会了东北的政治落后，不像解放区那样有群众基础，最典型的表现就是老百姓对共产党的"慢热"。意识到这一点后，他常常提醒自己：不要急，饭要一口一口地吃。

钟守田火急火燎地冲进了旅部，看到四平八稳的赵云鹏，直接扯着大嗓门喊道："老赵，你还坐得住啊？昨晚《白毛女》演完，你的那个小师妹和白晓芳都不见了，大家找了一上午了。"

不明白财不外露的梅钰琳被车上的小偷盯上了，到了哈尔滨一下车，原本要大吃一顿的梅钰琳发现自己口袋空空如也。

流落街头的两人四目相对。白晓芳望着欲哭无泪的梅钰琳，不断地安慰她。梅钰琳却突然想起了赵云鹏的名言："什么时候都要相信组织、依靠组织！"

于是，城门楼上的麻雀——见过大世面的梅钰琳拉着白晓芳来到了军管会。她们说明情况后，军管会的人急忙联系了本溪东北局机关，梅钰琳和白晓芳终于有了下落。

这边带人搜山几遍，西北风喝了个饱的赵云鹏方偃旗息鼓撤了回来。他和钟守田一番分析，最后也没分析出这两个傻大胆为何出现在千里之外。

被礼送回程的梅钰琳和白晓芳成功地"蹭"到了十双舞鞋，据说是军管会里正好有几个来哈尔滨演出的莫斯科芭蕾舞团的同志，听说有人从大老远跑来买芭蕾舞鞋用来创排《白毛女》后，就主动给了几双。两人的小背包里面还塞满了大列巴和香肠，如同英雄一般高唱凯歌返回了本溪。结果等着她们的是一天的小黑屋禁闭，据说是董副政委特批的，让这两个人彻底反省自己的无组织、无纪律错误。

正在抓土改工作的赵云鹏对关两人禁闭表示强烈支持，否则不知道这两个胆大妄为的家伙还能干出什么事来。

这天，准备参加本溪土改工作的四营教导员林枫，陪着本溪土改工作队队长王鸣山来找赵云鹏。王鸣山皱着个脸，一个劲儿地说："整不明白，整不明白。"他对群众的热情高涨不起来不能理解。

赵云鹏很快意识到了轰轰烈烈的土改运动似乎有些"根基不稳"，有"夹生饭"的味道。

赵云鹏给王鸣山分析历次土改的不同之处，从中寻找问题的根源。他回忆道："当年在鄂豫皖根据地，党在革命根据地开展打土豪、分田地、废除封建剥削和债务，满足农民土地要求，依靠贫农和雇农，联合中农，限制富农，保护中小工商业者，消灭地主阶级，变封建半封建的土地所有制为农民的土地所有制，极大地鼓舞了根据地民众，壮大了革命队伍。因此，可以把我党在红军时期的土改政策概括为：打土豪分田地。"

赵云鹏给王鸣山倒了杯水，接着又回忆道："到了抗战时期，我党又确立了新的土改政策。为了团结地主、富农一起抗日，在统一战线的旗帜下团结一切可以抗日的力量，在那个时期，我党把土改政策调整为'减租减息'。"

回忆到这里，赵云鹏想起了前一段时间他带队对村村户户土改进行的调研，让他感到欣慰的是，这次调研后起草的调查报告得到了上级的充分肯定。调查报告提出的"平均分配土地制度"，上级不仅给予了充分肯定，而且把它作为这次土改的政策来制定。所以呀，我们党在解放战争时期的土改政策很可能就是：平分土地。

想到这里，赵云鹏又接着说："从最近进行土改的调查中，我深深地感到，当前东北土改面临的最大问题，就是东北的地主势力相当庞大和顽固，很多还与土匪勾结在一起。虽然我们已经制定了'平分土地'的政策，但广大农民还是发动不起来。许多农民是从山东闯关东过来的，不少人感到：'俺们是从山东闯关东来到东北的，无依无靠的，是东家收留了俺们，给俺们地种，让俺们有了饭吃，现在让俺们去分东家的地，那怎么干得出来呢？'"

讲到这儿，赵云鹏站了起来，在屋里来回踱步，边踱步心里边琢磨着：怎么解决这个问题呢？想来想去，他还是觉得，要大力开展宣传教育工作，并且要创造一种新的有效的宣传教育形式，这也是我党我军政治工作的拿手好戏。但在东北开展政治工作不能像以前在根据地那样，搞轰轰烈烈、声势浩大的运动，而是需要用春雨润物细无声的方式来做工作。他发现最近九连探索的诉苦教育就是发动农民土改的一种好形式，再加上文艺宣传队的配合演出，就会让老百姓真正相信我们"耕者有其田"的"平分土地"政策，这样才能让党的土改工作真正落地。当农民分得了土地，打下了粮食，过上了有饭吃的日子时，就会担心地主势力来反扑，这时，我们就要及时做好政治工作特别是宣传工作，要让他们明白：国民党和地主势力要抢回土地，我们就要拿起武器来保卫得到的土地。农民就会响应我们的动员，积极参军和拥军支前以保卫自己的土地。按此下去，兵源问题也会水到渠成地解决。

想到这，赵云鹏站起身来对土改队长王鸣山说道："王队长啊，从目前调查和试点的情况看，我们就按照平分土地的办法来搞土改吧。看来，我们要打一场与国民党和地主阶级争夺民心的政治仗啊！得土地者得民心，得民心者得天下啊！"

王鸣山也跟着站了起来，说道："是的啊！你们政工干部为我们怎么搞土改调研出一套政策。宣传队又一个村一个村地演《白毛女》，激发和提高大伙儿的阶级觉悟，真正把群众都发动起来，这些对我们眼下进行的土改可帮了大忙了！"

这时，钟守田等旅领导带机关同志向赵云鹏来报告工作。赵云鹏看了看大家，站起身来说："你们来得正好！我想跟土改队长说的话，也跟你们一起说说。"

接着，赵云鹏满怀激情而又严肃认真地说道："党中央、毛主席向全党全军提出，打仗和土改这两件事是我们的中心任务。打仗就不要说了，土改为什么也是中心呢？记得毛主席反复强调，我们一定会战胜蒋介石，共产党一定会取得最后的胜利。因为我们搞土改，他们不搞土改，因为我们把土地分给了农民，他们不把土地分给农民。农民的逻辑是：你给我土地，我就给你政权！"讲到这儿，赵云鹏走到窗前把窗户推开，看了看外面一片无垠的土地，转过身抬起右手，边比画着边说道："在与国民党抢占东北这个大舞台上，要打好土改这场政治仗，不是说你们军事干部没起作用，而是说主要应靠政工干部去干活，因为军事干部毕竟还要在家组织打仗的事，政工干部要多干一些活，承担更大的责任，眼下要干的事情很多，任务繁重艰巨啊！"大家频频点头，觉得讲到了点子上。

作为一线旅政委，赵云鹏不仅牢牢地把握组织指导土改的方向，而且一直在思考怎么让上级了解下面的真实情况，及时请求报告，及时听取上级的指示要求。于是，他将自己近期跟随文艺宣传队走访基层总结出的情况及建议，给董副政委写了一封信及时作了汇报。

董副政委看到信后，感到所提的真实情况很重要，为下一步指导土改工作提供了重要参考，于是批示给予了肯定。原本想要打趣赵云鹏的钟守田，愣是憋了半天一句话没敢说，毕竟是首长肯定过的。但钟守田没放过白晓芳为赵云鹏精心准备的枸杞、大枣、圆枣子干等，甚至裹脚布也都洗劫一空。

对于白晓芳生活上的关心，赵云鹏深感温暖。为表达感谢，赵云鹏在独立旅临时驻地的三道沟，准备亲自为白晓芳做一顿味道十足的"湘菜"。为找到口感合适的辣椒，赵云鹏找遍了驻地的角角落落，最终因为条件有限，只能用本地的干辣椒来凑合。对这么用心的"湘菜"，白晓芳很感兴趣，由此她也深深感到，这个湖南人真是个南方的北方人，性情爽朗明快，为人真诚可靠，虽有些火辣，但辣得你舒服。

白晓芳来到赵云鹏的驻地，望着简陋的木屋生着两盆炭火，明白这是赵云鹏怕自己冷而精心准备的，她知道每个干部每天供应的粮食、木炭都是有限的，想必这两天赵云鹏夜里一定没烧炭盆才能存够这些炭。

望着赵云鹏忙碌的背影，白晓芳微微叹了口气："我是东北人你忘记了吗？你是湖南人，在这里你才是重点防寒保暖对象呢。"

赵云鹏转身拍了拍胸脯，昂首挺胸地说道："放心吧，信仰之火一经点燃就会熊熊燃烧，永不熄灭。"说着，他指了指自己的心脏，又补充道："这里一团火，暖着呐！"

白晓芳看到赵云鹏冻得通红的鼻头，竖起大拇指笑道："不愧是干政委的，政治工作总是从自己做起。"

赵云鹏把最后一道菜端到桌子上后，在一个大砂锅下面分别点燃了几截蜡头，用略带严肃的口吻说道："我们干政治工作的，实际上管的是信仰和灵魂，最讲究身教重于言教。因此，首先要严于律己，做到率先垂范，不从自己做起怎么能行呢？这些年，我一直在思考怎样做好政治工作这个问题。"

白晓芳好奇询问道："那你琢磨出来了吗？"

赵云鹏摇了摇头："或许要等到解放全东北，不，解放全中国的时候我就能弄明白这个问题了。"

白晓芳微微一笑："那你一定要第一个告诉我。"

莫负红颜一笑，赵云鹏用力点了点头："一言为定！"

白晓芳上下打量着面前的一个砂锅："你说要请我吃十道菜，怎么这里只有一个啊？"

屋外寒风呼啸，一个戴着狗皮帽子的人影鬼鬼祟祟地匍匐前进，来到了赵云鹏的窗户底下，试图要探听什么。

屋内赵云鹏揭开砂锅盖子说道："湖南湘菜，素佛跳墙喽！"

白晓芳一脸疑惑道："佛跳墙？那是福建菜吧，你别骗人，我可吃过。"

赵云鹏把能说会道发挥到了极致："我是湖南人嘛，别管我做什么，只要是辣的，就是湘菜嘛！"

"歪理邪说，这里面都是什么啊？"白晓芳好奇地望着热气腾腾的一锅大杂烩。

赵云鹏如数家珍地数着："土豆、芸豆、榛蘑、粉条、酸菜、冻豆腐、黄豆芽、冬瓜干、萝卜干、干辣椒……这么多种搭配，不止十道菜了吧。"

"这哪是湘菜，分明是东北的'乱炖'嘛！"白晓芳一副"你赢了"的表情，让赵云鹏仿佛是三岁小孩喝蜂蜜——里里外外甜透了。

屋外，三连长李栋国忍着风雪听窗根，还没偷听一分钟，他背后就出现了一个身影。李栋国回头一看，顿时一愣，一只大手一把就把他拖走了。钟守田毫不客气地一顿臭批："像什么话，没大没小的，这是处男女朋友，不是闹洞房，就算是闹洞房也不许这样偷偷摸摸的。咱赵政委是脾气好哇，要我，他奶奶的，可饶不了你！"

说着，他把手一松，狠狠地给了李栋国屁股一脚，然后环顾左右，见无人，便蹑手蹑脚来到窗下，一副美滋滋的神情就像抽了一口烟似的，惬意地眯起了双眼。

忽然，有着多年战场经验的钟守田察觉不对，一转头发现赵云鹏和白晓芳就站在自己身后盯着自己。

"咦！我那东西掉哪里去了？"故作寻找遗失东西的钟守田越找越远。赵云鹏皱着眉头，大喊了一声："钟守田！你装什么傻？真是想老婆想昏了吧！"

钟守田也不搭话，屁滚尿流地慌忙逃走，不一会儿就不见了踪影。

就着大杂烩的"湘菜"，赵云鹏和白晓芳以水当酒，边吃边聊，慢慢地打开了话匣子。

白晓芳把自己从五岁开始烧厢房，用二踢脚炸老鼠洞的"光荣"事迹也都说了出来。

受白晓芳的影响，赵云鹏也祖露心声，如同竹筒倒豆子一般，把自己家乡的风土人情和反抗包办婚姻，向往自由恋爱，最终逃婚的经历讲了一遍。

赵云鹏记忆中的家乡地处洞庭湖和湘江地带的一个盛产湘莲的地方，古人称之为"莲城"。在这个古老城市的东南方向有一个村庄，叫君山弯。这个弯的东、西、北三面环山，远看重峦叠嶂，近看竹林茂密，背面有一条浮河穿流而过。清晨的薄雾常常飘荡在君山弯前面的石板路及相连的石拱桥上，让人如入仙境一般。这里四季分明，属亚热带季风气候，大片的土地为红色黏土，在这红土地上好像四季都长着作物，不论是三春杨柳、九夏芙蓉之时，还是四围香稻、满山斑斓之季，好像到处都飘荡着湖南人特爱的腊肉醇香。

赵云鹏童年的快乐非常简单，打麻雀，掏鸟蛋，抓小鱼，摸螃蟹。但快乐总是短暂的，望子成龙的父亲赵文久，总是希望儿子能多读点书，于是让他到乡里读了私塾。

身为当地赵氏宗祠族长的赵文久，写得一笔好字，每每过年前，他总是带着赵云鹏一起，自己贴钱给乡亲们写"福"字、送对联。

虎父岂能有犬子？赵云鹏也从小下苦功练了一笔好字。让赵云鹏没想到的是，在他十岁那年，天降横祸，因为赵文久刚正不阿处理了几个偷鸡摸狗吸大烟的痞子，这伙人竟然勾结县城的警察诬陷赵文久资助革命党。

原来，赵文久每当年景不好时，都要设粥锅资助乡民，久而久之，谁清楚是哪个革命党吃了粥，这帮痞子借以栽赃于他。

无奈之下，赵文久只好花钱托人打点，殊不知，八字衙门朝南开，有理无钱莫进来。赵家钱财被榨光，官司也迟迟没个说法，本来开杂货铺，家境比较殷实的乡绅之家开始衰败下来，赵文久一气之下病倒了。

赵云鹏记得母亲是一个外柔内刚之人，全家的重担都压在了母亲一个人的身上，赵家的破落让有钱的亲戚们避之不及，赵云鹏也第一次体会到了什么是人情冷暖。用妈妈的话说，那是"鬼"都不上门。

反而是当长工的小舅舅和小舅妈经常从乡下带些粮食和瓜果来接济他们一家。

赵云鹏记得当时最爱吃凉薯和菜瓜的自己，躺在小舅妈身旁听着小舅妈哼唱民谣。那格外朴实直白而又生动优美的旋律至今还余音绕耳。

说着说着，赵云鹏就小声给白晓芳哼了起来：

正月里欢欢喜，二月里冒得米。

三月里餐糊餐，四月里难过关。

五月里没奈何，六月里盼早禾。

七月里租一送，八月里粥清清。

九月里米桶空，十月里借过垄。

十一月里当棉被，十二月里打毛栗。

唱罢，赵云鹏自言自语道："穷苦人多么艰辛啊！无论是丰年还是荒年，都要苦苦熬过十二个月。难怪古人云：'兴，百姓苦；亡，百姓苦。'这是么子道理呢？"

白晓芳惊讶地望着陷入深深回忆中的赵云鹏，她有戏剧的功底，对歌词曲调本身就非常敏感，听赵云鹏唱这首民谣，好像眼前出现了一幅农民走在田间、面朝黄土背朝天的劳作画面。她真的没想到，赵云鹏虽然出身乡绅家庭，童年却过着这么清苦的生活，从小就吃了那么多苦，难怪他与穷苦人有一种天然的情感。

赵云鹏唱罢民谣，又陷入往事之中，讲起了他逃婚的经历："当时虽然家境困难，但父亲一定要让我读书，在乡里读了几年私塾后，又送我到县城读了小学，后来又到了省城读了初中，初中毕业后，我又以优异的成绩考上了省城的高中。由于读书太用功了，读高中时，妈妈就给我配上了眼镜。记得十七岁那年高中毕业，家里早早就带信回来，让我毕业后一定要回家一趟，全家要为我庆贺庆贺。我想继续上学，想靠着父亲是宗祠的主持，用宗祠凑的钱来交上大学的费用。于是我兴高采烈地回到了家。一到家，我就看到妈妈在打谷场晒着萝卜干，姐姐在门口的木梁上晾着腊肉，父亲在堂屋整理着一块长方形的寿匾，小舅舅和小舅妈正在灶台上用茶油炸着红薯片⋯⋯看到全家人都在忙着，一番要过年的热气腾腾景象，于是我问父亲怎么今年这么热闹。父亲说今年过年有三喜：一是全家人吃个团圆饭；二是全家为他过五十大寿；三是要给我成亲。听到要为我成亲，我当时就吓了一跳，但望着一辈子为家操劳、含辛茹苦的父母，反对的话我说不出来；再一想，自己还想利用父亲的威望从宗祠拿钱去上大学，就更不敢讲反对的话了。于是，只好硬着头皮等着成婚。结婚那天，我被米酒灌得晕头转向，新娘子长什么样也没有看清楚。按老规矩，结婚第三天要送堂客回娘家。我经过三天反复痛苦的思考，觉得自己不能这样结婚生子、在家当个教书匠就了却了一生，还是想出去闯一闯，见见外面的世界，这才不枉度此生。于是，在送新娘子回娘家的路上，我就不辞而别了。"

听完赵云鹏讲述逃婚史，白晓芳先是震惊后是同情，因为她也是无法忍受与那个家里有钱、比她大五岁的大地主傻儿子定亲，才逃婚出来参加革命的。赵云鹏还跟她讲起自己逃婚出来以后，是怎样在进步思想影响下参加革命的，又是怎样在党组织和各级领导及战友的帮助下，一步步提高觉悟、一次次坚定信念走过来的。对此，白晓芳更是感同身受，她对赵云鹏说："我逃婚出来，在走投无路的情况下参加了革命、背叛了家庭，开始很多人不理解，自己也觉得有点别扭，但接受了党的教育，特别是在血与火的战场上亲眼看到我们的官兵是怎样用鲜血和生命为农民得到土地而战，亲身感受到他们是在为天底下广大劳苦大众能过上好日子而浴血奋战。我非常庆幸自己选对了人生的道路，信念也就一天天坚定起来。"

两个有同样逃婚经历的人因有"真正的缘分"而越谈越近。白晓芳轻轻把头靠在赵云鹏的胸前，喃喃自语道："你能说服我那个顽固不化的父亲和蛮不讲理的哥哥同意咱俩的事吗？"

一阵淡淡的清香沁入赵云鹏的心田，他坚定地点了点头："能！"

白晓芳犹豫了一下，担忧道："如果他们不同意怎么办？"

赵云鹏抚摸着白晓芳的秀发，毫不犹豫地回应道："那我就让钟旅长带着迫击炮和机枪去谈，文不成武来救。"

白晓芳一下被逗乐了，起身望着一本正经又好像胡说八道的赵云鹏，愣了好一会儿，说不出话来，她没想到这个政委竟然也有幽默细胞。

与此同时，25师主力已经抵达了沈阳。牛秦川在鹿鸣春宴请李正谊，赵高参欣然作陪。酒席还未开始，牛秦川就给李正谊送上了一套日本关东军最后一任参谋长秦彦三郎的私人别墅。

李正谊这才露出笑容，用力拍了拍牛秦川的肩膀道："文武啊！烧香拜佛，要烧真香、拜真佛啊，切莫乱了尊卑，让咱们25师贻笑大方啊。"

牛秦川的暴脾气此刻也发不起来了。他与李正谊此前并不熟悉，走的是第五十二军刘玉章的门子，才在25师谋到了这个职务。这事实际上是可大可小，李正谊城府深点或者心胸宽点，睁一只眼闭一只眼也能过去。

但是，恰恰李正谊和刘玉章都对五十二军的副军长位置相争不让，好一番龙争虎斗。在这种情况下，牛秦川慌不择路走了刘玉章的路子，这不就算倒了大霉吗！

现如今25师原副师长赴任途中被国防部紧急调离，牛秦川对上这个缺位，资历自然不用说，差的就是"通天路"。

对这些升官的法则，李正谊自然是深谙此道，为此，他毫不客气地单刀直入："副师长啊，就这个位置来说，凭你的资历和能力都是非常适合的。但文武啊，你也是个明白人，现如今没有什么是应该或不应该的。"

李正谊把手一甩，哼哼了两声，说道："现如今你想当官，当大官，没有'通天路'行吗？"

牛秦川与赵高参对视了一眼，从桌子下面吃力地拎出一个皮箱，"啪"的一声打开锁扣，里面金灿灿的一片，两块自重27.4磅的金砖熠熠闪现在李正谊的面前。

李正谊顿时面露贪婪之色，尝试着单手拿了一下，竟然没拿起来。他知道这是标准的美利坚国储备金子，不是一般渠道能拿得到的货色，而且一出手就是两块，金砖下面还有一层美元垫底。

由于来的都是贵客，陆一鸣安排陆璐帮忙上菜。陆璐一进屋就见到一箱金光闪闪的金子，顿时吓了一跳。李正谊反应极快，迅速不动声色地按下了箱子。陆璐被吓得一阵小碎步退了出去。李正谊意味深长地看了陆璐背影一眼，赵高参则表现出一副"我懂"的神情。

李正谊从文件袋中抽出一张盖好章的委任状放在了桌子上,用手指敲了敲,一手钱一手货,这方面国民党还是很"讲信誉"的。

实际上,李正谊今晚答应了几个副师长,最终价高者得手。牛秦川是他最不看好的,但又偏偏是出手最阔绰的,后面几个加在一起恐怕都抵不上牛秦川一半。李正谊在某些方面是非常有"底线"的,收钱"放鸽子"的事情他是坚决不干的,毕竟人活一张脸。

牛秦川没有"通天路",但用钱开道的"金砖路"刚刚铺好,他又一次没管住自己的嘴说道:"师座,眼下共军正在本溪与四平方向集结,互成犄角之势。近期共军虽然放弃了沈阳,但是长春、哈尔滨等大城市多数还在共军手中,共军扩军的速度非常惊人,卑职以为兵贵神速,在东北共军尚未成气候之时,当用重兵集团以摧枯拉朽之势,一扫而光方为上策啊!"

李正谊一副"你敢教我做事"的神色,顿时打起了官腔:"凭我25师还是凭五十二军呀?东北战场的主角们还没登场呢,委座的得力悍将还未抵达,你我急有什么用啊?"

李正谊举酒示意:"两位,公务缠身,不胜酒力,先行告辞了。请,请请!"

一口菜没吃的李正谊起身,示意副官收好箱子转身出门时,忽然停住了脚步,对牛秦川道:"赠你一言:中庸之道,居上不骄,居下不卑,国有道其言足矣兴,国无道其默足矣容!好,告辞了!"

赵高参组的局,显然李正谊收了钱却没给足面子。他一副浑然不在乎的架势,从餐盘中抬起一块酱牛肉扔入口中,一口干掉一小杯威士忌,说道:"丘八一个,转什么中庸?不就是再换个地方忙着收钱嘛,切!要不是25师最先抵达沈阳,哪里轮得到他威风?你看看,刚愎自用,早晚得完蛋!"

牛秦川则感觉胸口被压上了一块千钧巨石一般,他终于活成了自己最不喜欢的那种人,感觉到一阵阵悲哀,长叹一声:"人之态,不如备,争宠嫉贤相恶忌。妒功毁贤,下敛党与,上蔽匿。"

第十三章　小题大做，秋毫无犯

　　冬日早晨的阳光从窗上悄悄地照射进来，暖洋洋地洒在了赵云鹏的办公桌上，他正在埋头写日记，当写到最后一句话"政工干部要有人情味"时，把笔一放。钟守田随着一阵寒风钻进了屋里，用力跺了跺脚上的残雪，说道："东北这天真叫个冷啊！说出去的话都能冻掉到地上。哎，老伙计，快过年了，想想办法改善改善伙食吧，不能让官兵们每天清水炖大白菜啊！"

　　"2月2日就是农历除夕了，还有六天，是要想想办法呀，哪怕吃上一顿饺子也行啊！"赵云鹏站起身来，在屋里踱起了步，思量着从哪里能搞点副食。

　　钟守田拿起赵云鹏的材料，看到有人情味四个字时，苦笑了一声道："都快光腚了，还有啥人情味啊？政治工作不能光玩虚的，要整点干货！"

　　赵云鹏瞪了一眼钟守田："老钟啊，我说的有人情味，意思是我们不仅要尊重士兵，而且要关心士兵。你没听那些解放军战士说吗？他们之所以能留在我们队伍里，愿意吃苦受累甚至流血牺牲，很重要的是我们这有官兵平等的军规，我们真正把他们当人看，让他们有了做人的尊严。"

　　赵云鹏清了清嗓子，接着说："你讲得对，政治工作不能光玩虚的。现在我们要一手抓思想教育，一手抓改善生活，不断增强部队的战斗力和凝聚力。"

　　钟守田翻了个白眼："没想到，我这一激将，还激出实招了。好啊，咱俩一起想想办法。对了，下午去矿场征兵，你去还是我去？"

　　赵云鹏看了看在火炉前一边说着话，一边脱下湿透的棉鞋正在烤着的钟守田，随口说了一句："我去！"

　　说罢，赵云鹏就被一股异味熏得喘不过气来，立即夺门而逃，边逃边捂住鼻子骂道："你这个臭脚丫子是什么时候洗的？这是谋财害命啊！"钟守田看到后，嬉皮笑脸地说："呵呵，上月洗的，你不相信就去查查。哼，这点苦都吃不了，算什么政委啊！"

　　赵云鹏跑到窗前推开窗户，拼命地大口呼吸，愤愤地说："老钟啊，看我怎么治你这个臭毛病！"

　　钟守田一边烤着冒烟的棉鞋，一边望着房顶，很认真地思考了一会儿，不恭地说道:"因脚丫子臭就要处分,一个我背着,两个我挑着……"

钟守田的个人卫生习惯对于赵云鹏来说确实是个老大难问题,比如光脚不穿袜子,直接穿缴获的小鬼子带有三十六颗钉的昭五式军靴,那个味道,真是让赵云鹏记忆犹新。但赵云鹏是个有招又有情的人,一定会把他这个毛病从根上治好!

想到治钟守田臭脚的毛病,赵云鹏想起钟守田有一双刘四海送的宝贝皮鞋,他在心里发问:怎么这段时间没见他穿呢?刚刚还讲到身教重于言教,且不说刘四海这个人怎么样,身为旅长随便就收别人送的皮鞋,这让官兵们知道了怎么看?这不就把作风带坏了吗?他越想越觉得这事要提醒一下钟守田:"老钟啊,我记得你有一双皮鞋吧?"赵云鹏这话使钟守田像触了电一样反应道:

"怎么了?"

"最近怎么不穿了?"

"你个棒槌咙咚的,少打老子的主意!"

赵云鹏还没来得及说下去,就又被钟守田打断:"你不是说做政工干部要有人情味吗?纪律是死的,可赵政委是活的呀。一双皮鞋,它能影响到哪去?"

赵云鹏预料到了钟守田会耍浑打岔,耐心地说道:"我们是全旅官兵的表率,如果我们都不能严于律己,又怎么去要求官兵做到呢?纪律一点儿也不能含糊,明白吗?"

钟守田眨了眨眼,一副不服的表情,斜昂着头看着赵云鹏。忽然,他好像恍然大悟一般急切道:"老赵,你不是也有一面小镜子没上交吗?那个日本的折叠小镜子,不要乌鸦落在猪身上——看到别人黑,看不到自己黑啊!"

钟守田戳中了赵云鹏的痛处。这面小镜子是当年打大榆树街的时候,全团最老的老班长大林子缴获送给他的,随后阻击鬼子援军的肉搏战中,老班长为了救他而牺牲了。所以他一直舍不得上交,因为每次看到这小镜子,他都会想起老班长在行军路上当自己因痢疾走不动时背自己的身影。

赵云鹏犹豫了一下,掏出了小镜子轻轻放在了桌上,大声喊了一句:"马德礼——"

"到——"

"进来!"

马德礼推门而入:"政委,有什么事?"

钟守田面对赵云鹏如坐针毡一般,不好受地扭了扭屁股,许久长叹一声:"给你,给你,给你还不行嘛。"

第十三章 小题大做，秋毫无犯

钟守田小心翼翼地从抽屉里面捧出一个包袱皮，轻手轻脚地打开，望着保养非常好的皮鞋重重叹了口气，望着赵云鹏可怜兮兮地说道："老赵，我保证以后不穿了，这鞋留给我不行吗？浑身上下就这么一个看得过眼的东西了。"

赵云鹏拿起皮鞋递给马德礼命令道："交到经理部，还有这个小镜子一起。"

望着马德礼的背影，钟守田大吼道："手脚轻一点儿，别划到皮子了。"

赵云鹏拍了拍一脸不舍与不甘的钟守田："别忘记明天准时参加军人大会。"

钟守田不悦地一挥手："老子彻底光脚了，下午你去征兵吧，真烦。"

此时此刻，刘四海赶着一驾马车，陆一鸣与挺着大肚子的陆璐坐在上面，陆璐用貂皮包裹住自己。眼下兵荒马乱的，男人出个门都非常困难，更别说挺着大肚子的孕妇了。

而且，要从国民党占领区前往共产党占领的本溪，经验老到的刘四海怀揣着"票子"和"派司"，走了一半，被乱兵抢走了票子，最后就连陆璐御寒的貂皮也被抢走了。

荒村中，对着篝火陆璐在小声哭泣，她从来没有过如此遭遇，未婚先孕让家人蒙羞不说，还要挺着大肚子找上门去求婚，真让人难以启齿，这一刻她恨死了钟守田。

下午独立旅就要去矿区征兵。为了解决新兵教育和征兵动员问题，赵云鹏找到了白晓芳，提出两个办法：一个是办夜校；再一个是他想让宣传队到旅里来演一场《白毛女》，因为赵云鹏发现只要看了《白毛女》，新战士们马上就能够找到共情点。

下午，赵云鹏与白晓芳带着负责征兵和土改的同志，来到了山里的矿区，简陋的地窨子和面黄肌瘦的矿工们让他们触目惊心。

负责征兵和土改工作的同志给赵云鹏解释，这些矿工大多是逃难过来的，虽然受到矿主的盘剥，但是对于逃荒的人来说，有口吃的就饿不死。他们在本地没有户籍，更没土地，也不是佃户。本溪附近最大的地主是白家，土改工作遇到了非常大的阻力，因为白家不是简简单单的普通地主，白氏在当地是宗族性质的大地主。

负责征兵的同志继续介绍道："这附近齐老太太是大家的主心骨，她家里有两个儿子，动员了几次老太太就是不同意，附近很多都在观望老太太的态度。"

赵云鹏来到了两间相对整洁的茅屋前，轻声地问道："齐大娘在家吗？"

衣裳撂着数块补丁却浆洗得干干净净、两鬓花白的齐大娘缓步走出来，回应道："这位长官眼生得很，请进来吧。"

一旁正在用黄泥和煤渣混合做煤坯的哥哥齐建业和弟弟齐建勋，用警惕的目光打量着上门来的客人。随着赵云鹏走近，他们的目光不由自主地落在了赵云鹏腰间的手枪上。齐大娘咳嗽了一声，兄弟两人才急忙转头继续干活。

齐大娘伸手做了一个请的姿势："粗茶一碗，长官公务繁忙就不多留了，你们也不用做我的工作，有道是黄沙百战穿金甲，不破楼兰终不还，君不见累累白骨，未亡人终日哀鸣。长官你与之前的那位钟长官也许要的是一将功成，但我不想我的儿子去当累累白骨。我还要让他们给我养老送终呢，他们平安就是我最大的心愿。"

赵云鹏顿时一惊，老太太不简单啊，于是试探道："老人家出口成章，文采了得，想必祖上不一般吧？"

齐老太太微微一笑："奉承也无用，说出来倒是辱没了祖先。我且问你，让我儿上战场，这个国家可曾给过我们哪怕是一点儿民生之便吗？除了贪官污吏，苛捐杂税，强取豪夺，还有什么？"

一旁顿时有围观的群众纷纷点头表示不满。赵云鹏则淡定自若道："我们共产党的军队是为穷苦人打天下的。我们搞土改，就是让老百姓耕者有其田，就是为了消灭国民党反动派的贪官污吏，剪除苛捐杂税，真真正正地让人民翻身做主人。"

齐老太太听后微微一笑道："人民？听着跟早年间的太平军差不多，打下金陵没几年也烂泥一摊了。"

赵云鹏急忙纠正道："老人家，我们共产党不是太平军。咱们这支军队从诞生的第一天起，就确立了以全心全意为人民服务的根本宗旨。"

齐老太太点了点头，皱着眉头说道："共产党、国民党、美国人、老毛子，讲得都不错，但是你们可知道我们已经断粮十多天了，城里南关米铺根本不卖粮食给我们，就算是隔三差五地卖也要一斤米掺二两沙子，心黑透了，这事你们共产党管不管？"

"我们共产党管！"白晓芳清脆的声音回荡在人群之中。

白晓芳走到赵云鹏面前，大声说道："把你的警卫班给我，我让大家在今晚演出前都吃到白米饭。"

赵云鹏顿时一惊，本溪附近集中了六万多民主联军和数以万计的地方工作人员，粮食原本就非常紧张，他担心白晓芳夸下海口而兑不了现甚至犯错误。

第十三章　小题大做，秋毫无犯

白晓芳却胸有成竹地点了点头，说道："放心吧，我是本地人，我有办法！"

群山环绕之间，白家祠堂高高的门额上挂着总兵、进士等牌匾。白老太爷坐在太师椅上悠然自得地烤着炭盆，昏昏欲睡，他架在暖炉前的双腿，正被一个十八九岁的丫鬟抱在怀里，轻轻地揉捏着。

大太太非常不满地斜眼盯着似乎要打盹的小丫鬟，拿起烧红的火钩子"刺啦"一声，烫得小丫鬟一声惨叫，惊醒了白老太爷。

二太太则一副看戏的架势唯恐天下不乱。大太太一瞥老太爷道："怎么，心疼小狐狸精了？纳了妾你也只有看的份儿！"

忽然，大儿子白晓虎慌忙地冲进了祠堂，大喊一声："爹，坏了！"

白老太爷瞥了一眼白晓虎，起身用茶水漱了漱口，不慌不忙地问道："慌什么？你爹还没死呢，白家的天塌不下来！"

大太太瞪了一眼恨铁不成钢的儿子。白晓虎委屈道："爹，我那跑去当共军的妹妹回来啦，还带着队伍把咱们家的米铺给砸了，正给穷鬼们分粮呢！"

白老太爷摇了摇头，自言自语道："敢逃婚，投共产党从军。嘿嘿，我以为她真能有几把刷子呢，结果却是砸自己家的米铺，出息大了！"

白晓虎问道："爹，那咱们不管了？"

白老太爷活动了一下身子，正色道："反正那是她的嫁妆，她想怎么处理是她的事。你明天派个人去找她，说我不行了……"

听到白老太爷的话，白晓虎顿时一愣。

白老太爷忽然意识到这么说不太吉利，于是改口道："就说你妈不行了！"

大太太在一旁气得脸色煞白不敢撒泼。白晓虎犹豫了一下，顿时恍然大悟道："明白了爹！"

天刚刚擦黑，矿区的选矿场上就挤满了人。维护秩序提防敌特扔手榴弹的士兵，把警戒线拉到了一百米开外，进入警戒范围的无一例外需要路条和互保。

看情景剧《白毛女》，在矿区可是一件非常稀罕的事，矿区只有为数不多的后生进城看过。

赵云鹏听说最近东北局准备发行一批"东北币"，用于解决伪满洲国币和日军军票不断贬值而影响金融稳定的问题，而且还会以"东北币"作为民主联军津贴费发放。以前中央虽然规定了津贴费，但是打起仗来无非就是粮草和弹药，其余的也顾不上。各个解放区都是自己印的票子，相互之间都不认，就更别说流通起来，得到市场和老百姓的认可了。

不一会儿，白晓芳带着十几辆装满粮食的马车返回，顾不上喝一口水，就开始换装准备演出。望着小山一样的粮食，赵云鹏急忙询问道："从哪里弄来的？这么多粮食？"

白晓芳则轻描淡写地说道："砸了一家粮铺！"

赵云鹏顿时五雷轰顶一般，严厉地说道："《三大纪律八项注意》你不知道吗？不拿群众一针一线，你倒好，还把人家粮铺都砸了，这还了得？"

白晓芳瞪了一眼赵云鹏，反问道："老百姓有困难，奸商囤粮，人为制造恐慌，不砸怎么办？再说了，什么砸别人的粮店？本来就是我的嫁妆，这下我也不用再被逼着嫁人了。你快去分粮，别碍事，耽误了演出。"

被推出后台的赵云鹏组织士兵们给群众分粮。原本就是从矿区九死一生逃出去的房土根和王铁柱，这下可是得心应手，干得非常卖力。但是也出现了不和谐的声音，有滑头的甚至让媳妇再来领一次，结果被齐老太太当场戳穿，闹了个大红脸。

这时，演出的舞台那边传来了《白毛女》的唱腔：

北风（那个）吹——

雪花（那个）飘——

雪花（那个）飘飘——

年来到——

风卷（那个）雪花——

在门（那个）外——

……

《白毛女》从农村演到矿区，确实像老百姓说的那样，为土改和征兵帮了大忙，成为赵云鹏开展政治工作的有力武器。

齐老太太望着不远处警戒的民主联军战士，再看看屁股下的米袋子，心里寻思或许这一次真的不一样了，真的要变天了。今天能分粮，保不齐那分地也是真的，从家里的土地被贪官勾结恶霸一点一点盘剥走之后，齐老太太最为惦念的就是土地。

如果真的分到了土地，那又由谁来保卫咱们自家的土地呢？

《白毛女》演出结束后，齐老太太带着大儿子齐建业来到赵云鹏面前，一把推上去说："我把老大交给你们了。你到了队伍上好好干，分了地娘替你们守着，保卫咱们自己的土地，明白吗？"

齐建业用力点了点头，回答道："娘，俺懂！"

第十三章　小题大做，秋毫无犯

在齐建业的带动下，三百多人相继报名参军。钟守田心心念念的四营终于有了点模样。但是，炮营至今仍毫无头绪，尤其是大口径的山炮、榴弹炮的炮兵是个专业性极强的兵种，现阶段独立旅处于既没炮更无人的尴尬境地。

抓住新兵整训的空闲机会，赵云鹏召开了一个全旅军人大会，意在整顿作风问题。

因为他发现，各连营都存在或多或少截留战利品的问题。而且，很多人将作风散漫看做"小问题"。赵云鹏深知这个"小问题"一点儿也不"小"啊！要把东北拿下来，要在这块黑土地上打赢国民党，从现在开始就得一点一点地抓作风纪律。

全旅官兵席地而坐，钟守田与赵云鹏一同站在戏台子上。赵云鹏与钟守田对视了一眼，拿起铁皮喇叭，铿锵有力道："同志们，今天是咱们旅全体的军人大会。有很多新同志是第一次参加军人大会，不清楚这个军人大会是干什么的。我今天告诉大家，军人大会这一制度体现的就是政治民主、经济民主、军事民主，保障大家有充分发表意见的机制。"

赵云鹏掏出两页叠起的稿纸，大声朗读道："我政委赵云鹏在抗日时期缴获过一个日本人的小镜子，用于观察敌情很是方便，于是我私自留了下来。镜子再小也是缴获的战利品，留存不交就是违反一切缴获要归公的规定，这种行为不因为东西小就不是违规违纪行为。为此，我今天在这里向全体官兵作深刻的检讨！会后，我要把镜子和检讨一并上报组织，请求批评和处理！"念完后，赵云鹏收起检讨书，揣进裤口袋，大声说道："同志们，我为什么要和小镜子过不去呢？因为它是个作风问题。在作风上，只有小题大做，才能防微杜渐！只有防微杜渐，才能秋毫无犯！从今天起，从我做起，把我们部队打造成一支秋毫无犯的铁军！"

台上的钟守田望着作检讨的赵云鹏，心里很不平静。对这个敢说更敢干的湖南人，他的敬佩之情油然而生。

台下很多人从震惊中缓了过来，他们有些人见过这面小镜子。那不是赵政委的心爱之物吗？这么一个小东西，赵政委都不放过，甚至当着全旅为此检讨，看来抓作风严纪律要从点滴做起。

最后，赵云鹏问钟守田还有没有什么要说的。钟守田接过铁皮喇叭，向前跨了一步，对着大家大声地说道："今天的军人大会就开到这里！会议结束后，以各连为单位带回，进行连军人大会！散会！"

下午，各连长和指导员全部在旅部前集合，一大堆被扣留的战利品出现在旅部。钟守田看着这些东西和登记的名册惊叹:"五花八门啊!手表、相机、左轮手枪、眼镜、大洋。这是什么?"

钟守田来到赵云鹏面前:"老赵,你这个军人大会开得立竿见影啊!"

赵云鹏放下笔微微一笑,搓了搓被冻得发麻的手:"这只是个开头。俗话说'冰冻三尺非一日之寒',抓作风纪律也是一样,不可能开一次军人大会就解决所有问题,要时刻警醒、防微杜渐、常抓不懈、一抓到底。"

1946年2月2日就是传统的农历春节除夕夜了,还有几天就要过年了。赵云鹏也难得休息一天,白晓芳说邀请他去给新排练的新版《白毛女》提提建议。

赵云鹏等了一天,白晓芳也没有来找自己,询问宣传队的同志,都说不知道去哪里了。只有小张知道一点儿情况,说是看到白晓芳的老家来人了,告诉她大姨娘快不行了。

赵云鹏刚刚返回旅部,钟守田就如同踩着风火轮一般冲进旅部。

"云鹏,大事不好了!"

"怎么了?不要急,慢慢说。"

"陆一鸣,我那个未来的老丈人和刘四海,把挺着个大肚子的陆璐带来了!仨人都没人样了!"

"什么——?"

接着,赵云鹏沉下心来想了想,说:"这么远,千里迢迢、兵荒马乱,是怎么过来的?"突然,他冲着钟守田大声说道:"这可是铁了心要跟你啊!"

"我的个娘啊,我先把他们安排住下吧。"钟守田愁眉苦脸。

"不行,你那个臭狗窝!还是到我这儿来住吧,我马上搬家。"赵云鹏说着大喊一声:"马德礼!快把我的房子收拾出来!"说完,赵云鹏立马坐到桌子前,打开抽屉,拿出一沓信笺,迅速替钟守田写了结婚申请和政审证明,并说道:"我马上派人去一趟上级机关,把这个结婚报告呈上去。我再打个电话给董副政委,尽快把结婚报告批下来。"

赵云鹏这番话让心乱如麻、坐立不安、十分焦急的钟守田,顿时觉得听错了似的,站在那儿发呆,停顿了一会儿,惊讶失色地问道:"老赵——你这次怎么同意了?"

赵云鹏颇为无奈道:"你要对人家负责,更要对你自己负责!"

赵云鹏见钟守田还不肯走,疑惑道:"还有事?"

钟守田一改往日壮士风格,低头没气地说:"没身好行头,也出不得门啊!"

钟守田这句话好像触动了赵云鹏的神经,他放下了手上拿着的纸和笔,好好

第十三章 小题大做，秋毫无犯

地端详起这位与自己出生入死、朝夕相处、马上要娶媳妇的老搭档。只见钟守田穿着的黄灰色棉衣，已磨得发白，领口和袖口油乎乎的，肩膀和肘部都打着补丁，穿着的棉裤一看就是用绳子系着的，膝盖上也打了两块补丁，洗得很旧的棉鞋虽然带子系得很紧，但鞋底磨得很薄，大脚趾好像要顶出来了。看到这些，赵云鹏脱口而出："怎么这么寒酸！"赵云鹏责备起自己来，怎么以前没有注意到，也许是因为对搭档太熟悉了，再说，我们的旅长团长不也都这样吗？转眼他又心想：国民党一个团长，一个旅长，不要说一件新棉衣了，就是女人的丝袜、高跟鞋、化妆品都不知道弄了多少。想到这，赵云鹏转过身去，悄悄抹去眼角流下的眼泪，然后打开自己唯一的行李包，拿出一件新棉衣，递给了钟守田。

钟守田顿时一愣，张大嘴问道："咋？你不过年了？这不是给你爹留着的吗？老人家辛苦了大半辈子，一件像样的衣服都没穿过。"

赵云鹏好不容易挤出的一丝笑意顿时冻结了，不吭气了，好像在想什么。这时，他眼前闪现出战场上经常看到的画面：只要冲锋号一吹，指导员总是第一个跃上战壕冲锋陷阵；只要哪个碉堡攻不下，最关键时指导员甚至教导员总是扛起炸药包冲的主，没有一个是含糊的。自己作为旅政委，全旅都看着自己，枪声一响，随时准备牺牲，所以也没想着留这留那。几个画面和念想闪过之后，赵云鹏看着一直惦记着得到新棉衣的钟守田，低声说道："我爹在去年拔黄庄据点那会儿就没了，他可是没有享受过我这个做儿子的一点儿福！唉，老家让人给我带个话，整整带了一年。"

钟守田赶紧走上来，搂住赵云鹏，捶着他肩膀说道："知道，那天我看到你后半夜偷偷在田埂上哭，等全中国解放了，一定要回老家看看！"

"早没什么人了！还看什么？"赵云鹏摇了摇头，静了静心，又接着说道："衣服你拿去，但你不要对别人说。"

"为什么？"

"我怕你占我便宜！"

"占便宜？我是你爹？"

"你真是个笸箩货！"

钟守田眨巴着眼睛，傻呆呆地站在那里一动不动。

赵云鹏看了他一眼，仿佛又想起了什么，转身又从柜子里将钟守田的皮鞋取了出来，一本正经地说道："暂时借给你穿几天吧，后面还是要还的哟。"

钟守田接过厚厚的棉衣，拎着皮鞋，心里一阵暖意，真真切切地感受到战友情深，他知道这是赵云鹏在照顾他的面子，连连点头道："放心！一定还！一定还!"

赵云鹏拍了一下钟守田的肩膀,看似干净的棉衣腾起了一股尘土,他用湖南腔关心地说道:"找堂客不同攻山头嘞,要讲一点儿策略喽,好好研究一下女同志的心理,琢磨琢磨她们在想什么。三营教导员魏马列见过吧?你得学学他那种对女同志的黏糊劲儿!"

钟守田一听赵云鹏提起魏马列,顿时眉头紧锁道:"就是那个头发跟被牛犊子舔过一样的家伙?"

赵云鹏点了点头:"魏马列还是有优点的,纵队首长找我谈过话了,准备提拔他当旅副政委兼三营教导员。"

钟守田顿时一瞪眼睛:"扯什么!那家伙教导员都干不好,三营的士兵民主生活会反映他的问题最多,全旅干部加在一起的问题都没他多,还当旅副政委?他当个指导员都不称职!"

无巧不成书,这时,魏马列刚好走到门口就听到了钟守田在用大嗓门说他,气得顿时满脸涨红。他觉得这是赵云鹏和钟守田故意在背后羞辱自己,气愤得一转身返回了三营。

下午,钟守田去接陆璐。赵云鹏组织训练,发现魏马列竟然不见了踪影,一经询问才知道,他竟然去了军区机关,去那儿干啥?

大东北的训练场寒风凛冽、白雪皑皑,最低地表气温达到零下二十摄氏度,但独立旅充分利用野外艰苦环境,组织官兵开展"抗严寒"挑战训练。只见小教官一声令下,战士们像一群脱了缰的马在雪地上奔跑;还有一些官兵不畏严寒,展开了"刺杀操",按照小教官的口令,一令一动、一招一式、刚劲有力、杀气冲天,一套"刺杀操"下来,战士们在哈气成霜、滴水成冰的气温下,依旧身姿挺拔、意气风发。风刀霜剑把他们雕刻得英姿飒爽,充满着血性胆气。

在训练之余,赵云鹏很注重与官兵谈话,他认为这是政治工作最经常、最大量、最有效的工作方法。赵云鹏与矿区出来的房土根和王铁柱两人进行过深入交谈,两人原本以为日本鬼子投降了,终于能够翻身自由了,没想到唯一的改变是换了汉奸矿霸继续奴役欺压他们。这回本溪解放正在施行土改,房土根与王铁柱两人无论是行军还是训练都干劲十足,行军中主动替战友背武器,到了宿营地,又主动去打柴火,张罗烧热水给大家烫脚驱寒,这一切全部被赵云鹏和钟守田看在眼中。

赵云鹏准备和钟守田商量一下,让房土根担任九连八班的副班长。

通过下午的训练,赵云鹏又发现了一个好苗子,人称"迫击炮"。这个大个

第十三章 小题大做，秋毫无犯

子名叫高大力，赵云鹏原本以为他个子大肯定身体不灵活，在战场上目标又大，准备把他从战斗连调整到警卫连。

出乎意料的是，这个大个子不但个头高、力气大，身体还很灵活，还是个家传八极拳的高手。结果，他从原本没人要，到各营连排都争着抢人。赵云鹏决定还是暂时把大个子放到警卫连，给总爱靠前指挥的钟守田当警卫员。

警卫连正在进行投弹训练，练手榴弹的投远和投准。训练结束后清理教练弹发现少了五枚。正在这时，去接陆璐的钟守田拿着几枚教练弹气呼呼地找到警卫连询问是谁丢的。

结果查来查去查到了大个子身上。赵云鹏听说警卫连训练投弹炸死了老乡的羊，于是前去调查处理。他不相信有人能把手榴弹丢出七八十米，于是让大个子重新投。结果大个子一出手，教练弹又不见了，惊得在场的众人目瞪口呆。

当晚，全旅官兵开开心心地喝了一顿沉着几块羊骨头、浮着几片羊肉、撒了一碗葱花的羊汤，然后紧接着过了几天节衣缩食的苦日子……

第十四章　军调来了

劈里啪啦的鞭炮声中，东北人民迎来了赶走侵略者后的第一个大年三十除夕夜。满大街都能闻到鞭炮爆炸的硝烟味道，当地老百姓已经十多年没人放鞭炮了。战事吃紧，日本人当时把老百姓家做饭的锅都收走炼铁制造武器，更别说严格管控的火药了。

二战结束后，无论是同盟国还是轴心国，都在一片片瓦砾废墟中舔舐着伤口。无独有偶，占据地理优势和坐山观虎斗的美国，凭借着强大的国力迅速崛起，渐渐与苏联形成东西两大阵营。

1945年10月10日，国共双方达成《政府与中共代表会谈纪要》，即《双十协定》。国民党政府一边假意履行"和平协定"，一边却纠集百万大军开始全面进攻各解放区根据地，一时间中华大地战云密布、硝烟四起。

也就在此时，杜聿明按蒋介石指令，利用政治、军事等多种手段，解除了云南龙云兵权，为蒋介石立下大功。他接受蒋介石"应为国家背过"的要求，受到"处理云南龙云之事失当，当即撤职查办"的处分，被撤销昆明防守总司令即第五集团军司令之职的当天，就接到了上任东北保安司令长官的命令。

接到命令后，杜聿明立即被蒋介石召到重庆面授接收东北的计策。杜聿明走出蒋介石办公室后就直飞秦皇岛，在美方第七舰队运送国民党军登陆后，立即指挥国民党第十三军、五十二军率先在东北解放区挑衅并迅速占领了兴城、锦西、葫芦岛三个要点，到锦西后又占领了山海关。

国民党迫于国际和国内的舆论，与中共举行了和谈。在国际舆论压力下，美方经过多次斡旋，促成由国共两党与美国方面组成的军调部，旨在督促停战协定的执行和落实，而东北执行小组由董副政委负责。

杜聿明一面配合蒋介石搞和谈，一面又组织兵力向解放区进攻，在占领了上述几个要点后，又指挥第五十二军冒雪抢占了北镇、黑山，然后又兵分几路，分别向阜新、营口进攻，按蒋介石的密电，趁停战令下达之前抢占更多重要城市。

此刻，杜聿明敏锐地意识到，国民党军主力只不过占领了铁路沿线的几个大城市，为了不给我军喘息之机，杜聿明决定集结优势兵力逐个击破。

第十四章 军调来了

杜聿明此刻踌躇满志，他的计划是以五个整师从沈阳出发攻击四平方向，以六个整师进攻鞍山、本溪，在四月初之前，结束第一阶段作战。

在沈阳原日本帝国饭店、现如今的东北饭店，杜聿明召开了一场秘密军事会议。诸位将领围绕军事调停问题发表了大为不满的意见。

这天，国民党军精锐的骄兵悍将，包括从山海关一路高歌猛进的五十二军诸位师长也都云集于此。赵高参想让牛秦川多见见世面，建立一些上层关系，经与关键人物沟通协调，让牛秦川也列席了会议。

参加会议的赵公武军长，积劳成疾不见好转，东北天气寒冷使他病情加重，故坐在位置上不时剧烈咳嗽。

会场中有一个人与杜聿明的意见相左，这个人就是非常善于政治投机且善于心计的熊式辉。

第五十二军所辖第2师师长刘玉章和第25师师长李正谊都是黄埔第四期毕业，言谈间对同样黄埔四期毕业、指挥着几十万大军与国民党军对阵的东北民主联军"一号"充满了各种不屑。

熊式辉轻摇羽扇，风轻云淡道："光亭兄，鄙人以为兵法有云：激水之疾，至于漂石者，势也；鸷鸟之疾，至于毁折者，节也。故善战者，其势险。应先以两师精锐迅速前出，拿下本溪共产党东北局机关所在地，此正所谓击其要害；而后集中主力攻四平、占长春，一路平推，把共党赶到西伯利亚去。"

与会在座的诸位将领都知道熊式辉没带过几天兵，不会打仗，但搞攀附、小圈子和腐败捞钱是一把"好手"。用贪财、好色、无能来形容他，那是再恰当不过了。国府十几万精锐大军刚刚开进东北，熊式辉就带了一个军队经商的好头。

正所谓上梁不正下梁歪，在沈阳的各大银行，都有下面这些军长和师长的专司办事处，警卫排和警卫连成为银行的护卫，公然帮助这些高级军官敛财和转移财产。巧取豪夺，甚至杀人越货比比皆是。国民党军出兵勾结地方土豪非法接收公共财产，诸如苏军遗留下来的工厂和各种矿山等。

更有甚者，把自己的部队派去给商人"打工"。赵高参手中的那些委任状，实际上大部分就是熊式辉授意发放的，为此他大量收编伪满洲国和日伪残余的武装，大肆侵占编制吃空饷，任由这些由汉奸摇身一变的"国军"对老百姓敲骨吸髓。国民党政府在东北丧失民心，熊式辉是出了大力的。

听到熊式辉又要"乱点江山"，廖耀湘与孙立人对视一眼，鼻子重重哼了一声，起身对杜聿明道："光亭兄，眼下正是'围剿'共党的紧要关头，万万不可让共党在东北站稳脚跟啊。与其有这时间开会，不如检讨一下前段战斗的得失。"

看到这一情景，坐在会场最后一排的赵高参，对身边列席会议的牛秦川说道："你看看，孙长官和廖长官这战将作风，虽我不知道他们在给杜长官讲什么，但我猜他们肯定在对不会打仗的'熊大佬'表示不满，在发牢骚呢。"

"我隐约听到的好像也是这样，这两位长官都是我敬佩的人。"牛秦川说了一句。

赵高参把手一挥道："这两位长官的学历、经历和战绩都是非凡的。"接着，他又贴着牛秦川的耳朵说了起来："孙长官和廖长官的学历都很高。不仅都受过高等院校的正规培训，而且是出类拔萃的'学霸'。孙长官是安徽庐江人，先后毕业于清华大学、美国普渡大学以及弗吉尼亚军事学院，而且他是体育健将，担任过中华篮球队主力，获得过中国篮球史上第一个篮球比赛冠军。廖长官是湖南邵阳人，黄埔军校第六期毕业，参加留法考试时成绩列前三，可最终确定名额时被刷下来，理由是个子小、其貌不扬。在这关键时刻，廖长官演了一出'闯宫面圣'，直接找到蒋介石，大呼录取不公，自己考了前三名却名落孙山，对蒋介石直言'选留法军官不是选女婿，相貌有那样重要吗？拿破仑的个子不也很矮吗？'蒋介石很欣赏他，说他是难得的军事人才，等他学成归国后要委以重任。"

牛秦川插话说道："我比较喜欢研究战史战例，孙长官和廖长官都是抗战名将。孙长官指挥的仁安羌战役，以少胜多、以寡敌众，胜利的捷报传出后，国人为之振奋，也轰动了盟国，受到英王的授勋，人们称他为'丛林之狐'。廖长官率部远征缅甸，两进野人山，缅甸反攻战役歼敌两万余人，给日军王牌部队以毁灭性打击，一雪兵败野人山的耻辱。"

"是啊，现在这两位长官是国军'五大王牌军'的军长，进入东北后，与民主联军交过手，虽未击败共军，但先南后北、南攻北守的架势共军是挡不住的。"

孙立人、廖耀湘之所以跟杜聿明嘟囔几句，是因为他们从内心里是比较佩服杜聿明这个黄埔一期和黄埔系骨干的。他们认为，熊式辉虽然有蒋家父子这个大后台，对东北的军事问题把着不放，但在黑土地上怎么与共产党作战，说实话，还真有点"插不上手，使不上劲"的微妙。因为杜聿明希望熊式辉尽量少干涉军事指挥，当然，完全不让熊式辉插手显然也是不可能的。

因孙立人、廖耀湘跟杜聿明说话，好像在提什么建议，会间休息一会儿。这时，郑洞国走到孙立人、廖耀湘跟前，主动搭话道："现在东北战局的推进主要要看杜司令长官的了。"孙立人和廖耀湘连连点头，表示赞同。

在孙立人、廖耀湘和郑洞国的心中，杜聿明无论治军还是打仗都是一把好手，他不仅建立新军，如装甲兵、伞兵，培育了许多骨干，作出了重要贡献，还

第十四章 军调来了

在抗战中战功卓著。他经历过古北口长城战役、广西昆仑关大战、缅甸战役等，这些苦战是一般人所不能经受的。即使国民党内部派头林立，各派互相瞧不起，但对杜聿明，大家都没什么不服气的。

杜聿明望着墙上带有部队番号的敌我态势地图道："熊主任想必知道，本溪是沈阳东南门户，兵家必争之地，从沈阳方向进入本溪直接被歪头山、响山、阿家岭迎面横亘，山城地形险要，易守难攻，军事上又是地控四方，直接切断东南海路，牵制我军前出四平，两个师兵力是万万不够的。"

熊式辉皱了皱眉头道："两个师我都是抬举共军了。诸位是美式装备训练出来的国军精锐，区区几万共军、几条土枪，岂能是你们飞机大炮坦克的对手？"

杜聿明渐渐清楚了熊式辉的意图：这家伙急切想要表现自己的军事才能，是想要立所谓"奇功"，给他的军衔上再添一颗星。所以，自从来到东北，熊式辉说是不在乎军衔，实际上对更高的军衔眼热得不行。

更让杜聿明感到愤怒和无奈的是自己明明在谈战略问题，熊式辉却在高谈阔论战术问题。

于是，权衡再三，杜聿明选择妥协道："共军由向北进攻，向南防御，转为让开铁路沿线大城市，搞延安那套农村包围城市，我们也要尽快调整战略。我建议采取先南后北、由南向北的战略，对南满要困与攻双管齐下，同时牵制北满，一劳永逸地彻底解决东北的共党武装。"

郑洞国眉头紧锁道："东北天气寒冷，幅员辽阔，地广人稀，南满之地人口不足二十万，共军的武器弹药、兵员粮食均无法补充，我同意牵制北满共军主力，先行解决南满共军。不过也要试试看，不行再调整战略。"

机要主任方钢拿出一封电报来找杜聿明。杜聿明一看脸色瞬间大变，将电报"啪"的一声甩在桌子上，愤愤地说道："荒谬！这简直太荒谬了！"

列席会议的牛秦川并不知道大佬们所看的电报有什么内容，但是从看过电报的将领们个个愤愤不平的表情上也能猜到个一二。廖耀湘脸色铁青，厉声骂道："是谁出的这个馊主意！这是给共军喘息之机啊！美国人懂什么？停战协定那玩意儿签署是给调兵遣将争取时间的，现在共军已经成疲态之师，我军锋芒尽展，停战就是误国亡军啊！"

见木已成舟，孙立人微微叹了口气，也紧跟着说："时不我待啊！"

廖耀湘一拍桌子，气愤地说道："他们谈他们的，我们打我们的，关内关外情况不一样。"

杜聿明点点头，用不屑一顾的口气说道："确有必要，各部立即前出接敌，搜寻共军主力，在停战协定彻底落实之前尽可能地占据战略优势，一旦恢复进攻必将以摧枯拉朽之势横扫平推。"

熊式辉摆了摆手，放慢语气道："军政统一是蒋先生多年的夙愿，既然美国盟友调停，国府已经应允，就说明蒋先生已经有了全面的权衡，难道在座诸位认为自己比蒋先生还能审时度势吗？消灭共党，早消灭几天和晚消灭几天有什么区别？！"

熊式辉开口蒋先生，闭口蒋先生，这话谁敢接，谁还能接得下去？杜聿明长叹一声，望着天花板，紧锁眉头道："机不可失，时不我待啊！"

看到这些，牛秦川一脸难以置信，一场至关重要的军事会议竟然在各方势力的相互牵扯和妥协下无疾而终。

在会议即将结束前，牛秦川愤而起身，慷慨直言："诸位长官，共军三纵主力在本溪，四纵在鞍山和海城，一旦不能围歼鞍山和海城的四纵主力，那么四纵主力将与三纵会合同守本溪，仅仅派25师和14师两个师去打本溪，难道诸位长官没预料到问题的严重性吗？"

主持会议的杜聿明打量了一下这个站起来发言的人，仿佛两耳不闻一样，随即宣布散会，与熊式辉有说有笑地离开了会场。廖耀湘转身打量了牛秦川一番，留下一个耐人寻味的笑容，也转身离开了，站在原地的郑洞国欲言又止。

赵高参经过牛秦川身旁的时候用力拉扯了一下，示意牛秦川跟他一同离开。

与金碧辉煌的东北饭店相比，外面是一片破败衰落。赵高参看了一眼牛秦川，右手高高地竖起一根大拇指，大声说道："文武兄，今天我把你弄来列席会议，看来你还真进入角色了。佩服！太佩服了！"

"你别笑话我，我也是实在憋不住了！"牛秦川立马回应道。

"文武兄，咱们关系不一般，我跟你讲个实话吧，你这么慷慨激昂有什么用啊？你一个列席会议的敢这样直言，确实让我佩服！不过，你想过没有，上面的方针有误，各位将军再怎么努力，也是徒劳无功的啊！"

牛秦川独自在凛冽的风中站了好一会儿，索性找到几个行辕的副官打听才知道，原来共产党方面的东北军调执行组已经抵达沈阳了。

沈阳城中，处心积虑的牛秦川终于"偶遇"了董副政委带领的东北军调执行组共产党一方成员。陪同在董副政委身旁担任英语翻译的正是小师妹梅钰琳，而梅钰琳脖子上围的正是当年牛秦川亲手给她戴上的皮草围脖。

近在咫尺，却好似远在天涯！

牛秦川发觉自己越来越难以控制对梅钰琳的思念之情，两人相见却碍于不同

150

第十四章 军调来了

的政治信仰，连一句话也无法说，双方只能用目光悄悄地交流。

董副政委见到牛秦川的一瞬间也是一愣，这不是赵云鹏吗？怎么换上了国民党的军服？他曾经听赵云鹏提及过大学同窗与其酷似同胞兄弟一事，这个酷似到底有多像？没想到简直就是一个模子刻出来的一样，天底下竟然有如此巧合的事。

东北饭店外雪花飞舞，牛秦川一瞬间仿佛回到了十二年前，他和小师妹在树下相互追逐。他摇晃大树，在纷纷落下的雪花中给梅钰琳拍照，结果摇落了松塔砸哭了小师妹；他还亲手给小师妹围上了一条火狐狸皮的围脖，为了这条围脖，他变卖了上大学时妈妈给他的一块怀表。

如果时间能够倒流的话，牛秦川觉得自己不会再有满脑子建功立业的念头，他要把小师妹娶回家……

在饭店二楼架设电台天线的同志与国民党方面发生了一点儿争执，但是很快在董副政委的据理力争下，国民党保密局特务只好允许了架设天线。而梅钰琳则仿佛不在状态一般。董副政委明白了其中原委，叮嘱梅钰琳："我们共产党也不是石头里蹦出来的，那个牛秦川是你同窗，可以见，但要少说话，严守密，防探听，把握好度即可。"

梅钰琳顿时欣喜不已。董副政委无奈地摇了摇头，他这个老革命总是能遇到新问题，东北的军调执行组不但面临国民党不配合的局面，也面临着敌人的各种威胁。他敏锐地意识到身在敌营只有发扬我军瓦解敌军的政治工作优势，利用国民党与美国人的内部矛盾分化敌人，才能有效地履行军调执行组的使命。

但是，董副政委已经透过国民党假和谈真内战的表象，看到了国民党不想停战的本质。美国人为了争取未来出现亲美的共产党，逼迫国民党参加了以美国为核心的三方军事调停执行部。

开始时，国民党一方就提出三十七个执行组的构架，妄图抹杀我党在东北的实际军事存在。经过一番斗智斗勇，我方终于争取设立第二十九军调小组，也就是东北执行组。

董副政委领导的东北执行组依然受到国民党方面的百般阻挠和捣乱破坏，甚至梅钰琳在饭店附近喂养的流浪狗都被残忍杀死送到房门口，执行组的我方人员几乎每天都要受到各种各样的恐吓和威胁。

梅钰琳表面上十分坚强，但是再坚强她也只是个女孩子，只能克制住自己的恐惧，努力完成每天的翻译工作。从来往的文件中，梅钰琳发觉美国人希望国民党当局尽快完成对东北的全面占领,所以军调东北执行组举步维艰。

正是因为调停发挥了作用,国民党原大规模进攻本溪的计划做了收缩。此时,李正谊率领25师主力向本溪方向加速挺进,牛秦川这个新任副师长则被安排到了留守处指挥补充团和辎重营,担负全师的后勤补给。对此牛秦川虽感到未被重用,但也高兴落得个清闲,正好可以抽出时间与小师妹经常聚一聚。

对牛秦川来说,战火中的情感一旦被点燃,哪怕烧得粉身碎骨他也心甘。

李正谊是悍将,他率领的号称"千里驹"的25师很快就甩开左右两翼的友军而孤军深入。李正谊将自己先头部队与主力保持十公里左右的距离,这个距离是能打也能撤的最佳距离。

75团作为25师的先头部队,更是把三个连共计十二个排级单位全部撒了出去,在外围数公里活动,不断侦察周边战场情况。75团的一个搜索排更是十分大胆地直接向本溪穿插。

这个搜索排的排长叫楚伟生,中尉军衔,他投笔从戎,是从英印兰姆珈基地训练出来的精英。一个搜索排四十一人,全部由拥有初中以上学历的老兵组成,有清一色的自动火器,六挺勃朗宁M1918轻机枪,两门六零炮,配有消音器的春田狙击步枪等,士兵和士官全部是五年兵龄以上有丰富实战经验的老兵。

如果不是长官不允的话,楚伟生准备复制他曾指挥的偷袭日军步兵联队指挥部的得意战例,渗透穿插,对本溪的中共东北局机关发起突袭。这个胆大妄为的计划并未得到李公言的首肯。

战斗经验丰富的老兵才是一支部队战斗力的核心要素,拿这样整整一个排的精锐去搞渗透穿插,也只有楚伟生这个受过英美外训的国民党军年轻指挥官才敢干。

没想到这个胆大妄为的渗透穿插行动,竟然真的穿越了共产党军几支队伍防区的间隙。虽然最终被发现,但全部自动火器的搜索排瞬间开火,打出了零比十七的伤亡后从容撤退。

楚伟生的渗透和开火如同往民主联军这口沸腾的油锅中泼入了一盆冷水,瞬间炸裂。原本有些轻敌的共产党军也瞬间冷静了下来:敌人尚在本溪周边,搜索侦察的分队已经开始渗透了。

初战就占了大便宜的楚伟生并未退走,反而更加大胆地继续穿插。本溪附近有了一定的群众基础,民主联军很快就锁定了对手穿插的区域和大致路线。

上级命令附近的民主联军部队迅速布防,不给国民党军半点可乘之机。

鞍山、海城相继失守后,四纵主力已经向本溪靠拢。赵云鹏与钟守田在旅部

第十四章　军调来了

经过详细分析，认为这伙胆大包天的国民党部队不会轻易撤走。

而且，国民党来犯之敌是南北两路各一个师，不但加强了火炮，还有飞机助战。鉴于这支穿插的国民党小分队出现的位置，赵云鹏判断其应该隶属于北线之敌25师的部队，也就是牛秦川所在的部队。

大甸子、石灰厂沿线山岭纵横，三纵部队负责正面阵地防御，独立旅负责侧翼掩护任务。赵云鹏把手按在了大甸子的二道山口位置说道："应该大体是这个位置，这支国民党小部队现在是潜伏了起来。"

钟守田皱着眉头："这一片都是老林子，万把人撒进去都不见得能找到什么，还可能走失个千八百人，大海捞针啊！"

赵云鹏摇了摇头，拇指习惯性地搓着红蓝铅笔道："视战况而定，如果敌人突破我军防线，那么这伙敌人就会冒出来翻江倒海，一不留神就会给我们造成巨大损失，但是如果敌人被我们击退，那么这群孤魂野鬼就要自己从这里飘回去了。"

赵云鹏一指二道山口位置："我亲自带两个连在这里设伏。"

钟守田用力拍了一下赵云鹏后背："行啊老赵，有你的，抓出这窝老鼠我得好好瞧瞧。"

果然，北线的国民党军25师部队以75团为先导，一头撞在了三纵的防线上。南线气势汹汹而来的新六军第14师先头部队，在华子沟进入我军三纵八旅的伏击圈时被打了个措手不及。由于地形地势限制，国民党军只能摆开一个营，形成了添油战术，山路陡峭难行，后续的炮兵迟迟不能到位。

本溪南北两线打得热火朝天。钟守田带领独立旅频频从侧翼出击，攻击敌25师进攻部队侧翼；而二道山口赵云鹏指挥的两个连则全部利用地形地势进行了伪装，赵云鹏在耐心等待"大鱼"的上钩。

楚伟生不断通过电台与75团取得联系。战至下午，四纵的部队已经出现在了25师和14师的侧后方，意识到不对的李正谊当即率领部队仓惶撤退。李公言给楚伟生发报："匪势巨大，孤木难成，能退则退，保存实力，来日方长。"

楚伟生见到电报后苦笑了一番，平时对自己推食解衣的团座，竟然大难临头各自飞了。

于是楚伟生将几个得力手下招呼过来，布置道："团座让我们自己回去。大家要提起精神头，过了共军的封锁线，回去我请弟兄们去康乐园！"

楚伟生小心到了极致，他先潜伏了两昼夜，不断向周边派出尖兵探查或搜索，直到确认三纵的主力前出布防的具体阵地和连接处，才小心翼翼地指挥全排开始行动。

　　让楚伟生万万没有想到的是，他竟然一头撞进了赵云鹏的伏击圈，被压制在一条毫无遮拦的山沟牧羊小道上。他之所以选择这里是为了兵行险着，以为共产党军肯定想不到他们中午时分会从这里穿越防线。

　　连续击毙了几名国民党兵后，赵云鹏安排王连长开始喊话。山东人的王连长，拎着铁皮喇叭刚一开口："国民党军的弟兄们……"铁皮喇叭就多了几个弹孔，气得王连长要组织投手榴弹。赵云鹏亲自上阵，大声喊话道："我是民主联军独立旅政委赵云鹏。你们下面谁是领头的，我们站出来谈一谈，又不是打小鬼子一定要你死我活，打了十四年小鬼子了，你们还没打够吗？中国人打中国人有什么意思！"

　　楚伟生犹豫了一下。在进入东北的时候，政训官和督导每天都在给大家灌输共产党虐杀俘虏，家里有田有产的都要被他们分光，只有泥腿子才会跟着他们干，等等。

　　现在反而被共产党的军队包了饺子，楚伟生环顾身旁的士兵们，他们中的很多人都跟着他在缅甸打过日本鬼子，都是真正的老兵，没想到活着撑到了抗战胜利，今天却要折在这里，他太不甘心了。

　　楚伟生用绷带缠了缠伤口，拉动枪栓检查了一下弹膛道："所有人，检查弹药。"

　　一名扛着捷克造轻机枪的老兵检查了一下迅速回应道："弹夹两个半，备弹用光了，手雷两枚。"

　　隐藏在土坎后的国民党士兵陆续上报了自己所剩的弹药。楚伟生知道凭借现有的弹药很难坚守，只能称之为负隅顽抗，包围他们的共产党军显然已经久候他们多时了，面对挖掘了工事并且进行了仔细伪装的共产党军，他们不具备任何优势。

　　"怎么办？"手持春田狙击步枪的老兵冯志才瞄了瞄对面的阵地，嘟囔了一句："射界全部被挡住了，要突围必须解决上面那挺重机枪。"

　　楚伟生举着望远镜看了一眼，几颗子弹落在他身前，打得土石横飞。楚伟生快速地缩了回来，将望远镜塞入怀中，长长呼了口气道："是三挺，其余两挺没开火，他们想抓活的。"

　　楚伟生手下一名六零炮手，是吉林人，叫金大成，九一八事变的时候逃出东北的。金大成擦拭着最后一枚六零炮弹，苦着脸说道："十五年没回家了，原本想着打完仗回家看一眼爹娘，孩儿不孝了，临死我也要带走几个共军。排长，一

第十四章 军调来了

会儿我开炮，你带人突围。"

赵云鹏见对面土坎下的国民党兵毫无动静，敢渗透穿插我军大后方，肯定是敌人的精锐，这种敌人不被打疼，他们是不会轻易放下武器的。

于是，赵云鹏安排道："王连长，组织战士们先投两轮手榴弹，然后再喊话。"

王连长气呼呼地说道："政委，干脆全部解决得了！"

赵云鹏看了一眼下方道："炸死敌人很简单，但也许会连同他们携带的武器一同炸坏。这可是敌人的精锐，他们用的家伙都不赖。"

赵云鹏换了一个角度，王连长欣然同意了政委的建议。对于赵云鹏来说这也是政治工作的小窍门，此时你要是讲俘虏政策，很可能讲个口干舌燥，最后必须再加上一句：执行命令。

两轮手榴弹爆炸激起的尘土很快散去，用尸体挡住弹片的楚伟生刚刚推开尸体，就看到了半张脸被炸没的金大成。

"清点伤亡！"楚伟生边检查武器边大喊。

回应者寥寥无几，冯志才匍匐到了楚伟生身边焦急道："排长，这样不行啊！冲出去吧，咱们现在窝在这里，就是厕所里打灯笼——找死啊！"

楚伟生点了点头，略微犹豫了一下："我掩护，你们冲，冲出去几个算几个。"

在楚伟生带头下，被包围的国民党士兵投出了全部的手榴弹，在爆炸烟尘的掩护下陆续地从土坎下冲了出来，密集的拦阻射击瞬间撂倒了几名士兵，剩余的人快速退了回去。

突围失败，楚伟生懊恼不已，若不是自己刚愎自用也不会陷入绝境。他看了看所剩无几的兄弟们几乎个个带伤，满脸歉意道："对不住了兄弟们，抗战胜利以为仗都打完了，唉，对不住了。"

一名北平从军的娃娃脸中士目光决绝地望着楚伟生道："排长，能跟你一同上路，够了。"

赵云鹏见下面的国民党兵没有了动静，于是拿起了铁皮喇叭大声道："想通了吗？想通了上来吃饼子，想不通就吃手榴弹。"

楚伟生摸了一下娃娃脸中士的钢盔："你们放下武器吧！"

所有活着的国民党兵微微一愣，冯志才惊讶道："排长你呢？"

楚伟生沉默片刻，回应道："马革裹尸而已，我是不会当俘虏的。"

冯志才皱了皱眉头道："排长，留得青山在啊！咱们先假意投诚，然后寻找机会再逃跑。"

楚伟生站起身望着土崖大声道："我们可以投降，但是你们要释放我的部下。"

赵云鹏果断拒绝了楚伟生的要求："我们有俘虏政策，我保证按政策执行。"

面临绝境，犹豫再三的楚伟生最终命令部下放下武器。他抬头看到了一个高大的身影站在山岗上俯视着自己。

第十五章　到底谁大，击中命脉

民主联军在本溪打退了国民党两个师的南北夹击，俘虏了一批国民党官兵，这把始作俑者熊式辉气得对公馆里面的瓷器下了毒手。

国防部打来电话询问作战过程并进行问责。不甘心失败的熊式辉又调六十军182师前来助战。国民党一面调集军队，一面将进攻本溪违反停战协定的事实歪曲涂改，变成了民主联军主动袭击接管本溪的国民党军，并且展示伪造证据和所谓"俘虏"，还利用媒体大肆报道，歪曲事实。

一时间，国内外的舆论全部集中在共产党方面。面对敌人惯用的抹黑，停战执行组成员董副政委临危不乱，让梅钰琳迅速与本溪的东北局机关联系，把在本溪俘获的国民党俘虏与武器送到沈阳，以正视听。

同时，邀请美国方面代表科雷与国民党方面代表吴能定一同前往本溪实地勘察。国民党方面毫无诚意地谎称道路不通、铁路被民主联军破坏等拖延行程。

赵云鹏将独立旅的战斗总结整理汇报，上级首长对于本溪的这次作战十分重视，毕竟来犯之敌号称"千里驹"的25师和新六军的14师都是国民党的王牌主力。由于此番敌人的战斗意志并不坚决彻底，没能发挥出国民党部队装备精良的优势。我方参战各部没有很好地总结经验教训，一股轻敌之风在部队中蔓延开来，赵云鹏也不止一次听到营连长们都在谈论国民党军精锐不过如此的言论。

对于俘虏的国民党搜索排，赵云鹏特意派去了最擅长做俘虏兵转化工作的三连指导员任宏飞。结果任宏飞被楚伟生给气了回来。他们围绕着什么能救中国的问题各抒己见，互不相让。任宏飞用这套马列主义理论没有说服追求三民主义的楚伟生。

刚任独立旅副政委的魏马列不甘示弱，也上场比试了一把，结果讲得口干舌燥，毫无效果，反而被楚伟生怼得哑口无言。常言道，邪不压正，但今天太阳是从西边出来了？任宏飞和魏马列相继败下阵来，气得钟守田到处找鞭子，想要狠狠教训这个顽固死硬派的国民党反动分子。

赵云鹏按住了暴脾气的钟守田，换了一身国民党俘虏兵的衣服，让警卫员马德礼把自己送进了战俘营。

面对无精打采的战俘们，赵云鹏敏锐地发现他们似乎也有小圈子，比如，楚伟生的那个排就非常抱团，最好的位置被他们全部占据了，其余的25师和14师的战俘只能贴着边或蹲或站着。

接连打败共产党军两场"说服教育"的楚伟生，已然成了这里耀眼的"明星"。对于新来的赵云鹏，自然有人招呼道："哪个部分的？"

赵云鹏憨憨一笑："兄弟是14师运输队的，掉队了。"

楚伟生瞪了一眼赵云鹏，轻蔑道："废物，一个华子沟都拿不下来，连运输队的都给俘虏了？"

赵云鹏微微一笑道："这位长官说得是，25师也没拿下大甸子和石灰厂啊！看您这架势是成建制被俘的。到底是'千里驹'师，跑得就是快，自己人也不管不顾了。"

这几天被楚伟生欺负的14师俘虏们顿时哄堂大笑。楚伟生两眼一瞪，立马起身道："你再说一遍！"

赵云鹏往后退了几步，退入了14师的俘虏之中，边退边说道："25师牛什么牛，都是俘虏谁看不起谁啊！共军拿的是什么，我们拿的是什么？前段共军在沙岭数倍于我66团兵力，愣是啃崩了牙，新六军从来没厌过。"

楚伟生知道沙岭之战，那一战新六军的66团确实打得沉着扎实，顽强地顶住了共产党军的大炮和步兵的连续冲击，使得共产党军的六个团愣是没打进去。66团打了两天阵地战后，采取主动进攻的战术，不断地组织反突击，并结合两翼包抄的战术给予共产党军巨大杀伤。

楚伟生傲气十足地拍打了一下身上并不存在的尘土道："共军与我们相比缺乏系统的训练和有效的指挥，他们的团、营、连、排军官，几乎没有接受过正规的军事指挥训练，尤其是协同作战时暴露的问题非常大，我们完全可以利用这一致命弱点。不过他们的单兵有一种悍不畏死的劲头，沙岭一战如果共军的炮兵能够精准射击和有效地配合通信，恐怕不但66团要被除名，就连增援的那两个营也要搭进去。要我说共军的手榴弹可比他们的大炮对我们的威胁更大。"

赵云鹏从这些自视骄兵悍将的国民党精锐俘虏的身上能够感觉到，他们根本瞧不起我军。这些人大多是死硬派，坚信三民主义是国民党所宗，想在短时间内转化他们难度非常大。以往不愿留下的，一般发路费和路条给予释放，但显然这种做法在东北是行不通的，尤其对蒋军的精锐，你今天放他回去，明天他就又操起枪和你继续战斗。这都是转化俘虏遇到的新情况新问题，要用新办法来解决。

第十五章　到底谁大，击中命脉

楚伟生得意洋洋继续说道："共军也没什么了不起的，他们擅长运动战，无非就是集中兵力打击一点震撼全线，一点两面双向突击。只要我们沉着冷静，完全可以中心开花。你们看着吧，不出一周，大军会再次进攻本溪，四平那边共军也是岌岌可危了。"

赵云鹏好奇打探道："你不过是一个排长，怎么可能提前知道大兵团作战计划？"

楚伟生神秘兮兮道："知道什么是大军未动粮草先行吗？熊长官想给上面表现一番，他志在四平，而欲取四平必先拿下本溪，这是战术。若按杜长官排兵布阵，此刻本溪已经是我大军囊中之物了。不愧是熊长官啊，呵呵，还真是将熊熊一窝啊！"

从楚伟生引发了一阵哄笑的话中，可见贪财好色的熊式辉在下层官兵的口中也如此不堪，从中可见国民党高级指挥将领威信不在，其用人之腐败也可见一斑。

赵云鹏故意试探道："都是中国人，自己人打自己人有什么意思？现在国府各路大员忙着接收，各军各师也在忙着做生意，咱们现在是前线吃紧，后面紧吃啊！"

赵云鹏的一番话，让几个14师的老兵议论纷纷。一名马脸老兵一撇嘴道："我们长官从山海关到沈阳没几天工夫，小妾就纳了三房，汽车营全部卡车都在给他老家运输货物。"

赵云鹏顿时惊讶道："党纪军规明令禁止纳妾，你们长官怎么敢？"

楚伟生不屑地呸了一口，骂道："明令禁止，那是禁你我的，不是禁长官的。这帮混蛋简直就是误党误国啊，长此以往党国危矣。"

赵云鹏借着排队打饭的空当悄然离开，很快回到旅部换好了衣服。通过这次摸底，赵云鹏从敌人那一面，看到了我们在作战特别是转化俘虏方面存在的不足和问题，清醒地意识到国民党的俘虏是有不同层次、不同类型的，要区别对待、有的放矢地来做转化俘虏工作。像楚伟生为代表的国民党主力精锐，要在短时间内转化是不可能的，对于他们，就是要采取与普通劳苦大众出身的国民党兵俘虏不同的办法来进行转化。

赵云鹏意识到国民党精锐部队中极少数人是靠信仰维系战斗力的，这部分人就是以死硬派楚伟生为代表的；另一部分是靠义气和地域老乡维系战斗力的，更多的类似于牛秦川的陕军乡勇，这样的关系缺乏最基本的价值认同，没有信仰的支撑。所谓的精锐也只是一种表象，无法达到我人民军队那种越战越勇的程度，一旦被击溃就会万劫不复。

当晚，按照惯例，一场诉苦会后，我军组织战俘观看了《白毛女》。结果现场出现了严重的两极分化，有穷苦出身的国民党兵俘虏感同身受，也有思想反动，类似楚伟生之流的，破坏了演出的现场秩序，高喊"共军造谣"，气得钟守田要枪毙了这几个死硬分子。

赵云鹏却把楚伟生请进了旅部。他想挑战一下自己，如果能够利用政治工作把楚伟生这样的死硬派转化过来，一则证明政治工作有巨大威力，二则可以摸索如何有效转化俘虏的办法，让死硬派的俘虏都能做到"真认同"。

楚伟生也是一惊，下午的熟脸竟然是独立旅的政委赵云鹏，被俘那天由于逆光，他并未看清赵云鹏的长相。钟守田坐在一旁，头也不抬，细致地擦拭着佩带的手枪。

楚伟生也无畏得很："你们共产党不是优待俘虏吗？不要假仁假义了，要杀要剐都随你们！"

赵云鹏面带微笑，给楚伟生倒了一杯水后，慢声细气地说道："我们有《三大纪律八项注意》，其中一条就是不虐待俘虏。我给你介绍一下，这是我们独立旅的钟旅长，我是政治委员赵云鹏。"

一听对方的职务，楚伟生先是一愣，立马站起身来，打了一个立正，敬礼道："国民革命军25师75团一营一连搜索排中尉排长楚伟生向两位长官敬礼！"

钟守田抬头看了一眼楚伟生，没言语。楚伟生一脸疑惑道："两位长官，你们是旅长大还是政委大？"

楚伟生的问题让钟守田顿时一愣，转身望向赵云鹏。赵云鹏则微微一笑，不慌不忙地说道："看来你是个善于观察思考的人。好吧，我来告诉你。"

赵云鹏端起茶杯，喝了一口水，语气沉稳地说道："要想弄清这个问题，必须从我军三湾改编说起。那次改编我们把支部建在了连上，确立起了党对军队绝对领导的原则，换句话说，就是党指挥枪而绝不允许枪指挥党的建军原则，这也成为我军的军魂。三湾改编，支部建在连上，党指挥枪，这些建军原则，结束了几千年来靠个人领军的封建落后那一套，取而代之的是以政党领军的新型人民军队。你问旅长、政委谁大，这回弄明白了吗？"

钟守田起身嘿嘿一笑："俺们政委，不说话则已，说话就是一个唾沫一个钉。我军古田会议就明确了这些规矩。我是旅长，枪听我的话，我听党指挥！"说着，钟守田站起身来，挥动着捏成拳头的右手，大声喊道："这个，你懂不懂？"

楚伟生惊讶不已，重复道："党对军队的绝对领导？党指挥枪？你们竟然建

第十五章 到底谁大，击中命脉

设出了一支党军？"

赵云鹏纠正道："不是党军，是党领导下的人民军队，是全心全意为人民服务的人民子弟兵。表面上看国共两党在对抗，实际上，是代表资本家、大地主的国民党，与代表人民大众根本利益的共产党在对抗。我们打江山就是为人民，因为人民就是我们的江山！"

听到这番话后，舌灿莲花、能言善辩的楚伟生，一下子变得笨口拙舌，联想看到和经历的许多国民党昏庸腐败，觉得自己是不是走错了路、进错了门。

赵云鹏见楚伟生的神情，知道他已经陷入了迷茫，现在需要用重锤来再敲一敲。于是，赵云鹏以一种真诚相待、谦和尊重的姿态，两只手拿着一本《东北土改政策试用》，微微低下头，弯着身子递给了楚伟生，说道："拿回去看看吧，之前你提到过三民主义，可以说，无论是旧三民主义还是新三民主义，本质上是好的，但是被歪嘴和尚念歪了经，孙中山先生的新三民主义与中国共产党同一时期的革命纲领是相似的，也间接促成了第一次国共合作。你好好了解一下我们的土改政策。"

楚伟生深深叹了口气，反问道："你们敢放我回去吗？"

钟守田眼睛一瞪，厉声对应道："别给脸不要脸啊！"

赵云鹏立即打断钟守田的话，摆了摆手说道："对待俘虏我们是有宽大处理的各种政策的，你先回去好好想想，想通了可随时告诉我。"

楚伟生被带离后，钟守田不解道："老赵，对待这种铁了心的顽固分子干吗手下留情这么客气？最近中央军委专门就东北俘虏政策下了指示，对在东北战场俘虏的国民党官兵要认真甄别，被俘的国民党兵不再释放，交给地方专门组织看押改造。"

赵云鹏点了点头，示意明白这些，但又充满信心、神情坚定地说："这将是一次非常有意义的尝试，一次信仰对信仰的较量啊！"

当晚，楚伟生失眠了，借着微弱的煤油灯光，他把薄薄一本土改政策的小册子反反复复看了好几遍。他慢慢感悟到这小本子上的政策如果能够落实推行，那么共产党赢得的将是中国民心！

楚伟生家中也算是个小地主，是靠收租子过日子的，从小在家就老听到父母和一些富的、穷的亲戚对土地各种念叨，慢慢地他了解了中国人对土地的执着，更清楚佃农和雇农对拥有一块属于自己的土地的渴望。如此简单的道理，国府之中不乏清醒之人，难道他们就视而不见、听而不闻吗？还是有巨大的利益拉扯？

楚伟生感到胸口好像压着千斤巨石。他长叹一声，想立即去找赵云鹏聊聊，觉得有许多问题到了该解决的门口了,而打开这扇门的钥匙,就掌握在赵云鹏政委手中,但这么大的官,是能随便去找的吗?楚伟生陷入了为难的困境之中。

清晨,梅钰琳的到来让赵云鹏十分惊讶。梅钰琳言简意赅地说明了上级派她来的目的,她需要几名被俘的国民党官兵和参与作战的我军官兵以及缴获的部分武器,来揭露国民党歪曲事实的丑恶嘴脸。

梅钰琳提出的这个要求启发了赵云鹏,他觉得楚伟生就是一个最好的典型,但仔细一想,刚刚在楚伟生的心里种下了一颗种子,这颗种子要有强烈对比的土壤才能促使其发芽,这时候最需要的是让他有一个能够自我觉醒、自愿抉择的机会。想着想着,赵云鹏的决心慢慢形成了,他决定请示上级做出一个大胆的决策:把楚伟生等五名俘虏释放回去,同时,挑选战斗中表现突出的房土根和王铁柱等几名士兵跟随梅钰琳返回沈阳,揭露国民党反动派搞假和平、真内战的阴谋伎俩。

梅钰琳马不停蹄地返回沈阳,途中却意外遇到了牛秦川和李公言等人。牛秦川脸色铁青地打量着被释放的楚伟生等人,李公言更是让众人小心一点儿说话。

面对恶意满满的公然威胁,梅钰琳微微一笑,坦然应对。这一切早就在董副政委的意料之中,25师的俘虏不过是我方释放的一枚烟雾弹,原本就没抱什么希望,真正的证据来源于14师一名被俘的国民党上尉。

东北饭店内,闪光灯在不停地闪烁,意气风发的赵高参请各国记者大肆拍照,长条桌上摆着大量的武器和红旗,包括我军的衣物等物品,五名"我军俘虏"站在一旁供记者采访。

牛秦川进入会场,紧随其后的李公言对赵高参点了点头示意,赵高参露出了满意的微笑,对着二楼摆了摆手。熊式辉整理了一下军装,他清楚现在还不是出场的时候。

董副政委与梅钰琳等人带着几名国民党俘虏和大量的命令、证件、军旗和武器也进入会场。双方当面锣对面鼓地拉开了对阵的架势。

一名尖嘴猴腮的《中央日报》记者故意刁难道:"国军方面俘获共军一名营级教导员,你们俘获的最高是一名中尉,这似乎有些不对等吧?"

梅钰琳微微一笑道:"各位记者朋友,国民党俘虏证据是经过我们甄别的,国民党方面也承认,但对于你们的俘虏我十分好奇他们属于我们哪支部队。"

在赵高参的示意下,所谓的我军教导员大言不惭地说道:"我是独立旅一营教导员黄进冬,我决定弃暗投明。"

撞枪口梅钰琳倒是听说过,但如此无中生有、颠倒黑白还是第一次遇到,于是询问道："你们旅长叫什么？政委叫什么？"

黄进冬如同背诵一般，眼睛看向天花板说道："我们旅长叫钟守田，山东胶东人。我们政委叫赵云鹏，湖南人！"

牛秦川一脸震惊地望着得意洋洋的赵高参，想起前两天赵高参神秘兮兮地找到自己打听独立旅赵云鹏的一些具体情况，没想到是用在这里的。

梅钰琳点了点头，问道："你是教导员，属于政工干部，那我问问你，能不能说几句《三大纪律八项注意》和我军政工条例的内容？"

黄进冬信心十足道："《三大纪律八项注意》谁不知道，第一，一切行动听指挥，第二，不拿群众一针线……"

楚伟生望着对面的黄进冬，觉得这家伙非常不简单，三次被共产党军俘虏释放，也难怪他对对方的政策如此了解。看到黄进冬小丑一般厚颜无耻的表演，楚伟生觉得胸口好似有东西要爆炸了一般。

只见楚伟生压低声音在梅钰琳耳旁嘀咕了几句，梅钰琳眉头一展，面露喜悦地大声问道："你说你是我们独立旅的教导员，那请问：你们部队里面是旅长大还是政委大？"

旅长大还是政委大？黄进冬顿时有些慌神，转身望向赵高参，不知说什么是好。没想到楚伟生给梅钰琳提供了一枚他现学现卖的"重磅炸弹"，一下击中了对方的死穴命门。

董副政委也诧异地望着梅钰琳，这个问题可是太犀利了，一下就能让敌人原形毕露。

赵高参立即救场道："事实非常清楚，是共军主动袭击我前往接收本溪的国军部队的，国军是仓促应战。"

董副政委向前一步，驳斥道："荒谬！本溪是此前我东北局机关所在地，是停战协定生效日前我军实际控制的地域，根本不存在接收一事。我们希望国民党方面不要罔顾事实，要正视问题，彻底执行落实停战协定。"

熊式辉看到这样一幕，再不想参加这个让他丢人现眼的记者发布会。正在这时，一位副官急匆匆地跑来，贴近他的耳朵报告道："国防部来电，陈诚总长明日要来东北视察……"熊式辉低着头听完后，眼睛往上抬了一下说："我们回去再说吧！"说完，一登车，一溜烟似的离开了会场。

赵高参知道正主已经走了，这台戏算是唱砸了，于是意味深长地看了几眼梅钰琳，也匆匆收了场。

熊式辉在接待陈诚到东北视察工作时，憋不住问了一句："陈总长，现在全国战事正吃紧，作为总长你肯定忙得不得了，怎么有空闲到东北来转悠呢？"

"你这个问题问得好。记得上次杜长官就东北的作战方略向我请示时，我就跟他说，你向老头子直接请示好了。我这个总长只是个补给司令，其他事我都管不着，没啥事干。"

不管陈诚说的是真话还是假话，熊式辉都不相信。他认为陈诚在这个时间来东北肯定是别有用心、另有图谋的。于是，熊式辉找到了杜聿明，忧心忡忡地说："陈诚这家伙现在到东北来瞎转悠，据可靠消息说，他是想打我的主意，我走了以后你肯定难以顶住他，我们俩要想办法对付这个'陈小鬼'啊！"

听了熊式辉这番话之后，杜聿明没有明确表示什么，只是客气应付了几句。当年雄心勃勃的杜聿明曾暗中发誓做一名纯粹的职业军人，绝对不过问政治。可在国民党军混了这几十年后，他终于弄明白了，军人是离不开政治的，尤其是国民党军人，是与政治密切相关的。而且，还有许多高级军事将领喜欢插手政治，这些人的目的只有一个，那就是争权夺利。如今东北战场上再搞这一套，注定是要败下阵来的。杜聿明越想越感到灰心丧气。

记者会后，梅钰琳应牛秦川的邀请喝了一杯咖啡，两人久久对视，沉默无语。最后，牛秦川微微叹了口气，劝慰道："不要太出风头，会被盯上的，那些人什么肮脏的手段都使得出来呀！"

梅钰琳却直言道："你们是不是还要进攻本溪？"

牛秦川的无语证明了梅钰琳的猜想。梅钰琳气愤地说道："你们不断歪曲事实，一方面假意履行停战协定，另一方面却不断挑起内战，你知道全国现在有多少个停战执行组吗？几十个啊！和平就真的那么难吗？"

牛秦川端起咖啡，一边品尝着口中的苦涩，一边强忍着心中的委屈，规劝道："不死不休，直到一方完全倒下，才会善罢甘休的。现在美国已经成为世界的中心，我希望你能够去美国完成学业，这样对你、对我、对云鹏都好，不是吗？"

梅钰琳放下咖啡杯，斩钉截铁地说道："生于斯长于斯，我是中国人，就算死，也要埋在中国的土地上。没有一个强大的祖国，你再优秀，在海外也只是个三等公民。"

梅钰琳起身离开。牛秦川没有动身，只是独自点燃了一支雪茄，望着吐出的袅袅青烟，他开始意识到，自己已经不再是桃花树下的那个少年，梅钰琳也不再是当年雾凇下流露出灿烂笑容的小师妹了。

牛秦川匆匆地爬上车，刚一登上车，副官牛怀恩就立即低头耳语，牛秦川脸

第十五章 到底谁大，击中命脉

色顿时涨红，咬牙切齿道："他们敢！"

当夜，梅钰琳接到一个纸条，上面印着一个茶社的地址，她一眼就辨认出是牛秦川写的，约她有急事相见。梅钰琳知道在这个敏感时刻牛秦川不会轻易连续约自己出去，除非有打电话不方便说的重要事情。

于是，梅钰琳认真地进行了一番所谓的"化装"，殊不知她从驻地后门一离开就被一伙特务盯上了。

"云雾茶语"是沈阳比较有名的一家茶社，来者大多非富即贵，实行的是会员制。梅钰琳进入预先订好的包厢等待了好一会儿，发觉距离约定的时间已经过了十五分钟，这才意识到可能要出问题，因为牛秦川每次约会只有早到从不会迟到。

梅钰琳小心翼翼从后门离开，刚一出门就眼前一黑，被一个黑色布袋套住了头，几只铁箍一样的大手死死抓住了她的手脚，同时紧紧地捂住了她的嘴。

忽然，梅钰琳摔倒在地上，身旁传来低声的咒骂打斗声，惊吓过度的梅钰琳昏了过去……

醒来时，梅钰琳发觉自己躺在牛秦川的怀中，汽车在街道上疾驰。她静神握起手掌，感觉到手上湿乎乎的，伸出手一看，吓了一跳，满手都是鲜血。她立即慌乱地抓摸起来，抓呀摸呀，突然抓摸到牛秦川的腰部，疼得牛秦川大叫了一声，这时梅钰琳才清醒地意识到这鲜血是来自牛秦川的腰部。

牛秦川迅速沉稳下来，一脸淡然，轻声地说道："保密局这帮瓜尿，下手好狠呐！还好老子反应快，放心，他们没有得逞。"

梅钰琳瞬间明白了是牛秦川救了自己，而且为了救自己挨了刀子，受了伤。牛怀恩一边开车一边急促地说道："老大，回去我马上找军医来。"

牛秦川用右手打了牛怀恩后脑勺一下："瓜尿，保密局死了五个人，今晚肯定会全城大搜捕，回去你给我包一下就行了，没那么娇气。"

梅钰琳和牛怀恩架着披着大衣、装作喝醉的牛秦川返回酒店房间，她极力克制着自己晕血的毛病给牛秦川做了包扎，牛怀恩识趣地处理了沾满血迹的绷带。

牛秦川望着站在窗前平复心情的梅钰琳的背影，从床上起身，缓步走近梅钰琳。梅钰琳凭着对牛秦川身体味道的熟悉，她感到牛秦川已经来到自己身后，双手开始不受控制地颤抖起来，甚至比刚刚给牛秦川包扎那会儿还抖得厉害。

牛秦川感到心跳加速、肌肉收紧、呼吸加快，一股复杂的激情犹如千里大堤常年库蓄的积水一样，当闸门一开，便以最强烈、最快速、最具爆发力的姿态冲了出去。他完全不顾身上还缠着的绷带，一把把梅钰琳拉了过来，紧紧地搂在怀里，低声说道："今晚不要走了。"

梅钰琳如同电流涌过全身，僵硬得不知如何是好……

清晨，牛秦川缓缓醒来，发觉身旁的毛毯叠得整整齐齐，一条小师妹随身的心形项链放在枕头上。他急忙抓起项链，一个心形吊坠悬吊着左右晃动，他打开心形吊坠，里面是一张梅钰琳的照片。

牛秦川走到窗户旁，神情愉悦地迎望着朝阳，深深呼吸了一口清新的空气，用力挥舞了一下拳头。

第十六章　复盘沙岭，找到教训

从古代到近代，许多诗人都对本溪的山水赞叹不已。赵云鹏带部队进驻本溪后，也被这里群山起伏、林木茂盛、湖水清澈、山河蜿蜒、山川与森林相互映衬的自然美景深深吸引。这天清晨，他和钟守田登上了位于本溪东面的盘龙山，此山处于崇山峻岭之中，一条小溪从山中蜿蜒流出。望着这条小溪，赵云鹏不由得抽出上衣口袋别着的钢笔，拿出随身携带的小本子，一口气写下了一首随笔有感——《山间小溪》：

山间小溪，

从大山流出，

乱石逼不死，

毒日晒不干，

顽强地流淌，

撞碎了身子又会凝聚成新的生命，

不停地向前流，

一旦流出大山，

飞流直下，

带动巨大的水轮，

点燃千家万户的灯火。

赵云鹏一番感慨后，又在聚精会神地思考。身旁的钟守田也兴奋起来，眨了眨眼，好想也抒发一番，憋了许久，突然大吼一声："啊！本溪的山，本溪的水，本溪的小鸡炖蘑菇！"

赵云鹏无奈地摇了摇头。看本溪云海日出最好的地方是小市附近的关门山，因为路不好走又不能离部队太远，他们只好在驻地附近登高远望。

"什么时候能不打仗了，我和陆璐在这里盖上个三进的大院子，生一堆娃娃，我从部队退下来给他们当班长！"钟守田望着山脚下肥沃的土地，对田园生活流露出了无比向往。

赵云鹏深深地呼了口气："会有那么一天的！但是，老钟啊，我要批评你，什么三进院，我们这边还没消灭地主阶级，你又想当新大地主了？"

钟守田微微一愣："你给白晓芳盖个猪圈，你看人家嫁你不？老话说嫁汉嫁汉，穿衣吃饭，说实话，你准备盖个多大的？"

赵云鹏犹豫了一下："我这辈子就跟着共产党干了，生是共产党的人，死是共产党的鬼，党给我什么房子我就住什么房子，让我住多大我就住多大。"

钟守田知道自己说不过赵云鹏，无奈地叹了口气："这话都让你说绝了，你是说了所有该说的话，让我无话可说。"

赵云鹏微微一愣："老钟，你最近怎么文绉绉的了，情况不对啊？"

钟守田一撇嘴："我家陆璐让我少说话，说咱们搭班子有你能说就足够了。我是多说多错，不说不错，两个字。"

赵云鹏微微一愣："什么两个字？"

钟守田急得有点抓耳挠腮："我不认识那两个字，意思就是不说话。"

顿时恍然大悟的赵云鹏提醒道："缄默？"

"对，对，对，老赵你给我写到本子上。"钟守田掏出了本子和钢笔。

等赵云鹏写完，钟守田的脸顿时由晴转阴："这么多笔画呀！老赵啊，我想骂人行不？"

赵云鹏摇了摇头："咱们可是有君子协定的，不许随便骂人，要讲文明。"

赵云鹏边爬坡边大声朗诵道："大学之道，在明明德，在亲民，在止于至善……"

钟守田赶上前一步，捂着赵云鹏的嘴，说道："我知道了，知道了！这篇古文你带我读过，有一句我记得，就是'先修其身'嘛！"

"嘿——说对了，我们共产党人就是要'先修其身'。古人讲的就是'欲修其身者，先正其心'！"

"行了，行了，我会改一改骂人的坏习惯！"钟守田紧跟其后说道。

随后，赵云鹏与钟守田两人边说边迈步走到了山岭的棱线。钟守田转身又问赵云鹏："我骂国民党反动派行不？"

赵云鹏却一言不发地望着山岭棱线，一面是白雪松柏，另外一面原本茂密的树木不见了，到处都是黑色的弹坑和折断的树木，焦黑的泥土散发着阵阵腐烂的气息，仿佛阴阳两界一般，这就是战争！

钟守田长长呼了口气："老赵，你说国民党反动派这些家伙还敢来吗？"

赵云鹏斩钉截铁道："会来，也许很快敌人就要再次反扑，而且来的敌人会越来越多。"

第十六章　复盘沙岭，找到教训

沈阳东北长官行辕，不甘失败的熊式辉开始部署对本溪的第二次大规模进攻，不但对25师和14师进行了加强整补，还急调了六十军的182师准备三路围攻本溪。与此同时，国民党所属新一军一部开始向四平南郊的海丰屯、玻林子和鸭湖泡等外围阵地发动试探性进攻。

本溪独立旅驻地，接到上级战情通报的赵云鹏，让人把上千斤的黄土搬进了会议室，憋在会议室里面足足一晚上，其间吩咐警卫员马德礼谁也不能打扰他。

大清早，顶着黑眼圈的赵云鹏拿着两份战报找到了钟守田："看看吧，这是两份战报，四纵打的沙岭，东北局直属部队7旅和1师打的秀水河子，这两场战役非常具有代表性啊！"

钟守田面露惊讶地接过材料："秀水河子打得非常痛快，但是沙岭好像是没啃动新22师的66团吧？咱们五个团打他一个，伤亡却是他们的几倍，这仗是怎么打的？配备美式装备的蒋军真有这么厉害？"

赵云鹏把钟守田带到自己的房间，里面硕大的沙盘上面标注着敌我兵力和战斗过程。可以说现在整个东北民主联军都在研究沙岭战役，一场彻头彻尾的"大败仗"，平均两万发子弹打死一个敌人，我军伤亡是敌人三倍多，教训实在是太深刻了！

赵云鹏把沙岭战役做成了一个非常直观的沙盘，把全旅排以上指战员全部集中到了旅部的大院里面。

由于刚刚打退国民党对本溪的进犯，不仅仅是独立旅，就连三纵所属的各旅都显得有些轻敌。

钟守田望着精致的沙盘叹了口气："咱们赵政委是能文能武啊，这沙盘别说纵队了，就是民主联军作战科也未必能做得出来呀！"

赵云鹏站在沙盘前，清了清嗓子说道："同志们，沙岭战役整个过程大家都非常清楚了，我们今天不谈我们的优势，我们要找一找自己的软肋。"

赵云鹏话音未落，下面的几个营长、连长开始交头接耳。一营长方吉洲和三营长单华英两人小声交谈，方吉洲皱着眉头道："沙岭这仗从部署的角度完全没问题啊。"

钟守田咳嗽了一声："有话放在桌面上说，大大方方的。"

方吉洲起立，报告道："我认为沙岭之战我军在部署上完全没有问题，五倍于敌的兵力，又有足够的重炮支援，还有两个旅的兵力打援，也达到了战斗发起的突然性，谁知道怎么就败了呢？我看还是战斗意志不坚定。听说威海独立营这一仗直接就垮了，不少指战员都逃回了山东，其中不乏连长排长。按理说威海独立营在山东也是和咱们当年独立营有得一拼的,结果整成这个奶奶样。"

钟守田掏出一个不知道从哪里搞来的烟袋锅用力敲了敲,用东北方言斥责道:"王八犊子,有一说一,不许在兄弟部队背后乱嚼舌头,人家打输了原本就憋气,你还浇油。强调一点,不许骂人,咱们赵政委要求的,哎,讲文明。"

赵云鹏无奈地瞪了一眼一本正经教育别人的钟守田。三营长单华英也起身道:"我们也打了那个'千里驹'25师,兄弟部队打了新六军的14师,没见蒋军有什么不一样。咱们政委说得对,要从自身找问题。"

赵云鹏见众人不了解具体战斗过程,说不到点子上,于是开口道:"同志们,我给大家介绍一下沙岭的情况。沙岭子全村共有一千多户农民,是个大村子,村东紧靠辽河大堤,村南有条通向盘山、海城、营口等地的公路,村北有多个小高地。

"全村分为南北两个部分,村南地势高,集中了当地的富户,房子取材是当地的花岗岩,非常坚固;村北佃户和雇农居住,较为散乱,房子多为茅草覆顶的木柱土屋。

"新22师66团占领这个村子以后,一度遭到了我军的夜袭。敌人利用有利地形迅速构筑三道防线,最外围以鹿岩配合铁丝网,侧翼埋设地雷,在我军进攻的主要通路上大量泼水结冻后形成阻碍我军进攻的冰坡。可见敌人修筑工事这套做法值得我们借鉴啊。

"同时,敌人在关键的支撑点以坦克和装甲车作为机动火力点使用,敌人还根据我军善用迂回穿插战术,针对性地对村内部分房屋进行了拆除,清理了射界,同时使用汽油桶制造大型燃烧弹埋入我军进攻方向。

"另外,新22师直属教导营驻扎在附近的马家店。66团由罗英和刘梓皋担任正副团长,都是黄埔军校的毕业生,在缅甸重创过日军精锐,可谓身经百战的沙场老将。部队战斗作风相当顽强,全部装备了美械,连一级配备了火力排,装备了六门六零炮和数量相当的M1919重机枪。"

席地而坐的指挥员们顿时惊讶不已,感叹原来敌人的火力这么强,更有人惊讶这是敌人给我们设下的陷阱啊。

赵云鹏见自己的介绍达到了效果,继续讲道:"大家想过没有,我们以前和小鬼子打,和伪军打,我们依托的是根据地众人的有力支援,打的是运动战、游击战,尤其伪军的战斗意志不高,我们往往一个冲锋敌人就溃不成军了。"

赵云鹏用木棍一指沙岭村西南角道:"这里是沙岭村西南角,与马家店的敌人可以遥相呼应。我方28团五营担任主攻,29团二营负责进攻马家店,结果两

第十六章 复盘沙岭，找到教训

个团没有事先进行推演和沟通，同时发起进攻，进攻马家店的二营包括营长、教导员在内全部牺牲在冲锋的路上，腹背受敌的五营全军覆没，两支攻击部队之间竟然没有建立任何协同和联系，等两个团之间拉起野战电话，血都流干了啊！同志们！"

赵云鹏将目光放在了炮团的位置上："此战，我军的炮团表现极差，发射了大量炮弹，极少命中敌人，甚至炸到了我们自己人，反而是敌人的炮火十分精准，炮营的人来了吗？"

炮营营长王启发和教导员吴大强起身，报告道："来了！"

钟守田瞬间眼睛一瞪："和蒋匪军干起来，全旅都指望你们炮营了，不蒸馒头争口气行不行？"

教导员吴大强一脸为难道："报告政委、旅长，我在延安炮校学的迫击炮和野炮、榴弹炮完全是两个东西，我可以发扬风格让贤。"

王启发则抱怨道："政委，你给我个步兵营，我保证呱呱叫。我知道大炮是好玩意儿，可咱不是那块料啊！"

钟守田刚要发火，被赵云鹏压了下去。赵云鹏微微一笑："谁天生也不是什么都会，毛主席教导我们要在战争中学习战争，流血牺牲都不怕，但不能一提学习就抓脑瓜！同志们，你们知道大炮的真正用途是什么吗？"

盘腿而坐的指挥员们面面相觑。赵云鹏十分严肃地说道："大炮的射程是用来丈量国土的。同志们！下面我给大家讲一讲沙岭战斗我们需要认真反省总结的地方，同志们都记一下。"

赵云鹏在小黑板上写下了"新战法"三个字，说道："同志们，沙岭的失败，我看，最根本的是'用老战法打新对手'！我们以前打的都是游击战、运动战，现在我们面临的对手变了，敌人也不再是小股的日伪军了，这次的对手是训练有素、清一色美式装备的国民党军。他们经历过战火的洗礼，战斗力强悍，大多是兵龄在五年以上的老兵，加上东北铁路纵横交错，便于国民党军的大兵团机动。面对变化了的对象，我们还用过去的老战法，比如，还是用传统战法中的游击战、运动战与敌人比机动，那就要吃大亏。所以沙岭战役的根本教训就在于'用老战法打新对手'，这一点要切记！切记啊！失败是成功之母。只要我们认真总结失败的教训，群策群力研究新战法，用新战法去打新对手，正所谓'变者通''变者生''变者达'，就一定能够打得赢！就一定能够打败国民党美械精锐！"

"说得好！说得好！"钟守田边带头鼓掌边抢先发言："我是旅长，我要带头研究新战法！"

像赵云鹏、钟守田这样一大批基层官兵和一线指挥员，懂得了不能"用老战法打新对手"而必须"用新战法打新对手"的道理后，发挥军事民主的巨大优势，发挥敢为天下先的创造精神，研究美械国民党军的战略战术，从以往的战例中汲取经验和教训，根据东北战场的特点，基层指挥员和战士们逐渐总结摸索出一整套战术，后来也逐步被上级领导和机关发现并总结推广，最终定性为我军东北野战军的战术原则，比如"一点两面""三三制""三猛战术""四快一慢""四组一队"，等等。这些战术原则又不断回到实战中经受检验，通过"总结战术"到"经受实战检验"，这样多个来回，广大官兵真正学会并接受了，能够运用自如并融会贯通。后来有人说，我军真正学会打仗是从东北解放战争开始的，这话也有一定道理。

可以说，在东北战场打败国民党军的强大武装，不是靠哪一个人，而是广大官兵的创造，是人民战争的威力，是毛泽东军事思想与我军战略战术在东北战场运用的完美结合。总之，广大干部战士和人民群众是真正的英雄！人民，只有人民，才是推动历史前进的动力！

钟守田终于盼到了散会，见赵云鹏直奔自己而来，急中生智道："政委，这几天怎么没见到白晓芳？"

赵云鹏也是当即一愣，他记得白晓芳和他说过要回一趟老家，就是本溪附近的白家沟。本溪附近的土匪很猖獗，剿不胜剿，可千万别出什么事啊。赵云鹏给宣传队打了一个电话，方知他们也在找白晓芳，这是怎么回事？三天前就应该归队的白晓芳到底到哪去了？

赵云鹏犹豫了一下道："老钟，我带一些战士去趟白家沟看看到底发生了什么事。你在家组织部队训练的同时，战法研究也要加紧推进啊！"

钟守田点了点头："你把警卫连都带上吧，白家沟距离镇上还有好一段路呢。"

赵云鹏带着警卫连前往白家沟。此时此刻，被锁在房间里的白晓芳正在撬锁，脸色铁青的白老爷子和大哥白晓虎就站在门外看着。

终于，"咔嚓"一声，兴奋不已的白晓芳小心翼翼地推开门，看见了爹和大哥，顿时一跺脚道："你们让我回队伍上去吧！"

白老爷子鼻子一哼："姑娘家家的抛头露脸，丢尽了白家的人，哪里也不许去！过段时间你和陈家的老二完了婚，好好生几个大胖小子，比什么都强！"

一个盖碗从房间里面被扔了出来。白晓芳红着眼睛道："我不嫁，不让我回队伍上，我就死给你们看！"

第十六章 复盘沙岭，找到教训

白老爷子痛心疾首地望着地上粉碎的盖碗道："这是乾隆朝的物件啊，值二十块大洋。哪个败家子把这玩意儿拿出来喝茶的？真是报应啊！"

白老太爷带着白晓虎回到大堂，先抽了一袋烟，缓了口气，皱着眉头询问道："总这么看着、关着，也不是个事啊！"

忽然，管家胡三气喘吁吁跑了进来："老爷不好了，有大军要进村。"

白老爷子惊讶道："国军还是共军？"

胡三皱了皱眉头："应该是共军。"

白晓芳听到外面的交谈，于是大喊："我在这里，救人啊！"

白老爷子让白晓虎把白晓芳捆了个结实，连嘴都给堵上了，并且让白晓虎去把陈家老二喊过来，打算先把生米煮成熟饭。

赵云鹏刚刚抵达白家沟，原本热闹的街上顿时空无一人，一只不知是谁跑得太急留下的鞋子，在孤零零地等待着主人重拾。

白老太爷没出面，让平日负责"保民队"的白晓虎前来问明来意。白晓虎背着二十响的镜面匣子枪，带着几个"狗腿子"，气势汹汹地来到赵云鹏面前，还没开口就被警卫连的战士给擒了下来。警卫员马德礼直接没收了白晓虎背的德国造的匣子枪。

崭新的让人眼热的德国货，比自己用的晋造强出百倍，马德礼笑嘻嘻地望着赵云鹏："政委，有收获啊！"

赵云鹏也是一脸无奈，原本想做做思想工作，这下好了，下了人家的枪，恐怕说再多也是于事无补。赵云鹏十分好奇这个气势汹汹的家伙到底是谁，问明身份才知道大水冲了龙王庙，自己拿下的是"大舅子"！

白老太爷得知一个照面自己儿子就被拿下了，知道对方恐怕不是善茬，于是只好现身让管家准备一百大洋，无论是官场还是江湖上的规矩，白老爷子是懂的。

白老爷子的到来让白晓虎得到了释放。赵云鹏没收钱，面带微笑说明来意。结果白老爷子矢口否认，白晓虎的脑袋更摇得和拨浪鼓一样，称白晓芳是回了家几天，不过人早就回部队去了。

赵云鹏从白家人矢口否认的神情中看出了端倪，自己的女儿回家用得着如此紧张而解释那么多吗？但是，贸然搜查不合礼法，万一白晓芳不在家中该怎么办呢？更重要的是，私闯民宅好说不好听，会影响东北民主联军在群众中的声誉，更会让敌人利用造谣生事。

这时，一名油头粉面的青年快步走来，与赵云鹏擦肩而过，走到白晓虎面前，从袖子里面掏出一封银元："虎哥，一百大洋的落红钱，真的行吗？你妹她……"

白晓虎捂住了青年的嘴，一把拽到一旁："我妹她回队伍上去了，你跟我来，我给你点东西。"

赵云鹏带着疑惑被白老爷子礼送到了路边。望着渐行渐远的部队，白老爷子暗中松了口气。

与此同时，陈二闯入了白晓芳的绣房，开始用力撕扯白晓芳的衣服。白家人却视若无睹一般各自忙着手头的活计。

越想越不对劲的赵云鹏心里莫名发慌，总觉得有什么事发生，当即又掉转马头下命令道："马德礼，传令警卫连，掉头回去，跑步进入白家，每一个角落都给我过一遍筛子，出了问题我来负荆请罪，要杀要剐我一个人扛了！"

马德礼掏出崭新的驳壳枪，高呼一声："白家大院，冲啊！"

部队一冲，白家人顿时乱成一团，显然是在刻意掩饰后院几个房间。危急关头，马德礼踹开了白晓芳的闺房，才让白晓芳免遭毒手。

看到了赵云鹏，泪眼迷离的白晓芳惊呆了，镇静片刻后，一把搂住了赵云鹏。赵云鹏则脱下大衣裹住白晓芳，他的逆鳞就是白晓芳。

马德礼在内的十几名战士将陈二捆绑在院子里的大树上。赵云鹏走上前去，使出全身的力气狠狠地甩了这个流氓几个耳光。这是他当政工干部以来，第一次这么狠地打人。意识到闯了大祸的白家人尤其是白老太爷悄悄溜走了。原本赵云鹏是一个可以助力的好女婿，无奈白晓芳嘴太严不肯道出赵云鹏的身份，导致白家人短视，现如今已经到了结怨的地步了。

赵云鹏带着白晓芳离开了白家沟。正在附近搞土改工作的白家沟的队长孟云生找到赵云鹏称："白老太爷托我带个话，土改工作他代表白家全力配合，另外他要发动白家子侄参军。"

赵云鹏看了一眼双眼空洞的白晓芳，没言语，直接驮着白晓芳策马疾驰离开。

在一处小溪旁，赵云鹏把白晓芳从马背上抱下，搂着白晓芳，望着清澈的溪水，轻轻地说道："想哭就哭吧，我发誓从今天开始不让任何人欺负你了！"

两个人在这一刻不仅仅是相拥在了一起，连心也贴在了一起。赵云鹏轻轻为白晓芳擦去眼泪，望着白晓芳的嘴唇，他一时间愣住了。白晓芳下意识地闭上了眼睛，噘起嘴唇。赵云鹏当即一愣，脑海中瞬间反应了过来，这是准备亲嘴吗？

这嘴怎么亲？轻轻地还是重一点儿？太轻会不会显得没诚意？重一点儿呢？

第十六章　复盘沙岭，找到教训

赵云鹏犹豫再三，一口啃了上去。白晓芳叫了一声，一边嫌弃地擦着嘴，一边不满地说道："你啃苞米呐！亲嘴都不会！怎么当政委的呀？"

赵云鹏一脸难以置信的神情："当政委就得会亲嘴呀？"

白晓芳渴望地看着赵云鹏："你教别人这个，教别人那个，当然得会亲嘴喽！"

"呵呵，你这小丫头还真有理呢！"于是，赵云鹏鼓起前所未有的勇气，如同小鸡啄米一般地在白晓芳嘴唇上一连亲了好几下。

白晓芳一脸惊讶："这算什么？"

赵云鹏满脸通红："我是真不会，你会你教我。"

白晓芳拽了一下赵云鹏的衣袖，喃喃道："我也不会，我们共同学习吧！"

让赵云鹏几乎遗憾终生的事情发生了，就在他准备学习"亲嘴"的关键时刻，马德礼带着警卫连飞奔而来。一切美好，刹那间烟消云散……

白晓芳羞涩地立即转身。赵云鹏一直都觉得马德礼很顺眼，这一刻他突然发现马德礼太讨厌了，恨不得他马上离开，滚得远远的。

气喘吁吁的马德礼擦了一把额头上的汗道："政委，俺们这脚力可以吧？"

赵云鹏深深呼了口气，大吼一声："警卫连全体都有，向后转！急行军撤回驻地！"

此刻，白家却是愁云惨淡。白老太爷瞪着白晓虎道："你看看你，出的什么鬼主意？"

白晓虎一心还惦记着自己的匣子枪，搓了搓手："咋，俺还能咋？谁知道他赵云鹏是个大官？他们还抢了俺的枪。"

白老太爷见自己这个儿子如此不争气，举起拐杖就抽打了一下："还琢磨枪？我以前和你是怎么交代的？与人为善，与人为善，不积德，老天报。你和我说买几条枪防胡子，结果自己人五人六地背起来了，你能打过共产党还是国民党？你是耗子扛枪不知死活，今天趁早给我交出去。"

白晓虎见老头又举起拐杖，转身就跑。心力交瘁的白老太爷一个不留神滑倒在地，白家顿时乱成了一团。

第十七章　孪生对阵，心灵感应

回到驻地，赵云鹏先安置好了白晓芳，自己把佩枪交给马德礼，直接去了禁闭室小黑屋，任凭钟守田如何劝说也不肯出来，声称要等上级的处分。钟守田被弄得莫名其妙，一个劲儿地询问马德礼等人，得知详情后，劝慰赵云鹏不要这么轴，屁大的小问题，打了一个流氓怎么了，根本不算个事，非要算也只能算"日行一善"。

马德礼和打人的几个战士如同英雄凯旋一般，昂首挺胸被众人拥着进入了小黑屋。由于小黑屋不够，马德礼他们只能挤在一间。

片刻工夫就有人给"英雄"投喂鸡蛋、山果干，最过分的是不知道是谁送来几两花生米和半斤老白干。这哪里是关禁闭哟？以往披红挂彩的战斗英雄也没这么威风啊！

世上没有不透风的墙，赵云鹏此事可大可小，心怀恨意的魏马列却故意煽风点火、添油加醋、四处宣扬，引起了上级首长的关注。大敌当前，身为独立旅政委殴打乡绅，上级决定让赵云鹏停职反省。

得知消息的钟守田看了看手表，愤怒道："奶奶个熊的，政委才回来不到两个小时，就泄露了'天机'，看样子咱们旅是出了内奸呐！老子一定要查出这个不安定的坏分子。"

钟守田在全旅营连干部会议上直接扯着嗓子大喊，全旅的营长、连长们也纷纷响应，这可把魏马列吓坏了，他没想到赵云鹏在旅里竟然有如此高的威信。

魏马列未能如愿，三个小时后，由于蒋军的再次进犯，小黑屋里的赵云鹏又官复原职了。

而白家沟也进行了有史以来规模最大的征兵，白老太爷亲自主持，二十块大洋的安家费，抽到红色签的去共产党的队伍，抽到黄色签的去国民党的队伍。白老太爷自信满满地告诉众人，眼下时局，鸡蛋不能都放在一个篮子里面，两边都押，两边都不得罪，哪边赢了咱们都有人！

习惯"偷鸡"的白老太爷万万没想到，这些白家子弟很快就在东北战场上兵戎相见了……

第十七章　孪生对阵，心灵感应

沈阳，军事检讨会议在熊式辉的主持下召开，顶戴辉煌的国民党军将领们陆续进入会场，三五成群的小圈子围在一起，小声交谈。明眼人都清楚，就算是中央军也要分三六九等和亲疏远近。

杜聿明面色铁青站在阳台上，郑洞国陪在一旁。许久，心中觉得压抑的杜聿明长叹一声："桂庭，还记得昆仑关吗？"

郑洞国有些恍然："仿佛昨日一般，我第五军将士喋血之地，也是一战功成之地。我和邱疯子左右迂回，衍功兄正面主攻，只可惜衍功兄陨落缅甸，野人山大溃败，我第五军精锐不复。"

军事检讨会议？检讨谁？检讨什么？让杜聿明火大的是东北尚未定鼎，各路"诸侯"纷纷打起了自己的小算盘，他看了一眼会议室的将领们道："委员长看的是大棋盘，他在百万比例尺的地图上部署，我们在五万分之一的地图上执行，不对路啊。如今，津浦、平汉、北宁三条铁路均被共军切断，对我东北之国军尤为不利。"

郑洞国自嘲道："重庆那边传出委员长的意思，说此时唯一政策是在接收国内各地区敌军的投降与缴械，其次为接收东北之失地，使俄国不能不履行其条约义务为首务。否则敌械未缴，西陲起衅，反为俄共与敌寇所利用，使中国纷乱不可收拾。意思明确，得中原者得天下，反观共产党，差不多一半的大员都派到了东北，战略层面上立分高下。"

杜聿明皱着眉头："这也是我最为担心的，现在共产党人生地不熟最易被击败，若是拖得久了，他们那套军事政治仗着实厉害，唯恐肘腋生变啊！还有你看看下面人干的那些龌龊事，这才光复多久？才到东北，娶女学生竟然成风，还相互攀比，管人事的卖官，管军备的卖军备，管情报的卖情报，管油料的卖油料，丧心病狂到了无法形容。真的要管一管了。"

郑洞国望着风中抖动的青天白日旗："怎么管？我只能自省、自控、自觉，别人都在往口袋里面揣，你挡着下面的人发财？都是跟日本人十四年打生打死活下来的，眼见他们三餐不继，家人冻饿？"

杜聿明冷哼一声："现在胆大妄为的都把手伸到我这里喽，这官我是不敢卖啊，一将无能会累死三军的，要打败仗，要死人的。"

楼下传来汽车的刹车声，杜聿明向郑洞国点了点头，两人知道今天会议的正主来了。

满脸笑容的熊式辉对杜聿明和郑洞国点了点头入座："诸位，熊某来东北之后可谓殚精竭虑。各位也是党国栋梁，最近有人说我任人唯亲，说我买官卖官，说我贪赃受贿,简直就是放屁。中央把东北划分了九省二市,哪一个是没背景的?打招呼的,递条子的,越过我抢位置的。不来东北,不知中国之大,不来东北,不知中国之乱。那几百张委任状是干什么用的?是为了把东北填满啊!对付日伪残余要用委任状,让他们替咱们卖命,对付共产党八路军要用枪炮,对付苏联人要用政治。东北现在就是乱局,乱世就要乱玩政治。"

熊式辉在发泄个人不满的情绪。杜聿明面无表情,心里却波澜起伏:熊式辉这是在哪里受了什么委屈?一改往日做派,大抵上应该是受了派系势力和委员长的夹板气,成了风箱里的老鼠,两头受气。

一心等着检讨军事作战的郑洞国也明白,敢情熊长官是这么一出检讨,平日里熊长官以善于揣摩委员长意图和需求自居,今日却有些失态。

在军事作战部署方面,熊式辉自知不如杜聿明,索性让杜聿明进行整体部署。他这些天也收集到一些问题,部分国民党军官兵不愿意出城,打仗离不开铁路和公路,对于这些问题他并未深究,土八路怎么可能是国民党军精锐主力的对手?拿下本溪和四平才是当务之急,否则在沈阳坐等的各路"嗷嗷待哺"的接收大员能把他告得体无完肤。

杜聿明和郑洞国打心底就不赞同熊式辉"乱局乱玩政治"那套,水至清则无鱼的道理他们也明白,只不过现在的东北已经成了一个大染缸和大泥潭,污浊到了让人跌倒陷进去都不想起身的地步。

望着会议室内的诸多将领,论个人能力和战术素养,尤其是中层以下的军官,全部都经历了系统正规的教育和训练,加上美国顾问的辅导,他们能甩共产党的泥腿子几条街。

然而,仗打起来却不是这么回事了,杜聿明感觉自己不是在指挥作战,他是在"补天",他要趁着国民党在东北还没烂彻底,尽早解决东北的共产党军队。

与杜聿明相比,郑洞国觉得自己才是"裱糊匠"。他是湖南石门人,与杜聿明私交颇深。杜聿明需要仰仗他这个自己人坐镇一方,无奈东北的人事过于复杂,只能尽力而为。

对面而坐戴着金丝边眼镜的梁华盛是"老广"出身的副长官,铁打的黄埔一期,正儿八经的历任排、连、营、团,基层经历扎实,北伐东征,剿过匪,大战过中原,打过鬼子,然而此刻老梁却如徐庶进曹营一般一言不发。

梁华盛非常清楚,这个关头莫抢了杜长官和熊长官的风头,多说多错,不说不错。

在各方的配合下会议很快结束。以为会继续坐冷板凳的牛秦川也没能如愿让

第十七章　孪生对阵，心灵感应

李正谊把自己丢在沈阳，他被派到了75团督导。正常来说一般副师长都会兼着一个主力团长的位置，但是李正谊仿佛忽略了此事一般。牛秦川什么都没有兼任，人们都暗地里叫他"赤膊副师长"。牛秦川到了75团最难受的其实是团长李公言，这对他而言是空降了一个"爹"，而且绝对不是"亲爹"。

这次，李正谊没让戴罪立功的75团打头阵，而是让赵振戈的73团和董显武的74团集中兵力在迫击炮和装甲车的配合下，进攻通过侦察发现的共产党军三纵7旅和9旅的阵地接合部。一般来说，防御阵地的接合部都是比较弱的位置，李正谊准备从这里攻击一点，震撼全线。

75团则被寄予所谓的"厚望"，准备从侧翼迂回包抄三纵防御部队。这样的战术部署让75团直接撞上了独立旅的防御阵地。

李公言则把楚伟生叫到跟前，将他与被共产党军释放的数名俘虏放在一起，补充了三十人组成一支敢死队。李公言面带微笑地叮嘱楚伟生，一定要把握好这次机会立功赎罪。楚伟生刚一离开，李公言就下命令团炮营将密位就落在敢死队身上。

牛秦川对李公言的做法非常反感，他注意到楚伟生离开帐篷似乎并未走远，于是故意高声喊道："李团长，敢死队的弟兄们也会被炮弹炸到的啊！"

李公言叹了口气，自言自语道："军调记者会，他们几个一言不发，是不敢揭露共党还是不愿意？被俘的人为什么只有他们被送回来释放？让他们为党国捐躯正好可以洗刷他们的耻辱，证明清白。"

牛秦川摇了摇头："可惜了啊，我们对面的阵地是共军哪支部队的？"

李公言看了看情报，对比了一下地图道："如果情报准确，应该是共军辽东独立旅，旅长钟守田，政委赵云鹏。"

牛秦川瞬间眼睛一瞪："赵云鹏？"

李公言意味深长地反问道："难道副师长，你知道这个赵云鹏？"

牛秦川见楚伟生走远，点了点头，紧抿了一下嘴说道："听说过此人，据说，搞起策反来很有一套，打起仗来也凶得很，传说是能文能武的政委。"

李公言不屑地说道："一个政委而已，充其量和我们的督导、战训官差不多，指挥作战又不是他说了算。"

牛秦川听出李公言讽刺自己的意思但并不计较，微微一笑，抽出一支烟，迅速点燃吸了一口说道："李团长，你是不了解共军啊，常言道，知己知彼百战不殆，共军的政委可不是搞宣传搞督导的，他们是制订作战计划和最后下决心的拍板人！"

李公言顿时目瞪口呆,眼睛滴溜溜地转了几圈,说道:"这么大权力?"

牛秦川用手指敲着地图说道:"切莫轻敌,中共的军队是由共产党指挥的,政委在他所在的部队代表的就是共产党,共产党军队的枪是由共产党指挥的,想打赢共产党,就要了解共产党啊!"

牛秦川转身离开,留下李公言一个人在帐篷里面腹诽不已。

面对敌人的凶猛进攻,保证主阵地侧翼安全的重任就落到了独立旅的身上。赵云鹏和钟守田研究上级的部署,命令三个营长和旅作战参谋一同前往实地进行勘察。

赵云鹏集中了全旅的战斗骨干,准备开战前动员会,同时等勘察地形的营长们回来,部署一下各连的防御阵地。

他手中的地图是民国十七年版的,只能看个大概意思,难以据此指挥行军作战。相比之下,日本人在昭和三年制作的有等高线的军事地图,那可是精确得多了,由此也可从一个侧面看出,小鬼子图谋中国是蓄谋已久的啊!

对于战前动员赵云鹏可谓得心应手,有时间就充分动员,时间紧就迅速动员。赵云鹏环顾在场的连长们,掷地有声地说道:"同志们,不到一个星期的时间,敌人第二次来犯,这次又多了一个师的兵力,大家有没有信心把敌人打回去?"

下面盘膝而坐的营长、连长们情绪高涨,振臂高呼:"有!有!有!"

赵云鹏微微一笑:"同志们,敌人上一次来的时候自恃是所谓美械精锐,还有在缅甸受过美国人训练的远征军及打败小鬼子的装备,喊得很凶啊!结果呢?什么是摧枯拉朽?摧枯拉朽就是木头烂透了,用手一推就倒了。腐朽的国民党反动派就跟烂木头一样,经不起打,也打不过人民大众。我们有人民大众支持,为他们获得土地而战,不打倒国民党反动派怎么能获得土地,你们说这个仗要不要打?"

义愤填膺的各连长挥舞着拳头:"打!打!打!"

赵云鹏满意地点了点头:"同志们,此前我听到一些说法,说本溪的坚守毫无意义,就是和敌人死拼打消耗战。同志们,我们要放眼全局,不能总算计各连、各营、咱们旅的小账本,本位主义、山头主义、地域主义都是要不得的。什么是大局?为了打胜仗我们可以随时准备牺牲一切,这就是顾全大局。我们在本溪的牺牲是有价值的,敌人如此迅速地连续攻击本溪,就说明他们着急了,我们在本溪牵制住了他们一部分有生力量,让他们无法毫无顾忌地攻击四平。保卫四

第十七章 孪生对阵，心灵感应

平是在给我们建立根据地解放区、发动土改工作争取宝贵时间！大家明白了没有？"

众人异口同声："明白了！"

赵云鹏和钟守田根据实际勘察地形又细致入微地研究如何执行上级制订的作战计划。一言不发的魏马列则拿着小本将钟守田和赵云鹏的一举一动全部记录下来。

不足一个星期的时间内，国民党军仓促对本溪发动第二次进攻，而担负迂回包抄的25师75团的迂回则非常不顺利。

炮兵未能按时进入阵地，楚伟生已经和敢死队的每一个人都打好了招呼，进攻前把白毛巾都系在胳膊上，倒背武器，趁着炮兵的第一轮烟雾弹，开始分为两组人冲向共产党军阵地两侧，接近共产党军阵地就大声喊我们要投诚，并且把武器丢向共产党军的战壕。

进攻拖延了一个小时后，国民党炮兵开始在独立旅阵地前释放烟雾弹掩护敢死队冲击，结果楚伟生等人进入烟雾就如同人间蒸发了一般，不见了踪影。

随后督战的75团一营的两个连只好硬着头皮充当主攻队，结果被劈头盖脸的火力和雨点一般的手榴弹砸了下来。

利用敌人进攻的间隙，赵云鹏带着白晓芳和几名宣传队队员来到了三营阵地。白晓芳和几名宣传队队员给指战员们表演了几段快板书。已在三营九连任班长的楚伟生顿时震惊不已，在国民党军那边不可能有旅一级长官亲自带领慰问队上一线。

楚伟生亲身经历过国民党军劳军队的慰问。这些劳军队都是各地所谓的"名媛"，其实不过是夜总会雇来的陪舞女罢了。

由此，楚伟生感悟到：如果打仗要用金钱来作价，要用舞女来激励，那就必败无疑。因为，你说攻下一个山头或炸掉一个碉堡给多少钱，那有人就要问：我这条命值多少钱？到最后就没人干了。不仅士气鼓不起来，而且仗也打不赢。想到这里，楚伟生又想起他亲眼看到的共产党搞战场鼓动那一套，那才是真正鼓舞斗志和士气的。除了要搞战前动员，讲透为何而战之外，还有多种战场宣传鼓动工作，比如快板动员，既通俗易懂，又很接地气，什么"吃菜要吃白菜心、打仗要打新一军"，什么"土地改革分田地、从今不再做奴隶"，这样的快板在阵地上一打，官兵当场就为之一振，一下子就有了战斗精神。

趁着敌人的炮火刚刚停息，白晓芳就又带着宣传队的同志冲进最前沿的战壕，帮这个伤员包扎头部，替那个伤员包扎炸伤的手和腿，一边抢救伤员还一边用快板书鼓舞着战士的士气。看着宣传队的同志如此出生入死，急坏了一旁的单华英，团团转的他真想把赵政委和宣传队队员都捆下阵地，他知道，打退国民党军进攻已经快半个小时了，敌人马上就会再次发起反攻。

亲抵一线督战的牛秦川仿佛听到对面阵地上有快板声，于是举起望远镜，无奈硝烟遮挡了视线，他招呼一旁的六零炮班道："够得着吗？"

国民党军六零炮班长扫了一眼，回答道："还要推近三百公尺。"

牛秦川点了点头："不用炮火准备，两个连掩护两个六零炮班直接压上去，打共军一个措手不及，尤其刚刚那个有快板声的地方肯定有共军聚集。"

由于国民党军并未进行攻击前的炮火准备，加上宣传队员们的快板分散了哨兵的注意力，再者大量的硝烟遮蔽了战场，哨兵未能及时发现悄悄摸上来的国民党军。

白晓芳正指挥宣传队员包扎抢救伤员，空中响起一声巨大的呼啸声，随之一个黑乎乎的炮弹呼啸而来，说时迟那时快，赵云鹏一下扑到白晓芳身上，大吼道："迫击炮，隐蔽！"

橘红色的火团不断沿着战壕爆炸，泥土混合着鲜血与残肢断臂飞上空中，又如同下雨一般噼里啪啦落了下来。

两个连的国民党军趁势发起进攻。赵云鹏安排白晓芳立即下阵地。白晓芳怕自己拖累赵云鹏，于是带着宣传队队员抬走两名伤员下了阵地。白晓芳刚走，单华英就跑了过来，急迫地说道："政委啊，我的政委啊，你快下阵地吧，敌人又发起进攻了！"

赵云鹏从身旁拿起一支步枪，将牺牲战士腰间的刺刀拔了出来插在一旁，看都不看单华英一下，说道："回到你的指挥位置上去，这里就是我的战位。"

赵云鹏从容冷静，不断射击。一旁的单华英无奈地叹了口气，猛地一跺脚，无奈地说："跟旅长一模一样！"

不远处躲回掩体压弹的楚伟生惊讶地发现赵云鹏竟然在战壕中手持步枪射击，心中顿时一惊，难怪打不过共产党。共产党军队中官兵人人平等，干部率先垂范，共产党能说到做到！

这时，一辆M3半履带装甲车冲上斜侧阵地，利用上面的重机枪不停射击压制我军阵地。单华英指着装甲车，大吼道："九连长，炸掉它——"

楚伟生就在九连长身旁，身旁其余都是九连的老兵，还有房土根几个副班

第十七章　孪生对阵，心灵感应

长。他意识到九连长很可能要派自己这个外来户去，到哪里都是一样，外来户永远不缺送命的机会。

楚伟生刚刚抓起炸药包，肩膀就被一只大手按住了。满脸硝烟的房土根嘿嘿一笑："你不是共产党员，轮不到你。"

房土根得意洋洋地拽走了楚伟生捆好的炸药包，一转身被七班副班长李树林拦住。李树林夺过炸药包道："你一个预备党员起什么哄？我四年党龄！"

仿佛被夺走了最珍贵的物件一般，房土根气急败坏地蹲在战壕里，一边狠狠地给步枪压子弹，一边嘀嘀咕咕道："以后谁进步快还说不定呐！我肯定比你早当班长。"

突然，房土根被身旁的九班长宋大茂踢了一脚："混账东西，老子还没壮烈呐！"

楚伟生觉得自己这些年都活到狗肚子里面去了。原来共产党说的党员是有特权的，合着他们的特权就是扛着炸药包第一个上！楚伟生觉得自己的灵魂深处受到了重重一击。

随着轰的一声巨响，M3半履带车坐了"土飞机"，国民党兵也接近了战壕。单华英大吼一声："上刺刀！"

随着尖厉的哨声响起，赵云鹏第一个跃出战壕，挺着闪亮的刺刀杀入敌群。

战后，赵云鹏不顾疲劳和胳膊上的伤势返回旅部，结果发现钟守田正在骂娘。一见赵云鹏，头部挂彩的钟守田当即训斥马德礼道："怎么能让政委上前线呢？你这个警卫员还能当不能当？"

马德礼委屈极了，小声嘀咕："政委能听俺的吗？旅长你不是也听政委的吗？"

卫生员替钟守田包扎完毕，立即为赵云鹏包扎伤口。赵云鹏面带笑容道："老钟，今天咱们两个谁也别批评谁了，自我批评好不好？刚刚什么事让你发这么大火？"

钟守田重重吐了一口气，说道："四营，冯进军那个营！他娘的竟然给老子打滑头仗。营部离着一线连指挥所有三四里路，命令全靠通讯员来回跑着传达各连。我让他们抽一个连增援一营，结果他们那边三个连打得比谁都热闹，还要求补给弹药？老子派人去一看，进攻的敌人不足一个连，本就是牵制一下，但咱们的枪都打到天上去了，如此下去还了得？"

听了钟守田的描述，赵云鹏的眉头顿时紧锁起来，略带忧虑地说："这个四营是在本溪拉起来的队伍，刚刚组建不到一个月，最近又补充了一些从各乡镇招来的兵员，动员得不彻底是肯定的，政审方面恐怕也有疏忽。即便咱们在根据地征兵也混进了不少投机分子，隐瞒成分不报的，地主报富农的，富农报贫农和雇农的也不是个例，甚至有地痞流氓和土匪也混进了队伍，这种现象绝对不能姑息，会给队伍未来的发展壮大埋下巨大的隐患。"

钟守田点了点头："这个危害我晓得，关键是怎么办？政委啊！"

赵云鹏沉思片刻："我觉得战后休整期间，我们先从干部入手。冯进军是三十六年的老同志了，当连长也五年多了，此前流露过贪恋和平的麻痹思想，认为有美国人和苏联人干涉，这仗打不了多久，最终还是和谈。"

钟守田有点不耐烦地挥了下手，干脆利索地说："不行就换人，政委你掌管人头的，这方面我听你的。"

忽然，电话响起，是前线的二营打来的：敌人刚刚出现溃退的趋势，请求追击。钟守田大喜，刚要下达命令，赵云鹏突然冲上前去，把手一挥，坚决叫停了钟守田准备发起的阵前反追击。

赵云鹏十分冷静地说道："根据前期侦察和对25师作战特点的了解，我判断他们准备了大量火炮和充足的炮弹，我们必须'避其锐气、攻其惰归'。"

钟守田虽然非常不情愿，但还是下达了撤出表面阵地的命令。

果然，国民党军75团的炮弹接踵而来，将山头的阵地翻了一个遍。感觉后脑勺发凉的钟守田摘下军帽，毛骨悚然地说："乖乖哩，政委，你神了！"

钟守田非常清楚，就算有完备的土木作业工事群，刚刚那一顿炮击至少也能损失一个排甚至更多，现在他已经开始学着从"老赵"的观点看问题了。根据以往的经验教训，他总算对"不听老赵言，吃亏在眼前"的话心悦诚服了。

李公言的炮击没起到任何作用，进攻自然而然又一次被打了下去。

牛秦川在李公言第二次进攻失利后来到指挥所，见李公言正在部署炮击，于是将炮击时间和弹药基数作了减半。

很快，炮击停止，友邻部队纷纷进入阵地。

赵云鹏眉头紧锁，心里琢磨着：刚刚的炮击时间和弹药量明显小于上一次炮火准备，被击溃的敌人应该恼羞成怒，应该加大炮击火力，为什么减弱了呢？

赵云鹏突然想起抗日时期牛秦川曾经与自己提到过的"步炮协同""弹幕徐进""欺骗炮击"等战术。

赵云鹏立即阻止了准备进入阵地的二营。就在赵云鹏准备联络友邻阵地的时候，国民党军的炮火再度密集落下，顿时，大地颤抖，泥土混杂着鲜血在燃烧。

炮击过后，嗷嗷直叫的国民党军75团三个连分三路同时发起了冲锋。在国

第十七章 孪生对阵，心灵感应

民党军精准的炮火压制下，我东北民主联军独立旅与国民党军75团反复厮杀，双方甚至一度进行了白刃战，战壕内外布满了敌我两军的尸体。最终，国民党军占领了友邻部队一个小高地。

李正谊限令时间突破防线。牛秦川亲抵攻击阵地督战，与身处一线的赵云鹏几乎同时举起了望远镜。双方都在望远镜中发现了对方，为了稳住对方，两人举着望远镜岿然不动，各自悄然调来了迫击炮。

用赵云鹏的话说，要给这家伙点颜色瞧瞧！用牛秦川的话讲，让你个瓜尻知道知道我的厉害！

赵云鹏被牛秦川炸得灰头土脸。牛秦川因为我军炮兵的射击技术"不好"，差点被一发迫击炮弹直接带走。

望着熊熊燃烧的吉普车，心惊胆战的牛秦川意识到，共产党军的炮兵根本不是瞄哪里打哪里，他们就是简单地把炮弹打过来，至于打到什么地方就全靠老天爷了。

稳住对方，调迫击炮上来，两人如此默契，让牛秦川回忆起当年与赵云鹏共同夜袭日军机场，两人此前在红军时期交手好像都心有灵犀一般。每每两人作战相遇，各自的"出奇制胜"总能和对方撞到一起。

回忆性格、志趣相投的两人在学校陪着小师妹湖中荡桨时，梅钰琳落水，不会游泳的两人奋力施救，结果变成了三人落水。

赵云鹏溺水发烧，从来不生病的牛秦川也跟着莫名其妙地发起烧来。去了几家医院也查不出个所以然来，等赵云鹏好了，牛秦川也不治而愈……

这些难道都是巧合？深夜浅眠的牛秦川被到访的李公言唤醒。李公言通过炮兵的观察哨了解到，此前楚伟生指挥的敢死队趁着烟雾，把武器直接丢进了共产党军队的战壕，疑似全体投共了。

李公言气得咬牙切齿，如同热锅上的蚂蚁一般在帐篷里面来回踱着步。

牛秦川则是一副事不关己高高挂起的样子，自己已经有言在先了，如果不是自己，恐怕75团连目前的这一小块阵地也啃不下来。如果李公言有自知之明，知道和自己联手才有出路，就不妨指点指点；要是李公言不明事理，他也不介意看热闹，二攻本溪原本就是熊长官搞出的"热闹"。

沉默片刻，李公言叹了口气说道："副师座啊，你说说，楚伟生这等三民主义的坚定追随者都会阵前投共，如今这世道真是让人捉摸不定啊，是喜还是悲啊！"

牛秦川望着李公言这副迷茫的神情，好似一阵凉风掠过心灵一般，浑身起了鸡皮疙瘩，感到拔凉拔凉的。他想：照这样下去，投共就会像一种传染病，立即蔓延开来，会不会出现"侬今葬花人笑痴，他年葬侬知是谁"的局面呢？由此可见，共党政治工作的这种攻心力、瓦解力实在是太可怕了！

想着想着，牛秦川随口说道："不久前，保密局的一位老大哥宴请陈总长，酒后吐真言，这偌大的天下啊，何人不通共？咱们远的不说，先是去年十月第十一旅的曹又参，后面是十一战区副司令长官高树勋指挥的新八军，那可都是成建制投过去的，你这区区几十人算什么？"

李公言目瞪口呆地望着牛秦川，略带疑虑地问道："不是说高树勋是被共军俘虏被迫而为吗？"

牛秦川冷哼一声："有些事，听听就算了，别当真，别当真啊！"

听牛秦川的言语之间，他在国府那边似乎几条线都有关系，尤其是陈总长在蒋总裁面前是一等一的红人，李公言当即换了一副嘴脸，挤出一点儿笑容说道："副师座，我这里有上等的威士忌，来点？后面的仗要怎么打，请您指示，卑职当拼尽全力，为党国效忠。"

牛秦川用手指敲打了几下桌面，反问道："听我的，就下命令全团立即后撤十五公里。"

李公言顿时一惊，反应极快地问了一声："共军今晚会夜袭？"

昏暗的灯光下，牛秦川谨慎而神秘地点了点头："我有一种非常不好的预感，但是每次这种预感都非常灵验，要不要赌一赌？"

李公言惊讶无比地望着牛秦川，心里如同万马奔腾一般，心里说你他娘的管这叫"预感"？在老子老家，这玩意儿叫"乌鸦嘴"！再者说，这玩意儿等于是拿命在赌啊！怎么赌？你姓牛的显然是在挖坑准备埋自己，还是说真有准确情报，留了一手充大尾巴灰狼？

犹豫了一下，李公言也彻底放下身段，坦言道："副师座，咱们是将计就计呢，还是给共军设伏？"

牛秦川微微一笑，立即推开地图，指着上面的圈圈点点说道："本溪山脉绵延，进入本溪城的铁路关卡都控制在共军手中，我们能够排兵布阵发挥优势的地方已不多了，尤其是炮兵部队更是难以快速实施机动。设伏就要有足够的诱饵，你敢拿炮营赌吗？一不留神，饵被吃了，最后一地鸡毛，那才是烂摊子呢！"

李公言有些不死心，坚持己见道："多少也是个机会，此番三路进攻，14师折进去了一个副师长不说，182师辎重大队成了共军的补给队，25师就拿咱们75团来说，迂回穿插，已经在原地迂回穿插了整整一天了，已有三百多人的伤亡。"

第十七章　孪生对阵，心灵感应

牛秦川压低声音道:"留下一个连吧,如果共军来夜袭,让兄弟们立即撤退,各营包括炮营猛烈开火,把携来的炮弹都砸出去。等天一亮,你就去师部请功,说昨夜重创共军一部,缴获兵器若干。"

李公言瞪大了眼睛,望着牛秦川,将信将疑道:"可行吗?去哪里弄缴获啊?"

来回踱步的牛秦川微微一笑,胸有成竹地说:"前段时间,不是收缴了土匪武装一大堆破烂货吗?再从壮丁队里面拉百十号人,俘虏不就有了吗?"

李公言被此番话激发,用一副佩服得五体投地的表情说道:"没想到,副师座也精于此道嘛!"

牛秦川不屑一顾地说:"以前仅仅是不屑而已,现在人在屋檐下不得不低头啊!你我兄弟是一根绳上的蚂蚱,输得太难看了,长官能饶得了你我吗?"

当夜,赵云鹏组织了两个营的兵力准备给李公言的炮营来一个"黑虎掏心",结果一根鸡毛都没见着。侦察回报,入夜后国民党的炮兵直接跑了。出击夜袭的部队刚刚撤回来,十几公里外的国民党军漫无目的地疯狂射击。

国民党的"独角戏"足足唱了大半夜,以往一个连的共产党军队都能被说成一个营甚至更多,这次夜袭打得如此激烈却并未请求增援,只要求了弹药补给。深感疑惑的李正谊将电话直接打到了75团的团部核实战果,紧接着沈阳东北长官行辕的电话也打到了团部。李公言信誓旦旦地表示:已击溃共军夜袭,俘虏缴获颇丰。

李正谊对李公言只能信五分,但是对自己看不上的牛秦川却非常相信。因为牛秦川能打会打,眼睛里面容不得沙子,一就是一,二就是二,让他弄虚作假那他会直接掀桌子的,所以对于李正谊来说,牛秦川这种人不能不用,又不能重用。这就是国民党官场的"魅力"所在,每个人都在"精算"。

此时此刻,无论是师长李正谊还是军长赵公武,甚至熊式辉长官都需要一场胜利来粉饰这次进攻失利带来的影响。

我军的主动出击,也让原本准备偃旗息鼓的牛秦川看到了机会:独立旅策应掩护北山的另外一侧山坳。因为每年夏季都有洪水难以通行,所以人兽罕至。牛秦川决定来而不往非礼也,同样发动一次夜袭,进一步扩大战果!

赵云鹏通过这次出击也发现了自己防区与友邻部队防区之间竟然还有一个口子。随着抽调两个营夜袭国民党炮兵阵地,部队返回阵地的路线已经大体被敌人标识出来,那么这一段防御空白区域很有可能已经暴露给了敌人。赵云鹏相信牛秦川一定也发现了这个衔接处是个软肋,当务之急是调预备队上来堵住口子。

钟守田觉得赵云鹏大惊小怪,认为上级作出的防御部署在缺乏有力证据之前岂容轻易调整。最终,赵云鹏与钟守田达成了一个备用替补方案,命令前段战斗激烈撤下去整补的三营,立即调整开赴北山一侧的山坳设伏。

三营长伤愈未归,旅副政委魏马列代理三营教导员。胸前别着两支钢笔、满口东北味俄语的魏马列却不以为然,自认为在中俄边境参加过双方协商会议,又读过延安军政大学,并未将赵云鹏的命令彻底执行。

魏马列一面向上级越级报告旅里私下调整兵力部署,一面以等待新命令为由将全营的行动滞缓,在赵云鹏三番五次的催促下,他竟然只派了一个连的兵力设伏。

九连一直都是三营的老大难连队,成分复杂,有绺子跑单的土匪和地痞,有在伪军干过的兵油子,更有甚者干脆就是国民党潜伏进来的特务。

因为快速扩军的关系,加上当地缺乏群众基础和党组织,很多人能够隐藏此前的身份和经历轻而易举地混入我们的队伍之中,甚至将吃喝嫖赌的坏习气带到部队中来。地方群众将这些人称为"新八路"。

"新八路"与根据地来的"老八路"产生了鲜明的对比,九连只有五分之一是"老八路"。之前的战斗中九连已经出现了逃兵,对天开枪的也不在少数,更直接的是打完子弹把枪一丢。

结果,三营九连刚刚赶到就迎面撞上了牛秦川的75团突击部队,毫无战意的九连被击溃而退。意识到出了问题的魏马列,立即带领其余三个连试图堵住突破口,但遭到了占据优势地形的敌人火力杀伤,被压制在山坳里不能动弹。关键时刻,赵云鹏带领警卫连从侧翼穿插,迅速堵住了牛秦川部队的猛攻。

钟守田则率领一营二连从敌侧后出击,迫使牛秦川的进攻未能直接撕开我们防御线的口子。战斗中钟守田被弹片击伤,怕影响指挥作战,他竟然瞒着没报。

但是,噩耗传来,北山的山坳不过是牛秦川的虚晃一枪,独立旅正面阵地遭到明修栈道、暗度陈仓的牛秦川的75团主力的突破。

天明时分,李公言在占领我军的阵地上与牛秦川合影,更是对牛秦川的神来之预判佩服得五体投地。牛秦川不等独立旅抽调部队反击,采取主动撤退,让钟守田蓄力雪耻的反戈一击落了空。

钟守田也清醒地认识到,即便是烂到了根子的国民党里面也是有能人的,轻视敌人,自己就必将付出高昂的代价。

第十八章　化四平为马德里

1946年4月至5月，国共两党在东北四平进行了一场大规模会战。有人说这叫"喋血四平"，也有人说这叫"四平保卫战"。这是国共两党抗战结束后，第一个回合的重大军事较量。围绕着这场较量，国共两党的高层展开了一系列政治、军事、外交斗争。党中央下了铁的决心，坚决阻止国民党北上。蒋介石调兵遣将，一方面调军进入东北，另一方面又派他认为的所谓"高手"亲临四平一线督战。蒋介石怀疑杜聿明不是林彪的对手，在四平大战快结束时，还派白崇禧到东北督战。

白崇禧，字健生，回族，广西桂林临桂区会仙镇山尾人，陆军上将，是军阀新桂系代表人物，被誉为"小诸葛"。在北伐和抗战中，他多次受勋，有丰富的指挥作战经验。这次为蒋介石提供的详实周密的攻占四平作战计划就是出自他手。

抵达东北后，白崇禧与杜聿明亲临开原指挥所指挥。此时，前线战争异常激烈，已到了决定胜负的关键时刻。白崇禧不愧为"小诸葛"，为杜聿明出主意、想办法。国民党军分三路向四平进逼包抄，致使林彪所部伤亡惨重。

整个战役中，"小诸葛"提出了一鼓作气打完四平战役并肃清东北共产党军的全盘计划。但他却忘记了自己的身份，更不明白蒋委员长的心意，还向蒋介石建议：东北大局不日扫平后，只留少部分部队布防，调东北五个美械装备师到华北，全归北平行营主任李宗仁指挥，又可全部消灭华北聂荣臻部，如此一来，北方局势大定矣。

按说白崇禧的身份、地位、资历，由他主政东北，这个要求并不过分。但对桂系，蒋介石是既要用，也要防。为了给白崇禧面子，蒋介石回到南京以后，任命他为国防部长。

按照东北民主联军的总体部署，赵云鹏所在的独立旅正在由本溪转入四平保卫战。这天中午时分，赵云鹏让警卫员马德礼把民主联军转来的党中央、毛主席发的电报精神，迅速传达到各营连，特别提醒各营长、连长们务必将毛主席提出的"化四平为马德里"的决心指示传达到每个人，并坚决贯彻执行。

但是，班、排、连、营的指挥员们，大部分都不懂得马德里指的是什么意思。作为警卫员的马德礼更是一头雾水，甚至还奇怪地发问："毛主席什么时候知道我这个小兵？"

战士胡二毛面带疑惑地询问副班长房土根："副班长，啥是马德礼呀？是旅部的那个警卫员吗？"

房土根也是一脸茫然，转身望着排长周大国。周大国瞪圆了眼睛，说道："问连长去，俺凭啥知道啥玩意儿是马德里啊？"

齐连长与方指导员惊讶地望着周大国和房土根，一摆手："这个让指导员给你们详细讲一下。"

方指导员瞪着眼睛望着齐连长："我讲什么？我哪里知道什么是马德里？问营长去，营长不知道就问旅长去。"

刚好路过此地的钟守田听到了房土根和周大国的问话，当即转头一溜烟小跑不见了踪影。

返回旅部，钟守田主动倒了一杯热茶端给赵云鹏。赵云鹏放下手中的钢笔，抿了一口茶问道："无事献殷勤，什么意思直接说吧。"

钟守田嘿嘿一笑，带着含羞的语气，急匆匆地说道："棒槌个咙咚呛的，什么事都瞒不过你老赵。这么个事，老赵你给俺讲一讲呗，中央那个要求'化四平为马德里'究竟是啥意思啊？"

赵云鹏听了钟守田这个提问，禁不住嘴角一翘，差点笑出声来。他清楚：下面提这个问题并不奇怪，这是由于我军是由知识分子和农民组成的。虽然我军武器装备比不上国民党，但我军高级将领的文化程度不比国民党的差，好多高级指挥员都是知识分子，而且不少大官都是留过学的大知识分子。而基层的营连排长们，特别是广大士兵，大多数是缺乏文化知识的农民，所以他们哪里知道什么是马德里啊。

于是，赵云鹏给钟守田从党中央的战略决策讲起，从最开始的"向北防御，向南发展"，到"让开大路，占领两厢"，再到四平的重要战略地位，以及坚守四平能够为我们建立巩固根据地争取时间等，总之把上级重要方针和指示精神翻译成群众听得懂的语言，讲了个透。最后赵云鹏耐心地给钟守田详细解读了世界战争史上著名的马德里保卫战，还给钟守田讲解了惨烈至极的斯大林格勒保卫战。

钟守田听完之后满脸震惊道："俺知道了，政委，一会儿总部的梅记者要来采访咱们旅的战前动员和战后总结，要在全军所有部队推广，你准备一下。"

第十八章 化四平为马德里

钟守田说完后，一路小跑去三营驻地，在营部门口转了几圈也没见到一个人，于是又去九连，发现了房土根正在擦机枪。实在憋不住的钟守田叫住了房土根："小房同志，你最近有没有什么疑惑的问题啊？"

这一问倒使房土根有点疑惑了，他翻了翻白眼，回答道："报告旅长，没有！"

钟守田被到了嘴边的话给噎住了："真的没有问题？"

房土根再一次立正回答道："没有！"

看了一眼房土根，钟守田也不管他有没有疑虑问题，执着地问道："那个马德里搞明白了没有？"

房土根恍然大悟："听说下午开战后总结会，赵政委要给全旅讲一讲。"

一听下午赵云鹏要讲，准备现学现卖的钟守田当即急了，老赵要是讲了，他这一上午不是白忙活了？于是钟守田一挥手："告诉你们营长，全营集合，不用等下午了，我现在就给你们讲讲什么是'化四平为马德里'。"

嘟嘟——嘟嘟嘟嘟——，听到集合哨声后，三营全体立即集合，大家席地而坐，等待旅长讲话。只见钟守田拖着一张小板凳，得意洋洋地坐在了磨盘上，俯视下面，正襟危坐地讲了起来："同志们，这马德里啊，呵呵，就是西班牙的一个城市。大概是在1936年底，独裁者佛朗什么玩意儿的，在德国法西斯的支持下要夺取政权。全世界包括苏联、法国和咱们中国在内的五十四个国家三十五万志愿者，组成了国际纵队来保卫西班牙首都马德里。马德里惨烈的保卫战坚持了快一年，最终赶走了侵略者。党中央、毛主席号召我们要像保卫马德里那样保卫四平，就是要我们把四平变成第二个马德里，变成敌人的坟墓。"

震耳欲聋的掌声中，正陪着梅钰琳来到三营的赵云鹏惊讶不已，合着老钟上午找自己取经，为的是现学现卖啊。

没察觉到赵云鹏到来的钟守田得意道："你们这帮混小子，老说俺老钟是大老粗没文化。俺告诉你们，俺是不稀罕显摆，俺这叫什么？内什么来着？"

赵云鹏站在钟守田身后不远，小声提醒道："内敛。"

钟守田听到赵云鹏的声音顿时感到十分尴尬，于是转身说道："大家欢迎赵政委讲讲，呱唧，呱唧，呱唧！"

赵云鹏环视了一下全场的官兵，觉得这是一次统一思想的好机会，于是站到石磨前，也讲了起来："我在刚才钟旅长讲的基础上补充几句。大型城市攻坚战一般是从外围阵地争夺战开始的，最后逐街逐楼的争夺战和巷战就是名副其实的绞肉机。谁能坚持住最后五分钟，谁就能够赢得最终的胜利。而且，四平街自古以来就是兵家必争之地，早在1904年，日俄双方在四平老街、大洼附近就激战过，共死伤将近九万人。"

赵云鹏起身从马德礼手中接过一张地图，随手就挂在一旁的树上，拉开地图，比画着说道："毛主席让我们'化四平为马德里'，意图就是要尽一切可能坚守四平，让北满根据地能够建立起解放区，这也是为进行土改争取宝贵时间。老四平街更是中长路和辽源至通化两条铁路的交会点，是通往南满、西满和北满的唯一重要交通枢纽，东北的一切战略物资运输都必须通过四平街，它是依赖铁路机动的国民党军必争之地，也是我们必守之地。"

接着，赵云鹏又讲道："我们坚守本溪，就是为四平分担压力牵制敌人。本溪这里的战斗越激烈，就越能牵制敌人的有生力量，所以啊，保卫本溪就是在保卫四平。"

梅钰琳将赵云鹏的观点迅速记录下来。很快，一营、二营、四营和炮兵营的官兵陆续集合完毕。

赵云鹏认为国民党军的此番猛攻，部队被动防御伤亡较大，于是提出建议：收缩防御纵深，采取多点、多层防御策略，白天逐渐退守机动防御，夜晚发扬我军夜战、近战优势夺回阵地。

赵云鹏在作战方面从来不搞一言堂，他经常组织经验丰富的班长排长甚至解放战士等战斗骨干，介绍每一次战斗的经验，以及如何减少伤亡，怎样以劣胜优，如何因地制宜地根据不同的敌情创新战法，发扬军事民主来献计献策，使独立旅的仗越打越精。但从过去习惯的游击战、运动战转为阵地战、围歼战还是要有一个过程的。

接连两场大战，独立旅的五个营除炮营只有迫击炮连参战以外，一、二、三营伤亡较大，而四营则伤亡较小。战后总结会上，四营长冯进军觉得三个主力营伤亡过大，旅首长要负一部分指挥责任。对此，赵云鹏欣然点头赞同，让冯进军具体讲一讲四营的阵地战经验教训。

冯进军认为他将主阵地设在反斜面，棱线阵地上放一个班做观察哨，这样能够将敌人炮火带来的伤亡降到最低，如果时间允许还可以在反斜面构筑坑道防炮击。

对此番防御作战总结，钟守田气哼哼地站起身来，批评道："有些营连，自己的任务完成了，眼看着友邻单位阵地受到敌人攻击却不闻不问，从侧翼主动出击都不懂吗？主阵地丢失还要你侧翼阵地干什么？"

赵云鹏接过话茬儿说道："同志们，战场敌我态势瞬息万变，作为营连这一

第十八章 化四平为马德里

级的指挥员，要发挥主观能动性，扬长避短、保存自己、消灭敌人。扬长避短可不是消极避战啊，和敌人比火力现阶段我们就是叫花子和龙王赛宝，我们要在战法上多做文章、多出奇招。"

钟守田点了点头："让你们平时多动脑筋，好像要了你们的命一样。四营长，你给我说说什么是'三猛战术'。"

冯进军站起身来："报告！就是对敌人猛冲，猛打，猛追！"

赵云鹏微微一笑："那什么时候采取这些战术才最适合呀？"

冯进军当时一愣："什么时候采取这些战术？"看来他还缺乏思考和研究。于是，赵云鹏走到小黑板前，写下八个大字：兵无常势，水无常形。

赵云鹏敲了敲黑板，说道："几千年前咱们的老祖宗就总结出了兵无常势，水无常形，意思就是说你们这些营连指挥员，要时刻把握战场的动向，把握适当的时机，使用适当的战术。比如'四快一慢'的战术：'四快'一是向敌前进要快，进攻时怕敌人跑了所以奔袭抓住敌人要快；二是准备工作要快，抓住敌人后进攻准备工作要快，如看地形、选突破口、调动兵力、布置火力、构筑工事、捆绑炸药、政治动员等都要快；三是扩大战果要快，突破后不让敌人有机会重新组织抵抗；四是追击敌人要快，当敌人开始溃退时，应立即展开快速且坚决的追击，不给其喘息之机。'一慢'是指发起总攻的时机要慢，在这段时间里做好充分的准备工作，它不是指拖延或犹豫不决，而是指在决定性时刻到来之前要有耐心并进行周密的准备。"

赵云鹏的讲解让下面参会的营长、连长们交头接耳，纷纷议论起来。显然经过赵云鹏的讲解，大家很受启发，众人开始举一反三。一营长方吉洲说道："这次防御作战，我们营打得不好，问题在于没能灵活机动地使用战术，防御战术过于呆板，没能像四营一样机动防御，甚至把敌人放进来扎小口袋。"

赵云鹏在黑板上画出了三三制队形的正三角与反三角队形。三营长单华英主动发言："政委、旅长，我觉得我们不能死板地进行阵地防御，要配合阵前的短促出击和阵前反击，组织好突击组、爆破组、支援组和掩护组，加上救护队，这四组一队，让伤员能够及时被抬下火线。"

赵云鹏听后，点点头，插话补充道："咱们旅准备搞个全旅的正副班长和正副排长的三三制战术研学班。"接着他又说道："同志们，战术是死的，人是活的。在战斗中学习战斗不假，但是学费是我们战士的生命啊。作为指挥员，我们要牢牢绷紧这根弦，如果战术用得不当，甚至用错了，付出的代价就是鲜血和生命。"

钟守田惊讶地望着赵云鹏，跟进着补了一句："合着'三猛战术'是与'四快一慢''三三制''四组一队'结合在一起的啊！"

赵云鹏见大家开始热烈地讨论起各种战术在实战中的应用，十分高兴，拍了拍冯进军的肩膀，提醒地问道："听说你和黄教导员之间还有些矛盾？"

冯进军顿时一愣："哪个不开眼的混蛋乱嚼舌根？作战指挥那是军事干部的职责，教导员做好政治工作就行了。我们也是按这个分工的，根本没矛盾。"

钟守田瞪了一眼冯进军，纠正地说道："军事干部就只管作战吗？政工干部就只做政治工作吗？乱弹琴！咱们旅无论作战、政工乃至生活保障，哪件事不是我和政委一起商量的？关键时刻政委给我撑腰杆。冯进军你也是老同志了，怎么还搞那套军事政治分家呢？你想上房啊？"

觉得自己是老革命的冯进军面子挂不住，嘟囔着："旅长，有一说一，我四营新兵和解放战士最多，我们战果最大，伤亡最小。军事是军事，政工是政工，各管一摊也挺好的。"

钟守田最见不得有人跟自己顶嘴，一气之下把冯进军的四营安排去白家沟一带协助搞土改工作了。会后钟守田气得在旅部里面来回踱步："这是怎么了？在山东根据地都好好的同志，怎么一到东北来就现了原形？不想离开大城市的，有了一点儿成绩就翘尾巴的，贪图安逸享乐的，看到女人走不动路的，混日子摸鱼的，这些都是他奶奶的什么东西？"

赵云鹏给钟守田倒了一杯热水，耐心地说道："别说下面的同志，之前你老钟不也是惦记着三十亩地一头牛、老婆孩子热炕头吗？这么多年抗战，同志们确实打累了，所以滋生出贪图安逸的和平麻痹思想。我们符合'二八五七团'的标准能够结婚，下面营连排一级的同志们呐？他们当中有些不比你我年纪小喔，都还打着光棍，你说能没点情绪吗？东北天寒地冻，条件艰苦，同志们大多来自南方，水土不服，就连吃喝都不习惯，所以呀，滋生一些情绪我们要给予理解，堵是堵不住的，要疏解开来，只有疏解开了，才有战斗力。"

钟守田梗着脖子道："政委你别劝我，有些人就是要用重槌敲响鼓。"

赵云鹏走到窗前，推开窗户，望着窗外一片冰天雪地说道："这个时候，我老家的桃花已经开得漫山遍野了，可这里却是天寒地冻。我们这个阶段的任务非常重，战术上要和敌人争夺本溪，战略上本溪是不可守的。钟守田啊钟守田，我们现在面对的最重要的工作就是'守田'。要通过土改将土地分给来参军的同志，耕者有其田嘛，让每一个官兵都懂得'保田自卫'的真正意义，而这些工作绝对不是几句简单的鼓动口号和宣传标语就能够做到的。"

第十八章 化四平为马德里

钟守田点点头，有些无奈地说道："外面人看，我们这些军事指挥员叱咤风云，斩将夺旗，实际上，部队的战斗力凝聚力的根本是来自政治工作，要靠政工干部去做！当然，政治工作我们军事干部也要做，大家一起来做，真正把思想搞统一了，把民心抓住了，把士气鼓起来了，什么样的敌人我们都不怕！"

钟守田拿起杯子喝了口水，静了静心，感触颇深地接着说道："我觉得政工干部搞的那个军事民主很厉害，让大家敞开思想，研究战法。"赵云鹏马上接上去说道："是的，把大家研究的那些管用的战法好好整理整理，报上去让上级为我们再总结提高一步。"钟守田高兴地直点头。

忽然，钟守田一个趔趄。赵云鹏急忙扶住他道："怎么回事？"赵云鹏扶着钟守田时才发现，他竟然隐瞒着伤情。钟守田坦言，他对四营很不放心，让赵云鹏多盯着点，之后他高烧陷入昏迷。赵云鹏急忙将钟守田送往野战医院。

赵云鹏对四营的现状也非常不满意，他发觉各种教育和政治活动只要不经常化、不连续做，就会出各种各样意想不到的问题，他准备把四营当成一个试点。鉴于四营新兵多、成分复杂的特点，赵云鹏还专门找到白晓芳，准备带着宣传队去给四营单独"加餐"。

赵云鹏准备先行抵达白家沟，找白家沟土改队队长孟云生了解一下土改近况。敌人一周连续两次进犯，肯定会给土改工作造成一定的影响，土改工作会不会出现"夹生饭"？这是赵云鹏十分担忧的事情。

冯进军带着一个连进驻了白家沟，孟云生正带着土改工作队在清点白家的浮财。白家的几房姨太太早几天就开始闹着分家，各自往外藏东西，今天看见工作队上门就开始撒泼大哭大闹。对于白老太爷，孟云生再了解不过了。白家的万亩良田都是一亩一亩地从周边农民手中抠出来的。

民愤最大的时候，白家就含蓄一些，用下田换中田，中田换上田，玩起了田忌赛马。

孟云生非常严厉地呵斥了哭穷的白老太爷，带人去丈量土地打田桩子准备分田地。等孟云生一转身，白老太爷眼里就流露出了凶狠的目光，咬牙切齿地说："老白家万亩良田是祖上三辈人的心血，谁敢动一分地，俺生吞活剥了他！"

白晓虎快步进入大院，向白老太爷耳语了几句。白老太爷一抬头，惊讶道："能行吗？"

冯进军觉得自己是被旅长发配来协助土改的。四营组建最晚，骨干最少不说，武器还是拿兄弟营换下来的，连膛线都磨平了的老套筒和辽十三这样的老爷枪都能凑出两个排。自己还是打了胜仗的，怎么就这么不受待见呢？他越想越觉得委屈，越委屈越猜疑：一定是有人在旅长和政委面前打了自己的小报告。满肚子的怨气憋得他老想发火。

对此，教导员黄亚文反复向他解释开导。但无论怎样解释开导，冯进军总是过不了"有小人谗言"这道心里坎。

让他没想到的是白家沟竟然是个大村子，近两千户人家，全村分为上村和下村，依山而建，一街二行坐落有序。没进村子，三里路外就能看见白家一座座的各种牌坊，有文武进士，也有烈女节妇。看得冯进军直吧唧嘴："这老白家不是一般的大地主啊！"

身旁的有心人递上小道消息："宣传队的白队长就是白家的千金小姐，她和咱们政委谈在一起了。"

这个说者无心、听者有意的消息让冯进军十分惊讶，他心里合计着：那赵政委不就是白家的姑爷吗？政委派自己来监督协助土改，是不是有另外一层意思啊？

白家沟的土改工作一直未能有实质性的进展，这是因为当地老百姓害怕白家秋后算账，赵云鹏救出白晓芳无异于是变相打开了土改工作的局面。白老太爷与白晓虎假意组织族人踊跃报名参军，实际上玩的还是两面三刀的把戏，他们认为共产党长不了，只要共产党的部队从本溪一撤走，就……

自从进入了沈阳，冯进军就被日伪留下的那些纸醉金迷的场所吸引，但是碍于囊中羞涩和部队管理太严，始终没机会去见识见识。

这天，白家沟恰逢大集，热闹出乎了冯进军的意料。街头耍把式卖艺的、拉洋片的、卖大力丸的，呼喊声此起彼伏，满大街挤满了十里八乡前来赶集的人。

青花楼是白家沟最大的做买卖的集市，前面三层青砖小楼是酒肆，后面三进的院子和三面围楼是住宿的客栈，往来白家沟的商贾一般都选择在这里留宿歇脚。

非常巧合的是，冯进军在这里遇到了一个久违的"大哥"，在东北民主联军作战科任副科长的王福芳。两人一番寒暄，一下子就觉得相见恨晚。冯进军见王福芳穿着崭新的军服，脚下的皮靴闪闪发光，立刻让自己相形见绌。

王福芳好奇冯进军怎么来了白家沟。冯进军长叹一声，把原委添油加醋说了一番。王福芳摇了摇头，苦笑道："你摊上了赵云鹏这种六亲不认的政工干部，算你倒霉！你们旅长别看骂人狠，但他还是讲点情顾点旧的。今天既然我们俩相遇，说明有缘分，老乡见老乡，两眼泪汪汪，中午小酌一杯吧。"

冯进军面带尴尬道："不太方便，队伍还没安置下，另外兄弟我囊中羞

第十八章 化四平为马德里

涩啊!"

王福芳顿时哈哈大笑起来，推着冯进军进了包房。

身材妖娆、风韵十足的老板娘金串，随着一阵香风推开房门，一进屋就一屁股坐在了王福芳大腿上，搂着王福芳的脖子亲昵道："哎哟喂，怎么今儿个穿得这么带劲儿啊？都快看不出来了！"

王福芳尴尬地咳嗽了一下，把几块大洋往桌子上一扔，说道："介绍一下，独立旅四营长冯进军，是我的老乡，快把拿手的好菜安排上吧，另外……"

心领神会的金串看了一眼目瞪口呆的冯进军就起身离去。王福芳得意洋洋道："放心吧，哥们儿，这里是山高皇帝远。另外，我给你透露一个消息，四平吃紧，三纵可能很快就要调过去了。"

冯进军顿时一惊："三纵如果走了，就靠四纵和独立旅加保三旅能守住本溪吗？"

王福芳也是一脸担忧道："上级首长也说了，明知不可为而为之，这次我们是明知山有虎，偏向虎山行了。如果弃守本溪，那四平方面的压力就太大了，所以本溪是能守一天就多守一天吧。"

冯进军倒吸一口气，问道："三纵的主力一走，这本溪还能守得住吗？这是要把我们都拼光啊！"

突然，门开了，白晓虎大摇大摆地走了进来，给王福芳作了揖，大大咧咧地说道："王长官安好！这位长官是？"

王福芳给白晓虎介绍了冯进军后，随即白老太爷也进入了包房。白老太爷没聊几句就大肆哭诉了一番，这让冯进军颇为同情了起来，因为他当年参军的时候家里也有些田地，大地主算不上，也只能算个小地主吧，否则家里哪来的钱送他到省城读书接受新思想？

听到"土改工作队如同土匪恶霸一般，如狼似虎地将白家分了个精光"，冯进军也开始担忧起自己家的地来，自己家里的土地那可都是父辈节衣缩食攒下来的，记得母亲劳累了一天，晚上还要在油灯下给人做绣片，结果熬坏了眼睛。越想越担忧的冯进军，开始有些坐立不安了。

片刻后，白晓虎与白老太爷离开。王福芳将白老太爷带来的两个小篮子的其中一个推给冯进军："这枣你可要仔细品尝品尝！"

冯进军一拎，觉得有些沉，拨开枣子发现下面都是白花花的银元，顿时一惊："这怎么使得？这算怎么回事？"

王福芳一脸不屑地说道："瞧你那没见过世面的样子，你的部队不是没地方住吗？让他们住到白家大院去。"

冯进军疑惑地问道："这能行吗？"

王福芳压低声音说道："怎么不行！打土豪分田地，地主家的院子也是要分的。咱们官兵凭什么要挤在天寒地冻的牛棚里，冻坏了非战斗减员谁负责？你让部队住进去，土改那伙人敢动什么？过段时间，三纵主力一走，只剩下一个九旅，国民党肯定闻着味就跟过来了，咱们也会撤的，到时候这土改就不关咱们什么事了。"

冯进军听后，陷入了沉思，恰好金串带着一个烫着大波浪、涂着鲜红嘴唇的女子进了包房。这女子一身肥肉，没有任何羞涩地一屁股坐到了冯进军的身旁，解开胸前两个扣袢，然后把手搭在了冯进军的大腿上，嗲声嗲气地说道："这位长官，你是要'拉铺'还是'住局'啊？住局晚上冷，是要加褥子还是要加被子呀？"

冯进军眼前一片白花花的，人好像麻木了一般，向王福芳投去求援的眼神。王福芳哈哈大笑道："在东北加褥子就是一个窑姐陪你，再加个被子，就是再加一个窑姐，两个人陪你的意思。你自己看着办吧！"

冯进军顿时如同被雷劈一般，连小篮子都不顾，随即抓着帽子在几个女人的大笑声中落荒而逃。

金串赶走了窑姐，立马换了个脸色，瞪着王福芳说道："眼下这局势你比我通透，你们大军要是一走，我指不定也要落得个通共被清算的下场。眼下怎么办？你倒是拿个主意啊！"

王福芳犹豫再三，试探道："要么你跟俺走，否则就走不脱了，老子会死心塌地地对你好的！"

金串一撇嘴，扬着眉说道："跟你走，你们队伍上能容得了我？伪满洲国那会儿我好歹也是混成三旅王大炮的五姨太，怎么了？谁让你们民主联军喝多了马尿就闯寡妇门了！我是打开门做生意，生意不清白，我人可是清白的，出去别说老娘不给你留情面。"

王福芳顿时没了主意，他也怕金串把事情闹大。别看这小泼妇才二十四，但包娼庇赌五毒俱全、样样在行。但自己可不行，按纪律，奸宿民女可是要被枪毙的死罪，酒后乱性被人拿住也是要受处分的，王福芳一时间乱了方寸。

一脸幽怨的金串长长叹了口气，细声慢气地说道："我也想和你长相厮守，你自己也要争气才行。我自从认了白老爷子为干爹，就知道白家的大洋不是白拿的！你不觉得烫手吗？"

第十八章　化四平为马德里

王福芳听得心烦意乱。他想：是啊，白家的钱来得容易花得也顺手，但大部分不是都花在了你金串身上吗？怎么就这样六亲不认了呢？真倒霉啊！

金串见时机成熟，一下扑到王福芳怀里，然后抬起头，伸着脖子猛亲了王福芳一口，又用手在他胸口画着环环说道："你一辈子风里来雨里去，过着爬冰卧雪、朝不保夕的日子，还整天冒着吃枪子的危险，替共产党打仗，这是为谁活着？傻帽儿，你得为自己打算打算，什么共产主义、三民主义，跟咱们有什么关系？你要跟你的主义同归于尽吗？"

王福芳当即一愣，一下子听傻了，这哪里是窑姐能说出来的话。这时他对金串的身份好像猜出了七八分，但现在一切都晚了，无法挽回了。

王福芳哪里知道，委身于他的金串本名叫金常霞，是"三青团"发展训练埋在本溪附近的"暗子"。这一切，从他与白晓虎偶遇到一见如故，全部都是设计好的。

王福芳的内心不是没有过挣扎，他想过对组织坦白，但是坦白的后果是什么他非常清楚。他也非常害怕甚至夜不能寐，犹豫再三，他的双眼瞳孔不经意地微微一缩，眸底有道凌厉的光芒闪过。

第十九章　住进地主之家，土改队长被杀

被安排住进了白家大院的冯进军显得有些失魂落魄，窑姐旗袍下露出的白腿和那白花花的胸脯，让他这几天时时感到浑身发热、口干舌燥。午饭没吃成，自己竟然怯场了，冯进军感到十分窝囊，他一边埋怨自己的胆怯，一边又为那一小篮子被自己拒绝的大洋而懊悔。

白晓虎识趣地送来了猪头肉，还配了花生米等几个小菜，外加一坛子本地正宗的回锅烧。推辞不掉的冯进军觉得自己一人享用影响不好，于是又让几个连长和指导员都到他住的西厢房来一起喝酒。

让冯进军惊喜的是，白晓虎若无其事地将那个他心心念念的小篮子又放回到了他的炕边。白晓虎一离开，冯进军就立马翻看了一眼，手忙脚乱地藏了起来。几个连长与指导员随后也都来到了厢房打牙祭。

暖和的厢房，肉的香气，让饱受天寒地冻的几个连长和指导员欢喜不已，但是当场就有人提出质疑：住在大地主家里似乎有些不妥吧？

开席前，冯进军满不在乎地说道："这些天倒春寒来得很猛，天寒地冻的，官兵们都冻伤了怎么打仗啊？到时候出现了非战斗减员，政委和旅长又该批评我了。咱们营是后组建的，兵员最少，别的营四个连都有迫击炮班，咱们营三个连，黄教导员又是个胳膊肘朝外的，打仗捞不着主攻，关键时刻拆散了去帮别人的场子，打胜了人家是主力主战，咱们算什么？"

冯进军一番抱怨让几个连长和指导员都感觉十分压抑。此番战斗总结会上，四营是全旅唯一被提出批评的单位，这让下面的连长、指导员面子上非常难堪。

白晓虎非常识趣地不断把小菜和酒送进房间。冯进军好奇地问道："怎么不一起拿上来？"

白晓虎嘿嘿一笑："知道你们队伍上有纪律，再大的长官也是四菜一汤。你们可劲地吃吧，吃完了俺再上，管好、管饱、管够！"

正吃得热火朝天，孟云生带人来到了白家。因为白老太爷对于土改工作队的腾房告示根本不屑一顾，于是孟云生带人来到白家大院强行要求腾房，结果与白晓虎等人发生了冲突。

第十九章 住进地主之家，土改队长被杀

白晓虎故意大声嚷道："里面可都住着人呢，等些天再腾不行吗？"

酒劲上头的冯进军听到院外吵吵嚷嚷，披上棉袄起身准备去看看。孟云生也是气不打一处来，大声呵斥道："不管你住的是谁，都给我滚出去！"

恰好这句"滚出去"的话让冯进军听到了，他铁青着脸，瞥了孟云生一眼，憋着气说道："呦嘿，土改工作队威风蛮大的嘛，要让我滚到哪里去呀？"

与孟云生对峙的白老太爷趁机自己摔倒在地，于是白晓虎大喊起来："你怎么能打人？"

孟云生一脸无辜、莫名其妙地瞪着不去唱戏都可惜的白家父子。

里院的四营官兵也一股脑地涌了出来，很多官兵都是第一次住到这么好这么暖和的房子里，屁股刚刚坐热，就听到有人要他们滚出去，气不打一处来的众人聚集到了前院。

孟云生性格耿直，一见冯进军等人喝了酒，态度蛮横，也是气不打一处来，开口就问："你们是哪个部队的？"

冯进军冷笑一声，厉声回应道："独立旅四营的！"

孟云生激动之下，一挥手说道："知道你们，你们赵政委还领着俺们白家沟搞土改呢，大白天的你们就敢喝酒？还住到了地主老财的家里？我要把今天看到的报告给赵政委。"

冯进军顿时一股怒火涌上脑门，心想：一个小小的村土改队长也不把自己放在眼里，还要到政委那里告状。

一股无名之火迅速燃烧，直击冯进军的心头。孟云生指挥几个挖"窨子"小组准备在白家开始寻找藏在窨子里面的浮财时，冯进军手一挥，大声说道："不准挖！"

人数占绝对劣势的孟云生意识到好汉不吃眼前亏，而且没有必要与独立旅发生冲突，更为主要的是当前情况不明，于是主动选择撤退。

冯进军看到孟队长撤退了，又是大手一挥说道："继续喝！"

白老太爷与白晓虎对视了一眼，两人的眼神里充满了对冯进军敢于仗义相助的感激，于是他们轮番进入西厢房表达感谢，并将土改工作队形容成了一伙懒汉、街溜子组成的暴徒，到处说他们是借着土改的名义搞打砸抢。

冯进军正要大放厥词，突然门帘一掀，赵云鹏进入了房间。此刻所有人顿时齐刷刷地立正，靠边站着。连站都站不稳的冯进军，急忙摸索着系上扣子，嘴里喃喃自语道："政委，你，你怎么来了？"

赵云鹏铁青着脸，打量着众人，摇摇头，严厉地说道："你们四营刚到白家

沟就住进了地主的大院，本事不小啊！你们这些干部敢这样公然聚众酗酒，脑子里还有没有纪律？"说到这，赵云鹏脑子里闪现出刚才来的路上看见的民主联军作战科的王副科长浑身酒气、一步三摇哼着小曲儿的情景。想到这，赵云鹏强忍着涌上来的怒气，仔细观察了一下白家的大院。

看着看着，赵云鹏又想起，民主联军在白家沟还秘密架设有一部作战用的大功率电台，心想，这可千万不能出问题呀，否则敌人就会锁定我们的无线电信号，就可能导致指挥机关暴露而招致飞机轰炸。

赵云鹏此刻的内心非常复杂，他想，孟云生可是三代贫农啊，是土生土长的白家沟人，从小就给白家做雇农……可是，冯进军刚刚抵达白家沟就与孟云生这个土改工作队长发生了冲突，而且还发生在白家大院。眼看经过艰苦工作就要斗倒大地主，却因冯进军搅和，让情况变得非常复杂，难道真应了旁人议论的"赵政委是白家的女婿""到底不是一家人不进一家门啊"？难怪孟云生会跑到他面前来质问他："你们共产党说话到底算数不算数？"

想到这里，赵云鹏再也控制不住自己的情绪，走上前去一把掀翻了冯进军的酒桌，勒令冯进军："立马带人搬离白家大院！给我写出深刻检查。"

没写几个字的冯进军把检查直接撕成碎片，狠狠砸在地上，气呼呼地大吼道："让老子深刻反省，反省个姥姥，喝点酒怎么了？东北的部队哪个不喝酒？不就看老子不顺眼吗！"

冯进军正骂着，魏马列走进四面漏风的营部，一副假惺惺关心的样子："怎么了？放着好好的房子不住，偏偏要住这没顶的房子？"

冯进军微微一愣，接着话茬儿回应道："魏、魏副政委，你怎么来白家沟了？咱们赵政委不让住啊，我能怎么办！"

魏马列听了冯进军这个话，好像发现了什么不对劲的东西一样，气呼呼地来回踱着步，边踱步边说道："我就是过来看看四营的同志们，我一个副政委能说什么。赵云鹏是个教条主义者，有这个条件却不让同志住，这不是沽名钓誉嘛！再说了，那白家大院，说句不好听的话，以后是姓白还是姓赵，那还真说不准呐！"

听到一个旅副政委讲这么一番话，冯进军流露出一副惊讶的神态，急忙给魏马列倒了一杯水。冯进军也趁机大吐起苦水来："赵政委和白晓芳咱就不提了。那赵政委在湖南也算是地主家庭了吧，听说他母亲是大地主家的小姐，他父亲虽是个教书匠，但也是个乡绅，听说家里有上百亩地呢。"

魏马列眼睛顿时一亮："你听谁说的？这些有依据吗？我记得赵云鹏在登记

第十九章　住进地主之家，土改队长被杀

成分时好像写的是富农啊?"

冯进军得意地一笑，神秘地说："魏副政委，你来旅里时间不长，这些事可能不知道，但老独立营的人大部分都听说过，我是当时听钟旅长和赵政委聊天时无意中谈起的。"

魏马列急忙拿出小本子，掏出钢笔，用手指蘸了一下口水，翻开了几页，当翻到空白页时，迅速将刚才冯进军讲的话逐一记录下来。冯进军见此状愣了一下，皱起眉头问道："魏副政委，不会有什么问题吧？别到时候赵政委来找俺麻烦。"

"不会，不会！"魏马列边说边收起小本子，别起钢笔，拍打着小本子，眨巴眨巴眼睛说道："你们四营的问题不是什么大问题。土改工作十分紧迫，你们也要注意方式方法。比如，不能让有些人趁机捞浮财，在不少地方的土改工作队中，这种人是大有人在的。你们既要协助，更要监督才是。"

冯进军送走魏马列后眉头紧锁，心想：这个魏副政委平日里少言寡语，但现在看来此人城府很深啊，自己得小心谨慎才是，而且魏副政委好像在针对赵政委收集什么材料。

傍晚，白晓芳带着王小花几个人进驻了白家的偏房，里面的家具都被孟云生带人搬光了，就连为白晓芳准备的嫁妆床也被拆成了几份分给了四户人家，结果没有一家能用的，最后只好当柴给烧掉了。

望着硬木、红木在火塘里面燃烧，赵云鹏的眉头紧锁起来……

由于时间紧迫，各地的土改工作都存在着简单粗暴等各式各样的问题，归根结底，是一些地方的同志不能正确理解贯彻上级的土改指示精神，过于随心所欲地追求所谓的绝对平均，因而导致出现这种一个东西几家来分、最后大家一起烧掉的闹剧。

白晓芳和王小花几人决定也"奢侈"一把，用剩下的木料烧水洗了个澡。几个女人叽叽喳喳的声音吸引了不远处在电讯室门外百无聊赖的王福芳。

鬼头鬼脑的王福芳悄悄地来到白家后院，环视四周，发现没人，于是翻墙进入，在窗户纸上抠了一个小窟窿，然后藏身在附近，准备偷看。

准备脱衣服的王小花发现了窗纸上有个小窟窿，急忙叫白晓芳来看看。白晓芳一把拽住王小花，让她不要打草惊蛇。几个人故意做出脱衣服的动作，并且利用水蒸气把房间里面搞得雾气腾腾的。

自认为时机成熟的王福芳刚刚一露头，一盆滚烫的开水就泼了过去，他一声惨叫转身就跑。白晓芳几人立马追了出去，并在后面紧追不舍，追到电讯室附

近，这个人却突然失去了踪影。

返回白家大院，白晓芳先去把情况向赵云鹏作了汇报。赵云鹏得知偷看者在电讯室附近失去了踪影，感到十分蹊跷和震惊。为了避免不必要的麻烦，他让白晓芳不要声张，自己暗中进行调查。

白家沟的土改工作进行得如火如荼，但也出现了一些问题，最突出的问题是村子里农户都不敢要白家的地，因为大家都听说共产党要跑进山里去了。为此，白晓虎私下挨家挨户地放出狠话：谁要分了白家的地，就点谁的天灯。

为此，孟云生带着武装工作队走上门，准备对罪大恶极的白晓虎给予镇压，结果早一步得到风声的白晓虎已逃之夭夭。

土改工作事关解放战士的改造，赵云鹏为白家村土改工作队专门讲了一次我党不同时期的土改历史，从红军时期的"打土豪分田地"，到抗日时期的"减租减息"，再到这次的"平分土地"，讲得生动详实，让孟云生着实感到上了一次恶补的政治辅导课。同时赵云鹏还告诉他们，一定要深刻领会党中央的意图，不要蛮干，特别是要理解如何才能真正站在农民一边，谨防敌人杀回马枪反攻倒算，要取信于民。

在革命大义面前，为了找到白家的田亩地契，白晓芳毅然决然地把白老爷子藏东西的几个地方一一掀了出来。

白老爷子千算万算没算到竟然是自己的闺女革自己的命，气得浑身发抖，几个姨娘也撒起泼来号啕大哭。白老爷子怒斥道："白家诗书传家，女子当修德，心一朝不思善，则邪恶入之。咸知饰其面，不修其心，惑矣！"

白晓芳听到这文绉绉的一套陈词滥调，立即回应道："革命大潮浩浩荡荡，顺者则昌，逆者则亡！"

白老爷子愤怒地一敲拐棍，嘴里又冒出一连串的文言："君子素其位而行，不愿乎其外。素富贵，行乎富贵；素贫贱，行乎贫贱；素夷狄，行乎夷狄；素患难，行乎患难。"

白晓芳微微一笑，也对应出一串的文言古词："汝不知夫螳螂乎，怒其臂以当车辙，不知其不胜任也。"

白老爷子听后气得七窍生烟，一时邪火上身，喘不过气来。稍停片刻，白老爷子又撑着拐棍站起身来，气喘吁吁地说道："街头的李四和街尾的胡大炮，两个人抽大烟抽败了家，怎么？土改就是拿我几辈人积攒的钱去补贴两个大烟鬼？"

提到大烟，白晓芳顿时愤怒道："烟馆可是你和我大哥开的。"

白老爷子也不客气，怒怼女儿："我不卖大烟，别人就不卖了吗？日本人那

第十九章 住进地主之家，土改队长被杀

会儿你不卖他们的福寿膏，脑袋就没了。你去读洋书，一年三百个大洋，不卖大烟你能读得起书吗？你个小丫头片子，从今儿个起，咱白家就没你这么一个败家崽子！"

白晓芳也意识到这样争吵下去不会有结果，于是放缓了语气："土改不是将咱们家所有的土地全部分光，是执行耕者有其田的政策，包括爹你和姨娘们都会分到土地。"

白老爷子举起拐杖长叹一声，转身在旁人的搀扶下离开，边走边说："这个家早晚都是你哥和你的，我拼死命守着图个啥？随你们吧，老喽，不中用了。"

白晓芳眼圈一红，转身就走。赵云鹏急忙安慰白晓芳，却不知道该如何劝慰是好。一方面，他觉得要土改就得坚决革命；另一方面，又觉得女儿对父亲太绝情也有不孝之处，到底怎么来处理为好呢……

看着赵云鹏不知怎样是好的犹豫相，白晓芳上前打了他一下，大声喊道："别纠结了，咱们这种家庭出身的人，要革命，要土改，不过这道人情关是根本走不动路的！"赵云鹏被白晓芳的话叫醒了，跟着她，骑着马返回了旅部，但没想到消息传得比骑马还要快。

一脸贱兮兮的钟守田凑到赵云鹏身旁，打趣道："老赵，你和白副队长都是狠人啊！我老钟谁也不服，就服你啊，把老丈人家给分了的魄力一般人还真不行。"

赵云鹏看着不嫌事大的钟守田和一脸委屈的白晓芳，犹豫了一下说道："晓芳，等以后解放了山东和湖南，你把我和老钟的家也给分了怎么样？"

钟守田顿时一愣："分我家我没意见，别把我老丈人家也分了！陆璐能杀了我！"

见钟守田一副为难的表情，白晓芳扑哧一下笑出了声："分你家就行！"

钟守田满意地点了点头："俺老家，那穷得可叫一个彻底，是真正的'下无寸土，上无片瓦'啊！"

钟守田气得白晓芳转身离开，他换了一副表情道："老赵，和你说个事，姓魏那个家伙拿个小本本到处打听咱们独立营那会儿的事，这小子没憋好屁，咱们要留点心啊！"

钟守田是说者有心，赵云鹏却是听者无意，他的全部精力都放在了土改工作上。让赵云鹏出乎意料的是他前脚离开，后脚白家沟就发生了令人震惊的"惨案"！

孟云生在处理白家的骡马问题上与冯进军发生了冲突。白老太爷在土改工作

组清点骡马的时候打了埋伏,并且一转身把这些骡马全部捐给了四营。冯进军平白无故多了几十匹健壮的骡马自然也很高兴。

当孟云生发现从白家抄出的骡马都是老弱病残时,意识到白家欺上瞒下搞了李代桃僵,于是立即开始追查。追到独立旅四营时,冯进军直接与孟云生发生了冲突。

酒后暴躁冲动的冯进军想起孟云生去赵云鹏那里给自己穿小鞋一事,顿时气不打一处来。

当晚,上级命令独立旅四营负责协助民主联军作战科电讯室开始组织秘密转移,并明确由四营长冯进军负责执行护送任务。与此同时,忙着土改工作,肚子咕咕叫了一天的周老汉,正在回家的路上。这时,他忽然感到肚子有点不舒服,打算走小路去解手,对于肥水不流外人田的周老汉来说,他宁可多走半里路。

正在组织转移工作的冯进军发现了孟云生的行踪,于是丢下队伍悄悄跟上了孟云生。

酒劲上头的冯进军发现孟云生抄小路准备回土改工作队,于是抄近路准备吓唬吓唬孟云生。性格暴躁的孟云生面对持枪威胁恐吓的冯进军,扑上去与之搏斗。

结果,冯进军的勃朗宁手枪走了火,清脆的枪声把冯进军的酒意顿时吓醒了。胸口中弹的孟云生翻滚了几下就没了气息。

环视左右无人,慌慌张张的冯进军甩开大步就跑,跑过小溪的时候,丢掉了这支他在战场上缴获并未上交的勃朗宁手枪。

一直蹲在荒草丛中的周老汉目睹了这一切。他打着哆嗦走到孟云生跟前,探了下呼吸,瞬间跌倒在地。不一会儿,周老汉清醒过来,又站起身来想跑。慌不择路的他,跑了几步又跌倒在地,手按住了一个冰凉的铁家伙。

土改队长孟云生被枪杀的消息报到了赵云鹏那里。当晚,赵云鹏就组织力量通宵达旦进行案情分析,虽然没有找到证据,但在他脑子里构建起一个假设的闭环。这个闭环的核心是:四营住进白家大院发生的事情,与孟云生这个土改队长被杀究竟有什么关系?这个问号深深地烙在他脑海里,不拉直这个问号他是不会罢休的。

听到枪声后,四营急忙组织紧急集合。

见没人注意,王福芳立即换了一身金串为他准备的衣服,飞快地溜入金串的后院,躲进了地窖里面。

近乎失魂落魄的冯进军见到了孟云生的尸体,哪里还顾得上清点民主联军作

第十九章　住进地主之家，土改队长被杀

战科电讯室的人员，加之疑似有特务打黑枪，于是立即组织起转移工作。

面对上级的调查，与孟云生有过冲突的冯进军因为佩枪是驳壳枪被解除了嫌疑，但冯进军也陷入了巨大的恐慌之中，一度想到了逃跑。

孟云生的死犹如一块巨石压在了冯进军的心头，自己绝对没想杀他啊，怎么会弄成了这样？

一个更加令人震惊的消息传出，王福芳不见了！大家都能确定转移那天他还在，具体是途中出了问题还是叛逃，谁也说不清楚，直接就是生不见人，死不见尸。

王福芳的身份何等重要，他身为作战科副科长，掌握着东北民主联军的作战方案和军事密码，一旦他落入敌人之手或者叛变投敌，后果将不堪设想。

因此，独立旅陷入了极大的被动与恐慌之中。身为政委的赵云鹏自然是首当其冲，大会被批，小会挨批，钟守田和赵云鹏两人几乎没睡过一天整觉。

冯进军几次游走在赵云鹏窗外，有一次恰巧被赵云鹏遇到了，但还是没能鼓起勇气坦白。不知情的赵云鹏反而鼓励冯进军要知耻而后勇，把四营带得嗷嗷叫，才算对得起旅长和自己的苦心。

赵云鹏有气度和担当，钟守田能够与赵云鹏保持一致，但是钟守田心里始终憋着一股火。

加上此前协同作战不利，钟守田又有伤在身，故意隐瞒伤情的钟守田支撑不住，最终倒在了训练场上。

第二十章　含冤负屈，忍耐等待

得知钟旅长进了医院，最近一直忐忑不安的魏马列意识到自己的机会来了，他知道自己承担不起因为自己前段侧翼阵地防御作战乱指挥，又未能及时赶到预设阵地导致作战失利的严重后果。

于是，魏马列冥思苦想，换了几种笔迹，以基层指挥员的名义，不断给纵队首长、军区首长和东北民主联军首长写各种举报赵云鹏的匿名信，对赵云鹏进行污蔑和栽赃，举报赵云鹏身为政委，不顾战场实际情况，擅自修改了上级的作战预案和布防，导致出现阵地失守，还有三营遭到严重伤亡、旅长负伤等严重问题，尤其是四营长冯进军执行任务时出现重大失误，赵云鹏都负有不可推卸的责任。

上级领导也意识到了连续有干部反映赵云鹏问题的严重性，独立旅钟旅长负伤，赵政委又出了这么多的事，甚至让下面的同志不断越级上告，于是作出了有必要彻查此事的决定。但也有领导认为，赵云鹏是能文能武的一把好手，不应该出这样的问题，是不是有什么误会。

魏马列主动承担了向调查组汇报的工作。面对上级领导的困惑和疑问，魏马列故意顾左右而言他，让来调查的几个同志为揭不开盖子而感觉到困惑。魏马列则反映：赵云鹏在独立旅搞一言堂，旅长钟守田很多时候都是听他的，又和宣传队的白晓芳走得很近，白晓芳家里有大地主背景等一些真假掺杂、捕风捉影之事。

负责调查的同志意识到问题的严重性和复杂性，感到目前在赵云鹏担任政委的情况下，要调查清楚非常困难。为了慎重起见，他们向首长作了汇报并建议，根据现在了解到的情况，暂时停止赵云鹏的独立旅政委职务，让其负责收尸队工作，即收殓敌我两军阵亡人员遗体以配合调查。

赵云鹏正在总结战斗经验和热火朝天地推广转化俘虏的一帮一活动，这时却突然被调离政委岗位，这让很多人不能理解。来找赵云鹏给白家沟土改出主意的白晓芳，正好遇到了被调离的赵云鹏在收拾东西，她对于赵云鹏新的工作安排感到非常不理解。赵云鹏反而宽慰她说，这是组织上的决定和工作需要。

赵云鹏能够安慰有些乱了阵脚的白晓芳，却不能安抚自己，他知道白晓芳可能听到了些许风声，意识到他这次被下放收尸队工作，很可能与她的阶级出身有关。因此，赵云鹏更担心白晓芳的现状。

孤月悬空，寒风呼啸，心乱如麻的赵云鹏面对油灯静坐，面前摆放着一张信纸，信纸的左侧是一支手枪，右侧是一支钢笔。

他憋屈，想找人倾诉却发现根本找不到人。更让他忧心忡忡的是，老钟负伤，自己又被调查暂时调离岗位，刚刚上了正轨的独立旅能不能经受住这样的考验？

这些他都能接受，但是莫须有的罪名让他愤怒不已。总是有那么一些人，平日里眼睛总是盯在别人的身上，抱着一本马列著作死读硬啃，教条主义害人不浅的教训早在江西瑞金时期就有过。

有些领导工作不扎实，没能深入了解部队和干部，导致听风就是雨，根本无法做到发现问题在先，解决问题无从提起，更何谈总结经验？

赵云鹏奋笔疾书洋洋洒洒写下几百字，把心中的愤怒和不快一扫而光。这时，他将信纸在油灯里点燃，火光中，他仿佛看到了那个青涩的自己正在宣读入党誓词：牺牲个人，努力革命，阶级斗争，服从组织，严守秘密，永不叛党。

那声音似乎永远萦绕在耳旁，正是从那一刻开始，他胸中的"星星之火"被点燃，而信仰之火一经点燃就永不熄灭！

几声急促的敲门声过后，一阵寒风袭来，钟守田被一副担架抬进了木屋。

大大咧咧的钟守田也一反往日的嬉皮笑脸，神情严肃地看了看书桌上的手枪："老赵，你可千万别想不开啊！"

赵云鹏诧异地望着钟守田："你怎么来了？"

钟守田坐起身，环顾四周："我不来能行吗？我的政委都快被人欺负死了，明早我就回旅里，把诬告分子皮扒了，把他的脏心烂肺全部掏出来看看。"

心中感动的赵云鹏眼圈一红，强忍着泪水给钟守田倒了一碗热水："不着边际，你是旅长，上级调查不是还没出结果嘛。"

"查他姥姥的腿，一群棒槌！窝里横！我钟守田瞧不起他们，呸！"

赵云鹏阻止了越说越不像话的钟守田："你来我这就是为了骂街？回医院骂更痛快，没人敢管你。"

钟守田捧着热水盯着赵云鹏："老赵，说实话，心里没一点儿怨恨？觉悟归觉悟，一点儿情绪都没有？"

赵云鹏沉思片刻："说没怨言是言不由衷，我现在能怎么办？只能相信组织，依靠组织。"

钟守田皱了皱眉头："老赵，我以为你是条有血性的汉子，你怎么遇事这么孬！我陪着你，咱们去找首长问个明白。"

赵云鹏瞬间怒火中烧，用力一拍桌子："钟守田同志，不要胡闹！你说得冠冕堂皇，细琢磨起来却是轻飘飘的！我们是共产党，不是国民党！要自觉服从组织决定，相信组织，依靠组织！"

这一刻，赵云鹏觉得心中的抑郁一吐而尽。革命人遭遇点风浪算什么？暴风越大，共产党人身形越稳！

不善言辞的钟守田硬是跑到上级首长那里为赵云鹏喊冤，结果谈话不得其法，三言两语就被请了出来。

白晓芳与钟守田多方打听方得知，原来旅里有干部以基层指挥员的名义，多次给纵队首长、军区首长、东北民主联军首长写匿名信，反映前一段时间独立旅作战侧翼失利是赵云鹏私下调整作战计划所致，还把土改队长被杀、赵云鹏恋爱对象的出身等事与之搅和在一起，使问题变得十分复杂。

随着上级工作组进入独立旅开始调查赵云鹏，心里憋了一口气的钟守田站在旅部门口骂娘，下面的营连排各级指挥员都面面相觑，大家伙都想知道是哪个王八蛋造的谣。

副政委魏马列则被任命为旅代理政委。第二天一早，他就神气活现地坐在了赵云鹏的位置上，结果屁股还没坐热，马德礼就把椅子扛走了，称都借了好多天，要还给老乡。

魏马列也不生气，煞有介事地称马德礼执行群众纪律彻底，私下却安排人把马德礼也发配到了收尸队去陪赵云鹏。面对被发配还兴奋不已的马德礼，赵云鹏也是一脸的无奈。

收殓烈士遗体的工作一般是由地方同志负责，虽然本溪的情况比较特殊，但是派一个旅政委来负责，明显有些不对头。

赵云鹏认为恰逢探索验证转化俘虏经验的关键时刻，能否取得成功关系到后续部队的发展壮大。前期转化俘虏兵的政策未能把俘虏的成分进行详细划分，导致出现了红皮白心现象，战斗中出现逃亡问题也多集中于此。

同时，对被抓壮丁而被迫裹挟入伍的苦出身国民党俘虏兵，往往开一次诉苦会和看一场《白毛女》就能解决问题。但对于顽固的国民党军官和士兵，这些方法就明显不够了。转化国民党俘虏兵中的技术兵种不仅是独立旅面临的最为迫切的需要，更是东北民主联军要面对的难题。

第二十章 含冤负屈，忍耐等待

独立旅的炮营始终都是一个架子营的主要原因，就是没有合格的炮兵。沙岭一战我军炮兵火力数倍于敌却难以发挥优势，甚至一度炸到了自己人。可见，从战斗中学习战斗这句话不假，但并不适用于专业技术兵种。

现培养，时间上肯定是来不及。战斗经验也需要积累，从俘虏兵中转化技术兵，这是最为直接有效的办法。

让这些大多是学生参军的国民党军精锐掉转枪口，首先要在"大义"上站稳脚跟，驳倒他们的固化反动思想，进而摆事实、讲道理，动摇他们的政治立场，这是赵云鹏在实践中摸索出的经验。而现在这一切仿佛和自己没有什么关系了，莫名其妙地被调查，各种不解和委屈顿时涌上心头。

从自己被调离的一瞬间开始，赵云鹏觉得好多人似乎都在刻意地回避自己，他满腹的牢骚不知向谁去倾诉。

赵云鹏不是一个完美无缺的"圣人"，他也是有个性有情绪的热血硬汉，但是面对当前的这种情况，转化俘虏的探索必须继续搞，委屈也要憋得住。

收尸队的工作并不好做，队员大多是就近的村民，每天管三顿饭外还加五斤棒子面的酬劳，不是所有人都能直面惨烈的战场，吓跑的、浑水摸鱼的，出工不出力的天天都有。

激烈的战斗让很多战壕工事坍塌，里面牺牲的烈士就长眠于此。原本负责收尸队的是本溪工联的一名老书记苟来福，六十多岁，满脸的皱纹和老人斑，一张嘴满口几乎看不见牙齿。

苟书记按照以往的方式，先收集武器弹药，把能用的物资收集完毕之后，再把敌我两军的遗体放入战壕中直接掩埋，既简单又省事。结果赵云鹏发现后立即当场给予阻止。

苟书记非常难以理解，都是当兵的，生前拼死拼活，死后葬在一起也算是一种缘分吧。苟书记的理论赵云鹏坚决不赞同，他集合了收尸队，带着一种深厚的感情说道："同志们，这些烈士年纪轻轻就牺牲了，如果是你们的亲人，这样掩埋他们的遗体，你们能不能接受？"

赵云鹏设身处地的说法让家里有参军的队员们顿时反应了过来，接着他又继续说道："还有一个问题，如果这样掩埋，等全国解放了，我们要修建烈士陵园，那时我们能分出哪具遗体是国民党军的，哪具是我军的吗？现在大家辛苦一点儿不要紧，革命胜利了让后人也有个祭奠的地方。我军烈士遗体必须与国民党军分开安葬，并且尽可能地登记清楚部别、姓名、家乡，越详细越好。"

一旁的苟书记有点头疼道："很多都炸碎了怎么办？"

赵云鹏十分严肃地说道:"拼,尽量地拼起来,用国民党的油布雨衣包裹起来安葬。"

赵云鹏制定了全新的烈士安葬流程,要求全体人员佩戴口罩和手套。面对惨烈的阵地,赵云鹏小心翼翼地将两具抱在一起的国共两军遗体分开,阻止了一名队员试图将国民党兵扒光的行为道:"他们生前是军人,就算是敌人也要给他们留下最后的尊严,除了作战装备外,衣物留给他们。"

对于赵云鹏这个空降下来官不大事却多的领导,苟书记也是见怪不怪,虽然自己没有了往日的权威,却也落得一个舒服安逸。

三纵的一名叫张大头的营长来找赵云鹏。他告诉赵云鹏自己有一个班在战斗中失联了,阵地上也没找到,现在上级要把这个班整体列为失踪人员,他不甘心,也不相信这个几乎全部由晋察冀边区老兵组成的班会逃亡甚至叛变。

战场失踪在残酷的战争年代是常有的事。赵云鹏安抚了几句张大头,表示会尽全力查找,他非常清楚,有名有姓有遗体的,牺牲了才是烈士,而战场失踪则不能被算成烈士,自然,在解放区的家属也享受不到烈属的待遇。

不能让烈士流血,家属再流泪。为此,赵云鹏挥汗如雨地带着人,挖开一段段被炮火炸塌的战壕和工事,寻找着烈士的遗体。

开始的时候收尸队的队员们都不理解,这么一场仗打下来,很多遗体被炸碎,被坍塌的山体或工事掩埋而找不到都非常正常,拼了命地去寻找太不值得了。

一处战壕中,一个帮忙的大爷触发到了一枚绊雷,多亏赵云鹏发现了,及时排除了绊雷。被吓坏的老大爷哆哆嗦嗦的,说什么也不干了。队员们对于赵云鹏反复寻找烈士遗体怨言颇多,有些人甚至反映给苟书记,说是按以往的工作标准,这个程度早就该完活收工了,不能冒险陪着赵云鹏瞎折腾。

为此,苟书记带着众人找到赵云鹏说理。赵云鹏不仅没有接受,反而将众人召集到一起,将心比心地坦言道:"每一个牺牲烈士的背后都有一个望眼欲穿的家庭,如果因为我们的工作出现疏忽和遗漏,让烈士战场失踪,这不仅仅是几百斤小米的事情,而是荣誉,是一个为人民而战死的战士的荣誉。"

在场的所有人都被赵云鹏的话震撼到了,每个人都开始认真细致地寻找烈士遗体,每当有发现,就会擦拭掉烈士面部的血迹和泥土,寻找烈士的姓名与番号,整理烈士的个人遗物。

在一个位于棱线的土木地堡中,赵云鹏看到了多年以前曾经见过的一幕:广昌保卫战中,足足有一个连的红军指战员被国民党军的重炮轰炸埋在了核心阵地

第二十章　含冤负屈，忍耐等待

主碉堡内，那一年我们因错误的战略和战术付出了难以想象的惨痛代价。

眼前的地堡中，十一具遗体位于其间，武器、弹壳散落得到处都是，几具遗体被烧得焦黑，显然是土木工事正前方射孔被敌人的大口径榴弹直接命中了，后又被敌人的火焰喷射器抵近喷射诱发了弹药殉爆。

张大头跪在十一具遗体前，神情痛苦地给每个烈士换上他带来的新衣服，并轻声呼唤着每一个人的名字。张大头擦干眼泪，告诉赵云鹏："这个班是种子班，全部都是班长的料。这次敌人攻得凶猛，就把战斗力最强的他们放在了最危险的地方，阵地是守住了，人却都没了。"

望着张大头踉跄的背影，赵云鹏意识到面对全新的敌人，战法创新势在必行。老观念、老战法必须打破，否则未来会付出更多血的代价。

苟书记对赵云鹏也十分好奇。通过与赵云鹏几天的接触，他发现这个被"发配"来的"大干部"似乎相当有能力，简单的几句话就能让人心服口服。他此前听说了一些关于赵云鹏的流言蜚语，那与他眼前的赵云鹏是完全对不上的！

吃饭的时候，赵云鹏与众人席地而坐，几条咸萝卜干加上两个窝窝头就吃得津津有味。实际上，赵云鹏的胃已经开始阵阵作痛了，他作为一个湖南人，对北方的高粱米和糙玉米面十分不适应，再加上多年转战南北，难免饥一顿饱一顿而落下了胃病。

刚吃了几口，白晓芳带着一盒酸菜炖粉条和高粱米饭就来找赵云鹏了。望着笑呵呵的赵云鹏，白晓芳的眼圈瞬间湿润了，这个倔强的湖南人近来在心灵和肉体上受到了多大的打击和折磨啊！但为了他笃定的忠诚，为了他心中追求的理想，也为了不让自己心爱的人难受，他是在忍耐着痛苦。

白晓芳把盛着酸菜炖粉条和高粱米饭的饭盒递过去的瞬间，趁着没有人看见，一下子把头依偎进赵云鹏的怀里，左耳朵紧紧贴在他的心脏上，静静地感受着这个倔强之人内心的忍耐。片刻，白晓芳含着眼泪问道："能忍耐得了吗？"

"能！"赵云鹏推开白晓芳，一把把她立在了眼前，对着白晓芳坚定地说："忍耐是世间最大的力量！"白晓芳问："难道除了忍耐，就没有其他办法了吗？""没有，我唯一的办法就是忍耐！"接着，赵云鹏又说道："真正的忍耐，是一种等待，是顾全大局，是有足够的勇气去战胜困难！"说完，赵云鹏带着微笑、充满自信地久久凝视着白晓芳。此时，一种强大的气场迅速包围了白晓芳，让这个也受到了许多打击和折磨的女人，瞬间感到了一种力量的传递。

不一会儿大伙儿就围了上来，你一言我一语地议论起白晓芳带来的高粱米饭，还议论南方人能不能吃得惯。赵云鹏一边听着大家的议论，一边一口一口地吃起高粱米饭来，他吃一口，翻一翻，翻一翻，又吃一口，一边嚼咽着高粱米饭，一边反复用筷子翻动着，好像在寻找什么。白晓芳见状十分好奇地问道："你不趁热吃，翻来翻去干什么？种地呀？"

"这是高粱米？"赵云鹏疑惑地将饭盒递到苟书记面前。见多识广的苟书记看了一眼，惊讶道："听说过粗粮细作，但没见过把高粱米做得这么细润的，好费工夫哟，这是你媳妇吧？长得真俊。"

忽然，一双粗糙的大手将饭盒夺了过去，钟守田狼吞虎咽了几口，一下子吃掉了白晓芳一上午工夫做出来的劳动成果，一抹嘴，意犹未尽地说道："我说你不积极找领导反映问题，敢情在这里开小灶呢！不行，你的这个问题我要反映给上级首长。"

白晓芳知道钟守田来肯定是有工作要谈，于是非常不满地夺回饭盒，叮嘱赵云鹏要按时吃饭，留下一小包胃药，狠狠瞪了钟守田一眼转身离开。

赵云鹏则十分乐观地说道："你不用劝我，我就一句话，相信组织！现在这个时候只有依靠组织，相信组织一定能还我清白。"

钟守田点了点头："你这一被调离，上级就让魏马列代理政委职务了。这家伙，连个指导员都干不好，还能干得了政委？他今天把你之前布置的所有工作和训练都停了，看不起解放战士不说，还恶语中伤。现在组织全旅学习马列著作。你说这是不是胡搞呀！目前旅里的情绪都很大，意见非常多，尤其是之前的一些解放战士，开始出现波动。"

赵云鹏一听心里顿时咯噔了一下，叹了口气，说道："古有岳飞莫须有，今有赵云鹏衔冤屈啊！"

钟守田悄悄告诉赵云鹏："上级的调查组调查你的问题，结果全部都是一边倒地给你鸣冤叫屈，调查组很快就会把这一情况报告上去的。真的假不了，假的真不了，等我抓住告黑状的，老子捏死他！"

赵云鹏则微微一笑："有同志反映情况就证明我们的工作还有不足的地方，不要大张旗鼓地调查，那不成了打击报复了吗？我这有事要你帮忙。"

"让我帮忙？"钟守田顿时一愣。

赵云鹏神情严肃地望着钟守田说道："吃人嘴软没听说过吗？"

傍晚时分，钟守田在三岭子主持了牺牲烈士安葬仪式。赵云鹏亲手写下革命烈士千古的挽联，白晓芳带着宣传队员献上由松柏制成的花篮。

白晓芳望着神情严肃、一丝不苟地在整理挽联的赵云鹏，扪心自问：如果换成自己遭遇了如此大的不公正待遇，自己还能保持积极向上的乐观心态，在条件

第二十章 含冤负屈，忍耐等待

艰苦的环境里继续干革命工作吗？白晓芳想起了第一次自己与赵云鹏相见的情景。赵云鹏第一次这么近距离地看心中日思夜想的"白毛女"，整个心都被她的美所吸引：一头又黑又亮齐肩的短发，微风一吹就会飘动起来，十分动人，一张天生白皙的鹅蛋脸上，两道柳眉弯弯长长，两只眼睛又黑又亮，两对长长的睫毛一眨一眨，让人看一眼就难以忘掉。赵云鹏还是一个在爱情上没有开窍的"土老帽"，他看得激动不已，很想表达出自己的一片真心，但纯朴的他又不知怎么来表达，于是就用自己向组织表态的语言说道："白晓芳同志，作为一名共产党员，我会一辈子铁了心跟党走，生是党的人，死是党的鬼！"

苟书记还找来了一个石匠把安葬的烈士名字、籍贯、部别全部刻在几块青石上，最后把青石掩埋在了一棵百年老松树下。

赵云鹏喃喃自语："同志们，等打败了国民党，我一定回来给大家建一座像样的烈士陵园，让我们牺牲在本溪的烈士们也有一个家！"

钟守田调来一个班的战士三次鸣枪致敬。

"敬礼！"

第二十一章　衣锦还乡，关东往事

一场大败变成了胜利转进。杯盘狼藉的庆功宴上，25师、14师、182师的军官们竭力地鼓吹此番如何重创共产党军队成功撤退，只是苦坏了口袋里面揣着厚厚一沓美金的《中央日报》记者，这场明眼人都能看出来的"大捷"到底要怎么编啊？

牛秦川的指挥部就设在了75团，与团长李公言一墙之隔，虽然简陋，但总归比在师部看人脸色要强得多。牛怀恩将一张牛秦川大学时期校园三人合影的照片摆在了桌子上。牛秦川望着梅钰琳顿感精神抖擞，看到赵云鹏却不由自主地皱起了眉头，让他想起前段时间回老家给老娘过大寿发生的波折。

牛秦川当时回老家的场面相当大，就连县太爷都亲自迎出一里多路，用当地人的老话讲，那是相当的"骚情"。

噼里啪啦的鞭炮声中，两棵参天的大槐树下，村口老戏楼传出了老腔声，裹着破旧夹袄的老人和脸蛋冻得通红、宛如两个大苹果的孩子挤在老戏楼下听戏。

镇里上了年纪的老人家还能回忆起来，老戏楼是光绪十年盖的，那年老牛家出了两位一榜进士。可能是太过风光，一下耗尽了牛家的文脉；从那年之后，牛家连个秀才都没出过。

牛秦川还记得，在老戏楼下，大牛和二牛凭着年长和身强体壮抢了自己的琼锅糖，气愤不过的自己虽然瘦弱，但是依然追着他们"打"了一条街，这过程中也记不清被打倒了多少次，最后满脸是血地回到家中，又挨了老娘一顿"家法"！

那时候牛父走得早，三房的日子过得艰难，牛秦川平日里根本吃不到大牛和二牛当零嘴的琼锅糖，只能逢年过节祭祖后分得一小块，即便是最小的一块也会被抢走。

牛秦川对洁白润亮、香甜酥脆的琼锅糖记忆犹新，正所谓吃过琼锅留余香、胜过陈酒老杜康，尤其是每逢腊月，流曲镇一街金灿灿、黄澄澄，弥漫着琼锅糖香浓的味道。

牛秦川是走一步、尝一口、买几斤，不一会儿工夫牛怀恩就挂了一身足足五六十斤。不知道牛秦川心酸往事的牛怀恩心里直嘀咕：不知少爷怎么和糖过意

第二十一章 衣锦还乡，关东往事

不去？

老庙镇除了老戏楼外，拿得出手的就只剩下村东头的"仙客来"酒楼了。二两高粱酒能让一群一辈子都没摸过刀把、大字不识一箩筐的爷们儿，对墙上写的"莫谈国事"四个大字视而不见，慷慨激昂地喊叫出"位卑未敢忘忧国"，真是急坏了一旁的掌柜和小伙计。

打儿子是老牛家的一种传承，具体从什么时候开始的就不得而知了。用牛老太爷的话说，不打不成才，三天不打上房揭瓦，每天一打国泰民安，有事打一顿教育为主，没事打一顿预防为辅。

不过现在的牛秦川算得上是衣锦还乡了，堂堂的国民党军上校副师长。其实牛秦川心底也是郁闷得不行，扪心自问，自己从对阵红军到打小鬼子，从来没吃过败仗。他想不明白的是为什么到了东北，国民党军精锐会接连吃败仗。一路败仗打下来，一点儿不妨碍那些人雨点一般的勋章，赵高参一众人，把败的说成小胜，把逃跑说成追击……

快到大牌坊的时候，副官牛怀恩变魔术一般给牛秦川变出了一副少将军衔。犹豫了一下，牛秦川决定接受牛怀恩的好意，人前显贵嘛！谁也不能免俗。

与热闹的戏楼相比，老庙镇牛家祠堂里面却显得十分冷清。雕梁画栋的祠堂中，牛秦川给祖宗上香不是一般人能够见证的，他虽然没能状元及第混个翰林，但好歹也是一个不大不小的官。

牛秦川一进大门就看见了跪在门口两边的大牛和二牛，正所谓伸手不打笑脸人，人家做了姿态让自己打不下去。平心而论，牛秦川不觉得自己那么心胸宽广，有仇不报非君子，管他多大时候的仇。

牛秦川亲手扶起了大牛和二牛，感慨道："我是那种小肚鸡肠的人吗？你们打听打听，我宽厚仁义是出了名的。"

牛秦川让牛怀恩端着汤姆逊冲锋枪监督着大牛和二牛一起吃糖，每人二十斤，吃完了当年的屈辱就一笔勾销。

牛老太爷也不好插手，毕竟是小辈之间的恩怨。牛秦川现在如日中天，谁也不知道他哪句话是认真的，哪句话是开玩笑的，万一理解错了，开错玩笑会把命开没的。

牛秦川把一堆想套近乎、聊恭维话的"闲杂人等"都丢在一旁，独自陪着母亲聊聊体己话。牛怀恩则挎着一支汤姆逊冲锋枪，如同"门神"一般守在老太太门口。

牛方氏身体不好、虚不受补。牛秦川只好把带来的高丽参等补品给其余几房分了个干净。牛老太爷眼里的三牛这孩子，那是最有出息的，比当初总欺负他的大牛和二牛强太多了。而在母亲眼里，牛秦川就是典型的"倒灶"（败家子）。当年因为父亲去世早，母亲度日艰难、备受欺辱，现如今是扬眉吐气了，但三房生的那永远是三房的地位。

一群"伙爷"（发小）拥着牛秦川从傍晚一直喝到天亮，辛辣的三锅烧，锅盔配搅团，噎得牛秦川直翻白眼。

牛秦川想起了当年赵云鹏那个哈尿，明明与自己争小师妹，那家伙闷骚得很，写了一堆情诗就是不敢送，还好自己当年仗着脸皮厚，怕那些好诗浪费了，于是借花献佛，才给小师妹留下了深刻的印象。

回想起那晚遇袭，小师妹抱住自己的一瞬间，牛秦川想到了"庚帖""合婚""下定""打发娃""了媳妇"，又想到了"红盖头""大花轿"。如果用"想得美"来形容牛秦川，那牛秦川无疑是想得太美了。

对于如何把梅钰琳从险境中接出来，牛秦川可谓是一筹莫展。上次他干掉了保密局的人，多少留下了些许蛛丝马迹，不能再如此冒险了，只能派一支精锐小部队潜入共产党军队防区去……很快，牛秦川把这些不切实际的想法又都搁置在一边了，看来只能伺机而动了。

月上枝头，望着天空中的月亮，牛秦川觉得好像看见了梅钰琳一般，心中嘀咕着不知何时才能月圆人团圆啊！

人在战场每天朝不保夕，谁也不知道能不能看见明天的太阳，所以每一次失之交臂，都极有可能是一辈子的后悔。牛秦川不想自己与梅钰琳之间留下这种终生的遗憾。

实际上，牛秦川清楚，他与小师妹梅钰琳之间最大的隔阂就是两人不同的信仰和主义。要想说服梅钰琳在信仰和他之间做出选择，牛秦川还不那么自信。

对于共产党那套理论，牛秦川是不屑一顾的，他希望的是国民政府完成统一后能够不断革新，实现浴火重生。当然他也非常清楚，这着实是一个不可能实现的奢望。

最让他感到不寒而栗的是，共产党正在把他当年热血卫国的最终目标一一实现：让全国的老百姓都过上吃饱穿暖、没有战争的好日子，让中国人在外国人面前可以昂首挺胸，再不被骂成"东亚病夫"。

千百年来，共产党是唯一一个真真切切把土地分给老百姓的政党。这个政策直接挖了国民党的"根"，同时铸就了共产党的"魂"。国民党不是在跟共产党打仗，而是在跟全国的老百姓打仗啊！

第二十一章 衣锦还乡，关东往事

毫无睡意的牛秦川望着夜幕中漆黑的大山，长长叹了口气，兄弟兵戎相见，爱人分离难见，这是个什么鬼世道？

牛怀恩站在牛秦川的身后如一尊护法一般，自从跟着少爷南征北战，他几乎没有回过家。牛怀恩是老牛家的远亲，正所谓富在深山有人来，穷在闹市无人理。打小就能吃三个人饭量的牛怀恩因为大灾年被送到了牛家老宅，为了能活命他成了少爷的跟班，而他的父母和妹妹没能熬过大灾后的大疫。

这些年牛怀恩救了牛秦川无数回，老牛家没有怕死的。牛秦川从来没打过败仗，但是牛家的父子兵却损失惨重，尤其与八路军配合奇袭鬼子机场，事后牛家镇家家有忠臣，户户挂白幡。牛老太爷一句话不说，挨家挨户地拜访，让牛秦川的六叔带着子侄继续参军。

牛怀恩只有一个问题没想明白，从来不打败仗的少爷，怎么到了东北总被那些无能之辈连累？

牛怀恩想不明白，实际上牛秦川又何尝不是。

虽然东北民主联军在本溪又一次击退了敌人的三路围攻，但四平的战事并不乐观。因此，上级研究决定调三纵主力驰援四平。虽然三纵主力昼伏夜出，但还是被本溪城内潜伏的特务探出了实情，敌人再三图谋进攻本溪。

上级对赵云鹏的调查恰好证实了赵云鹏是一名对党忠诚、尽职尽责的好同志。于是，魏马列回归副政委兼三营教导员职务。拨开乌云见晴日的赵云鹏又官复原职了。

随着东北战局进一步恶化，赵云鹏开始听到另外一种论调，而且通过各种渠道向党中央和东北局建议：现阶段我军在南满地区难以保持，可利用战事期间敌人逼近时，对这一带全部煤矿与工业进行大规模破坏。

赵云鹏对于这种建议感到十分不可思议，破坏容易，重新建设就难了，一旦搞了大规模的破坏，必然会失去民心，失去民心比破坏工业设施要更严重，失去了民心就失去了群众基础，没有了群众基础必然要陷入灭顶之灾。

所幸，党中央与东北局的意见相同：保全南满所有工业设备。

对于此番俘虏的国民党兵，赵云鹏先找到了楚伟生谈心。楚伟生也直言不讳地说，他是走投无路，为了让手下的兄弟们活下去才选择了阵前投诚的，这些与日本人苦战多年还生还的官兵，把命丢在这里也太不值了。

赵云鹏当即纠正道："你们是阵前起义，只要你们真心跟着共产党为老百姓打天下，我们共产党的队伍里是官兵平等不分你我的！"

虽然物资、服装供给十分紧张,但赵云鹏还是给楚伟生等人领取了军装,这可以帮助他们尽快融入我军。为了给被俘的国民党官兵树立自尊,赵云鹏要求统一称呼他们为"解放战士"。这些解放战士接受过战术方面的训练,且有丰富的实战经验,缺点就是非常瞧不起人,傲气十足。

为了打磨掉所谓的傲气,同时也让全旅官兵认识到自己的不足,赵云鹏与钟守田商量组织了一次全旅范围的七个第一标兵大比武。

大比武的结果出乎意料地让人满意。不比不知道,原来看不起国民党俘虏兵的人全部被震惊了。三三制的战术经这些解放战士几次磨合后,就能被运用自如了,突击组与火力组交替掩护,协同配合得行云流水。唯一让赵云鹏不满意的是炮兵还是没找到。

就在赵云鹏准备把楚伟生的转变当作解放战士转化的典型要推广之际,东北战场又一次风云突变……

第二十二章　临危断后，悟出心得

在国共抢占东北的战略决战中，蒋介石是个"高度矛盾"的人物。他没有"只要拿下东北，中国革命就有了巩固基础"的战略决断力，而是瞻前顾后，既想保住关内的整盘棋，又想速战速决吃下关外的东北。于是，在得知本溪的我军三纵主力调往四平后，他立即令杜聿明加紧东北督战。杜聿明吸取了前两次本溪之战的教训，此番调动集结了五个整师共计五万余人的国民党军精锐，还配有空军助战，以五十二军的第2师与第25师为左路，以新六军第14师、新22师为中路，以七十一军的第88师为右路，向本溪展开了全面进攻。

驻扎本溪的东北局机关最后一批人员与设备急需转移。面对气势汹汹的三路来犯之敌，程司令员感到寡不敌众，只能做出分兵迎击的战斗部署。

独立旅与缺编近四分之一的保三旅为总预备队。赵云鹏与钟守田进行了一次煞有介事的沙盘推演，敌攻我守，但无论如何"悔棋"就是无法应对国民党三路五万大军的进攻。对此，赵云鹏一语中的："兵力太少又缺乏防御纵深啊！"

敌军黑压压的一片扑过来，骄兵悍将，气势颇大。我军在不到一个月时间内连续与强敌进行了两次大规模的阵地防御战。这种阵地战不是我军的强项，虽歼灭了数千敌人，但自身消耗很大，还没有训练好的预备队只好补充顶了上去，损失的武器装备与消耗的弹药也无法快速补充。

与此同时，更让赵云鹏担忧的事情发生了。兄弟部队前段时间俘虏转化的国民党兵和收编过来的地方武装的一些人，见战事不妙，纷纷打起了各自的小算盘，有的旅一晚上就跑掉了上百人。

在小型作战小结会议上，虽气氛十分压抑沉重，但程司令员还是对钟守田和赵云鹏提出了表扬。钟守田十分庆幸此前赵云鹏在政治工作方面下了很大功夫，认为这确实证明了政治工作是增强战斗力的根本保证和倍增器。

敌人的炮声距离本溪越来越近了，市里已经开始有失弹落入引发群众伤亡的事了。散会后钟守田和赵云鹏返回部队，途中看到大批的伤员不断被抬了出来。

赵云鹏连续询问了几个不同单位伤员所知的前线情况。几个战士根本说不清楚，只知道敌人的大炮打得准，我们的轻机枪点射半个梭子就得换射击位置，否则国民党的六零小炮很快就打过来，而且打得贼准，一炮准把你掀翻。

最终赵云鹏从四纵一个负伤的连长口中得知，几乎每一处阵地都在告急，一个阵地上往往都是几个单位的混编作战。电话线早就被炸没了踪影，前方呼叫不到后方，后方也联系不上前方。国民党的小股渗透部队更是可恨，袭击我们的运输队和担架队，此刻，是弹药运不上去，伤员运不下来。

钟守田紧皱眉头，站在旅部的地图前冥思苦想，实在找不到思路，就转过头来对着赵云鹏说道："老赵，我有件事琢磨不明白，以前咱们打老蒋、打小鬼子都是顺风顺水，怎么到了东北就水土不服了呢？咱们可从来没吃过这样的亏啊！"

赵云鹏把话接过来，严肃地说道："早就给你分析过了，我们所擅长的是运动战和游击战，而现在国民党逼着我们打阵地战、城市攻坚战。他们可以用兵力和火力以时间换空间，我们只能被动防御、前仆后继，最终还是全线陷入被动。"

钟守田震惊道："这就真的没有办法了？"

赵云鹏摇了摇头，说道："除非我们把敌人调动起来！"

与此同时，牛秦川所部的一个连进入了白家沟，带路的正是此前逃跑的白晓虎。白晓虎拉拢了一批此前被土改工作队教育过的地主、豪绅、老倒子、二溜子，组成了"还乡团"。

这天，白晓虎把村里的乡亲们都赶到打谷场，恶狠狠地说："分地那会儿我就说过，谁分了我家一分地，我就给他点天灯。今儿个，我就来兑现，快把名单拿过来！"说着，一个戴着貂皮帽、穿着大棉袄、尖嘴猴腮的人走上前来，从怀里掏出一个本子递给白晓虎。只见白晓虎一边翻点着名单，一边嘴里骂骂咧咧地嚷嚷道："吃了我的吐出来，拿了我的送回来！要不然，看老子怎么收拾你！""还乡团"对白家沟的群众进行了无情血腥的报复。

短短一天工夫，白家沟的两棵百年老榆树上就挂了七八个人。白晓虎将倒吊在树上的人扒光上衣，不停地往身上泼水。还把孟云生的叔父几个人扔进井里，然后再倒下火油，把人活活烧死。一时间，白家沟变成了人间炼狱，几乎每个角落里都充斥着残酷、恐惧和绝望。

牛秦川有了一个意外收获。一个点头哈腰、油嘴滑舌、像一只低眉顺眼的狐狸的家伙说他是东北民主联军作战科副科长，手里还攥着中共方面的三套密电码。

牛秦川先是震惊，他知道得到这么好的一手"大牌"自己肯定掌控不住，与其掌控不住不如主动送交长官那里。不过李正谊和赵公武也玩不转这么硬的牌。

第二十二章 临危断后，悟出心得

于是杜聿明亲自下场勘验真假，高手一甄别，果然是真货，当天就给了这个反贼一个少将高参。

牛秦川望着自己肩膀上的三朵梅花，再看看人家的金星，难怪有人说士隔三日当刮目相看，这不是没有道理的。

由于敌人分兵三路，守卫本溪的我军兵力严重不足，极容易陷入三面包围之中。经过军区程司令员的请求，东北民主联军允许本溪留守部队梯次撤退，集中到四平去筑"百里防线"。

撤退就要有人殿后打阻击，前线的各部均已疲惫不堪，最后上级决定独立旅担任殿后阻击任务，而且务必阻击敌人至少四十八小时。

为此，军区杨司令员专门找到赵云鹏与钟守田谈话，因为他十分清楚，这次断后独立旅是无法追上主力部队的，只能向南满山区转移。他询问赵、钟两人有什么要求没有。大大咧咧的钟守田又一次发挥了"善于"与首长聊天的特长，一张口就是："哎哟，我说杨司令员啊，这都啥时候了！你自己都快光腚了，还帮衬别人什么呢？俺们还是自食其力吧！"

杨司令员被激怒了，大吼了一声："滚蛋！你们自己整去吧！"就这样，钟守田连带赵云鹏一起被轰出了指挥部。

面对蜂拥而来的国民党军，独立旅赵云鹏与钟守田商议：由赵云鹏带一营在南岭，钟守田带二营在西道梁，三营与四营以连为单位作为预备队，炮营拆成两个部分使用，以免被敌人一阵炮火全部掀翻。

残酷的战斗从清晨一直打到黄昏，很快，国民党军的炮火开始延伸。与赵云鹏并肩进入阵地的王铁柱，将一挺捷克造ZB26轻机枪的脚架分开，检查了一下弹夹，拉动机柄送弹上膛，嘴里却骂骂咧咧地说道："狗×的反动派，打不过爷爷就用炮轰，算个鸟本事！"

不远处正在摆弄一挺日军大正十一年式轻机枪的东北大汉高大力，把嘴一撇道："王大舌头，你又当着政委吹什么狗屁呐，你不就在北平拉过几天黄包车吗？看把你嘚瑟的，能不能把你舌头捋直了再说话！"

楚伟生把准备好的手榴弹插在腰间，指着阵地侧翼说道："政委，那边也有敌人。"

"敌人上来了！全体注意！同志们，天马上就黑了，这是敌人最后一次进攻了，誓与阵地共存亡！"赵云鹏高喊一声后，一个翻身滚到了一旁，旋后拉动扳机，随即推弹上膛。

望着缓缓逼近的国民党军队,赵云鹏感慨道:"早上这帮家伙还身穿罗斯福呢子短大衣,头顶着油光锃亮、青天白日徽的钢盔。这才打了一天,钢盔上的青天白日徽就没得了,满脸是泥巴,漆黑的,呵呵,还真是蛮好玩嗒。"

　　边观察边自得其乐的赵云鹏,发现那些身着呢子短大衣、高举着手枪、吹着哨子的国民党军官,都换上了士兵的军服混在冲上来的队伍中,他猜这身打扮为的是不被盯住。"不管你化装不化装,老子一个一个敲掉你!"赵云鹏边说边迅速将一名国民党兵套入了瞄准的准星之间,食指微微一动,"砰!"一声沉闷的枪声过后,那名国民党士兵应声倒地,抽动了几下,就一命呜呼了。

　　在这次临危断后中,赵云鹏组织了大大小小七八场战斗,在战斗中他深深感受到:战争就是这样残酷无情,而这个无情是非常彻底的,只能用最直接、最简单的言行来表达。由此,赵云鹏也悟出了一点心得:做政治工作千万来不得半点虚假,必须实打实,而且要越做越实。

　　赵云鹏边想边不停地重复着射击的动作:击发→旋后拉动机柄→瞄准→再击发→再压弹……每个动作都那样熟练、准确、敏捷。在赵云鹏的印象中国民党精锐部队很少使用人海战术,起码在他的阵地前面是如此。阵地上的三挺重机枪都因为暴露了发射阵地而被国民党军精准的炮火掀翻。

　　赵云鹏很注重练好精准的射击能力。在官兵的眼中,他不仅是善于做政治工作的行家里手,也是精于操枪弄炮的行家里手,而且他最喜欢的就是把一枚钱币放在握手枪射击的右手虎口上,击发报靶十环后,这枚钱币仍躺在他手上安然无恙地睡大觉。每次给大伙儿表演这个射击动作后,就有胆大的要跟他比试比试。不比不知道,一比吓一跳,人家赵政委的功夫可不是一两天练出来的,上来比试的人总是败下阵来。于是这个擂台就要打上半天,这倒是在"玩"中有力地激发了官兵爱枪习武的练兵热情。

　　西道梁方向国民党军的炮火更加密集,进攻钟守田的正是国民党军25师75团所部,负责督战的恰恰就是牛秦川。

　　南岭实际上就是当地的一座无名小山包,海拔百十米,位于公路的一侧。此时此刻,激烈拼杀的国共两军已经进入了徒手拼杀的白刃战。

　　人高马大的国民党中尉一眼就发现了赵云鹏腰间别着的小手枪,他认定佩带小手枪的一定是共产党的大官,于是他仗着体壮,几拳就将赵云鹏打了个满眼金星,然后死死地卡住赵云鹏的脖子。

　　因为窒息,脸憋闷成了绛紫色的赵云鹏,用右手挡在自己的喉结侧,防止国民党军中尉捏碎自己的喉结一击必杀。赵云鹏非常清楚,所谓的把人掐死,实际

第二十二章 临危断后，悟出心得

上就是将人的喉结部位的软骨掐碎，导致充血封闭气管引发对方脑缺氧而死亡。

忽然，已经有些意识模糊的赵云鹏，摸到了一个国民党军的钢盔，求生的强烈欲望让他瞬间爆发出一股难以想象的力量，拿起钢盔将骑在自己身上的国民党军中尉打翻，手中的钢盔也顺势砸了下去。

一下、两下、三下！一直到砸得国民党军中尉血肉模糊。不远处，一群国民党军正在急速向已经完全脱力的赵云鹏奔来。

在这千钧一发之际，王铁柱抱着没有枪架的马克沁重机枪冲了过来，架在尸体上，嗒嗒！嗒嗒嗒！非常有节奏的几个短点射后，国民党士兵如同秋天的落叶一般纷纷栽倒在地。王铁柱是个马克沁重机枪神射手，无论什么机枪，到他手里都能被玩得溜溜转，玩出神奇威力。

房土根则独自一人扛着脚架，提着弹药箱，快速冲到王铁柱身旁，一言不发架好脚架，迅速给机枪换弹。用赵云鹏参加班务会时评价房土根的话来说：这个同志最大的特点就是一根筋，干的活最多，但说的话最少。

楚伟生不停地将手榴弹一枚接着一枚地投出，最后投到自己的手臂完全没有了知觉。

国民党军的进攻终于被击退了，几十具尸体在这块小小的阵地上散落得到处都是，空气中散发着残骸释放出来的一股非常难闻的怪味。赵云鹏躺在混杂着残肢断臂的烂泥中，气喘吁吁地恢复着体力。

王铁柱一脸关切地把赵云鹏上下摸了一遍，松了口气说道："政委，没漏（方言：没中弹）！"

没被敌人掐死，差点被王铁柱的话气死的赵云鹏，挣扎着想起来，浑身却跟散架一般剧痛。王铁柱顺手摸走了钟守田留给赵云鹏的那包香烟，几个敏捷的腾挪，到了房土根和高大力身旁。

王铁柱则露出一口黄牙，嘿嘿一笑道："政委每次都塞鼻子，太浪费了嘛！政委说吸烟不健康，咱们帮政委消灭掉，过过瘾也好嘛！"

坐在地上的赵云鹏用一支步枪撑着身子站起来点了点头。王铁柱见赵云鹏同意，急忙一拱手，随后大喊道："政委发烟给大家打牙祭喽！"

楚伟生从一旁走过来扶住赵云鹏。赵云鹏惊讶地望着毫发无伤的楚伟生，手一挥说道："行啊！打击敌人保护自己，回去要好好总结一下你的战斗经验，全旅推广！"

楚伟生叹了口气："我就是运气好，跟我过来的那帮兄弟就没那么好的运气了。"

赵云鹏意识到话题过于沉重,于是大声喊道:"同志们,烟只有大半包,大家轮流抽吧,每人抽几口算了!"

王铁柱有些黯然地捏了捏烟盒,低声道:"大半包就够了,足够了!"

"什么?"赵云鹏的眼圈顿时一红,今天早上自己带来整整一个加强连的人,现在阵地上只有一营、三营加在一起的大半个连了。

清点过人数之后,赵云鹏惊讶地发现,包括楚伟生在内,竟然阵地上一大半战士都是解放战士。

赵云鹏询问一名解放战士陈有田:"以前在国民党那边和日本人打过这种仗没有?"

头上包裹着绷带的陈有田,嘿嘿一笑,摇了摇头道:"这是绝户仗,一般的队伍打不了。"

赵云鹏饶有兴趣地继续问道:"在国民党那边打不了,现在怎么就能打了?"

陈有田微微一愣,把手上的烟往嘴上一叼,猛吸了一口,边吐边说了起来:"我是徐州人,苦出身,为了还高利贷,老爹被逼死了,家里仅有的几亩薄地也被放债人抢走了,就剩下一个眼睛不好的老娘。我们娘儿俩租了地主的地,一年到头累死累活也吃不饱、穿不暖。后来我被国民党抓壮丁充了军。前年被我们这边俘虏了,当时很害怕,但知道了共产党的俘虏政策就留了下来。这次土改我是亲身参加了,亲眼看到每一个庄稼户都实实在在分到了地。我也是祖祖辈辈种地的人,我想总有一天我们要打到徐州去,那我就能分到地了,即使我打仗打死了,咱老娘也还能分到地。所以呀,现在俺们感到,打仗是给自个儿打的!是为土地而战嘛,是不是?"

说着,陈有田提起一支枪,边走边喊道:"接着干!为老百姓扛枪,为土地打仗!"

看到陈有田消失的背影,赵云鹏突然又想起了《白毛女》的情节,耳边顿时好像响起了《北风吹》的旋律……他的思绪在旋律中跳跃:这个陈有田虽然是男的,但不也是一个"白毛女"么,他们的经历都深刻揭示了旧社会农民遭受的苦难。现在只有打倒地主阶级,分得土地,才能翻身得解放,因此要为土地而战。看来搞诉苦会、看《白毛女》还要继续抓下去,让每一个官兵都真正懂得为谁扛枪、为谁打仗。

第二十三章　以实事求是的勇气正视敌强我弱

春雨贵如油！时值四月底，东北大地期盼的春雨迟迟未至。

南满、北满，是日本军国主义侵略中国、建立伪满洲国、试图分裂中国的铁证，这是个带有屈辱性的地域划分。

我军主力从本溪撤向四平街，国民党军便集中了全部的主力开始进攻四平街，国共两军围绕着关系到东北战局命脉的四平街展开了一场"谁主东北"的决战。

负责本溪断后的独立旅陷入敌军的层层包抄围堵之中，尤其敌25师所辖75团，如同狗皮膏药一般紧跟着独立旅。

赵云鹏组织了两次埋伏，均因为75团主力距离先头部队过远没能达到阻敌追击的预期效果。紧要关头，赵云鹏与钟守田商量，大胆地决定放弃小路走大路，赶在敌人封闭包围圈之前跳出去。

突如其来的春雨让大地开始翻浆，有如神助。赵云鹏长长地松了口气，因为国民党军的摩托化部队在这种雨天难以全速追击。

雨夜，伸手不见五指的黑夜，盘山公路上一阵混乱。牛怀恩披着雨衣，抹了一把脸上的雨水道："侦察连的铁壳子滑下山了，没了五个，后面炮营的一零五榴弹炮连也全部都陷车了。"

牛秦川望着冒着雨陷入泥泞中的队伍，紧皱着眉头，似乎在承受着巨大的压力，心想：美式的机械化好是好，火力足，速度快，但是面对泥潭一般的公路和遥遥无期的后勤保障，消耗大就暴露得更充分，这个弱点必将成为美械装备的噩梦。所以，要想打败共产党军，还得想办法走速战速决这条路。但认识到这点又有什么用？拥有美械装备的国民党军已走上了不归之途。为此，牛秦川在傲气十足的同时又常常唉声叹气。

湿寒交迫，困倦疲惫，牛秦川的追击部队超越了独立旅，然而独立旅竟然毫无察觉，还给自带优越感、车辆众多的国民党25师主力让开了大路。

赵云鹏顺带安排楚伟生带着侦察班，穿着国民党军的服装前去侦察，配合捕获的"舌头"口供，确认了敌人的前进方向和薄弱位置。

经过两天三夜的急行军，赵云鹏和钟守田足足瘦了一圈。跳出敌人包围圈后一清点，钟守田的眼圈瞬间红了，此番担负阻击作战，独立旅损失了近三分之一，所幸建制尚且还在。

此时此刻，国民党方面与民主联军方面均在寻找战略层面上打破僵局的关键点。

我军虽然一直在消灭敌人，但自身也有一定的损失，敌强我弱是个不争的事实。四平街保卫战初期我军是有一定迂回空间的，利用敌人的分兵冒进，是可以游刃有余地实施逐个打击、力求歼灭的。

但是，随着防御空间逐渐被压缩，四平街保卫战的天平开始向着不利于我军的方向倾斜。

而塔子山则成了四平街保卫战最激烈的争夺点。民主联军把有着红一军团、八路军115师、新四军3师老底子的部队部署到了塔子山阵地。

国民党军也投入了总预备队195师，在坦克和飞机的配合下猛攻塔子山。战至关键时刻，此前大出风头的新22师的66团在威远堡击穿了三纵主力的防御阵地，随即在师主力的支援下，飞速抵达四平战场，也开始猛攻四平以东最后一个防御要点塔子山。

刚刚抵达炮声隆隆的四平城外围，赵云鹏与钟守田就马不停蹄地赶往东总报到。东总内气氛异常紧张，繁忙的电话铃声与国民党军的炮声此起彼伏，一刻也不停息，几乎每个人都在扯着沙哑的嗓子喊道："坚守，不惜一切代价坚守，不许后退一步。"

接待两人的董副政委，一脸疲惫地询问了独立旅的情况，得知编制尚还算健全，欣慰地点了点头道："现在到处都岌岌可危，国民党军仗着优势兵力和火力对四平街展开了全面的进攻。你们的任务就是增援333.1高地。如果333.1高地失守，那么哈福就会直接暴露在敌人的进攻下，哈福是塔子山侧翼重要屏障。塔子山如果丢失，四平街将无法坚守，补给、增援，我这里什么也给不了你们。"

感到十分沉重的赵云鹏、钟守田喘着粗气，神情凝重地立正敬礼："坚决完成任务！"

赵云鹏原本指望到了四平能够让部队喘口气，现在看来四平的情况要比本溪时糟糕得多。

独立旅部队补充了部分弹药开始迅速向333.1高地增援。赵云鹏和钟守田不知道的是，就在他们领受任务的时候，333.1高地上工事与轻重武器已被炸毁，幸存的我军官兵各个高昂着头、以视死如归的战斗姿态，准备向进攻之敌发起最后的反击。

赵云鹏和钟守田带部队行进到一半，突然接到上级命令：333.1高地已经失守，敌人正在向哈福进攻，独立旅转向塔子山后方隐蔽待机。赵云鹏与钟守田立即意识到了战况危急严重。

途中，赵云鹏与钟守田遇到从塔子山撤下来的山东老7师6旅17团。大多带伤的官兵士气低落地从路两侧列队通过。钟守田逢人就问："你们钱团长呢？老钱呢？"

赵云鹏不敢相信眼前的这支士气低落的部队，就是山东大名鼎鼎、作风硬朗、以能打硬仗出名的老7师。

在一副担架上，钟守田发现了负伤的老钱。老钱在担架队员帮扶下强撑着起身，一把抓住钟守田的手，眼泪哗哗地流了下来，哽咽道："这打的是什么仗？敌人的炮弹像雨点一样倾泻下来。屁大的地方，工事根本构筑不起来，最多只能放一个连的兵力，冲上阵地只能趴在尸体里面挨炸，等敌人靠近了冲上去肉搏。"

"呜——呜——"说着说着，老钱竟捂着脸哭了起来。哭声是那样悲愤，像山洪暴发一般一泻而不可收。赵云鹏赶紧弯下腰，俯下身，扶着老钱躺下并安慰道："赶紧撤吧，好好养伤，好好养伤。"还没有等赵云鹏的话音落下，钱团长又硬撑着挺起身子，带着哭声说道："17团快打光了，连、排、班干部多半牺牲了。魏天祥、刘大头、胡峰这批红25军和陕北红军的老底子，还有一批从太行山带下来的老八路都牺牲了，不能跟敌人硬拼了，必须撤！什么马德里，狗德里，必须撤啊！"

赵云鹏的心一阵阵收紧，他清楚老钱带部队是从来不叫苦、不怕死的。但看到部队伤亡这么大，特别是一些红军和八路军的"老底子"打没了，老钱无比心痛啊！

登上塔子山侧翼的山峰制高点侦察，赵云鹏顿时惊呆了，整个四平周围，望远镜视野范围内，全部是一大股一大股腾起的炮击烟柱，塔子山主峰更是被浓浓的烟尘所笼罩。

平坦的大地上到处都是密密麻麻、纵横交错的交通壕，国民党军的炮弹坑布满了交通壕附近。赵云鹏非常疑惑，为什么要在平坦地域构筑野战工事呢？这如何能抵挡得住敌人重炮和坦克的进攻？赵云鹏意识到了我军对野战防御作战还是缺乏经验。

果然，敌人在炮击后，步坦配合又发起了进攻。缺少反坦克防护的我军野战工事被敌坦克炮逐一摧毁，官兵们被迫撤出了阵地。

敌人在坦克的支援下，从三面对塔子山主峰又发起了更为猛烈的进攻。赵云鹏意识到：在目前敌强我弱的态势下，我军根本无法进行有效的野战防御。而且国民党军新六军的主力已经绕开了我军的防御阵地抵达战场，说明敌人已经做好了与我军决战的全面准备，这种条件下与敌人硬拼，后果可想而知。

返回隐蔽阵地，赵云鹏与钟守田交换了一下目光，冷静地说："老钟，这个仗不能再这么打下去了，不能与敌人硬拼，应该撤出四平，保存实力并抓紧根据地建设，将来有了实力再决战。"

钟守田看了一眼前来领受任务的营连长们，里面许多都不是往日熟悉的面孔，略微担忧道："防守还是撤退，东总会有指示。我们提出撤退，那就是怯战！老赵你要慎之又慎啊，临战动摇和怯战可是要杀头的！"

一旁的魏马列神情十分震惊，正琢磨如何表现的他，没想到赵云鹏身为政委竟然会提出撤退"逃跑"，而且要在如此关键时刻公开向东总首长提出。

魏马列咳嗽了一下，装作镇静地说："政委同志，我作为独立旅的副政委、党组成员，我认为你的这个想法是不对的。如此重要的关头，我们能做的就是执行命令，而不是主张逃跑和动摇首长的决心，干扰战役全局是要负责任的！"

面对魏马列的上纲上线，赵云鹏陷入了沉思，心想：说实话，可能要付出他意想不到甚至更为惨重的代价；但是不说实话，上级首长不能及时了解前线的战况，以致错误指挥，这给革命事业带来的损失会更大。现在看来，塔子山的防御崩溃只是时间问题。

赵云鹏内心十分纠结，这时他再一次想起老首长董副政委。董副政委虽饱经坎坷、历经磨难，但始终初心不改，保持着刚直敢言、无私无畏的崇高品格。想到这些，赵云鹏眼前好像有了一个灯塔，在照耀着他前行。

当然，在这个时候，说实话，后果是什么很难预料。赵云鹏破天荒地点燃了一根烟，吸了几口，又猛烈地咳嗽起来，于是，他又把烟头往地上按了按，用右手拇指、食指和中指把烟头彻底掐灭，突然感到有一肚子的话涌上心头：不说实话，那不是欺上瞒下吗？岂不是对党不忠诚吗？眼睁睁看到党和军队事业蒙受巨大损失，你赵云鹏不是在犯罪吗？你愿意当历史的罪人吗？想着想着，赵云鹏又捡起了刚才掐灭扔掉的烟头，摸出了一盒火柴，划亮了一根，等火苗慢慢旺起来的时候，他伸长脖子，噘着嘴，把烟头点燃又狠狠地抽了几口，趁着把烟深深地吸进肺里，他闭着眼，让思想在炮火硝烟中宁静一下，然后又集中起散发的念头，想起最近看到毛主席在延安的几篇讲话，心里一下亮了起来，几乎脱口而

第二十三章　以实事求是的勇气正视敌强我弱

出:"这不就是个实事求是的问题吗。"转而,他又想:实事求是是个好东西,但面对眼前这个状况,要不要做到实事求是呢?赵云鹏此刻深深地吸了口气,慢慢地吐了出来,就在吐气的一瞬间,他脑子一下子变得非常清晰,一种内在的意识冒了出来:实事求是难呐!有时实事求是也险啊!

当晚,在四平街前指大会议室里,所有参加会议的师旅干部都低着头坐在那儿,全部闷声一言不发,有的长吁短叹,还有的一根接着一根地抽烟。

赵云鹏见此状想提出自己的顾虑,却被钟守田一把按了下来。钟守田压低声音说道:"你知道吧,老钱因为提撤退而被停职了,有些话你是不能随便说的。关键问题,咱可不能犯糊涂!"

听完钟守田的话,赵云鹏强忍着情绪,使劲捏紧拳头,说道:"老钟啊,我们身为党员,要对党负责啊!对党负责就要敢讲真话,敢讲真话就必须坚持实事求是啊!"

说着,赵云鹏全身爆发出一种难以克制的强大冲动,立即站起身来,大声说道:"报告,我是独立旅政委赵云鹏,我有一些情况想向各位首长反映。"

东总的首长们已经处在了巨大的压力之中,党中央对保卫四平街寄予了厚望,但现在的实情是,民主联军摆下"百里防线",经过几天的坚守,人员和装备都损失很大且又无法补充,而敌人又重兵压境,目前已经不具备固守四平街的条件了。我军将被围困乃至击溃的严重后果已经显现,这如同一块浓密的乌云一般压在会场每个参会者的心头。

了解赵云鹏的董副政委意识到了赵云鹏可能要讲不宜在大场合讲的真话实话,怕招来非议,出于爱护部属的好心,摆了摆手招呼道:"云鹏,会后我听你单独说说吧!"

但赵云鹏这个湖南人真是有一股子"霸得蛮"的血性,既然站起来了,就全然不顾董副政委的好意招呼,放开嗓门,大声地直言道:"各位首长,现在四平战事已经到了千钧一发的紧要关头,如果我们民主联军主力在这里拼光了,就算保住了四平又有何用?如果我们保住了实力,我们还可以同敌人周旋,发展根据地,深入土改,利用我们擅长的运动战、游击战逐步扭转僵局,与敌人进行博弈,到最后还可以再打回来,与敌人做最后的决战,我们坚信胜利会属于我们!但目前敌人是倾巢而出,拼命找我军决战。以我旅为例,现在的战斗力不足保卫本溪时的三分之二。我旅情况还算是好的,其他部队比我旅情况严重得多。我个人主张各位首长以实事求是的勇气向中央提出建议,请中央考虑主动放弃四平。因为东北的停战就是国民党方面放的烟雾弹,不过是为国民党调兵遣将争取时间。仗有的打，大仗还在后面呢！"

赵云鹏的一席话有如激起千层浪，会议室内各纵队首长和师旅干部们纷纷各抒己见，导致作战会议一时乱了起来，最后很快结束了。会后，赵云鹏、钟守田都没有马上走，而是蹲在会场门外，赵云鹏用小木棍在地上画着什么，钟守田神情沮丧地抽着烟。

董副政委走过来，轻轻拍了拍呆呆蹲着的赵云鹏，用非常亲和的口吻说道："你啊，真是个湖南人。湖南人既有'霸得蛮'的一面，也有'耐得烦'的一面嘛！"

"我就是要学你敢讲真话和坚持真理的品德！"赵云鹏立即说道。

"哦，学我啊，那我今天要好好跟你聊一聊。我希望你学我独立思考、敢于直言、坚持真理、实事求是，但也不希望你样样都学会。我也有不少缺点，比如性格过于谨慎、不够果断，又比如心理上难以承受较大牺牲，'慈不掌兵'啊！战争一定会死人的，作为指挥员，如果过于顾虑伤亡，往往会影响决定，有时反而会造成更大的伤亡。有位军事家说得好，'坚决的牺牲才能换得更少的牺牲'，就是这个理！"

赵云鹏觉得今天与董副政委的交流很受益，虽然刚才激动了一番，心情很不平静，但这会儿感到非常释然，于是愉快地回到旅部，投入到新的战斗中。结果，没想到赵云鹏刚回到旅里，上级的命令就下来了：停止赵云鹏独立旅政委的工作，由副政委魏马列接任独立旅政委。

命令刚刚宣布完毕，就传来一个惊天消息：包括塔子山在内的四平街以东全部阵地失守。

东总立即命令作为预备队的独立旅也加入对塔子山的反攻，夺回塔子山阵地。钟守田找到赵云鹏，准备商量一下如何反攻。魏马列却阻止了钟守田："赵云鹏的事情现在还没定性，我以代政委的身份不同意他参加作战会议。"

赵云鹏见状，十分无助地说："魏马列代政委，我旅对塔子山周边敌情不了解，与友邻部队也没有制定过统一的配合作战方案。我建议先派一个排对塔子山敌人的火力点和兵力配属进行侦察，与共同反击的两个旅一同制定反击方案。"

魏马列的眉毛扭成了一团，十分焦躁地说："现在是什么时候了？火烧眉毛了，你让我去哪里找其余两个旅的政委和旅长，就算找到了，人家肯来吗？上级布置任务的时候并没有指定由谁来统一指挥，是我们独立旅指挥他们共同配合，还是他们指挥我们？"

赵云鹏刚准备继续劝魏马列不要贸然发起反击。魏马列就面带不悦地说："赵云鹏同志，独立旅不是离开谁就不转了。"

第二十三章　以实事求是的勇气正视敌强我弱

赵云鹏黯然离开土地庙的旅指挥所。魏马列觉得刚刚看到赵云鹏黯然的神情，自己竟然有一种压抑了很久扬眉吐气的感觉，有赵云鹏这个模范典型在，他这个旅副政委就好像透明的一样，旅里一些干部甚至只记得他是三营那个不怎么称职的教导员，而忘记了他还是旅副政委。

意气风发的魏马列把他在抗大学习的军事学第一次应用在了实战之中，颇有指点江山的架势。一连串的军事术语就连钟守田这个久经沙场的老将也有点吃不准，心想：这家伙到底有没有料？

反击塔子山的战斗进行得异常惨烈，巴掌大的山头到处都堆满了敌我两军的尸体。

赵云鹏看在眼里急在心里。魏马列根本不同其他两个旅进行沟通以统一指挥，协同作战，在友邻部队尚未进入阵地时，就抢先发起进攻，不但遭遇重大损失，而且还暴露了我军试图夺回塔子山的战术意图。

赵云鹏赶到一营指挥所阻止魏马列的鲁莽冒险行径。魏马列却振振有词道："我现在才是独立旅真正的政委，现在是由我在指挥。赵云鹏同志请你摆正位置！"还狠狠地补上一句："怯战提出撤退的不是我，是你！"

赵云鹏寻找钟守田，才得知钟守田与魏马列分别各带两个营实施反击。钟守田也是一头雾水，约定的时间还未到，魏马列就抢先发起了进攻。

对塔子山的反击失利，国民党军则趁势长驱直入。民主联军首长得到中央复电同意，经过党委紧急慎重决策，集中在四平的近十万大军于当日夜里开始突围，三纵、四纵主力向南满地区转进，东北民主联军主力和机关向北满突围。与此同时，命令山东老7师、3师7旅和独立旅负责南满和北满两个方向掩护主力撤退。

三纵和四纵同样减员严重，大量官兵经历了血战四平，最终失守撤离，感觉东北战场看不到希望，各部队均出现了大量逃亡和非战斗减员。

四平失守后，更让人担忧的是，国民党军竟然好像参加过我军的军事部署会议一样，对我军撤退各部穷追猛打。我军布下的疑兵之计没有起到半点作用。

东北民主联军面对新一军、新六军、第五十二军、第七十一军的合围，为了保存有生力量，相继放弃长春等铁路沿线重地。国民党大军则继续大肆侵占解放区，将下一个目标瞄准了哈尔滨。

东北形势一瞬间变得岌岌可危。负责断后的独立旅，在魏马列的指挥下采取"壮士断腕"的战术不断分兵抗击，接连三个担负阻击任务的连队被击溃。钟守田直接指责魏马列的指挥存在很大问题，两人爆发了激烈冲突。

钟守田怒不可遏地大骂魏马列是"败家子",魏马列则称钟守田是"骑墙派",双方都喊来了警卫连要把对方捆起来,结果警卫连长搬来了救兵赵云鹏。

此刻,接连吃了败仗的独立旅人心涣散,丢掉了大批物资和装备,因为电台失灵,与上级也失去了联络。

新一军一部死死咬住负责断后的独立旅,用他们的话说,就是这伙共军不会打仗,不断派小股部队送死,就好像揭千层糕一样。

面对魏马列与钟守田之争,赵云鹏建议以建制尚全的九连做诱饵,把追我之敌引到当地一个叫老鸹崖子的地方去,利用国民党军轻敌冒进的骄横,利用老鸹崖子可遮挡隐蔽、让大路来敌看不见我军的拐弯地形,利用老鸹崖子拔地而起的山峰、可从上往下冲击敌人的险峻山势,利用紧靠一条大河、可以快打快收、从水上撤走以防敌追击的交通便利。总之,利用上述这些优势打一场伏击战,一定能够阻止住敌人的疯狂追击。

魏马列当即表示不同意,赵云鹏提出按党内规矩进行举手表决,因为魏马列在旅里担任副政委时,不论大事小情总是提出搞民主表决,称真正的布尔什维克是能够真心听从群众意见的,少数服从多数就是真理!今天魏马列却一反常态地表示搞举手表决可以,但他作为独立旅的代理政委,有权做最后的决定,还强调:多数人的意见未必是正确的,真理永远掌握在少数人手中。

魏马列的言辞气得钟守田一佛升天、二佛出窍,瞪着眼睛大吼道:"你当副职时整天讲要民主,当主官了你给老子搞集中,你这个新兵蛋子,独立旅还轮不到你一言堂!"

魏马列听后,气得七窍生烟,手慢慢地摸向了腰间的手枪,突然一翻白眼,身子一软瘫倒在地。在场的众人面面相觑。

王铁柱将手中的一根木棍一丢,若无其事道:"魏代政委太累了,让他休息一会儿吧。"

钟守田顿时欣喜不已,笑眯眯地盯着王铁柱,说道:"嗯,你小子不错,先当个副班长吧。"

一听要让自己当副班长,王铁柱顿时脸色一变:"旅长,俺本溪突围那会儿就是班长哩,咋又成副的了?"

钟守田也是一愣,见赵云鹏点了点头确认有此事。钟守田看"封官许愿"不成,想马上找一找别的东西来代替奖励,于是迅速摸遍全身,发现有几颗纵队首长给的印有慰劳子弟兵字样的水果糖,立即掏了出来,递给王铁柱,大声说道:"口头嘉奖一次!"

第二十三章　以实事求是的勇气正视敌强我弱

钟守田没想到的是，直到王铁柱牺牲，这几颗印有慰劳子弟兵字样的水果糖还一直放在贴近他胸口的粗布衬衣口袋里。多么朴素的战士啊！虽然物质贫乏使他们一无所有，但几个慰问的字样却让他们感到无比富有和幸福。

赵云鹏设下的口袋阵足足装进了敌人追兵两个营，利用地形的优势，他要求部队集中所有的手榴弹，劈头盖脸从高处砸了下去。钟守田带领两个连猛追猛打，结果让人惊喜的是，竟然发现了依托车辆仓促构筑工事的敌人辎重车队。

面对敌人猛烈的火力，赵云鹏命令把刚刚缴获的一门敌人的75毫米美制山炮推了出来，结果甄别俘虏里面竟然没有炮兵。俘虏称炮兵都在辎重车队。

独立旅懂开炮的人不多，所以只好来了一招常用的"大炮上刺刀"。75毫米美制山炮被推到了国民党军车辆工事一百米左右的距离内，独立旅直接用炮管空膛瞄准目标，装弹开火。这吓坏了工事里面的国民党炮兵，他们见过玩命的，却没见过这么不要命的炮兵。

敌人很快投降了。抓了三百多名俘虏的钟守田乐得合不拢嘴。第一个顶着敌人重机枪火力冲入敌阵，一颗手榴弹俘虏了五十七个国民党兵的冯进军，抱着缴获的一部崭新大功率电台傻呵呵地笑。钟守田欣喜之下直接给了冯进军一脚："你个棒槌咙咚的，不要命了？"

有了全新的大功率电台，独立旅再次与南满分局取得了联系。

紧接着，麻烦也来了，被打晕的魏马列不但向上级报告说自己被夺了权，还叫嚷着要枪毙对自己人下黑手的"反革命分子"。

钟守田也把独立旅党委的意见和一路作战的详细情况报告给了南满分局，将赵云鹏的所作所为和见证人都以电报的形式报告上去。

经南满分局党委研究决定，赵云鹏同志仍担任独立旅政委职务，魏马列同志还担任旅的副政委。

南满分局的电报让魏马列如同泄了气的皮球一般，心里觉得所有人都在针对他，因为他是一个地地道道的外来户。魏马列开始有了要培养自己人的念头。

即便对赵云鹏百般不满，魏马列依然挤出了难看的笑容，恭喜赵云鹏重新回到岗位。为了团结，赵云鹏也没难为魏马列，反而私下叮嘱钟守田和几个营长要多加注意对魏马列的态度。

独立旅进入南满，终于彻底甩开了敌人的追击。但是好景不长，新的更加严峻的危机出现了。

第二十四章　转化俘虏，"三个认同"

大雪满弓刀，白山黑水间。

四平的失守让东北形势一瞬间变得岌岌可危，东北民主联军吃了败仗，全线撤退，一路北撤，退过了松花江。

杜聿明责令所属部队穷追不舍，其攻势如决堤的洪水般猛烈，先后攻占辽源、梅河口、海龙、双阳、磐石、九台、永吉、德惠、农安等地，致使东北民主联军在南满的根据地几乎丧失殆尽，只剩下紧靠朝鲜的临江、濛江、长白和抚松四个县。

牛秦川带着他的75团以摩托化开进的方式追击全线撤退的民主联军。卡车里的国民党官兵一路洋洋得意。坐在"领头羊"美式吉普车里的牛秦川也是一副踌躇满志的样子。牛秦川顺着吉普车一上一下的颠簸节奏，不自觉地哼起了小师妹梅钰琳经常哼唱的歌曲，不过他只能唱最喜欢的前两句："向前！向前！向前！我们的队伍向太阳……"牛秦川越唱越来劲，边唱还跟身边的牛怀恩说道："牛副官，下回兄弟们高兴时就不唱秦腔老调了，改唱这首行不行？"

"不行！绝对不行！"牛怀恩立马回应。

"咋不行呢？"

"唱它会惹来麻烦的！"

"哼！"牛秦川一千个一万个不愿意的样子，但又不好不听牛怀恩的，只好轻声地在嘴里哼着，哼着哼着，好像小师妹就在眼前，他突然惊醒了似的，自言自语道："小师妹怎么样了？共军本溪溃败、四平失守，这会儿又千里大撤退。她在哪呢？还好吗？"想着想着，牛秦川开始担心起小师妹的安危来，怕万一出了问题，他可是会后悔终生的。

就在民主联军全线撤退、国民党军穷追不舍的紧要关头，国民党当局竟然在美国人的协调下开始了长达十五天的停战。这至关重要的十五天让元气大伤、几乎弹尽粮绝的东北民主联军得到了喘息之机。

独立旅也趁机向仍在我军控制中仅存的四个县转进，毕竟那里才是我军的根据地。

东北战场的攻防主动权还掌握在国民党手中,国民党的侦察飞机时不时地出现在我们队伍的头顶,轰炸、机枪扫射是家常便饭。

这时,一场突如其来的暴风雪让赵云鹏着实松了口气,因为这种恶劣的天气,国民党军的飞机就趴窝了,敌人就无法准确掌握我军的动向。

山河一片苍茫。风雪中赵云鹏鼓励着官兵们加油前进,到了长白就好了。沿途撤往临江、濛江、长白和抚松四县的部队比比皆是,还有大量的机关人员和随行家属,现在根本分不清哪支家属队要前往哪里,牛马车根本无法在雪地上通行,大多数是顶着风雪,扯着大点的孩子,抱着小的,跟着部队前行,人迹罕至的雪原上硬是踩出来几条路。

满身风雪如同满头银发一般的牛秦川,无奈地将望远镜交给牛怀恩。白茫茫的一片,牛秦川心中不禁感叹:真是幸得天助!只不过助的不是他,而是赵云鹏。

长白冬季的白天非常短,早上七点天不见亮,下午四点天就渐渐地变黑了。

"是兵不是兵,身上四十斤",钟守田与赵云鹏每人扛着三支卡宾枪,顶着风雪前行。赵云鹏还要不时地跑前跑后,提醒各营教导员和各连指导员注意官兵情绪,尤其要照顾好那些俘虏兵。

实际上,赵云鹏的内心非常焦虑,虽然他一直在鼓舞着大家,但是他清楚,仅仅凭借着位置偏僻荒芜的临江、濛江、长白和抚松四个县,是无法支撑人数如此众多的部队和机关的,兵源问题、粮食问题、御寒问题等,都是麻烦事。

独立旅从今天晚上开始就断粮了,俘虏只能分到半个冻得比石头还要硬的杂面窝头,独立旅的战士们只能不停地喝一点儿加了盐的热水充饥。

半夜查哨,赵云鹏听到七连指导员在安慰被饿哭的小战士:"等到了长白,让你每天吃四顿,都补回来哈,想着白馍馍睡吧!"

一名脸上有一道疤痕、凶神恶煞的国民党俘虏兵躲在雪窖子中,连连摇头道:"共产党这伙人到底是为了什么?他们到底是什么做的?"

一旁的另外一名挂着中士军衔的俘虏兵,把松枝压在身上,也跟着说道:"都是疯子,我特意去看了,他们晚上连半点干的都没有,就是喝开水。"

疤脸老兵皱了皱眉头说道:"俺叫宋二喜,老家河北宛平的,小鬼子打过来,全家逃荒去了河南,后来为了少张嘴,俺把自己卖了壮丁,结果河南大旱那年全家都饿死在逃荒的路上了。打了这么多年,打小日本、打共产党,家里十几口子一口没保住。"

一旁的俘虏兵全部陷入了沉默之中。宋二喜起身来到被饿哭的小战士身旁,环顾四周,从怀里掏了一会儿,悄悄地给小战士手里塞过去两块窝头,在小战士惊讶的目光中一个翻滚回到了雪窨子。

中士老兵见状起身道:"俺叫李满地。大哥李满仓,民国三十三年扔松山了。俺也是河北的,沧州地界的。你把存的干粮给了共军,怎么,不准备跑了?"

宋二喜紧了紧衣服,往里面一边塞些枯草一边说道:"老哥一个,到哪里,哪里是家。"

李满地微微叹了口气道:"咱们这样的,就算跑回去也不会有好果子吃,直接被塞进敢死队当炮灰,留在共军这边好歹能活,好死不如赖活着啊!"

一旁满脸皱着的老兵仿佛听到了什么秘密一般,震惊之余低声说道:"娃娃,我叫田来宝,是大上个月在唐山被抓的壮丁。我那天门前晌午去打个擦擦,路上几个贼砢碜的汉子把我弄上了车,山海关停了两个月,赶进东北就闹不明白了,整成个这,这也不知道还能不能回去见孩子他娘了。"

宋二喜望着心惊胆战的"老新兵"摇了摇头,道:"张大炮起来,这方面你小子最有经验了。"

肥头大耳的张大炮十分不情愿地从草窝子里面侧过半个身子,张口骂道:"呸,都他娘的扯淡,长官有好东西?都是脏心烂肺的玩意儿。不瞒哥几个说,兄弟我在晋西北被八路军俘虏过,晋察冀也被俘虏过,后来山东又被俘虏了,每次都是教育几天,发了路费和路条让你回家。"

"老新兵!"田来宝欣喜道:"不会诳我吧?那你怎么又被抓了呢?"

张大炮叹了口气道:"到处都是抓壮丁、卖壮丁,一个乡的不敢抓自己人,就两个乡换着抓。人还没到家,就被抓了壮丁,又回来干老本行了。不过这次共军好像没打算要放了咱们。"

田来宝神情黯然地说道:"摊上事哩,完蛋咯。"

宋二喜不屑地一摆手,大声说道:"回去?回去就是炮灰。年景好吃不饱,灾年饿殍满地,狗×的缴不完的苛捐杂税,回去干什么?"

张大炮嘿嘿一笑:"这一点哥几个放心,共军和国军可不一样,他们绝对不会拿枪逼着咱们上战场的。他们搞教育,让你自觉主动,只要咱们够尿,他们肯定看不上咱们。"

宋二喜好像忽然想起了什么,绘声绘色地道:"今天我看到了以前25师李贵那小子,还有楚伟生那个'千里驹'的标兵。好家伙,他们现在都是共产党的官了,共产党能真的信得过他们?还有新一军和新六军的,这帮家伙让共产党灌了什么迷魂汤?"

张大炮不屑地回应道:"共产党那迷魂汤,比奈何桥孟婆的那碗厉害得多啊!

共产党做政治工作，讲官兵平等，他们不管你多大的官，和士兵吃喝都一样。挎短枪的，枪越小官越大。哎，看看你们这些没见过世面的，以后多被俘几次就搞明白了。"

宋二喜瞪了张大炮一眼，带着鄙视地说道："丢人现眼，还多被俘几次？这次就够丢人了，老子打小鬼子都没尿过，这次四面八方枪声一响，我们连当官的谷大勇一举手，老子就成俘虏了。不过共产党不虐待俘虏倒是真的，就是太穷了。"

张大炮压低声音，补充了一句："人家有《三大纪律八项注意》。"

"妈了个蛋的，你们几个是不是准备投共？警告你们，谁敢投共，一准没有好果子吃。"一个从草堆里面钻出来的黑脸瘦子，叫谷大勇，一张嘴就露出了满口黄牙，骂骂咧咧的。

宋二喜和李满地交换了一下眼神。谷大勇立即察觉到不对，急忙手脚并用后退，神色惊恐地问道："你们想干什么？"

"打你个王八羔子！"宋二喜和李满地扑上去的同时，十几个人影也冲了过去。

暴打谷大勇给众人带来了痛快淋漓的感觉，加上寒风呼啸，让同一个雪窖子里面的俘虏兵近乎一夜无眠。

同样一夜无眠的还有赵云鹏，正在为筹粮一事苦恼的他，发现自己眼前的困难根本无解，克服困难的唯一办法，就是尽快抵达大家心心念念的长白。

前往长白的途中，一些地方穷得别说地主富农，连中农也没几家。赵云鹏找到村长筹粮。干瘦得仿佛一阵风就能被刮倒的村长，哆哆嗦嗦地从口袋里掏出一张欠条，拎了拎说道："是前面兄弟部队打的，现只有三百斤。"

老村长流下的眼泪很快冻在了脸上，一脸为难地委屈道："再拿，我们就熬不过这个冬天了！长官啊！我给你跪下了！"

此时此刻，赵云鹏也要哭了，这才过去一个团的兄弟部队，后面还有那么多部队，看来大家都要断粮了。

站在院子里的、躲在门后的、藏在山坡草丛中的男人、女人、老人和孩子们，冷漠地注视着这些穿着单衣、冻得瑟瑟发抖的军人，心里很慌，充满了恐惧。

赵云鹏组织官兵们把所有携带的能御寒的衣物全部穿上，将被子掏一个洞套在脖子上，用武装带一扎，虽然不美观，但还是能够抵挡一阵寒冷。

赵云鹏去找老村长和村民们唠嗑，方才得知这附近有个日伪时期的保安队，后来被国民党收编,现就驻扎在黑头山附近。"

钟守田一听有敌人顿时来了精神。老村长也搞不清楚敌人的编制,他只记得以前日本人说是一个连队。

钟守田当即向赵云鹏表示,先派一个班去侦察侦察,晚上他带一个连去解决战斗。

赵云鹏的主要精力都集中在随队的三百多名国民党俘虏身上,尤其宋二喜和李满地这种老兵,他们的个人军事素质好,还有一点军事专业技术,但思想上是根深蒂固的反动。

宋二喜和李满地都是炮兵,而且是远征军时期美国人培训出来的炮兵,这在国民党军队里面都不多见。独立旅虽然说有一个炮营,但也只有十几门缺胳膊少腿的迫击炮,能鼓捣明白瞄准镜的几乎一个没有。

全旅只有楚伟生能够独当一面,但是一旦遇到105毫米口径以上的大炮,楚伟生也"麻爪儿"了。

这些天行军,赵云鹏一直在观察宋二喜和李满地,尤其是七连指导员报告了宋二喜主动把口粮分给小战士的情况之后。赵云鹏觉得宋二喜和李满地这种穷苦人出身的国民党兵可以主动争取一下,但以往诉苦会加《白毛女》的杀手锏,因为部队还在作战期间无法使用,所以赵云鹏摸索着打打地域牌和情感牌来做转化俘虏的工作。

赵云鹏带着炮营营长王启发把宋二喜和李满地招呼到身边,指着一门缴获的75毫米美制M1榴弹炮说道:"你们两个谁会用这个大家伙?"

宋二喜几乎是鼻子朝天、闭着眼睛道:"别指望我们掉转炮口炸自己兄弟了。另外你们管这玩意儿叫什么?大家伙?一群没见识的土鳖!"

王启发一把拽住比他足足高一头的宋二喜,愤怒地说道:"你个臭俘虏,牛个什么劲?老子没大炮那会儿还不是一样把你们干服了!"

赵云鹏推开王启发的手,语气平和但又坚定地说道:"没什么好生气的。现在咱们没有,不代表将来不会有;今天不会,不代表以后不会。我们有蒋介石这个运输大队长在,什么都会有的。"

接着,赵云鹏敲打了一下榴弹炮管,说道:"说说你眼里的大家伙长什么样。"

宋二喜没想到共产党的大官竟然如此平易近人,犹豫了一下:"没带过来,美制MA1榴弹炮,口径155毫米,5.8吨,最大仰角射程15公里,23.4倍口径,48条膛线。那玩意儿才是真正的大家伙呢,老美的十轮重卡才能拖得动,你们说

第二十四章 转化俘虏，"三个认同"

的大家伙跟它比就是个玩具。"

赵云鹏看了一眼站在一旁的李满地。李满地摇了摇头，补充说道："他是炮长，我是炮兵侦察。"

"炮兵侦察？"王启发顿时一愣，脱口而出接着又问了一句："炮兵还有侦察兵？"

李满地一副"你没见过世面"的表情，自傲地说道："我们就是炮兵的眼睛，大炮打得准不准，全要靠我们。我们用望远镜、方向盘、潜望镜、炮队镜、经纬仪确定目标的密位和距离，通过单发校正，引导炮兵准确打击目标。"

十四年抗战，宋二喜成了孤家寡人，李满地也是无家可归。两人除了有一套操炮绝活之外，几乎什么都不会。

在赵云鹏的引导下，两人也是大吐苦水，对国民党军队中的腐败和黑暗痛恨不已，却又毫无办法，因为天下乌鸦一般黑，用国民党军队里面的话说，就是一个比一个更能"贪"。

政治工作讲究的是攻心为上，打的是认知战，夺取的是"制脑权"。赵云鹏知道对于这种在国民党部队里面干了多年的"老炮"，普通的吐苦水很难一次达到目的，必须真正地让他们来一个"三个认同"，也就是思想认同、情感认同、政治认同。

赵云鹏结合自己从红军时期到抗战时期再到现在东北战场上，做转化俘虏工作的实践经验，他感到，转化俘虏的工作核心是"三个认同"。

首先是思想认同。要通过探索一种有效的思想教育方法，让这些俘虏兵从思想上认识到自己是土地的主人。比如，开诉苦会，让俘虏兵自己上台讲受地主压迫和剥削的"苦"和"仇"，然后启发他们本应做土地的主人，为什么却成了土地的奴隶。这时俘虏兵就会恍然大悟：要"耕者有其田"，要当土地的主人，就必须为劳苦大众而战，为土地而战。

其次就是情感认同。要通过探索一种有效的教育方式，让俘虏兵共情穷苦人的悲惨遭遇，使其对剥削者和压迫者无比仇恨。比如，组织他们观看《白毛女》，让与白毛女有相同受苦受难经历的俘虏兵悲愤而起。

再次就是政治认同。要在上述基础上，再搞一次政治教育，让俘虏兵转变政治立场。比如，组织诉苦会和观看《白毛女》后，再给他们上一堂政治课，进行一次思想教育。让俘虏兵认识到，要当土地的主人就必须推翻地主阶级，而地主阶级的大后台是蒋介石，所以必须打倒蒋介石。最后，他们必然会喊出"打倒蒋介石，解放全中国"的口号。

"三个认同"遵循了教育内在的规律，也完全符合战争条件下转化俘虏的实际。想到这里，赵云鹏觉得一口气吃成个胖子是不可能的，心急是吃不了热豆腐的。他准备等到了根据地，来上演一场杀手锏《白毛女》，肯定能事半功倍。

钟守田带着楚伟生的九连去打保安队。赵云鹏着实有些不放心，让旅副政委兼三营教导员魏马列和四营长冯进军组织两个营的兵力一同前往策应。

结果，战斗从半夜一直持续到了黎明。赵云鹏带领旅主力增援前找到了宋二喜和李满地，单刀直入地问他们："我们现在去打祸害老百姓的二鬼子保安团，你们干不干？"

宋二喜眉头一皱说："干！"

李满地点了点头道："那你们要把俺的家伙事儿还给俺。"

赵云鹏亲自把被分掉的望远镜、炮队镜、经纬仪、指北针等，给李满地一件一件地从连长、营长们手中收了回来，物归原主。

凌晨，赵云鹏带着旅主力出发了，准备把力量全部压上去。最后，几乎打光了所有的炮弹，才把这个保安"连队"啃了下来。

满脸硝烟、额头上挂彩的钟守田，气呼呼地瞪着同样额头上挂彩的楚伟生说道："怎么侦察的？这他娘的哪是保安队呀？比国民党正规军一个团都难啃，这帮狗东西，棒槌货，把工事修得这么坚固。"

赵云鹏提审了几名俘虏才搞清楚，原来这里驻扎的并不是什么保安队，而是伪满洲国靖安军的一支混成旅，战斗力颇为不俗。日本人投降后他们走了熊式辉的门路，换汤不换药改编成了地方保安团。这个混成旅早年是由日本军官组成的一个"联队"级部队，当地老百姓口口相传，"联队"变成了"连队"。

这伙人平日里经常搞些不登台面的勾当，打家劫舍、绑票、拦路抢劫，可谓无恶不作，所以发现被我军攻击后就拼死反抗。

钟守田也没惯着这伙二鬼子，上来就把九连直接分成十二个战斗班，一百二十七人包围了两千三百多个二鬼子，强攻敌人日伪时期修建的密布工事群，准备给敌人来一个一勺烩。

多亏赵云鹏提前部署，进攻开始后十分钟，楚伟生就察觉到了情况不对，好在魏马列带的三营和四营及时赶到。

加之赵云鹏听到猛烈的炮火声，意识到可能出了问题，率旅主力全部压上。多亏宋二喜和李满地的配合，五炮打掉了对方的指挥部和四个火力点。

四营长冯进军是第一个打开突破口、冲进大院的。他一手拽住通红的机枪管，用尽全身的力气往外拽，硬是把机枪从工事里面直接拽了出来。

第二十四章　转化俘虏，"三个认同"

望着手上缠满绷带呵呵傻笑的冯进军，钟守田不知道如何表扬。他就喜欢手下这种能打硬仗、狠仗、险仗的猛劲儿，因为他自己也是这样的人。

一转身，冯进军脸上的笑容一下子收了起来，心跳加快，呼吸急促，浑身出汗，还发抖起来。他问自己："这是怎么回事？"随后，他闭上眼睛，隐忍着镇静下来。这时，突然脑子里出现了一个人，他好像看见了孟云生在咧着嘴向着他大笑，这已经成了他挥之不去、常常发作的噩梦。枪杀土改工作队长的罪行足够枪毙他几次了，哪怕是误杀也难逃一死……

冯进军承认自己在刚刚进入东北之后一度贪图享乐、迷恋大城市的繁华。参加革命这么多年，打了那么多仗，没有被敌人打死，最后却要死在自己人的枪口下，冯进军从情感上始终接受不了。他多次想：宁可死在战场上，到下面去跟孟云生赔个罪，下辈子在阴曹地府做牛做马也都认了，但就是不能死在自己人的枪口下。

冯进军常常独自一个人在那冥思苦想：人生为什么这样矛盾和苦恼？既然觉得犯了罪，又为什么要逃避惩罚？既然大家都不知道，又为什么心里一刻也不能平息？整天好像有一个地狱的鬼差在追着自己，过着烦躁不安、矛盾重重、惊恐焦虑的生活，这种生活自己还能过得下去吗？看来，只有在战场上杀敌那一会儿才最痛快，什么都忘记了，什么不怕死的仗都敢打，反正死了就拉倒！正是因为冯进军把枪杀土改队长这个秘密一直藏在心里，所以他一直感到有种罪恶感，藏得越久，背负的罪恶感就越强；背负的罪恶感越强，就越不能原谅自己；越不能原谅自己，在战场上就越不在乎死，把它当作对自己的一种惩罚；在战场上越不怕死，立下的功就越多，于是大家也就越敬佩他。就这样一个"怪圈"，把他折磨成了一个"怪人"。

部队终于抵达长白，赵云鹏与钟守田全部愣住了：东北民主联军的部队和机关家属，把三面环山巴掌大小的地方挤得满满的，如同过年赶大集一般。

报到后赵云鹏才了解到，原来东北局南满分局、辽东军区、安东省委、辽东省委机关大部分，以及我军主力部队三纵队、四纵队，都挤在临江、长白这一带。现在各部队都面临着许多困难：枪支损坏严重不能修理，弹药消耗很大难以补充，更难办的是兵员补充不上来。这么小的四个县城，被国民党抓了好几拨壮丁，留下来的人都不敢招他们当兵了，否则即使分田分地，又有谁来种地打粮呢？部队怎么吃饭？当然，没有人，招不来兵，哪里来的战斗力呀？

饭没得吃，仗打不了，面对这样一系列困难和挑战，是"走"还是"留"？这个问题已十分客观地摆在了大家面前。

第二十五章　开诉苦会，看《白毛女》

林表明霁色，城中增暮寒。

长白的冷与南方阴阴的、慢慢渗透的冷完全不同，是一种冻掉手指和脚趾的冷。

当地人大多在棉衣外面罩上各种皮子御寒，毛毡靴子塞满乌拉草。这种行头都是祖辈传下来的，按老辈的习惯这里的冬天只能"猫冬"。

满心期待早日到达长白的独立旅抵达之后，赵云鹏发觉困难不但没有解决，反而更加严重了。

返回长白的途中，赵云鹏与钟守田沉闷了一路，一言不发，都闷着头走，因为他们都知道，目前独立旅的困境相当严重。这个困境也是整个南满和东北民主联军所处的困境：缺乏生存空间，缺少兵员补充，连最基本的粮食与过冬的棉衣都无法保障。部队现在是休整期间，一旦作战，各类物资消耗会非常惊人，那困难就会更大。

由于原本不足三万人的小县城又挤进了几万人，瞬间什么都不够用了。赵云鹏强行规定部队打御寒的柴火必须到二十里外去弄，否则会与当地群众争利。

当地的民风淳朴，但我军严重缺乏群众基础。在本溪可以发动群众深化土改，分田分地分浮财。长白原本就没有什么富人，当地的所谓"大地主"，放在本溪、辽阳，也就是个富农，耕地更是少得可怜，开荒者寥寥无几，当地农民习惯了那种靠山吃山、靠水吃水的生活模式，对分田分地并不是很积极。这可把土改工作队的同志们急坏了，老是完不成上级部署的任务，被批得直掉眼泪。

上级从临江拨给了独立旅两辆烧木炭的汽车，车上装有独立旅急需的药品等物资。途经六道沟、八道沟、宝泉山、撂荒地、十三道沟、半截沟等地，派去迎接的警卫连几乎每过一个山头就会与土匪溜子遭遇一次。

匪患如此猖獗是赵云鹏平生所未见过的，他总结了在本溪开展土改和整训转化俘虏兵的经验，发现在根据地尚未巩固时，补充俘虏兵作为我军的主要兵员有利也有弊。因为国民党士兵虽然军事素质好，也有军事专业技术，拉过来就能用得上，但他们受反动教育很深，看不起我军，很难管教。

第二十五章　开诉苦会，看《白毛女》

但再难也抢着要，因为打仗没有人不行，只有人和武器的结合才能产生战斗力。而现在，从老百姓中再扩军已经很难了，因为国民党已抓了几拨壮丁了。再说，就这四个小县城万把人，把青壮年都招走了，谁来打粮种地啊？所以现在唯一的办法就是靠转化俘虏了，把国民党俘虏兵变成我们的解放战士，这在世界战争史上都是不多见的，但我们敢创造，因为我军有独特的政治工作和善于攻心的政工干部。

赵云鹏总结了本溪作战期间的教训。各部队都要求补充俘虏兵，有的旅补充了八百多人，转眼一晚就逃掉一半，有的跑到四平敌军阵营，把我军的部署和军事秘密都暴露了出去，以致招来被动。

由于战斗的需要，很多部队几乎每班都摊上几个俘虏兵，这些俘虏兵很难管，有的甚至公开宣扬三民主义好，还有的假意投诚取得信任，打死老战士携枪逃跑。解决好这些俘虏兵的转化问题已成为各部队最为棘手的难题。

于是，在转化俘虏方面探索了一整套经验的赵云鹏，被各部队请去搞辅导培训。楚伟生、宋二喜等人则现身说法。赵云鹏一般要先区别俘虏的成分，然后分别对待转化，他那搞一次诉苦教育加观看一场《白毛女》的办法，很快取得了实质性成效并予以推广。

但是，很快有的单位就反映，希望《白毛女》能更加接地气，比如老山东的部队就希望《白毛女》的剧本里面多体现一些老家特色风俗。对这些要求赵云鹏也是一筹莫展。

于是，各单位的政工干部们开始八仙过海，在赵云鹏的建议下酌情加入了部分地方特色。宣传队暂时在北满过不来，没问题，咱们反串喜儿，或者从当地找会二人转的女同志出演。

结果，三纵的《白毛女》版本充满了山东地域特征，喜儿不扯红头绳了，改烙大饼……

四纵的版本因为实在找不到契合的乐器，就借用了二人转的唢呐、板胡、竹板和锣鼓……

二胡是宣传队为《白毛女》伴奏的主要乐器，怎么让这种传统的民族乐器拉出震撼的效果，赵云鹏想起了白晓芳在剧团时的谷师傅曾经把十几把二胡合到一起演奏过《光明行》，当时如万马奔腾又优美起伏的曲调，一下让赵云鹏痴迷不已。于是，赵云鹏借鉴谷师傅的做法，集中了四十多把二胡，配着笛子、琵琶、扬琴等一些民间乐器，为《白毛女》的主题歌和插曲伴奏。没想到效果是那样奇美绝伦，时而柔情似水、悠扬动听，让人仿佛置身于一幅北国风光、万里雪飘、炊烟袅袅的冰雪画卷之中；时而又高亢激昂、抑扬顿挫，使听众仿佛在飞流直下的瀑布之中，感受到强烈的感情冲击。

二胡合奏的首演将南满分局的首长们全部震撼到了。但是意外的是，钟守田这家伙却睡着了，而且还打出了鼾声，奇怪的是这鼾声还随着演出的曲调此起彼伏，这场景特别滑稽，让人哭笑不得。

得到肯定的赵云鹏趁机向南满分局首长建议，请示"东总"派部分宣传骨干来南满，让转化俘虏兵的"利器"《白毛女》更好地发挥作用。

独立旅的运粮队掉队的两辆马车被土匪劫了。赵云鹏和钟守田听闻后一脸震惊，连部队都敢劫？赵云鹏意识到长白附近土匪的猖獗，已经影响到解放区政权的稳固，特别是严重威胁着广大群众的生活。为此，赵云鹏决定把全旅分成若干个单位，集中力量一边打土匪，一边搞土改，彻底拔除土匪赖以生存的根基。

赵云鹏很快意识到，但凡群众斗争已经展开和深入的地方，必须大量武装当地积极性高的农民，组织自卫队、基干队等各种半脱离生产或全部脱离生产的群众性武装，收缴地主的枪支。收集和使用土枪、土炮、地雷、手榴弹，捕捉特务奸细，肃清小股顽匪，并采用召开庆祝大会、奖励大会、检阅大会等方式进一步鼓励和提高他们的情绪，增强其斗争的勇气和信心。这应作为土改工作队的主要任务之一来抓落实。

因为，这种自发的、与群众血肉相连的农民武装能够自觉地为保卫自己的利益而坚决斗争，这才是我党我军最可靠的群众基础。赵云鹏意识到只有群众武装在全东北普遍发展起来，才能彻底肃清顽匪，建立巩固的后方，不断地为部队补充力量，为人民战争提供强大的支撑和保障，使人民军队永远立于不败之地。

即便赵云鹏做了最坏的打算，长白的实际情况依旧让他震惊不已。全县仅有不到三万人口，其中朝鲜族占五分之一左右，其中青壮年只有不足百分之十五。

长白县南临鸭绿江，与朝鲜的惠山镇隔江相望。县城北依长白山，地少人稀，山高林密，主要粮食作物是玉米、大豆、高粱、小米及杂粮。南方来的吃惯了大米的同志一时间很难适应这里以粗粮为主食的生活，原本在本溪有部分细粮供应，随着四平的陷落，细粮供给也中断了，就是粗粮的补充也已经非常困难了。

独立旅从赵云鹏和钟守田做起，每天只吃一干一稀两顿饭。望着手里黑乎乎的土豆，一些解放战士开始不满。一天早上开饭前，几个解放战士大呼小叫起来："共产党当官的黑透了心，给我们就吃这个啊！还让老子去拼命送死！没门儿！"

第二十五章　开诉苦会，看《白毛女》

房土根气得一把揪住闹事的一个解放战士，愤然说道："给老子捡起来。"

就在几个人拉扯之际，赵云鹏端着自己装有两个土豆的碗来到几名解放战士前。他表情非常平静，什么都没说，只是弯下腰，把土豆捡起来放在自己的碗里，又把自己干净的土豆给了扔土豆的解放战士，用十分平和的语气说道："同志们，条件是艰苦了一点儿，大家克服一下，会好起来的。"

钟守田捂着胃部站在院子里一言不发，转身离去。返回旅部的赵云鹏望着简陋到了不能再简陋的马圈，皱了皱眉头道："老钟，冬季可快来了，我听老乡说，过了八月十五中秋节，这里可就要下雪了。冬天夜里零下三四十摄氏度都是家常便饭，大树都被冻得裂开了，咱们要未雨绸缪啊！"

钟守田看了赵云鹏一眼，无奈地说："兜比脸还干净，先琢磨明天的粮食吧，这么屁大点的地方挤了这么多人，我能有什么办法？"

赵云鹏明白，钟守田这是在生他的气，他前段时间发扬奉献精神把驻地煤矿宿舍让给了兄弟部队的伤员和地方上的同志，但是陆续转移到长白县的机关、伤员、老弱妇幼、干部达三万余人，相当于全县人口的总和，粮荒这块阴云笼罩在所有人的头上。

赵云鹏与钟守田商量准备发动官兵捕猎补充一部分副食。结果才进山一天，就被上百名猎户堵了驻地大门。原来，部队打猎影响了猎户的生计，在不能与民争利的原则下，赵云鹏只好另想办法。

通过当地的群众，赵云鹏了解到长白实际物产非常丰富，仅仅应季的、能吃的蘑菇就有一百多种，上百种野果和野菜可以充当官兵们的副食，遂组织有经验的战士进山挖参，采集猴头菇等蘑菇，派人送入国统区换回急需的鸡苗和猪仔。生产自救虽然不能缓解眼下的困境，但是起码给了战士们一个希望。

与此同时，骄横不已的李正谊率25师在继续向北推进的途中，通知牛秦川回一趟，把他去沈阳参加军事会议的情况说一说。

在作战会议上，国民党将领内部发生了严重的争执，起因是美国人调停的十五天停战给了共产党军队喘息之机。牛秦川却从赵高参处得知事情并非那么简单，美国人有面子，但是绝对没那么大。

牛秦川回到前线之后，李正谊问他："这次去开会，听到上峰有什么指示啊？"牛秦川坦言相告："老调重弹，速战速决，南京方面准备增兵两个军，无奈山东共军接连攻克胶县、张店、周村、泰安、枣庄、德州、高密、即墨等地，增兵恐怕成为镜花水月喽。"

李正谊也颇为感慨："说是停战为了增兵，结果白白给了共军半月的喘息之机，杜长官又没能彻底歼灭辽西共军所部。现在我们与北满共军隔江对峙，南满共军又钻进深山老林，想要速战速决谈何容易。只是不知道白崇禧走了谁来接呢？"

牛秦川微微叹了口气："乘胜追击尚且不能，又频繁换将，军中大忌啊！"

点燃一支香烟的李正谊来回踱步，边走边说道："我听说南京方面有意派总长陈辞修过来，他可是蒋公的嫡系红人啊，听说他与2师的刘玉章有故？"

牛秦川微微一愣，心里嘀咕刘玉章与陈诚的"土木系"八竿子打不着，明摆着是李正谊在试探自己，于是微微一笑："刘师长恐怕连沈阳的陈公馆门朝哪边开都不知道吧？"

李正谊淡然一笑："文武，上峰拨给了些补充兵员和装备，一部分是三年以上的老兵，你顺路带回75团补充一下。共军打得猛，老兵损失难以补充，关内千里迢迢补充的新兵又不顶用，东北这盘棋难啊。"

牛秦川站在地图前担忧道："一旦冬季到来，恐怕我们真的要错失战机了。"

李正谊却不以为然："陈总长一旦到来，最晚十月，我们补充过兵员，国军必将势如破竹，以秋风扫落叶之势彻底解决东北共军。"

牛秦川不知道李正谊哪里来的自信，他有一种感觉，此番停战带来的影响和后果不仅仅如此。退入长白山脉的中共部队诚然日子非常不好过，但牛秦川不认为简单的画地为牢就能困死共产党，当年鄂豫皖没困死共产党，逼出了共产党成功突围的长征壮举，后来围困陕甘宁边区也没能成功。

牛秦川长叹一声："共产党发动土改把土地分给了农民，农民愿意跟着他们干。我们的补充兵员要从关内分批输送过来，这里面还有诸多的水分，兵员补充不上，后面的仗怎么打？再等几个月，我们面对的共军可能要多出几倍。"

李正谊不悦地皱了皱眉头，他知道牛秦川说的是实话，实话逆耳啊！于是找了个理由把牛秦川打发到75团去，牛秦川与李公言一样，现在都不是自己"待见"的人。

正如牛秦川所判断的，赵云鹏的日子非常不好过。敌人妄图将南满我军赶进长白山冻死、饿死、困死，实现其"先南后北，南攻北守"的进犯方针。面对敌强我弱、天寒地冻、缺衣少粮等极端困难的处境，很多同志出现了思想动摇。

赵云鹏为此集中全旅的党员和干部，开始认真分析目前的困境，寻找解决问题的办法。赵云鹏常说的一句话是："只要思想不滑坡，办法总比困难多。"

实际上，对于南满到底能不能坚持，南满根据地的南满分局和军区的军政领

第二十五章 开诉苦会，看《白毛女》

导也出现了大量不同的意见。

呼声最高的是放弃南满，与主力在北满会合，一是集中力量，二是南满的部队也能够得到补充，遇到最差的情况还可以退到苏联境内与国民党周旋。

为此我军制订了一套计划，由军区机关率三纵、四纵主力撤过松花江，与北满主力部队会合。四纵政治委员彭嘉庆则率四纵第11师，与独立旅坚守长白山脉的深山老林，同敌人打起了游击。

部队条件有限，陆璐大着肚子打量着四面漏风的房子，心里一阵阵酸楚。她听说南满共产党这边条件艰苦，但是她男人可是旅长，再艰苦能苦了旅长？

钟守田带着部队进山搞副业剿匪，听说东北土匪多如牛毛，但剿匪开始他就发觉自己之前"发土匪财"的想法过于天真了。山里的土匪穷得让人落泪，大多数都是躲债受难的普通老百姓。

那些真正的积年老匪不会那么没眼力见往军队旁边凑。钟守田连续剿了三股土匪之后将干粮全部救济分发了。他也有点琢磨过味儿来了：俺是来剿匪的，怎么感觉被"合理抢劫"了？颇有一些一贫如洗的感觉。

钟守田想搞副业剿匪，山里的土匪郝大胆则想抢一把军队远遁过冬，不谋而合导致了不期而遇。原本就是苦出身的郝大胆当年放丢了地主家的羊，被毒打了一顿，一气之下烧了地主的柴火垛，进山挂号当了绺子。

天生一副弥勒相的郝大胆最初是被当"吉祥物"招进绺子的，可能是八字与绺子不合或者太过倒霉，他从进了绺子，不是今天大当家被日本人打死，就是炮头擦枪走火把二当家崩了。几年下来，他从一个喽啰混成了大当家的。

情报不准确的郝大胆得知赵云鹏带领的土改工作队进了村子。他盯上了赵云鹏的高头大马和腰间的"撸子"，结果硬是没看见后面隔了半里路的一个连。

赵云鹏正在布置工作。在院子外警戒的马德礼看到一群衣衫褴褛的"可怜人"，以为是诉苦的老乡就领进了院子。结果满院子的战士吓坏了郝大胆。

这下，郝大胆的胆子不大了，一进屋就高呼："青天大老爷饶了俺们这些人吧。"

郝大胆成了俘虏，差点被得到消息赶来的钟守田给直接就地枪毙。多亏赵云鹏觉得有必要先审审这伙胆大妄为的"笨匪"，一审把赵云鹏给逗乐了。果然，在东北什么"笨"东西都活着走不出去。

赵云鹏给各村的土改队长统一做工作，要求土改队长不能搞极左行为，动不动就烧房子，在红军时期就不允许烧地主乡绅的房子了，绝对不能搞倒退。

对于所谓"绝对公平"，赵云鹏从实用角度进行了分析，表明所谓的"绝对公平"实际上造成了极大的浪费，耕者有其田才是土改的最终目的，这个耕者也包括地主本人。

蹲在一旁等待被押送的郝大胆听得真切，凑过来说："这位长官，你说的是真的？真把地主的地分给俺们？"

赵云鹏微微一笑："我们不兴叫长官，你称呼我赵政委吧，说说你的身世，看样子也是苦出身。"

郝大胆瞬间哭了出来，把这些年的委屈全部一股脑地倒了出来：当土匪比给地主扛活更苦，经常吃了上顿没下顿。原来几百人的绺子散了大半，剩下几十个老弱病残，要管他们吃，管他们喝。连连说他这个大当家的苦啊！

赵云鹏鉴于郝大胆等人只有小偷小摸，没做过大恶，本着从轻发落的原则，在进行了审查之后将其发回了原籍。赵云鹏没想到的是几天后，大批的土匪主动找到土改工作队要求自首回老家。可见，农民对土地的渴望超过了一切。

更让赵云鹏高兴的是，通过层层做土改教育，农民的土改热情被调动起来。最后按照"平分土地"的政策，把土地分给了每家每户。临江、长白、抚松、濛江四县的整个冬季如同沸腾了一般。

赵云鹏在七道拐抓了一个典型，年纪与自己相仿，看面相能给自己当爹的秦老头才四十岁不到，是一个地地道道的失地佃户，原本家里祖传几亩薄田，收成完全靠老天爷恩赐，辛勤干了一年，获得大丰收，本想终于能松口气，结果到头来还差点落得卖儿卖女。

秦老头无论如何也想不明白，这世道是怎么了？地越种越少，最后都成了刘大户家的，自己成了佃户，儿女也在刘大户家做牛做马，好像这活着的意思就是吃苦遭罪。刘大户经常给佃户和长工们讲"法"洗脑："这是赎你们前世的罪孽，为你们下辈子积攒福报。"

现在好了，在赵政委带领的土改工作队的组织下，土地被分到了每一家。分地的当晚，秦老头披着月光，裹着破烂的棉衣，独自一人蹲在地头，紧紧盯着那缠着红布头写着自己名字的地桩，一动不动地看了好一会儿，他无论如何也不敢相信，共产党真的把地分给了他们这些穷苦的老百姓。看着看着，他自言自语地念叨起来："自打太爷爷那辈，那会儿还有皇上，到了各路大帅，再到国民党、日本人，一轮又一轮，老百姓的日子越过越苦，直到共产党来了，老百姓才有了自己的地，共产党真是咱们老百姓的青天大老爷啊！"

很快，秦老头发现不止他一个人蹲在田间地头，几乎每个地桩都有人在看护。寒风之中，人们的心是暖的。

第二十五章 开诉苦会，看《白毛女》

秦老头与几个熟络的人凑在一起蹲在干涸的水渠中避风。方大胆抽了一口旱烟道："这共产党真是说一不二，这地以后就是咱们的了。"

一旁的黄大牙担忧道："那'遭殃军'打过来，地一转眼就会被收回去，咱们刨土的，就不该掺和这趟浑水。刘大户虽然崩了，他家省城可有人有靠山，后来再清算咱们可得了？"

一辈子挨欺负的秦老头突然红了眼，一字一句道："俺明天就去投军，和他们干，俺得护着俺家的地呀！"

黄大牙微微一愣："打仗？你会个啥？大栓你会拉？你不怕死？"

秦老头沉默了片刻："俺有儿子有女儿啊，俺不想他们当牛做马，俺要让他们有自己的地，俺死不要紧，只要打倒反动派，他们就能过上好日子，扛枪是替俺自己扛的，替俺儿女扛的，保卫的是俺自己的土地。"

几个老汉借着月光，看着秦老头滔滔不绝地讲话，频频点头。他们都明白，秦老头的这些话是从内心迸发出来的。就像鱼离不开水一样，农民离不开土地，而共产党给了农民渴望的土地，农民也会把自己的一切都交给共产党。这就是中下层人民都会跟着共产党走的原因，这反映了什么是真正的民心。

有了土地的群众自发地开始提前组织备耕，规划明年开春开垦的山坡地等，妇女们则集中组织学习硝皮子、纳军鞋、炒军粮，很多农民甚至把自己仅有的一点儿口粮都捐了出来，因为他们通过土改的宣传教育，明白了谁对他们好，他们应当拥护谁。

赵云鹏听说了分了土地的农民的强烈反应，有的还亲眼看到了。为此，他郑重地在自己的日记本上写下这么一段话：土改的实践证明，"我们给农民土地，他们就给我们政权"这句话是完全正确的。农民就是人民大众，农民就是战斗力之源泉。土改赢得了农民，就真正抓住了民心，从这个意义上说，人民是江山，江山就是人民。

在把土地分下去的同时，赵云鹏面对的又一件大事，就是老搭档钟守田的未婚妻找来了。

前面已经讲到，陆璐挺着大肚子，顶着风雪、跋山涉水、走了近千里路找到部队，这着实给钟守田和赵云鹏带来了一个"兵临城下"的难题。作为当事人，钟守田难处理，作为旅政委、老搭档的赵云鹏，实际上比钟守田更难处理。赵云鹏先是腾出自己的房子并整理干净，让陆璐住下，还做了许多具体保障工作，但接下来这事怎么办呢？这些天，赵云鹏思前想后，感到眼下最紧要的事就是怎么帮钟守田写好检讨报告。他知道钟守田文化底子薄，几个狗爬的字都写不好，未婚先孕的检查更是写不出来的，钟守田闯下的这个"祸"，说好听一点儿，是"奉子成婚"，说得不好听一点儿就是把人家的肚子搞大了，现在关键是怎么处理为好。

百说不如一做，赵云鹏在马圈里用一块木板铺了一张办公桌，点燃了一盏马灯，找来了一个子弹箱当凳子，他铺开了一张白纸，拿起笔，埋头一笔一画地在白纸的中央写下了"检讨书"三个字。他心里跟明镜似的，就钟守田这种奉子成婚的事处理起来可大可小，往大里说，撤职降职，开除党籍都可以；往小里说，可以给个党内或行政处分，再关几天禁闭，这也算是在打仗最需要人的节骨眼上的一种戴罪立功的从轻发落。想来想去，在两种处理、两个前途面前，赵云鹏不假思索地选择了保护钟守田的想法。决心下定后，他迅速以钟守田的名义写好了这份检讨报告，从几个方面深刻剖析了原因、教训，写得还是挺深刻的。赵云鹏把检讨报告看了好几遍，放在桌子上，站起身来，长叹了一口气，自言自语地说道："谁让我们是老搭档呢，老搭档就得讲一点儿感情喽。"他知道，这是在给自己找理由，在壮胆，但这个时候就得以敢于担当的精神讲一点儿感情。他也知道，这就是一种义气。他常跟别人讲："我这个湖南人最注重讲三气：讲正气，凡事有原则、有规矩、有底线；讲才气，交给我一个事，能干得下来并且干得漂亮；讲义气，在可办可不办的情况下，敢于担当。"想到这里，他感到十分释然，拿上帮钟守田写好的检讨书，大步流星地走出了驻地……

望着满天星斗，赵云鹏突然想起跟随主力撤往北满根据地的白晓芳，不知什么时候才能与她相见。漫长的冬夜，悠悠的相思，让人真正感受到了"煎熬"二字的内蕴。

第二十六章　吹口哨，读家书

石以砥焉，化钝为利。

长白的困苦是陆璐难以想象的，但是老百姓的热情也是她从未感受过的。当两鬓苍白的老婆婆用颤巍巍的手递给陆璐一小截几十年前的"救命参"时，她真的感动了。

钟守田带着自己的检讨书找到了董副政委。董副政委已经接到了赵云鹏的报告，钟守田的出格行为把他气得不轻，但现在正是用人之际，这个"马谡"还真斩不得。

纪律就是纪律，钟守田当着机关全体团以上干部的面读了自己的检讨书，并被当即宣布记大过处分，关七天禁闭。

禁闭室里钟守田懊恼不已，他这辈子没丢过这么大的人。他十分清楚这已经是从轻处理了，按过去的规矩不死也要扒一层皮，这里面赵云鹏一定做了很多工作，老赵这个人真是太好了，自己真是太幸运了。

七天一晃而过，董副政委和赵云鹏把走路都走不直、捂着眼睛的钟守田接了出来。董副政委依然没给钟守田好脸色，因为钟守田这家伙给三分颜色他就敢开染坊。

董副政委将一张纸塞给钟守田，警告道："好自为之。"

钟守田一看，顿时眼泪就涌了出来，这可是一张结婚证明啊！赵云鹏趁势提议要先"正名"。一直在等这句话的钟守田，把头点得如同小鸡啄米一般。

于是，赵云鹏借着全旅誓师大会，隆重地把陆璐介绍给了全旅的官兵。大家无比震惊，大老粗旅长竟然娶了一个貌美如花的洋学堂的老婆，而且人家怀孕后放弃沈阳优越的生活，千里奔赴来这穷山区相聚。

陆璐震惊之余，从未想过有一天她会面对几千人同时发出山呼海啸一般的"嫂子好，嫂子好，嫂子好！"的境况。

轰轰烈烈的土改运动中勾结土匪的恶霸、囤积粮食的奸商被批斗和审判，新参军入伍的战士家里分到了从前不敢想象的两垧地，而且现如今旅长的家属都随队了，与前段时间面对的困境相比，此刻人心大定，士气如虹。

看到形势有所好转，赵云鹏提出给钟守田补办一个特殊的战地婚礼，并因地就简地盖一座像样的房子。原本在各村妇女主任眼中人气极高的"香饽饽"钟守田要结婚了，而且还娶了那么漂亮的洋学堂老婆，让之前好多准备献身人民军队发展的妇女主任们失望无比。

钟守田对此最直观的感觉是，以往的各种"好吃的"吃不到了，以往各种"嘘寒问暖"也听不见了，就连被他视为命根子、用桦树皮酿的"拥军酒"也喝不着了……

为了安抚老钟的失落，同时考虑到他们夫妻结婚后无房可住，赵云鹏决定带领战士们伐木给老钟盖一栋特殊的房子。对于用原木盖房陆璐感觉特别新奇，挺着大肚子跑前跑后。木头伐倒后不能马上就用，赵云鹏知道却没有任何办法。多亏了老村长带着全村的后生用祖传的"土办法"给熏干了，外面刷上桐油防腐，晾干后就等着打样出图纸了。

匠人的巧手让赵云鹏震惊不已，几把斧头、凿子和锯子，靠着简单榫卯结构，房子的四面墙就在地基上支撑了起来。

陆璐提出几个"小"要求，钟守田想都没想就答应了下来。结果陆璐的"小"要求还真不小，要有厕所，要有浴缸，二楼还要有个能晒太阳的小阳台。

钟守田苦着脸找到了无所不能的赵云鹏，结果赵云鹏也有些蒙。他知道这对于陆璐来说是平日里最基本的生活要求了，但是眼下的条件确实难以完成。为了不让这对新人失望，赵云鹏让马德礼带些山货参加了几次斗地主分浮财的大会，准备淘换老百姓用不上的东西，最大限度满足这对新人的基本需求。

土改大会敲锣打鼓，气氛烘托得十分热烈，但是老百姓大多数积极性不高，身着便装的赵云鹏也注意到了群众中流传着各种各样的说法。有的说共产党前脚分地，后脚撤走了，本溪就让国民党杀得溪水都染红了，还有被挂在树下活活烧死的，凿凿之言宛如亲眼所见一般。

驻地群众中的言论引起了赵云鹏的警惕，本溪当时战况激烈，自己也是后来才从军区宣传干事口中得知了白家沟惨案的一些细节，关键在于，白山当地的群众怎么可能知道得如此详细呢？

大会结束后，木质的浴桶和马桶这些分浮财过程中被当地群众认为无用丢弃的物件，被赵云鹏如数换了回来。赵云鹏并不知道，他所做的一切全部被魏马列记在小本子上，成为日后他侵吞土改浮财、贪图享受的证据。

对这一切浑然不觉的赵云鹏把老钟的幸福也当成了自己的幸福，虽然见不到白晓芳，只能偶尔从军区听说宣传队深入前线慰问演出的一些情况，但赵云鹏只

第二十六章 吹口哨，读家书

能控制自己的思念之情，把全部精力都投入工作之中。

赵云鹏返回驻地立即将谣传白家沟惨案的情况报告给了军区保卫处。保卫处的李处长对这个情况非常重视，让赵云鹏派警卫连协同保卫处一同调查。

赵云鹏亲自化装成收山货的行脚商，前往开展土改工作相对落后的十一道沟走访，结果家家户户几乎都是大门紧闭，别的村子轰轰烈烈的土改工作在这里连最基本的标语都看不见。

村民见到外地人来收货，观察了一会儿，纷纷大着胆子来交易。长白的各种物资匮乏和困境，全部归于经济问题其实是不准确的，因为当地大部分老百姓手里根本没有钱，只有地主老财手里有些"小黄鱼"和银元，在这里甚至还能见到东北易帜前的"奉票"。

当地的群众习惯了靠山吃山靠水吃水，以物易物在这里是司空见惯的，除非是大洋，各种票子在当地老百姓眼中一文不值。

带了二十斤盐的赵云鹏也不急着交易，与当地几个年纪大的老人拉起了家常，比如最近哪里出了上百年的老山参等。因为信息的匮乏和隔绝，很快村民们就围住了赵云鹏和马德礼，这个换二两，那个换一两。

有各种叫不出名的皮毛，也有用线穿起来的蘑菇干，甚至还有野鸡蛋等，赵云鹏来者不拒，村民也为结识了一个"厚道"的行脚商人感到高兴。

一名村妇拿了一块鸡蛋大小带有黄色斑点的石头也想换点盐，被旁人讥笑："黄家的你疯了吧，拿石头换盐？你看人家换不换给你。"

赵云鹏觉得眼前的石头挺重，且似乎有些眼熟，很像很多年前曾经在恩师的书房里面见过的一块矿石标本，但是他又不能确定。

赵云鹏把盐换给了黄家媳妇，转身和郑姓老人打听长白山有没有听说过金矿。郑姓老人虽然九十岁了，但是依然口齿清晰，尤其从赵云鹏携带的酒瓶里面蹭了二两之后就打开了话匣子。

郑姓老人捋着胡子咂一口酒，慢悠悠地说道："老年间的事，老辈人往上数最老能数到嘉靖十年，山东、河南那边闯关东去桦甸沙河采参，没过几年就在夹皮沟河中发现了金沙。后来韩家杀光了金家的人，霸着金脉足足采了快百十年，那碉堡修建得连张大帅的军队都没办法。最后啊不敌小日本，全部都成了日本人苦力，伤了、死了往沟里一扔，旁边的死人沟和白骨沟就是这么来的。按理说，这长白的龙脉是有势的，北边有，这南侧也应该有，早年间咱们也进山寻过，白白搭了十几条人命。"

话音未落，老人家的酒碗又递到了赵云鹏的面前，意思非常明白，想打听事情,就要懂事。

赵云鹏将自己碗中的酒分给了老人,闲谈中无意间提起了土改的事。老人则一撇嘴:"村里姓胡的是大姓,土改队长也是他们家的,他家想改就改,也就是给上面的看看。"

赵云鹏提及本溪白家沟惨案,一旁的村民心有余悸,众说纷纭,而且都说得有鼻子有眼。赵云鹏假意不相信,一旁的胖大嫂心直口快:"咋的,能骗你?胡大头是土改副队长,他媳妇亲口在村头跟大家说的,共产党是兔子的尾巴、和尚的头发长不了。"

赵云鹏与马德礼对视了一眼,谣言的发源地基本已经锁定,遂返回驻地,与去八道沟、十四道沟和长白镇的几个走访组碰头。

赵云鹏把他了解到的情况和盘托出。李处长也是雷厉风行,当晚就抓捕了胡大头一家,不但查出了十一道沟对土改工作阳奉阴违大搞两个账本,更查出了胡大头的姘头蒋喜是国民党"三青团"潜伏的特务。

赵云鹏同时把疑似贵金属的矿石交给了长白镇的一个老矿探辨认,果然是金矿石。这让赵云鹏更是欣喜不已,于是让马德礼多带些粮食找到当时换东西的黄家媳妇,问一问矿石的来源和发现的位置。

结果让人非常失望,这块矿石就是出自夹皮沟。黄家媳妇透露了一个消息,几十年前他们村还有人在卧虎石那边淘过金沙,后来"地龙翻身"就再也淘不出来了。

赵云鹏把这个消息告诉了钟守田,欣喜不已的钟守田立即挑选了百十个可靠的战士进山碰碰运气。

面对难得的休整,赵云鹏知道谁都可以休息,唯独他不能休息。因为政治工作不是可以做一做、放一放的工作,也不是突击式、运动式的工作,而是要注重连续性、经常性,只有这样,才能滴水穿石产生效果。白家沟四营的教训无疑是惨痛的,说到底,是作风被腐蚀了,要把作风问题真正解决好,一个就是要猛药止咳、杀一儆百,狠狠刹住作风被腐蚀的歪风;再一个就是要见微知著,注重从小的方面防微杜渐,用铁的纪律来保证铁的军纪军风。有了这些认识和想法,赵云鹏准备一一行动。

随着驻地土改工作的深入推进,赵云鹏也发动山东解放区的老战士每人写一封家书,了解各家现状,更是要让当地新参军的战士和队伍里的解放战士充分了解土改的真实性。

一转眼,很多战士收到了家里的回信,但是在分发信件过程中,赵云鹏和一

第二十六章 吹口哨，读家书

些战士发现有不少信件沾有血迹！

负责交接的军邮处的小同志机灵得很，赵云鹏询问其年龄，小家伙犹豫了半天才仗着胆子报出："十五了！"

赵云鹏一眼就看出这小子没说实话，于是逼问道："叫什么？不说实话我就要向你们领导反映了，你这么小的年纪还不能参军。"

小家伙沉默了片刻："俺叫小毛子，家里没人了，军邮处的大伯伯让俺跟着队伍送信，俺不给队伍上添乱，以后你们的信全部交给俺。"

小毛子把胸口拍得砰砰作响，仿佛这是一个坚定的承诺一般。

赵云鹏发现小毛子的腰后挂着一个枪油壶和一枚手榴弹，散发着一股浓浓的煤油味道，好奇地询问道："你带煤油和手榴弹是干什么用的？"

小毛子说："情况是这样的，山东根据地的信件只能晚上通过海路过来，山海关那边的敌占区就要靠个人'八仙过海'了。途中遭遇敌人拦截搜查是家常便饭，虽然也有各部队接力护送，但总会发生点什么，所以军邮员要随身携带煤油和手榴弹，保证信件绝对不能落到敌人的手中。"

赵云鹏爱护地揉了揉小毛子的头，小毛子机灵地躲开了。赵云鹏提出能不能给北满宣传队的白晓芳副队长带封信，小毛子想都没想就立即答应下来。看到小毛子还是一个没有长成熟的孩子，赵云鹏心里充满一种深深的爱意，临走之前，他送给了小毛子两根萝卜和一块用油纸包着的酥糖。小毛子咧着小嘴，露出了纯真的微笑，舔了一下惊喜道："糖，是糖，真甜！"

小毛子仅仅舔了两下就包了起来，赵云鹏疑惑道："为什么不吃了？"

小毛子细心地把糖包好，解开衣服的上纽扣，用小手把糖塞进内衣的上口袋里，确认放好了，边扣衣服边回答道："留给弟弟妹妹们吃。"

"你家里不是没人了吗？"赵云鹏疑惑地望着小毛子，小毛子带着灿烂的笑容开心道："过了松花江，再往北走，那里有个保育院，那里面有好多弟弟妹妹，他们都是我的家人呀！"

与小毛子同来的一位军邮老同志见小毛子与干部打扮的赵云鹏打诨，好像还收了东西，急忙追了过来，假意训斥道："这小丫头片子，越来越不懂事了，没给领导添麻烦吧？"

赵云鹏立刻反应了过来，面带惊讶地问道："女孩子啊？真没看出来！"

老同志微微叹了口气，低了一下头，抿着嘴，带有伤感地说道："哎——都是苦命人呐！连爹娘都没见过，这么小就在锦州的一个地主家打童工，浑身都是疤痕，疤摞疤啊，后来就让我给硬带出来了！"

赵云鹏顿时明白了小毛子口中的大伯伯就是面前的老同志了，尊敬之情油然而生，敬礼道："独立旅政委赵云鹏！"

老同志吓了一跳，急忙还礼："军邮处的，政委你叫我老孙吧。"

告别了军邮的同志们，全旅各单位的干部战士全部根据赵云鹏的命令，将晚上的诉苦会加了一个内容：读家书。用"烽火连三月，家书抵万金"来形容这样的情景是再恰当不过了。在战火连绵、渺无家讯的情况下，能让战士们听到一封望眼欲穿的家书，那是最满足他们心愿的事，有非常重要的意义。赵云鹏也正是抓住这一点，通过读家书迅速了解掌握每一名战士的思想动态。

赵云鹏不厌其烦地反复向基层政工干部灌输这样一个道理："指导员、教导员都是我军基层的政工干部，是很重要的一环。因为你们与基层官兵朝夕相处，你的一言一行对他们的影响很大，甚至影响他们的一生。"

赵云鹏要求指导员、教导员们要尽可能地了解自己的战士，最好能做到了如指掌，知道他们有什么难题或困惑，要尽全力去解决，即使没能力为他们解决，起码也要从情感上给予疏导和安慰。

自从开展读家书以来，大家都十分关注家里有没有分地，很多家书都在告诉指战员："咱们的家里分到地了！有了地，就吃得饱、穿得暖了！你在队伍上可要好好干啊！"

每个班都有人在哽咽，因为当时很多信件都是文化教员和干部代写的，所以有些信件需要文化教员帮助读一遍。

每当家书送来后，连里的文书都用脸盆去端，端来一盆家书，连队就像要过年过节一样热闹非凡，每个人脸上都洋溢着盼望与亲人交流的渴望之情。

从山东根据地来的指战员们收到家书后更可谓士气如虹，新战士和解放战士同样也看到了希望，很多白山入伍的战士，家里告知已经分到了他们望眼欲穿的土地。

赵云鹏将诉苦会视为新战士和解放战士自我觉醒的途径，而观看一场《白毛女》则让战士们触景生情，将"北风那个吹"吹进所有指战员的心田。如何结束这该死的苦日子？唯有推翻国民党的反动统治。

正因为南满很多部队没有条件演出《白毛女》，赵云鹏出了读家书这个主意，没想到这一读，收到了极好的效果，尤其是对家不在解放区的战士来说，无疑给他们注入了一支动力十足的强心剂。读家书把部队教育和家庭教育很好地结合起来，使思想教育形成了合力。

以前刚刚到东北是"七个没有"，现在南满的环境更为艰苦，演出《白毛女》

258

第二十六章　吹口哨，读家书

连个伴奏的乐器都没有。为此，赵云鹏到处找，想着拼凑一下也可以，但找遍了十里八乡，只有一个老汉会吹唢呐，而且吹的还是白事的调子。

无奈，返回驻地的赵云鹏不由得用口哨吹起了《白毛女》中《北风吹》的旋律。忽然，他感觉好像找到了出路，一阵兴奋，几乎一路小跑返回了驻地。

他回到驻地后，把全旅会吹口哨的官兵都集中起来，一遍又一遍地教他们学吹《白毛女》的插曲，又亲自带着五十多人组成的口哨队，用口哨吹起了《北风吹》等曲子，韵律优美。钟守田皱着眉头搞不清楚这又是演的哪一出。

很快，赵云鹏的口哨队迎来了第一次公演。三连的通讯员小萧反串喜儿，用口哨吹奏的《北风吹》，声音清亮、悦耳动人，让人难忘。虽然演出问题一大堆，但当地群众和战士们非常喜欢，都感到深受教育，大为震惊。大家没想到口哨竟然能够代替乐器，而且效果这么好，简直让人不能相信。这保证了《白毛女》在部队的宣传教育的连续性。从中，大家感受到确实"办法总比困难多"。

赵云鹏把"读家书"活动的方式、方法和效果报告给了上级机关，很快得到了董副政委的回复和支持，他认为赵云鹏这一做法能让国民党俘虏转化的解放战士迅速发自内心地产生对我们的认同感。而且，可以打破国民党长期对我党我军的抹黑宣传。

赵云鹏一时间成为政治工作领跑者被宣传和推广。看到赵云鹏取得的成绩，魏马列既眼红又无奈，他缺乏基层工作经验，每每工作不得法，自恃坚守正统的马列主义，看不起其他同志，自然也没什么群众基础。就拿三营的政治教育来说，基本是各连指导员自己在搞，这也导致了三营的政治教育在全旅垫底。

更让魏马列感到愤怒和无奈的是，他试图找董副政委汇报赵云鹏近期的违纪行为，结果被董副政委训斥了一顿："干好你自己的工作，不要老想着鸡蛋里挑骨头，总是把眼睛盯在别人的身上。"

魏马列却认为董副政委在袒护甚至包庇赵云鹏，南满艰苦的生活、每天半饥半饱的日子也让他感觉十分难熬。

就在木屋建成的当天，留着络腮胡子、衣衫褴褛、如同野人一般的钟守田，终于带着他的"野人连"返回了驻地。洗漱完毕之后，钟守田笑嘻嘻地拿出了足足三斤多的金沙。

钟守田告诉赵云鹏，地震让溪流改道，他们找了十多天，终于在一处水潭的边上发现了金沙。

赵云鹏的第一反应是召开旅党委会议，公开此事，将金沙称重交给专人保管。没想到会议刚刚结束，魏马列就急不可待地向董副政委打了小报告。

毫不知情的赵云鹏与钟守田正在木屋里面忙活，一张小木床在不大的房间里被陆璐指挥着换了好几个位置。钟守田黑着脸闷声闷气说道："咋？这回行不？"

陆璐也不惯着钟守田的臭毛病，捂着肚子委屈地哽咽道："你爹吼咱们娘儿俩，他对咱们不好了！"

钟守田顿时偃旗息鼓，弯下腰轻轻拍着陆璐的大肚子说："小宝贝哦，不要踢，不要闹，爹爹给你挠痒痒——"说着说着，他又挤出一脸笑容，讨好地说道："老婆，我觉得床可以搬二楼去试试。"

陆璐立马露出了笑容，惊讶地说道："哎呀呀，这可是个好主意！"话音一落，腰酸背痛的赵云鹏一挥手，大声喊道："马德礼，赶紧上！"

赵云鹏返回旅部驻地，发现钟守田按着胃部，额头上汗珠像大豆一样，一颗一颗地直往下掉。面对赵云鹏的关切询问，钟守田摆了摆手道："老毛病了，玉米楂子和高粱米一吃就烧心，忍一会儿就过去了。"

钟守田最终还是没熬过去，被小火车送往了临江医院。钟守田胃病被粗粮诱发，给赵云鹏敲响了警钟。他眉头紧锁，立即让五个营都摸摸底，看一看伙食不适应引起的非战斗减员有多少。

不摸底不知道，一摸底吓一跳。各营营养不良和吃不惯粗粮导致的非战斗减员也逐日增多，尤其是不知缺少什么营养而患上夜盲症的人数竟然占到了五分之一。

要知道，我军最为擅长的是夜战和白刃战，患上了夜盲症，那还怎么打仗？

赵云鹏是看在眼里急在心上，如何解决这个问题？看到挂在自己床头的小香囊，他忽然想起了白晓芳在本溪的时候，给他做过几道小吃，特别是在收尸队时白晓芳为他送去的粗粮细做的高粱米饭，更是让他好奇。

他记得问过一次白晓芳，好像是从"洞庭春"小酒馆学来的。白晓芳还给他详细介绍过"粗粮细做"的全部过程，只不过赵云鹏没记住……

于是，赵云鹏立即给白晓芳写了一封信，询问粗粮细做的制作方法。小毛子为了赵云鹏许诺的一小罐蜂蜜翻山越岭"优先收信"。

一脸紧张的马德礼快步跑进木屋，焦急地说道："旅长、政委，董副政委到旅部了，让你们两个跑步过去。"

"跑步过去"这四个字看似简单，但当过兵的人都知道，这在我军内部使用实际上是"领导发火了"的代名词，看来独立旅有什么事已引起了上级首长的强烈不满，已到了要用大棒敲脑壳的程度。

赵云鹏与钟守田对视一眼，两人心头一紧，不约而同地想到：不好了，和尚下山——出寺（事）了！

第二十七章 抓住寡妇事件狠狠敲打部队

千磨万击还坚劲，任尔东西南北风。

钟守田扯着嗓子对着董副政委大吼道："有一种冤叫'窦娥冤'，这种冤屈只能用千古奇冤来形容。"

赵云鹏又蒙冤了？这是他第几次蒙冤？恐怕他自己都快记不清楚了。不是真的记不住，而是不愿记住。

这时，只见赵云鹏与董副政委无比震惊地望着钟守田，他们很难相信那句文绉绉的话是从钟守田嘴里喊出来的。人急计生，看来人在被逼急的情况下也会想出好主意。

董副政委片刻后恢复了常态，望着赵云鹏和钟守田，大声问道："一个连进山二十多天淘金沙，有这事吗？"

赵云鹏与钟守田对视一眼，几乎齐声回答道："报告首长，确有其事！"

赵云鹏能够从董副政委的眼睛中看出失望。董副政委眉头紧锁，他非常希望钟守田能够雷霆大怒，摔缸子大骂："哪个混账王八蛋又给老子泼脏水了？"

非常可惜，事与愿违。董副政委摆了摆手，让他带来的政治部几名干事进到旅部去，恨铁不成钢的他静了静忙乱了几天的心情，用命令式的口吻说道："把你们私分的金沙都交出来吧！"

赵云鹏注意到钟守田的额头瞬间沁出了一排大豆般的汗珠，一颗颗汗珠顺着他的额头淌了下来，于是故作轻松地说道："马德礼，快把旅常委会议的记录拿来！今天参加会议的有钟旅长、我和魏副政委，马参谋长因病前往条件稍好的临江治疗，金沙是经过各连营派人监督称的重，保存在旅弹药库里。"

董副政委翻看了一下记录本，往一旁一扔，挥了挥手，让政治部的几名干事退出旅部回避去了。钟守田大大咧咧地问道："董副政委，要是真的私分金沙，你真舍得斩了俺这个白马赵子龙吗？"

董副政委眉头一皱，带着疑虑看了黑瘦的钟守田一眼，用教训的口吻说道："你连个马谡都算不上。你们要知道，淘金是要向组织汇报的，这不同于打野味、采野果，明白了吗？"

钟守田平日爱听三国，知道马谡因失街亭被斩，但并没有搞清马谡是何种经历，下意识地把马谡归类为连营长级别，听到董副政委说他连马谡都不如，当即嘟囔道："比个五虎上将不行，起码也是张辽、高顺啊！"

董副政委听到了钟守田的抱怨，提高嗓门说道："你要知道，马谡可是任过成都县令、越嶲太守、蜀汉的参军喽！再说岳鹏举，二十九岁就任都统制、卫大夫、建州观察使，这才叫上马安天下，提笔定江山。你能耐不咋的，心气还挺高的嘛！"

董副政委的一番话让知道一点儿皮毛，又热衷于拿自己与历史名将相比的钟守田彻底熄了火。赵云鹏估计钟守田是小时候被"说书人"忽悠得太狠了，否则正常人谁能这样抬高自己？谁又能干出骑着一匹白马、正面冲击敌人阵地的事？

望着一袋子的金沙，董副政委露出了满意的笑容，说道："独立旅困难，上级是知道的，希望同志们能够克服困难。赵云鹏同志不是经常说办法总比困难多吗？"

赵云鹏瞬间就明白了首长的来意，好家伙，这是"打秋风"啊！眼下用当地东北话来形容，最为恰当的就是"完犊子了"！

董副政委一手拎起袋子却没拎动，转头一看，钟守田竟然用两根手指捏着袋子一角，边递给董副政委看边说道："亲爱的董副政委，尊敬的首长，打秋风不能抄家底啊！多少留点行不行？啊，啊！多少留点吧，留点吧……"看到对方没有吭气，钟守田又大声喊道："老赵，你倒是说话啊！俺媳妇都怀孕了啊！"

董副政委也搞不懂钟守田这番前言不搭后语的话，心里嘀咕着：你媳妇怀孕和我打你秋风有什么关系？赵云鹏却是一脸的悲壮加无奈，立了一个正，举手敬礼道："首长慢走！"

钟守田如同弃妇一般，一屁股坐在了地上，扯起大嗓门，拍打着地，大声哭囔道："还让不让人活了——生活才刚刚有点希望啊——"

董副政委走到门口，微微停了一下，回头补了一句："赵云鹏，你搞烧锅酿酒我不管，但不能用粮食哦，记住了吗？"

赵云鹏心中一惊回答道："首长，我们是用桦树汁酿的，连土豆和地瓜都没敢用啊！"

董副政委走远，门口的营连干部们慢慢地聚拢过来，大家面面相觑。一营长方吉洲和三营长单华英最为吃惊，他们从来没见过整天骂骂咧咧、面凶心善的旅长会如此"坐地撒泼"。

炮营营长王启发觉得自己好像是知道了什么不该知道的事情，直接选择了悄

第二十七章　抓住寡妇事件狠狠敲打部队

悄离去。二营长黄钢则感觉这场面似乎和《白毛女》中的某个情节有点相似，感觉旅长表达的那种撕心裂肺的情绪，远远比宣传队的那几个演员的表演让人震撼得多，连眼泪和鼻涕都流出来了，那真是功夫啊！

赵云鹏黑着脸走到旅部门口，厉声道："今天董副政委来咱们旅检查工作，回头咱们再统一口径啊！我和旅长正排练《白毛女》选段呢，旅长还真进入了角色啊，动了真格的，大家不要看了，回去吧，快散了吧！"

围观的众人意识到赵政委认真起来了，顿时鸟兽四散。

赵云鹏望着坐在地上的"杨白劳"，一本正经地说道："伙计，演得差不多了，地上凉啊，收场吧！你是军事指挥员，也得注意一点儿形象啊！"

钟守田用赵云鹏的毛巾擦了擦眼泪和鼻涕，慢慢爬起来说道："我可比杨白劳惨多了！所以刚才真的是发自内心地触景生情，那些金沙可是这么多同志从泥沙中一粒粒淘出来的呀！我们挖的沙子都能把门前那条小河堵满，所有人都累瘦了几圈，虫叮蛇咬的，我们为了啥？不就是为了全旅的官兵能吃上一顿饱饭、改善一下生活，冬天不用再挨冻嘛！你倒是好，一句'首长慢走'，就把我们这二十多天的辛苦一下子化为乌有了！"

赵云鹏忽然想起了董副政委提及私分金沙时钟守田有些不正常的表现，凭他多年对钟守田的了解，他能够感觉到，钟守田肯定偷偷藏了一点儿，毕竟他与陆璐算是新婚小别，一件像样的东西都拿不出手也说不过去。

在坚持原则和讲战友情的天平上，赵云鹏对怎么选择考虑再三。他想，作为政工干部必须按原则办事，讲规矩，守纪律，但人是有感情的，政工干部也不能六亲不认，有些事在不损害原则的基础上，也要讲究灵活性，不能一点儿人情味儿都没有了！举报钟守田这种事，自己是绝对不会干的。想了半天，赵云鹏拿定了主意，准备等钟守田给陆璐打好首饰之后，看看有多少分量再想办法退赔补救。

对于以前的赵云鹏来说，原则就是原则，是铁一般的无情，但是经过这么多年血与火的战争洗礼，与生死与共的战友是真有感情的，甚至，为了这种感情是可以拿命来替他还账的。

赵云鹏决定把钟守田的问题揽在自己身上，让老钟能多幸福就多幸福一刻吧，毕竟敌人不可能给我们太多的时间休整。

赵云鹏通过最近官兵们的心理变化，发觉通过诉苦会可以提高战士们的思想认识。自本溪作战以来，通过清理混入革命队伍的投机分子和特务，组织不纯的问题也得到了初步解决。但从眼下的情况来看，思想不纯、组织不纯的问题还没有彻底解决好，要做到彻底，还必须进一步加大力度，把这两个问题捆在一起来解决。

赵云鹏摸索到，首先要从大力推动积极分子入党抓起，而积极分子的培养则要从抓诉苦会入手。因为诉苦会才能使他们真正认识到，像自己这样的劳苦大众才是土地的主人，才能真正去思考怎么挖苦根，在挖苦根中一步一步地引导他们去思考，为什么会有这个苦根？怎样挖掉这个苦根？这样就"诉"出了觉悟，培养有这样觉悟的战士入党，就选对了苗子。所以赵云鹏非常重视诉苦会，而且越抓越有经验。为此，赵云鹏通过组织诉苦会挑选出一些有着切身经历的战士，让他们讲述自己的悲惨过去，逐步从思想上入党。

每晚，全旅以连为单位召开诉苦大会，每次三名战士先后发言，各连指导员作总结分析。一连战士胡二毛，是个国民党俘虏兵转化过来的解放战士，他对土地的执着追求可谓超过了一切，几乎每天都会问指导员："如果我的老家解放了，我家里人能不能分到土地啊？"

几乎大部分的指战员都有过胡二毛类似的经历。赵云鹏参加了一连的诉苦会。听过战士们的踊跃发言后，他询问道："那么大家知不知道苦根究竟在哪里？"

几乎所有的战士都面面相觑。胡二毛试探道："政委，那是大地主吧？"

赵云鹏微微摇了摇头，问道："那大地主上面又是谁？"

胡二毛毕竟在国民党军队里面干过几年，犹豫了一下，说出一个他认为很大的官："县长呗！"

赵云鹏诱导式地提醒道："县长上面呢？"

胡二毛又想了想，接着说道："省里的大老爷呗，就和过来之前那边队伍里的师长一样的大官。"

赵云鹏满意地点了点头："他们是什么人？"

想都没想的胡二毛脱口而出："是国民党！他们上面还有蒋委员长，是个大光头。"

战士们当场开怀大笑起来。赵云鹏见状，神情严肃地说道："对了！他们的靠山就是蒋介石！蒋介石是所有资本家和大地主的后台老板和大靠山。只有打倒蒋介石，我们才能真正地挖出苦根！"

"打倒蒋介石，挖出苦根！打倒蒋介石，挖出苦根！"战士们立即高呼起口号来。看到这种情景，赵云鹏意识到，这次诉苦会达到了预期效果，而且可以复制在全旅推广。

第二十七章　抓住寡妇事件狠狠敲打部队

赵云鹏把胡二毛当作一个典型的例子来分析研究，让更多的官兵进一步解决思想问题。他认为，转化俘虏的窍门就在于解决思想认同的问题，还要配合土改工作，让俘虏兵们看得见、摸得着，在思想认同上就能得到实质巩固。

赵云鹏找到了解决思想不纯问题的关键，就是要让官兵对"自己是土地的主人""要为土地而战""为土地而战也是为自己的根本利益而战"有认同感，这才是转化俘虏兵的关键所在。

这段时间，整军的重点就在解决思想不纯和组织不纯上，这两个不纯是相互关联的，而作风不纯则需要用霹雳手段来解决，用铁的手腕来整治。眼下最突出的就是，要严肃处理违反纪律，特别是违反群众纪律的人，对于那些侵犯群众利益、不执行群众政策的一律给予从严处理。

说来也巧，正准备抓作风整治，就冒出一个作风不纯的典型。为此，赵云鹏与钟守田傍晚坐在指挥部内个别研究，紧张的气氛仿佛让空气都凝结了一般。

一营三连的副连长王化东是个参加革命比较早的老同志，是爬过雪山的红小鬼，平日里觉悟特别高，因为没有文化，所以主动从营长位置退下来担任副连长。

原本他就是个闲不住的人，总是喜欢帮助驻地群众挑挑水、劈劈柴，结果不知不觉间赢得了村头萧寡妇的好感，使这个女人动了真情。萧寡妇没有男人，是自己把孩子拉扯大的，还要受娘家人的气，所以一直想找个好爷们儿过日子分担一下。王副连长上门做好事，两人一来二去越走越近，对上眼了，倒成了好事，还没等王化东报告组织，就被萧寡妇的婆家反映到了南满分局。

几十人堵住了分局的大门，说什么的都有：说威逼利诱的有，说霸占寡妇的有，说欺负独户的有。好事不出门，坏事传千里，一时间绯闻漫天飞，造成了极大的负面影响。董副政委对此十分震怒，要求独立旅要调查清楚、严肃处理，消除恶劣影响。

钟守田觉得王化东冤枉，赵云鹏也替他不值。但是寡妇门前是非多，而王化东又沾上了堵不住村民嘴的事，只好以纪律论处。大家都知道，纪律是把刀，谁碰上去都要流血，这种事情原本就是说不清楚的事情，而且造成了非常坏的影响。为解决作风不纯而犯愁的赵云鹏，和正在如火如荼进行的整军运动，犹如干柴遇到烈火。再说，一旦处理不好，部队在群众中建立起来的威信和口碑就会毁于一旦。最终，赵云鹏决定挥泪斩马谡。

当晚，赵云鹏和钟守田陪着王化东喝了一顿大酒。王化东痛哭流涕，悔恨不已。钟守田一度想偷偷放走王化东，给他留条活路，但王化东不肯走，他说：

"这是自己惹的事，就得自己扛！"对于自己竟然成了作风不纯整肃的对象，王化东甘受其罚，不言冤枉。

一直等到天快亮的时候，几声清脆的枪响送走了王化东。不知道消息怎么传得这么快，当晚，萧寡妇就吊死在了王化东坟前的歪脖树上。旅党委研究后，经请示上级领导，将两人合葬在了一起。

对此事，赵云鹏一方面觉得整治部队作风就得"小题大做"，坚决整肃；另一方面，他也有一种很不对劲儿的感觉，总觉得解放区没有详细完善的法律和规定，很多群众政策和纪律都是一拍脑袋制定出来的，执行的时候就会出现各种这样和那样的问题，要解决这些不完善的规定，那还真是任重而道远啊！

平心而论，赵云鹏认为王化东死得冤枉和不值。但是特殊时期，部队需要在解决作风不纯的问题上拿出铁的手腕、执行铁的纪律。

王化东的死，在作风不纯问题上给所有人敲响了警钟，让大家清醒地意识到，作风不纯不是一件小事情，弄不好是会掉脑袋的。

钟守田为了这件事几天没和赵云鹏说话，他觉得憋屈，觉得王化东太冤枉了，哪怕让王化东牺牲在战场上也行啊！

看到大家对处理王化东的事还没有完全统一思想，赵云鹏抓住这件事不放，召开了旅党委会，专题研究如何举一反三地总结教训。在党委会大家发言的基础上，最后赵云鹏说："从王化东的死，我们看到了作风不纯的严重危害。俗话说'针尖大的眼，可进斗大的风'，别把平时作风上有点问题不当回事，稍有放松，哪怕是出现一个针尖大的眼，都可能撕裂开来而最终造成极大的损失和被动。"讲到这里，赵云鹏又推而广之地总结道："实际上，思想不纯、组织不纯与作风不纯一样，对这三个不纯的问题绝不能看低了、看小了，甚至听而不闻、视而不见，这是三个大隐患、三个大毒瘤，是当前困扰我们民主联军的三个棘手问题。这三个不纯的问题不解决，部队就不会有战斗力。为此，我们对敌要打仗、对己要斗争，要积极探索解决'三个不纯'的有效途径和办法。前一段时间，探索的开诉苦会看《白毛女》，探索的转化俘虏的'三个认同'办法，开展的各种组织清理，以及以杀伐整顿的手段处理违反群众纪律的事，都是在清除身上的毒瘤，只有这样，我们才能在艰苦的环境里过得硬、打胜仗！"

钟守田听后表态说："书记这番话对我教育很大，心头更明了，一手抓枪杆子打敌人，一手抓'三个不纯'强自身！"赵云鹏满意地点点头，感到这个老搭档越来越上路子了。

党委会后，赵云鹏又将各营营长和教导员集合在一起，一个又一个地谈话，

第二十七章 抓住寡妇事件狠狠敲打部队

深入了解一下官兵的思想动态。

在与冯进军谈话时,赵云鹏没说几句,冯进军脑子就开了小差。今天中午赵红梅突然塞给他一双纳得紧密的布鞋,里面的鞋垫上还绣着鸳鸯。

冯进军不是傻子,他怎么能不明白赵红梅的意思,问题在于他之前的那件事。他心里在琢磨:一旦被组织查出来后果不堪设想,赵红梅是个好姑娘,自己,唉——还是算了吧。

看到冯进军有点走神,赵云鹏给他倒了一杯热水,进一步跟他唠起了家常:"四营长,最近家里来信了?"

"来了!"

"家中老父老母都还好吧?"

"都还好!"

"你们老家山东土改搞得怎么样?"

冯进军一听要问老家土改的事,一下子紧张起来,因为他家是小地主,是土改的重点。于是,冯进军支支吾吾地说道:"听说'五四指示'后,咱老家又进一步推进了土改,搞起了平分土地。虽然咱家的地被分掉了,但包括我在内,每人都分到了一份,真正实现了耕者有其田嘛!"

说着,冯进军好像手指尖都在出汗,一不小心,一双布鞋和鞋垫从他手里落了下来,摔在了地上。冯进军赶紧弯下腰去捡,刚抓到布鞋要捡起来,又抬头看了一眼赵云鹏,头上的汗珠一个劲儿地往下掉,哆哆嗦嗦地咽了下口水,说不出话来。

赵云鹏看了一眼鞋垫上的鸳鸯花纹,顿时笑了。正好有事找赵云鹏的钟守田也看到了这一场景,撇了撇嘴说:"'二八五七团'的规矩不能破,其余的你自己把握,要对得起人家。"

冯进军着实松了口气,他知道政委和旅长没往那个方向想,再者说本溪现在是敌占区,那个晚上黑灯瞎火的谁能碰巧看见自己?

钟守田摆了摆手说:"你回去吧,我和政委商量点事。"

出了旅部,冯进军满头大汗,如同打过摆子一般,满心的懊恼,无奈已成事实,瞒下去?能瞒多久?赵云鹏随即也跟了出去,他想鼓励一下冯进军。

与此同时,本溪白家沟的周老汉下了许久的决心,才打定了主意,他不能让云生大侄子白死啊!他又怕连累家人,最终冒着极大的危险,携带着"证物",穿越了国民党的封锁线,来到赵云鹏部队所在的驻地。

这可是民告官啊!老伴劝他把这件事烂在心里,因为没有证据,当初调查组为了孟云生的事情已进行了一番细致的调查，除了现场的一枚弹壳外一无所获。

当时，周老汉选择了闭嘴，但现在他越来越觉得共产党是说话算数的，该举报的要举报。他到处打听才知道独立旅赵云鹏的驻地，于是拄着拐杖如同逃难的难民一般，一瘸一拐地走进赵云鹏所住的指挥所。

忽然，他见到了冯进军，可谓仇人见面分外眼红，随即又看见赵云鹏跟了出来，与冯进军有说有笑。一时间周老汉又没了主意，躲躲闪闪地从冯进军身旁擦肩而过。

望着赵云鹏所在的独立旅旅部，胆小怕事的周老汉再次犹豫了，他迈着艰难的步子转了身，嘴里叨咕着："成不得大事情，云生，我对不住你喽！"

第二十八章 战地婚礼，难产输血

就在这时，白晓芳收到赵云鹏的来信，高兴得眼圈一红差点哭了出来，结果通读了几遍，没有发现里面有半句相思寄语和一点儿恋意，竟然是问她粗粮细做的方法步骤。

什么意思？如果赵云鹏站在自己面前，白晓芳觉得自己要像撕包心菜一样，把他撕成一片一片的菜叶才能解恨，像打土豆一样把他打成土豆泥，才能顺下这口气。

面对在等回信的小毛子，白晓芳施展了"大亲近术"，用一个苹果让小毛子把赵云鹏的近况卖了个干干净净。带着苹果和回信，小毛子心满意足地如同一阵旋风一般离开了。

这时，老钟的所谓"新房"也修好了。赵云鹏用了足足半个月，才凑够了"婚宴"的十几个菜，大多是附近老乡送来的野味，简单地腌制一下，备用着。吃惯了鹿鸣春精细菜肴的陆璐，对这十几个脸盆装着的野菜感到十分新奇。

钟守田的战地婚礼是董副政委特批的，而且还送了一头二百多斤的大肥猪。这一点没有任何人能够提出异议，不服你也进山去淘几斤金沙上缴啊！而且，为了结婚钟守田背了一个记大过处分，还关了足足七天小黑屋。

这几天钟守田走路，总是背着手，昂着头，仿佛带着一阵春风一般，觉得是走在春光里，到处是一派莺歌燕舞的景象，所以两只眼睛已经基本不看地了，只是眯着，用脑子想着美好的事情。

独立旅整训期间，赵云鹏的整军活动开展得如火如荼，全旅上下除了个别爱打小报告的家伙外全部拧成了一股劲，各连的党支部在这次整军活动中起到了决定性的作用。更让人惊喜的是，楚伟生写了一份入党申请书。

"婚宴"的准备工作进入实施阶段，钟守田在三纵、四纵、辽东军区的朋友们终于凑齐了一桌七个人，他坚决反对赵云鹏邀请魏马列。但赵云鹏执意要邀请，说道："不能因有不同意见就不团结人啊！就算对反对自己的人，我们也要团结他一道工作。现在，我们进入东北的部队由不同方面军组成，大家来自不同解放区，有着不同的传统、作风，这些决定了我们要像爱护眼睛一样爱护团结啊！再说，都是一个班子的，魏马列本质不坏，我们不能在政治上太小气。"钟守田从赵云鹏这番话中，突然感受到办这场特殊的战地婚礼，还是很有意义的。

于是魏马列被邀请而来并坐上主桌，但他十分尴尬，因为主桌上都是一些平日里他最看不起的"没文化"的，但论资排辈又都是"老革命"。"没文化"这话魏马列也只敢发发牢骚，不敢端到台面上来说。

所有人的脸上都洋溢着笑容。大家议论道："人家赵云鹏政委是文化人，娶宣传队的队花白晓芳那是郎才女貌呐！你五大三粗的钟守田不仅当上了旅长，怎么还能比大家先娶上媳妇呢？而且最过分的是，还有了个娃。哈哈，真是'有福之人不必忙，无福之人跑断肠'啊！"

钟守田不以为然地说道："旅长？说得好听。主力纵队的旅那是三个团，人家是师一级的编制。我们称旅是为了迷惑敌人，跟国民党那个什么整编师下面是旅一个道理。而咱们啃人家一口，门牙都要晃几下，老子这个独立旅下面才五个营，说白了就是个团级待遇。"

老钟的"炫富"遭到了全方位的暴击。老战友们可不惯这个"土包子"，故意扯着大嗓门爆料老钟当年有的没的糗事，好让楼上的陆璐听见。

大伙儿都认为东北的大姑娘真是太有特色了，很多人都见过白晓芳，认为她属于一个例外。但大伙儿见过的大多数东北大姑娘，一张口就能问候你祖宗十八辈，你瞧那个样子：拿着烟袋锅，盘着腿，嗑着瓜子；丢下一地瓜子壳后，一磕烟袋锅，能打得老爷们儿满头是包。

见到了二层用原木搭起来的小木楼，所有人这一刻也都"酸"了，纷纷批评老赵工作存在疏漏，怎么能纵容钟守田同志的享乐主义呢？结果，钟守田洋洋得意地告诉众人，这小木楼是赵云鹏带人给自己盖的，今晚的酒也是赵云鹏找人搞来的，所有人管够。两个当团长的老伙计瞬间不淡定了，叫嚷着让自己的政委过来学习学习人家赵政委，是不是自己年底也能娶上媳妇呢？

全旅官兵享用一头猪，好歹也是见了油腥。东北特有的酸菜炖猪肉和粉条子，还有玉米面大饼子，比平日里硬噎舒服多了。

在一帮人的起哄下，陆璐挺着大肚子走下了楼梯。怀孕女人是世界上最美丽的女人！因为女人怀孕就代表着要做母亲，这时候就会散发出母性的魅力。一瞬间，所有人不是"酸"了，而是砸了全山西的"醋"。

眼前的陆璐举止雅致端庄，她的粉色长衫映衬着白皙的两颊，落落大方地说："各位守田的战友，非常荣幸你们能来参加我们两个的婚礼。打天下是你们男人的事，但是这个家，我会帮守田守好！"

第二十八章 战地婚礼，难产输血

陆璐返回二楼时，唯独赵云鹏注意到了一点众人不太关注的细节：她左手腕上多了一个粗金镯子。

一楼的众人陷入了片刻的沉默。突然，一个黑大个绰号叫"吴大锤"的壮汉起身，带着酒意，耿直而又豪爽地说道："钟守田这家伙面相老实忠厚，实际上可不是个东西了。当年原本是我和赵教导员搭档，这孙子玩意儿非说赵教导员小白脸拖后腿。结果大家看到了，我当排长那会儿他还是一个白狗子俘虏兵，现在人家是旅长了，咱才是个团长，到哪里说理去？"

大长脸的军区后勤部长梁兴邦，望着一桌子的酒菜忽然眼圈一红，带着哭腔说道："咱们老三团教导队和边区警三旅的老兄弟还有多少？"

正在端菜的赵云鹏身子微微一愣，回忆了一下："鲁南那边还有老廖、老楚，都是1938年牺牲的。"

梁兴邦身旁三纵司令部的作战参谋沈放，抿了一口酒，把小陶碗一蹾，深沉地说道："可不，七十九个人，就剩下我和老梁了。1939年到1942年，小鬼子频繁'扫荡'，大搞灭绝人性的'三光'政策，都是那几年打光的。"

钟守田也有点神情低落："别说反'扫荡'斗争最残酷的晋察冀了，1939年到1942年冀热察挺进军牺牲的县团级干部，就有几百号啊！"

赵云鹏接着感慨道："不说咱们八路军的左副总参谋长，就单单说我们山东，1939年山东纵队三支队司令员马耀南在牛王庄战斗中牺牲，1941年二纵队一旅政治委员闻允志牺牲在卫河畔，还有1941年我们滨海军区九支队司令员刘海涛在蒙阴县作战牺牲，咱山东纵队政治部宣传部长刘子超牺牲在沂水县，这些年到底牺牲了多少人啊！"

钟守田将酒碗里面的酒一饮而尽，吐了一口酒气说道："这些年牺牲了太多太多的同志了。"

回想起身旁那些消失的人名和面孔，屋里的气氛顿时沉重起来，众人情绪也有些低落。赵云鹏突然感到胸中郁结，有一股浊气憋得难受，于是咳嗽了一声，一边用鼻子慢慢吸入新鲜空气，一边把胸中浊气往外吐出，吐完后，又说道："同志们，想想那些倒在五次反'围剿'战斗中的同志，当年陈树湘指挥红34师给整个中央纵队断后，后来就没了一点儿音信。那些成建制倒在雪山和被草地吞噬的同志，记得他们叫什么吗？与日寇血战十四年，多少无名烈士倒下去了。我们这些还活着的人有什么资格谈官论爵，有什么理由伸手向组织要这要那？我们要时刻牢记自己的信仰，共产党就是为老百姓谋利益的！除此之外什么都没有，也不敢有啊！"

271

"好！好！好！"一桌人如同被点燃了一般，大家都双手互搭着，好像石榴籽一样紧紧抱在一起，充满了凝聚力。喝得满脸通红的魏马列，此刻激动地站了起来，领唱起了一句《国际歌》："起来，饥寒交迫的奴隶——"一时众多的同志紧跟其后，也唱了起来："起来，全世界受苦的人！满腔的热血已经沸腾，要为真理而斗争！旧世界打个落花流水，奴隶们，起来，起来！不要说我们一无所有，我们要做天下的主人！这是最后的斗争，团结起来，到明天，英特纳雄耐尔就一定要实现。"

赵云鹏、钟守田等人在酒精的作用下亢奋不已，满目泪水，激动不已地用力挥舞着拳头，仿佛要将那旧世界的锁链砸个粉碎一般。

虽然头天晚上喝了不少酒，但赵云鹏还是保持着清醒的头脑。第二天天一亮，他就早早地爬起来，打开自己的小包裹，把存了多年的五块大洋，加上自己的金壳怀表与早就写好的一封检讨书，一并让马德礼送到董副政委手中。赵云鹏深刻地检讨了没请示就派部队进山淘金的事，以及遗漏部分金沙没上交的严重问题，表示自己作为政委、党委书记负有主要责任，愿意接受组织上给予的任何处分。

董副政委看到赵云鹏的检讨后，询问了马德礼昨晚钟旅长的婚礼如何，当即就明白了一切因由。董副政委拿出了其中的金壳怀表交给马德礼道："告诉你们政委，要从灵魂深处反省自己，汲取教训。表拿回去，他一个政委，一线的指挥员，没有表怎么行呢！"

送走了马德礼，董副政委一副牙痛的模样，从抽屉里面掏出一个银质的方盒，吩咐道："王干事，你把盒子拿到镇上当铺去，当成银元回来。"

王干事微微一愣："董副政委，是死当还是活当？"

董副政委稍稍动容地轻轻摸了摸盒子："死当，能多当些。"

赵云鹏面对被退回来的金表，瞬间意识到了他扛了钟守田的责任，而董副政委则扛下了所有。

他知道，这位老首长有着非常体恤部队和下属的特点。他记得这么一件事：1941年，在豫皖苏根据地的一次战斗中，由于敌强我弱，董副政委从太行山带下来的一个旅遭受了重大损失，连、排、班干部消耗了一半以上。董副政委感到十分痛心，觉得没法向老首长、老战友交代。为此，他向上级提出，用他所任师长的一个建制完整的旅与这个旅对调，准备亲自好好地保护这个部队。没想到，上级还真批准了他的要求。从这件事中，部队都看到了董副政委的崇高风范。

赵云鹏并不清楚，董副政委的"担当"在他调离东北后差点成了直接包庇他的罪证。

鉴于部队进山淘金沙的事没有请示，以及部分金沙没有上交，民主联军党委研究决定，给予赵云鹏行政记过处分，钟守田行政警告处分。

当天下午，赵云鹏一直都在等小毛子的"军邮"。不仅仅是赵云鹏，全旅的官兵都在翘首以盼。开完诉苦会后，读家书与看《白毛女》起到了互补的作用。让俘虏兵们得知解放区的真实情况，对比双方家人的处境，触发共情，这对顽固的国民党俘虏效果奇佳。

等了两天，一向准时的小毛子仍然没有出现。晚上，军邮老孙来了，神情沮丧的老孙，一改往日笑呵呵的样子，一言不发地给大家发信，递到赵云鹏手上的信封上竟然有个弹孔，还沾染着一些干涸的血迹。

赵云鹏一询问，方才知道，小毛子为了大家能早一天看到家书，冒险穿越敌人的封锁线，被一发子弹击中了，她坚持爬了二里多路被我们的人发现后就牺牲了。

回想小毛子的简朴和那天真无邪的笑容，弱小的身躯却总想着要为弟弟妹妹撑起一片天空，赵云鹏的眼圈一下子湿润了，他背着老孙，偷偷地流下了眼泪，说道："老孙啊，敌人封锁得紧，以后咱们旅的信就不要送了。"

老孙神情坚毅地说："什么是军邮？枪林弹雨也要送，怕死就不革命，革命就不怕死，这是我们的责任，让前线的将士能够读到亲人的嘱托。我们牺牲了，还会有人来接替。军邮这道家书线是打不垮、炸不断的，它是我们军邮人的'生命线'！"

赵云鹏把沾染着血迹的粗粮细做的配方送给炊事班，让他们开始组织试验。白晓芳给赵云鹏的这个方子让所有人都傻了眼：麦麸加少量玉米发酵，然后反复磨洗。

麦麸是喂牲口的，不是灾荒年，谁会去吃这玩意儿？粗粮好歹还是粮，麦麸……

赵云鹏破天荒地发了火，指着沾染着干涸血迹的配方说道："这方子是一条人命换来的啊！这孩子才十四岁，你们明白吗？"

便宜的动物内脏被煮熟、磨碎，掺在麦麸和玉米、高粱米的发酵物中一起搅拌，完全融合后磨洗晾干，再混合进适量的食盐、野山椒磨成的粉等调料，按白晓芳说的发酵后烤熟。

赵云鹏、钟守田、魏马列等旅领导干部，围坐在一个香气扑鼻、卖相极惨的土制黑面包前，你一言我一语地讨论着。

钟守田力排众议，掰下一块一吃，顿时惊讶道："有肉味？松软，好吃！"

十几个黑面包瞬间被瓜分，每个人都津津有味地嚼着这土制的黑面包，吃完后大家发觉这玩意儿除了难看之外竟然非常好吃，而且还非常饱肚子。更让人惊喜的是，这玩意儿能够长时间保存，不泡水，放上一个月也不会坏，就算发霉了，用刺刀一刮还能吃。

赵云鹏立即将配方和样品上报。董副政委亲抵独立旅，对赵云鹏爱动脑筋给予了肯定。赵云鹏适时提出牺牲的小毛子的弟弟妹妹的安置问题。董副政委当即表示，两个孩子已经安置在了随军机关的托儿所，让赵云鹏放心。

董副政委离开后，赵云鹏仿佛心头卸下了一块巨石，打了这么多年仗，牺牲了这么多人，不要说少照顾了烈属，就是说句安慰话的机会都极少。这总算是给小毛子有一个交代了，赵云鹏也可以放心了。

这些天，待产的陆璐一直在回味那天她在楼上听到的赵云鹏等人的交谈，她听过无数人谈论共产党如何如何，也见过很多共产党人，但是今天她好像明白了些什么：他们竟然为了理想之火付出了如此之多的牺牲。不是他们不惧怕死亡，而是他们心中的信仰之火在熊熊燃烧。她知道这是一群能够发光发热的人，就像大雾天出港的渔船要靠灯塔的光芒来指引航行。

忽然，陆璐的肚子感觉到阵阵难忍的绞痛，痛得她咬破了嘴唇，豆大的汗珠像断了线的珠子一样，一个劲儿地往下掉。经过的刘婶发现后急忙呼喊来人，十里八村的接生婆全部被喊了过来，结果全都束手无策。

迅速赶到的赵云鹏意识到了一个十分危险的事情：难产！

钟守田虽然从来没有遇到过这种情况，但他看到陆璐这么痛苦的样子，心里感悟到：这是一次爱的付出，也是一场生命的抗争。母亲真的好伟大啊！因为她是用自己的生命在孕育一个新的生命。但现在看来，即将当母亲的陆璐，陷入了母子十分危险的境地。

看到这个情况的赵云鹏马上意识到，以长白的医疗条件肯定是无法解决的，急中生智，他想起了从临江接收物资的时候，听人说起临江有日籍留用的妇产科医生的事情，于是急忙和钟守田商量。

听了赵云鹏的建议，钟守田顿时勃然大怒，火冒三丈地问道："老赵你是不是疯了？日本人还有好玩意儿？我老家上百口子都是让小鬼子杀的。你现在让我老婆脱了裤子给小鬼子看？老子把你崩了你信不信？"

无论赵云鹏怎么解释，钟守田就一条："日本人就是不行！"

情急之下，赵云鹏下命令让马德礼和正在轮流值班的房土根等几个人一拥而上，把钟守田用绳子捆了起来按在了旅部。赵云鹏亲自带人截停了小火车直接把陆璐送往临江的日本人诊所。

两眼通红的钟守田拼命地扭动挣扎，没有赵云鹏的命令没人敢给钟守田解开，只好任由钟守田破口大骂。魏马列远远地看了几眼，就把这个情况报告给了董副政委。

董副政委也是一头雾水：一个旅政委下命令捆了旅长？难道是钟守田又干了什么出格的事？如果钟守田干了出格的事，赵云鹏也应该会第一时间报告到自己这里啊？

董副政委决定亲自前往独立旅了解一下情况，独立旅的两个主官自己内讧起来可不是小事。

成田进一郎在被征兵以前就是广岛有名的妇科医生，日军太平洋战场吃紧，国内扩大了征兵范围，就连他也被征调前往伪满洲，填补被调往太平洋战场关东军缺失的兵员。

由于成田进一郎妇科医疗经验丰富，也受到了一些特殊待遇，被派往中朝边境的旅顺口关东军司令部任用。关东军投降后，成田进一郎就被苏军俘虏，之后又转交给了我军。广岛被原子弹夷为平地，亲人全部遇难的成田进一郎，最终选择留在临江开了一家妇产科诊所。

赵云鹏急切地将陆璐送入诊所。下身流血不止的陆璐把成田进一郎吓了一大跳。成田进一郎简单地检查了一下，发现羊水已经破了，胎位不正，非常有可能出现脐带缠绕，必须立即做剖腹产手术。

得知赵云鹏不是孕妇的丈夫后，成田进一郎诚恳地表示必须孕妇的直系亲属签字才行，因为这台手术危险性极大，孕妇手术中极易发生血崩，没有足够的血浆也无法手术。

赵云鹏掏出了手枪告诉成田进一郎，这就是孕妇的"直系亲属"。成田进一郎没想到，看上去斯斯文文的赵云鹏发起狠来直接是要命的。顿时，他明白了一切，立即展开了手术准备。同来的七八名战士随即开始验血型，结果，在场所有人血型匹配的只有赵云鹏。手术刚开始不久，陆璐就出现了大出血，一时又没有准备血浆，一下子手术进入了万分危急的状况。赵云鹏二话没说，撸起袖子让护士一次就抽了足足四百毫升。抽完之后，赵云鹏出现了头晕、恶心的症状。刚想休息一下，成田进一郎又找到他，请他再寻找相同血型的人，因为至少还需要四百毫升才勉强够用。

赵云鹏又撸起了袖子，要求再次献血，但被成田进一郎拒绝了，他说："你如果再捐献四百毫升，会发生休克的，那将严重危及生命。"

赵云鹏撸着袖子，紧闭着嘴，用坚定的目光死死地盯着成田进一郎。成田进一郎从赵云鹏坚毅的目光中，读懂了这位孕妇对这位共产党"大官"有多么重要。于是，他同意冒一次险，让赵云鹏再次献血。

鲜红的血液缓缓地流进陆璐的身体内，赵云鹏的嘴唇开始变得苍白起来。

站在一旁的马德礼大气都不敢出，虽然他不知道献血过量的危险性，但是他能够从政委与日本医生的争执中感觉得到，政委正在干一件十分危险的事。他挽着袖子要求医生放他几碗血代替政委，结果被斥责无理取闹给轰了出去。

赵云鹏感觉浑身发冷，头晕目眩，扶着桌子才勉强站了起来。

与此同时，挣脱了绳子的钟守田直接奔到了小火车站，搭着小火车又直奔临江日本人的妇产科诊所。额头上青筋直蹦的钟守田气得咬牙切齿，他怎么也没想到赵云鹏竟然会把自己捆起来，而且不顾自己的反对将自己的老婆送到日本人手里。

谁不知道老钟和日本人有血海深仇啊！钟守田摸了摸腰间的佩枪，愤怒已经淹没了他的理智。

钟守田刚走，董副政委就抵达了独立旅，了解了具体情况之后，也立即调了一辆吉普车迅速赶往临江。

八百毫升的血量还是不够。赵云鹏准备再次捐血的时候，成田进一郎看到脸色苍白、嘴唇发紫的赵云鹏，严厉斥责道："你这样会引发多脏器衰竭，会死人的！不行，绝对不行！"

"那怎么办？绝对不能让母子……"赵云鹏沙哑的话音还没落下，就被成田进一郎打断。这个日本人表面上看很清瘦白净，但动作非常干净麻利，他没有说更多的话，而是有条不紊地准备着抽血，一边让护士用胶皮管捆紧自己的左手臂，一边又用日本式的中国话说道："来吧，这里只有我的血型吻合！"

赵云鹏吃惊地望着成田进一郎。成田进一郎叹了口气："战败前我是一名侵略军，我到过朝鲜，到过伪满洲。现在我是一名医生，救死扶伤是我的职责！"

成田进一郎的血液流淌进了陆璐的身体。五个多小时的手术过去了，母子平安。正如成田进一郎判断的那样，脐带足足缠绕了婴儿的脖子十一圈，这种情况，成田进一郎此生未见。

就在赵云鹏与成田进一郎刚刚松了一口气之时，一个黑大汉冲过来，迎面给了成田进一郎一个"电炮"，正中他的左眼。成田进一郎捂着眼睛，惨叫了一声应声倒地。

第二十八章 战地婚礼，难产输血

钟守田刚刚要对赵云鹏挥舞拳头，结果赵云鹏两眼一黑跌倒在地。钟守田急忙扶起赵云鹏。董副政委随即进入病房，震怒道："钟守田，住手！"

钟守田顿时感觉一千张嘴也说不清楚。成田进一郎慢慢爬起来，把事情给董副政委如实作了陈述，包括刚刚发生的，赵云鹏不顾自身生命危险给陆璐输血，以及最后自己也捐了血的真实情况。说完，成田进一郎气呼呼地瞪着把他打成熊猫眼的钟守田。

董副政委见赵云鹏安然无恙，只是身体非常虚弱，丢下一句："钟守田，你自己看着办吧。"转身离开了诊所。

钟守田看了看脸色苍白的赵云鹏，再看看救了自己老婆孩子的日本医生，用力一搥大腿，半哭半喜地大号道："这他娘的叫什么事啊！"

第二天一早，赵云鹏醒来喝了点红糖水准备返回驻地，结果发现钟守田光着上身，背着一个扫把跪在诊所门口。赵云鹏面对这不伦不类的负荆请罪，顿感头疼，用有气无力的语气说道："这是谁教你的啊？老天爷啊，赶紧起来进屋，别满世界丢人了！"

成田进一郎不接受钟守田的道歉，直言："你把诊费结了就行，以后离我远一点儿就好。"

钟守田摸遍了口袋，把目光投向了赵云鹏。赵云鹏无奈地摘下金壳怀表："先押这里，回头我让人来赎。"

看到抱着孩子嬉皮笑脸的钟守田，赵云鹏感觉内心非常舒坦，一阵欣慰浮上脸颊。他想象着，钟守田被儿子尿了一脸依然傻呵呵地大笑的样子，心里又一阵甜滋滋的，充满了幸福感。

钟守田的快乐没持续几分钟，旅部通讯员带来了命令：独立旅立即停止休整，准备投入战斗。

第二十九章　七道江会议

　　长风破浪会有时，直挂云帆济沧海。

　　古人的破釜沉舟意味着最后一战，不死不休。整个东北战场的形势对东北民主联军来说已经到了需要下破釜沉舟决心的时刻了。

　　国民党方面也在加紧部署，寻求与我军主力进行最后的决战，意图一劳永逸解决东北问题。

　　脸色阴沉的杜聿明率先进入会议室，走廊中皮鞋的回音让与会的将领们觉得脖子发凉。

　　杜聿明已经意识到了他先南后北的战术出了问题，南满的共产党军队在北满共产党军队主力的策应下已经站稳了脚跟，从南满逃出来的地主给他带来了一个非常不好的消息，那就是共产党的土改不仅搞得轰轰烈烈，而且进行得非常彻底。

　　杜聿明是军人，不是政治家，他用军人的独特视角观察后，察觉到共产党把功夫下在打仗之外，看似简单地把地分给农民，实则带来的危机巨大。它改变的不是土地性质，而是中国的中下层都将跟着共产党跑了，这在东北已经形成了实实在在的力量对比，再这么搞下去，恐怕七分天下就是共产党的了，所以现在速战速决拿下东北或许只是自己的一厢情愿吧。

　　但是，身为军人要做的就是消除隐患于未然，非要等到时局败坏到了需要力挽狂澜的地步，恐怕纵使神仙也无力回天。另外，他还有一个情况，不想也不愿意跟任何人讲，他的身体出了问题，如果不及时动手术治疗，恐怕就指挥不了东北的这场大仗，党国赋予他的如此厚重的信赖就难以承担了，但他又不能离开前线时间太长，为此，最近他连续试探性地举荐郑洞国暂代东北指挥全局，蒋委员长方面却一直没有任何回应。

　　现在熊式辉抓民政，自己管军事，分工合作的局面还算不错，利用这个难得的"精诚团结"之机，形成与北满共产党军队隔江对峙，达成一举消灭南满共产党军队的目的，等关内定鼎，再来解决东北残余共产党军队主力，这已经是杜聿明想实现的最好局面了。

第二十九章　七道江会议

为此，他集中了八个整师十万余人的兵力，准备对南满的我军实施大规模"围剿"。民主联军方面则以南满三纵、四纵主力确保安东，牵制进攻之敌，北满方向则以五个师的兵力向长春以北周边短线出击，寻机歼灭国民党军一部策应南满战事。

10月4日，国民党军占领赤峰，彻底切断了东北民主联军与关内的联系，为实施先南后北战略完成了最后的铺垫。

1946年，东北的寒冷让人难以忍受，南满这个独立的解放区处在一片战略压力之下。面对蒋军六十多万人的优势兵力，只有不到四万人的我军面临更为严峻的形势：兵源缺乏、弹药不足、天气严寒、粮草紧张。几乎没有人相信能够在此待得下去，许多人都认为应当撤回到北满去。

在国共两党激烈争夺东北的重要关头，两军都分别进行了一系列人事布局，调兵遣将，选拔调配人员到东北战场。此时，党中央派遣的陈云同志和萧劲光同志出现在南满。陈云被中央任命为东北局副书记、南满分局书记、辽东军区政治委员。萧劲光同志也是不久前被任命为南满军区司令员的，此前主持工作的萧华成了副司令员，二萧的工作交接得十分顺利。在要不要坚守南满的问题上，陈云分别与二萧谈了话，萧华主张离开南满，与北满主力会合；萧劲光则主张坚守南满，以此更有力地支援北满，起到对国民党部队牵制的作用。

几次会议上，萧华与萧劲光因为观点不同发生了激烈的争执。由于南满部队的指战员大多是萧华从山东军区带来的旧部，多数支持萧华的意见，让初来乍到的萧劲光感到很难在极短时间内统一思想，于是萧劲光跑去找陈云同志，建议陈云同志主持召开一次纵队、师旅级指挥员会议，以统一思想和行动。

作为东北局副书记、南满分局书记、辽东军区政治委员的陈云同志，坐着老式的日制"巩固"煤水小火车，顶着大雪，在防匪袭击的严密警卫安保下，前往七道江参加会议。

列车上，陈云同志找同车的南满分局几位领导分别就坚守南满还是退守北满的问题谈了话。几位领导都阐述了自己撤出南满退到北满的观点，这让陈云同志意识到，这次会议准备统一思想坚持南满斗争恐怕不是那么容易的事。

是否坚守南满，去留问题是关乎东北战场国共两军谁能最终赢得胜利的关键。

开会之前，陈云同志又与支持"走"和"留"两种不同意见的同志，分别进行了交谈，并不断运用他独到的充满唯物辩证法的思维方式做交换、比较、反复的思考。

陈云同志还想起了这样一段往事：那是在延安整风期间，当时，他是中央组织部长。为了写好向党中央报告的个人反思解剖材料，他找到毛泽东同志请教。他问毛主席，为什么自己曾组织过那么多次工人罢工、搞过那么多年工人运动，结果一次都没有成功呢？原因在哪里？毛主席告诉他要想找到原因，真正汲取教训，建议他好好学一学哲学。为此，他听了毛主席的话，下了一番苦功夫学习哲学。不仅学习哲学的"三大规律""五大范畴"等基本原理，而且结合自己参加革命以来成功与失败的经验教训，潜心研究哲学的实践运用。最后，他终于总结出了"十五字"的要诀："不唯书、不唯上、只唯实"，"交换、比较、反复"。他认为，前"九个字"是唯物论，是解决一切问题必须遵循的基本原则；后"六个字"是辩证法，是解决一切问题的方法和思维方式。

当陈云同志拿出这"十五字"要诀，与南满领导一起研究解决是"走"还是"留"的问题时，大家都有一种拨云见日的感觉，一下子豁然开朗。几位领导认为这"十五字"要诀，是陈云同志对马克思主义唯物辩证法思想精髓的新概括，也是陈云同志对马克思主义哲学中国化、时代化、大众化的重要贡献。

各纵队及各师旅级指挥员，分别骑着马，按通知要求，准时赶到了临江县浑江边七道江村报到。各位指挥员都把自己马的缰绳拴在门前石头柱的马桩上，然后从门边猛地一下掀开门帘，侧着身子一溜烟地钻进了会议休息室。休息室中间放着一个火炉，火炉上放着一个铁壶，铁壶正在烧着水，冒着腾腾的热气，屋里暖洋洋的。进门后，有的躺在炕上抽着烟，有的坐在木板凳上喝着茶，大家都在等候着会议的召开。

外面风雪扫帘门，门口黄狗嗷嗷叫，屋里却灯火通明、烟雾缭绕，气氛显得十分压抑，几乎每个人的手上都夹着香烟。南满各纵队领导和各独立师旅的代表全部集中在这里，他们要讨论的是坚守南满还是退守北满这个当前最为迫切需要解决的重大问题。

会议一开始就陷入了僵局。辽东军区萧华副司令员、三纵程司令员和纵队及师级指挥员，都分别详细阐述了部队放弃南满北上的理由。

理由无非有三。其一，因为敌人"先南后北"的战略方针，是想把南满我军主力赶到长白山。在长白山决战，能将我军主力消灭，消灭不了也可把我军困在山上饿死、冻死。长白山地区地形狭窄，我军大兵团作战没有回旋余地，加上兵员不足、粮秣匮乏，不是主力久留之地，若在此地与敌决战，则寡不敌众，势必把主力拼光，恰恰中了敌人的圈套。

其二，主力离开南满根据地到北满，以松花江为依托，可摆脱敌主力的追

第二十九章　七道江会议

击，与北满我军会合后，兵力集中，力量强大，不会被敌人各个击破。

第三点是到了北满，若有危急情况，可背靠苏联，比较保险。

以四纵韩司令员为代表的少数人支持坚守南满反对北上。韩司令员也详尽陈述自己的理由："一是敌人实施南攻北守的战略方针，打算在松花江结冻之前，以小部分兵力，凭江据守，阻止我北满主力南下，然后在南满集中兵力围歼我主力部队，但进攻南满的两个月中，并未达到目的。"

韩司令员走到地图前，指着地图说道："现在眼看封江，天险即将夷平，敌人恨不得立即把我军围歼于长白山下或困死在长白山里。此时如果我主力北上，等于放弃南满，正好符合敌人的战略意图，解除了敌人的后顾之忧。如果坚守南满，南满我军的困难多，付出的代价大，但从战略的大局着眼能够使敌人分兵两处，对整个战局有利。二是，南满战略地位重要，南满是东北的工业中心，又是海上通往内地的交通要道。北满人口不如南满多，群众基础不如南满好，工业不如南满发达，气候不如南满温和，地形不如南满有利。这些条件要是利用得好，我们就能在南满站稳脚跟。三是，坚守南满对今后战略反攻有利。四是，敌人在东北占了很多地方，背上了包袱，拉长了战线，兵力分散，不可能集中兵力马上置我军于死地。五是，坚守南满，有了危险，也可以依托苏军管辖的大连旅顺屋檐根据地'避雨'，还有朝鲜作依托。六是，北上一旦走不出去，损失会更大，不如早定坚守南满之计。"

与会的领导之间发生了激烈的争执。南满分局副书记兼辽东军区司令员的萧劲光坚决支持四纵韩司令员提出的坚守南满的主张。

萧劲光见他们各抒己见争论不休，于是起身大声说道："同志们，同志们，静一静，我们要从大局出发，南满的大局要服从北满的大局，坚守南满就是为了更好地坚守北满。我们要有拉锯的思想准备，像武松打虎那样，经过几个来回的反复搏斗。刚刚军区作战科送来敌情通报，敌人五个师的部队已经在梅河口、通化一线集结了。大敌当前啊，我们还在这里争论不休，既没有打虎的勇气，更没有打虎的胆量。"

可是他的话音刚落，与会的一些同志不以为然地笑了起来。

辽东军区程副司令员则把手一摊道："人家武松打虎，那得有助力的牛肉和壮胆的酒。我们有什么，简直就是一群叫花子。你两手空空从北满给我们带来了什么？拿什么打虎呀？没吃没喝的，武松打虎那也是喝他一十八碗呀，谈何容易！这么多人挤在四个县这么个巴掌大小的地方，喝西北风都要争着抢呢！"

当场就有人高声喊了起来："长白山山高林密，有的部队昨天一晚就冻伤了上百人，非战斗减员十分严重啊！"

面对两种相左的意见，萧劲光决定请陈云同志拍板。陈云同志没有急于表态讲话，而是继续认真地听"走""留"两种不同意见的同志发言，不停地写着什么，然后，又紧锁着眉头，陷入深深的思考之中。

从战略角度来看，南满解放区还是联系关内外的战略枢纽。中共东北局也曾经制定过坚持南满、巩固北满、南打北拉、北打南拉的战略，这就可以迫使东北的国民党军处于南北两面作战的不利状态。

以南满部队在临江地区迎击进犯之国民党军，保卫解放区；以北满地区的主力伺机南渡松花江，在长春、吉林以北地区寻歼国民党军，策应南满部队作战。

但是，显然这个决定并不被留在南满的三纵和四纵的大多数指挥员所看好。南满的环境恶劣，缺衣少粮，更面临着敌人连续不停的进攻。大部分同志缺乏信心，并不看好坚守南满根据地，也不认为临江能够守得住。

深夜，风雪交加，屋外的风如同鬼哭狼嚎一般，飕飕地刮个不停。屋里的会还在继续进行……看到大家已谈得差不多了，陈云同志清了清嗓子，站起身来，以政治家的风度和他那带上海口音的普通话，循循善诱地说道："东北敌人好比一头野牛，牛头牛身是朝着北满的，牛尾巴甩在南满，刚好可以被我们抓住。如果我们抓不住它，让它挣脱跑掉了，那后果将不堪设想。南满保不住，北满也危在旦夕。"

陈云同志的话让与会的指挥员不由自主地皱起了眉头。在大局观这一点上，现阶段各部还是延续着抗日时期的有本事吃饱、没本事喝风的原则，"小算盘"和"山头主义"盛行，前段的新式整军运动第一阶段主要围绕的就是解决这几个方面的问题。

陈云同志见自己的话起到了效果，于是继续坚定地说道："如果我们死死地抓住这个牛尾巴，那它就是一头野牛，也会进退维谷，两头挨打。因此，抓住牛尾巴是个关键。"

陈云同志不想把坚守南满用命令式的方式下达，担心各级指挥员会有情绪，于是他开始与喜欢打"小算盘"的众人算了几笔账。

陈云同志铿锵有力地指出："如果我们不坚守南满，力主北撤，部队在过长白山时就要损失几千人。敌人的主力也会跟着北撤，那时候北满也可能保不住。部队只能继续北撤，一直撤过黑龙江，撤到苏联境内。可我们都是中国共产党人啊，不能总指望着住在苏联，迟早有一天还要打回来。我们要大踏步地打过黑龙江，打回北满，进而打回南满。这一场从西北至东南的系列战斗，要损失多少

第二十九章　七道江会议

人？主力撤出南满以后,我们留下来的地方武装也会遭到重创,他们孤军奋战,朝不保夕,我们土改成果也会葬送殆尽,老百姓还会信任我们吗?这样前前后后算下来,南满会损失近四分之一的部队。相反,只要坚守住南满,就不会失去犄角之势,就可以牵制大量的敌人,使他们不能集中力量去打北满。那么,两相比较,还是坚守南满比撤离损失小。只要坚持下来,敌人在我南北满两地的兵力就都不够。要是我们五个师北上,敌人在南满则无后顾之忧,就会有十个师随我们跟进北满。就算我们南满的两个纵队都到北满,顶多只能够对付敌人一个军,但是如果我们留在南满,则至少可以牵制敌人四个军的兵力,所以,坚守南满大有可为。现在,长白山在我们手里,人民群众就有信心跟着我们走。有了根据地和人民群众,我们还怕什么呢?"

会场一片沉默……大伙儿一根接着一根地抽烟,屋里烟雾弥漫,气氛沉闷,有的同志提出:"陈云同志,要不然,我们表决吧!民主嘛!"

话音刚落,只听远处传来隆隆的炮声。陈云同志平心静气地听着窗外传来的炮声,突然站起来,走到窗前,一把推开窗户,仿佛要下决心。随着窗户打开,冷空气涌了进来。

冷热空气交汇在一起,产生了大量雾气。在雾气茫茫的会议室投票结果产生了,不出意料,"走"占据了绝对多数。

陈云同志转身望向大家,沉稳地说道:"现在同意走的同志占大多数,同意留的同志是少数,表决的结果是显而易见的,民主集中制嘛,先民主再集中!"

陈云同志踱步回到位置前,他环视了一圈众人,加重了语气,斩钉截铁地说道:"我是代表党中央来拍板的,拍板坚守南满!"

说完,陈云同志一手叉着腰,一手向桌子猛拍了一下,大声说道:"我们不走啦!一个人也不走,都留下来打。如果这个决心下错了,责任由我来负,不怨大家。希望大家团结一致,共同对敌!"

稍微停顿了一会儿,会议室内爆发出用力拍出的掌声。没有了争议,所有人都像吃了定心丸一般。借着这股人心齐、泰山移的劲头,萧司令员迅速作出了相应部署。

七道江会议结束后,参加会议的指挥员们,各自骑着自己的马,三五成群地踏雪归队。赵云鹏跟在三纵几位指挥员的马后,听着他们伴着马蹄声的议论。

一位师政委骑在马上,顺着马蹄踏地发出的"嘚嘚"的声音,一颠一颠地点着头,说道:"这次我们可是上了党委决策重大问题的生动一课。看来,我军创立于红军、发展于抗战的党委制,现在已日趋成熟了,尤其是整明白了在重大关头如何运用民主集中制这个关键问题。看来啊，民主集中制确实是党委领导战争的定海神针啊！"

另一位师长接着说道："听说，毛主席在延安、在西柏坡指挥我军全国作战时，就带了几个参谋。你们知道，这靠的是什么呀？嘿嘿，就是'滴滴嗒、嗒嗒滴'的电报啊！之所以几封电报就能指挥全国作战，就是打通了党委决策的经络，也正是靠这套神奇的经络系统把民主集中制运用到炉火纯青的地步。"

还有一位师政委骑在马上，猛地抽了马一鞭，趁着马一跃向前的冲劲，低着头、迎着风，大声地说道："你们信不信？看着吧，七道江会议后，东总定有大动作！从战略防御到战略反攻开始啦！"

咔嗒咔嗒咔嗒，咔嗒咔嗒咔嗒……一阵阵急促踏地的马蹄声，伴随着漫天的风雪，追赶着天边升起的朝阳，流星般消失在远方……

果然，随后打响了"四保临江、三下江南"战役，其战略意义足以改变东北的战局。

远在北满工作的梅钰琳继续完成上级交予的翻译工作，与牛秦川之间虽然还有恋人之情，但联系越来越少，几乎到了快断绝的程度。这个问题的根本是追求的不同，信仰的不一。信仰虽然看不见、摸不着，但它有神奇的力量，决定着人的追求。不同的信仰往往会让人们在人生中作出不同选择，或者让人与人之间产生重大分歧，甚至分道扬镳。

面对来势汹汹的敌人，四纵为了保卫仅存的四县根据地，更为了保卫土改成果，决定主力分兵把守摩天岭、连山关等险要隘口。

独立旅也被分配在了预备队。对于这种分兵被动防御的方式，赵云鹏很快意识到了问题：地形险要，敌人投入兵力和装备受限制，同样我们能够部署的兵力也十分有限，缺乏永备工事，敌人则可以机动迂回包抄。

最为致命的是我军防御部队低估了敌人炮火与飞机轰炸的威力，一旦与敌军接战，我军很容易打成添油战术，不但伤亡很大，最后隘口依然失守。

赵云鹏的判断被钟守田认为是悲观主义的典型代表。钟守田则认为，卡住口子，国民党军只要不怕死就上。

很快，赵云鹏的猜测得到了验证，大批的四纵伤员被前线送回根据地。四纵首长也急忙调整了战术，决定不能再被动挨打，要集中兵力跳到外线去，尝试在运动中吃掉敌人。

赵云鹏和钟守田率领的独立旅被上级赋予了重任。10月17日，国民党军第五十二军第2师和第25师两个主力师都已经抵达桥头。敌人的意图非常明显，顺

第二十九章 七道江会议

着通往安东的铁路实施攻击。赵云鹏部署侦察发现敌人的第195师并不在第五十二军战斗序列，也就意味着他们面对的是两个全美械师外加军部直属部队。

赵云鹏立即把侦察到的敌情报给了四纵司令部。上级命令独立旅配合四纵部队迟滞敌人的攻击，固守东部山区。

军区方面请示民主联军总部：敌人来势汹汹，当避其锋芒，伺机主动让出安东。将三纵与四纵主力隐蔽待机在通辽以西地域，寻机集中兵力歼敌一部。

李正谊的25师号称"千里驹"，最擅长的就是奔袭，从本溪出发后就甩了稳扎稳打的刘玉章第2师几十公里。赵公武在出发前将25师的75团抽出来调配给了主攻的第2师。这让李正谊憋了一口气，非要在此次会攻安东之战中和刘玉章一较高低不可。

碍眼的牛秦川早早就被李正谊打发去了75团，毕竟牛秦川是走了刘玉章的路子，这点芥蒂在李正谊心中是一道永远过不去的坎。

李正谊兵行如火，与第2师主力拉开了大半天的路程，让赵公武的齐头并进变成了25师的"孤军深入"。

战前动员会上，钟守田说出了自己的担忧，沙岭之战五个团没啃动国民党军新22师一个缺编的团，这次阻击敌25师这个同样美械装备的老对手，他还是非常担忧的，防御本溪的时候与美械25师交过手，确实不好对付。

赵云鹏则找到了楚伟生。楚伟生详细地给赵云鹏和钟守田以及全旅的连以上干部介绍了25师的战术特点。与在印度美军培训的新22师不同，25师的战术体系几乎是从战场上总结出来的，非常实用。

楚伟生介绍了25师最擅长的奔袭战术。赵云鹏敏锐地发觉了美式装备的国民党军在平战转换中存在时差的问题。楚伟生回忆炮团要部署阵地进行火力试射最少需要四十分钟，车载摩托化步兵在行进间一旦遇袭很难发挥战力等。

赵云鹏用力拍了拍钟守田的肩膀，沉稳地说："美械不是万能的，我们可以伏击它，打完就撤，等敌人摆开了架势我们已经撤到下一个阵地了，就好像放风筝一样。"

钟守田也乐了："放风筝有意思！老赵，就按你说的干！老子就不信了，他不是千里驹吗？老子是牧马人，哈哈，遛死他！"

不断设置阻击阵地、实施机动防御的独立旅，让李正谊感到十分棘手。他认为：这帮共产党军"油滑"得很，利用有利地形给你一个迎头痛击，等你摆开架势之际，他们早就撤得无影无踪了！一天仗打下来，李正谊感到疲惫不堪，但独立旅却游刃有余。

牛秦川得知了师主力进展缓慢的问题所在，于是给李正谊发去了一份电报，提醒李正谊万万不可孤军深入，因为共产党军惯于集中优势兵力分割包围，围点打援更是他们手拿把掐的事。

李正谊看着牛秦川的电报，心中突然萌生了一个念头：共产党军队不是惯于集中优势兵力打歼灭战吗？自己为何不能给他们来个"中心开花"呢？这样能够快速地咬死其主力。

牛秦川知道自己给李正谊的电报会石沉大海，于是也给军长赵公武发去了同样内容但换了口气的电报，想提个醒，没想到李正谊却在用自己的冒险战术游说赵公武。

赵公武觉得李正谊的战术太过冒险，现在他手头的195师被抽到北满，只有第2师和25师加上军直属队，兵力明显不足。赵公武最担心的不是25师被共产党军队合围，而是合围后25师能否坚持到解围的援军抵达。

赵公武不同意李正谊的什么"中心开花"的作战计划，于是李正谊就玩起了"将在外军令有所不受"的把戏。

由于国民党军内部派系林立、"小圈子"繁多，各路大佬互相看不惯，各派势力为保住各自利益，内卷非常厉害。他们也常议论什么是内卷，都明白就是"绕圈圈"，就是没有任何实质意义的内耗。

围绕着实施"由南向北，先南后北"的战略，国民党军各路人马又开始"绕圈圈"，搞起内卷来。牛秦川在给李正谊"绕圈圈"，李正谊在给赵公武"绕圈圈"，赵公武也在给牛、李"绕圈圈"。

在国民党军高层行走多年的赵公武清楚，军队内的"内卷"必然带来"内抗"。为了不招"内抗"的暗箭，赵公武对各类善于"内卷"的人都是和颜悦色。他深信，当这样的"和事佬"才能生存下来。但是，对牛秦川、李正谊这次的"内卷"，他觉得不能听之任之，为此，在给牛、李的回电中点了一句："战事吃紧，谨防内卷！"

牛秦川看到回电后，当场就骂道："现在还防什么内卷？内卷在军队内部不是比比皆是吗？消耗了多少有志之士的聪明才智，磨平了多少能征善战之将的锐气，削弱了多少我堂堂国军的战力！"

李正谊也不是一个糊涂蛋，看到回电中有这么一句话后并没有发怒，而是点

第二十九章　七道江会议

了一支烟，深深吸了一口，边吐边沉思起来。他想：为什么都知道内卷就是内耗，那为什么身处内卷之中又不能自拔呢？想了半天，他觉得想不出什么名堂来，于是把烟头一甩，自言自语道："老子不操这个心了，还是让他们去卷吧！"随即一挥手，发出命令："来人，发电！继续按'中心开花'的计划打下去！"

为了保障25师的后路安全，赵公武再三提醒李正谊加强对凤凰山和凤城攻击的同时，要在赛马集留下一支部队，以防后路被抄。

坐在电台前，听着国民党用明码呼号通信的赵云鹏与钟守田对视一眼，觉得敌人太骄横了，毫无忌惮地使用明码呼号，说明敌人根本未将我军放在眼中。赵云鹏目光聚焦到地图上，带着疑虑地问道："赛马集这个地方敌人会留多少人？"

钟守田微微一愣，回应道："一个营？最多两个营，赛马集里面最多布防一个营，外围一个营。"

赵云鹏深深地吸了口气，沉着地说道："阻击风头正足的25师，倒不如集中兵力吃掉他们在赛马集的卒，后路被断，敌人一定会快速回援，我们就能够把敌人引到我们预设的战场新开岭！那里的地形地势如同一个大马圈一样对我们十分有利，这样，可以把他们通通吃掉！"说完，赵云鹏用力挥舞了一下拳头。

钟守田惊讶不已，大声地追问道："那可是敌人的一个整师，美式装备我们啃得动吗？"

赵云鹏舒展眉头，底气十足地说道："敌人的25师缺75团，剩下的两个团又在赛马集分兵至少一个营，这是千载难逢的好时机啊！利用敌人的骄横，此时不打更待何时！而且，前段的新式整军运动已经产生了非常大的效果，'三个不纯'的问题已经得到了初步清理，'为谁扛枪、为谁打仗'的问题也得到了较好解决，这一仗更是对新式整军运动成效的实际检验。"

跃跃欲试的钟守田立即起身，激动地说："我们把这个作战计划报到纵队，上面能批准吗？"

赵云鹏犹豫了一下，眼睛转了一下，随即说道："我觉得上级首长肯定也在等这么一个机会。敌人气势汹汹三路来犯，伤其十指不如断其一指！只要能歼灭25师主力，敌人此番进攻必将无功而返。"

很快，赵云鹏和钟守田上报的作战计划得到了纵队的肯定。为了保证能够把握稍纵即逝的战机，纵队胡司令员决定集中两个师的兵力迅速攻占赛马集，以快打慢，以多打少。敌人回援由配属纵队的独立旅担任诱敌深入的任务，决战的战场预设在宽甸以北通往赛马集的新开岭。

赛马集的战斗进行得十分顺利，国民党军25师74团留守的两个营很快被我军四纵部队击溃。这也是出乎我军意料的，原本一场歼灭战活活打成了击溃战。

对于敌人擅长集中火力猛打我军一个点然后突围的战术，我军方面指挥、通信显得非常僵化。堵口子的部队刚刚上去就暴露在敌人火力之下，导致敌人成功突围。

得知赛马集失守的李正谊犹豫再三，决定班师回朝。因为天色已晚，他担心陷入我军的重围，命令师主力就地防御，明早回防赛马集。

敌人竟然选择按兵不动。赵云鹏和钟守田站在地图前眉头紧锁：难道赛马集打得太狠，把敌人打怕了？还是说敌人已经察觉到了我军的意图？

黑暗中国共两军悄然对峙，双方各级指挥部中人头攒动。东北民主联军司令部内灯火通明，南满的战况牵动着民主联军司令部和延安的心。

赵公武站在地图前，鉴于25师出师不利的情况，他命令75团归建。出发前赵公武将牛秦川招到面前，对牛秦川这个战将，赵公武心底还是非常喜欢的，军人就应该纯粹一点儿。

李正谊论军事才能、领兵打仗要强过刘玉章，但是奈何刘玉章善于钻营，人际关系极好，两人都是黄埔出身可谓伯仲之间，这个五十二军的副军长鹿死谁手原本没个定数，但现在来看，此战李正谊必定要与刘玉章一较高下。

赵公武望着地图上宽甸的位置说道："秦川，宽甸西北是通往安东的捷径，但是这里崇山峻岭，公路在山岭间穿行，你知道这意味着什么吗？"

牛秦川望着地图上的昭和字样，叹了口气道："这都民国多少年了？我们自己连一张精准的地图都没有，还要用日本人的。"

赵公武淡然一笑："我这里有民国四年陆军部和奉军测绘的地图，你敢用吗？现在我们对面的共军也在用日本人的地图。"

牛秦川无奈地摇了摇头，说道："咱们的地图不是南辕北辙，就是连等高线都是错的，军、师一级能在五万分之一的地图上指挥战斗，下面的营连一级完全就是盲人摸象。兵荒马乱的，找个路熟的向导难于登天，如果再找个共军'匪属'给你带进雷场或者伏击圈，那就更冤枉了。"

赵公武无奈地摇了摇头："让你来，不是听你发牢骚抱怨的。外面都说你们25师三副一正，负负得正，全部立正。"

牛秦川苦笑道："您什么意思卑职明白，但是您知道我们李师长军事造诣非凡，我们三个副的连打边鼓都打不响。我这个副师长更是舅舅不亲，姥姥不爱，被一脚踢到了75团，还美其名曰坐镇督导。千里驹的缰绳我可拽不住，也不敢

第二十九章 七道江会议

拽，万一师座勃然大怒，办我个阵前抗命把我崩了，我托梦给您叫屈都来不及啊！"

赵公武突然发现以往耿直敢说敢干的牛秦川竟然也"油滑"了起来，无奈地叹息了一声："国军自从进入东北之后风气逐日败坏，五十二军连以上军官娶了多少东北女学生啊！多少人在老家有了堂客，又在这里大办婚宴收礼成风，这不是公然纳妾吗？现在连你牛秦川也变了吗？"

赵公武的话已经说到这个份上了，牛秦川顿时明白了赵公武让75团与主力会合的原因。因为刘玉章的第2师暂时调不过来，李正谊与刘玉章之间唯恐生隙不能有力配合作战，杜聿明又下一道比一道急的命令让25师向安东方向攻击前进。

牛秦川黯然道："您尚且不能，我又如何能为之？您看看宽甸西北方向，鹰嘴砬子、大烟沟、茧场沟、龙头沟、老爷沟……十三沟六砬子，通往安东的公路就穿行在这个天然的口袋阵里面，共军若是设下伏击阵该如何应对？"

赵公武听后，严肃地说道："杜长官军令如山，所以我希望你坐镇督导的75团务必要与师主力同进退，万万不能离心离德。"

牛秦川点了点头，没有任何的豪言壮语。十月底的东北已经进入了冬季，阵阵的寒风让他原本不佳的心情变得非常烦躁。

赵公武已经点出了25师有跳火坑之嫌疑，李正谊此前提到的"中心开花"看来是中了某位大员的"意"，如果一旦成功，那将重创甚至全歼南满共产党军队主力。

但"中心开花"，这花是能够轻易开的吗？一旦25师陷入重围，谁会拼命增援？增援部队必将在共产党军队的重重阻击下伤亡惨重。若是击破共产党军队，李正谊要把功劳占走一大半。这种送命、吃苦、背黑锅的事哪个愿意来扛？

如果赛马集失守，意味着25师的退路已断。此时，牛秦川的75团在快速向赛马集进发。

钟守田对四纵首长下达的歼灭25师的命令感到十分震惊。敌25师是全美械装备的，这家伙一缩起团来就和一个刺猬一样，非常难攻。另外，虽然击溃了敌人两个营，但我们足足用了五个主力团。敌人的75团天亮前就能够归建，敌人兵力近万人。所以，我军必须将敌人分而歼之，坚决阻击75团与25师主力会合。

而参与占领新开岭附近制高点的我军各部两万余人连夜进入阵地。

钟守田瞪着眼睛望着地图："不是说好的集中优势主力吗？搞不好我们全部加一起还没敌人多，这确定是要打歼灭战吗？不是拿脑袋撞石头？敌人夜里不行军我们无法达到战斗发起的突然性，大白天的不要说敌人的飞机了，敌人很快就能判断出我们实际的兵力。"

赵云鹏围着桌子上的地图转了两圈："兵行险着，运动歼敌是我们的强项，这已经是上级首长能够调集的全部力量了，安东一旦失守我南满根据地四去一，后果是南满根据地必将荡然无存。我们只能置之死地而后生，狭路相逢勇者胜！"

第三十章　新开岭战役首次大捷

"吃菜要吃白菜心，打仗要打新六军！"

参加了战前动员的钟守田就带回了这么一句话。赵云鹏听了微微一笑，他清楚，新六军现在又作为左、中、右三路进攻南满的右路的一部，已经成为东北民主联军的眼中钉，毕竟前段时间新六军是拳打三纵、脚踢四纵，横行一时，骄狂得很，现在新六军正骄横地行进在攻打新开岭的途中。

对于能否打得动美械的一个整师，大家都是心存疑虑。东北民主联军总部对此战也十分担忧，毕竟敌人不是杂牌，而是全美械的25师，战斗意志相对顽强，总结之前东北战场我军与美械国民党军精锐的交手，几乎没有占到任何便宜。

战前动员非常简单，分配过战斗任务之后，纵队首长只有一个要求，那就是不惜一切代价歼灭敌25师，要打新六军得先拿"千里驹"练练手。

对于这次围歼试图返回赛马集的敌25师，军区和南满分局的首长们也是都知道这是在敌强我弱的情况下展开的行动，因此都是顶着巨大压力的，不敢有丝毫懈怠。

赵云鹏明白这是首长为了不给指挥员们压力。对阵美械精锐的国民党军25师，换成是谁也会备感压力，关键是怎么以劣胜优，在运动中寻机歼灭敌人。

用钟守田的话说，就是"蚯蚓钓鲤鱼——以小换大、以弱胜强，弄不死你！"

国民党方面急不可待的李正谊等来了75团，果然不出牛秦川所料，李正谊将75团单独作为右翼纵队，他亲率师主力为左翼纵队，在相距三公里的两条土路上并驾齐驱。

原本李正谊也看出了新开岭长达几十公里的狭长地带适合打伏击，要走"拦马岭"。不知是谁进言"千里驹"走"拦马岭"唯恐有些不吉利，加之"拦马岭"山高林密，不利于重装行进，最主要的是骄横的李正谊不相信共产党军能啃动他的师，于是他重新制订了作战计划，向着新开岭方向继续追击。

两路纵队在牛秦川看来是完全没有意义的，不如将尖兵连以班为单位，携带步话器分散在主力前面、左右两翼二三公里范围更为合适。

但牛秦川被李正谊训斥道："你在教我怎么打仗吗？"段、刘两个副师长也讥笑他是被共产党军吓破了胆，毕竟两次进攻本溪牛秦川督导的75团可谓狼狈至极。

独立旅见敌人来势汹汹，于是各营按照赵云鹏战前的部署开始了"放风筝"。李正谊的左翼纵队可谓是打打停停，于是他命令75团加快速度，包抄独立旅的阻击阵地。

牛秦川在占领了一处我军放弃的阵地后检查了我军遗留的子弹壳，竟然发现有卡宾枪的弹壳，他立即意识到这绝对不是李正谊口中的小股流窜共产党军队，而是中共的精锐主力。

仗着美械装备的李正谊，对牛秦川的提醒置若罔闻，一心要来一次"中心开花"，好让杜长官看看是我李大麻子厉害还是他刘大光头厉害。

第2师刘玉章得知李正谊已经向宽甸西北的群山前进，意识到情况不妙，于是立即发报给赵公武，提醒五十二军的两个师距离太远，第2师面前的共产党军队阻击非常顽强，现在可谓寸步难行。

反观25师如同急先锋一般直插共产党军队腹地，这绝对是一个陷阱，刘玉章将地图敲得砰砰作响。

刘玉章看出来了，赵公武心里也非常清楚，牛秦川更是身不由己。大家都清楚，李正谊想要立一个泼天大功。但非常可惜的是，李正谊将独立旅的节节抵抗看作不堪一击，命令75团作为师主力继续快速前进。

当晚，意图回援赛马集的75团一部遭到了独立旅在内的四纵三个团的钳形攻势。牛秦川意识到75团被包围，于是下令掉转方向实施突围，与师主力会合。不料，感觉不大对劲的李正谊命令牛秦川原地固守，咬住共产党军主力，他率师主力增援75团。

牛秦川看到李正谊的命令顿时大有无力回天的感觉，于是越级向沈阳长官部发去电报请求第2师火速向25师靠拢。

结果，这封电报被长官部转给了李正谊查证。李正谊以怯战之名将牛秦川大骂了一顿，声称："此战之后我要解你的职，把你送上南京军事法庭！"

赵云鹏望着敌75团以营为单位的行军队列不断向侧翼派出连排单位的侦察部队，顿感惊讶：敌人可能意识到我军摆了口袋阵，但敌人主力为什么不向两翼派出部队去警戒搜索呢？

让赵云鹏更震惊的是，敌75团已经开始有意识地抢占制高点了，但是后面的25师主力74团和73团却大摇大摆地冲进了伏击圈，好像怕我军撤退一般。这种迷惑的战术让赵云鹏眉头紧锁。从上级通报的情况来看，第2师刘玉章部并无增援25师的迹象。

此时，东北民主联军命令各部于明日十时发动总攻。

牛秦川望着寂静的山谷。新开岭不算什么好地方，四周群山环绕，呈一个巨大的像马圈一样的地形。这里是安东的天然屏障，在这里美械装备的优势反而发挥不出来。

还有，在战斗中让牛秦川震惊的是，下午他听到了240毫米迫击炮的声音，他断定，能拥有240毫米迫击炮的共产党军一定是主力，但240毫米迫击炮的来历让他迷惑不解，牛秦川印象中日本人没有，苏联人也没有，唯一的可能就是当年东北军的那几门，被日本人缴获后装备给了关东军充当要塞火力，后又被苏联人交给了共产党军。

正在牛秦川犹豫该把部队往哪里撤之际，李正谊又风风火火地抵达了牛秦川的指挥部，立即鸠占鹊巢。

牛秦川是个明白人，满脸带笑，拱手相让，但心里却嘀咕着：让你猖狂，等着挨共军的240炮火吧！

李正谊询问了牛秦川和李公言与共产党军激战的过程，得知遭遇了共产党军主力顿时欣喜不已，但沈阳方面的回复却让他瞬间清醒了起来，第2师受到共产党军阻击，加之配属的75团归建，第2师几乎是原地未动，左右两翼也无友军可以快速增援。

现在，虽然25师实现了"中心开花"的战术意图，但也差点要了李正谊老命。鉴于共产党军队五个团的主力部队都啃不动自己摆在赛马集的两个营，他不相信共产党军队能吃掉他一个整师，于是命令75团天亮后开始攻击黄家堡，打开一条新的通路。

沈阳方面杜聿明发来电报，第2师等部队已经开始向新开岭外围机动，一旦共产党军队攻势陷入疲态，运动到位的各部将以雷霆之势合围其主力聚而歼灭。

杜聿明通过电台与李正谊取得了联系，询问他需要什么支援。李正谊脚踩吉普车前杠，一副目中无人的架势，举着对空步话器说道："共军根本啃不动我们，不需要什么，给我空投一些炮弹和水就行了，我25师坚决执行军事会议战役部署，不击溃当面之共军所部决不罢休！"

此刻，杜聿明听到李正谊底气十足的回话，略微放下了心，与郑洞国两人站在巨幅的东北九省二市地图前，又商量起作战计划。这是国民党政府前天用飞机空运来的最新地图。

望着这幅全新的地图，杜聿明眼前浮现起了党国内一副副争权夺利的丑恶嘴脸，这幅地图仿佛是"分赃图"，党国不缺名将和忠义热血之士，但长此以往，心会寒，血会凝。一旁的参谋们正在地图上紧张地标注着东北国民党军各部位置和兵力。

杜聿明望着地图上的南满根据地和北满根据地，不满地说道："共军的番号和兵力怎么没标？"

几名作业的参谋顿时停了下来，尴尬地相互打量，看样子打算准备"众筹"一个倒霉蛋推出去给长官一个交代。

对此心知肚明的郑洞国不忍下面众人为难，开口道："一个不是秘密的秘密，共军自从进行了土改和整风之后，颇有浴火重生的势头，他们的根据地民兵与正规军联防联动，风刮不进，雨泼不进。我们的侦察队根本靠不近，不仅如此，就连便衣队和坐探都难以渗透。"

杜聿明瞬间将震惊的目光投向郑洞国，略有所思地说道："这不仅仅是军事的问题了，这是民心啊！我们错过了雷霆扫穴最好的机会，现有之兵力不足以歼灭东北共军主力。我原打算歼灭盘踞于南满的共军，再图治地方积蓄力量，与共产党争夺民心。进入东北他们比我们快，抢占东北的决心比我们大，争夺民心一直走在我们前面！我们步步落后啊！唉——"

郑洞国望着地图上新开岭的位置喃喃自语，仿佛说给自己听一般："还有机会！还有机会……"

天一亮，牛秦川与李公言就亲抵一线督战。牛秦川命令将全部迫击炮都调到一线，对我军独立旅一营固守的黄家堡发起三路猛攻。牛秦川还亲自叮嘱三个连长，三个方向全部都是主攻，把全团的六零迫击炮都拿来实施抵近射击，务必在中午前攻下共产党军阵地。

对国民党军的进攻架势，赵云鹏感到很熟悉，他从被击毙的国民党士兵佩戴的胸标上发现竟然是老对手75团。在本溪，赵云鹏就与这个老冤家多次交手，撤离本溪的时候还被75团追着咬了几口。

那段时间仗打得莫名其妙，我们几个营连被打蒙了，国民党军好像参加了我们的军事会议一般，对我军的一举一动几乎是了如指掌。

后来查证才知道，这是东北民主联军的作战科副科长王福芳叛变投敌所致。现在东北民主联军更换了密码本和电台频率，敌人也就失去了最大的依仗。

赵公武得知25师在新开岭附近遭遇共产党军主力之后，命令急调2师的赵副

第三十章 新开岭战役首次大捷

师长亲率齐装满员的六团增援25师，确保其后路安全，殊不知25师的后路已经被切断。

李正谊的神气活现没坚持到下午，四面八方进攻的我军就把他逼上了老爷岭。进攻黄家堡的75团一时间可谓腹背受敌。李公言已经乱了方寸，带领一个营增援老爷岭。

牛秦川知道李公言是想临阵脱逃，只不过找了一个冠冕堂皇的借口。牛秦川非常清楚老爷岭是个绝地，占领黄家堡才能获得一线生机，而现在黄家堡以西河套全部都在共产党军队的包围之中。

战斗进行得异常激烈，国共两方也打得非常艰苦。敌人依托公路和重装，以装甲车作为活动火力点节节顽抗。我军虽多次发起攻击，但没怎么啃动，各部伤亡较大。

看到敌人凭借美械重装优势顽固坚守、我军迟迟拿不下来的战况，赵云鹏万分焦急。他想：如果再迟迟打不下来，战局就有可能出现逆转的危险。看到窝在"马圈"里顽抗的国民党兵骄横不可一世，于是赵云鹏大胆地向上级提出建议：把老爷岭附近的我军控制的制高点都迅速让出来，看国民党军会不会爬上来，如果他们爬上来了，那就必然会人装分离，只要人装一分离，他们的重装优势就发挥不了作用了，这时，我们就可以用火炮和短兵相接打他个落花流水。

上级很快采纳了赵云鹏的建议。

李正谊认为我军攻击失利可能要撤退，于是立即命令73团占领老爷岭。但牛秦川得知73团正在攻占老爷岭时却感觉颇为蹊跷。

在老爷岭吃了重迫击炮弹的李正谊，将25师的师部设在新开岭村不远的砖瓦厂。

李正谊尚未意识到，这里看似地势平坦，对于拥有大量重型装备的25师来说容易固守，但放弃己方重装的优势，去占领制高点老爷岭，看似登上了制高点，取得了战术上的优势，但实则是扬了自己的短，助了对方之长。

当73团报告占领老爷岭表面阵地的一瞬间，没高兴五分钟，就迎来了我军炮火的重轰。李正谊犹豫再三，决定不惜一切代价坚守老爷岭，并向沈阳方面发出急电请求增援。

敌人的人装分离让我军抓到了歼敌的极好战机，于是迅速组织了力量对老爷岭进攻。

75团剩下的不足两个营的兵力在完成收缩之后，在黄家堡以南构筑阵地实施防御。

进攻老爷岭的我军28团连续三次总攻击失利，全团几乎被打光。这时，赵云鹏命令部队绕过当面小股敌人，快速穿插分割敌军，前往老爷岭击溃敌军主力，为此错失了生擒牛秦川最好的机会。

牛秦川知道，共产党军队怕被拖住进攻的速度，而绕开自己这块又臭又硬的石头，是打算解决了25师主力再来解决自己，他哪里会给赵云鹏这个机会，于是利用多余的军装和稻草扎了不少以假乱真的稻草人，趁着夜色轻装分批突围，几人一组悄悄越过独立旅监视的封锁线。

撤离时，牛秦川拍了拍笨重的炮队镜，牛怀恩刚想在下面布置诡雷却被牛秦川阻止。牛秦川用随身携带的匕首在炮队镜的漆面上刻上了一行小字：牛从此间过。

第二天一早，我军独立旅侦察兵摸进国民党军的战壕，发现敌人早已逃之夭夭。虽然只跑掉了少数敌人，但却把钟守田气得够呛，尤其是心疼被国民党损毁的带不走的重型装备。

75团黄家堡一线的枪声一停，李正谊就意识到这次问题大了，于是开始不断向沈阳长官部和军部发出紧急求援电报。

让李正谊慌了神的真正原因是共产党军竟然顶着飞机轰炸和扫射持续攻击老爷岭，不过他发现进攻老爷岭的三路共产党军并不是一个部队。经常是他打他的，我打我的，这让老爷岭的防御压力顿时减轻了很多。

前沿指挥的赵云鹏也发现了独立旅的进攻部队与友邻部队之间根本没有协同，他派人去28团联系。因为伤亡较大正在气头上的28团团长一句"管好你自己"，就给赵云鹏顶了回来。

新开岭战斗还在继续进行中……

沈阳东北行辕会议室内，熊式辉来回踱步，欲言又止。杜聿明见状劝慰道："第2师主力已向新开岭方向攻击前进，我们此刻不能自乱阵脚。"

熊式辉望着沙盘上此前三路大军齐头并进的计划犹豫道："光亭兄，三路大军齐头并进，怎么唯独这25师陷入重围？"

熊式辉看似询问，实则是在质问杜聿明你这是怎么指挥的，等于已经开始准备推卸责任了，但是他身为东北行辕主任，岂能推卸得了？

这两个人一文一武，跺一下脚，东北都会颤三颤，于是他们"暗藏刀锋"地交流起来。

老陕出身的杜聿明原本就不苟言笑，眼下却露出一丝笑意，慢声静气地说道："天翼兄，不至于此，不至于此！只要李正谊能够坚持三日，外围两路大军

第三十章 新开岭战役首次大捷

即可向共军实施反包围，一战定南满！"

熊式辉满眼期待地点了点头，半信半疑地回应道："希望如此！希望如此！"

前线打得火热，四县根据地也热火朝天。分到了土地的农民积极踊跃参军，表示要保卫自己分得的土地，参加民兵训练，妇女们聚集在一起炒军粮做军鞋。陆璐也被动员起来做一些所谓力所能及的事情，结果她发现自己竟然什么也不会。

妇女主任张兰也非常头疼，按理说陆璐是干部家属更应该积极参加支前活动，但是陆璐偏偏什么都不会做，无论是炒军粮还是纳鞋底、做军服，根本就不会。陆璐也知道自己的不合群，但是她与操持家务下地干活的农村妇女之间确实存在一道难以跨越的鸿沟。

最终，张兰给陆璐找到了一个广播员的活，能写会说的陆璐瞬间有了用武之地。从原本大喇叭一开大家就开始捂耳朵，到所有人都驻足听得津津有味。什么前线胜利的消息，什么土改的成果，什么对坏分子的处理，什么寓言故事，等等，这些成了大家每天都喜爱听的广播。

被俘虏的部分25师国民党官兵垂头丧气地在我军战士的押解下，沿着路边缓慢前行。道路上靠左一侧是推着独轮车支前的老乡，靠右一侧是负伤后送的伤员。

沿途休息，一名国民党中尉望着浩浩荡荡的独轮车队吧唧了一下嘴，对旁人说道："这真是支援大军呦！是不是共产党用刺刀逼着他们干的？"

一旁的炮兵中士叹了口气："你懂个屁！这是老百姓自愿的，我总算知道我们为什么输了，因为老百姓支持共军，不待见咱们！"

中尉满眼迷茫道："我们刚到沈阳的时候可不是这样啊！"

这句话让在场的自恃精锐、傲不服输的国民党官兵们个个都陷入了久久的沉思。

钟守田并不知道大小姐出身的陆璐已经投身到革命行列开始发光发热了。这会儿满脸硝烟的他把帽子一摔："老子就不信了！"

赵云鹏递过去一个水壶，鄙视了他一眼说："不信什么？就你行啊。通讯员，把楚伟生叫过来！"

很快，提着汤姆逊冲锋枪的楚伟生一阵风似的冲进指挥所，立正敬礼道："旅长、政委好！"

赵云鹏把楚伟生叫到了刚刚缴获的炮队镜前，看了几眼炮队镜身上的"牛从此间过"的字样，意识到牛秦川可能已经逃出了包围圈，但是眼下顾不上这些了，他让楚伟生辨认一下瓦场烟囱附近的那个天线是什么电台。

楚伟生看了一会儿道："好像是SCR 299，那玩意儿是美国给的、最新的野外基地电台设备。卡车中有发射器和接收器位置，拖车中有一台汽油或者柴油驱动的发电机，25师只有李正谊配备了一辆。"

钟守田反应极快，顿时惊喜地叫道："我就是说李大麻子的指挥部不在老爷岭，而就在瓦场的烟囱侧后嘛！"

赵云鹏点了点头，立即接话说道："应该距离电台车不远，赶快向上级申请240毫米重型迫击炮支援。"

赵云鹏的意见得到了纵队首长的支持。很快，两门240毫米迫击炮和五枚炮弹就被运了过来。钟守田一副"光棍了十年遇到了寡妇"的表情，对着两门240毫米迫击炮上下其手，惹得一旁的炮兵非常不高兴地盯着这个佩短枪的家伙。

我军的炮兵技术从沙岭到现在依然没有太大进步，原因非常简单，炮兵是一个专业技术非常强的兵种。用土办法去摸索尝试，子弹能喂出神枪手，可是炮弹喂不出神炮手。

四发炮弹落点东南西北，就是距离天线远远的，打飞了四发炮弹，傲气十足的炮兵们这会儿也神气不起来了。看到这里，楚伟生急了，他决定自己亲自上阵。他当过六零炮班长，觉得迫击炮这玩意儿大同小异，无非就是口径和药环大小不同。

很快，楚伟生发现了问题，两门迫击炮的瞄具根本没校正过。他大惊失色地叫了起来："我的老天爷啊，这哪里是打炮啊？根本就是发射之后就不管喽，落到哪里不是听天由命了吗！"

楚伟生几次细致调整后，校正了瞄具，并亲自装弹。一声尖锐的呼啸声后，一团橘红色的火光从天线位置腾起。

李正谊一辈子都没想到过，自己的指挥部附近的电台车会挨上一发240毫米重迫击炮弹。破碎的弹片击倒了几名参谋，指挥部瞬间大乱，失去了指挥的国民党部队也敏锐地发现师部好像冒烟了，当官的都在慌忙逃跑。

一个卷走十个，十个卷走一百个，溃散就是一瞬间的事情。失去了指挥的国民党部队，企图向西突围，很快遭到了我军阻击阵地的火力射击。留下几十具尸体的25师部队又转向南面，企图从黄家堡以西的河套突围。

李正谊被部队裹挟在其中，他带着两个副师长更换了伙夫的衣服，准备趁乱逃走，没想到早已埋伏在附近的我军一拥而上，数千国民党军被缴械抓了俘虏。

在武器、火力、兵员素质敌强我弱的情况下，我军采取诱敌深入、集中优势兵力、四面包围、在运动战中各个击破的战术，全歼了美械装备国民党精锐一个整师。在如此险峻的条件下，我军决心破釜沉舟、断其一指。这种战场魄力和参战指挥员们英勇无畏的精神，是成就新开岭大捷的关键！

赵云鹏的笑容还没浮上脸，就被马德礼跑来报告，旅长和四纵的兄弟单位打了起来。

事情的起因是魏马列打扫战场，他们占领了李正谊的指挥部，正在捡"洋落"，结果同样进攻老爷岭的部队把他们赶了出去，就在附近的钟守田赶过去一看是胡团长就吼道："你狂什么狂？"

胡团长也不惯着，当即道："一个鸡毛蒜皮的独立旅长，还真当瓣蒜了！"

于是，团长对旅长，扫堂腿、踢裆、揪头发、挠人、咬人，两人你来我往打得不亦乐乎，殊不知首长们站在山顶已经看了几分钟。下山的时候，赵云鹏路遇首长，董副政委特意停留了一下，对赵云鹏严肃地说道："刚刚打完仗，旅长就跟团长打起架来，让部队看笑话。这种作风一定要好好整顿整顿，大胜之后绝不能狂妄骄纵啊！"

董副政委气呼呼地走了。赵云鹏狠狠地瞪了一眼正在擦鼻血却一脸得意洋洋的钟守田。钟守田一把拽下帽子，狠劲儿掸了掸身上的泥土和硝尘，一下把帽子往天上一抛，大声高呼道："老赵，我打赢了，这片归咱们了！"

赵云鹏全然把钟守田当成了透明的存在，径直走到国民党空投的一个补给箱旁，撬开空投，发现里面竟然不是弹药和物资，而是一枚枚忠勇勋章。

赵云鹏按惯例换了国民党的军服进入俘房营，转了一圈他注意到了一名国民党士兵打扮的人端坐在一口倒扣在地上的铁锅上，于是假意坐在旁边观察。几个国民党军官轮流劝他进帐篷避寒，这人则闭眼摆手道："将士同体。"

赵云鹏凑近一看，看似不在意地说道："兄弟，来支烟吗？"

伙夫打扮的李正谊睁开眼看了一眼赵云鹏领口的军衔，又看了看赵云鹏："你不是25师的兵。"

赵云鹏顿时心中一惊：25师上万人，你随便看一眼就知道我不是？

李正谊无奈地摇了摇头："我25师虽然是美械，与共军连番血战马不停蹄，尚未换用新军衔。你戴的是灰底通讯兵的上士，你今年有三十几了？我25师通讯上士二十九人，唯独没见过你。"

赵云鹏惊讶之余调侃道："李正谊师长，你的兵把枪都扔了，你背个黑锅不沉吗？"

李正谊震惊不已，沉默片刻开口道："人总要吃饭嘛！"

第三十一章　洞房逃婚

　　新开岭战役的胜利依然没能改变敌强我弱的严峻局势。赵云鹏、钟守田继续带领部队向北前行，准备跟大部队靠得近一些，解决部队布势太分散的问题，防止被敌人吃掉。

　　焦头烂额的熊式辉抵达沈阳后接连召开了几次军事会议，但都没能取得想要得到的效果。熊式辉想大展拳脚，但是下面的人却心思各异。

　　原本他与杜聿明是分工明确，他管民，杜管军，但是，前段时间从南京方面某些大员透露出的意思来看好像有变。东北战局从"狂风扫落叶"变成"相持"，国民党政府承诺东北的援军几次打了"水漂"，现在竟然发展到一个整师被共产党军队歼灭。

　　熊式辉自认不是庸才，杜聿明更是名将，在东北却被幕后各方看得见或看不见的"线"牵扯着，这才是他最头疼的地方。

　　傍晚，熊式辉在公馆摆了一桌酒席，想以酒为最近打得不够顺手的杜聿明以及各军的军长冲冲晦气。牛秦川是唯一一个被邀参与晚宴的副师长。

　　牛秦川搭赵公武的车一同而来。途中赵公武感慨颇多："这回好了，李大麻子带着自己的副师长、参谋长、几个团长全部都成了共军的俘虏，这可是25师自组建以来从未有过之大耻辱啊！"

　　赵公武将这个从未有过之大耻辱的"大"字咬得极重。同车的牛秦川沉默不语，片刻他从赵公武的话语中悟出了些许意味，顿时一惊："上峰要裁撤25师的番号？"

　　赵公武顺着吉普车爬坡越坎的起伏，边前后微摇着，边望向窗外道："都是未知变数啊！这全部要看上峰的意思了。但是，我这个军长难辞其咎，恐怕要隐退了！"说道，他又侧头望了望牛秦川道："你这个副师长是替罪羊还是突围的功臣，这在上峰是一念之间的事，明白吗？"

　　牛秦川微微一愣，犹豫了一下说道："此前职部不止一次提醒李师长切莫孤军深入，就算我75团身陷包围也曾发报让师主力迅速后退，奈何，位卑言轻啊！这个作战计划，李师长也是呈报过长官部的，怎么出了问题全部都是我25师的

第三十一章 洞房逃婚

罪过,还要殃及军座你呢?"

赵公武轻叹一声:"文武啊,这种话与我说说即可,切莫胡言乱语。你可见到了长官部下达的命令吗?李大麻子是和我谈及过的,他透露杜长官也是首肯的。若是此番成了,这必然是上面长官的功劳,可是现在却失败了,整整一个美械师的精锐葬送在了新开岭。若是拿不出一个交代,上峰不会放过咱们的!我现在是泥菩萨过河呀!你也要想好靠哪棵大树好乘凉噢!"

牛秦川沮丧道:"投效也得有门啊!"

赵公武若有所思,眨巴着眼皮说道:"不试试怎么知道?"

车辆停下,赵公武自顾下车,牛秦川耳边仍然是赵公武的那句"不试试怎么知道"。

牛秦川刚刚抵达就被人带到了三楼小客厅。一进客厅,牛秦川就见到了熊式辉与杜聿明两人正在交谈,急忙立正敬礼:"卑职国民革命军第25师副师长牛秦川觐见熊长官、杜长官。"

熊式辉风轻云淡地一笑,点点头说道:"听闻牛秦川虎将一员,今日一见果然英武飒爽,坐吧,这次你也算是死里逃生啊!你作为亲历之人,说说吧,对这次新开岭一战有什么看法。"

杜聿明意味深长地看了一眼这个经常越级报告的牛秦川,心想万一这家伙是个愣头青就要坏大事。25师被包饺子后,杜聿明处理了一些相关的电文,隐去了自己同意李正谊孤军冒进的计划。

实际上,李正谊的孤军冒进是基于各路大军的稳扎稳打来的,杜聿明的原意是让李正谊的"千里驹"刺激一下龟速的各部,结果"千里驹"马失前蹄。熊式辉现在没做任何表态,反而召见了牛秦川过来,显然是项庄舞剑意在沛公。

牛秦川不是笨蛋,更不是迂腐之人,他当然明白熊式辉与杜聿明之间的微妙关系。南京那位不但喜欢远隔千里"直接对师一级实施指挥",更喜欢驾驭之术和驭人之道。说白了,无非就是委以重任再派人牵制,到最后再有能力的人也会变得无力回天。

牛秦川站得笔直,有点拘谨,但也沉稳地说道:"李正谊师长是有才干的,之前在赛马集,共军五个团都未能击破我两个营。只因为孤军深入,新开岭附近山势陡峭险恶,我们的摩托化和重装施展不开,发挥不出作用,而共军擅长野战与近战,我军火力又无法发挥。我75团血战黄家堡一线,师主力又未能给予及时增援,反而调75团主力上了老爷岭。加之,师长刚愎自用未能及时率部突围,导致全师尽没,职部率领75团残部从共军的接合部冲了出来。"

熊式辉皱了皱眉头，心里盘算着，李正谊算是给他献上了一份"大礼"，整整一个美械师被共产党军吃掉，堪称东北从未有过之惨败，现在不仅要找个替罪羊，还要挽回面子，发动规模更大的进攻。

这次"千里驹"25师的马失前蹄，让熊式辉意识到了必须要尽快解决相对较弱的南满共产党军队，否则，自己在这个东北行辕主任的位置上恐怕待不住了。

现在，南京方面任总长的陈辞修几次点了自己的名。想来东北捞一笔的人也如过江之鲫一般，大多是都看到了所谓"败仗越多，损失越大，越能发财"的良机。

熊式辉已然有了主张，于是拍了拍牛秦川的肩膀道："25师是一支好部队，不能垮，共军说大话全歼了我们，你这位牛副师长不是还在吗？我和杜长官都会支持你重建25师的！"

杜聿明点了点头："李正谊刚愎自用，孤军深入，丧师辱军，还有脸成了共军的俘虏，真是党国之耻。牛秦川你要引以为戒。"

牛秦川啪的一个立正："卑职明白，感谢两位长官栽培，愿为党国肝脑涂地！"

熊式辉满意地点了点头："换个少将军衔提提气，不要你肝脑涂地，我要你击败共军洗刷25师之耻。"

晚宴进行得十分融洽。牛秦川仿佛做了一场大梦一般，先是记者拍照，然后是少将军衔和25师师长的委任状、三等宝鼎勋章，他想起之前与日本人连打几场血战也未能得到少将军衔和勋章，而如今讽刺的是，打了大败仗反而升官了，心中好似打破了调味罐，酸甜苦辣咸，五味俱全。

一群熟或不熟的同僚纷纷敬酒，每个人都在对时局高谈阔论，实际上，私底下也都在相互打听：谁送了票子、谁收了银子、谁买了房子、谁又纳了小妾、谁又权钱交易捞了多少，等等。

牛秦川晕晕乎乎地回到酒店，他好像忽然看到了一个熟悉的背影，冲出去拉扯着。一声女人的尖叫让牛秦川瞬间清醒了过来，几个大汉围了过来对牛秦川拳打脚踢。牛怀恩冲过来，直接鸣枪，几个大汉并不惧怕，反而掏出了党通局的派司。

牛秦川昏昏沉沉地回到家，倒床就睡，睡梦中他率部与共产党军队打仗，现在当师长，终于能施展抱负了。遇到赵云鹏和小师妹，他在梦中下令，一举拿下，把他们全部俘虏过来，这多好啊，哈哈哈哈……

做了一晚上梦，早上他终于在梦中笑醒。醒来后，牛秦川喝了一大杯白水，这才清醒了过来。他知道赵公武今天可能要走，于是洗了一把脸，连忙穿好行装，来到了赵公武的办公室。正在办公室收拾的赵公武脸上毫无表情，见牛秦川脸上有伤，也不问，拿起电话，让军部警卫营去抄了党通局在沈阳的总部。

牛秦川顿时一惊，道："这万万不可啊！"

赵公武微微一笑，转过身去，面朝窗外，背对牛秦川说道："今天下午以后，我就不是五十二军的军长了。上峰体恤，让我荣归养老。远离战场，何乐而不为呢？不杀生，过过三聚净戒的日子，这也是我的志向所在啊！"说着，赵公武转过身来，看着牛秦川，好一会儿又说道："这是我为你办的最后一件事喽！"

牛秦川顿时明白了赵公武昨晚话中的真正含义：他晋升，必定有人要为25师的全军覆没"背锅"，熊式辉不干，杜聿明更不干，而且杜聿明在公开场合多次斥责李正谊孤军冒进。不出意外，身体一直非常不好的赵公武成为最为合适的"背锅侠"。

沈阳的党通局总部被砸得鸡飞狗跳，原因是他们的人打了五十二军的人，还查抄出了大量的走私货，甚至包括大量的烟土和文物。

事情很快闹到了熊式辉那里。得知是赵公武下的命令，熊式辉微微一笑，心知肚明地说道："我管不了！"

大家心里明镜一般，都清楚这是赵公武对上峰不满的发泄。

傍晚，在沈阳车站的站台上，只有牛秦川一人在为赵公武送行。看到当年征战沙场、霸气十足的赵军长，现在孤苦伶仃地拎着个小皮箱，站在夕阳西下的黄昏里，头发和风衣被阵阵寒风不断撩起的情景，牛秦川感慨万千，自言自语道："难怪古人云夕阳无限好，只是近黄昏呐！看来这就是为赵军长这样的人写的吧，真是金戈铁马一生，惨淡至极一人！"

赵公武看了看牛秦川，在寒风中裹了裹风衣，轻声地说道："文武啊，有机会就离开东北吧，我们打不赢。"

牛秦川顿时一惊，立马问道："军座，请耳提面命！"

望着火车缓缓进站，赵公武叹了口气，说道："四平停战那十五天至关重要啊！我们失去了对东北共军穷追猛打的最佳时机，现在共产党在搞土改，很快就会聚拢人心，加之共军转化俘虏厉害，让我们'自己人打自己人'，这些你不都多次在战场上亲眼看到了吗？这已不是一场军事仗了，而是一场名副其实的政治军事仗。按我们国民党这一套作风，怎么能打赢呢？不多说了，古人云：十分聪明留七分，留下三分给子孙！你们自己好好琢磨琢磨吧！"

望着赵公武离去的背影，牛秦川心底一阵酸楚，但赵公武的话已印入他脑海，在他耳边久久回荡。

杜聿明自发动抢占东北的战役以来，多次奔赴前线。日夜不息的指挥作战让他疲劳过度，身体已无法再继续工作。2月18日，他秘密前往北平检查，发现左肾长了一个肿瘤，这个肿瘤使他一阵阵隐痛而无法忍受，于是下定决心动了手术。为了不丢掉东北保安司令长官这把交椅，他这次治病是秘密进行的。临行前他再三吩咐随员要严格保密，以不引起南京方面的注意，同时还准备了两封电报分两次、相隔五天发给南京方面。

他十分担心因为自己手术的关系南京方面向东北增派大员，影响他在东北既定的战略方针，最让他忧心忡忡的是南京那位蒋委员长，对他推荐郑洞国暂代总揽东北军事的提议始终没有回应，他深知自己是蒋委员长最信任之人，但是……

忧心忡忡的杜聿明忍着疼痛正在起草电报督促各部整兵备战，忽然副官前来报告有贵客驾到。

杜聿明心中一惊，自己是秘密出行，连熊式辉都被蒙在鼓里，什么贵客能够如此手眼通天呢？

面带春风般笑容的戴笠一进门就道明自己是替委员长来看望杜聿明的，委员长十分担心他的身体。戴笠担心谢医生不如国外的技术好，极力推荐上海或是国外的医生，被杜聿明婉拒。

戴笠亲自探望谢医生，同意了杜聿明的手术。戴笠走后，杜聿明除了震惊还是震惊，他远在东北，但一举一动时时刻刻全在蒋委员长的掌控之中，可惊，可怕，他有些瑟瑟发抖。

3月16日的手术非常成功。第二天，杜聿明急匆匆地返回沈阳，却收到了郑洞国带给他的一个非常震惊的消息，南京方面派了范汉杰前来。杜聿明长叹一声："委座啊，委座——"他边喊着边哭丧着左右摇头，嘴里还含糊不清地说道："空耗、内卷、上行下效。罢了，罢了——"

东北的人事变化让牛秦川为之震惊，范汉杰也是黄埔一期，他的资历与杜聿明和郑洞国比肩。牛秦川长叹道："三个和尚没水喝的典故如今再现，真让人看不懂、猜不透啊！"

与此同时，南满分局的军政领导也遇到了一个棘手的大麻烦，那就是被俘的五千多名国民党官兵怎么办。四纵打了大胜仗，整个东北民主联军士气大振，欢欣鼓舞。北满和延安发来了贺电，但是中央领导敏锐地指出敌25师这种歼灭战属于特例，要坚持中央的战略战术原则，要以绝对优势的兵力，以我五到八个团甚至是十到十二个团，集中优势兵力歼灭敌人一个团。

第三十一章　洞房逃婚

集中优势兵力是需要人的啊！打仗没有人不行，但是在东北地区的人已经越来越少，能够当兵打仗的已被国民党军抓了壮丁了，剩下来的老弱病残还得留下来打粮种地，不然"荒地无人耕，衣食愁死人"。为此，现在主要的办法就是要转化俘虏，把国民党军的俘虏兵转化成我军的解放战士，这是目前提升我军战斗力最重要也是最主要的出路和来源。但现在，俘虏问题也让南满的军政领导头疼不已，因为这些被俘的国民党官兵傲气十足不说，反动观念还极深，每天都有人闹事。因此，这次没有采用给路费释放的俘虏政策，因为这些家伙放回去用不了一个星期就又会打上门来。

不释放这些家伙，五千多人每天人吃马嚼也是个问题，对于南满的物资供给来说更是雪上加霜。赵云鹏去俘虏营看了几回，他穿着俘虏兵的衣服几次混入其中了解情况，结果情况都不乐观，这五千多人中的大部分和未经改造的楚伟生完全可以相提并论。

赵云鹏把自己从红军时期到抗战时期长期探索的转化俘虏的工作经验，特别是到东北战场后探索的先开一次诉苦会，再看一场《白毛女》，最后搞一次政治教育，以达到思想认同、情感认同、政治认同总结出来，并一一附带上案例，结合如何解决南满当前大批俘虏要转化这个现实难题，写了一个《转化俘虏兵之初探》的报告。

报告完成后，赵云鹏让齐参谋送到南满首长机关去，供首长和机关参考。齐参谋刚刚出门就遇到了副政委魏马列。一直兼着独立旅三营教导员的魏马列拦住了齐参谋，称自己也要去南满机关办事，可以帮助代送一下这个材料。

齐参谋并未多心就把赵云鹏的报告交给了魏马列。魏马列翻看了一下，惊喜地发现赵云鹏所总结的这份《转化俘虏兵之初探》很有价值，顿时羡慕嫉妒恨爬上了心头。他没想到赵云鹏竟然如此了得，如果这份报告递上去，那赵云鹏在首长机关那里，不就变得更加吃香了吗？

看到赵云鹏在报告前附了一封信，而报告签名处还有空白，魏马列顿时感到一种莫名的喜悦和侥幸，他在报告的最后一页"赵云鹏"的旁边加上了自己的名字。对这份报告的利用，魏马列突然又有了一个新的想法……

董副政委知道赵云鹏与白晓芳到东北后，两人逐步深度了解，都被对方的魅力所吸引，感到情投意合，但就是没有提结婚的事。为此，董副政委精心设计了他们在临江的"偶遇"。这一天下午，赵云鹏、白晓芳一同去看望董副政委，董副政委在与他们交谈时问起了婚嫁之事，两人都面带羞涩地低头不语。一看就知道他俩非常般配又非常情投意合的董副政委，产生了今晚就为他俩办婚礼的念头,于是直截了当地问道:"你俩这么长时间了,赵云鹏也符合结婚条件,说说吧,我这个介绍人能不能当得上?"

瞬间明白了首长意图的赵云鹏,看了一眼神情复杂的白晓芳,腼腆而又大胆地说:"只要晓芳没问题,我就没问题,我回去就打结婚报告。"

白晓芳搓着衣角不表态。董副政委把这一切看成是女孩子的害羞和矜持,大手一挥说道:"打什么报告,我先口头批准,今天就把这事办了,回头报告再补上!"随即,董副政委就叫来张干事:"快带人把我的办公室腾一腾。"接着又命令王干事:"快搬张床来,与我那张床拼一拼!"然后,又叫来吴干事:"找一对枕头和一床被子过来!"最后还交代喜爱书法的文化干事老楚:"你去写几个结婚用的喜字,挂在新房里增加点气氛。"

就这样,经过临时动议的紧张准备,大家很快为赵云鹏和白晓芳准备好了办婚礼的"新房"。董副政委命令政治部十几名同志晚上到"新房"来喝杯喜酒、品品喜茶,对赵、白的结婚表示祝贺。

晚饭后,大家都带着喜悦的心情拥到了"新房"里。等大家都坐定后,新婚仪式在董副政委的亲自主持下开始了。

宣布结婚仪式正式开始后,赵云鹏和白晓芳在大家的相拥下分别戴上了一朵手扎的大红花,在众人面前他俩又互相拜了天地。大家你一言我一语地表达了对新人的一番祝贺。随后,肉罐头、花生米、瓜子、干果和几瓶烧锅子端了上来,董副政委与众人一起开怀畅饮。虽然物质很贫乏、条件很简陋、形式很简单,但大家都很高兴、很舒畅、很尽兴,欢欢喜喜,好不热闹。

天一黑,众人就很自觉地以各种理由抽身离开了。大家都走了,房子里显得空荡荡的,赵云鹏和白晓芳此刻好像做了一场梦,完成了要给大家看的一种"形式"。此刻,两人你看看我,我看看你,虽近在眼前,但又好像远在天边,变得陌生起来。这时,赵云鹏主动打破了沉默,往白晓芳旁边一坐,一只大手搁在了白晓芳两只纤细的小手上,用带着磁性的声音说道:"从今天起,我们总算在一起了!"白晓芳抬起头,用满脸僵硬的神情和呆滞的目光望着赵云鹏,反问道:"真的在一起了吗?"

此时此刻白晓芳内心非常矛盾和复杂,她真心地爱赵云鹏,与赵云鹏结婚,这是她内心期盼已久的心愿,但此刻她的头脑又异常清醒,她十分清楚地意识到,自己的家庭出身不好,必然会影响赵云鹏的政治前途。她多次问自己"你真的喜欢他吗?你真的爱他吗?",每次答案都是"真的!"。这时,白晓芳脑海里什么都没有,只有这句话不停地回荡着。伴随着这一回荡,白晓芳眼含泪水,久久地凝视着赵云鹏这个自己最心爱的人。她心里默默地念叨着:"真的好爱你,所以总是拒绝你。真的好爱你,所以要离开你。真的好爱你,所以要远离你。真的好爱你,所以要用全部的爱保护你!亲爱的云鹏,你能理解吗?你会懂的……"

此时此刻白晓芳比谁都明白:赵云鹏是如此热爱着这支军队和这身军装,是如此想为解放东北、建立新中国赴汤蹈火。如果两人结了婚,赵云鹏恐怕就会失去这一切,这是赵云鹏最痛苦的,也是自己最不愿意看到的。因此,绝不能让赵云鹏受到这种痛苦,应当把痛苦留给自己,将那份真爱深藏在心里。于是,她拿定了一个大胆的主意……

白晓芳害羞地抽出小手,对赵云鹏小声地说道:"云鹏,我想擦下身子,你去帮我打点热水吧。"

听到这温情脉脉的话,赵云鹏立刻站起身来,在房间里扫视了一圈,发现在墙角的脸盆架旁放着两个暖壶,而且还贴有"囍"字,他立即拿起这两个暖壶直奔炊事班打水。炊事班长看到赵云鹏来了,满脸笑意地打趣道:"新郎官亲自来打热水啊!知道政委你要用,正烧着呢,马上就好!"赵云鹏不恼反喜,憨憨地说了声:"谢谢啦!"只见木柴在灶台里噼里啪啦地燃烧,望着通红的火苗,赵云鹏想起了自己与白晓芳在小溪旁互相表白要永远在一起的情景,今天晚上终于要实现了。想到这儿,赵云鹏一下子眉开眼笑,百感交集的幸福感直往心上涌。

水烧开后,赵云鹏用木水瓢把滚烫的开水灌进暖壶里,然后拎起一对暖壶兴冲冲地返回新房。走到门口,他没有马上推门而进,而是咳嗽了几声,以示提醒,但是咳了几声也不见屋里有什么动静。他想,可能白晓芳怕冷上床盖上被子了吧。于是,他蹑手蹑脚地推门而入,然而,屋里却静得可怕,一点儿动静都没有,就连掉一根针都能听得见。赵云鹏用身子和屁股把门关上,然后转过身来一看,惊呆了,屋里一个人影也没有,走时什么样现在还是什么样。这时,他有点不相信自己的眼睛,但睁眼一看,再睁大眼一看,还是空荡荡的屋子,这才让他确定已是"人去楼空"。

赵云鹏想,人走了也不打个招呼吗?会不会有什么留言呢?想着想着,他又查看床上、枕头上还有办公桌上,果然,在办公桌上的台灯旁放着一张折叠的纸条。赵云鹏迅速上前,拿起折叠的纸条打开一看,果然是白晓芳写的,内容很简单:"云鹏,今晚办得很好,谢谢你!也感谢大家!我考虑再三,我们不能在一起。我走了,对不起!望多保重!"此时,一种复杂的、冲动的情感涌上头来,赵云鹏的内心像平静的海面卷起了一场暴风雨一样,他想哭,他想叫,他想大骂一场,他想大喊一阵,但夜深人静,理智告诉他这样不行,于是他坐在唯一的一把椅子上，面朝着婚床和床中央贴着的那个大"囍"字，含着眼泪、嚅动着嘴，自言自语地哭喊道："晓芳啊，我对你如此深爱，你为什么要人去楼空啊！晓芳啊，难怪前段时间我说什么亲近的话，做什么亲近的事你都拒绝，有时我实在是无法忍受！这是为什么啊？"赵云鹏接着哭喊道："我还控制不住偶尔的坏脾气，骂过你，现在想来，是我太笨了，笨得不懂得你的真爱、深爱！"

这时，赵云鹏突然清醒过来，他不由自主地上马追了出去。他想：不能让他深爱的白晓芳就这么夜里逃婚走了，这以后他这个政委该怎么见人啊！但跑着跑着，他又放下了赶马的缰绳，让马奔跑的速度减了下来。他擦了把汗，自言自语地说道："不追了，我明白了，她这是在保护我，是为了我宁愿牺牲自己的爱情乃至一切！"说着，赵云鹏翻身下马，爬到一个小土包上，遥望着白晓芳走远的方向，大声地喊道："晓芳——我知道为什么了，你……"赵云鹏一个人泪流满面地大哭了一场……

很快，因为工作的需要董副政委被调离了现在的岗位。新来的李副政委长时间在陕甘宁边区工作，对山东部队和东北的部队了解不多，正在苦于不熟悉情况无法开展工作之际，正所谓要打瞌睡就有人送来枕头，而这个枕头就是魏马列送来的。

在延安军政大学进修过、在中俄边境站干过几年、拥有丰富的基层工作经验，以及那篇联名的《转化俘虏兵之初探》心得报告，这些都让李副政委对这个为人热情又极爱聊天的魏马列刮目相看。

于是，魏马列几乎每天都往返十几里路前往首长机关，时不时还给吃不惯粗粮的李副政委捎上一点儿细粮。李副政委也被这浓浓的好意所感动。

魏马列趁机向李副政委建议：组建一个解放战士大队，作为专门转化俘虏的基地。这个建议与李副政委的想法不谋而合，他当场给予了赞许。但是对这个团级大队的主官人选如何配备，李副政委则一筹莫展。魏马列立即把握了时机，及时把赵云鹏推荐了上去。

于是，李副政委问道："小魏同志，我们南满军区面对一个重大难题，就是如何转化大批的俘虏，你说的这个赵云鹏究竟怎么样？"

魏马列脸一红道："首长，您可以去我们旅了解了解情况，考核考核赵云鹏。"

南满军政首长的碰头会上，李副政委提出："据我调查了解，为了解决大批俘虏转化的问题，我们有必要组建一个解放战士大队，专门把国民党俘虏兵转化为解放战士。"话音刚落，与会的同志都表示赞同，大家把它顺口地叫作"解放

第三十一章 洞房逃婚

大队"。有了单位，那叫谁来牵头负责呢？李副政委又拿出了赵云鹏关于转化俘虏的心得和经验，说这个人比较合适。与会的同志对赵云鹏都比较了解，觉得把能力这么强的一个同志安排去做转化俘虏的工作，有点大材小用了。而且最近敌人进攻态势明显增强，据有关情报分析，敌人正在策划一次针对南满的大规模进攻。再者，现在借着土改的强劲势头，对我扩军工作十分有利，独立旅扩编为三个团的独立师已提上议程。在这种情况下，把赵云鹏这个旅政委抽走合不合适？

李副政委提议的人选未能得到大家的同意和支持，这让刚刚来主持政治工作的他感到有点郁闷。

到南满机关办完事的魏马列没有马上回去，而是打定主意要去单独拜见一下李副政委。经请示，李副政委让他去办公室等一等。临江冬天的夜晚黑得早，拉得长，这天雪花飞舞，寒风刺骨，魏马列从下午不到四点，就开始去李副政委的办公室兼宿舍的门前等着。虽然屋外的树上光秃秃的，路上冷冷清清的，但屋子里却灯火通明，李副政委一直在谈话和开会。魏马列一直等到天空像被墨水涂抹得浓黑起来，他才等到李副政委把门打开，叫他进去。一进门，李副政委就问道：

"你吃饭了吗？"

"我不饿，跟您见一面，我就回去自己解决！"魏马列不好意思地说。

"哎哎哎，那怎么行？这么远道而来，又到了饭点儿，一起对付一下吧！"正说着，一个人给李副政委送来了晚餐：两块玉米饼子、一小碟芥菜疙瘩咸菜、一碗清汤寡水的糁子粥。看到李副政委这么客气，魏马列立马把自己带来的两瓶地瓜烧递了上去，说道："天气这么寒冷，您喝点吧。"在物资紧缺的临江，地瓜烧是能喝到的最好的白酒，相比朝鲜用桦树皮酿造的、一喝就头疼的白酒，地瓜烧已经算得上"仙露"了。

忙了一天的李副政委看到魏马列也没吃饭，天气又这么寒冷，说了一句："那一起喝两杯吧！"于是，魏马列陪着喜欢小酌几杯的李副政委边喝边聊起天来。酒至微醺时，他觉得一股怒火涌上心头，心想：上次自己匿名反映赵云鹏的一些问题，结果不仅没有查出来，赵云鹏的帮凶钟守田还站在旅部门口大骂，要打折我的胳膊、扒了我的皮！这一次凭我掌握的第一手材料，我一定要实名举报他，今天就是最好的机会！于是，魏马列趁着酒劲儿说道："军委部署的新式整军运动开始后不久，我就负责旅里的'三查三整'工作。随着查整的深入，我按照查阶级首先要查出身的要求，做了一番调查，发现了一些问题！"

"什么问题？你慢慢说。"李副政委打断了一下，又让魏马列继续说。

"有同志举报我们政委赵云鹏隐瞒了出身，他不是什么富农，而是地主乡绅阶级家庭，否则赵政委怎么可能在燕京读大学呢？前几天我还问过他的对象，就是宣传队的副队长白晓芳，她家里也是大地主，而且还是恶霸呢。前段时候部队撤离本溪的白家沟，'还乡团'惨案就是白晓芳的大哥白晓虎带人干的。"

李副政委一听顿时吓了一跳："你有真凭实据吗？这话可不能乱说啊！对一个旅主官特别是旅政委来说，这是一个严肃的问题，隐瞒身份就是对党不忠诚，是政治品质问题！"

魏马列急忙掏出了小本本："这是钟守田旅长和赵政委对话时谈起的。另外，赵政委生活上腐化，还帮钟旅长盖了新房，里面的木制的浴桶、浴缸都是打土豪分的浮财，这是公然侵吞公有财产。上次钟旅长带人淘金沙他们就藏起了一部分，后来是当时的董副政委卖了自己的小银箱才堵上了缺口。"

李副政委越听越吃惊，他不敢相信在众多领导口中要被委以重任的赵云鹏竟然有这么多问题，于是眉头紧锁地看着魏马列道："这么多问题你为什么不早反映？"

魏马列一副受了委屈的模样，甩一甩手说："赵云鹏受到首长的器重，几次出了问题都是董副政委包庇他，旅里谁敢说个不字？"

刚来不久，急于打开局面的李副政委认为这是严肃的政治问题，也是一个打开工作局面的契机。于是，他心想：既然旅副政委亲自上门来反映旅政委的情况，那就要把这个旅政委赵云鹏好好审查一番！这也是上级一再强调要纯洁组织的需要啊！这时，李副政委意味深长地看了魏马列一眼，掂量了一下手里的小本本，心里嘀咕：你这个魏马列也不简单啊，没事就拿个小本本记来记去，这种人自己往后也要多多留神才是啊！

不久的一天，在南满根据地领导碰头会上，李副政委抛出了一枚重磅炸弹。与会的领导都感到非常惊讶，李副政委刚来南满工作不久，怎么突然一下变得如此了解情况，而且都是关于赵云鹏有问题的情况？李副政委给大家出示的证据，是魏马列的一个小本子，其中个别领导觉得这个小本本非常熟悉，却又一时想不起来在哪里见过。

当即也有领导提出："仅凭一个小本本就对一个领导干部进行审查，是不是太不慎重了？再说，独立旅在赵云鹏和钟守田的领导下战斗力不断增强。前段时间赵云鹏在土改、新式整军、转化战俘方面也做得非常出色。"

李副政委也随即表示："我的目的是出于保护赵云鹏，下面的同志找上门来反映他的问题，不调查调查也不好交代。当然，我们不会冤枉任何一名干部，相信赵云鹏也会理解和相信组织的。"

第三十一章　洞房逃婚

于是，会上通过了赵云鹏调离独立旅政委，去新组建的解放战士大队任大队长兼政委，专职负责转化战俘工作，而独立旅的政委则由现在的旅副政委魏马列担任。

对李副政委的提议，几个领导打了"横炮"。除了李副政委外，参会的领导干部都认为，魏马列可以代理一段时间，等调查赵云鹏的事情水落石出后再任命也不晚。

李副政委会后把情况给魏马列介绍了一下，魏马列主动申请负责调查赵云鹏隐瞒出身等问题，这被李副政委坚决否定了，他说："你也是独立旅的代理政委，负责调查政委赵云鹏不太合适。你还是把精力放在抓全面工作上吧！独立旅的战绩是有目共睹的，未来还有可能扩编成立独立师，小魏你要好好干才是！"

魏马列兴奋异常，这是他第二次代理独立旅政委的职务，第一次屁股还没坐热就匆匆下了台，这次首先要好好总结一下上次的教训。经过认真的总结，魏马列认为：上次的教训主要是没有"自己人"，这一回要先从培养"自己人"抓起，在这方面一定要下一番功夫。

赵云鹏被免职调查后，钟守田一直感到心里憋屈和窝火，在他看来赵云鹏肯定是被人陷害了。因此，这些天他常常独自一人抽闷烟，边抽边寻思着：把赵云鹏弄到这么一个说团不是团的地方任政委，这不明显是下放边缘化吗？

这天，在独立旅的旅部，钟守田当着来收拾东西准备走的赵云鹏，把桌子拍得啪啪作响，扯着大嗓门道："什么出身，这对这么多年出生入死的人重要吗？只要铁了心跟党走就行了嘛！咱们东北民主联军里，有的领导家是大地主，有的领导家还是大资本家呐！贺老总当年不还是军阀吗？怎么了！你赵政委家是乡绅还是富农谁认定的？湖南现在都还没解放呢。让老子抓住这个告黑状的臭小子，我要把他胳膊打断插屁股里面当烧鸡卖了！"

赵云鹏听到后立即纠正他说道："老钟，什么话？闭嘴！快闭嘴。"

钟守田一屁股坐在桌子上，气呼呼地说道："憋不住了，我一会儿就去找首长。这一级解决不了，我就找上一级，东北民主联军没人能解决，我就去找党中央，总要有个说理的地方。"

赵云鹏把钟守田赶下桌子，用严肃的口吻说道："记住两点：一个是，要对搭班子的魏代政委尊重一点儿，干什么工作都一样，都是党和人民的事业，不是你我个人荣辱得失的小账本。再一个是，关于转化俘虏兵和土改工作的经验教训都是大家一起组织总结的，我们不搞，让谁去呢？这么多顽固的国民党俘虏兵就是一颗随时可能引爆的炸弹，把他们转化过来，站到人民的一边，你心心念念的炮兵不就有了吗！征兵工作有多难你见过的，南满四个县能有多少青壮年？以后仗会越打越大，俘虏兵也会越来越多。我可以断定，不久的将来，转化的俘虏兵将成为我军补充兵员的主要渠道！解放战士将成为我军基层战斗力的主体！不要看不起这些解放战士，将来，战斗英雄都会从他们中成长出来的。"

原本来到独立旅准备安抚一下赵云鹏情绪，顺便了解一下独立旅工作情况的李副政委，尴尬地站在窗外一动不动。听完赵、钟对话的李副政委也略微有了点犹豫，赵云鹏这种觉悟的同志会是不稳定和动摇分子吗？显而易见，他是绝对不会的。

李副政委觉得时机不妥转身离开。收拾好行李的赵云鹏带着马德礼、楚伟生徒步轻装简行，前往俘虏转化大队报到去了。

很多官兵听说赵政委受了委屈要走，纷纷来到了旅部，房土根、王铁柱、高大力几个人情绪最为激动，得知赵政委已经出发，房土根蹲在地上抹起了眼泪。

赵云鹏刚刚走出营区，一辆美制吉普车急速驶入独立旅机关驻地，车上坐着的魏马列一副洋洋得意的样子，在车上频频向路人招手。官兵们一见是魏马列，都感到像吃了苍蝇一样恶心，纷纷扭头离去。钟守田气呼呼地"砰"的一声关上了窗户。这一切全部被李副政委看在了眼中。

第三十二章　信仰是世间最大的力量

　　长白雄东北，嵯峨俯塞州。坚冰连夏处，太白接青天。
　　冬日的长白山，银装素裹，千山鸟飞绝，万径人踪灭。
　　大战在即，开会回来的钟守田却发现魏马列拉着十几个干部在旅部开小会。这批干部是上级补充给独立旅的，一到旅里就马上被魏马列抓住，天天扭在一起，美其名曰熟悉情况。
　　魏马列意识到了钟守田与自己之间的问题所在，相互看不上，这是一个死结，之前有赵云鹏这个润滑剂在，还能维持着关系，现在两人几乎是相互不搭理。钟守田还十分霸气地给了魏马列一句："你是政委管政治工作和生活，我是旅长管作战。"
　　结果就是这么一句"政委管生活，旅长管作战"，被魏马列告到了上级。如果不是大战在即，"不讲政治"的钟守田一准要进补训班"深造"。
　　于是，魏马列也有自己的"小办法"，那就是鼓励全旅干部战士相互揭发，什么不讲政治，含沙射影，说怪话，投降主义等。一向牢骚颇多的一营长方吉洲被抓了典型。魏马列不但关了方营长的禁闭，大会小会点名批评，还暂停了他的职务。
　　这可急坏了钟守田，但是无奈旅里的干部人事任命权捏在政委手里，代理政委也是政委啊！若不及时调整配备干部，这个仗就不好打。这时，钟守田突然发现离了赵云鹏怎么什么事都变得难办了。
　　魏马列的高招让独立旅团结一心的局面慢慢消失，一些人忙着拉帮结伙，解放战士的处境变得更难了。魏马列要求他们以实际行动证明自己不是红皮白心，要积极地参与检举揭发。
　　自从在本溪误杀了土改队长后，冯进军就一直提心吊胆，因为他注意到了赵云鹏政委似乎一直没有放弃追查。本溪土改是赵云鹏当初亲自一手抓的，所以一直穷追不舍。
　　几次从梦中惊醒以为东窗事发的冯进军，这回终于盼到了赵云鹏被调离政委位置。但是，他又很不喜欢魏马列那套爱打小报告的作风，痛恨整人的卑劣手段，总想找个机会调走，或者，与魏马列发生一次冲突也可成为调走的理由。

刚刚返回旅部驻地的冯进军，与卫生队的赵红梅碰巧遇到。两人一对视都露出了微笑，好像双方都对上了眼。冯进军知道上次自己负伤就是她照顾的，美好的印象一直存在心底。赵红梅自从到卫生队当护士以来，还从来没有跟谁对上眼，她把这件事告诉了自己的闺蜜白晓芳。白晓芳哈哈大笑了一番，告诉她两句秘诀："对上了眼就去追，贴上了心就跟随。"这时赵红梅一直在苦苦寻找机会，只是冯进军太忙，一直没有进入程序。

被"下放"到解放战士大队的赵云鹏很快进入了角色，因为他感到转化俘虏的工作确实太重要了，也非常紧迫，现在南满军区上下都等着这大批俘虏转化的兵员呢，所以赵云鹏没有时间去想自己的事，但忙了一天后，等到夜深人静的时候，一种委屈又无奈的情绪控制不住地往上爬。赵云鹏不停地问自己：到东北来，这已是"三起三落"了！过去几次，之所以能挺过来，总感到忍耐是最大的力量。现在看来，过去的认识还不到位，仅靠忍耐是不够的，信仰的力量大于忍耐的力量，信仰才是世界上真正最大的力量！想到这，赵云鹏感到眼睛亮了起来，身上一下轻松了许多。他又细细地品味了一下刚才冒出来的观点，觉得找到了信仰这个最根本的东西。信仰不是空的、虚的，它是实的，是看得见摸得着的。只要我们有忠诚、有担当、有追求，信仰就会树起来。我们就是要靠信仰来引领前行，靠信仰来凝聚力量！

从感悟到忍耐，再从忍耐到信仰，赵云鹏的思想发生了飞跃，他对任何困难和挑战都充满着无比乐观的态度，对明天和未来都充满着无比坚定的信念。

按照赵云鹏的要求，白晓芳明天将带着部分宣传队员来解放战士大队演出，他想看看以往战无不胜、攻无不克的《白毛女》，对这些受国民党宣传影响较深的俘虏兵会有什么效果。

久别重逢的白晓芳来到赵云鹏身边，经历了逃婚事件，突然感到两人之间竟然有点陌生，也许是这回分别得太久了。白晓芳已经从各方听说了赵云鹏的"罪名"：不仅隐瞒了自己乡绅阶级出身的家庭，还找了个大地主的女儿谈恋爱，而且这个恋爱对象的哥哥还有血债……这些天，白晓芳为此烦躁不安，思想负担很重，她总是在想：如果自己与赵云鹏真结合在一起，那不是雪上加霜吗？赵云鹏还有政治前途吗？"乡绅""大地主""血债"，哪个不是严重问题？幸好那晚坚决地"逃婚"出来了，否则，不是把自己最心爱的人往火坑里推吗？白晓芳越想越不安，越想也越放不下心。她真担心自己心爱的赵云鹏会被击垮！

看到一个堂堂的旅政委被下放到解放战士大队做俘虏工作，白晓芳觉得他太

第三十二章　信仰是世间最大的力量

受委屈了。但赵云鹏却好像没事人一般。

白晓芳在一旁静静地、久久地望着赵云鹏，虽然有千言万语想说，但此刻又觉得一句也说不出来。突然赵云鹏感到胃疼起来，蹲在地上，豆大的汗珠不断地往下滚落。白晓芳赶紧把马德礼叫过来，一起给他擦汗，喂些温开水。看到赵云鹏痛苦地昏睡过去，白晓芳心如刀绞、心痛不已，躲在一旁偷偷地流眼泪。

白晓芳这次见赵云鹏，总是刻意地保持一定的距离。尽管这让赵云鹏很不自然，但他正在慢慢地适应，因为他已非常清楚，这是最爱他的女人在一无所有的情况下，在自己都不知道哪天会怎么样的无奈情况下，还想着时时处处保护着自己，这是世间多么善良的女人！这是何其纯真而又崇高的爱啊！赵云鹏突然觉得自己作为一个男人，头一次感到有股力量在他脑中敲门，告诉他：你不要说你是不是一个顶天立地的男人，只要是一个有血有肉的男人，就要用一生的真诚去爱这个女人。因为不爱这个女人，一辈子就白活了！

虽然此刻，他俩连手都不敢碰一下，但他们的心已经紧紧地贴在了一起，他们的情已经深深地融合在了一起。这时只要"嗖"的一声有一颗子弹打来，他俩谁都愿意为对方去挡枪眼，为爱到骨髓里的人无私地献出自己宝贵的生命。

白晓芳将全部的精力投入工作之中。现在她们的宣传队已经是鸟枪换炮了，这要完全感谢李正谊25师的军乐队。但是解放战士大队的一些工作人员并不明白地问："这帮反动派让他们活着就不错了，怎么还给他们看演出呢？"赵云鹏对此也不解释，微微一笑地说："试试吧，看看有没有效果。"

傍晚，《白毛女》在优美的旋律声中拉开了序幕，白晓芳扮演的白毛女随着《北风吹》的曲子出场。台下的俘虏兵们第一次全体沉默，那么安静，大家都静静地观看着演出，就连平日里反动顽固到了骨子里的几个反动军官也自觉地闭上了嘴。

当黄世仁的"狗腿子"举起鞭子的时候，一名大个子、络腮胡的国民党兵立起身子，大吼一声："住手！"随即，一只大头皮鞋被扔上了临时搭建的戏台上，随后，像雨点般的大头皮鞋被扔上了上去。看到这一状况，赵云鹏迅速记下了情绪激动的几名俘虏兵的名字。

这场演出几次出现了观众群情激愤的场面，都被赵云鹏在现场控制和平息了下去。总的来看，演出激起了绝大多数俘虏对地主阶级和旧社会的仇恨，达到了情感认同的目的。

演出后，赵云鹏很想找白晓芳聊一聊，可没想到被白晓芳冷淡地拒绝了，这对赵云鹏是个无情的打击。他拖着沉重的步子，一脸疑惑地回到了自己的宿舍。

说是宿舍，其实就是简易的民房，巴掌大的房间，两张桌子，白天卷起行李来办公，晚上当作床来用。

赵云鹏离开后，白晓芳再也控制不住自己的情绪，捂着嘴尽量不让自己发出哭声，但心中的委屈和伤痛冲破了情感的大门，号啕大哭了一场。白晓芳心里是最明白的：她是多么爱赵云鹏啊！这个心爱的人现在又多么需要她的爱啊！但现在面临着赵云鹏承受的种种政治压力，自己多爱赵云鹏一分，就可能加重他一分痛苦，这不等于是往伤口上抹盐，害赵云鹏吗？

想到这里，她觉得：为了自己所爱的人，必须坚决地、彻底地放弃这份宝贵的爱情，但她又怕自己做不到，会连累赵云鹏。要割舍这种爱恋，就像割自己身上的肉一样痛苦。就这样，泪水整整一夜在洗面，泪人天黑天亮未入眠。这种愁，是千万种思恋纠结在一起的愁，是剪不断理还乱之愁，是恰似一江春水向东流的无穷无尽之愁。

对白晓芳的无比痛苦和万般无奈，赵云鹏不是不懂，他总是想突破一下，但越是想努力靠近一点儿，白晓芳越尽力拉远一点儿。赵云鹏越是追得紧，白晓芳越是拒之狠，这让赵云鹏陷入了深深的痛苦之中，同样，也使白晓芳陷入了深深的自责之中。

深夜，解放战士大队的营房内观看了《白毛女》的国民党俘虏兵几乎个个都含泪难眠，有些甚至整夜未眠，他们中的很多人在抗战时期跟共产党打过交道，他们知道共产党有释放俘虏、发路费、让回家的传统，但是这次他们却被关了起来，这让里面被俘的国民党军官开始忐忑不安起来。

俘虏兵们开始小声地交谈，他们在分析白毛女的故事。很多苦出身的俘虏兵都有过类似的经历，他们也不大相信共产党会真正毫无代价地把土地分给农民。

国民党军官们也三五成群地凑在一起，他们听说过共产党的政治宣传厉害，没想到一出《白毛女》，就能让原本铁板一块的25师俘虏之间产生了间隙，有的说好，有的骂"中毒了"。

第二天清晨，早有预谋的国民党军官们开始组织俘虏兵们闹伙食。赵云鹏并未阻止俘虏兵们的行为，而是把带头的全部集中起来，押着他们离开解放战士大队。以为要被拉去枪毙，这些刺儿头当即服了软。赵云鹏则嘿嘿一笑："枪毙你们多浪费子弹啊！"

这话吓得几个俘虏兵当即跌倒，哭喊着是他们连长何大峰指使的。赵云鹏并未惩罚这些人，而是带着他们去观看驻地部队领导、南满分局机关干部和首长们的早餐，早餐全部都是粗粮黑面窝窝头，条件好的食堂会有一些腌菜，仅此

第三十二章 信仰是世间最大的力量

而已。

无话可说的刺儿头们被放了回去。俘虏工作不好做，尤其是面对国民党精锐部队被俘的俘虏兵更是难上加难。通过一周的了解，赵云鹏拟定了一套方案，准备从他们的内心开始做政治转化工作。

赵云鹏首先了解了一下，俘虏兵中有哪些人是受剥削和压迫的。经一摸底，发现占了绝大多数，于是他更有了信心。他先是把天天闹事、背后鼓动的国民党军官挑了出来，让士兵们单独集中在一个营区，与他们一一交谈，让他们把自己家受剥削、受压迫的"苦难史""血泪仇"一一讲出来，让有文化、会写字的人帮他们记录下来，准备好材料。

然后，赵云鹏又精心地布置了一个开诉苦会的会场。主席台上摆了一张桌子，桌子后上方挂上了一条横幅，写着：耕者有其田；横幅下面的两边挂着一副对联，一边写着：我们不是土地的奴隶，另一边写着：我们是土地的主人。一天下午，赵云鹏把全体国民党俘虏士兵都集中起来，开始开诉苦会。大家席地而坐。他简单作了个开头，就让俘虏兵们一个个上台，自己讲"诉苦课"。

赵云鹏走到队列前说道："我们以前在山东打鬼子的时候，那会儿搞的是减租减息。我有一次下到驻地附近的村里，几个大小地主和农救会长把我围住了报告好消息，他们村减租了两千九百担。我一听乐了，给农民佃户减轻了这么多负担，好事啊！但是在场的农户脸上却看不到喜悦，我觉得这里面有问题。"

赵云鹏喝了口水，接着说："所以啊，晚上我带着警卫员悄悄地进了村，走了几户农户，都是一贫如洗，隔夜粮都没有。最后一个胆子大的老汉告诉我，这大小地主联合收买了农救会长，减租减息前地租是每亩六担，他们先把地租提到十担，然后减少到七担，比原来还多了一担，这日子自然越过越苦。"

赵云鹏环顾在场解放战士各异的表情，很多人悄悄地议论起来，显然有不少人遇到了这种情况，于是继续加了一把火："同志们，这个问题当时比较普遍，地主阶层想尽各种办法对付减租减息。他们强调是地主养活了农户，富人养活了穷人，这是真的吗？到底是谁养活了谁？地主通过不断的剥削把农户的土地逐步侵占，失去土地的农民成了雇农和佃户，要靠着给地主种地才能维持生计，这就是地主所说的他们养活了农户？但归根结底，粮食不会从天上掉下来，而要靠汗滴禾下土的辛勤劳作而得来，是农户养活了不劳而获的地主。我们共产党现在就是要把土地平均分给农户，实现耕者有其田，要让全天下的老百姓都能得到属于他们自己的土地。"

在场的解放战士眼中燃起了一股希望之火，自发地响起了热烈的掌声。赵云鹏把握时机接着说道："同志们，我们共产党搞土改，就是要把土地分给你们，让你们成为土地的主人。我们现在所到各处，第一件事就是把土地分给你们，所以，我们是为了土地而战，当我们有了土地，就要为保卫土地而战。获得土地也好，保卫土地也好，我们都必须推翻地主阶级，而地主阶级背后最大的靠山就是蒋介石。"刚说到这儿，俘虏兵们就举起手高呼："打倒蒋介石，解放全中国！"赵云鹏一听，为之一振，也一起举起手臂高呼口号，一时间口号声震天动地、响彻云霄。

诉苦会结束后，当天晚上，赵云鹏和白晓芳又给国民党俘虏兵们加演了一场《白毛女》。

诉苦会使俘虏兵思想得到了认同，在此基础上，再看一场《白毛女》，又使得俘虏兵的情感得到认同，在这两个认同的基础上，再添把火，上一堂政治课，让俘虏兵进一步认识到，推翻地主阶级就必须打倒他们背后最大的靠山蒋介石，加上这一个政治认同，就自然形成了"三个认同"。这"三个认同"叠加在一起，真是奇力无穷啊！每当回想起这些探索，赵云鹏都兴奋不已。他感到，自己好像找到了一把金钥匙，获得了一个可以战胜一切敌人的强大法宝。

连日来，赵云鹏开始带着俘虏兵们参加地方的生产劳动，修桥铺路，让俘虏兵不断增强认同感。很多俘虏兵一开始是抵触和抗拒的，当地很多群众对这些俘虏兵也指指点点。为此，赵云鹏就带着他们去参加土改，亲身感受分田分地的喜悦。

俘虏兵们从当地群众的口中了解到，原来共产党分地是真真实实的，当不当兵都能分到土地，但是军属的待遇要比一般群众高一些，尤其是门上挂着的军属木牌也让俘虏兵们羡慕不已。

之前带头扔鞋的大胡子叫黄守义，河南人，家里的几亩薄田被地主侵占，父母与其理论被打成重伤去世，他一气之下烧了地主的宅子逃跑参军。这么多年他心心念念的就是夺回家里祖传的几亩薄田。

凑到赵云鹏身旁的黄守义胆怯地询问道："长官，你们要是打到了河南，也会把地分给俺们吗？"

赵云鹏见大量的俘虏兵都凑了过来，点了点头说道："共产党就是为天下老百姓、为穷苦人打天下的。土地改革就是党中央、毛主席要让全中国的老百姓耕者有其田，不被地主恶霸剥削，推翻压在人民身上的帝国主义、封建主义、官僚资本主义这三座大山，让人民当家作主。"

一旁一名高个瘦弱的俘虏兵吸了一口凉气，拼命地举手示意要发言，然后用

第三十二章　信仰是世间最大的力量

带着疑虑的口气问道："乖乖哩，真分地啊！那我们这些被俘虏的和在国民党当兵的家里也给分吗？"

赵云鹏微微一笑，回答道："你们只要参加了人民军队，你们就不是俘虏兵了，你们就是解放战士，明白吗？"

高个瘦弱的国民党俘虏兵皱了皱眉头，疑惑地问道："这不还是要让我们掉转枪口吗？还是要上战场当炮灰哩。"

赵云鹏摇了摇头，用引导的口气有力地问道："那我问你，你们之前是替谁在打仗啊？"

赵云鹏的话启发和引导着俘虏兵重新认识自己，重新认识土地与自己的关系，让他们看到了一片新的天地。

第三十三章　皈依之门

大杂院里面的俘虏兵越来越多地聚集在了赵云鹏身旁。面对赵云鹏提出的替谁打仗的问题，一群俘虏兵七嘴八舌，有的说是替长官，有的说是替有钱人，有的说是替国民党。一时间，众说纷纭，却没有一个人能说明白他们到底在替谁打仗。

赵云鹏见火候差不多了，于是站到一个磨盘上，披着衣、叉着腰，大声地说道："你看看你们，连替谁打仗都没搞明白！还能打胜仗吗？"

有个俘虏兵不服气地说道："我们从山海关一路把你们打过松花江，你们现在就剩下南满不到四个县的地盘了。"

赵云鹏微微一笑，说道："你们国民党仗着美式装备自恃精锐，那么你们怎么在这里了？我们共产党是为了老百姓不再受欺压、不再受剥削和压迫而打仗，这些老百姓包括你们，也包括你们的父母家人。你们加入我们，是为了你们自己在打仗，是在保卫你们自己分得的土地啊，为获得自己的土地而战！我们会越打越多，国民党军会越打越少。得道多助，失道寡助。大家清楚了吗？"

黄守义激动得脸庞涨红，嚷嚷道："长官，俺要加入你们，你看俺成吗？"

赵云鹏微微一笑："好啊，人民军队欢迎你的加入！你是什么兵种？"

黄守义嘿嘿一笑："一零五榴弹炮连班长。日制的、美制的、老毛子的山炮、加农炮，俺都行！"

赵云鹏顿时一惊，心头一喜，钟守田心心念念的炮兵这不是有了吗？于是用力握住黄守义的手，大声说道："欢迎你！"

黄守义也激动地点了点头："中啊，中！"

一旁的高个瘦子起身，郑重地敬了个礼说："长官，我叫刘凡，榴弹炮营文书，械修员，我也要加入你们，打回陕北老家也能给我家分块地吗？"

赵云鹏郑重地点了点头："能！"

一瞬间，大院像被点燃了一般，积极要求加入东北民主联军的国民党俘虏兵被全部登记在册，上报了军区。

赵云鹏还将典型楚伟生推了出来，进行现身说法。75团的楚伟生在国民党军

25师可谓人人皆知：大学生当兵，又精通英语，给美国人当过翻译，参加过盟军的丛林特别队。后来他弃暗投明，阵前参加了我军，让很多人非常不理解。

楚伟生把自己被俘的经过和转化的来龙去脉，给俘虏兵们一一作了介绍。众人才得知楚伟生是通过实现思想认同、情感认同、政治认同而转变为解放战士的，并英勇作战立下了战功。

楚伟生还给俘虏兵们介绍了我军的俘虏政策，鼓舞国民党俘虏兵加入东北民主联军。他说："共产党不歧视俘虏兵，尊重每一个士兵，把你当人看。你只要仗打得好，能立功，照样能成长进步。现在就加入的话，打不了几仗你们也成了老兵，甚至可能比我立的功还多，必能成为人民军队的战斗英雄！"

几个月下来，赵云鹏总结了许多按层次、分类别的区别做好俘虏转化工作的经验，尤其是将国民党军官与士兵分开进行管理和转化，很多死硬顽固分子的转化工作也就能顺利地开展了。

李副政委看到上报的工作报告，看到一批批不同类型的国民党俘虏被转化过来并选择加入我们的队伍，其中还有一些我们急需的技术兵种，他感到震惊不已，点着头说道："这个赵云鹏真有一把刷子，别人头痛的事情，他短时间就解决了。"说着，他立即叫来机关的同志，询问道："对赵云鹏的调查进行得怎么样了？"机关同志立即询问了调查组。调查组的王干事向李副政委口头报告道："出身问题还在协查。白晓芳的事情她本人提交了说明，说她与赵云鹏已停止婚姻关系。董副政委那边也提交了不存在贪污的证明材料。剩下的都是些捕风捉影的事情。从调查情况来看，赵政委在独立旅的威望很高，是出了名的文武双全的好干部，据说他离开之后，独立旅一下子没有了主心骨，还出了不少问题呢。"

李副政委披着大衣，在房间里面来回踱步："'三查三整'是党中央部署的，查阶级，当然要涉及出身成分问题，处理这个问题很有政治，也很有策略啊！这里面关键是要看对组织是否忠诚，再等等看，到底情况咋样。"

于是，他慢慢地回忆道："我最近看了一个上级的情况通报，晋冀鲁豫野战军在查阶级出身时发现了一些问题，不少带部队的高中级指挥员，虽然家庭出身不好，但他们都是很早就参加革命的，不少都经过了二万五千里长征的考验。还有一些虽家庭成分不好，但也是经过多年严格考验的同志，现在都掌管着机要工作。另外，还有一些领导干部因某种原因与一些家庭出身不好的同志结了婚，如果通通把他们划成家庭出身不好而停止工作，那将对正在进行的国共战略决战带来极为不利的影响。"

说到这儿，李副政委端起茶杯喝了一口水，清了清嗓子又继续说道："据上级有关材料介绍，毛主席在看到晋冀鲁豫野战军提出这个问题的报告后，迅速作出了指示，要求各大野战军可根据自己的实际情况研究制定相关政策。于是乎，各野战军都纷纷行动起来，制定起有自己特点的政策。晋冀鲁豫野战军就我军干部与出身不好的地主、富农的女儿结婚怎么办的问题，就制定了十六条具体的可操作的政策规定。比如，夫妻感情不好的可离婚；感情好的可以不离婚，作出说明和鉴定后，可继续担任指挥员工作，等等。毛主席看到这方面的大量情况反映后，为此，专门就这件事写了一篇文章，题目是《政策和策略是我党我军的生命》。所以呀，在'三查'中查出身的问题，我们可千万要把握好政策哟！对了，那个魏马列怎么样？"

王干事微微一愣："李副政委，你说的这些太及时了，对我们调查赵云鹏的问题提供了很重要的政策依据。"接着，王干事又说道："我对魏马列不熟悉。"

王干事说完就走了。李副政委觉得王干事这句话好像有所保留。从初步调查赵云鹏的问题来看，魏马列这个人也值得注意。看来自己来民主联军后工作急了一些，选的这个打开工作的突破口可能有点问题啊！

独立旅方面，在魏马列为降低钟守田的威信而刻意主导下，独立旅内部形成了几个"小山头"，极大地影响了独立旅内部的团结，影响了部队的凝聚力战斗力。并且魏马列还将全旅官兵按出身成分划分，平日里对分配到独立旅的新干部大肆拉拢，对解放战士则吹毛求疵，大加斥责羞辱，几乎让解放战士承担了全部的公差勤务。解放战士口中的魏马列比旧军阀还不如。

两名从解放战士大队分配到独立旅的战士，因被连续分配淘旱厕与魏马列发生了争执，因为他们提到是听赵云鹏政委说东北民主联军是官兵平等、不搞歧视，才选择留下来的。

这句话彻底激怒了魏马列，于是安排警卫连对两人进行了体罚。

当晚，独立旅罕见地出现了逃兵现象，两名认为被体罚了的解放战士趁着换岗就直接逃跑了。看到这种情况，钟守田找魏马列大吵了一架。

赵云鹏针对国民党普通士兵的战俘转化做得非常成功，但是对国民党军官的转化则并不太顺利，因为这些军官中多数是奉行所谓三民主义的"死硬派"，很多家庭富庶，文化学历高，黄埔校毕业，想转化他们单单依靠诉苦会和《白毛女》还是远远不够的。

前方不断给解放战士大队送来国民党俘虏，赵云鹏直接对这些俘虏进行成分甄别。由于《白毛女》配合诉苦会，让俘虏兵找到受剥削压迫的根源，明白"为谁扛枪，为谁打仗"的道理，加入人民军队是为保卫自己的土地而战，因此，转化俘虏兵有奇效。于是，白晓芳的宣传队就常驻解放战士大队，几乎每晚都安排十分接地气的演出。

但是，俘虏兵们纷纷表示最喜欢看的还是《白毛女》，几乎所有的人每次看后都哽咽不止。有的俘虏兵开始讲述自己的父母种了一辈子的地，却没有一块地是自家的，劳作了一辈子，最后还是被活活饿死。

也有俘虏兵称家里的老娘织布织瞎了眼睛，临死都凑不齐没有补丁的寿衣，一身衣服补了又补，无数的补丁，最后一称足足十几斤。

出来控诉的国民党俘虏兵越来越多，越来越多的俘虏兵表示自己要当解放战士。以往在解放战士大队极具控制力的国民党军官们失去了往日的威严，因为他们也察觉到了，国民党的腐败无能是出在了根子上，无力回天才是最真实的写照。

赵云鹏尝试用不同的方法转化国民党军官，他将这些人分为死硬派和顽固派，根据转化楚伟生的经验，首先从思想观点上击溃他们、驳斥他们。赵云鹏认为，解决思想问题是解决一切问题的前提和基础，思想不端正，一切行为就会走歪！他引用《东北日报》一篇题为《这是部队教育的方向》的文章的观点，阐明转化俘虏兵，不是国民党丑化的那样，搞了一套什么宗教的魔法，而是让俘虏兵真正明白：自己不是土地的奴隶，而是土地的主人，只有推翻地主剥削阶级，打倒他们背后的大靠山蒋介石，才能耕者有其田，人民真正当家作主。同时，也让他们看到人民军队官兵是平等的，只要英勇战斗，就会被授予荣誉称号而得到尊严。说到底，就是让他们真正明白"为谁扛枪，为谁打仗"的道理，这才是"皈依之门"的真谛所在。

同时，由于国民党的腐败与黑暗，大多数国民党基层军官也都饱受压迫和苛责，因而一些人很快对共产党好奇起来。

赵云鹏还组织这些人参加农村的生产劳动，使这些人亲身体验农民的艰辛生活，真正了解在国民党统治下人民过着怎样苦难的生活，而土改后，成了解放区，人民在共产党领导下是怎样有了饭吃、有了衣穿，日子一天比一天过得好的，于是自然而然地得出共产党与国民党相比的结论：一个犹如旭日东升，一个则是夕阳西下。

赵云鹏还在国民党89师被俘的军官中发展了一名青年军官，他的名字叫方景武。赵云鹏经常与他促膝长谈，从个人生活爱好谈到喜欢读什么书，从各自是如何当兵的谈到打过什么仗、经历过什么险，从人生理想谈到现实追求，从社会现状谈到国家民族的未来，从国民党的腐败谈到国共两军的区别，等等。

方景武与赵云鹏越谈越近，谈话中不时流露出心声：他的父亲就是从英国留学归国的青年，当年梦想着实业救国、实业报国，却没想到东北沦陷，家产被日伪侵占，抗战胜利后又被国民党贪官污吏霸占。

方景武越谈越感到不过瘾，还找来了几个志趣相投的青年军官，与赵云鹏一起谈心交流。这几个青年在赵云鹏和敌工部同志的教育引导下，决心投身共产党的事业。赵云鹏希望他们能够回到89师，成为我们打入敌人内部的"内应"。

为了掩护方景武几个人，赵云鹏报告上级决定组织一场"假逃跑"事件掩护几个人出逃。方景武的"逃跑"可谓非常顺利。为了掩护三个人的身份，上级还组织了一次公开通报，批评赵云鹏的失职。

虽然解放战士大队被大家认为是边缘化的部队，但赵云鹏却忙得不亦乐乎，觉得每天都有很多有意义的事情要做，转眼半年多过去了。一天，钟守田来看望赵云鹏。赵云鹏敏锐地发觉，几个月不见，似乎钟守田变化很大，巨大的工作压力已经使他两鬓都露出了白发，但钟守田却一言不发，闭口不谈工作，自己带了两瓶地瓜烧，喝完就不省人事……

赵云鹏对解放战士怎么做到"即俘即补"，在反复实践的基础上进行了全面探索，比如，为解放战士建立了功劳簿，引导和激励他们在战场上建功创模，一时间又创造出了许多经验。相关报道在《解放日报》见报后，引起了广泛的关注。

赵云鹏在解放战士大队取得了有目共睹的成绩，东北局解放报记者纷纷前来采访，他也趁机打听了一下小师妹梅钰琳的近况。老社长告诉赵云鹏，梅钰琳同志被上级调走委以重任，具体情况不清楚。

在本溪，因祸得福的牛秦川被任命为代理师长，奉命重新组建25师。从关内抽调来的老兵和部分抓来的壮丁被补充到了部队。

牛秦川视察发现补充兵员中竟然有不会使用步枪的兵。一经询问，一个四五十岁的老兵，当即跪倒在地，称自己就是个倒马桶的，一不小心就被路过的队伍捆了过来，说是在山海关那边，一块大洋两个人头被"兵贩子"卖给了补充团，后被拉到了沈阳，这会儿又被拉到了本溪。

熊长官和杜长官允诺的各项物资都缺了一大块，气得牛秦川几乎一晚没睡着。对着屋顶发呆的牛秦川突然想到了梅钰琳，也不知道她在北满还是南满，过得怎么样？牛秦川又突然想起了赵云鹏，让他把小师妹给自己接出来？覆巢之下

第三十三章 皈依之门

岂有完卵，赵云鹏那副铁面无私的样子，他能同意吗？

束手无策、毫无睡意的牛秦川坐了起来，点燃了一支雪茄，吞云吐雾之间，回忆起了自己与赵云鹏袭击鬼子机场时埋伏在草堆里的聊天。

当时虽然两人都很年轻，但却都是久经沙场的"老将"。那几年正是日军猖狂之际，国土日益沦丧，不时就有队伍成建制投敌或全军覆没，根本看不到任何希望。

趴在草丛里面忍受着蚊虫叮咬的牛秦川询问赵云鹏："两年时间，国土丢了大半，首都也沦陷了，一百多万人灰飞烟灭了，你觉得咱们能赢吗？"

牛秦川记得赵云鹏当时非常坚定地回答道："我相信最后的胜利一定属于我们。一年不行五年，五年不行十年，总有一天会将日寇彻底驱逐。"

牛秦川微微活动了一下身体，补充了一句问道："胜利之后你准备干什么？"

赵云鹏淡淡一笑，回应道："那个时候我可能已经牺牲了。"

之后是长久的沉默。进攻前的一瞬间，牛秦川突然紧咬牙关，说道："我要活着，只有活着回去，才能娶小师妹梅钰琳！"

现在抗战胜利了，可是牛秦川依旧没有能够实现当年许下的"豪言壮语"，心烦意乱的他用力将雪茄摔在地上，头脑乱成一团。为什么要打这该死的内战？中国人为什么要打中国人？速战速决已经不可能了，到底要在东北流多少血？没死在抗战却死在内战，这算他娘个什么屁？

第二天，气愤不已的牛秦川准备去沈阳告状。现在的25师可谓百废待兴，如此紧迫关头还有人要喝25师的血？这一点牛秦川说死也不能答应。

牛秦川还没出门，老熟人赵高参就来登门拜访了，于是，他也一脸世故地拱手道："前段承蒙赵兄提点，还未来得及感谢呢……"

赵高参心照不宣地微微一笑："我的来意你还不明白？"

牛秦川顿时一愣，他清楚这位赵高参可谓手眼通天，更为关键的是，这家伙是无事不登三宝殿啊！就好比东北人总说的：夜猫子进宅，没好事不来。

一杯清茶让赵高参看了几眼，他不满地说道："我连夜从沈阳赶过来，就这？你这是待客吗？跟赶客还差不多。"

牛秦川一脸无奈地说道："我也没吃早饭，一起吧！"

赵高参满意地点了点头："要我来点，行！"

牛秦川心里嘀咕着一个早饭就把你嘚瑟的，于是随口道："随意！"

本溪最好的馆子丰盛居，挂着一幅看上去很有年头的"百年老店"的匾额，赵高参抬眼一看，就这丰盛居从来没有一大早就生火做饭的，但是今天不一样了。

因为来的二位国民党军少将带着几卡车的兵，一个眼神不满意，就能掀了这还差五十九年的"百年老店"。

赵高参打量了一下菜谱，默默地念道："羊羔六味，糖酥鱼，熘肝尖，红烧狮子头，爆炒鹿肉，辽参炖山参，再配十二个冷盘。快拿你家最好的酒来，知道是功夫菜，我们不着急。"

牛秦川顿时傻了眼："这他娘的是吃早饭吗？"老牛家也不是小门小户，牛秦川也是吃过见过的主，但是今天牛秦川突然发现自己活得跟要饭的一样。

赵高参一脸理所应当地说道："没看过《黄帝内经》吗？过午不食，那早饭不吃好行吗？瞅你，一副没见过世面的模样。"

牛秦川鼻子都快气歪了，但是嘴上却连忙道："我在老家，一碗油泼辣子面，那就是过年啦，确实没见过这样的世面，还是赵兄带兄弟开了眼啊！"

赵高参抽出一双筷子塞进牛秦川手里，抬了抬眉毛说道："一师之长啊，兄弟你我就不藏着掖着了，你是不是准备一早去沈阳告状啊？说你的人员补充有问题？说你的装备被截留？说你的经费打水漂？"

牛秦川一脸难以置信地问道："你在我的指挥部安插了谁？"

赵高参一脸孺子不可教地看着牛秦川回答道："我就知道按你的臭脾气肯定会出问题，我这不是连夜赶过来了嘛。"

牛秦川瞬间冷着脸，瞪圆了眼睛，注视着赵高参说："原来你们什么都知道啊。我的武器呢？我的补充人员呢？我的装备呢？我的盘尼西林呢？"

赵高参微微一笑："我知道克扣你物资经费的人，你惹不起，南京国防部那边从上到下都过了手，你想把国防部连根拔起呀？"

知道这绝无可能的牛秦川顿时偃旗息鼓。赵高参拿出了一份文件道："今天来找你有两件事：一个是不要闹，国防部近期会调你部去沈阳附近整编休整；另外啊，你们将负责沈阳至营口沿线的稽查任务。"

牛秦川紧锁眉头说道："各师都有自己的防区，但是战事紧张时轮换频繁，这个稽查是要在防区内缉捕共党，'清剿'地下武装？"

赵高参无奈地摇了摇头，回应道："营口港现在是个金袋子，上峰为了安抚你特意给你的好处。前往营口港的通行证你知道要十根'小黄鱼'一张吗？你把25师的关防印给我刻一块，条子我去卖，你占三成。"

牛秦川如同听到天方夜谭一般，疑问道："我的关防印还能刻？"

赵高参拍了一下桌子："现在哪个师不是这么干的？我替你负责，你省心省力，多好！赚了钱你想贴补部队还是个人揣口袋，随便你！怎么样？我这个财神爷，来得及时吧？"

牛秦川想把部队重新武装起来，但是国防部"水"了他的装备和物资，竟然连救命的盘尼西林都拿到黑市去贩卖，大家都知道那些药物和武器中的很大部分会落入共产党手中，无奈，这玩意儿赚的是真金白银啊，谁舍得放过这么好的生意？

牛秦川同意赵高参的建议。赵高参当即带走了牛怀恩随身携带的25师关防印章，大言不惭地让牛秦川再去刻一块。赵高参达到了目的，起身拿起军帽道："我就不停留了，每耽搁一天都是钱啊！你是不当家不知柴米贵啊！"

望着匆匆离开的赵高参，牛秦川仿佛梦游一般坐回了位置上，直到菜上齐了也没动一筷子。掌柜和几个小伙计，瑟瑟发抖地望着面无表情发呆的国民党军"大官"。

牛秦川不理解，自己为党国尽忠效力，竟然要靠庇护走私、贩卖通行证牟利，才能把部队缺少的武器装备物资补满，他终于活成了自己最讨厌的模样。

这是什么世界？想起自己在沈阳晋升的那晚，好像在做一个永远醒不过来又没有未来的噩梦。

第三十四章 人性的冲突

1946年12月17日，沈阳方面长官行辕杜聿明、熊式辉，决定国民党军除以两个师守备后方外，再集中第五十二军第195师、第2师和第七十一军第91师等部共六个师，开始对临江地区发动首次进攻，企图先打通"通缉线"，然后再把南满民主联军围歼于长白山区。

正在整编补充中的25师，在牛秦川的指挥下担负起了后方守备任务。搜索排报告师部抓到了两名试图逃向本溪的共产党士兵。牛秦川非常好奇，共产党军队在交战初期尤其是四平失守后出现了不少逃兵，但是，随着战事的发展，共产党军队的逃兵已经非常少见了。

出于好奇心，牛秦川决定亲自审问这两个逃兵。逃兵很快被押到了牛秦川面前，哭爹喊娘的两个逃兵听说是25师的牛师长亲自审问他们，顿时一愣。

牛秦川一见两个逃兵顿时就乐了，原来这两个士兵是一高一矮，一胖一瘦。高的瘦，矮的胖，就好像说"数来宝"的丑角。

瘦的高个逃兵叫常言峰，胖的矮个逃兵是家里的第六个孩子就叫胡六。两个人一见牛秦川顿时跪倒在地，大声哭喊，说自己是从共军那边的解放战士大队逃回来的，原本就是25师的兵，只不过胡六是74团团部的厨子，常言峰是通讯连的外线。

牛秦川望着自己往日的两个老部下，好奇地问道："共军那边怎么样？给我说道说道。另外，那个解放战士大队是个什么尿？"

常言峰胆怯地犹豫了一下，结结巴巴地说："长官，在临江附近十四道沟旁边，有一个共军关押俺们的解放战士大队，被俘的国军俘虏经过甄别全部送到那里。"

牛秦川看了看旁边参谋打开的地图，会意地点了点头："临江这个地方荒僻不堪，多山多水，摩天岭等隘口易守难攻，与长白、安东又能遥相呼应，位置选得不错嘛，看来共军有高人啊！说说看，共军是怎么对待你们的？"

常言峰与胡六对视了一眼。胡六小声道："也没怎么对待俺们，就是给俺们看戏，平日里就是让俺们帮老百姓干活，他们那边是自食其力。"

第三十四章 人性的冲突

牛秦川的眉毛皱了起来，眨巴了几下眼睛，问道："看戏？他们不打不骂？没让你们加入共军掉转枪口吗？"

常言峰点了点头："共军一个姓赵的大官管着解放战士大队。开始的时候大家都听长官的，抱团和他们对抗，人心还是齐的。共军的政策俺们多少也知道些，给路费释放，但是这个姓赵的来了一切就变了。"

牛秦川突然来了兴趣，凑了过去，好奇地问道："怎么变的？说来听听。"

胡六犹豫片刻，说道："长官，共军先把咱们当官的和当兵的分开关押，晚上给大家伙看《白毛女》，讲的是地主黄世仁放印子钱害得人家家破人亡，夺人土地不说，还要霸占人家女儿。那妮子也是个烈性子，一气之下，跑进山里去了，一躲就十几年，头发都白了，所以叫白毛女。后来共产党来了，搞土改，办了地主老爷，妮子就被接下山，开始了新生活。"

牛秦川点了点头，略有所思地说道："《白毛女》还真有点意思。哦，我在沈阳也略看过一点儿，共产党这套政治宣传鼓动，还真厉害啊！"

胡六似乎打开了话匣子，连一旁递眼色的常言峰不断的暗示也没注意到，继续侃侃而谈："师座，共产党那边不打不骂，每天集中俺们讲各自家里的糟心事。74团王二的老娘织布织瞎了眼，临死都凑不齐没有补丁的寿衣，一身衣服补了又补，无数的补丁，最后一称足足十几斤。方大明的爹娘种了一辈子地，没有一分地是自己家的，从年初辛辛苦苦干到年底，最后还被活活饿死在家里。他们这么一说，大家伙的眼泪就出来了。说到激动时，大家的眼泪都哗哗地流啊。打了这么多年小鬼子都没捞上回家看一眼，都不知道家里人还在不在。欺负喜儿的黄世仁远没俺们堡子的刘世天厉害，俺哥就是给他放羊，丢了一只就被地主活活打死了，还挂在树上一个多月，最后都臭了、烂了才放下来……"

牛秦川的脸色越来越不好看，一旁的常言峰也似乎被触及了共情点道："那个共军的赵政委先问俺们替谁打仗，俺们哪里搞得清楚。那个赵政委就告诉俺们，共产党是为了天下的老百姓不再受剥削和压迫在打仗，还告诉俺们，他说的这些老百姓包括俺们，也包括俺们的爹娘家里人，俺们加入他们，是为了俺们自己在打仗，是在保卫俺们自己分得的土地，所以共产党会越打越多，国民党会越打越少。"

牛秦川的脸色直接变得铁青起来，不悦地问道："你们相信共产党说的吗？"

胡六自顾自说道："一开始谁会信？谁信谁是傻狍子。后来俺们跟着他们在根据地给老百姓修桥、铺路、盖房子，见到了共产党真真实实地把地分给了农民。每家的地是两垧一分，而且是根据季节和庄稼的情况肥瘦搭配，分得可平均了！每家每人都有，就算是那权力最大的土改队长也不能多吃多占。这些活听说都是那些叫'真功夫'的干部带队去干的……"

"什么'真功夫'干部，那叫政工干部！"常言峰立马插话纠正道。

"哦哦，对！政工干部。因为管打仗的干部要留在部队里指挥打仗。"

牛秦川身旁的几个宪兵和军官的脸上出现了一丝向往的神情，心想：土地可是老百姓的命根子啊！

牛秦川知道胡六和常言峰说的都是真的，因为这也是所有农民对土地的渴望。共产党哪里是在打仗？这分明是在搞政治！这土改哪里是什么改革？简直就是在革国民党的命啊！

常言峰在一旁又补充道："共产党也有言行不一的人。独立旅那个姓魏的家伙坏透了，每天都憋着整人，跟咱们那些多吃多占、克扣军饷的长官一个熊样。解放战士大队的那个赵政委就不一样，每天都让你心里暖乎乎的，贼有奔头。"

牛秦川皱了皱眉头，忽然意识到了什么一般，随口一问："赵政委叫什么？"

常言峰和胡六想了好半天。胡六突然大叫一声："叫赵云鹏，对，大伙儿都传这个名字！说是独立旅的政委呢。"

牛秦川会意地一笑，证实了自己的猜测，连楚伟生那样的三民主义的忠实信徒都能策反过去，除了赵云鹏，一般人还真不可能做得到啊！

牛秦川一转身望着两人，随便问道："如果不是碰到那个姓魏的，你们还会跑回来吗？"

常言峰与胡六顿时一惊，两人瞬间跪倒在地。常言峰扯着嗓子号哭道："俺娘打小教过俺啊，少说话，少错事，俺不行啊，就是管不住俺这张嘴啊！"

常言峰发疯一般地不停抽自己耳光。胡六则相对硬气道："俺就是想回家看一眼，就看一眼，你把俺枪毙俺都认。"

牛秦川面带微笑，扶起两人，慢慢地说道："共军都没杀你们，我怎么可能下这个手呢？都是25师的弟嘛！把他们带下去吧，好生安顿。"

哭着喊着要回家的常言峰和胡六被拖走了。牛秦川转身给副官牛怀恩低语道："不能让他们接触任何人，明白吗？下次作战把他们编入敢死队，家里给个双份抚恤金。"

牛秦川望着两人背影消失的方向，长长地叹了口气，喃喃自语道："莫怪我，莫怪我，要怪就怪你们两个瓜尿胡咧咧，瞎说八道得太多咧，谁个保得住你们两个大嘴巴？要怪就怪共军的政策太有煽动性了，分田地啊，连我都差点动心喽！"

牛秦川看了一眼来了许久、一言未发的参谋长陈玉玺，眼睛一斜，慢慢悠悠

第三十四章　人性的冲突

地说道:"参谋长,你是怎么看这件事的啊？"

一表人才、温文尔雅的陈玉玺是黄埔九期,论资历自然不如牛秦川,也是趁着25师此番扩编谋得了个好位置,此前一直在重庆行辕,抗日胜利后走了陈长官的路子才来了东北。

陈玉玺看了一眼牛秦川,不急不缓地说道:"文武兄,你想听真话呢还是假话？"

牛秦川一愣,立刻反问道:"真话怎讲？假话又如何？"

陈玉玺微微一笑:"真话你我皆难以释怀,假话自然舒服动听了。"

牛秦川忽然发现自己这个野路子来的参谋长竟然还是个妙人,于是故意哈哈大笑起来,随即说道:"副官,拿酒来,配几个小菜,我与参谋长小酌一杯。"

陈玉玺与牛秦川对视一笑,两人坐在了小木桌前。陈玉玺用手指敲着桌面道:"今日之言,只出你我之口,也只入你我之耳,君子协定？"

牛秦川点了点头,给陈玉玺满上一碗威士忌。陈玉玺叹了口气,说道:"此等洋酒不过是英伦、美利坚路边醉汉常饮之物,到了你我这里却成了座上宾花费巨额买来的'琼浆玉液',就如同将黄金运往美利坚一般,可笑,可笑至极啊！"

听了陈玉玺的话,牛秦川瞬间一惊,反问道:"黄金是货币之盾,我国的黄金为何要运往美利坚？"

陈玉玺又满饮了一碗,愤愤不平地说道:"为何？第二次世界大战美国人在幕后坐山观虎斗,以两大洋为壁垒,其国未落下一枚炸弹,且军火援助各盟国,各盟国皆成废墟。百年布局可怕至极啊！现在全世界都在谈美元,日后养我者美元喽！"

陈玉玺自顾倒满后,放下酒碗,静声静气地说:"刚刚那两个逃兵之言,我以为是真。共产党乃真正的数百年未有之大变局弄潮儿。中共不同于苏俄,他们从二十几个人到如今百万大军,国民政府'剿'不胜'剿',为什么？25师如此精锐却落得全军覆没,这是为什么？共产党越打越多,这又是为什么？"

牛秦川以为自己算是敢想敢说的了,没想到这个小学弟比破马张飞的自己还猛,几个为什么直击自己的灵魂深处。

此前,牛秦川也在考虑为什么打不赢共产党,明明共产党兵力不占优势,武器装备也不行,将领的指挥战术不尽如人意,但是他们进步之快让人瞠目结舌,他们的人数越打越多让人费解。

陈玉玺见牛秦川陷入沉思,蘸了点酒,在桌子上写下"信仰"两字,坦言道:"你我信仰之三民主义,早已被民国政府的贪官污吏所玷污。这些满口三民主义的人，管钱的捞钱，管官的卖官，管装备的吃回扣，都是极端的个人主义者、精致的利己主义者。我们在营口港被侵吞的装备药品，现在多半已经到了共军的手里，就连我师的装备都被侵吞！这你不都亲身体验到了吗？如此下去岂能打得赢？如今之民国，何人不贪？民国不亡，天理不容！"

牛秦川长叹一声，望着对面的陈玉玺，轻声问道："我的参座大人，你该不会是共产党吧？"

陈玉玺大口满饮道："我还真想了，推翻了腐朽的清朝，迎来了更腐朽的民国，我们为什么要洒热血？什么时候才能让中国的老百姓过上好日子？打完小鬼子，中国人打中国人，什么时候是个头？"

牛秦川目瞪口呆地望着似乎喝大的陈玉玺，站起身来说道："散了，散了，老哥送你回去休息。"

牛秦川把呼呼大睡的陈玉玺送回了房间，一瓶威士忌陈玉玺喝了大半，25师里面党通局和保密局埋的眼线很多，他不能让自己这个小学弟酒友夭折在这里，于是安排牛怀恩把之前故意停留的两个勤务兵全部干净地处理掉。

面对国民党军的大举进犯，上级命令独立旅外线作战牵制敌人。赵云鹏把近期转化的一个连的解放战士全部补充到了独立旅各部队。

钟守田与赵云鹏见了面后分外激动。魏马列则阴不阴、阳不阳地说起了怪话："赵政委这转化工作做得太好了，之前分到我们旅的解放战士直接跑了两个。"

钟守田刚要发火被赵云鹏按下。赵云鹏微微一笑，慢慢地接上话道："魏代政委，这个责任解放战士大队有，你这个代理政委也有啊。我们对解放战士要一视同仁，给他们尊严，让他们融入我们，我们各级干部尤其是政工干部是有责任的。解放战士大队只能解决他们的思想问题，做到初步转化，到了作战部队是要靠我们各级政委、教导员、指导员做大量工作的！"

魏马列顿时哑口无言。钟守田完成部署后，根据上级指示，独立旅伺机向本溪周边攻击前进，让进攻临江之敌有后顾之忧。独立旅攻得越猛，打得越狠，对反击来犯临江之敌就越有利。

钟守田告诉赵云鹏，我军北满主力拟定于1月初渡过松花江，对敌人实施全面进攻，牵制敌人对南满的围攻。赵云鹏十分兴奋，以自己熟悉本溪情况为由，向上级申请跟随独立旅行动。

魏马列讥讽赵云鹏这是痴心妄想。他万万没想到的是，李副政委出于对赵云

第三十四章 人性的冲突

鹏能力的认可，竟然批准了他的申请。魏马列在与钟守田商量分工时提出：让钟守田指挥两个营与炮营作为主力佯攻本溪，让赵云鹏负责一个营进攻本溪周边的白家沟等地，清扫"还乡团"和地主武装，而他本人则指挥一个营迂回策应。他想：你赵云鹏不是和白晓芳有那种关系吗？白家这么大的势力肯定是要被清理的，那就让赵云鹏亲手去清理，这不也是对他最好的检验吗？

赵云鹏知道让自己负责清扫白家沟的地主武装是魏马列故意埋下的"地雷"，而自己目前还正在接受调查。这样看来，这"地雷"他是不踩也得踩了。

这次组织奇袭本溪，重在一个"快"字，牵制敌人的外线迂回。赵云鹏指挥的三营似乎又重新焕发了活力，三营长单华英这段时间也是受够了魏马列的气，魏马列代理三营教导员期间就与单华英相处得并不融洽。

负责指挥四营迂回的魏马列非常恼火，因为四营补充的解放战士最多，战斗力相对一、二、三营较弱，炮营的指挥权又全部交给了钟守田。尤其李副政委同意赵云鹏负责指挥三营参加奇袭本溪的作战，这让魏马列感到一种极大的挑战，心里充满了强烈的危机感。

魏马列竟然派人收缴了解放战士的弹药，称临战才能发给你们这些不放心的人，这引发了四营官兵普遍的不满。四营教导员林枫据理力争无果。四营是带着非常沉重的情绪出发的。

一些之前补充的解放战士，对魏马列组织互相揭发那套深恶痛绝。两名一直隐藏在解放战士中的保密局特务，发觉了这个"天赐良机"，私下鼓动解放战士："共产党说一套做一套，他们不可能把咱们当自己人，这次奇袭本溪就是当炮灰。找机会给当官的一枪，往林子里面一钻就跑，命是自己的，不给国民党卖命，更不给共产党当炮灰。"

白晓芳组织的宣传队分成了若干组，跟随四纵的部队进行战地鼓动，也活动在本溪周边。听说赵云鹏回到了独立旅，指挥的一个营负责清剿白家沟的"还乡团"，白晓芳一时间心乱如麻，毕竟白晓虎是自己的血亲哥哥，但是白晓虎恶贯满盈，赵云鹏去了白家沟一定会秉公处理，如果赵云鹏处理了白晓虎和自己的家人，自己该如何面对他呢？是大义灭亲，还是……由此，白晓芳意识到自己的出身问题已经成为两人之间最大的障碍。

部队绕过国民党的封锁线出现在本溪周边之际，本溪国民党守军的一个保安团瞬间乱了阵脚，缩进了城里拼命呼叫援兵。

钟守田对本溪外围隘口展开佯攻。魏马列见敌人缩头缩脑，于是准备表现一番，私自更改了作战计划，并未迂回策应钟守田的进攻，而是自己向老灰场展开进攻。敌人很快从混乱中清醒过来，集合了保警大队和一个营的地方保安部队增援老灰场。魏马列的四营顿时陷入了进退两难的地步。

沈阳方面，杜聿明急调尚在整编之中的25师虚张声势，向本溪方向实施攻击前进，试图吓退我攻城部队，同时迫使我军暴露真实意图。

进驻白家沟的三营在赵云鹏的指挥下迅速包围了嚣张跋扈的白晓虎"还乡团"。自知罪孽深重的白晓虎则占据白家大院的有利地形负隅顽抗。

战斗进行得异常顺利，楚伟生指挥王铁柱几个人使用炸药包炸开围墙后，白晓虎等人纷纷被俘。赵云鹏望着惊惶不安的白家人，心里也是异常复杂，这些毕竟都是白晓芳的家人，但是白晓虎等人也是双手沾满鲜血的刽子手，白晓虎要杀，不杀不足以平民愤，也不符合我党处理之政策，但白晓虎毕竟是白晓芳的亲哥哥，是白家传宗接代的唯一儿子，把他杀了也就等于是断了白家的后路；不管怎么说，白晓芳是跟自己办过婚礼的人，这样不留情面地下刀子，可能会给白晓芳留下什么情感上的结节。总之，想来想去，赵云鹏内心充满了矛盾和冲突。

经过一夜的慎重思考，第二天一大早，赵云鹏一起床就立即上报了对白晓虎执行枪毙的处理请示。上级很快批复下来，赵云鹏迅速组织宣判大会，亲自宣读了南满分局关于坚决镇压反革命分子的决定，并宣布了判处白晓虎等九人死刑并立即执行的判决书。

地被分了，不懂事的儿子要被枪毙了，万念俱灰的白老太爷独自坐在白家祠堂里面。白晓芳被赵云鹏接到了白家大院。这个时候老爷子需要人陪伴。

女婿枪毙大舅哥，赵云鹏把自己架到了火上，这把火烧得他体无完肤，未来如何面对白晓芳？

白晓芳望着老态龙钟的父亲如同入定一般，地被分了，浮财被分了，这些对于白老太爷来说都是能忍的，祖上也是过过苦日子闯关东过来的。但是，唯一的儿子要没了，他无论如何也接受不了，在白老太爷看来白晓虎就是"作死"！自己说了他也不听，此前自己洋洋得意的"国"与"共"两头参军的"高招"，导致现在一仗打下来，白家沟户户扬白幡，自己人打自己人啊，都疼啊！

他抬头缓缓转动眼睛看了一眼自己的女儿。只见白晓芳两眼的泪水哗哗地往下掉，此刻是什么情感她自己也说不清，但觉得有一种力量催使着自己要用心安慰一下老父亲，于是乎，这一瞬间，白晓芳扑到了父亲的怀里。父亲的怀抱如此宽厚和温暖，在这宽厚和温暖的背后，她好像看到了小时候父亲常常带自己去吃甜甜的麻糖和糖葫芦的情景。

贴着胸，最近距离地听到父亲的呼吸，一高一低、气喘吁吁，父亲老了，真

第三十四章 人性的冲突

的老了，白晓芳轻轻地为父亲拭去混浊的泪水。

白老太爷喃喃自语道："云鹏是咱女婿，就不能法外开恩饶你哥一命？"

白晓芳的泪水止不住地流淌，毕竟是血亲，毕竟是血浓于水，但怎么开这个口呢？又能开这个口吗？显然不能！此时此刻，赵云鹏恐怕也和自己一样煎熬，内心充满了矛盾和无奈，把他熬得不可言喻。

此刻，赵云鹏望着吓尿了裤子的白晓虎用恳求的目光望向自己，他只好别过脸去不看他，自言自语道："'杀人偿命、欠债还钱'的俗话，在中国贯穿汉清长达几千年的历史，就是西汉刘邦入咸为王，废掉上千条秦律，也没有动过'杀人偿命'这一律文，这岂是个人情感所能替代的？再说，这个对老百姓心狠手辣，双手沾满鲜血的流氓恶棍，不杀不足以平民愤。"

"啪——"杨树林里传来的一声枪响穿破了笼罩在白家沟上空的阴霾，像一声霹雳惊雷传到了白家沟每一个村民的耳朵里。只见一大群村民高举着火把冲向白家大院，他们抑制不住愤怒，要烧掉白家大院这个罪恶窝。

试图阻止的白晓芳被激动的村民推倒，在土改工作队带领下的村民开始放火，试图烧掉白家大院。白老太爷疯疯癫癫、声嘶力竭地大声呼喊："烧，烧得好啊！"

赵云鹏见到白家大院冒出黑烟，一把拽住了土改队长孟云庆，十分严厉地说道："你们要干什么？土改不能这么搞！在井冈山时期，我军就反对烧地主的房子，给我立即组织救火。"

失魂落魄的白晓芳看到了赵云鹏如同看到了救星一般，大声呼喊道："云鹏，快！我父亲不见了。"

顾不上安抚白晓芳，赵云鹏披着泼了水的被子冲进火场，一间屋子没找到，又重新泼了水冲进另一间屋子，来回冲了三次，最终找到了在大火中奄奄一息、躺在地上的白老太爷。赵云鹏放下湿被子，背上白老太爷就拼命地往外跑。

被背出来放在前院门口处，气息奄奄的白老太爷，眯着小眼睛在众人中好像要找人。白晓芳感到他是要找刚背他出来的赵云鹏，于是一把把赵云鹏拉了过来。赵云鹏明白是啥意思，嘴里说了一句："老太爷，我在，我在！"只见白老太爷突然回光返照，一下子精神起来，挣扎着要坐起来，众人都上前帮扶着。白老太爷半挺着身子，上气不接下气地说："我把晓俊交给你了！"

赵云鹏知道白老太爷是在叫白晓芳的小名。白晓芳参加革命前叫白晓俊，参加革命后，为了体现"人生何处无芳草"而改名为白晓芳。于是，赵云鹏拉着白晓芳凑到白老太爷跟前说道："有我在，你放心！"

白老太爷转头看了一眼白晓芳，一脸满足、嘴角带着笑意地缓缓闭上了眼睛，仿佛是在说我去看你哥了……

父亲走了，白晓芳"哇"的一声哭了出来，她成孤儿了。熊熊燃烧的白家大宅前，白晓芳拼命地捶着抱住她的赵云鹏。

自己革命，却革了自己家的命，自己到底是对还是错？白晓芳感到一阵阵迷茫，眼前一黑晕厥过去。

正在这时，赵云鹏接到了一个坏消息，四营被困在了老灰场，他立即安置好白晓芳，骑上快马，率部前往救援。在赵云鹏的支援下魏马列才狼狈脱离战场。四营的三个连几乎全部损失过半，失去战斗力，营长冯进军负伤生死未卜。魏马列还在刁难林枫教导员和几个连长，认为这些解放战士给自己"打滑头仗"，结果差点引发了官兵冲突。

赵云鹏急忙将四营剩余部队混编成两个连，由自己统一指挥增援钟守田。由于魏马列私自更改作战计划，使侧翼暴露的钟守田遭到了国民党保安团的反击，关键时刻赵云鹏出现在敌人侧后方，以火力急袭，部队迅速贴近打肉搏战，经过一番激战，最终击溃了敌人。

得知四营损失惨重，魏马列私自更改作战计划，钟守田气愤不已。但是上级通报第25师正在向本溪方向逼近，命令部队伺机与敌人脱离接触。

赵云鹏判断，牛秦川的25师此刻应该还不具备战斗力，敌人的姿态应该是佯攻，迫使我军暴露主力或者作战意图。于是赵云鹏与钟守田、魏马列商量独立旅将佯攻本溪转为真正进攻，反其道行之，迫使敌人暴露真正意图。

独立旅加大了对本溪的进攻强度。防御本溪的敌人地方保安团不是独立旅的对手，很快放弃本溪外围阵地缩进市内进行顽抗。

国民党沈阳方面对东北民主联军进攻本溪感到非常不解，因为南满方向我军能够使用的兵力十分有限，不可能出现真正的主力进攻本溪，即便在25师主力逼近本溪之际，围城的我军依然没有撤退的迹象，这让熊式辉和杜聿明反而有了些许顾忌。

就在杜聿明考虑是否抽调部队增援本溪之际，北满东北民主联军主力一纵、二纵、六纵的九个师和三个独立师开始渡过松花江实施反击，在张麻子沟和焦家岭对敌新一军来援的两个主力团进行围点打援。歼灭该敌后，突遇气温急降，零下四十多摄氏度的天气让人难以抵抗，敌人与我军受到严寒气候的影响陆续脱离接触。

杜聿明和熊式辉也万万没有料到，一场突如其来的大降温让部署好的一切前

第三十四章 人性的冲突

功尽弃。

　　白晓芳苏醒后站在白家大院的废墟前，望着残垣断壁，想着罪大恶极的哥哥被枪毙，过去大富大贵、车水马龙的白家大院已不复存在了，虽然心结一时还难以解开，但她想：自己既然已经选择了参加革命，就要问心无愧地走下去。

　　从这天开始，她就成了真正的孤儿，虽然组织上给予了她很多关心和温暖，但要过这种"人情关"，还得靠自己用坚定的信念来磨砺。她逐步摆脱内心的痛苦，又投入火热的战斗中。

　　当晚，白晓芳遇到了返回临江的独立旅的部队，严寒条件下很多官兵都被冻伤了，她把自己防冻伤用的獾油交给了赵云鹏。两人对视许久，最后沉默无语地离开了。白晓芳和赵云鹏都明白，虽然分开了，但是他们的心是紧紧贴在一起的。

　　深夜，白晓芳望着自己给赵云鹏织的毛衣，看着外面风雪交加的天气，想到赵云鹏有总是为别人着想的习惯，这时一定是把自己的棉衣送给了其他人，虽然自己不能与他在一起，但也要把这件毛衣送去。于是，鼓起勇气的白晓芳抱着毛衣去找赵云鹏。刚刚走到独立旅宿营地附近，一只大手从黑暗中忽然伸出，死死地捂住了白晓芳的嘴。

第三十五章　死别化蝶

　　黑暗中白晓芳被几个人控制住，她听到了子弹上膛和掰开驳壳枪击锤的声音。十几个人挟持着她走向独立旅的旅部宿营的小树林方向，白晓芳记得那里安置了一个缴获的国民党军的帐篷，赵云鹏、钟守田就住在里面。

　　距离帐篷越来越近，篝火旁的两名哨兵昏昏欲睡。白晓芳见周围有人掏出了手榴弹正在旋后盖，情急之下，她用力咬住了捂住自己嘴的手，对方瞬间忍痛叫骂了一声："你他娘的是属狗的吧！"

　　白晓芳跌跌撞撞地冲向帐篷的同时高声喊道："赵云鹏——有逃兵叛乱！"

　　听到呼喊，和衣而眠的赵云鹏拎起手枪立刻冲出帐篷，只听两声枪响，反应过来的哨兵中弹倒地，赵云鹏立即举枪还击，一枪撂倒一名逃兵。

　　这时冲到赵云鹏身旁的白晓芳突然发现一支步枪正瞄准赵云鹏，她来不及思考任何东西，毅然决然地冲上前去，伸开双臂，用身子挡在了赵云鹏面前。

　　"砰——"一声枪响，三八式友坂步枪发射的6.5毫米子弹带着强大的枪口动能穿透了白晓芳的左胸，又击中了赵云鹏的左前胸。赵云鹏顿时脑子一片空白，扶住白晓芳，两人一起倒在了血泊之中。

　　钟守田带人迅速镇压了逃兵叛乱。原来这些解放战士不满魏马列的领导，在潜伏敌特的蛊惑下想在逃跑前立个投名状。魏马列一听顿时感觉天崩地裂，口干舌燥的他想向钟守田解释，但这个时候哪里会有人听他解释。

　　钟守田扶起意识恍惚的赵云鹏。赵云鹏虚弱地喃喃自语："救晓芳，快救她，不要管我！"

　　军医触摸了一下白晓芳颈部的动脉并把了一下脉搏，又看了一下中弹的位置，无奈地摇了摇头，转身投入对赵云鹏的抢救。

　　钟守田摘下帽子，狠狠地摔在地上，用着悲愤惨痛而又沙哑的声音大声骂道："你个姥姥！这怎么和老赵交代啊——"

　　魏马列不失时机地凑过来想要解释以推卸责任，结果被钟守田一脚踹翻在地，又拖到白晓芳的遗体旁，指着躺在地上的白晓芳说："看看吧，都是你造的孽啊！老子真想一枪崩了你！"钟守田心如同被刀割一样痛不欲生，他不仅仅是为白晓芳的死透骨伤心，而且一想到自己亲如兄弟一般的老搭档赵云鹏失去最心爱的人，还中弹不知死活，就捶胸顿足，放声痛哭起来。

此时，返回沈阳的牛秦川忽然觉得胸口莫名地剧痛，好像心脏被人狠狠地击打了一拳。25师的整补速度并不理想，想恢复战前的素质和战斗力恐怕需要一两年的时间，前几天熊长官调集六个师的兵力进攻临江的作战计划被一场突如其来的严寒打断。根据牛秦川的判断，杜长官在短期之内必定会再次发起对南满共产党军队的进攻，留给自己休整整编的时间已经不多了。

与此同时，昏迷中的赵云鹏梦游般遇见了白晓芳，这是他们第一次相见的时候，眼前一切全部都是朦朦胧胧的。一束光照着奔向自己的白晓芳，突然，赵云鹏发现自己陷入了黑暗。

赵云鹏在梦游中看到，不远处牛秦川牵着梅钰琳的手，自己用力呼喊，他们却好像听不到一样。赵云鹏还看到，白晓芳对着自己微笑，满树都是白晓芳最喜欢的桃花，一阵大风刮过，桃花瓣宛如下雨一般，纷纷飘落在地，一切透露着凄美。

赵云鹏猛然惊醒，伤口的剧痛让他不由自主地皱起了眉头。见赵云鹏苏醒了，护士们急忙叫来了医生。

医生是赵云鹏的老熟人成田进一郎。虽然成田进一郎是妇科医生，但是他外科手术的技术还是好于我们自己随军的土军医，于是李副政委做主把赵云鹏送到了临江。

昏迷了一天的赵云鹏起身的第一件事就是寻找白晓芳，但是所有人都遮遮掩掩，支支吾吾，这让赵云鹏产生了一种非常不好的预感。

子弹击穿了白晓芳的身体后，又击中了赵云鹏的左前胸，但正好打在他上衣口袋里放着的一块怀表上。这块表还是上次董副政委还回来的那块，已经跟自己经历过若干次战斗了，没想到，这次它还救了自己的命。打碎了的几块弹片，扎入他的左胸内，但手术取出来了，幸运的是弹片只伤了左前胸两根肋骨，未伤及心脏，真是与死神擦肩而过，捡回了一条命。

听说赵云鹏醒过来了，钟守田急忙赶到临江看望老搭档。钟守田对白晓芳的死闭口不提。在赵云鹏苦苦哀求，甚至从床上爬起来跺脚骂人，胸口的绷带都渗出了鲜血的情况下，钟守田把眼泪一抹，才带着哭腔说道："就是那发，那发臭子弹，打穿了她的胸膛，又击到了你的身上，人当场就不行了……"说完，钟守田又把眼泪一抹,大声吼道:"他奶奶的魏马列,老子饶不了他,他有不可推卸的责任,看老子怎么把他撕成碎片!"

听到白晓芳牺牲的确切消息后,本来因受伤而晕晕乎乎的赵云鹏,这时更是感到天旋地转,一下撞到了桌子上,眼看就要倒在地上。钟守田一把把他搂住,一边往床上拽,一边指着与他一同来的南满分局调查组的两名同志叫道:"出去!出去!让政委一个人好好休息一下!"

赵云鹏眼前一片漆黑,脑子里全部是当时现场的情景。他一边捶打着床板,一边哭诉道:"为什么中弹的不是我自己?为什么呀——为什么——为什么!"赵云鹏号啕大哭的声音撕心裂肺,让站在院子里面一根接着一根抽烟的钟守田心里发颤。他知道赵云鹏与白晓芳有多么深的感情,他了解自己这个老搭档这回是真的伤到了心了!什么叫痛不欲生?这比痛不欲生还要痛啊!于是,钟守田趴在窗子上,流着眼泪,捏着嗓子劝道:"哭吧,放开声哭吧,哭出来就好了!"钟守田边劝慰,边自责道:"为什么挡子弹的不是我呢?我想替你去死啊!晓芳啊,你钟大哥没有保护好你啊!我真是个没用的窝囊废!"

赵云鹏不顾大家的劝阻,挣扎着来到白晓芳的墓前。钟守田紧跟其后,还一个劲儿地劝道:"老赵,哭出来吧,哭出来就好啦!"

赵云鹏失神地站在白晓芳的墓前,见插在土堆上的墓碑,是用柳木简单劈开做成的,上面用毛笔写着:白晓芳之墓。

见惯了生死的赵云鹏此刻面无表情,盯着墓碑对钟守田说:"老钟,给我找一块好木头,留一把刺刀,再弄两瓶酒来,我想和晓芳喝一杯。你们都回去吧,让我自己待一会儿。"

钟守田欲言又止,叹了口气说道:"好,那你注意点伤口噢!"

很快,东西送来了。赵云鹏脱下衣服,开始弯腰为白晓芳的坟头堆土。铲了几锹土后,他放下铁锹,又用双手一捧又一捧地往上堆土,捧了几把后,又挥动起铁锹,一锹一锹地往上培土,一捧一捧,一锹一锹,就这样不断地把泥土加在坟上。没一会儿,鲜血就顺着指甲流了出来,赵云鹏仿佛感觉不到疼痛一般,接着又从山坡下搬石头上来,一趟又一趟,直到胸前的伤口崩裂,鲜血染红了衬衣……

赵云鹏想为白晓芳最后做点什么,又不知道该做什么,他仿佛失去了人世间最重要的东西。这一刻,赵云鹏眼前的一切都失去了颜色。

平心而论,他赵云鹏参加革命这么多年,从来没有对不起党的培养,从来没有对不起组织的信任,从来没有对不起战友的情谊,但今天唯独对不起的就是白

第三十五章 死别化蝶

晓芳，用赵云鹏的话说，就是："你让我无以回报啊！"

是困惑，是自责，还是难过？复杂的情感纠结着赵云鹏的心，无数的情绪仿佛将他架在烈火中焚烧一般。这一刻，赵云鹏觉得自己已经没有什么能够再失去的了。

远处的钟守田含着眼泪，放下了望远镜，阻止了想去帮忙的马德礼道："那是政委自己的事，咱们谁也帮不了他。"

赵云鹏细心地把石头垒砌在坟上，一边垒砌一边说道："以后可能就不能总来陪你了。等全国解放了，我在这旁边盖间茅草屋，天天陪着你，不会让你孤独的！"

赵云鹏席地而坐，用心雕刻着白晓芳的墓碑，雕刻得十分笨拙。他划破手指，让鲜血流出来，然后又从白晓芳的"白"字开始染起，流出来的血干了，他又划破手指，让新的鲜血流出来继续染……就这样不停地划破、不停地染，他让鲜血足足把墓碑上的每个字都染得殷红。这时，他左看看，右看看；然后，站起身来，近看看，远看看，仿佛眼前出现了一片如血的残阳，白晓芳身披着鲜红的晚霞，在朝着他微笑……

此刻，夕阳西下，在万道霞光之中，赵云鹏满含着深情，用口哨吹起了《白毛女》的选段《北风吹》。"拉索索咪咪咪咪——索发咪咪咪拉哆——"一段段清亮的口哨声，带着《白毛女》阳春白雪般优美的旋律，回绕在白晓芳墓碑的上空，好似余音绕梁，回荡不已。赵云鹏越吹越动情，吹着吹着，眼泪就哗哗地下来了，一串串泪水顺着脸颊往下流，他眨巴眨巴眼睛，又吹了起来，不停地吹啊吹啊，眼泪止不住地流啊流啊，不一会儿，赵云鹏就成了一个泪流满面的泪人。

此刻，突然空中飞来几只大鹏鸟，它们好像看见赵云鹏在这里久久不愿离去，因此在赵云鹏头顶的上空盘旋起来，一边盘旋，一边"嗬——嗬——嗬——"地发出低沉而又雄浑的叫声，仿佛在向亲人发出讣告，又在向敌人发出警告，引起周围各类生物的敬畏和肃静。这时，赵云鹏抬头仰望天空，远方天边白云朵朵，随风飘飘，仿佛伊人正在向他挥手，忽然，一阵清风掠过，仿佛白晓芳在用温柔的红唇亲吻着赵云鹏的脸颊。

当晚，赵云鹏把钟守田送来的两瓶酒喝得干干净净，酒让他一改以往的沉稳和内敛，话语不绝，倾诉真言，神态轻盈，飘然欲飞，仿佛他能飞到白晓芳已去的那个世界，与自己最心爱的人相守一生，不离不弃。就这样，赵云鹏在白晓芳的墓前睡着了，整整睡了一夜……

在梦里，他见到了一座拱形石桥，在桥旁边，白晓芳正在等他，只见她穿着长袖霓裳,好似天女一般……梦一直做到清晨方醒,醒来后,睁眼一望,伊人不在,空空荡荡。赵云鹏猛地起身,爬起来迅速穿好衣服,狂奔到小溪旁,只见溪水依然,小桥仍旧,只是不见了她……

梅钰琳得知赵云鹏在临江救治,特意赶去看望,又听说他独自一人在为白晓芳送别,她又跑到现场,看到了全过程。她也在旁边守了一夜,在天亮前又悄悄地离开了。她心想:赵云鹏如此之悲痛,说明他一生的爱已经用完了。

南满分局调查组的两名同志与钟守田有过接触,一名是李副处长,一名是王干事。他们受组织的派遣,一是来看望赵云鹏,二是来调查了解魏马列的一系列问题。调查的结果将决定魏马列最后的命运,用钟守田的话说魏马列是自作孽不可活啊。

李副处长和王干事在全旅进行了一次摸底,发现魏马列几乎是一个人见人烦的存在,甚至还弄虚作假糊弄上级领导,尤其魏马列"拉小山头"的举动让李副处长深恶痛绝。李副处长和王干事也十分震惊,能够让这么多人如此讨厌,真的挺难做到的。

政治部送来了白晓芳的遗物,一件织好却没能送出去的毛衣和一个小镜子,小镜子是赵云鹏送给白晓芳的唯一礼物,睹物思人,更加悲伤。

让赵云鹏愤怒的是对白晓芳的烈士追认并不顺利,因为有人反映白晓芳的哥哥是恶霸,又说她是大地主出身,更有甚者说她在独立旅旅部遇袭事件中,究竟扮演的是被劫持者还是带路者,一时还说不清楚。对此,赵云鹏暂时强压了怒火。

另外,面对政治部对魏马列的调查,赵云鹏给予了非常中肯的评价,他没有说魏马列的缺点,而是说魏马列有三个特点:"魏马列的特点主要有三:缺乏求实精神,常常主观脱离实际;缺乏基层经验,喜欢搞'左'的东西;缺乏共产党人的胸怀,对同志有亲有疏,甚至喜欢搞小圈子。"但赵云鹏咬定:"这个同志本质还不坏。独立旅出现逃兵事件是敌特分子有组织、有预谋的破坏,不能全都算在他头上。现在正是用人之际,只要魏马列同志能够深刻反省,此人还是可以用的。"

赵云鹏的说辞让在门口等候的魏马列异常震惊和感动,他没想到赵云鹏会以德报怨。随即他也意识到了,他并不是自己口中所谓真正的布尔什维克,因为他心胸狭窄。而赵云鹏恰恰是真正的布尔什维克,因为他把党和人民看得高于一切,是一个把党的利益高高举过头顶的人。

解决了魏马列的事情后,赵云鹏拦住了大长脸的政治部干部,要求他说出是谁说的白晓芳给叛徒带路。大长脸政工干部一脸不屑地说:"我的工作是有原则

第三十五章　死别化蝶

的，不能说。"

一旁的钟守田也恼火起来。赵云鹏这些天来的愤怒终于爆发了，一个直拳打得大长脸政工干部满脸开花。几个人按住另外一名想阻止的政工干部，钟守田抓住大长脸政工干部的双手大喊："怎么能打人呢？心平气和啊！"

与此同时，钟守田下面却用脚用力踹对方，与赵云鹏一起把对方打了一顿。

最终，南满分局党委接受了独立旅党委的建议，魏马列暂代独立旅副政委一职。得到这个消息后，已经做好了被撤职、开除党籍准备的魏马列独自一人在木屋中熄灭煤油灯，蹲在角落里哭泣。

魏马列为自己的狭隘和妒忌难过，更让他难过的是赵云鹏并未对他落井下石，反而是竭尽全力地对他进行拯救。他承认，白晓芳的牺牲他是有一定责任的，这让魏马列的内心也变得无比纠结。

对于赵云鹏和钟守田殴打调查干部一事，李副政委十分震怒："牺牲就是牺牲了，怎么到了你们那里就怀疑这个怀疑那个？谁说的？有没有证据？干工作怎么能够捕风捉影？会伤害同志们的感情的。我要严肃地口头批评赵云鹏和钟守田同志的过激举动，下不为例。"

鉴于敌人虽然番号众多，真实兵力却只有八个团又一个营，我军南满分局决定以三纵和四纵主力对敌，先集中力量打掉高丽城子附近的195师。战斗进行得非常顺利，担负外线迂回的独立旅也"吃到了肉"。

195师被包围后立即呼叫增援，杜聿明把207师的一个团派去增援195师，结果这个团一头扎进了独立旅的口袋阵，几个小时的工夫就被报销了一大半。195师的一个团被彻底歼灭后，其主力立即退出高丽城子。

国民党方面虎头蛇尾的大举进攻又一次落下帷幕。

独立旅撤回临江休整。经过审查被证明没有问题，且养伤多日已经康复的赵云鹏又接到了命令，重新回到了独立旅政委的岗位上。他一上任就清醒地意识到，敌人很快就会大规模进犯临江。怎么打好保卫临江之战，是他面临的最严峻的现实问题。

这天，在认真分析了当前面临的形势后，赵云鹏对钟守田说："现在我们要摆脱在临江面临的困境，必须既'保'又'打'，既要坚守南满，保卫临江，又要敢于出击，主动进攻。"

"记得七道江会议时就提过'南拉北打，北拉南打'的作战思想。"钟守田很快插了一句。

"是的，我们要很好地运用这个作战思想。"

"我听你说过'四渡赤水'的运动战经典战例。这是不是可以运用？"

"当然，毛主席指挥红军四次渡过赤水河，飘忽不定、灵活机动、用兵如神等运动战的精髓，我们一定要大胆运用。"

"我真佩服你们这样的政工干部，把党史军史研究得很透！"

"光研究可不行哦！我们这次要在这场'保卫战'和'运动战'中把作战思想充分运用起来。"

果然，杜聿明没给我军休整时间，很快重新集结了十一个团的兵力，分四路向临江进犯，意图和我军打消耗战，让我军无法得到充分休整。

保卫临江的战役打响了。不久，南渡松花江的战役也打响了。

在一场场战斗中，赵云鹏和钟守田领导的部队与南满、北满的其他部队一样，不怕严寒，士气高涨，敢打硬仗，一会儿集中优势兵力打"阵地战"；一会儿悄然无声地渡过松花江。几万人的部队隐蔽得悄无声息，一旦发现目标，就汇聚成强大的力量，像狼群一样猛扑上去，一口一口地吃掉。战斗中，赵云鹏发动各级政工干部和指战员，大力开展宣传鼓动工作。行军路上，指战员们有说有笑。顺口溜在风中飘荡，什么"革命军人士气高，天气再冷难不倒""吃菜要吃白菜心，打仗要打新一军"等。这些政治工作都极大地激发了官兵的革命豪情和战斗意志。

为实现我军"南拉北打，北拉南打"的战略，北满方面主力十二个师渡过松花江进攻德惠，虽然攻坚受挫，却"围魏救赵"解了南满之围。

三攻南满接连失利的杜聿明也开始总结他的"先南后北"战略，更让他烦躁的是南京那位远隔千里的"总指挥"在战场形势瞬息万变的情况下，每逢关键时刻就会隔空指挥到团一级，经常性出幺蛾子。

第三十六章　坍塌之根

寒风猎猎，1947年一开年就格外寒冷。部队连续外线作战的很多战士被冻伤，一些战士就扒下国民党军死者的衣服御寒。钟守田也搞了一件国民党军官的短呢子大衣，威风十足，赵云鹏提醒他注意敌我识别，钟守田全部当成了耳边风。

结果，从临江半夜返回驻地，钟守田被友军的哨兵当成国民党军官给了一枪，还好哨兵是个新兵，枪法很一般。大衣被打了一个对穿的钟守田再也不敢乱穿衣服了。

赵云鹏决定组织驻地的妇女把国民党的棉衣改一下再发给官兵御寒。为此，他决定去一趟临江找李副政委协调一些染料。

3月20日，牛秦川奉命前往沈阳开会。三攻临江的国民党部队被我军北满主力三次主动出击搞得非常狼狈。现在松花江已经解冻，北满的我东北民主联军主力无法过江。于是，熊式辉与杜聿明再次策划围攻南满解放区。

熊式辉已经从他在南京的渠道探听到了一些对他非常不利的消息，"小鬼"不知道在老头子面前说了什么，南京那位"老头子"可能要动心思。熊式辉知道若东北局面不能尽快打开，他在这里的时间就不多了。

现在南京方面对他与杜聿明不满的声音越来越多。经济困窘的南京方面原本还指望二人接管东北日本人留下的大批财富能支援一下国民党政府，没想到熊式辉和杜聿明反而还伸手要钱。更有人告状说，熊式辉和杜聿明要当"东北王"，对此，熊式辉真是哭笑不得。

其实，国民党军进入东北也确实接收了不少物资，即便在嫡系中央军内部，也有不少"小山头"。杜聿明是个军人，不愿意牵涉到政治，所以选择视而不见。

但是，包括廖耀湘、陈明仁在内的一些中高级将领，到了东北之后，用贪污已经不足以形容其行径，简直就是在抢。所以，熊式辉和杜聿明手中能用的人并不多。

熊式辉将这个消息分享给了杜聿明，杜聿明也是眉头紧锁。陈诚的无能是有目共睹的，除大喊效忠外，就是任人唯亲提拔重用他的"土木系"。在南京，杜聿明更是被陈诚总长当面批得一无是处，公开讽刺他指挥无能。深谙中庸之道的杜聿明表面上没说什么，但心里还是恨他，把陈诚骂了无数遍。

牛秦川给杜聿明打报告索要的物资和补给竟然只收到一半。此前只少四分之一尚且还能够忍受，用赵高参入股的钱去黑市购买点贴补一下，也还能应付应付，但现在拨下的军需竟然足足少了一半，这次可是实在快没有了，让人忍不下去了。

面对牛秦川的质疑，杜聿明紧锁眉头，按理说，牛秦川私下倒卖军需物资，应该没那么大的胆子找自己要说法，唯一的可能是有人太贪了。

对于贪污克扣军需物资这件事，杜聿明反馈给了熊式辉，他没办法管，也不能管，这些白手套背后的影子都是他不想得罪的。人活一世，哪里有什么公平公正，靠的都是人脉和背景，他早已不是当年那个热血沸腾敢上九天揽月的青年了。

人浮于事而已。熊式辉面带笑意地走入杜聿明的办公室，办公室内的陈设只能用简陋二字来形容。

熊式辉惊讶之余，面露凝重说道："光亭兄，你这是陋室铭？堂堂党国中将大员，这是不是太过了？"

杜聿明微微一笑起身迎接，自信中夹带着些许无奈道："斯是陋室，唯吾德馨。兄弟的心思全部在作战上，吃太饱容易倦，房子太暖容易疲，当长官的带头享乐，下面的也会效仿。天翼兄为何而来？"

熊式辉碰了个软钉子也不生气，坐在杜聿明对面跷着二郎腿，犹豫了一下说道："下面有人反映，说军资短缺，疑是被人贪污克扣。我是真着急啊，这不是拆光亭兄的楼吗？这会寒了几十万'剿匪戡乱'将士们的心啊！"

杜聿明皱了皱眉头，他觉得熊式辉是在挖坑，冷静了一下说道："天翼兄直言即可。"

熊式辉见达到了目的，于是直言道："咱们兄弟二人一向是分工明晰，军归你，民归我。虽兄弟是东北行营长官统揽全局，可也不愿意把手伸进你的地盘，军毕竟是归你管。"

杜聿明沉思片刻答应道："好的，既然如此，我照办就是了。"

熊式辉走后，杜聿明拿着牛秦川此前提供的"留守处"一查，吓了一大跳，几乎每个团都有一个留守处，前线各部队缺编、缺员严重，苦于手中无兵的杜聿明发现在他眼皮底下，沈阳竟然有三万多的国民党军留守处人员。他们在大肆倒买倒卖各种军需物资，很多物资没进库房，在车站就被卖掉了，牛秦川所言不过

第三十六章 坍塌之根

是冰山一角。

面对牛秦川的抱怨，杜聿明长叹一声："你说我们在东北腐败，其实全国又何尝不是如此呢？这样下去，我们的天下不会有几天了！"

牛秦川看出了杜聿明也是有心无力，如此腐化的军队能有什么战斗力？所有当官的都在往外运东西，东北被他们刮得天高了三丈，地薄了三尺。

作战会议后，刘玉章遇到了牛秦川，两人结伴而行。刘玉章提议去鹿鸣春吃炖野味，结果发现原本生意火爆的鹿鸣春竟然没什么客人，显得十分冷清。

陆一鸣款待牛秦川与刘玉章时也道出了实情。有高官看上鹿鸣春的店，想要一块钱入股一半，陆一鸣本想忍了，但是，又有两伙人想一块钱入股，于是只能等三伙人角力结束再看分晓了。

面对25师的编制表，刘玉章摸着大光头，疑惑道："老弟，这里到底吃了多少？"

牛秦川微微摇了摇头，回应道："我的长官，我这个人你是知道的，从来不喝兵血，更不吃空饷！"

刘玉章微微一笑："难怪你的物资越发越少。拿我第2师作例子吧，我不吃空饷，但是上峰有人给我挂空饷啊，单说东北行辕人事处，就在我这里挂了五百多人的空饷。"

牛秦川无比震惊地望着刘玉章："他们疯了，一个人事处就敢挂五百多人呐！"

刘玉章一昂头，一杯酒饮了进去，放下杯子，说道："这些人还有什么不敢干的？他们巴不得我们打败仗，补充越多，他们捞得越多。老弟你连这都看不明白？"

牛秦川长叹一声，瞪着双眼说道："这样的党国真该亡了，就算不亡又还能折腾几年？"

刘玉章微微一笑："我们是军人，唯有精诚团结，尽力而为。现在五十二军群龙无首，李大麻子又去了共军那里改造，我有意军长这个位置，需要老弟你支持啊！"

此言出自刘玉章之口，牛秦川一点也不意外地点了点头，说道："我理应尽犬马之劳，全力支持你，因为当年我这个副师长也是托了兄长你的福啊！但这军长的位置可全都捏在南京那伙人手里，走不了校长的路子，就得走陈辞修的路子，可有把握？"

刘玉章摸了摸大光头，不服气地说道："没甚把握，但不试一试怎么知道？

若是不果，了不起去趟上海散散心呗！"

牛秦川顿时目瞪口呆，好家伙，刘玉章这是摆明了向南京方面要官的架势，要是得不到满足就要撂挑子。他清楚刘玉章是个说得出做得到的人。陈诚的路子恐怕不好走，这几年大权在握的陈诚到哪里都是带着他的一大群"土木系"，东北的各军师位置恐怕很多已经被惦记上了。

"土木系"是国民党中央军的支柱之一，核心人物是陈诚，与胡宗南系、汤恩伯系一并被称为国民党三大军事集团。之所以叫"土木系"，是因为"土"字拆开为"十一"，"木"字拆开为"十八"，而国民党第十八军第十一师正是陈诚起家的班底，由此得名。

牛秦川能够从熊式辉和杜聿明急切发起对南满共产党军队的进攻判断出，两人的日子肯定都不好过，说不定南京那边一直有人在给他们"上眼药"呢。

走出鹿鸣春，大街上空无一人，一片萧条景象，用陆一鸣的话说："这真不如日伪统治时期！"他还说前几天在澡堂里，当时雾气大，不知是谁在那儿哼着民谣："想中央，盼中央，中央来了就遭殃！"牛秦川长叹了一声，自言自语地说："这哪里是什么民谣啊？分明是民意嘛！"

他们不知道的是，东北的土改政策将几千万亩土地分配给了数百万无地少地的农民。

广大东北民众逐渐改变了最初对共产党所持的观望和疑虑态度，纷纷参军，踊跃支前，对共产党的感恩之情慢慢在上升。从当初的"穷八路、土八路，八路来了待不住"的偏见，转变为"想八路、盼八路，八路来了有出路"。

听到这些民谣，赵云鹏想起了听到过的一个故事：毛泽东在延安接受美国记者埃德加·斯诺的采访。当时的延安条件很艰苦，其中，带有标志性的一个现象，就是"虱子大战"。看到毛泽东坐在窑洞的炕上，不停地抓头上和身上的虱子，埃德加·斯诺感到十分尴尬，觉得不应采访时间过长，于是就机敏地说："毛主席，我今天采访只问一个问题，问完就走。"毛主席回答道："好吧，你随便问。"埃德加·斯诺于是问道："到底你能赢，还是蒋介石能赢？"毛主席非常自信地说我能赢！接着，毛泽东打着手势表示，第一，人民大众支持我们。第二，农民就是人民大众。第三，我们搞土改，给农民分土地，国民党不搞土改，不给农民分土地。第四，农民的逻辑是：你给我土地，我就给你政权。

想到这个故事，赵云鹏有一种发自内心的冲动，他觉得，虽然我们现在还面临很多困难和挑战，但对胜利充满了信心！

3月27日，国民党军纠集20个团的兵力来犯，赵云鹏接到了回到89师的方

第三十六章　坍塌之根

景武的密报，方景武将89师的布防计划和兵力全部密报给了赵云鹏，赵云鹏立即把这个情报送到了李副政委手中。

根据侦察情况，结合方景武的密报，南满分局党委迅速决定，集中兵力先打掉敌人相对较弱的89师，然后根据敌人的部署调整伺机而动，北满方向的我军主力也随时待命。

敌不动，我亦不动，动则如狂风骤雨。

4月1日，独立旅将敌89师和54师的一个团诱至我主力设伏的三源浦西南红石砬子，我军突然发起进攻。意识到自己孤军冒进的89师师长张校堂萌生退意，于是准备将前队变后队。察觉到敌人要跑的我军，立即展开进攻，以迅雷不及掩耳之势顺利全歼了89师和54师的一个团。张校堂带着他的部下近八千人进了解放战士大队。

国民党军见中路89师被围歼，没有立即增援，反而是快速撤退。杜聿明根本来不及做出战术调整，气愤地望着地图，摔了红蓝铅笔，怒骂道："进攻时足足走了四天的路，逃跑时一天就跑了回来？"

南满分局首长视察了解放战士大队的转化俘虏工作，对赵云鹏转化俘虏的做法给予了高度评价和充分肯定。

正如南满分局首长所言，坚守南满，就是在杜聿明屁股后面扎上一颗钉子。两线配合，又打又拉；南满不支，北满出击；北满困难，南满出援，令杜聿明首尾不能相顾。

白山黑水之间，国民党"先南后北"的战略彻底破了产。我军四保临江、三下江南，不仅打破了国民党军的战略进攻，大量消耗了国民党的有生力量和精锐老兵，而且为战略反攻打下了坚实的基础。"四保临江、三下江南"战役成为东北国共决战的转折点。

随着夏季攻势的全面展开，解放区越来越大，解放一地，我军就立即组织土改工作队发动群众进行土改。拥有了土地的老百姓自觉地拥护民主联军，踊跃参军保卫自己的土地。

国民党从进攻已经开始转向被动防御。

赵云鹏从南满分局开会返回，第一时间给钟守田和全旅干部传达了会议精神。

在旅部的院子里面，大家席地而坐，有些来晚的只能坐到墙头和磨盘上。赵云鹏环顾众人，清了清嗓子，用洪钟一般的声音说道："同志们，根据地认真贯彻中共中央东北局'七七'会议决议，土改取得了巨大成绩。正如毛主席所说，我们把土地给了农民,农民把政权给了我们。夏季攻势之后我们东北民主联军有了更加巩固的根据地,现在我军总人数已达到五十一万,在东北战场上数量首次超过国民党军。"

话音未落,一阵掌声如骤雨般自发地响起,它反映出人心所向的历史潮流,也标志着我军从被动防御转入了战略反攻。

会后,钟守田把赵云鹏拽到一旁,要把他听到的一个小道消息告诉赵云鹏。他神神秘秘地说:"独立旅要整编了,可能是整编为四个团建制的独立师,而且很有可能还是东总的直属部队。"

整个东北民主联军都在推广转化俘虏的经验做法,不同的部队针对国民党军不同时期、不同类型的俘虏怎么转化,都在实践中积累了大量的经验。赵云鹏总结创造的"三个认同"的做法,当然被许多兄弟部队视为当前"即俘即补"能够用得上的宝贵经验。其他兄弟部队转化俘虏的经验做法也取得突破,直接增强了部队的战斗力。

随着土改政策的不断落实,官兵之间讨论最多的是"你的家乡解放了吗""分到了多少地"。土改取得的成果直接赢得了广大民心。

土改主要是靠部队的政工干部去组织实施,转化俘虏也主要靠部队政工干部去组织实施。这两大项工作的出色组织实施,为即将打响的秋季攻势乃至冬季攻势奠定了坚实基础。

据说,熊式辉早就预感到屁股底下这把交椅坐不稳了,为了试探蒋介石对自己的态度,他连续给蒋介石写了几封辞职信,假惺惺地声称自己无能,无法治理东北,请蒋委员长另择高明来接替他。而蒋介石却对熊式辉表示抚慰,劝他继续把东北的军政大事抓好,并表示绝对不会变动东北的重要人事。得到蒋介石的亲笔信后,熊式辉心中悬着的石头终于落地了,他打心眼里感激蒋介石对自己的信任,为了以示报答,他准备重振旗鼓,在东北大干一场。

这天,熊式辉专门召开了一个会议。他在会上信心满满地说:"经过前一段与共军的交手和对东北的治理,我们已经积累了丰富的经验。现在,要把东北军政之主要任务搞清楚,那就是以整军为突破口,搞一个重振东北的计划。今天我提出一个'整军精武'之方案,供大家讨论。"

会上和会后,一堆紧跟熊式辉的人围绕"整军精武"和"重振东北"搞了一些不切实际的计划方案。还没来得及推开方案,熊式辉就突然接到免去他东北行辕主任的命令,同时陈诚前来接任。这对熊式辉来说真是当头一闷棍,打得他两

第三十六章 坍塌之根

眼冒金星。他万万没想到自己鞍前马后为蒋氏父子奔波了大半辈子，最后落得这样的下场。闷闷不乐的熊式辉灰溜溜地离开了东北，东北的失败对于他来说是人生的至暗时刻，他也从此一蹶不振。

不久，沈阳东北长官行辕迎来了一位特殊客人。陈诚作为东北长官行辕新任"掌门人"，挤走了熊式辉，一个人独揽东北军政大权。

杜聿明眉头紧锁与郑洞国在作战密室里进行了一场推演。杜聿明告诉郑洞国："现在共军进攻怀德那样的小县城都出动一个纵队的兵力，几百门的大炮，大炮打蚊子式的练兵，国军在东北战场已经失去了所谓的火力优势。"

郑洞国听后更加忧心忡忡，他长吁短叹道："东北战场好像一个泥潭一般，国军丢人失地越打越少，共产党的军队越打越多，这不是简单的换将就能解决的问题，我们要检讨，为何共军越打越多、越战越强？"

郑洞国起身指着地图又说道："共军的夏季攻势打得我们狼狈不堪，这之后接着又要发起秋季攻势，依我看，还会发动冬季攻势，势必分五路来攻，铁岭、开原一线我军难以固守。一旦铁岭失守，沈阳将成为一座孤城，继而威胁到驻守四平的七十一军。若是四平这个战略枢纽失守，铁路大动脉被彻底切断，那么长春、沈阳、锦州都将成为孤城。"

杜聿明紧锁眉头，很不耐烦地道："千万不要一语成谶呐。原来是共军需要喘息，我们打政治仗停战，现在我们需要喘息，共军能给我们时间吗？"

郑洞国叹着气，紧跟着说道："绝不可能，共产党打的就是政治仗，他们尝到把人心都拉过去的甜头，怎么可能让我们喘息呢？我们，哼哼，打的都是败家仗啊！"

杜聿明把手按在地图上标着的廖耀湘机动兵团上，郁郁不安地说道："不是我危言耸听，如果廖兵团出了问题，我们将彻底葬送东北。葬送了东北，就等于葬送了党国，令人担忧啊！"

郑洞国也叹了口气道："呵呵，我是心存疑虑啊，恐怕东北是真的要完蛋啦！"

陈诚抵达沈阳并未召见杜聿明和郑洞国，这让两人惊讶不已。三天后他们忽然明白了，陈诚第一棍"杀威棒"打在了其他派系的身上，这让身体不好的杜聿明也萌生了退意。

陈诚入东北后，对国民党军管钱、管粮、管物的后勤蛀虫们展开了大规模的清洗，但一拳打在了棉花上，没有人真把陈诚要惩治贪腐当回事，因为在整个东北何人不贪？一切都是明码标价的，一手交钱一手交货，都可以进行交易和买卖，盗卖军用物资更是不值一提的小儿科。

东北行辕直属汽车团团长是一个油水很厚的肥差。这个身材不高、满脸雀斑的团长叫冯恺，他是靠着南京的背景上来的，正因为后台硬，因而无所忌惮，就拿盗卖汽油来说，那是冯恺众多生意里面的"固定收入"。

冯恺丧心病狂的程度令人发指，上峰命令调用车辆五十台给新207师运兵，他直接给了207师参谋长一箱美金，并告诉对方："车去营口运私货了，你们自己想办法吧。"

一个民不举，一个官不究，大家其乐融融。

深夜，陈诚办公室内人头攒动，这些人大部分是跟着他出关来经营东北的。经营、经营，没有人哪里有"经营"？

一张巨大的特殊军用地图平铺在地上，东北各个产业的负责人和实控人的背景、军队的位置、长官的名字派系等，全部标注在上面，有的位置是明码标价，有的位置是某某打过招呼，诸如此类"人力资源"颇为丰富，为此要把人脉先搞清楚。

高参中将田湘藩、汽车团长冯恺、日俘管理处少将处长李修业等，上百个将军和位置标注得清清楚楚，哪个能动，哪个能收钱，哪个要换成自己人，一目了然。

黎明时分，参与了"建设性"会议的赵高参与一直等候他的李敏文处长，来到了一家早餐店的二楼进了雅间。

赵高参摘下大檐帽，抖了抖上面的尘土，搓着手说道："辛苦清筹兄了，足足等了我一晚吧？"

李敏文微微一笑道："辛苦倒是谈不上，眼下陈辞修要惩治腐败，人心惶惶啊，到您老兄这来求一服安神汤才好啊！"

赵高参微微一笑道："你以为陈诚真的是来反腐的吗？他是以惩治腐败之名，去除眼中钉，拔掉肉中刺！他带了这么多人来东北，不腾些位置出来怎么办？有些倒霉的自然要倒霉，与你我何干？"

李敏文一副恍然大悟的样子，点点头说道："一语惊醒梦中人啊，学习了，学习了！"

中午，赵高参带领一伙宪兵冲入汽车团团部，将冯恺直接铐了起来，将一个个巨大的油罐切开，众人顿时目瞪口呆。赵高参推了推眼镜，望着油罐口里面焊接的一根碗口粗细的铁管，只有铁管里面有油，而油罐里面全部是水。

第三十六章　坍塌之根

赵高参看了冯恺一眼说道:"你他娘的真有才啊!"

冯恺连呼冤枉道:"我来的时候就这样了,油罐是从南京运来的,我冤枉啊!赵高参高抬贵手,高抬贵手啊!"

赵高参用手套抽了冯恺一个耳光,大声呵斥道:"说你自己的事,莫要乱扯!"

环顾左右,赵高参走近冯恺一步,低声细语地说道:"对不住了,兄弟,不是我不想,是陈诚的人看中了你的位置。"

冯恺瞬间如同霜打的茄子一样,蔫儿了……

大批更换人员之后,陈诚开始狠狠地敲打了心高气傲的廖耀湘。

对于廖耀湘,陈诚知道自己动不了这个蒋公的绝对嫡系,但是,他可以从下面的人动手,让自己的"土木系"渗透进去。

陈诚打听到,外界传廖耀湘是"一个十全十美的君子,不抽烟、不喝酒、不打牌、不近女色"。但不意味着廖耀湘不贪财。在长春和沈阳的时候,廖耀湘下面的新六军就经常倒卖军资,很多人做起了"生意",这些生意里面都有廖耀湘的股份。于是以惩治贪腐为名,陈诚给机动兵团更换了一批人浮于事的团长掌控部队,让廖耀湘头疼不已。

陈明仁的七十一军在三战四平中遭遇了我军的猛攻。虽然没能拿下四平,但是我军的攻城部队却积累了攻打四平的经验。

原本准备表功的陈明仁,却被陈诚直接扣上了一顶贪污的帽子赶出了东北。陈诚大肆任人唯亲、搞架空的动作,让东北的国民党军嫡系也心寒不已。

午后,阳光明媚,陈诚原本准备睡个午觉,不料被一阵叫嚷声吵得心神不宁。

军服笔挺的孙立人大步走入客厅,站在二楼的陈诚感觉头皮一紧,东北的军政大员他谁也不怵,唯独怵这个孙立人。

孙立人看着站在二楼的陈诚立正草草敬了个礼:"陈长官,有劳了!"

陈诚有点心虚,他之前安排了嫡系潘裕昆接替孙立人指挥新一军。陈诚的副官长静步来到他身后小声说道:"报告,孙立人可能得知了他要卸任的消息了。"

陈诚不悦地揉了揉额头抱怨道:"世上还真的是没有不透风的墙,恐怕这风是从庐山来的吧。"

副官长微微叹了口气,用安慰的口气说道:"总长,孙立人与第一夫人关系非同一般,就算你安排了孙立人非常欣赏的潘裕昆接任新一军的军长,孙立人心里肯定还是不舒服,是要找你闹一番的。"

陈诚长叹一声："他哪里知道我的用心？都说我非'土木系'不用，明明是他孙立人被上面点了将另有重用，偏偏我在这里当恶人，这世道哪里说理去？"

陈诚缓步下楼，最后几阶楼梯他突然加快脚步，来到孙立人面前："抚民哟！欢迎啊！"

陈诚握住了孙立人的手，吩咐道："准备一下，让赵高参和黎民过来打三圈。"

这下孙立人蒙了，心里嘀咕，打什么牌？你陈辞修不是不打牌吗？

赵高参没来，黎民也没来。陈诚捏着一张麻将牌微微一笑，意有所指道："你我都不打牌，所以我们是小人物。大人物都是会布局的。此番你兴师问罪，我担着，但话要讲明，是上面有人安排你去转移重要物资。"

孙立人皱了皱眉头，非常气愤道："上面？什么重要物资？东北战场国共两党鹿死谁手尚未定论，我们就要转移？"

陈诚放下麻将牌起身，高深莫测地道："有传言，他们民国三十五年就开始有计划了。你我这等小人物，尽力而为吧。"

说罢，陈诚端起了盖碗。愤愤不已的孙立人此刻也冷静了下来，犹豫了一下，人家已经端茶谢客了，而且还说得这么明白，唉，算了。

孙立人刚刚出门，陈诚还未来得及转身，一个大光头就堵住了门。刘玉章的时机把握得非常好，不过他可没有孙立人"看茶"的面子，尴尬地站在大厅报告了最近的军务。

陈诚耐着性子等刘玉章报告完毕，起身面无表情道："我晓得了。"

刘玉章目瞪口呆地望着离去的陈诚，他不敢失礼，只好满肚委屈地立正向陈诚的背影敬礼离开。

傍晚，牛秦川与心中憋闷的刘玉章小酌了一杯。姗姗来迟的赵高参一进屋就拱手道："听闻有一光头猛张飞，今日闯了陈公馆，不看黄历，不学中庸，不输效诚？党国的军长什么时候这么不值钱了？"

牛秦川看了一眼赵高参顿时一愣，脱口而出："赵兄，你中将了？"

春风得意的赵高参神秘莫测地一笑，带着戏腔："正是如此，待我，重整那旧山河，驾长车，踏破贺兰山缺，朝天阙……"

牛秦川一撇嘴："赵长官，我觉得岳武穆的词从你嘴里出来，是一种真正的亵渎。"

赵高参不以为然道："二位师长不是也自叹自怜吗？牛师长，你的副师长也是从某家手里经营来的，都是铜臭满身。"

第三十六章 坍塌之根

赵高参一番话说得牛秦川哑口无言。赵高参给刘玉章斟满一杯酒说道:"先予之,后取之,鳞生兄怎么能不明白呢?"

刘玉章微微一愣:"此言何解?"

赵高参故作神秘:"这东北战场是善地?国军精锐连番损兵折将,25师、89师都是被全歼的。他廖耀湘的嫡系新22师老兵仅仅不足五成,可以说当年挥师入关的精锐已经不复存在了。七十一军陈明仁前段在四平苦撑。局部地区共军兵力与炮火也已经超过我军。我看,不妨以退为进吧。"

牛秦川顿时明白了赵高参以退为进的意思,便接着话茬儿道:"善攻者,于九天之上,以退为进,趋吉避凶啊!"

刘玉章皱了皱眉头:"那老子明天就挂印,去上海当寓公。现在很多人不是说吗?陈诚赶跑了熊式辉,挤走了杜聿明,一人独揽大权。有句话说得很有意思,'陈诚出马,一个顶俩'。让他们干去吧,咱去不了北平,去上海总该行吧。"

牛秦川紧盯着赵高参道:"你的意思是国军在东北战场还要出大问题,打败仗?"

赵高参将杯中酒一饮而尽,放下杯子说道:"文武贤弟,你还看不透吗?所有人都在憋着看陈诚出纰漏,看'土木系'在东北垮台。蒋宋孔陈四大家族干的合法的生意,买官卖官是小儿科,炒外汇,搞走私,营口那几个港口的私货都是谁的?东北如果不打仗了,他们去哪里赚钱?现在全国到处都在开战,他们赚钱以前是论天,现在是论小时,下一步还要论分秒呢!"

刘玉章气愤地起身离开,拒绝了牛秦川相送,自顾摆着手道:"赋闲喽!"

牛秦川望着毫无离去之意的赵高参,问道:"老兄你可是无事不登三宝殿,这回是什么事需要我去办?"

赵高参微微一笑:"我就喜欢聪明人。铁岭有个煤矿在调兵镇附近,一个连足矣,把盘踞在矿上的匪徒清理清理,恢复生产嘛!"

牛秦川觉得自己的太阳穴在不停地跳,气得眼前发黑,这哪里是剿匪啊?分明是抢劫,而且抢得理直气壮。牛秦川无法拒绝赵高参,他已经不是当年那个意气风发、满嘴救国救民的热血青年了,他需要赵高参提供南京的人脉和路子。

牛秦川送走了赵高参,对着镜子站了许久,他发觉自己好像不认识镜子里面的人了,已被党国腐败的大染缸染得不像样子,不禁长叹一声:"腐败乃党国坍塌之根源啊!"

第三十七章 择优决策核心在"优"

乔装打扮的赵云鹏出现在了开原的威远堡镇。镇上唯一的一家客栈住满了南来北往的行脚商人。

这一切都要从三天前说起。我军纵队首长对即将进行的秋季攻势有非常大的期待,但纵队党委会上,对怎么打威远堡却产生了较大的分歧。

在纵队党委会议上,罗政委提出:"为了慎重起见,我的意见是从西丰打破敌人的'品'字部署,这叫'敲牛皮糖'战术,从敌人最弱的地方打起,一点一点地敲掉,直至打到最强的核心部位。先吃掉西丰敌人的一个团,然后稳扎稳打向敌116师师部所在地威远堡推进。"讲到这,罗政委喝了一口水说:"对我这个'敲牛皮糖'的战术,看看大家有什么意见?"

会上大多数同志都同意这个打法。毕竟,敌116师是远征军的甲种部队,而且刚刚调来东北战场不久,战斗意志非常顽强。

大家发言后,新来的纵队韩司令员表示不赞同,他说:"我认为,还是先打威远堡,我把它比喻为'掏心战',就是选最强的敌人先打。我认为,西丰守军是步兵团,战斗力比较强,又有坚固的工事,打这样的攻坚战,我军伤亡肯定会很大,即便是打下来,歼灭的敌人也不过是两个营而已。可如果奇袭威远堡,打的是敌人的师部,敌人在后方防御工事简陋,比较容易打。打敌人的师部,其他团就肯定要来增援,我们就可以在野外打他们的伏击,在野战中我军具有绝对优势,肯定伤亡不大,并且能够歼灭敌人一个整师。"

罗政委认为韩司令员的作战计划太过激进,部队首先要长途奔袭,一旦没能快速歼灭敌师部,或者敌人迅速回援,战事进入胶着状态,沈阳的国民党军主力沿着铁路可以快速增援威远堡。另外威远堡四面环山易守难攻,山上可能存在敌人修建的隐蔽防御工事,此前,我军纵队在这里就吃过国民党新22师的亏。

韩司令员的"掏心战"与罗政委主张的"敲牛皮糖"战术,是两种完全不同的思路,也是两种完全不同的方案。对于这两种思路和方案,与会的指挥员们又纷纷发表了看法,争议很大,不分上下。

按以前的惯例,罗政委是老同志,又是党委书记,在两个战术、两种意见不一致，且多数人赞同罗政委意见的情况下，肯定是要按政委的意见定下决心。但罗政委没有武断地按自己的意见办，而是非常大度地提出："经与韩司令员一起商议，我看还是将两个方案全部上报东总，请上级党委和首长决策！"

列席会议的赵云鹏从罗政委和韩司令员两种不同打法中，看出了我军高级指挥员的打仗智慧，十分敬佩，同时他也感受到，将两种作战方案一起上报，让上级党委和首长来决策，可见我军的党委决策机制经历红军时期创立，到抗战时期发展，到现在，已经比较成熟了。党委领战决策重大作战问题，比较科学的决策机制已经形成了。

最终，东总首长经过反复思考决定采纳韩司令员的方案。之所以东总决定采纳这么大胆的进攻方案，是因为东北战场的形势已经发生了逆转。我军经历了新式整军和土改运动之后，"三个不纯"和"七个没有"都得到了有效解决，已初步建立起东北巩固的根据地，同时，通过政治工作大量转化了俘虏兵并充实到了部队，部队不仅数量超过国民党军，而且战斗力也有了很大提升。这时，是到了调整我军在东北战场总体战略，由守转攻的时候了。

当即，纵队首长决定以主力奔袭和渗透手段，分兵包围西丰、头营子、威远堡、孤榆树，不使敌人有聚集兵力顽抗的机会，一口吃掉敌116师。但此战的关键在于如何"黑虎掏心"，重任落到了独立旅身上。为此，赵云鹏决定扮成商人前往威远堡进行实地侦察。

出发之前，赵云鹏见到了董副政委。他现在还是东北民主联军副政治委员兼任敌工部部长。董副政委给赵云鹏介绍了一个"熟悉"的搭档——梅钰琳。董副政委给两人倒了两杯水，严肃地说道："现在东北的形势非常复杂，敌中有我，我中有敌。你们这次去侦察威远堡的116师师部，师副官长廖成志是咱们自己人，你们去威远堡侦察他会帮助你们取得刘润川的信任。"

赵云鹏详细研究了116师的整体布防，其三个主力团与师部，分别据守西丰、头营子、威远堡和孤榆树这四个据点。

在西丰、头营子和威远堡东西一条线上，孤榆树、莲花和威远堡南北一条线上，都分布着驻守部队，相互驰援非常迅捷。威远堡往西南二十多公里是开原，往西北二十来公里是昌图县城，都有国民党部队策应。

身材高大的116师师长刘润川是个地道的东北人，更巧合的是，他是开原八棵树人，是地地道道的本地人。此次抢占东北，被派到家乡来作战，此乃一大运气，既打了仗，又探了亲，光宗耀祖。所以，116师刚刚抵达开原，他就给自己的师部选了一个"吉地"。此前新22师的一个团在此地击破了共产党军队一个纵队的防御，间接导致共产党军队弃守四平。

赵云鹏与乔装打扮为夫人的梅钰琳，穿着笔挺的西装和华贵的旗袍，乘坐着一辆别克轿车出现在威远堡街头。以往嚣张的国民党哨卡也有些蒙，因为在东北能乘坐美国小轿车的都不是一般人。

赵云鹏望着破败不堪的威远堡遗址道："钰琳，这明长城贯穿威远全境，明代设有一座屯兵之堡，有'威震远方'之意，故取名为威远堡。"该城十字街道两侧几乎都是低矮的民房，贯穿南北与东西的街道交会处就是坚固的邮电局小楼，威远堡唯一的一家客栈和酒馆也汇聚于此。

梅钰琳也谨记在心。这次他们的任务就是侦察敌人的布防，便于我军能够准确掌握敌人布防而发动奇袭。

泥泞的大街上，不时有国民党宪兵列队经过。威远堡原本就是一个小镇子，只是因为地控八方，刘润川才将师部部署在这里。在刘润川看来，他摆出的一字长蛇阵，进可攻，退可守，共产党军一定是先打西丰，靠两条腿的共产党军根本不可能会长途奔袭自己的师部。

赵云鹏与梅钰琳出现在威远堡，消息很快被报告到了刘润川那里。116师部下原本想先扣下两人进行一番盘问，刘润川听说对方是开美国小轿车从沈阳方向来的，而且还有武装护卫，觉得这一行人可能很有背景，认为先打探清楚才稳妥。

于是，在116师师部，刘润川见到了中山服笔挺、温文尔雅的赵云鹏和"阔太太"梅钰琳。望着梅钰琳身上佩戴的珠宝，刘润川觉得没让自己部下去贸然"刮地皮"是一个非常对的选择。

师部的作战室内，刘润川摆下了一桌酒席，邀请赵云鹏和梅钰琳赏脸。推杯换盏之间，刘润川言语试探，赵云鹏则风轻云淡道："兄弟此番从南京来东北的时候，兴业的孔兄对我说，东北是一个大有可为之地，让我为他打前站。前几日拜访了辞修大哥，他来东北没几日，可是真真的日渐消瘦，看来这清军与反腐不易啊！"

刘润川起身声称方便一下，走到屋外不动声色地招呼来副官长廖成志，压低声音道："你在陈公馆有朋友，查一下两个人的底细。"

廖成志看了一眼房间内的赵云鹏和梅钰琳点了点头："马上！"

刘润川点燃了一支香烟不急不慢地抽了起来。廖成志是救过他两次命的恩人，是自己最信任的人，连自己娶小老婆都是用他的名义，而且这家伙路子野，什么线都敢去搭，也能搭得上。

廖成志已经得到了组织的消息,他打电话的陈公馆副官也是"自己人"樊远征。他拿起电话:"总台,接陈公馆让樊副官接电话。"

片刻,刘润川已然来到他身后倾听,另外一边樊远征的声音传出:"兄弟,想我了?来沈阳整点?"

廖成志嘴角带着笑意客气道:"大哥,了解个事,赵德生这个人你认识吗?"

电话中,樊远征十分客气道:"我哪里够格?南京那边的大白手套,捞天捞地的主,你若是见了替为兄我也引荐引荐。他们前几天在沈阳,还是总长亲自接待的哦!"

廖成志放下电话。刘润川深深地吸了口气,动容道:"成志,一会儿你陪着我敬几杯。"

正寻机与赵云鹏和梅钰琳接头的廖成志自然求之不得,在敌人的心脏眼皮子底下接头,廖成志也是第一次。

廖成志进屋之后站在刘润川的椅子后面,悠然自得地点燃一支香烟说道:"南来北往的客!"

梅钰琳沉声道:"东客西住的人!"

刘润川进入屋内,拱手笑道:"这位是我的副官长廖成志,给两位贵客敬酒。"

廖成志举起酒杯:"长官有命,不敢推辞,今日紫气东来,贵客迎门,满饮此杯!"

三人推杯换盏之间,为了配合赵云鹏的"深厚背景",梅钰琳装作嫌弃这个,嫌弃那个,一副对一切都不满意的模样,大小姐的脾气也是说发就发,一张口就是夹着英文的吴侬软语,言语中透露着自己在美国华盛顿上学的经历。

赵云鹏则给了刘润川一小盒金条当做见面礼,根本不谈生意之事。刘润川被赵云鹏的出手阔气震惊到了,当看到赵云鹏和梅钰琳护卫清一色的马牌撸子和汤姆逊冲锋枪,更加相信赵云鹏的深厚背景。

赵云鹏则拉高踩低,把25师的牛秦川好生一顿埋怨,称其端着金饭盆要饭,碍眼至极。刘润川与牛秦川并不熟悉,但是不妨碍他知道牛秦川这个万人恨,因为牛秦川的25师此前控制着通往营口港的铁路和公路,参与走私的牛秦川却极为"耿直",给所有私货限定了上限。

为此,既不要脸又要脸的牛秦川成了大家发家致富的绊脚石,终于在众人的努力下,陈诚将25师调离驻地换防至锦州。

刘润川并不清楚,他师部的作战地图早已被赵云鹏全部看在眼里记在心里。

深夜，赵云鹏与刘润川详谈"生意"。对于贩卖军需物资刘润川并不抵触，因为几乎所有人都在这么干，如果你不干就显得太过另类清高，这可不是什么好事，而且此前抗战结束被解职赋闲在家的将领大多过得非常清苦，为了未来不过苦日子，现在就得"拼"一点。

离开之际廖成志借送赵、梅两人的机会，悄悄地把一份情报塞给了赵云鹏。

次日，赵云鹏与梅钰琳满意地离开。梅钰琳好奇为什么赵云鹏要画蛇添足让刘润川筹集大量军需物资，因为他们所携带的全部经费已经打点了刘润川，上级也不可能再筹集大笔经费与刘润川交易，一旦大批物资运输更容易暴露身份。

赵云鹏微微一笑："那可都是替我军筹备的！打下威远堡，那些物资不就是我们的了嘛！"

不是刘润川没有戒心，而是他身旁的副官长就是共产党。穷怕了的刘润川抱着一小盒金条在房间里面转了几圈，竟然找不到一个他认为稳妥的地方藏起来。

配合赵云鹏完成侦察任务的梅钰琳很快被董副政委赋予了重任，此前她与牛秦川春风一度，现在发现自己有了身孕，她向董副政委坦诚地讲述了缘由。

经过梅钰琳的主动请求，董副政委决定派梅钰琳去营口，做敌25师的统战工作。

刘润川在忙着"发家致富"，赵云鹏则把侦察到的全部情况报告给了上级机关。上级机关也接到了东总向各部队下达的作战命令。命令中指示各部队采取以轻装奔袭手段，分兵同时包围各处分散之敌，使敌不能集中的作战方针，一面准备攻城，一面准备打援。如敌增援，则优先歼灭敌增援部队；如敌人不增援，则各部以各个击破手段，逐一歼灭被包围之敌。

上级情报显示，国民党新六军主力已经出现在了锦州，发起对铁岭、开原、西丰一线国民党军分割歼灭的时机已经成熟。

五十三军不同于五十二军是嫡系精锐，五十三军的老底子是东北军的，就连军长周福成都是保定军官学校毕业后加入东北军的。五十三军是靠着硬功夫起家的，在越南不仅打过小鬼子，连试图反击夺回港口的法军也被五十三军的130师胖揍一顿。

周福成本人在十分重视出身的国民党内部混得并不如意，堪称猛将的周福成，当年他的少将军衔就是靠着在河南和陕北打红军得来的。

身处沈阳的周福成面见了陈诚，他对于调走新六军表示了不满和担忧。忧的是如此宽阔的地带，他的三个师全部被迫分兵把守各个要冲，这样看似能够相互驰援，实则给了共产党军队分兵围歼、围点打援的绝佳机会。

第三十七章 择优决策核心在"优"

陈诚在战术方面并无卓越远见,他来东北唯一做的一件事就是"增兵",简单地认为是下面的将领指挥不利,于是乎大批"土木系"的人马被他掺进了东北各部队。

陈诚对周福成的担忧给了一个模棱两可的回答,他表示要考虑一下,因为我军发动的夏季攻势已经让陈诚的全面部署落空,不但损兵折将,还落得了一个"陈诚真能干,火车南站通北站"的美名,把陈诚气得够呛。

由于陈诚的自负,国民党调兵的速度远不及被我军消灭的速度,东北战场国民党看似兵强马壮,实则只占领了少数几个大城市。

面对东北糜烂的局势,南京那位自然不能坐视不理,立马飞到沈阳主持大局,电令傅作义抽调六个师,由第17兵团司令侯镜如带队,沿北宁路增援东北。

侯镜如可比王铁汉狡猾得多,他命令六个师齐头并进,每天前进三十公里就地布防,基本是步步为营。虽然行动缓慢,但一直没让我军抓到攻击机会。到十月下旬,终于挪到了阜新,与陈诚会合。

陈诚手里又有了本钱,但是侯镜如并非陈诚的"土木系",他作为黄埔一期资格老到陈诚也无可奈何的地步。更为重要的是,侯镜如是我党派遣进入敌人内部的,1927年和组织失去联系。从内心角度侯镜如对内战非常抵触,他麾下六个师的兵力是傅作义的底子,自然不能让陈诚随意挥霍。

沈阳之行两手空空的周福成只好调整部署,为了维护中长铁路的交通联系,采取了分兵把口、机动防御的部署。军部带暂30师驻守开原布防,130师驻守王大渷、尚阳堡、貂皮屯、八棵树一线,其389团向西伸至昌图。

116师在西丰、郜家店、威远堡地区。部署会议结束之后,周福成告诉手下三个师长:"一旦遭遇共军的攻击不要乱,不要各自为政,迅速地将主力回收,向军部所在地开原靠拢,利用日本人在开原修建的火车站和工事为依靠。不要指望沈阳方向能够及时增援,各师、团要形成彼此策应、互相增援的鼎足之势。"

略显意气风发的刘润川煞有介事地开始介绍他116师的具体部署:"诸位,我部的防御部署是这样的。师部带347团一营及辎重连、特务连、汽车连驻威远堡,师直工兵营驻庙岭下屯,守备庙岭下屯北山一带阵地。347团团部带三营及师炮兵营驻二道河子,守备二道河子以东阵地。二营驻郜家店,其六连伸至宁远屯,配合清剿队实施警戒。346团二、三营驻守西丰,一营守备拐磨子。348团守备莲花、孤榆树一带。其中驻守西丰的346团的两个营位置最为危险,极易受到共军的攻击,我命令他们一旦在周边发现共军大部队活动迹象,就立即向威远堡撤退。全师撤至威远堡布防后,与暂30师和军部成犄角之势。"

周福成望着地图上116师的布防微微摇了摇头，感慨道："我们是来东北'剿匪戡乱'的，哪里知道这里已经快成了共军的地盘了。别说进攻了，现在就是防御都是一个大问题，主力全部集中在几个大城市，把我们五十三军孤零零地摆在外面，这不是给共军可乘之机吗？中长铁路如果被切断，在东北国军掌控的城市就会成为孤岛，我就不相信没有一个明白人。"

刘润川拍了拍地图："何必那么较真儿？如果有用，东北局势何以至此？陈总长无外乎替南京那位清洗我们这些不是黄埔与嫡系的无缘之人。战事不顺，我们是替罪羊。战事结束，我们第二天就会被裁撤，当一天和尚撞一天钟吧！"

很快，三个师长与周福成之间的交谈，从军事上转到了被调走的新六军上，无外乎是廖耀湘的生意做得如何如何，但是也只有羡慕的份儿，毕竟五十三军可没新六军那么多的物资拿出去倒卖。

虽然，周福成一再表示了对116师的担忧，但是没人会想到中共的军队会有如此的胆量，敢深入国民党军队驻防腹地来一个"中心开花"的掏心战。

独立旅驻地，赵云鹏与钟守田详细研究了奇袭作战计划。赵云鹏提出了自己的三个担忧：一是，负责阻击的兄弟部队能否顶住开原前来增援的暂30师？二是，独立旅能否奔袭超过一百六十多里路还不被敌人察觉，达到奇袭的效果？最后一个担忧就是部队能不能发扬不怕牺牲的精神，果敢迅猛地快速解决战斗。

钟守田也担心打成"黏糊仗"。在全旅的战前动员大会上，赵云鹏一改以往他说大家听的方式，让大家一起参与起来，就如何能够保障夜间行军八十公里和快速投入战斗，让所有的连长、营长拿出自己的办法，要求指导员与教导员必须掌握战士们的具体情况和要求，合理分配战斗任务。

已经担任九连副连长的楚伟生建议把重装备全部集中到一个营，其余三个营多带手榴弹轻装奔袭。楚伟生去过威远堡，他觉得那里的敌人因为在后方不会构筑永备工事，打巷战反而是小炸药包和手榴弹的需求特别大。

积极主动发言的房土根提出，把重机枪拆了，把零件分给步兵班的战士们，奔袭到了战场再快速组装起来；王铁柱提出，如果遇到敌人的碉堡群怎么办？咱们缴获国民党军的六零炮威力有限，能不能搞几门上回缴获的威力大的重迫击炮？

钟守田用力敲了王铁柱脑门一下："想什么呢？重迫击炮？要上缴上级，由上级统一分配管理。"

楚伟生眉头紧锁道："我见过罗马式的投石车，能把几十斤的石头扔出几百米，但是那玩意儿太笨重，我觉得如果找个筒子把咱们的大炸药包发射出去，也应该能够起到效果。"

"筒子？"赵云鹏的目光落到了院子里面的一个汽油桶上，接着又说道："这玩意儿行不行？"

钟守田也是一脸的困惑："能行吗？别把咱们自己炸了，感觉挺危险的，用小火药包发射大炸药包？一个不留神直接就坐土飞机了。"

王铁柱犹豫了一下说自己想试试。不便打击战士积极性的赵云鹏提醒他注意安全，更多的战士则认为大字不识几个的王铁柱能搞出个什么呢。

王铁柱是不信邪的主，虽然文化不高仅仅能写名字，但脑子灵活胆大心细，用小火药包发射大火药包的点子是不错，却需要反复实验。

于是，几个人冒着生命危险反复验证装药量。

第三十八章　百里夜袭关键在"奇"

前往纵队开会的赵云鹏返回驻地,他疑惑地望着拿着个半破瓦罐吃饭的战士道:"怎么吃饭不用碗?还蹲墙根?饭堂呢?"

赵云鹏并不知道,他口中的饭堂已被夷为平地,就连饭堂旁的小厨房也不见了踪影。钟守田却十分高兴地把赵云鹏拉到马厩,神神秘秘地说道:"给你看个大家伙。"

摆在赵云鹏面前的是两个油桶套在一起的一个大筒子,钟守田煞有介事地说道:"这个大炮仗底下有分装火药的隔层,点燃隔层的火药就能把十斤到十五斤的炸药包抛出三四百米,威力你也看到了,一炮下去,饭堂和小厨房就没了,还好是夜里试验的,没有人员伤亡,不过浪费了很多油桶和火药,上级也关注了这个事。"

"王铁柱他们几个呢?"赵云鹏一脸无奈道。

钟守田朝北边一指:"他们在研究怎么捆绑炸药包,不至于跑偏太远,另外他们在测试最多能装多少发射药。"

钟守田话音未落,一声巨响,村东头腾起一股浓烟,赵云鹏与钟守田急忙赶了过去。灰头土脸、耳朵流着血、几乎聋了一样的王铁柱,望着赵云鹏一个劲儿地傻笑。赵云鹏知道他们这是测试成功了,于是当场任命王铁柱为抛掷组组长。直到晚上能听到声音的王铁柱才知道,自己这个组长竟然要带领几乎一个连的人马,顿时激动不已。不过他对抛掷组组长这个名头不太满意,缠着赵云鹏问以"大铁桶子"取名行不行。

一听说取名,钟守田就来了兴趣,"飞雷炮"脱口而出。赵云鹏反复念叨了几遍,觉得"飞雷炮"惟妙惟肖。

王铁柱开心地带着最新的任命——"飞雷组组长"欢天喜地地离开了。

经过严密组织,部队于深夜开拔开原威远堡。梅钰琳实际上已经接到了上级的命令,她要去执行统战的秘密任务,她准备和尚未彻底从白晓芳牺牲的悲痛中舒缓过来的赵云鹏告别,但是考虑到保守任务秘密,她只能在夜幕下默默地为部队送行。

陆璐等家属也带着孩子站在路边,大家都知道,每一次送别都可能成为永

第三十八章　百里夜袭关键在"奇"

别，因而都是有意忙着各自手里的活计，低着头默默不语，直到走的那一刻才抬起头，好好看自己的战友和亲人一眼……

战争是残酷的，前线的人在浴血厮杀，后方的人在提心吊胆。

部队主力从安西东丰附近的高力木子、杨木林子、大阳崴子一带集结出发，向威远堡之敌实施长途奔袭。

为了隐蔽行动企图，部队沿途尽量避开村庄，严密封锁消息，但是骤降的暴雨给部队的夜间急行军带来了严重的困扰，不过同时也使部队增加了出击的隐蔽性。

为了沿途不让敌人或敌人的眼线有任何察觉，确保这支大军能在夜间长途奔袭一百六十多里，达成突然进攻的效果，为此，赵云鹏等政工干部依托根据地的党组织，带着地方干部，深入沿途的村村户户，一家一户地做工作，一件事一件事地抓落地，真可谓是群众工作靠群众来做啊！由于沿途的群众和民兵全部都发动了起来，上百个村庄出奇地安静，老百姓自发地配合村干部和民兵抓敌特，家家联保，户户登记，三步一岗，五步一哨，清查当地户口，监控不稳定分子和坏分子。

吴二狗是李家堡的破落户，虽然也分到了土地，但是他的心思却并不在土地上。抽过大烟，给日本人当过"狗腿子"的吴二狗现在的身份是东北行辕二处敌后忠勇队的"坐探"。

共产党军队大规模的开进目标非常明显，不是开原就是威远堡，但是吴二狗没有电台。电台在黄庄村头卖肉的黄大刀家里。屠户黄大刀与闲散人员吴二狗不同，他是正儿八经军统"青浦班"出身，民国三十四年就卧底黄庄了。

鬼鬼祟祟的吴二狗从自家的后墙跳墙而出，自认为神不知鬼不觉的他，从李家堡后山的小树林直奔黄庄而去，从黄大刀家的狗洞爬了进去。

吴二狗的情报吓了黄大刀一跳，这可是重大情报，立功不说，很有可能把自己调回纸醉金迷的南京也说不准。

刚刚架设好电台，民兵就破门而入，将两人抓捕起来。原来鬼头蛤蟆眼的吴二狗早就被村里的大爷大娘们盯住了，一直没动他的原因是想让他把上线暴露出来。这一路类似的敌特纷纷暴露。

这个晚上，上百个村庄，连一声鸡鸣狗叫都没有，上百里沿途，连一个人影都见不着。能把部队整齐划一、令行到这种程度，这不算本事，但能把这么多村庄、这么多老百姓都号召得这么同行同止，没有任何自由、散漫的现象，这还真是一道硬功夫！

"赵政委，我这次是真看到了我军群众工作的厉害！"钟守田有意放慢速度，等到赵云鹏从队尾走上来,一边疾速地与赵云鹏一同连走带跑着,一边伸出大拇指,贴着赵云鹏的耳边小声地说道。

与钟守田一样经历过这场百里夜袭静悄悄场面的官兵,都深切地感受到这是群众工作的威力,感受到这是人民群众的力量,感受到这是一场彻头彻尾的人民战争,是一场政治仗,一场人心之战。

赵云鹏在战前动员中预料到了几乎所有的困难,全旅官兵也迸发了极大的热情,群策群力,老兵和干部抢着帮解放战士和新兵扛枪,让他们走在行军队伍的中间,前面拉,后面推,暴雨越下越大,但是行军队伍却严整有序。

一夜之间,我军穿插敌纵深部队风雨兼程一百六十多里,创造了徒步急行军的新纪录,转瞬出现在了敌人的眼皮底下,而威远堡的敌人却丝毫没有半点察觉。

但是,让赵云鹏意想不到的是,担任掩护侧翼、阻击开原来援之敌的兄弟部队,进至西丰以南约五公里处的钓鱼台地区集结时,被当地的国民党军察觉。

当晚,刘润川就接到了敌情通报,站在作战室内的刘润川将目光投向了钓鱼台地区,用笔在西丰的位置画了一个圈,果断地丢下笔,非常敏捷地说道:"发报给346团,命令西丰的两个营立即放弃阵地向威远堡集中,其余各部不晚于10月2日向师部靠拢,师主力前出向开原方向与暂30师形成防御带。"

刘润川此刻已经顾不上他的生意了,共产党军队的大量活动让他有一种非常不祥的预感,如果新六军这个"定海神针"还在的话,他自然可以高枕无忧,但为何要调走战力最强的新六军,留下五十三军苦苦支撑?作为五十三军重要一部的116师,按现在陈诚部署的"机动防御"已被孤立起来,将面临复杂的局面。

为此,刘润川带领一众参谋研究到了深夜,得出的结论是,共产党军队的目标一定是打西丰,为避其锐气,必须下决心把西丰、孤榆树、莲花街、叶赫站等分散在外的守军相继撤回来。

西丰、孤榆树、莲花街、叶赫站等地的国民党守军相继出现异动向西撤离的情况被我军侦察得知,前指判断敌人很有可能发现了我军打援和穿插的部队,所以收缩兵力。兵贵神速,前指来不及请示东总,立即做出了提前一天发起总攻的决定。

浑身湿透的赵云鹏与钟守田站在晨雾里。东北的十月已经寒冷起来,寒气袭人,但心急如焚又使得所有人的身上都在冒着热气,那是战士们用身体的热量在烘干着湿漉漉的军装。

独立旅作为配合穿插部队,抵达威远堡进攻发起阵地。与赵云鹏此前侦察的情况不同,提高了警戒的国民党守军在威远堡四周的山岗上部署了少量的部队。但是枪声一响敌人就会察觉,速战速决的关键在于能否快速拿下敌人据坚而守的

第三十八章　百里夜袭关键在"奇"

师部。

在威远堡外线一座破败的土地庙前，赵云鹏得知友军一个团已经迂回到威远堡西北，准备发起进攻，控制龙潭寺和279两个高地，断敌退路。

主力部队分三路首先夺取威远堡、二道河子以东之301高地、天王山、望宝山等阵地，得手后，在炮火支援下向威远堡敌师部发起进攻。

独立旅的任务是在总攻击开始后，迅速夺下邮电局和老军堡，保证主攻部队侧翼安全。

赵云鹏返回后向钟守田传达了命令。钟守田嘴一撇阴阳怪气道："棒槌咙咚呛嘀，怎么又是侧翼掩护？每次都看人家吃肉，咱们自己喝汤，赵大政委你高风亮节大家都知道，但是你也要考虑考虑咱们自己啊，打侧翼伤亡不小，成全别人牺牲自己呗？"

参加战前部署的魏马列无奈地摇了摇头，说道："老钟，你要注意了，这就是狭隘的个人山头主义，我们最关键的是打胜仗。我以前平日里满口马列主义，满口的组织需要就是我的需要，我那个时候真的是假马列。后来赵云鹏同志帮助了我，我知道了什么是口里的，什么是发自内心的，心口不一是会出大问题的，对组织不忠诚、不老实怎么得了，马列主义不是喊的，是要比奉献、比贡献、比牺牲的。"

钟守田瞪着牛犊子一样的眼睛望着一脸诚恳的魏马列，片刻他忽然给了自己一个耳光："哎哟，疼，没做梦，这还是咱们的魏副政委吗？"

被揪起痛处的魏马列心中非常不是滋味，虽然自己在旅里已经不是当初人见人烦、狗见狗撵的主，但是总觉得自己和官兵之间还隔着一层什么。

魏马列提出他担任教导员的三营此次请求担任攻击邮电局任务。钟守田与赵云鹏对视一眼，赵云鹏微微点了点头。

钟守田也不客气道："魏副政委，军中无戏言，你准备多长时间拿下邮电局？关键时刻要是拉稀，老子直接棒槌了你。"

魏马列犹豫了一下："中午之前。"

赵云鹏立即提醒道："不能猛攻猛打，把王铁柱的飞雷大队都带上，既要完成任务，又要注意减少伤亡。"

魏马列郑重地敬了一个军礼转身离开。赵云鹏才发觉钟守田用一种佩服的眼光望着自己，说道："干什么？回家瞅你婆娘去。"

钟守田站起身来，在土地庙前的空地上，一边活动着身子施展着拳脚，一边抿着嘴，仿佛感受很深地说道："老赵啊，原来俺不服你，你脾气暴俺更暴，你有文化，俺大老粗一个，比你革命更彻底，俺比你先娶的老婆。打仗你是人狠话不多，这个俺服气。不过在魏马列这个事上俺对你竖大拇指，你厉害！不，政治工作厉害！俺服！"

听了钟守田这些话，赵云鹏也从指挥桌前站起身来，一边整理着散在桌子上的作战资料，一边顺着钟守田的话说道："半斤八两，你也不要笑话他了，你跟他是一样的毛病，只不过表现不同罢了。"

"什么，什么？"钟守田停下了正在打着的拳套，不服气地说："他是假马列啊，怎么跟我一样呢？"

赵云鹏又着腰，慢慢地说道："挺进东北那会儿，'三个不纯'很普遍。首先是思想不纯，那会儿，你不也是整天嚷嚷着'三十亩地一头牛，老婆孩子热炕头'吗？这实际上是幻想过太平日子的和平麻痹思想，属于思想不纯。魏马列也一样，虽然表现得跟你不一样，但也是思想上出了毛病，主观与客观相分离、理论与实践相脱离，正因为思想上的主观主义严重，所以总喜欢搞假马列那一套'左'的东西。"

"什么是'左'呀？"钟守田突然插了一句。

"哟呵，你还听得蛮细致的嘛！"

"当然了，你接着说。"

赵云鹏又接着说了起来："什么是'左'呀？就是把应该做的事情做过了头！所以大家很反感他，对于这种人，还是要立足于改造他的思想去帮助他。解决思想不纯的问题，不是一蹴而就的，我们进东北以来，不是一直在与思想不纯作斗争吗？直到东北解放，直到革命胜利。"

威远堡国民党116师师部的起床号声回荡在空旷的野山之间。刘润川还在睡梦中，这里是他不折不扣的老家，所以他睡得踏实，就算西丰的两个营撤不下来，他也算竭尽全力了。

忽然，猛烈的爆炸声在威远堡周边响起，龙潭寺和279两个高地，二道河子以东之301高地、天王山、望宝山等阵地陷入一片火海。

睡眼蒙眬的刘润川从炕上跌落在地，耳边阵阵枪炮声仿佛在梦中一般。钟守田立即下达了进攻命令，扫清威远堡外围工事，策应主力部队突击敌116师师部。

正在集合准备出早操的国民党部队乱成了一团，但是在军官的组织弹压下很快恢复了建制。

独立旅四个营的进攻非常顺利，只有魏马列的三营在邮电局遭遇了顽强的抵

第三十八章 百里夜袭关键在"奇"

抗，原因是此前多次侦察，并未发现敌人已经将这座日伪时期的坚固建筑改成了火力点，半圆形上中下三层无死角的火力封锁打得三营抬不起头。

从慌乱中清醒过来的刘润川立即给开原、西丰发报，要求立即增援威远堡。暂30师和130师表示立即增援。

站在地图前额头尽是汗水的刘润川，真的是做梦也没想到共产党军队会给他一个"黑虎掏心"，因为根据昨天的情况，其主力还在百里之外活动，怎么一晚上的工夫就神兵天降了？

夺回天王山，刘润川的命令下达不到半个小时，参谋长吴何生闯进指挥部直言："攻击天王山的共军绝对是主力。这天王山是威远堡东面唯一的制高点啊，如果丢了后果不堪设想。"

刘润川犹豫了一下道："命令346、348团立即回援师部。"

吴何生立即一把拉住刘润川道："师座，不可啊，共军最擅长围点打援，这次共军来势汹汹，346团和348团如果离开了坚固的筑垒防御区，就会落入共军布好的陷阱啊！"

吴何生的话让刘润川顿时一惊。这时，天王山的战斗已经进入了白热化，威远堡四周枪炮声不断，刘润川急得如同热锅上的蚂蚁一般。

忽然电话铃声响起，刘润川急忙扑到电话旁接起电话："喂，我是刘润川。什么？什么？遭到阻击？兄弟啊，你可不能见死不救啊！"

有些失魂落魄的刘润川刚刚放下电话，电话再度响起，刘润川如同回光返照一般接起电话："喂，是我……"

刘润川砸了电话，叹了口气，坐到了一旁的椅子上。吴何生小心翼翼地询问："是援军吗？"

刘润川仰天长叹："什么援军，暂30师和130师都说受到共军阻击寸步难行。"

吴何生大惊失色道："怎么可能？共军哪里有那么多的兵力打援？"

刘润川起身愤怒道："这是战场，生死之地，各扫自己门前雪吧，党国怕是真要完蛋了。我命令，346团与348团立即回援师部。"

这次，吴何生参谋长没有再次阻止，因为他知道此番很有可能是真的栽了。出乎所有人意料的是共产党军队竟然能毫无声息地一夜奔袭一百多里，他们此前布下的眼线没有报过半点信息，可见老百姓支持的是谁，神兵天降的共产党军队着实打了他们一个措手不及。

清扫战斗进行得十分激烈，赵云鹏亲自带二营的一个连支援魏马列。满脸硝烟的魏马列在一栋炸塌了一半的民宅中指挥作战，见到赵云鹏立即报告："这是敌人最后一座火力点，拿下它就能直接用飞雷轰击敌人驻地了。"

赵云鹏用望远镜查看了一下邮电局，敌人的机枪正在疯狂地吐着火舌，不远处的几个路口都是倒下的战士和炸药包。

"组织第几次爆破了？"

面对赵云鹏的询问，魏马列深深呼了口气："第六次了，如果这次不行，我亲自带队炸翻这个乌龟壳。"

望远镜坐标分划线中，几名身手矫健的战士提着带有支撑架的炸药包，利用掩蔽物快速地交叉跃进，后面随行的两挺捷克造机枪不时地为爆破组提供火力掩护。为了更有效地提供火力掩护，射击敌人的射孔，机枪组就必须首先暴露在敌人的火力之下，这是需要极大胆量的，也是战场上机枪手们常说的"换命"。

果然，进攻再次失利，包括两个机枪组的人也全部牺牲了。魏马列瞪着布满血丝的眼睛，把帽子从头顶抓下来别在腰后，提起一支冲锋枪，抹了一把嘴，大声说道："政委，我向你保证，我绝对是正面中弹，啃不下来这个王八壳子，老子今天就撂这了！"

"胡闹！打仗要敢拼命，更要会动脑子。"赵云鹏一指邮电局附近的几栋民宅提醒道："你们派两个掘进组，从民宅下面挖地道，挖到排水沟就行，从那里进行爆破，直接让他们坐飞机。"

魏马列顿时惊讶道："我怎么就没想到？我带队马上去挖。"

挖马路是挖不动的，因为邮电局附近的马路是日本人抹的水泥面，足足一米多厚，迫击炮弹落上去就是碗大的坑。

很快，地道掘进组挖到了排水沟。这时，魏马列顶着刺鼻的臭味组织人员将十个二十斤炸药包填进了排水沟里面，导火索刺刺地燃烧冒着浓烟。赵云鹏举起望远镜观察着敌人的动态，魏马列边跑边笑嘻嘻地返回："政委，我给他来了十个大家伙。"

赵云鹏顿时一惊，刚要组织大家后撤，"轰"的一声巨响，地动山摇，土崩瓦解，赵云鹏等人全部跌倒在地，耳鸣不止。

116师指挥部内的刘润川望着邮电局方向升起的浓烟，心中顿时一惊："接邮电局，快！"

电话没有接通，反而是参谋长吴何生跌跌撞撞地闯了进来："邮电局完了。"

刘润川呆若木鸡般地坐回了椅子上，面无表情地环顾四周道："军座他一定不会见死不救的。"

半夜时分，天王山三道防线全部失守。清晨，王铁柱的飞雷炮已经准备完

第三十八章　百里夜袭关键在"奇"

毕，赵云鹏让他先发射一轮看看效果。

二十几个炸药包在发射药的推动下，飞向了刘润川的指挥部。指挥部周边密密麻麻都是昨晚国民党军挖掘的战壕和构筑的工事，因为在后方的关系，116师的师部并未修建过多的防御工事，这些临时挖掘的战壕与修建的工事根本不可能与永备工事相比。

王铁柱的飞雷炮唯一的缺点就是精准度不够。望着漫天飞舞的炸药包，赵云鹏感觉一阵无奈。当一阵阵巨响和气浪涌动，赵云鹏顿时震惊不已，如此大的威力没有精度又能如何？

"重炮，共产党军队的重炮来了，好多兄弟被震死在工事里了！"

飞雷炮爆炸的冲击波震碎了玻璃。被划破面颊的刘润川彻底慌了手脚，他没能等来346团与348团的消息。所有人都意识到了这两个团可能凶多吉少了，于是刘润川决定立即组织突围。

一面命令参谋长吴何生组织突围，刘润川自己却悄悄地换上了便衣，带着几个亲信窜进了高粱地。楚伟生带着九连快速穿插追击敌人的溃兵，不断分兵之下，等楚伟生追上副师长张绍贤带领的近百人的溃兵时，身边只剩下他与两名战士。

楚伟生让两名战士迂回包抄，他独自一人大吼一声，跳上土岗就是一梭子："缴枪不杀！"

已经草木皆兵的张绍贤命令众人放下武器。等民主联军支援的兄弟部队赶到，张绍贤才发现原来包围他们的只有三个人。

躲进高粱地的刘润川也没能逃脱，被打扫战场的战士很快搜了出来。赵云鹏在俘虏集中地见到了刘润川："刘师长你好，我们又见面了。"

刘润川惊讶地望着眼前的"富商"赵老板，惊讶道："原来你是……唉！"

民主联军速战速决将国民党军116师全部歼灭，俘敌师长刘润川、副师长张绍贤、参谋长吴何生、346团团长刘焕堂、347团团长江望山、348团团长黄仲权以及以下六千余名官兵，共计歼敌八千余名，缴获了大批武器、弹药和各种军用物资。

国民党东北行辕门口被116师的家属们围得水泄不通，叫骂声、哭喊声不绝于耳。陈诚面色铁青地站在作战室内，机动防御是他的"点睛"之作，现在却葬送了整整一个师，从他来东北就一直诸事不顺，损兵折将。

廖耀湘望着被切断的中长铁路线惊呼："这下长春可就是孤城一座了，共军动作如此迅猛，旋风，真乃旋风啊！"

第三十九章　正风肃纪，杀一儆百

1948年1月1日，东北民主联军正式改成东北人民解放军。此时东北战场的主动权已开始掌握在我军手中，我军由战略防御转向战略进攻，这是我军历史上的一次重大转折点，预示着我军将拿下东北乃至解放全中国。

独立旅也被上级寄予厚望，随着新一轮的大整编，正式被扩编为独立师。楚伟生因为单枪匹马抓获了上百个俘虏，也成了独立师第一个"孤胆英雄"。

从国民党军投降过来的楚伟生也真切地感受到了，共产党真的是说到做到，不拿他们这些起义也好、投诚也罢，甚至是俘虏兵转化的解放战士当外人，只要你勇敢作战，你一样会得到认可，成为受人尊敬的英雄。

军功章虽然粗糙了点，但楚伟生别在胸前，走起路来都感觉带着风，每天起床第一件事，楚伟生就要擦拭自己的军功章。已经当上九连长的楚伟生成了解放战士的榜样，尤其是在威远堡被俘的国民党116师的俘虏兵完成转化陆续补充到部队的时候，他的典型引导作用更为明显。

现在的楚伟生做起解放战士的转化工作可谓游刃有余，这让身为指导员的李万安羡慕不已，总是缠着楚伟生传授经验。

赵云鹏将师里的工作进行了详细的划分，师副政委魏马列专职做俘虏兵转化工作，自己和钟守田除了主持全面工作外，政治工作和军事上还要打好配合。从独立营到独立师，从八百多人到一万二千多人，钟守田发觉自己似乎越来越吃不消。独立旅的时候管着五个营，虽然炮营当时只是个编制，但是现在自己的师直炮营可是拥有大小火炮四十多门的"大家伙"了。步炮的配合让钟守田头疼不已，以前只有几门小炮，一张嘴就能"给老子炸"！

现在，按赵云鹏的说法是合成进攻、炮火压制、炮火延伸、弹幕徐进等步炮联合的战术，这让钟守田彻底歇了菜。他也意识到赵云鹏为什么劝他多学习，因为以前那套学着干、尝试弄的"一招鲜"失灵了。

赵云鹏对钟守田进行了抢救性的帮助，与他一同学习全新的军事理论，再把理论运用到实战之中，反复推演，甚至给钟守田当对手，不断磨炼钟守田。钟守田虽然文化底子差，但人还是灵光的，很快学会了赵云鹏的举一反三，没多久，

第三十九章 正风肃纪，杀一儆百

也是"青出于蓝而胜于蓝"了。

沈阳方面，面对我军发起的冬季攻势，为挽回局面、准备最后一搏的陈诚，从长春调出新一军，从四平调出七十一军的两个师，加上沈阳周边的新三军、新五军，以及锦州驻防的新六军，共五个军总计十五个整师，决心实施又一次全面反击。

国民党的十五个整师沿着辽河沿岸，分成了三路大军寻找我东野主力决战，这正是我军求之不得的野战歼敌战机。面对离开坚固工事的敌人，东野决定相机歼敌一部，而对来势汹汹的左右两路敌军进行坚决的阻击，首先要集中力量吃掉中路相对较弱的新五军。

新五军确实新，去年的十二月刚刚被陈诚拼凑起来，为此还抽调了五十二军的195师，加上43师和暂编54师，由原195师师长陈林达升任军长。43师也是战绩斐然，唯独暂54师是由东北地方保安部队改编而来，战斗力较差，故被部署在辽阳一带担任守备任务。

我军独立师的任务是阻断沈北公主屯与彰武、阜新方向敌人的联系。

战斗一打响就进入了白热化，被围困的国民党195师和43师都是美械装备，他们意识到了我军的战略意图后就开始收缩兵力固守待援。

沈阳方面，为了不让新五军在自己眼皮子底下被围歼，于是急调周边彰武、阜新、鞍山、铁岭等地的驻军回援，一个小时三封电报发给廖耀湘和李涛，命令他们火速回援公主屯，但电报却石沉大海、杳无音信。无奈之下，陈诚只好组织沈阳的守军向公主屯方向实施攻击前进。

闻家台村是新五军军部所在的地方，敌人重兵布防。钟守田指挥的独立师赶到增援时，兄弟部队已经和敌人打成了一团。

漫漫雪夜中，到处都是横飞的曳光弹和爆炸的闪光。闻家台村修建有一道不足一米高的围墙，也恰恰就是这道围墙，敌我双方士兵堆积成了密密麻麻的阵型，相互捅刺刀射击，连手榴弹都炸不开。

很快，伤亡巨大的兄弟部队撤了下来。赵云鹏来到攻击发起阵地，一看竟然是老战友老钱的团。老钱的脸上豁开着一道深深的口子，鲜血正流着，还气呼呼地坐在雪地里面。

借着国民党军发射的照明弹，赵云鹏震惊地发现，沿着小河沟厚厚的积雪一直延伸到一百米外的村庄围墙上，全部都是我军指战员的遗体，国民党军方面也将阵亡或者重伤的伤兵全部垒成一道"肉墙"。隔着"肉墙"，攻守双方相互射击、投弹。不时有小股部队突入国民党军的阵地，但是很快突破口又被国民党军的火力封锁，突入敌阵的我军小部队很快没了声息。

老钱抹了一把冻在脸上的眼泪，用沙哑的声音，有气无力地说道："老赵，我们团是尽力了，子弹和刺刀都是迎着胸口打上去、捅进去的，这伙国民党反动派王八蛋也是拼死一战。这里交给你了。"

赵云鹏与钟守田商量了一下，由于左右邻都是兄弟部队，飞雷炮精度太差，如果飞进了兄弟部队的进攻梯队就要出大问题，但是又不能死打硬拼。于是，赵云鹏立即派楚伟生抵近侦察。很快，楚伟生带回侦察情报，敌人在围墙后正在修筑第二、三道工事，而且阵地上有整建制的"军官敢死队"在活动。

钟守田眉头紧锁，国民党精锐嫡系的"军官敢死队"往往都是最难啃的"骨头"，因为这些家伙从骨子里面就反动透顶，我军在转化俘虏方面即使用最有效的办法，对这些家伙也很难起到作用。

赵云鹏抿了抿嘴，下定决心地说："不惜一切代价强攻！不能给敌人以喘息之机。否则，老钱两个营的战士们的鲜血就白流了。"

密集的哨音中，独立师所属三个团按顺序梯队分别投入强攻，一团一营一连，一旦攻击失利立即向左右两翼撤退；二连接着强攻，全师分三路向敌阵地猛扑过去。

月夜，枪炮声，喊杀声，声声震破天际。独立师的官兵踏着没腿深的积雪冲过小河。双方都在拼命投掷密集的手榴弹，一阵阵的爆炸后，大量战士的身影消失在雪雾黑夜之中。

钟守田原本以为这是一场能够轻而易举拿下的战斗，却没想到血战天王山只不过是个开胃菜，国民党军也并非都是一击而溃的。所有人都知道，一旦战事陷入双方胶着，那么我军出击的主力部队将很有可能陷入国民党军的重围之中。

此时，沈阳东北行辕之内灯火通明，陈诚坐在椅子上闭目养神。近在咫尺的新五军突然遭到共产党军队主力袭击，这一仗无非有两种后果：一种是新五军以重大伤亡为代价守住了，围歼共产党军队主力一部；另外一种就是陈诚最不愿意看到的：新五军主力的43师与195师被吃掉，国民党军队在东北只能固守长春、沈阳、锦州几个为数不多如同孤岛一般的大城市了，不要说战略进攻，就是机动防御也变得不可能了。

此时，围绕着闻家台村的国共两军已陷入胶着状态。赵云鹏冷静地望着被曳光弹照得犹如白昼一般的战场，他想起了广昌保卫战的惨烈情景。

村口的一座小平房成了双方争夺的焦点，当"军官敢死队"被独立师击退之

第三十九章　正风肃纪，杀一儆百

后，敌人使用了无后坐力炮，十几门无后坐力炮被集中起来，几分钟就把之前双方尸山血海为之争夺的小平房抹平了。

与此同时，陆璐等随军家属早已编入了担架队，她们和增援部队一样，冒着敌人的炮火穿梭在火线之上。更多的老百姓则被当地的干部组织起来，自发地支援前线作战。

一排炮火过后，三团长冯进军闯入了临时指挥部，他一个立正，敬礼报告道："政委，师长，你们要是信得过我冯进军，让二团撤下来，我三团啃下这块硬骨头。"

钟守田皱着眉头、抽着烟，心想：二团与敌人陷入了胶着的状态，每分钟都要承受巨大的伤亡，而且敌人三道防线的"军官敢死队"还没出动呢，你们上去那不是找死吗！？

钟守田又用望远镜看了看阵地，看到敌人的六零炮打得非常准，刚刚一百多副担架才上去，片刻就倒下了一半，这些都是自己带着干粮自愿支前上火线的老百姓啊！钟守田看到这些，心痛万分。他强忍着痛苦，两只按在椅子上的手抖动起来。

这些牺牲的老百姓很多已经双鬓花白，才过上几天好日子。钟守田一摔望远镜，一拍桌子，双眼通红地说道："快把担架队撤下来啊，快！"

正在这时，负责长白支前的老镇长李老汉，迈着大步走进了指挥部。他把双手向前一推，坚定地说："不能撤，这么冷的天，伤员半个时辰抬不下来就完了，撤什么撤？谁的命不是命啊？蒋介石不让老百姓过好日子。共产党来了，咱们才过上几天好日子，他们就又杀过来了，长白的老少爷们儿不答应！我家里刚分的三亩地也不答应！老大、老二，你们跟爹上，老三、老四，我们都死光了你们再上，家里还有你娘和老五、小妮子，咱老李家绝不了户！"

李老汉一番朴实的话说完后，四五百名支前的老百姓不顾一切地冲向掉落在地的担架，抬起担架就冲向了前线。没有担架的，有的老百姓就拿着被卷冲了上去，准备两个人抬一个，也要把伤员抬回来。

钟守田望着一言不发的赵云鹏，只见他长长地呼了口气，两眼紧紧盯着阵地，自言自语地说："土改、土地，多么重要啊！你对得起人民，人民就会对得起你！"接着，又大声喊道："冯进军——三团担任主攻，集中全师的炮火支援你五分钟！"

冯进军一个立正，憨憨一笑，立即表态道："两分钟就够了，炮弹可是炮团的命啊！"

冯进军刚准备转身离开，就被赵红梅拦住去路。眼圈发红的赵红梅知道冯进军要面对的是什么，在卫生队见惯了生离死别的她也毫不犹豫地说道："要活着回来，俺等着你！"

冯进军犹豫了一下，点了点头，义无反顾地转身，一瞬间消失在夜幕之中。

二团撤下来后，对面的国民党军也停止了开火。月光下，国民党官兵静静地望着老百姓不顾生死抢救解放军的伤员，看着看着，他们个个都发呆了，这些被国民党当作炮灰的国民党官兵个个都知道，自己是人见人烦的"遭殃军"，上峰不给吃喝还贪污倒卖物资，下面没吃没喝只能祸害老百姓。他们知道，如果自己倒在外面，老百姓看都不会看一眼，会如同野狗一般死去。

短暂的停战之后，独立师的炮火精准地打到了国民党军的阵地上，三团以连为单位呈三三制队形散开，十二个连十二个波次，冯进军站在六连的第一排。六连是三团的老底子，抗战老兵最多，战斗力最强。

战斗一开始就陷入白热化，钟守田举着望远镜的手在微微地颤抖。他看见他的兵一排排地倒下。在三三制战术下，后面的战斗组依然保持着对敌持续的攻击。钟守田放下望远镜，面色凝重地说道："老赵啊，打小鬼子那会儿也没打这么惨啊！该死的蒋匪军！"随着钟守田一声叫骂，一把椅子被他踹断了一条腿。发火之后，钟守田又对赵云鹏喊道："你说后人会记住这些牺牲的战士吗？会有人记得他们叫什么吗？谁家的孩子？谁的男人？谁的爹？唉——"

看到这番情景，赵云鹏情绪平稳地站起来，走到被踢坏的椅子旁，扶起椅子看了看，平静地说："我只知道我们能让他们过上好日子，这就足够了！"

一连的进攻只维持了五分钟，就从两翼迅速撤出，以防堵住后续攻击部队的通路。敌人在陡坡上又泼了水，但现在已经不滑了，因为上面铺满了一层层的敌我两军的尸体。

五连被敌人击溃了，活着下来的不足一个排。他们与前面几个连活着的包括轻伤员，重新自动地编成一个班、一个排进入十二连身后准备接替攻击。

赵云鹏望着一个人冲在最前面，而且还一直顶着飞过来的子弹向前冲。赵云鹏身子一收，大声喊道："这不是三团冯进军吗？怎么搞的？让他自己冲上去了？警卫员呢？警卫员——去三团把冯进军给老子拽下来，拽不下来，绑也要绑回来！"

国民党守军的重机枪打红了枪管，就在小溪边的重机枪阵地因为缺水炸了膛。六连果然没让冯进军失望，三团也没让赵云鹏失望，突破了敌人防线的一瞬间，三团发起了总攻，一团与二团随即投入战斗，冯进军迎面撞上了国民党的"军官敢死队"……

第三十九章　正风肃纪，杀一儆百

激烈的战斗进行到了黎明时分，国民党军有组织的抵抗终于瓦解了，到处都是藏匿和逃跑的国民党军官兵。

赵云鹏得知昨晚独立师参与攻击的部队中很多伤员伤势并不重，但在用马爬犁后送的过程中由于极度的严寒而牺牲，这让赵云鹏感到十分痛惜。尤其牺牲的人员里面有四营的教导员马勇亮，这是一个非常好的政工干部，是一个转化俘虏兵的能手，能通过拉家常等方法快速地撬开顽固俘虏兵的"硬壳"。这样好的一个政工干部负伤后未能得到及时救助就牺牲在了枪伤和严寒之中，真是太可惜了！

清晨，赵云鹏与钟守田蹚着被血染红的溪水进入镇子。一名参谋迎面撞上了赵云鹏，焦急说道："政委，你要我们协助找的本溪白家沟的人就在这次的支前队伍里面，我把他们都带来了。"

赵云鹏沉默片刻："让大伙儿在山神庙等我，准备点热水和干粮。"

山神庙里，周老汉和一群青壮年人有说有笑，因为大家得知是赵政委给大伙儿安排了一处避风的地方，还备了热水和干粮，都非常高兴，谈起白家沟的诸多往事，也谈到了白晓芳的牺牲和孟云生的遇害。

周老汉蹲在地上一口接着一口抽着烟袋，心里琢磨着赵云鹏为啥找白家沟的大伙儿要聊聊。赵云鹏在南满可谓声名鹊起，很多老百姓都知道赵政委是个救苦帮难的菩萨心肠。

赵云鹏来到山神庙，与大家寒暄了几句就直接上了正题，毕竟这里是战场边缘，容不得讲太多的废话。

赵云鹏目光巡视众人道："各位都是白家沟的乡里乡亲，当年我在白家沟主持土改，土改工作队队长孟云生遇害，事过多年，不知道大家还有没有印象了？"

老乡们七嘴八舌纷纷议论起了当年的事情。面色黝黑的柱子站起身说道："赵政委，孟云生脾气暴，当年得罪的人又多，但是能拿枪的除了老白家，估计没别人了，一准是让白晓虎给害了。"

一旁的老汉一听不乐意了："瞎说，白晓虎最后被政府公审他也没认。"

柱子皱了皱眉头："从抓住到枪毙不过两个时辰，他认不认能咋的？"

赵云鹏一听就知道这次可能又白找了，因为这些情况他都掌握了，看样子孟云生的遇害可能会成为一桩无头公案了。

于是他挥了挥手："大家如果没有新的线索和情况，那么就感谢大家，休息一会儿，和主力部队一起转移。"

蹲在墙角的周老汉突然发声："咋，有证据就能成？万一害人的是队伍上的人，还是个大官咋整？"

赵云鹏顿时一愣，柱子几个人也纷纷劝周老汉可不要瞎说。周老汉见今天人多，赵政委又在主动追查此事，知道过了这个村就没这个店了，一副豁出去的架势："俺举报，俺当年亲眼见到了，这就是证据。"

周老汉撕开棉衣一角，掏出一个棉布包裹的物品。赵云鹏一打量觉得可能是把手枪。

果然，一把锈迹斑斑的勃朗宁手枪递到了他面前。周老汉情绪激动道："冯进军，四营长开的枪，就是这把枪。俺胆小，不敢惹事，几次都没敢交出来，今儿个俺豁出去了。"

"三团长冯进军？"赵云鹏觉得自己差点眼前一黑。这是周老汉的一面之词，他想起了九连二排长猛子当年是冯进军的通讯员，于是让人找来了猛子和当年的营部文书李平。

两人面对勃朗宁手枪想了许久，李平忽然想起当年冯营长确实有一把勃朗宁要留着玩，当时打了大胜仗，缴获的手枪数都数不过来，就没登记。

赵云鹏遣散了众人，沉默了许久，或许月黑风高周老汉看错人啦？或许冯进军的那把勃朗宁……

恰好，冯进军被担架从战场上抬了下来，只见他身上被枪林弹雨打得多处受伤，左小腿的裤子也被烧焦，左小腿的肉都被炸得翻了出来，简单包扎了一下，还在流血……

冯进军悠悠醒来看了一眼赵云鹏，闭上眼睛后轻声说道："政委，阵地拿下来了。"

赵云鹏点了点头，掏出了那把勃朗宁手枪在冯进军眼前晃了一晃。见到这把勃朗宁手枪冯进军顿时如同五雷轰顶，眼睛一黑晕了过去。过了一会儿，他又清醒了过来。他微微睁开眼睛，有气无力地说了一句："没想到时隔这么多年，唉——"

说着，冯进军点了点头，流下了眼泪。赵云鹏当即愣在原地，大声说了一句："你再仔细看看。"

冯进军微微露出了一点笑容，一脸坦诚地轻松说道："政委，是俺干的，但是个意外，人确实是俺杀的。"

经过多年血与火的磨砺，一般的生死之事可以说打不动赵云鹏，但今天的情况却大不相同，太离奇了，当年的四营长冯进军枪杀土改队长并藏匿了这么长时间，这到底算什么罪呢？这几年他每场战斗都英勇杀敌，这又是什么功劳？这两者偏偏集中在一个人身上，它又说明了什么？面对如此不可思议的情况，自己到

第三十九章　正风肃纪，杀一儆百

底应当如何处理呢？

在牛棚中，赵红梅在给冯进军处理伤口。她非常不解，为什么一个英雄团长立了这么大的功，反而要被如此对待？这公平吗？

在赵红梅眼中，冯进军是一个不折不扣的大英雄，顶天立地的男子汉，一向十分腼腆的她，今天终于鼓起勇气主动要求来给冯进军处理伤口。

冯进军现在反而是浑身轻松，即便得知自己将要被执行枪毙，他也十分坦然，因为这两年压在他心口的这块巨石终于要被挪开了，他从来没有像今天这样一身的轻松，只恨没能牺牲在前线。

赵红梅犹豫了许久，轻声说道："俺不管别人怎么说，你冯团长在俺眼里那就是大英雄。俺知道他们要枪毙你，俺不懂大道理，俺就觉得你是个好人，是俺一辈子都没有见过的好人。俺多次想过要跟你，今天都这样了，俺寻思，你要不嫌弃，俺就心甘情愿给你留个种！"

赵红梅的话让冯进军感受到了什么是心甘情愿的女人，那就是要把心跟你贴在一起，把身子融化在你的身子里的人。想着想着，冯进军失神地望着赵红梅，他不承想，在这种时候竟然还有个女人想给自己留个种。震惊之余，他冷静了下来，摆了摆手，流着眼泪感激地说："说啥疯话呢？俺一眼就看中你，是想把你当作自己的亲妹子。俺是罪人啊，俺杀了人，欺骗了组织，有罪啊！你以后就会明白的！"

面对冯进军的拒绝，赵红梅径直扑在了他的背上，孤儿出身的赵红梅第一次感受到了如父如兄一般的温暖。冯进军没听到哭声，却感觉自己的棉衣湿了……

天就快亮了……

一夜未眠的钟守田瞪着满是血丝的眼睛注视着赵云鹏，狠狠地掐灭了烟头，粗声粗气道："能不能放他一马？我就问你能不能？"

赵云鹏陷入了沉思，冯进军是个英雄团长，战功卓越，他已经承认了误杀，杀人偿命是亘古不变的道理，难道因为他作战勇敢而原谅他犯下的罪行吗？

赵云鹏犹豫了一下，郑重其事说道："钟守田同志，冯进军的问题关系到我们人民解放军与人民群众的军民关系和军民信任。我们不能和国民党一样搞那套官官相护，也不能衙门大门向南开，有理没钱莫进来。我们要牢记自己是共产党人。"

钟守田起身来回踱步："让他蹲大狱也行啊，留条命吧！都是自己兄弟，你就能狠心要他的命？"

赵云鹏长叹一声："天亮了，老百姓都在看着咱们，你说怎么办？不是我心狠，是纪律和政策。正风肃纪，正的是我们自己的作风，肃的就是我们心底的红线。"

钟守田犹豫片刻，提起一瓶酒出门之际背对着赵云鹏道："法场我就不去了。

我和他喝完这最后一顿酒,你再来。"

赵云鹏静静地坐在师部,钟守田的这个要求他无法拒绝,也不能拒绝。

钟守田进入牛棚,看着依偎在冯进军怀中的赵红梅默默咬开了瓶盖子。赵红梅看到钟守田,急忙一个箭步冲过来跪在地上急切道:"钟师长,能不能饶冯团长一命?求你了,求你了。"

赵红梅不停地磕头。钟守田眼圈一红望着冯进军气愤道:"你说怎么能让老赵饶你一命?"

冯进军惨笑道:"师长,东窗事发前我天天提心吊胆,每一天、每时每刻都过得战战兢兢的,希望战死一了百了。现在我反而安心了,我自己犯的事,自己承担。"

钟守田与冯进军举杯共饮。与此同时,师部外聚集了一大群老百姓。周老汉走进师部"噗通"一声跪倒在赵云鹏面前,泪流满面哭诉道:"俺觉得俺错了,赵政委饶冯团长一命吧,俺不告了,不告了。"

赵云鹏扶起了周老汉,他并未说话,心想:严惩是不可动摇的,因为任何理由在纪律面前都不值一提。保人命与要民心相比哪个重要?答案只有一个,必须用霹雳的手段正风肃纪,赢得民心。心中十分抑郁的赵云鹏长叹了一声:"纪律是把刀,谁碰上去都要流血啊!"

钟守田离开了牛棚。赵云鹏整理了一下军装来到牛棚,冯进军也换上了新军装,在路边群众的围观下,赵红梅送了冯进军最后一程。赵云鹏全程无语,往日牢骚不断的钟守田变得哑口无言。

清脆的枪声虽然在小溪旁一响而过,但它在每个人心中都产生了强烈的震撼,久久回荡不息……

国民党方面针对连续的军事失利决定召开军事检讨会议,征程未洗的牛秦川奉命参加国民党将领军事检讨会议。

作战室内地图上还标注着各军、师的驻地与防区,唯独在秋季攻势中被我军歼灭的国民党新五军的驻地和防区被清除了。眼皮底下丢了一个军,陈诚的面子是真过不去了。

陈诚缓缓地摘下白手套,不紧不慢道:"廖耀湘和李涛来了吗?"

十分不情愿的廖耀湘与李涛纷纷起身,异口同声道:"卑职到!"

陈诚一摔手套:"混账,为什么不驰援新五军?让共军明目张胆地在我大军列阵之间围歼了新五军!"

第三十九章 正风肃纪，杀一儆百

廖耀湘满不在乎道："卑职并未接到所谓命令。"

李涛梗着脖子声嘶力竭道："长官，我军也遭到了共军的攻击。敌情不明，又无命令，怎可擅自出击？"

自己的命令被说成了"擅自出击"，火冒三丈的陈诚准备收拾一下这两个桀骜不驯的家伙。忽然，副官耳语几句，陈诚迅速离开作战室。

宋美龄的电话陈诚非接不可，此前就是宋美龄的一个电话调走了孙立人并委以重任，这个电话同样是宋美龄打来的。

宋美龄稳坐在庐山别墅的沙发上，仪态端庄地拿着电话轻声细语道："辞修，北平和沈阳的重要物资，特别是故宫的那些国宝已经运了一些，后续的重任要交给你了。"

陈诚满脸忧郁地回应道："东北战场正值生死关头，鄙人心无杂念，更责无旁贷，夫人……"

宋美龄打断陈诚道："总裁已下决心，卫立煌会接替你，你将承担更为重要的任务。除了运至台湾以外，还有重要物资尽数运往瑞士。"

这时，陈诚眼前浮现出前几天他与蒋介石通话的情景：

"总裁，我知道您对新五军被歼非常生气。"

还没等陈诚往下说，蒋介石就拍案而起，大声呵斥道："是的，我要追查责任！"

"总裁，不怪各位将领，完全是我自己指挥无方。请总裁按党纪惩办我，以肃军纪。"

蒋介石发现陈诚在隐瞒实情，但又不想处罚这位爱将，便气呼呼地说："仗还在打，等战争结束后再评功过吧！"说完蒋介石想放下电话，但陈诚声泪俱下地哭诉起自己以前对领袖如何忠诚，现在他十二指肠溃疡犯了，急需到后方治疗："请总裁同意这小小的要求吧！"

蒋介石明白，陈诚身体没有病，是心里有病。陈诚既无力抵御解放军的进攻，又无法驾驭众将领，就像他自己讲的那样："猪八戒照镜子，里外不是人。"如果国民党还让陈诚留在这里，不说还要吃败仗，恐怕连他小命都有可能丢在关外了。于是，蒋介石安慰他说："好好检讨，等待安排吧！"

陈诚没想到，今天第一夫人来的这个电话真是及时，就在他和蒋介石双方都犯愁找什么台阶下的时候，真可谓"柳暗花明又一村"啊。

陈诚意识到事情有了转机，于是静了静心，用平稳的语气回答道："好的，夫人，听命尽力。"

第四十章　重演"将在外，军令有所不受"

面对东北岌岌可危的形势，蒋介石认为主掌东北军政大权八个多月的陈诚既抵御不了共产党军队的大举进攻，又驾驭不了东北众将。特别是新五军被全歼的惨败，不管最后追查责任在谁，陈诚都已像他自己说的那样，"猪八戒照镜子，里外不是人"了。在历史的紧要关头，做出任何重要人事调整都不是偶然的，偶然性中有其必然性。蒋介石经过反复考虑，最终还是下决心把陈诚调离东北。

东北战场的指挥棒已经易主数次，从野心勃勃、想独吞东北的熊式辉和杜聿明，到走个过场的白崇禧，再到曾杀伐果断、不可一世而如今威风扫地、千方百计想要溜走的陈诚。虽然他们都跟随蒋介石浴血征战，鞍前马后地效忠了几十年，但在蒋家王朝即将面临灭顶之灾的时刻，蒋介石是不会爱惜他们的，必然要弃车保帅，做最后的拼死顽抗。

连日来，蒋介石搜肠刮肚、冥思苦想，在他嫡系的高级将领中翻来覆去想了个遍，终于想出了一个能接替陈诚并有可能挽救东北危局的人选——卫立煌。

卫立煌，字俊如，安徽合肥卫杨村人，当过孙中山的警卫员。论资历、声望，他能够充当独当一面的封疆大吏；论人际关系，东北国民党军中许多将领，如郑洞国、范汉杰、廖耀湘等都曾是他的部下，他能够驾驭得了他们。更为重要的是，他还在抗日战争期间带领远征军打过多场胜仗，日本人称他为"支那虎将"，美国军界对他评价也很高，到东北去主掌军政大权定能得到美国的支持。

卫立煌是个很有个性的人，他年幼丧父辍学，发迹之年又被软禁多年。蒋介石对这位爱将的性格有所了解，这会儿他担心卫立煌不愿接手东北这个"烫手山芋"，因为抗日时期蒋介石曾许诺让卫立煌带远征军，卫立煌期待满满但只得到个陆军副总司令的头衔。卫立煌赌气不去办理交接手续，搞得蒋介石窘态百出，只好安排卫立煌出国考察，周游欧洲各国。直到几个月前，因国内烽烟四起，蒋介石才发数封电报催促其回国。

以往卫立煌接到蒋介石的召回命令，不管在哪，都会立即无条件地服从归队。但这次他犹豫了，一是他妻子韩权华的姐夫汪德昭与共产党走得很近，他给卫立煌介绍过许多共产党的事，使卫立煌受到很大触动；二是卫立煌猜蒋介石这

第四十章　重演"将在外，军令有所不受"

次叫他回国，无非是让他去东北救火，而他知道东北是一个大火坑。因此，卫立煌拒绝了蒋介石，但蒋介石不肯罢休，待卫立煌夫妇归国回到南京后，亲自以家宴盛请二人。

对于蒋介石的宴请，韩权华表示担忧。虽然她出身商贾，却是被公费保送去美国进修的才女，她旅居美国多年，对国内政治不太懂，但知道国民政府的昏庸和黑暗让东北战局到了无法逆转的地步，不然为何将赋闲已久的卫立煌召回呢？南京的蒋先生与丈夫卫立煌之间的恩恩怨怨，她也是知晓一些的。

清早，卫立煌穿上了久未上身的军装。1946年出国的时候，他依依不舍地脱下了军装，没想到峰回路转，东北战场上国民党的大溃败又给了他再次穿上军装的机会。身着军装的卫立煌站在书房里，他看着东北的地图，想不明白东北的局势为何会在短短两年多的时间里发生如此逆转，他想：如果把东北的部队撤回关内，再加上傅作义的六十万大军堵住山海关，在解决国内其余解放区的共产党军队后，再来寻求解决东北问题的办法，这恐怕是目前唯一的选择。

顺着这个思路，卫立煌继续研究着战局，他非常清楚东北的共产党军队是不会让国民党军队轻易撤退的。华北的傅作义会对东北全力驰援吗？显然不会。国民党说的精诚团结，那是说在口头上的啊！看着，想着，不一会儿两个小时过去了，卫立煌站起身来，长长地叹了口气道："去亦难，不去亦难啊！"

夫人韩权华站在阳台上，看到丈夫再次穿上军装并陷入沉思，她意识到自己的劝慰可能会付之东流，回想起这些年跟着卫立煌过的动荡不安的日子，她偷偷地抹去了眼泪。

忽然，门铃响起，来人竟是陈诚的夫人谭祥，她专门登门拜访。

双方落座，狮峰山的龙井茶飘着淡淡的香气。谭祥一番寒暄后，直接进入主题："辞修在东北病得严重，现在只好请卫先生去东北，这样才有救啊！"

韩权华一听便很不高兴，当场就把脸拉得很难看。谭祥只好装作一副可怜的样子说道："卫先生能去东北，就是救我们一家啊！"

韩权华明白这是蒋家或宋家的说客，当即回了一句："救了你们一家，不是坑了我们一家吗？有权有利的事你们就争，弄得不可收拾了，就把烂摊子交给别人，叫人家去当你们的替死鬼啊？什么心理？"

谭祥十分无奈道："东北局势的掌控权不在东北而在南京，先有熊式辉、白崇禧，再到我们家先生，要不是他身体出了问题，断不会离开东北。蒋总裁寻遍能主政大局之人，眼下唯有卫先生能救他。"

卫立煌沉默片刻，语气沉重地回应道："卫某人何德何能？东北之危局难解啊！陈辞修是蒋总裁心腹，他都不行，那何人能行？"

谭祥看到自己多说无益，于是起身匆忙告辞。回到家中后，她把电话打到了坚守在沈阳的陈诚处。

宽敞的办公室里拉着窗帘，昏暗的灯光下，只见陈诚趴在桌上，用毛笔抄写着古诗词：心似已灰之木，身如不系之舟。物是人非事事休，欲语泪先流……他觉得，似乎只有这样才能摆脱坐卧不安的等待和痛苦不堪的心情。刚刚平息了一些，夫人的电话又让他感到精疲力尽。对外，他宣称自己身体不好，实则是东北的战局让他看不到希望而心灰意冷。惩治贪腐、安排亲信让他成了东北的公敌，私下里谁要不骂几句陈辞修，谁就是异类。无奈之下，他只好让夫人去美龄宫拜访一下宋先生，或者脱困的关键就在宋先生身上。

蒋介石见派出的人劝不动卫立煌，不肯罢休，于是又派一拨说客轮番上阵劝说。南京的卫家大院原本门可罗雀，现在一下变得车水马龙，好不热闹，也让喜静不好社交的韩权华烦不胜烦。

出门躲清闲的卫立煌见到几个自己的老部下。一锅清汤，几样小菜，一杯黄酒，这才让卫立煌长长地吐了一口闷气。几个老部下听说这事后，没有一个赞同，都说不能去。卫立煌也很清楚，但是人已归国，人在屋檐下不得不低头啊！但夫人韩权华却极力阻止，甚至与自己大吵一番："他们是要你去当替罪羊，东北名将如云，你凭什么觉得自己能够力挽狂澜?!"卫立煌坦然道："自追随先生，坚信三民主义，此生忠贞无二。国人苦内战久已啊！"

晚宴设在美龄宫。宋美龄特意邀请了各界名流，举行盛大的舞会。卫立煌望着富丽堂皇的美龄宫震惊不已，就算旅居海外走遍多国，但从没见过如此奢华如同宫殿一般的别墅。

宋美龄不停地给韩权华介绍茶桌上来自各地的名果、名小吃，或进口的食物。蒋介石也是少有的推心置腹。卫立煌感到自己被漫天的捧赞"架在了火上烤"。

蒋介石在书房接待了卫立煌，一见面就亲切地招呼："俊如啊，快坐。"

蒋总裁如此热情，让卫立煌心中一惊，事出反常必有妖。那天他们在书房到底谈了什么，争论了什么，无人得知。最后卫立煌无奈之下只得应允。

见卫立煌一脸愁容地走下楼，宋美龄高举酒杯："女士们，先生们，请为我们美好的未来干杯！"

第四十章　重演"将在外，军令有所不受"

第二天一大早，夫人韩权华将一份报纸推到卫立煌面前，只见报纸上登出了南京国民党政府发出的命令：任命卫立煌为东北"剿匪"司令部总司令。韩权华火冒三丈，与卫立煌大吵了一架。她与卫立煌相处一直和睦，从来没有红过脸，但这次她非常不满地嚷嚷道："你为什么要这么乱来，要去给陈诚当替死鬼呢？"

哪知卫立煌回应道："干革命嘛，就得去。"

"什么叫干革命？"韩权华听后，感到很不解。

卫立煌深深地吸了口气，解释道："在法国时，我们给那边回了一封信，是你做的翻译，你可记得？"

韩权华震惊之余似乎开了窍，立即返回房间给卫立煌收拾起行装来，到启程之日还叮嘱他："过些日子，我就去沈阳与你团聚。"

卫立煌十分震惊："你去那危险之地干什么？"

韩权华言之凿凿："你不携夫人，前线的将士如何安心？要我留在南京当人质还不如与你同行。"

卫立煌的"剿匪"司令部坐落在沈阳市和平区太原北街上，是1934年日本人建造的"满洲铁路总局"大楼，日本人投降后被国民党政府接收。

此刻，卫立煌正坐在宽敞的办公桌前，戴着眼镜，翻着东北国民党军实力统计表，扳着手指算自己能掌控多少部队，一副愁眉苦脸的样子。突然，绿色玻璃台灯下的红机响起，他迅速拿起，抬起头，挺着胸，满脸严肃地说道："总裁，我在！"

"俊如啊，上次我们就用什么战略摆脱东北困境讨论了几次，现在你又有什么考虑啊？"蒋介石和风细雨地问道。

卫立煌想也不想就回答道："我意收缩战线，集中兵力固守长春、沈阳、锦州，相继打通北宁路。"

蒋介石见卫立煌还是固执己见，加重了口吻说道："我最关心的是东北的几十万美械部队，在形势对我党不利的情况下，把这些主力部队保留下来，无论对现在的东北，还是下一步在关内与共产党决战，那都是非常之重要啊！这是当务之急！为此，我反复考虑，你应把沈阳的主力全部撤到锦州，打通沈锦路才是关键。"

"这样不行！我们都知道，共产党惯用的战法是围点打援，我们已经上了多次当了，如果我们的主力由沈阳撤到锦州，正好循着共军的辽北、辽西根据地边缘走，必定损兵折将！何况我们还要途经三条大河，共军一旦伏击，后果不堪设想啊！还有，长春的郑洞国所部怎么办？"

蒋介石有些不耐烦道："长春是长春，我自有安排。"

结束通话后，卫立煌眉头紧锁，自己对东北的战略与蒋总裁的完全背道而驰。蒋总裁看重的是几十万装备精良的国民党军主力，将沈阳的主力撤向锦州实则就等于放弃了东北。

卫立煌放下电话，沉思了片刻，又拨通了到长春的电话，他把担忧告诉了郑洞国。震惊不已的郑洞国同意他的意见，前往南京求见蒋总裁。

放下电话的郑洞国内心可谓波澜起伏：沈阳的主力撤向锦州，华北"剿总"会出兵接应吗？那长春周边和长春的守军怎么办？弃车保帅吗？心有不甘的他乘坐小型飞机抵达沈阳换机，几乎无人知晓他的行踪。

对南京之行的结果，卫立煌自然晓得。郑洞国闹了个灰头土脸，蒋介石反过来让他去说服卫立煌执行南京的战略。

郑洞国与卫立煌在机场短暂地交流后，便以军务繁忙为由返回了长春。

失望之余，卫立煌向南京方面提出部队急需整训，加强政治宣传。别无他法的蒋介石只能同意。

时间如同白驹过隙，自从被任命为东北行辕副主任兼东北"剿总"总司令后，卫立煌可谓殚精竭虑，虽然南京方面一再承诺将东北地区党政军大权尽数交付，对他要求的重建刚被歼灭的四个军，补充兵员装备等要求一概应允。但是，他非常清楚，应允是应允，落实又是另一回事，不落实就必然落空。

穿着蚕丝长睡衣的卫立煌来到镜子前，用小剪刀精心地修理了胡须。他心想：陈诚是连续吃了大败仗，但他也通过关系给东北补给了大量军火。说实话，陈诚是真想扭转乾坤，可惜无力回天。放下小剪刀后，卫立煌坐在办公桌前看着一叠叠报告，眉头紧锁起来，心里不断地计算着自己的手牌，毕竟现在的东北局势十分微妙。

忽然，电话响起，副官告知，国防部高参罗泽闿及国防部作战厅副厅长李树正等人抵达机场，正在前来东北"剿总"途中。卫立煌知道这是恶客上门，他一再抗命，不理会南京的各种部署，不断地收缩防御，尽可能地把外围防御点的兵力全部撤出，共产党军队全力进攻四平，他成功地让曾泽生的六十军撤回了长春，摆脱了被围歼的命运。

卫立煌来到窗前，拉开窗帘，阴暗的天空让其身心都感到无比压抑，他不明白，东北是如何从失掉先机到岌岌可危的。杜聿明策马扬鞭时，国民党军丢掉了能够快速解决东北共产党军的最佳时机，而这却是非战之过，无论是熊式辉还是

第四十章 重演"将在外,军令有所不受"

陈诚,乃至自己,都是不惜余力试图力挽狂澜,无奈共产党已经在黑土地扎下了根。共产党的政治军事仗他是见识过的,老百姓就是共产党的靠山,那是无法被击破的坚强后盾。

现在,共产党已经在东北开辟出一片新天地,土改搞得风风火火,在争取民心这一点上,国民党真是输得一塌糊涂。对于这一点,卫立煌比其他人有着更深的认识,平心而论,他对共产党并无坏感,抗日时期他甚至暗中招待朱德支持过八路军,还跟周恩来彻夜长谈过,后来因为八路军出了袁姓叛徒,导致自己也受了影响。

高参罗泽闿及国防部作战厅副厅长李树正等人,是为蒋总裁的撤退计划而来的,那么卫立煌自己也应该有所准备,于是命令立即给郑洞国和廖耀湘发报,让他们来"剿总"议事。

秘书敲了敲门,送来一份电报。卫立煌打开电报夹,眉头瞬间紧皱。他万万没想到,自己才来不久,南京那位又动了心思。原来,南京方面让范汉杰接任冀热辽边区指挥所主任,其下辖部队的调防权既划归华北"剿总",又划归东北"剿总",是受双重领导的军事机构,这不是让锦州的范汉杰看着自己吗?也是变相架空的同时把傅作义也拴上,苦不堪言啊!

罗泽闿和李树正表面上对卫立煌恭敬有加,实则他们的目的是想撤退,自然少不了有分量的郑洞国和廖耀湘。

交换意见一开始就陷入了死结,郑洞国毫不客气地直接指出:"现在放弃沈阳去打通锦州,途中要通过几道河流,加上共军设有几道坚固的阻击阵地,依我军目前的士气,很有可能全军覆没。"

既然有全军覆没的危险,罗泽闿和李树正也不敢再坚持,于是立即向南京方面请示。晚宴上,罗泽闿和李树正可谓换了一副嘴脸,大家都知道东北是一个大泥坑,如果撤退锦州失利,他们两个很有可能要背黑锅。

就这样,下面推,上面扛,蒋总裁的如意算盘又一次落空。于是,架空卫立煌就立即提到了日程上。

卫立煌的"好日子"没过多久,共产党的冬季攻势又让他措手不及,他没想到共产党军队竟然冒着严寒发动了这么大规模的进攻。位于南京的蒋总裁面对南京的巨大压力犹豫再三。卫立煌决定召开一次师以上军官的高级军事会议,目的就是要摸摸底,用悠悠众口堵住蒋总裁的口。

"剿总"要开会?牛秦川有些丈二和尚摸不着头脑,最近的战局让他有点看不明白,于是决定去拜访刘玉章,结果刘玉章去拜访卫立煌了,牛秦川只好苦等。

前来求见的不仅有刘玉章,一同等待的还有几位军长。几位军长之间显得有些冷淡,相互之间也不打招呼,静静地等待着卫立煌的召见。刘玉章等人没等到卫立煌的召见,被告知有事,后天在军事会议上再说。

刘玉章见到了等了他几个小时的牛秦川,十分诧异道:"文武,可有重要的事情?"

牛秦川点了点头:"辽阳的暂54师被歼灭,法库暂62师被全歼,鞍山守军被全歼,营口的58师投共,我坐立不安啊!"

刘玉章叹了口气,给牛秦川倒了一杯酒,说道:"我们现在就是一叶孤舟,随时倾覆。五十余万国军能打的有多少?二十万?其余的所谓精锐不过是凑数,尚不如杂牌的六十军,再摊上一个能抗命的卫长官,南京方面一日数急电,人家稳坐钓鱼台,既不驰援,也不接应。真像有人说的'敌不动我不动,敌动我也不动',这是什么战术?真看不明白啊!"

牛秦川把酒杯放在一旁:"我们要早做准备啊!别让人当了垫脚石。"

刘玉章沉默片刻:"锦州是走不通的,唯一的生路是海上。"

牛秦川惊讶道:"海上?营口已失啊!"

刘玉章微微一笑:"共军打长春、打锦州都要集中兵力,而且共军不会鲁莽到打沈阳,到时候营口就是一座空城。"

牛秦川拿起酒杯:"军座高见!"

刘玉章无奈道:"天不救,地不救,人若不自救,必死无疑啊!"

东北"剿总"大楼的三楼大会议室内,牛秦川静静地坐在位置上,他耳边还回荡着刘玉章的肺腑之言。

卫立煌进入会议室,坐在位置上。范汉杰、杜聿明、郑洞国三人却并未现身。下面顿时有人悄悄议论:"这高级军官军事会议名不副实啊!"

卫立煌环顾左右,掷地有声道:"战事不利,责不在大家,而在我卫某人。现在沈阳与长春之间的铁路早已中断,锦州、沈阳、长春困守已成定局。我想听听各位军长和师长对局势的高见。"

会场陷入了长久的沉默,廖耀湘探身看看左右,自顾道:"这战略是由蒋委员长和上峰诸位长官制定的,是走是打也应该有个明确的章程。丢失鞍山之后,国军已经是丢无可丢了,固守着长春、沈阳、锦州,一旦被长久围困,锦州与沈阳相对还好一些,长春怎么办?"刘玉章则一副与我何干的架势,这急坏了坐在

第四十章　重演"将在外，军令有所不受"

二排列席的牛秦川。刘玉章瞪了一眼跃跃欲试的牛秦川，牛秦川顿时偃旗息鼓。

显然，卫长官的"将在外，军令有所不受"，大家都清楚，却没有一个人愿意说，每个人都在为了自己的锦绣前程不停地"搽脂抹粉"，就是没人愿意说句真话。残酷的现实就是，南京方面指挥不动卫长官，卫长官指挥不动下面的一群骄兵悍将，将在外，军令有所不受，就如此层层效仿，焉有不败之理？

渐渐地，牛秦川走神了，会议中各位长官到底说了些什么，争论了什么，牛秦川一概不知。他恍然间想起了小师妹梅钰琳，他觉得小师妹还在东北，以她的才干，共产党是断然不会让她身处险地的。

连续的败仗让牛秦川觉得此生无望再与小师妹相见了，相思的念头一旦萌芽，就一发不可收拾了。牛秦川感觉心里就如同小猫在挠一般，他恨不得抛弃一切，马上见到小师妹，与她长相厮守。

战争让人的情感变得冷漠，也让人的情感变得更加脆弱和敏感。对小师妹的思念犹如暴风骤雨一般折磨着牛秦川。

身处军事会议中的牛秦川觉得这一刻什么都不要紧了，他的思绪已经飞回了那个青葱年纪，那个莺飞草长的夏天，那个已经变得模糊而无法看清的校园。

"唉！唉！散会了。"

牛秦川被刘玉章推醒，刘玉章有些诧异，牛秦川明明没睡着，却感觉他睡着了。

卫立煌命人将会议的各方争论上报南京。蒋总裁一言不发，返回书房去写日记了。

第四十一章　见证"党指挥枪，而绝不容许枪指挥党"

1948年的冬天似乎来得过早了，一场突如其来的大雪让沈阳显得格外寒冷，身披呢子大衣的牛秦川虽然坐在火炉前，但却感觉不到一丝暖意。沈阳、长春、锦州三座孤城已岌岌可危。

牛怀恩把几捆法币剪开，然后往火盆里添加，一张一张法币在火盆里慢慢被点燃，迅速燃烧起来，冒出了熊熊的蓝色火苗，把人的脸颊映得忽红忽蓝。牛怀恩望着火盆抱怨道："现在什么都缺，连木炭都买不着，唯独法币和金圆券不缺，跟废纸一样。昨天我路过鹿鸣春时，一屉包子六十万，一袋木炭一百万。乖乖哩，还不如直接烧钱好了。"

牛秦川看了一眼烧得很快的法币，心烦意乱，心想：现在发给我们的都是这玩意儿，擦屁股都不要。但不要还不行啊，索性烧了吧，非逼得人来烧它，把它化成灰烬，这也真是老天的安排啊！不想毁灭都不行噢——

独自思考了一会儿，牛秦川又把牛怀恩叫到身边，拿出一张写着地址的纸条，又掏出几根金条："怀恩，你去一趟湖南，按这个地址，找一个叫赵文久的老师，查访一下他的家人，快去快回。"

牛怀恩先是一愣，随即用力点了点头："晓得哩！"

牛秦川回到指挥部，刘玉章意外来访。他略有惊讶道："军座今日怎么如此得空？"

刘玉章苦笑一声，扬起手中的酒瓶道："漫漫长夜，何以解忧？唯有喝王立夫酒啊！"

刘玉章看见牛秦川烧法币取暖，顿时一愣，然后摇摇头，一副无可奈何的样子。牛秦川无奈地叹了口气："十斤这玩意儿换不来十斤柴火，这是他娘的什么世道！"

两人干了一杯之后，刘玉章长叹一声，说道："文武啊，你注意到了没有，共军的兵力一直在上升，所谓的冬季攻势后，兵力又暴增了。记得他们入关时才十万人，仅仅三年时间就发展到十二个纵队三十六个师，还有十五个独立师、三

第四十一章　见证"党指挥枪，而绝不容许枪指挥党"

个骑兵师、一个炮兵纵队、一个铁道纵队和一个坦克团，总兵力已达到七十余万，再加上地方武装，恐怕要近百万了。卧榻之侧岂容他人鼾睡？现在人家不但睡下了，还盖了房子，东北易手已成定局啊！"

牛秦川面无表情地把玩着手里的酒杯，心如明镜地说："共产党打的是政治仗，他们搞土改分田地，拢人心。他们的百万大军里面至少有五分之二是我们被俘的士兵。此消彼长，我们怎么可能打得过他们呢？"

刘玉章摸了摸光头，悲观地对答道："替陈诚收拾烂摊子的卫立煌，此时只能率领三十万大军驻守沈阳。郑洞国的长春和范汉杰的锦州犹如孤岛，随时可能覆没。我们丧失了几乎所有的机动能力啊！城里是我们的，城外全部是人家的了！"

刘玉章用眼角余光望向牛秦川，希望从牛秦川下意识的小动作里面分析一下他的心态。最近全国各战场"投共"的将领越来越多，刘玉章在摸底的同时，也想听听牛秦川的"高见"，毕竟局势危在旦夕，吃肉吃屎全靠自己，若是个看不明白局势的蠢货，日后"壮士断腕"也悔之晚矣！

牛秦川沉默片刻，用手指蘸了点酒，按在了地图的一个位置上！

刘玉章定睛一看，竟然与自己不谋而合，脱口而出："营口！"

正在这时，刘玉章的副官急匆匆地来找他，一见面就把一个绝密电报夹递了过去，说道："军座，东北剿总卫司令长官又来电了。"

刘玉章十分不耐烦地接过电报说："催什么催，不就是让老子去加入廖、侯的东西进兵团吗？不去！"说完，把电报夹一合，扔给了副官。

副官接过电报夹，走到刘玉章跟前，凑近刘玉章的左耳根，眯着眼睛，上挑着左嘴角说道："听说卫司令长官与南京那边还打着嘴仗呢，南京那边一再催促他把沈阳的主力调到锦州，听说已闹了三个回合了，还犟着呢！"

"就是嘛，他不是也不听南京的嘛！哼哼，不干不干，坚决不去掺和什么东进西进兵团。我们去营口！以守营口留后路为由马上回电！"刘玉章一副找到了"将在外，军令有所不受"的榜样而底气十足的样子。

就在卫立煌与蒋介石争论不休，卫立煌的下级也效仿他"军令有所不受"且整个东北国民党军军令不通畅、上下不同欲的混乱之时，党中央、毛主席看到了东北的胜利快要到来，甚至会在不久的将来促使全国的解放，便及时果断地作出"关门打狗"阻止国民党军撤回关内并将其全歼于辽沈的重大决策。一场决定东北战场全局乃至全国战场进程的辽沈战役拉开了序幕！

辽沈战役的核心问题，就是长春、沈阳和锦州这三大国民党军事集团，到底先打哪一个？

以东北野战军的实力，由北向南逐一攻克是一种比较稳妥且相对保守的策略。党中央、毛主席审时度势、高瞻远瞩，下决心先打最南的锦州，形成"关门打狗"的战略态势，对整个东北的残敌形成巨大威慑，对加快全国解放的进程可谓深谋远虑。

东北局党委坚决贯彻党中央、毛主席的决策部署，主力部队开始向锦州开拔。作为留守围困长春的独立师师长钟守田，因求战心切，每天像坐在蒸锅上一样坐立不安。

看着钟守田来回踱着步子，急得打转儿的模样，正在收拾东西的赵云鹏忍不住说道："你就别这样来回转悠啦，都快把我的眼睛转花了。"

钟守田愤愤不平道："老赵啊，你这稳劲儿叫什么来着？那个那个，一屁股坐塌钓鱼池。"

赵云鹏瞥了钟守田一眼："别给我出洋相了，那叫稳坐钓鱼台。"

钟守田走到赵云鹏面前，讨好地说道："你去找上面争取争取，把咱们独立师也调到锦州去。吃不上肉俺不争，喝口汤总行吧？"

赵云鹏皱了皱眉头："我不去，要去你自己去。"

钟守田急得又打起转儿来："俺嘴笨，到首长跟前就不会说话了，还是你去打听打听。"

"打听个啥呀？你给我老老实实待着吧。"赵云鹏不耐烦地甩了一句。

"哎呀，老搭档啊！这个节骨眼上还是要多听听上面有什么信息啊！"钟守田却黏着不放。

"你啊，我就说了，虽像个农民，但是个狡猾的农民！"赵云鹏的话激将了钟守田，让他更加黏着不放："好啊，我就是个狡猾的农民，但我能发现问题，你嘴上说不打听，昨天我不就看到你在打听嘛！东野机关到咱们师来的两个高参，你不是把他们拉到你屋子里聊了半天吗？我知道，这俩小子是东野机关消息灵通人士，听说什么了？快和我说说！"

"就说你狡猾，还真让你猜着了。昨天确实听到不少信息，可是啊，是听说的，要说也只能说说听说的信息。"

"你就别卖关子了，快说吧！"钟守田急不可待地要听信息。

"听说，关于打长春还是打锦州，开始时咱们东野与党中央、毛主席还意见不一致呢。"赵云鹏紧锁眉头道。

第四十一章　见证"党指挥枪，而绝不容许枪指挥党"

"啊？不能吧？"钟守田十分震惊。

赵云鹏点点头，接着说："困长春、打锦州，这可是党中央、毛主席深思熟虑作出的重大决策啊！"

"这我知道，咱们东野首长给团以上传达过。"

"你不要打断我的话！"

"好，你接着说。"

赵云鹏又讲了起来："听说东野一号和罗政委、刘参谋长带着指挥班子坐火车往前推，想在靠近打锦州的前线开辟指挥所，没想到火车开到彰武附近的郑家屯时，发现空中来了一架飞机骚扰，指挥班子就下了车。等飞机飞走后，刘参谋长就问东野一号是否继续前进，东野一号说不走了。看到他面色疲惫，刘参谋长建议整个指挥班子就地宿营。晚上，东野一号以他和罗政委、刘参谋长三人的名义向中央军委发了一份特级电报，提出了攻锦州和掉头打长春两个方案。"

"俺的个娘啊！锦州不打了？"钟守田很想知道下一步怎么走，追问道。

赵云鹏接着说："听说，一大早罗政委就带刘参谋长一同去找了东野一号。罗政委建议东野一号仍然执行打锦州的决定，并说服了他。"

"怎么说服的？这可不容易啊！"钟守田十分好奇，他想知道大政委是怎样做通思想工作的。

赵云鹏一眼就看出了钟守田的心思，觉得也有必要借这个话题给他上上课，于是把自己分析的和听来的糅在一起，说道："具体怎么讲的不知道，但我想，至少讲了三个问题。"

"哪三个问题？"钟守田紧追不放地问道。

"首先得讲，如果打长春，沈阳之敌将会毫无顾忌地驰援，同时廖兵团等几十万国民党军就可能趁机入关跑了，这不仅会加大打长春的难度，还可能延缓解放全国的进程。"

听了这段话，钟守田并没有完全赞同，而是问道："这样说可能不行吧？东野一号打过那么多仗，天天盯着地图在算，就这么几句能说服他吗？"

赵云鹏接着说："那肯定不行。我想，罗政委一定会说，打锦州是我们东野党委以民主集中制方式集体研究决定的，怎么说改变就改变呢？"

"说得对，你不也经常跟我说这些吗？要增强民主集中制意识，要维护党委决策权威……"钟守田想起了赵云鹏多次给他讲我军党委怎么领导作战，党委成员怎样发挥作用的情景。

看到钟守田接受了这个观点后，赵云鹏接着说："我也听说了，最后罗政委还讲了一句很厉害的话。"

"什么话?"钟守田表现出极大的兴趣。

赵云鹏掷地有声地说道:"不打锦州不仅是个军事问题,而且是重大政治问题!"

"哦,这个太厉害了!"钟守田完全接受这个观点。

于是,赵云鹏继续说道:"你想想看,东野一号和罗政委都是从井冈山时期走过来的,经历了多少斗争,最清楚为什么要坚持党指挥枪,怎么坚持党指挥枪,最清楚党的核心是怎样形成的,要怎样真正维护核心,所以必须把不打锦州的问题提升到是否坚持重大政治原则的高度来讲。"

"是啊,这话是一个大政委说得出来的,我相信东野的罗政委就是这么讲的!"钟守田竖起了大拇指。

赵云鹏面带微笑说:"听说讲到这儿,觉悟上来了,于是东野一号让秘书找到机要处,追问那份电报发了没有,结果一查电报已在早晨四点多就发出了。这时东野一号也急了,问怎么办,罗政委当即建议不要等军委回电,要重新表态,说明我们仍然要打锦州,东野一号表示赞同。于是三人研究后,又重新发了一份电报。"

"俺的个娘啊!"钟守田叹了口气,大声地喊道:"要打锦州喽——又有大仗要打喽——"刚兴奋了没一会儿,他又突然收住高兴劲儿,严肃地问道:"我说老赵啊,你是从哪里听说的?"

"我说了你是个狡猾的农民吧?这你就别问了,不管怎么说的,反正有这个事。"

还没等赵云鹏说完,钟守田就抢先大声说道:"俺的个娘啊,还是有个政委好啊!"

辽沈大战前看似非常平静,实际上却充满着惊心动魄的斗争。历史是最好的记录员,这一刻已永远被记录在史册上!永远抹不去,也不能被抹去!它是发挥政治工作的作用,从而确保党指挥枪的又一次见证!再一次告诉人们:中国共产党领导的人民军队,永远是党指挥枪,而绝不容许枪指挥党。这是政治工作永远的使命和责任!

第四十二章　铜墙铁壁

与凄凄惨惨的国民党方面不同，独立师的师部里迎来了慰问团。赵云鹏在从东总开会返回途中，遇到了打了国民党伏击的一团归来，缴获的战利品里面竟然有一箱意大利香水。赵云鹏犹豫再三，还是找保管员付了钱，拿了一瓶当礼物准备送给梅钰琳。

返回师部，赵云鹏给钟守田和四个团长传达了会议精神和中央的指示。对于打长春还是打锦州，钟守田没什么意见，只要是有仗打，对于他来说就是高兴的事。

赵云鹏给大家介绍了东北的战略态势："同志们，现在整个东北战场的形势已经向着有利于我们的方面发展了，国民党仅仅控制着长春、沈阳、锦州这三个东北的大城市。这意味着东北100%的煤炭资源、80%以上的小麦产区、80%以上的棉花产区，已全部被控制在我们手中。"

让大家欢欣鼓舞的不仅仅是数据，赵云鹏所说的有利形势，与会的同志也有切身感受。从最开始的"七无"，到临江的艰苦卓绝，再到现在老百姓眼中解放区的天是明朗的天，而国统区的物价飞涨，法币、金圆券天天贬值，与共产党采取最原始的办法形成的自然经济、不用货币相比，那是天壤之别。农民都是以物易物，拿粮食换鸡蛋，拿鸡蛋换煤油，抵制伪币进入解放区，正在进行着一场经济上的"农村包围城市"。

根据上级的命令，独立师参加了对长春的围而不攻。钟守田每天坐在临时指挥部的门口晒太阳。长春是座坚城，城防堪称全国第一，作为伪满洲国首都"新京"的长春，是经历了奉系和日本人几十年营造的，现又经过了郑洞国主导的整体加固，已经是一个严密坚固的堡垒体系。

二下江南时，民主联军主力四个师围攻德惠，付出了巨大代价却没能打下来。四平也是同样。要进攻超过十万守军的长春，东北野战军可能要付出极高的代价，于是选择了围而不攻。

每天，国民党的空投飞机如同上班一般，从沈阳准时抵达长春上空。最开始的时候，钟守田让高射炮连那门缴获的福伯斯还打上几炮，但到后来，发现没什么效果也就算了。

东野几十万大军已开始向锦州方向秘密集结。

沈阳方面的刘玉章找到了牛秦川。卫立煌的到来让刘玉章嗅到了一丝不同寻常的味道，那就是廖耀湘不能再不可一世地横行了。

前段时间，包括新任的五十二军军长刘玉章在内的所有人，都没少挨廖耀湘的狗屁喷。廖耀湘个子矮，脾气却异常火暴，属于国民党军将领中极少不好色而勤于军务的，不过他本性十分贪婪，仗着自己是嫡系，有老蒋撑腰，除了杜聿明、郑洞国之外，极少能看得起谁，就算现在主持大局的卫立煌，廖耀湘同样是听调不听宣。

对于五十二军，廖耀湘也是一肚子气。五十二军是进入东北最早的部队，这支部队是由25师扩编而来。但是"千里驹"师在新开岭沉沙折戟之后，确实伤了五十二军的底子，特别是李大麻子师长被俘，成为五十二军之奇耻大辱。

由于李大麻子李正谊被俘，刘玉章心心念念的五十二军军长职务也最终被其收入囊中。刘大光头刘玉章也确实是悍将一员，在东北战场上连新六军都吃了共产党军队的亏，但自从他刘玉章接手指挥第2师到指挥五十二军这支队伍以来竟然毫发无损。我军东野几次想打掉盘踞在辽阳的五十二军，无论是引蛇出洞还是围点打援，都没有收到成效。

自从牛秦川接任25师师长之后，一改浮夸、吃空饷的作风，积极练兵的同时，把兵员扩充到一万余人。此前牛秦川接手75团时，作为25师主力的75团，成为覆没时唯一突围的部队，牛秦川接手25师之后，也可谓未尝一败。

以195师为基础扩编的新五军，在陈诚眼皮底下被共产党军队全歼，这再次给牛秦川敲响了警钟。牛秦川建议刘玉章将自己的第25师与第2师全部集中到辽阳构筑工事，逼迫东野共产党军队打攻坚战。

对于拼命"挖土"的刘玉章与牛秦川，廖耀湘是一百个看不上，归根结底是刘玉章与他不是"同道"中人。

锦州危局。通过这些天的空中侦察，一幅幅照片被罗列摆放在作战室的展板上。与会的众多军长和师长们，要么沉默不语，要么抽着香烟。连续两天的军事会议没能开出任何结果，这是预料之中的事情。

廖耀湘望着窗外，郑洞国的位置空在一旁没人坐。会前卫立煌给郑洞国发过电报，要求他来参会，但是担心小型飞机被共产党军队的轻武器击落，因而郑洞国未能出席这次决定东北五十余万国民党军命运的重要会议。

第四十二章 铜墙铁壁

卫立煌望着照片上密密麻麻的独轮车纵队，眉头紧锁地说道："哪位给我解释一下，这是共军的什么新式武器？"

在场的众人，出奇一致地保持沉默。牛秦川看了一眼刘玉章。刘玉章微微点了点头，他知道，替卫立煌解围会得罪人，但是他现在最不怕的就是得罪人，因为他是这些军长中为数不多的、凭实力坐到这个位置上的，换句话说，牛秦川的靠山是他，而他却没有靠山。这是好事，但也不是好事。

牛秦川起身，大声嚷道："报告长官，那是共军所控地区发动的支前车队。老百姓自己携带干粮给共军运送弹药、给养和后撤伤员。"

卫立煌惊讶道："共产党了不得啊，这得有多少人？"

牛秦川犹豫了一下，回答道："共军东北野战军现在主力是十二个纵队，每个纵队三个师，十多个独立师、炮纵、骑兵纵队、坦克部队等，大约超过了七十万，如果再加上地方武装就超过一百万。而支前的老百姓恐怕也要超过百万。"

在场的众人包括廖耀湘听到此话后，都倒吸了一口凉气。其实，真实情况大家都清楚，但是没人愿意说真话，更没有人愿意听真话。

卫立煌指着地图，略有不解地问道："老百姓为什么会帮共产党？我们在东北征兵却征不上来，而都要从关内运过来呢？"

牛秦川叹了口气，用平稳的语气说道："卫长官，职部一直在分析研究此事。我们刚来东北的时候，齐装满员，老百姓参军热情很高，当时我们是优中选优。现在呢，连歪瓜裂枣都不来了，为什么？国军军纪严明不假，但是那些打粮队、税丁队、'还乡团'，打着中央和国军的名义为祸乡里。而共产党却大规模进行土改，把土地都分给了老百姓，然后又把枪交给老百姓，让他们保卫属于自己的土地。这样一来，老百姓会站在哪一边，这不是很清楚的问题吗？"

卫立煌转身，厉声道："行辕情报处的人来了吗？"

一个瘦高个儿、留着中分头的中年人，站起来敬了一个礼，回答道："卑职是行辕情报处副处长华隆盛。根据卑职统计，民国三十四年底至今，东北累计从共当兵的人数已超过一百四十多万。"

卫立煌愣了好一会儿，喃喃自语道："人心啊——民心啊！自古就是得民心者得天下，欺人能，岂能欺天？更难欺人心啊！"

刘玉章站起身，往前走了一步说道："老百姓从共无话可说，而我们那些被俘或投共的官兵怎么也都变了呢，他们都相信只要共产党得了天下，他们就能过得比现在好，以往共党抓了俘虏后都会发给路费遣散，现在东北战场的共产党不再释放俘虏了，他们用政治工作转化这些俘虏。昨天牛秦川向我报告，现在共军对我们的俘虏能够做到即俘、即转、即补,连衣服都没时间给发,就反穿上衣拿起枪和我们对着干,自己人打自己人,这才是真正可怕的地方。如此下去,必然共军会越打越多,而我们会越打越少,最终会是什么结果,那是不言而喻的。"

廖耀湘皱了皱眉头,不高兴地说:"不要危言耸听嘛!总裁反复强调东北'剿匪'平乱,必须军事与政治相配合,收复区内之地方行政工作,尤为重要。我军占领各'匪'区之后,必须督导我各级官员,协助各级地方政府,注意民众组织,整理保甲,加强人民之自卫力量,以安定地方秩序,恢复各种生产。对于处理土地纠纷,尤须注意,实行绥靖区减租法规,务须使耕者有其田,此为我军与共军斗争之基本问题。"

廖耀湘虽然夸夸其谈,但是在场众人也都清楚,在东北的国民党各级官员与军队私底下是个什么德性。

突然,一名女秘书急切地闯入会议室,走到卫立煌身旁,俯身耳语几句。卫立煌立刻面露惊讶,转头望向廖耀湘,问道:"建楚,蒋总裁要来沈阳?"

廖耀湘用一副明知故问的表情问道:"难道卫总司令不知道吗?"

卫立煌深深呼了口气,不停地摇着头。他知道蒋介石这一来保证要坏事。东北战场可以说就是被蒋介石的连番亲自操作彻底断送的。

沈阳机场,站在寒风中等待的众人都有些忐忑不安,他们都怕蒋总裁又来搞"精确指挥"。

牛秦川站在刘玉章身旁,低声耳语地说:"大事不妙啊!蒋总裁此番前来,恐怕是为了组建西进兵团,还打着东西夹击围攻锦州的算盘呢。"

刘玉章眉头紧锁,顺着此话回应道:"这是一个拼命的局,关键就在于敢不敢置之死地而后生。卫立煌让范汉杰死守锦州,意图就是趁共军集中兵力围攻之际,接应长春的郑洞国,然后在华北傅作义接应下寻机突围。"

牛秦川摇了摇头说道:"你看看这些人哪个不是脑满肠肥?哪个不是身家万贯?都在东北捞了个盆满钵满,舍得拼命?我看未必。"

蒋介石专机"中美号"缓缓降落,一辆加油车诡异地靠在一旁,翘首以待的众人十多分钟没见到蒋介石的身影,一名侍从呼喊廖耀湘登机。

在众人诧异的目光中,廖耀湘登上飞机。卫立煌知道这是蒋介石在故意羞辱他,于是,不满地用手套抽打了一下身上并不存在的灰尘。

一刻钟后,卫立煌才被召见。片刻后,卫立煌和廖耀湘离开专机。专机加油后滑行飞离。至于刘玉章和牛秦川,他们只见了一个"寂寥"罢了,亲疏远近高下立判。

第四十二章 铜墙铁壁

返回途中,牛秦川拉住了刘玉章道:"军座,我们五十二军千万不能加入辽西兵团。辽西兵团军令不统一,是听卫立煌长官的还是听南京方面的?这样扯皮会出大问题的。"

返回会议室,脸色铁青的卫立煌清了清喉咙,一口气说道:"以新一军、新三军、新六军、第四十九军、第五十二军、第七十一军组成西进兵团,由廖耀湘统一指挥。"

廖耀湘神气活现地站在巨大的地图前,指着军事标志的箭头说道:"诸位,我计划从辽阳、营口、沟帮子一线集中主力援救锦州,一旦锦州有失,可以快速从营口港撤退,还不受彰武和法库的共军威胁。"

卫立煌谨慎地点了点头,他心知肚明,这只是廖耀湘的一厢情愿。南京方面,老头子这几天就要飞抵前线,到时候是个什么结果谁能知道?

不过,这已经是目前最好的方案了。作战计划的电报发往南京不久,南京方面回电"不允",要求西进兵团从辽西出发,火速援锦。另外,葫芦岛方面登陆的国民党军也准备完毕,准备东西夹击共产党军东北战场主力。

面对这种结果,牛秦川眉头紧锁。因为一旦彰武和法库的共产党军袭击兵团的侧翼,兵团就要不断地分兵,就算最终抵达锦州城下,也很有可能会陷进去。南京方面,蒋介石明明知道此番出击风险很大,但是更担心锦州、沈阳、长春这三座孤岛被人瓮中捉鳖。他嘴上说的全力支持,无非就是不痛不痒的几架空投飞机。

这个结果让廖耀湘哑口无言,卫立煌可以指桑骂槐,他不行,因为他是嫡系中的亲信,蒋介石的命令他必须彻底执行,因为这是蒋介石在试图挽回他因为军事失败而饱受诟病和被李宗仁等人逼宫的局面。

正在营口秘密布防的刘玉章,见到了在外围构筑工事的牛秦川,惊讶说道:"文武,怎么挖了这么多战壕和工事?"

牛秦川望一望锦州方向,回应道:"军座,未雨绸缪啊!你怎么有空来我这叨唠?"

刘玉章神神秘秘地说道:"南京那位又到了沈阳了!"

牛秦川顿时大惊失色:"东北危矣啊!"

刘玉章连连摆着手说道:"意会、意会,不可言传。"

与此同时,长春城外正在不断地掘进战壕,靠近国民党军城防的独立师接到了命令,要求其火速赶往塔山一线。挖了十几条战壕无精打采的钟守田,顿时嘴角乐开了花。他急速行军前往锦州，一路上与战士们一同小步快跑。

赵云鹏接到命令，立即意识到可能战局出现了变化。果然，葫芦岛的国民党军侯镜如兵团再次增兵了。

卫立煌急调守备沈阳的四十九军空运增援锦州，被我军九纵炮火摧毁机场不得不停止。南京方面急调山东三十九军的两个师，傅作义的六十二军和九十二军的21师，加上绝对主力的独立95师，从烟台、秦皇岛等地海运增援至葫芦岛，会同据守锦西的五十四军和暂编62师共计十一个整师的兵力，编入侯镜如的第十七兵团，由锦西北进与廖兵团对攻，对正在进攻锦州外围的我军部队构成了严重的威胁。

上级命令独立师赶赴塔山作为四纵的预备队。听说自己不是打主攻而是打阻击，而且还是预备队，钟守田的心气当时就散了一半，嘟嘟囔囔地围着草棚子乱转。

赵云鹏和钟守田带侦察连把塔山的地形摸了个透。塔山位于锦西与锦州之间，是一个只有百十户人家的小村子，东临锦州湾，西接白台山，山与海之间最狭窄的一段仅有十二公里宽。北宁铁路从村子的东侧穿过，山海关至沈阳的公路与铁路并行。

塔山的防御纵深并不大。锦西敌军阵地，北至塔山东，南至大小东山。锦州敌军阵地，南至松山街及附近村庄。两锦之间空隙地区只有三十余里。

在侦察中还得知，十一纵的一支部队竟然在海边布防。赵云鹏知道这是无奈之举，因为滩头阵地是根本无法防守的，据守滩头的目的也就是拖延时间，为主力部队攻击锦州城争取宝贵的时间。

看到眼前这个既无塔又无山的塔山，钟守田突然冒了一句："我的奶奶呀，原来只知道打锦州是一场硬仗，没想到守塔山更硬，弄不好是一场恶仗啊！"

赵云鹏立马接过话来，说道："是啊！围绕锦州，国民党五十万大军与我们六十多万大军要拼死一搏，这当然是一场硬仗。如果输了，东北野战军将不复存在，如果赢了，全国解放就指日可待了！"

钟守田一抬手想插话，被赵云鹏一把打了下去。"我还没说完呢。"赵云鹏又接着说道："为了不让国民党打下塔山，连通关内关外赢得战略主动，我们要在塔山这个毫无防御地形的战场打一场阻击战，这当然是一场恶战喽。所以，我们每个人都要做好马革裹尸、战死疆场的准备啊！"

其他同志听了都很严肃，钟守田却顿时来了精神："哼！什么硬仗恶仗，有仗打就行，不打怎么解放全中国？同志们，到真正大干一场的时候了！"

第四十二章　铜墙铁壁

独立师全体官兵摩拳擦掌，准备拼死一战。廖耀湘的西进兵团果然出了问题，于是只能分兵进攻彰武，这让一直观察战局的赵云鹏大跌眼镜。彰武是东北野战军的最大后勤储备地，也是东北野战军的补给线最为重要的一站。

廖耀湘攻下彰武的理由非常充足，但却不是最好的选择。救兵如救火，廖耀湘应该火速向锦州靠拢，与侧翼葫芦岛的侯镜如兵团配合，对我军锦州攻城部队实施反包围。

让赵云鹏不能理解的是彰武失守后，廖兵团却龟缩在原地三天没动静，直到好多年后赵云鹏才从军史专家处了解到，当时一方面是卫立煌的命令与蒋介石的命令发生冲突，再者廖耀湘看上了我军储备在彰武的大量物资，那三天都在抢运这些物资。

赵云鹏、钟守田已带部队进入了塔山阵地。要在这里打一场阻击战，必须修筑工事，但这个既无塔也无山的不毛之地，既没有任何防御地形，也没有什么修筑工事的材料可取。赵云鹏与钟守田正为此犯愁，突然，钟守田指着从四面八方赶来的一队队支前大军，兴奋地跳了起来，高呼道："救兵来啦！救兵来啦！"

只见，从塔山附近几个村子赶来的老百姓，有的扛着门板，有的抬着嫁妆箱，有的拖着石碑，有的推着棺材……凡是能用来修筑工事的家伙事儿都扛来了。一时间，阵地上挤满了支前的老百姓，他们把拿来的箱子、棺材都装满泥土和石块，与门板、石碑等材料混在一起，帮助构筑防御工事。整个阵地上处处是劳动号子，一派热火朝天、紧张快干的繁忙景象。累了闲下来休息时，小伙子、老爷们儿和大姑娘、小媳妇们，还跳起了辽西特色的秧歌舞。即将爆发一场大战的阵地，就像乌云翻滚的雷雨天，突然乌云裂开一个口子，一道金色的阳光穿射下来，顿时把乌云密布下的大地照得金灿灿、暖洋洋的。

张老汉是塔山本地屯子里土生土长的本地人，解放军是个啥样他没见过，红军和八路军听人说过，也说不机敏闹不明白。"遭殃军"他是见过的，最开始这些中央军纪律严明真没的说，带路还给路费。这几年打大仗，中央军的军纪越来越坏，甚至比小鬼子和二鬼子还狠，一走一过老百姓家里如同被洗过一遍。

这次来的解放军据说就是当年撤到南北满的八路军，他们连老百姓的院子都不进，睡在苹果树下一个苹果都不吃，借了工具损坏了直接赔偿大洋和票子，或者补粮食。

张老汉明白了之前土改工作队说的"底气"，原来底气就来源于这些人民子弟兵。当官的和当兵的同吃同住，就算当年国民党军精锐也做不到啊！

分了土地，张老汉激动不已，带着工具也上了阵地。前面打得热火朝天，炮声隆隆,一队又一队的后生们增援上去,但是张老汉却没再见到他们下来。

傍晚,徐屯的老村长把全村人都集中到了打谷场,站在石磨上大声吆喝道:"老少爷们儿,俺刚刚上去送了一趟苞谷饭,前边打得太惨了,年轻的后生一倒一大片啊,抬都抬不下来,他们图了个啥?他们为了个啥?他们是在保护咱们刚刚到手的土地啊。现在白台山需要修建工事的材料,咱们咋个办?"

所有人听后,都陷入了沉默。见此状,老村长一举手,大声呼喊道:"乡亲们——俺带个头,先拆俺家的房子吧,不够再拆你们的,就这样定了。'遭殃军'赢了,俺们还没焐热的地又会被地主老财抢回去的。年轻的后生们连性命都不要了,俺们还顾及什么房子啊!"

"拆!拆!拆!"站在一旁的赵云鹏,亲眼看到了这一动人的场面,心情久久不能平静,他深深感受到,这些农民是多么淳朴可爱,同时也深深地感受到:人民的力量是多么强大而无穷。

张老汉抚摸着粗糙的墙壁,这是他爷爷拉了三斗谷子的饥荒盖起的老房子。房子很破却能给家人遮风避雨啊!犹豫再三,他在婆娘担忧的目光中抡起了大锤,一下一下砸在墙上,这一声一声的砸墙声也同时砸在了他的心头上。

很快,几百人的支前队伍扛着木料门板冲向了高地。高地上刚刚打退国民党军进攻的战士们正在分秒必争地抢修工事。在乡亲们的帮助下,工事很快恢复了大半。正在这时,一枚敌人的炮弹落下,肆意横飞的弹片击中了张老汉的小腿。

国民党军成群成群地冲入阵地。一场惨烈至极的肉搏战之后,张老汉望着遍地的尸体,包括那些支前群众的尸体,横七竖八地堆砌在阵地上。

"支前!支前!都来支前啊!"张老汉满脸鲜血地游走在阵地的废墟之中。

赵云鹏带领增援部队堵住突破口后,特意安排人将张老汉送出去包扎伤口。野战医院三分所就设在路边的林子里面,在清晨的薄雾中,张老汉听到了密集的脚步声,顿时让他警觉起来。

薄雾中,大批支前的群众推着独轮车、挑着担子,有的还打着旗子,上面绣着临江县支前大队一万五千人的字样。密密麻麻的人流从面前经过,原本没有路的荒草地,一下子被人生生地踩出了一条路。张老汉仿佛做梦一般,又看到了当天倒下的那些乡亲的背影。

日落西山,一行湖雁鸣啼西柏坡,祥和宁静间透露着异样紧张的气氛。依山傍水的西柏坡一片安宁,但是村中升起了密集的天线,给这个偏远的小山村增加了一丝神秘感。

第四十二章 铜墙铁壁

此时此刻,中共中央领导云集于此,砖木混建的新房还散发着阵阵抹泥的清香。在一处天线最为密集的小院的梨树下,一个青石老石磨旁,党中央的核心领导层正聚集在磨盘周围,传阅着一份份电报。

华东、华北、中原、西北、东北,各个战场的命令就是从这里发出去的。现在各个解放区的所有部队全部投入了战斗,拼尽全力牵制着国民党军。牵一发而动全身的东北战场,关乎的不仅是一场战役的胜负,更关乎国家和民族的未来。

第四十三章 漫长的一天

历经了三年多的浴血奋战,全国各解放区已经由战略防御全面转入战略进攻,并且取得了全国战场的主动权。国民党的总体战略已经由"全面进攻"转为"重点进攻",又由"重点进攻"变成了"全面防御",现在又调整为"重点防御"。

东北战场上人民解放军已经累计歼灭国民党军五十余万。蒋介石虽然三易其帅,也未能挽回败局。

南京军事检讨会议上,美军顾问团团长巴达维向南京国防部提出放弃东北的战略性撤退,但是蒋介石不同意。若是全面放弃东北将会给蒋介石个人声誉、政治前途以及国民党的政权和统治带来太多不确定的危机,因此,他没有采纳战略性撤退的建议,以致所有人眼睁睁地看着国民党军丧失了撤离东北的机会。现在解放军大兵压境,以气吞山河之势,准备在锦州对东北残存的五十万国民党军精锐"关门打狗"。

赵云鹏也不记得他们是哪天被拉上塔山阵地的,他只记得一团一营在高家滩五分钟就被打光了。那是一个无名土丘,一马平川无险可守,简单的工事早就被敌人的炮火炸平了,泥土松软得陷脚。

一只断手就插在赵云鹏的面前,到处都是炮火的痕迹和尸块。从10月10日开始,国民党军以至少四个师的兵力,在炮火的掩护下,同时对塔山沿线的铁路桥头堡、塔山村、白台山、高桥、高家滩等阵地,发起了成营、成团的反复冲锋。顶在一线的我军部队与敌人进行了大规模的白刃战,几千人冲杀混战在一起,真是前所未有的惨烈。

战斗到了最为关键的时刻,大批的敌人突破阵地。钟守田用沙哑的嗓子对着电话嘶吼道:"增援,立即增援!不惜一切代价增援!"电话线随即被敌人的炮火炸断。

钟守田气得一摔电话,大声呼叫道:"通讯班……"

无人回应,钟守田一转身瞬间泪目,墙上整齐地挂着十五个水壶和干粮袋,通讯班已经全部牺牲。

第四十三章 漫长的一天

撤退经过指挥部的房土根,浑身已多处负伤,听到阵地被突破,增援上不来,他焦急万分。多少战友把鲜血流淌在了上面,阵地绝对不能丢!

他把阵地上准备后送的为数不多的伤员组织起来,望着眼前几十名轻重伤员,犹豫了一下道:"谁是独苗?"

伤员们全部沉默。身上数处挂彩的房土根掏出了半包香烟,看看香烟,再看看大家,他用沙哑的声音说道:"这是在长春时赵政委给俺的,俺没舍得抽,大家匀匀。同志们,弹药快打光了,突破口越来越大,你们说怎么办?"

解放战士黄光远皱了皱眉头,昂起头说道:"你给我撂句实话,干倒了国民党,我老家解放了,是不是能和你们一样分到地?"

房土根微微一笑,回应道:"那还说啥?一准的!"

黄光远仿佛下了巨大决心一般,坚定地说:"拼了!"

房土根掐灭烟头,用下命令的口吻说道:"每人两颗手榴弹,两人一组往突破口冲!死也要抱着敌人一起死,坚决把突破口堵住!"

战斗间隙,赵云鹏巡视阵地,见到了正在鼾睡的钟守田。疲惫不堪的钟守田强忍困意,半眯着眼说道:"老赵你怎么来了?"

突然,一名战地医院的护士闯进指挥部急切地问道:"谁看见伤员了?怎么几十名伤员都不见了?"

赵云鹏和钟守田满脸诧异:"伤员不见了?"

与此同时,房土根嘴角浮现着一丝笑意,别人都是两颗手榴弹,他占了"大便宜",足足十颗,外加一个炸药包都绑在了后背上。他缓缓地向突破口匍匐前进,他爬过的地上,留下了一道道血迹。

赵云鹏举起望远镜,忽然发现有伤员两人一组手持手榴弹向固守突破口的敌人发起了反击,一个又一个身影倒在了硝烟中。

两人一组的伤员们举着冒着青烟的手榴弹,一拨接着一拨地冲向突破口,他们都有一个同样的动作,就是在生命的最后一刻奋力地扔出手榴弹。

房土根爬到了敌人一个重机枪阵地下面,喘了口气,环顾身后,所有的伤员全部倒在了突破口前。他毫不犹豫地用力拽动炸药包的拉火环,嘴角冒出大量带有气泡的血沫子,奋力将炸药包扔进敌重机枪阵地里。

只听"轰"的一声巨响,国民党军的机枪飞上了天,战场一片死寂。

独立师是13日进入高家滩阵地的。高家滩阵地分成了左右两翼和中央阵地,大约能够容纳一个团的兵力。血战新五军之后,独立师经过整补和加强训练,总体实力得到了较大增强。在独立师阵地后面还有上级指派的两个炮营为其提供火力支援，独立师自己的炮团则被部署在侧翼。

第一次打如此阔绰的仗，钟守田一时间有些感慨："老子这辈子都没这么阔过！"

赵云鹏却把兄弟部队换防留下，帮助他们熟悉敌人战法，并把阵地的老兵全部集中起来，组织战斗骨干进行战场现地交流以提高杀敌能力。

独立师的官兵们趁机抓紧时间抢修工事，并借机展开"战评"。从战术战法上总结经验教训，甚至评论每个人自己的单兵作战技巧，根据国民党军不同部队进攻的特点，研究贴近实战的打法，还让兄弟部队经验丰富的战斗骨干介绍作战经验。这种双方相互切磋的"战评"也增强了参战官兵的信心。

兄弟部队一名姓樊的老兵介绍道："敌人喜欢整营、整团的反复冲击，我们就用炮火杀伤他们。神枪手和六零炮注意打敌人的督战队和'军官敢死队'，把这俩货打散了，敌人的进攻基本也散了。国民党军也是人，子弹打进去，对穿两个眼。"

老兵的话把在场的众人逗乐了，但是樊老兵紧接着严肃地说道："我们要防备敌人的假炮火延伸，这方面我们是吃过大亏的。这几天敌人的飞机来得勤快，但是没见坦克。据国民党的俘虏说，他们的坦克就这两天到。打铁王八我们也没什么经验，反正就是多准备几束手榴弹和几束爆破筒就对了。咱们的马尾手榴弹对敌人特别好使，敌人的香瓜手雷威力大，但是扔不远。远了用马尾，敌人冲近了就扔香瓜，敌人退了用六零炮招呼。"

一整套的战法被赵云鹏贯彻到了全师的各个班排。之前全军正规化整编期间，钟守田因为四团被合并一直不愉快，好歹是保住了炮团，多亏独立师的火炮是万国造，炮纵的几个旅都看不上才得以幸免。

赵云鹏与钟守田商量了具体分工：赵云鹏和钟守田各坐镇一个团，副政委魏马列去三团坐镇，并在战前动员中提出：塔山战斗要战至最后一人！官兵们都知道，一般战斗减员至30%以下，指挥员有权撤出战斗。现在赵云鹏提出这个要求，既是上级的死命令，也是要求官兵发扬压倒一切敌人英雄气概的战场宣传鼓动口号。

赵云鹏并不知道，蒋总裁已经乘坐"重庆号"巡洋舰抵达了塔山外海，给侯镜如下达了死命令：限于明日黄昏攻下塔山，否则，军法处置。并且，从北平机场调动全部的B-24轰炸机，全天实施轰炸。他还把模范独立95师调上一线准备拼命。

锦州我军总攻的炮声震耳欲聋，上千门大炮无差别地猛轰城内。东总指挥部

第四十三章　漫长的一天

内，电报声与电话声交杂在一起，伴随着炮声、枪声，真是一场战地交响乐啊！首长们全部神色紧张地盯着各纵队不断报告上来的战况。配水池攻击受阻，三纵20团连续发动第二十一次攻击失利，正在组织第二十二次攻击。

此时，范汉杰已经把锦州变成了一座堡垒。东野为此集中了上千门火炮，目的就是把范汉杰的这些王八壳全部都掀开。

范汉杰坐在电报大楼的地下室里面无表情，外面炮火连天，他的心中却是死水一潭。援军近在咫尺，却又远在天边。廖耀湘在彰武裹足不前，侯镜如血拼塔山难以为继。望着锦州城防图，范汉杰无能为力，发出一声声长叹。

战斗进行得异常艰难。我军塔山方向打来电话，汇报10日到13日的伤亡情况。林司令员接过电话，直接道出对方的姓名后，用少有的严厉口吻说道："我不要伤亡数字，我只要塔山！"

锦州城内，范汉杰在不停地更换指挥所。现在的他更是疑神疑鬼，总觉得身边有共党间谍时刻通报他所在的位置。

锦州的国民党军在拼死抵抗，塔山也迎来了决定胜负的一天。若干年后，国共双方的当事人回忆起这一天，全部都感慨万千。毫不夸张地说，这一天决定了东北战场的胜负，也决定了全国解放的时间表。但是，这一天是极为漫长的。

锦州方向近百万人在为了"明天"而厮杀，这关系到了这个古老国家的未来。身处营口的梅钰琳同样彻夜难眠，坐在军官俱乐部品尝着咖啡的梅钰琳见到了牛秦川。

一瞬间，牛秦川感觉自己仿佛做梦一般，愣了好一会儿没敢上前相认。

梅钰琳强忍着内心的激动起身，留下一个烟盒。牛秦川见状拿起烟盒呼喊道："小姐，你的烟。"

梅钰琳接过香烟，小声道："老街51号。"

梅钰琳离开了，牛秦川站在了原地，小师妹与自己春风一度已经过去三个多月了。她是共产党，难道她改变主意要跟自己走了？一时间，牛秦川心乱如麻。

此时此刻，营口城里特务多如牛毛，梅钰琳如果是潜伏在营口，那就非常危险了。

牛秦川深深呼了口气，他决定无论担多大的风险也要与梅钰琳见上一面。

老街51号二楼，房间内的梅钰琳被牛秦川一把搂入怀里。梅钰琳挣扎了几下，就不再挣扎。牛秦川瞪着大眼睛："你想通了？跟我走吧，我爱你一辈子。"

梅钰琳刚想开口，突然感觉一阵恶心干呕起来。牛秦川愣在一旁关心地说道："怎么了？"

梅钰琳摆了摆手,刚想说话又是一阵干呕。没吃过猪肉也见过猪跑的牛秦川瞬间惊喜道:"你有了?是我的娃,我的娃!哈哈,我牛秦川有儿子了。"

梅钰琳瞪了牛秦川一眼,擦了擦嘴:"我怀孕的事情你已经知道了。我这次来营口就是想让你跟我回去。"

梅钰琳的"跟我回去"让牛秦川从惊喜中冷静了下来,他用震惊的目光望着梅钰琳道:"共产党能给你什么?共产党能给的国民党都能给,共产党给不了的国民党也能给。"

梅钰琳十分淡然道:"一个属于人民的新世界,没有压迫和剥削。"

牛秦川皱了皱眉,提醒道:"别忘记了你自己的出身。剥削是不可能消灭的,物竞天择,食物链永远有底层。"

梅钰琳望着牛秦川深情道:"难道你不能为了我和孩子吗?国民党这艘破船注定要沉没的,你是贪恋权力还是金钱?那些有那么重要吗?"

牛秦川微微一愣:"你为什么不能为了我放弃一次。我们可以去美国,让孩子得到更好的条件。我如果起义,等于害了玉章大哥和几万兄弟。"

梅钰琳犹豫了,人各有志,有着自己的选择,自己不能把牛秦川逼得太紧,要给他一些时间考虑。

梅钰琳叹了口气,心思沉重道:"我们都冷静一下,好好考虑考虑。"

牛秦川带着满脸的不舍离开了老街51号,几乎一步一回头的牛秦川决定派一个班部署到51号附近,暗中保护梅钰琳。

这一天的黎明,漆黑得伸手不见五指,赵云鹏久久不能入睡。锦州方向我军攻城的炮声彻夜未停,敌人这边却异常安静。事出反常必有妖,敌人一定在调兵遣将,准备一举突破他们眼中我军"岌岌可危"的防线。

敌人的坦克到了吗?敌人会调哪支部队?敌人将会主攻哪个阵地?

赵云鹏有太多的问题需要考虑,既然睡不着就去查岗吧。马德礼揉着睡眼打着哈欠,他想不明白赵政委为什么要去查哨。事实上是赵云鹏觉得塔山战斗是一场极其艰巨的特殊战斗,对每一个细节都不能大意。

阵地上进行了严格的灯火管制。赵云鹏查到左翼阵地的时候,发现三名哨兵中的一名竟然前出,大声询问:"你们是几纵几师的?"

对方人影晃动,却没人回话。天边透出一丝鱼肚白,赵云鹏借着一丝微光,发现对方头顶竟然是大檐帽。东北人民解放军各部没有装备使用大檐帽呀,这是怎么回事?一定是敌人!

第四十三章　漫长的一天

一瞬间，赵云鹏掏出手枪，高呼："敌袭！"

两声枪响后，一名国民党军官倒地，随即一个营的国民党军冲进了我军的战壕。赵云鹏立即将二团调上阵地，并且使用配属火炮火力封锁了敌人的进攻通路，跟在后面的国民党军无奈只好退却。

经过了两个小时的激烈战斗，才将攻入我军阵地的国民党顽敌彻底消灭。以往一抓一大把的俘虏，这次只抓到了两人，其中一个还是伤员。

赵云鹏十分惊讶这伙敌人的顽固。经过审讯得知，这伙敌人是国民党独立第95师的，也就是"赵子龙"师的，赵云鹏对于这支部队还是有一定了解的。

抗日时期，这支以西北马家军为底子，由湖南、江西爱国青年扩编而来的中央军嫡系，在抗日战争中号称从来没丢过一挺轻机枪。

天一亮，国民党军95师气势汹汹，以连为单位，军旗在前，军官护卫军旗，号手、鼓手在两侧，排着整齐的队伍唱着：

"风云起，山河动，黄埔建军声势雄，革命壮士矢精忠。

金戈铁马，百战沙场，安内攘外作先锋……"

这群不怕死的，三个团的九个营，三十个连级方队的国民党青年军，一边唱着歌，一边迈着整齐的步伐走向我军阵地。

这时，国民党军的炮火与我军的拦截炮火在互射。

包括赵云鹏、钟守田在内的所有人全部被国民党独立95师的阵势震撼到了。赵云鹏看了一眼身旁的钟守田和魏马列几个人，说道："现在摆在我们面前的是决定东北人民解放军生死存亡的一仗，必须坚决把敌人的猖狂势头打下去。师班子成员全部分到部队去，前面打光了后面补上。我牺牲了，你们把酒洒在我墓前；如果还能活着，我请你们喝酒！"

一发炮弹落入敌人方队中，哗啦哗啦至少倒下几十人。烟尘散去，国民党军开始自动补充，恢复队形。敌人进入一百米，我军轻重火力一起开火。敌人如同被割麦子一般成片地倒下，但是依旧维持着队列的相对完整。

接近五十米后，敌人在一阵迫击炮的掩护下，开始密集地射击冲锋，很快与第一道防线的部队展开了白刃战。虽然敌人装备了大量的自动武器，但在近战中我军使用的七九步枪和三八大盖发挥了相当大的作用。

独立95师指挥部内，瘦高个儿的师长朱致一佩戴好钢盔，手提司徒登冲锋枪，厉声喊道："民国二十六年郝梦龄殉国，民国二十九年张自忠殉国，民国三十六年张灵甫'剿匪戡乱'以身殉国，今天轮到我了！命令给团长、副团长、参谋长，分别带一个营，全师三个团呈波次不间断地冲击共军阵地，今天务必要突破塔山！团长战死阵地不克，全团连坐！师长战死阵地不克，全师连坐！"

朱致一清楚得很，现在不是保存实力的时候。独立95师虽然号称"赵子龙"师，但是与25师的"千里驹"师，新22师的"虎"师相比，人家的是上峰授过旗的，"赵子龙"师是自封的。

一团阵地上连续两道防线被突破，一团长方吉洲带领预备队三营投入战斗，恢复了二道防线，把敌人赶出了阵地。这时，赵云鹏下意识地看了一眼手表，上午九时五分二十一秒。

战斗才刚刚开始啊，赵云鹏知道今天会非常漫长，但没想到会过得如此之慢。此前独立师从围困长春到奔赴塔山前线，恰好碰到了自己的老领导董副政委，现在他分管统战工作，正在前线指导瓦解敌军工作。董副政委一把把他拽到身边，关心也是提醒地说道："塔山这道口子没上万条人命是填不满的，这一仗比过去任何一场阻击战都要艰巨，一定要有心理准备。作为政工干部不能在关键时刻意气用事，要始终保持冷静。战斗打得越残酷，政工干部就越要发扬定海神针的作用！"对这一提醒，赵云鹏点头表示牢记在心。

阵地上厮杀声一片，赵云鹏像钉子一样始终钉在阵地上，始终在给部队鼓劲，让所有官兵一刻也没有动摇过战之必胜的信心。钟守田的二团是中午填进去的。二团长黄钢上阵地的时候，赵云鹏让他把每个班排都留出五分之一的战斗骨干后备。黄钢一瞬间明白了政委的意思，眼圈发红道："谢谢政委了，给我们二团留个种，我们也好放心拼了！"

赵云鹏将二团和三团的战斗骨干集合在一起，与一团剩余不足一个营的人员进行整合。钟守田满意地拍了拍赵云鹏的肩膀，乐呵呵地说道："老赵，我一直都觉得你有人情味儿，到底是咱们老独立营出来的，顾家！"

赵云鹏推开钟守田的手，大声说道："这不是给独立师留种，这是最后关头投入战斗要起力挽狂澜作用的种子部队。"

钟守田听后，沉默了好一会儿，才悠悠说道："老赵，你真狠啊！"

赵云鹏的心也在流血。国民党的重型航弹雨点一般地落下，整个高家滩阵地陷入了一片火海，负责侧翼的三团也遭到了国民党军的猛攻。塔山村已经从地图上被抹掉了，以往作战还能看到残垣断壁，可这一次连剩个瓦砾都是奢侈。

阵地上大量敌我两军的尸体，被敌人的燃烧弹烧过之后，根本分不出谁是谁。那股弥漫在空气里的"香味"让赵云鹏此生之后几乎一直吃素，闻到肉的味道就恶心。

所有我军阵地都遭到了国民党军的全面不分重点的猛烈进攻。我军只能利用

第四十三章 漫长的一天

阵前短出击，尽量争取时间。二团十二个炊事班一百四十人，硬是没有一个人把一壶水和一个馒头送上阵地。敌人猛烈的炮火封锁住了通往主阵地的全部通道。

"和敌人拼了！"几乎每一个阵地都发出了这样的口号。突然，赵云鹏接到了上级电话，被问："高家滩右翼前沿阵地丢失了怎么不报告？"又被问："为什么不恢复阵地？"

面对上级首长严厉的质问，钟守田一下拔出手枪，大声喝道："单华英，老子毙了你！斩马谡的本事老子还有。"

"你给我站住！"赵云鹏严厉的声音让钟守田的脚仿佛生了根一般，扎在原地不动了。赵云鹏紧锁眉头，沉着冷静地说道："事情还没弄清楚，你急什么急？你主持大局，我去一趟三团。"

心急如焚的赵云鹏一出指挥所就摔了个跟头，他多年养成的泰山压顶岿然不动的心态崩塌了。往往战斗的成败在于谁能坚持到最后五分钟。

现在是下午三点钟，敌我双方都在死拼硬熬，如果右翼失守，主阵地将被敌人三面围攻，高家滩若失守他赵云鹏万死难辞啊！防御阵地如同链条一般，其中哪一个环节出了问题，就是一场雪崩。

"马德礼，通知师直警卫营跟我来！"赵云鹏下达了命令后，飞身上马疾驰而去。待命许久的师部警卫营立即急行军快跑跟上。

三团指挥所里单华英头裹着纱布、瞪着通红的眼睛，质问身旁的众人："我昏迷多长时间了？"

众人面面相觑。最后，作战参谋胆怯地回答道："一个多小时了。"

听到答案单华英大吼一声："一个多小时？多多少啊？现在阵地上的命是用分和秒在计算的。咱们的右翼还完整吗？"

几个营长无奈地回答道："前沿二道防线失守，敌人正在进攻第三道防线，我们现在正在组织兵力防御。"

单华英擦了一把鬓角流下的鲜血，迅速回道："报告师部了吗？"

几个营长摇了摇头，解释道："我们准备把阵地夺回来再报告。"

单华英眼前一黑，差点晕倒，用几乎是怒吼的声音大喊道："你们有几个脑袋？为什么丢失阵地不立即报告？这是要枪毙的！"

这时，赵云鹏大步流星地走进了指挥部，向单华英一挥手道："现在什么也不要说，战后再说。我把师部警卫营带来了，立即组织兵力反击，坚决夺回前沿阵地！"

赵云鹏从一旁拿起一支有刺刀的步枪，看了看前面硝烟弥漫的阵地，说道：

"单华英团长,现在由你指挥,夺回阵地,击溃敌人!"

　　塔山在血与火、钢铁与血肉中反复崩塌又重建,而营口港却一片宁静。面对廖耀湘发来的向他靠拢的电报,刘玉章挠了挠头,推到牛秦川面前说:"文武啊,你看看这个,怎么说?"

　　牛秦川看了短短几字的电报,心想:电报字数越少事情就越大啊!于是微微一笑,推还给了刘玉章道:"军座心中早有考量了吧?"

　　刘玉章点了点头:"锦州战局不明朗,东进的侯镜如兵团是拼了老命,廖耀湘却在彰武打鱼晒网。说好的东西夹击呢?范汉杰还能撑多久?侯镜如不突破塔山,他廖耀湘就坐山观虎斗?侯镜如突破塔山,他廖兵团上哪去捡便宜?廖耀湘能坐观,我们也一样,营口可攻可守更可退嘛!"

　　牛秦川犹豫了一下,问道:"廖耀湘的电报我们可以置之不理,但若是蒋总裁的呢?"

　　刘玉章叹了口气道:"那也只能是拖字诀,能拖就拖喽!"

　　实际上,身在营口布防的刘玉章与牛秦川已经看到了锦州之战的结果,只是没有人愿意面对,因为一旦锦州之战败北,那么廖耀湘兵团如果不快速向营口靠拢,必将死路一条。如果廖兵团这支东北最后的机动力量被歼灭,那么长春和沈阳的守军除了全军覆没,已别无他途了。

　　这是显而易见的结果,但是东北云集了这么多党国名将,其中更不乏抗日名将,为什么接连吃败仗?从战略总进攻打到重点进攻,再到现在的全面战略防御、重点防御,眼看东北已经没有希望了。如果将这些精锐部队撤到华北并加以整补,还是有可能挽回战局的。那么,为什么要在东北与占据绝对优势的共产党军队决一死战呢?对这些问题牛秦川无论如何也不理解。

　　对于南京方面诡异的操作,牛秦川甚至一度怀疑南京国防部是中共的国防部,只敢对着地图指点江山,他从内心里瞧不起这些纸上谈兵的败将。现在,牛秦川和刘玉章最怕的事情就是蒋总裁的电报,因为一进营口,刘玉章就下令牛秦川第一时间炸毁了电话和电报局,其目的不言而喻。这让牛秦川想起自己在南京听过的一句话:天不怕,地不怕,就怕蒋委员长来电话。

　　"牛怀恩!"牛秦川呼喊了一句,门口的警卫兵探头探脑地看了一眼,他这才意识到,牛怀恩已被他派去湖南寻找赵文久了,怎么去了这么长时间还没有回来?

第四十三章　漫长的一天

"打进锦州城，活捉范汉杰！"在一阵阵冲锋高呼的口号声中，锦州战役进入了城垣交战。国共两军投掷各种爆炸物，逐屋进行争夺，交战区域很快满地都是瓦砾和废墟。

塔山几乎所有阵地都在承受着国民党军的全面进攻。夜幕降临，独立95师败下阵去，剩下的人勉强编成一个营。不过，高喊殉国的朱致一却活得很好。

15日18时，锦州方向的枪炮声停止了！敌人在塔山的攻势也停止了！锦州首先解放了！

这是一个极大的好消息，但赵云鹏却高兴不起来，因为独立师的损失太大了。虽然东总立即给补充了一部分新兵，还把刚刚俘虏的国民党兵给了四千人，但这次战役流血太多、太残酷了，赵云鹏甚至觉得自己活下来都不应该，他内心感到前所未有的伤痛。

锦州失守后，廖兵团在黑山与我军十纵血战不果，又被我军东野主力抓住不放。久困长春的郑洞国也已经意识到自己的命运了。17日曾泽生第六十军阵前起义，新七军放下武器投降。

大楼外枪炮声不绝于耳，所有武器都在对空射击，仿佛在为国民党送葬一般。孤家寡人的郑洞国独自坐在电报大楼里，长长地叹了口气："党国啊！完了！"

营口的五十二军，此时此刻可谓瑟瑟发抖。西进兵团完蛋了，东野主力直扑沈阳，长春守军放下了武器。短短大半个月，共产党军队把东北的国民党军队犹如狂风扫落叶一般，清扫得干干净净。如果说有漏网之鱼，那就是五十二军的第2师与第25师了。

第四十四章 营口之殇

正所谓上兵伐谋，其次伐交，其次伐兵，其下攻城。

人民解放军在东北战场以摧枯拉朽的态势，彻底震撼了南京国民政府，这是一场真正意义上的大决战。

这时，赵云鹏接到命令，敌人的五十二军在营口准备海上逃跑，上级命令行军途中转化俘虏，各宣传分队随着大部队一同行动，坚决追击海上逃跑之敌。

南京中华民国政府主席官邸内灯火辉煌，披着皮草披肩的宋美龄缓步下楼，在一桌精细的菜肴面前踱步查看了一下，不悦地转身叮嘱身后的孔令伟道："怎么搞的？总裁这几天胃口不好，不是说做点清淡的吗？为什么不做西餐？撤掉，重做。另外，你上海那边准备得怎么样了？小先生（蒋经国）最近要有动作，避着点风头，都是一家人，面子还是要给一些的。"

孔令伟不情愿地嗯了一声。一道道的菜肴全部被端了下去。

宋美龄冷哼一声说道："北平的反腐已经乱成一团了。在我看来，反腐和亡国，两个皆不可取。"她环顾被外界称为"美龄宫"的官邸，目光中闪现着阵阵不舍。

一阵电话铃声响起。孔令伟接起电话，片刻后来到宋美龄身旁低声道："孔部长过来了。"

宋美龄疑惑道："他来干什么？难道是上海出了什么事情？"

体形较胖的孔祥熙气喘吁吁地走入大堂，看到宋美龄，急切地询问道："东北战场出大事了，锦州的范汉杰和西进兵团的廖耀湘都完蛋了。"

宋美龄风轻云淡道："那又如何？"

孔祥熙见宋美龄一副稳坐钓鱼台的模样，无比焦急道："东北的丢失对于党国来说就是一场灾难。今日丢失东北，明日就会是华北、平津乃至整个中国啊！"

宋美龄摆了摆手，用非常平和的语气说道："三十六计怎么说的，进山想好出山路。几年前达令和我就做好准备喽！山不转水转，今后怎么转谁能说得准呢？"

第四十四章 营口之殇

孔祥熙恍然大悟，无比震惊道："哎呀呀，你看我这脑袋，呵呵，真是愚钝啊！几年前你们就想好了退路，提前布局了，真是深谋远虑啊！"

本来是一个哭丧的话题，结果被所谓的"希望"和"出路"所取代，瞬间屋内充满了喜悦的气氛，仿佛东北打了一个大胜仗。

宋美龄听到外面有汽车响动，安抚孔祥熙道："一个东北而已，你今日来得巧，晚上咱们吃西餐。"

大堂二楼一个光头并且消瘦的身影站了片刻，转身离开，仿佛从来没有出现过一样。

江河不舍昼夜，人间不留白头，逝者如斯。

还没来得及打扫战场、掩埋烈士，独立师又迅速完成整编。大多数解放战士还穿着国民党的军装。按照赵云鹏的要求，要把国民党军装翻过来穿，以示与敌人的区别。这些刚刚放下武器的国民党俘虏中的一大半又重新拿起了武器，只不过这一次是为了他们自己的利益而战。

此时，身在营口的刘玉章与牛秦川、尹先甲等人，收到了两封截然相反的电报：第一封让他们向沈阳靠拢；第二封通告鞍山已经失守，命令五十二军由海上撤退，已经派了军舰和商船来接。

近十日，五十二军严密封锁了营口的一切消息。我军东野的主力消灭廖耀湘部后，都盯着长春和沈阳的敌人。等九纵和独立师向营口方向机动之时，五十二军已经完成了营口撤退的一切准备。

九纵也察觉到敌人要跑，于是立即命令所属25师向营口方向加速进攻前进。

刘玉章为了争取更多的撤退时间，命令牛秦川以一部主动出击，顽强抗击我追击部队。

独立师主力已经全部抵达了预定位置。赵云鹏经过俘虏营时被人高喊姓名："赵云鹏，赵云鹏！"

赵云鹏望着一名消瘦且狼狈不堪的国民党上等兵，他不记得自己认识此人，但对方却能喊出他的姓名，这可有点蹊跷。

赵云鹏将这个俘虏带回了指挥所。牛怀恩望着与牛秦川几乎一个模子刻出来的赵云鹏，心想眼前的政委竟是牛师座的双胞胎兄弟。或许这就是人们经常说的"命运"。

"我是牛怀恩，牛秦川的副官！"

赵云鹏皱了皱眉头，上下打量牛怀恩道："你这是怎么回事？"

牛怀恩苦笑："我是从湖南被一路贩卖过来的，都不知道被卖了几手，证件一早就丢了。"

湖南两个字对赵云鹏来说十分敏感，那里有他儿时的全部记忆：父亲的"家法"，小舅妈的童谣，生活虽然拮据，一家人却能团团圆圆。

"你去湖南干什么？"赵云鹏知道牛秦川的部队此刻正被困于营口，他一个陕西人派副官去湖南颇为蹊跷。

牛怀恩犹豫再三："长官，事关重大，我只能单独说给你听。"

赵云鹏摆了摆手，然后马德礼不满地呸了牛怀恩一口，转身离开。牛怀恩搓着双手道："师座让我去湖南查访一个叫赵文久的老师。"

赵云鹏听到父亲的名字，心中顿时一惊，同时一个曾经的念头让他顿时有些坐立不安。

牛怀恩忐忑道："老夫人驾鹤西游前留话说，我们师座当年是双胞胎中的一个，生父赵文久在湖南乡下教书。我寻到湖南乡下找人打听，发现赵文久已经病故了，但是邻居有老人记得他儿子叫赵云鹏，当年闹红后就没了音信。"

晴天霹雳是一种什么感觉？阵前认亲这种狗血戏码怎么会落到他赵云鹏身上？牛怀恩仗着胆子打量着面色复杂略显焦虑的赵云鹏。

赵云鹏在指挥所里面来回踱步，一时之间，他竟然也不知如何是好。与牛秦川相认？不好，他不认为牛秦川是那种为顾及兄弟情分而毅然起义的人。自己在这个世间唯一的血亲竟然在自己的对立面。抗日战争期间他们曾经联过手，东北战场却你来我往各不相让。

犹豫再三，赵云鹏觉得自己要释放牛怀恩，哪怕有一丝希望，他也不希望看到牛秦川喋血营口，也不愿兄弟相残。

"报告——抓住一名共军谍子。"警卫报告。牛秦川挥了挥手让按规矩办。

警卫犹豫了一下道："师座，他说他是你的副官牛怀恩。"

牛秦川端着咖啡杯的手猛地一抖，心想这个哈尿一走就快一年了，于是急忙道："把哈尿赶快带过来。"

过了一会儿，五花大绑、浑身破破烂烂的牛怀恩被推了进来。如同叫花子一般的牛怀恩一见牛秦川，立即跪倒在地上号哭道："师座，我太不容易了，我被当壮丁卖来卖去啊！"

看到牛怀恩这副惨样，坐着的牛秦川刚想起身，牛怀恩就扑上来抱住他的大腿道："师座，我想你啊。这党国不亡都没天理，这帮贪官到处搜刮民财，刮得

第四十四章　营口之殇

天高三尺、地薄三分。我被俘虏了，共军还给发路条和路费，没有共军我就再也见不到你了！"

牛秦川边让人拿几个馍来，边冷声道："我让你去干甚了？"

狼吞虎咽连吃了两个馍的牛怀恩，用脏兮兮的袖子擦了擦嘴巴，边吞着馍馍边说道："师座，这件事，我不知当讲不当讲。"

"快快道来啊，你都急死我了！"牛秦川跺着脚追问道。

"嗯，搞清楚了，搞清楚了！"

牛秦川反应十分灵敏地追问："搞清什么了？"

牛怀恩急忙从怀里掏出一份出生证明递给牛秦川："师座，你和那个赵云鹏都是赵文久的崽，同胞兄弟啊！"

果然不出牛秦川所料。牛怀恩接着表功道："我就是被赵云鹏的人抓住的，我把这事全撂了，赵云鹏也被震惊到了！"

牛秦川陷入了沉默，他不知道该如何面对。想当年，自己劝赵云鹏弃暗投明，转眼自己却要从海上狼狈逃走，而且这一去恐怕再无归来之期了。东北战场国民党兵败如山倒，共产党打的是政治仗，这个国民党学不会，也学不了啊！

他更怕伤到梅钰琳，如果被保密局或者党通局知道了自己有一个共产党老婆，梅钰琳和孩子会更危险啊！或许干脆不走了？联系赵云鹏阵前起义？条件是自己能够与妻儿团圆，但是25师这么多弟兄又怎么办？

一时间，牛秦川心乱如麻。

试图用烈酒麻痹自己的牛秦川，发现这玩意儿关键时刻根本不管用。他是一个有底线的人，不能为了自己的妻儿让全师乃至全军的官兵身处险境。与共产党军队打了这么久，每个人的手上多多少少都有血债，尤其是军官，能有多少人支持自己的想法？陕西的老底子几乎打光了，现在处于包围圈内的部队非常不稳定。

让赵云鹏感到意外的是，牛秦川在营口外围留了三十个排的防御点，每个防御点除配属重机枪和迫击炮外，还有一辆卡车用来快速撤退。

扫清这些防御点竟然用了半天时间，大部分敌人乘坐卡车逃之夭夭了。赵云鹏也意识到了，这是他与牛秦川真正的最后碰撞，大潮没来，国民党军跑不了，于是，他部署部队准备对太平山实施进攻。

换了便衣的赵高参站在牛秦川的身边，他犹豫了很久道："老弟，不会看不起大哥吧？"

牛秦川顿时一愣："你想干什么？"

赵高参惨叹一声："打不赢，加入又何妨？"

牛秦川面无表情，一拱手："人各有志，不留了！"身着便衣的赵高参很快消失在了夜幕中……

牛秦川知道这营口是守不了几天了。一旦天文大潮到来，他们就能从海上安全撤离。此时此刻，牛秦川心底还有一件最为惦念的事，他下了最后的决心，如果梅钰琳不肯跟自己走，就算绑也要把她绑走。牛秦川借着给梅钰琳送营养品的机会，试图说服梅钰琳跟自己走，两人再次不欢而散。

今晚，牛秦川喝了几杯酒，借着酒意他找到了梅钰琳。梅钰琳给他倒了一杯热水，静静地坐在窗边望着灯火通明的码头方向。

两人相视片刻，牛秦川来到梅钰琳身旁小心翼翼地坐下，仿佛是怕吓到了她肚子里的孩子。牛秦川叹了口气，声音沙哑地说道："为了孩子，你再考虑考虑吧。"

梅钰琳望着码头方向，她想起了临来前董副政委叮嘱她这是争取牛秦川起义的最好时机，一定不要像上次那样谈崩了就走，要耐心谈！接着，梅钰琳充满感情地说道："你都看到了，现在我有了身孕，这可是我们的亲骨肉，为了让即将出生的孩子有个爸爸，为了让我们的家有个丈夫，为了有一个父慈子孝、能享天伦之乐的家，为了我们能参加新中国的建设创造美好的生活，你放弃吧。现在起义是最好的时机，也是光荣的事情，时不我待啊！"说着，梅钰琳走到他身边，拉着他的手，又深情地说道："为了我和孩子，你下决心留下吧！"

"我不想逼你了，也希望你不要逼我了，你有你的选择，我也有我的选择。我现在只希望能够与你安静地多相处片刻。"牛秦川跪在地上，抱住坐在床边的梅钰琳失声哭道："这一分别，可能就是一辈子啊！你怎么这么狠心！跟我走吧，给孩子一个完整的家。"

梅钰琳昂着头，流着眼泪，哽咽了几次，伤心道："是我不想吗？只是不能。在你等的天文大潮来之前，多陪陪我吧。"

牛秦川握紧了拳头下决心道："钰琳，你别怪我！进来，把人绑了，注意夫人的肚子。"

几名国民党士兵冲进房间。一瞬间，梅钰琳掏出一枚手雷，一脸决绝地望着满脸震惊的牛秦川，面带泪痕冷声道："牛秦川，你不要逼我，不要逼我。我求求你了，我真的挺不住了。"

一瞬间，牛秦川知道了梅钰琳的最后决定。痛苦、迷茫、心中五味杂陈的牛

第四十四章 营口之殇

秦川失魂落魄地离开了51号小楼。

人生最大的痛苦莫过于离别，离别的极致就是活着却永别，这种"生离"对牛秦川来说比"死别"还痛苦，这完全是一种让人绝望却又无可奈何的感觉，如同拼尽全力去抓空气一样，一切都是徒劳。

同样，梅钰琳也觉得此刻生不如死，她理解牛秦川的抉择，牛秦川选择走和自己要坚定不移选择留一样，是一种信奉，一种信念，说到底是信仰的力量，这是任何力量也改变不了的力量。如果今天的"生离"痛于"死别"，那也在所不辞！

轰隆隆的炮声中，牛秦川望着二楼敞开的窗口，他多么希望那个身影能够出现。梅钰琳靠着窗口旁的墙壁，浑身颤抖得厉害，她还想再看那人的背影一眼，但是她不敢，已经被情感困扰得无法自拔的她怕多看一眼就会陷进去。

牛秦川站了许久，最终黯然离去。

营口市内的大白楼中，牛满仓满脸血迹和硝烟，叼着一根香烟走遍了所有阵地。整整一个营，几乎全部官兵都姓牛，这是牛秦川最后的老底子了。辎重营防御的太平山是营口的制高点，那里与西炮台遥相呼应互为犄角，目的就是守住辽河的出海口。

而大白楼则是整个营口防御的重心所在。牛秦川知道在周边防御的第五团和第六团在共产党军队的攻势下撑不了多久，不想被共产党军队打到太古码头，唯一的办法就是死守大白楼这座日本人修建的满铁办公大楼。

钟守田望着倒在大楼前的一片片黄棉衣一阵揪心的疼痛，看到这伙坚守大楼的国民党兵死硬死硬的，听说赵云鹏在太平山方向也遭遇了顽强抵抗，西炮台方向友军的攻击也不顺利。太平山、西炮台和大白楼已成为攻克营口、阻止敌人逃跑的绊脚石。

又一次进攻失败后，钟守田命人将重炮推进到五十米的距离，直接放平，轰击国民党守军的火力点。顿时，重型榴弹在敌方大楼内爆炸，楼内守军血肉横飞。

连续炮击之后，钟守田又组织了一个连的兵力进攻，一度攻入大白楼与守军进行肉搏，最终被击退。

大楼里到处都是残缺不全的尸体，在一楼大堂中连续进行了两次肉搏战，尸体已经堵住了大门，大楼外共产党军队正在准备迂回。

牛满仓步履踉跄地走在大楼内，他走遍了全部阵地，发现竟然只剩下他一个人了。看了看被震停的手表,牛满仓的泪水在满是尘土的脸上和成了泥,他耳边仿佛响起了师座的叮嘱:"打到最后一个人也要坚持最后一秒钟,你的死能让更多的弟兄活。如果实在坚守不下去,投降也不怪你。"

"一个营四百二十一个弟兄全部倒在了这里,我牛满仓有什么脸苟活?"悲伤不已的牛满仓,绝望之中想起了老家的红妹子,扯着嗓子带着哭腔喊唱道:"哥哥你走西口,小妹妹我实难留。提起哥哥你走西口,哎——小妹妹泪长流啊,泪长流!河曲保德州,十年九不收,男人走口外……"

牛满仓一边唱着,一边缓缓掏出腰间的左轮手枪。

"怎么了?大白楼里有鬼了?这是唱的什么歌?"钟守田在大楼外转悠着,听到楼里传出的歌声,好一阵惊奇,马上意识到可能还有几个残兵在楼上鬼哭狼嚎地挣扎。"啪——"一声枪响之后,大白楼又陷入一片寂静。

钟守田冲进大白楼。只见一具尸体垂着手坐在大堂的椅子上,太阳穴上有一个弹孔,手中还握着一把手枪。钟守田顿时感慨道:"是条汉子!可惜走错了路!"

大白楼方向枪声停止了。太平山方向赵云鹏苦战一天,围住了太平山上最后一个碉堡。

独立师对地控八方的太平山阵地展开三面进攻。敌25师守军将阵地设在了棱线后,让我军的直射炮火无法直接摧毁火力点,只有步兵冲上棱线才能看到对方,因而双方打得异常惨烈。

隆隆的炮火炸得泥土肆意飞扬,在冒着白烟、布满残肢断臂的阵地上,残存的辎重营国民党军官兵集中在核心地堡做最后的顽抗。

在滩头,为了带更多人离开,牛秦川下令拆毁重型武器,关键部件丢进海中,所有官兵只许站立,不许坐卧,如同沙丁鱼一样挤进登陆艇和商船。排着浩浩长队准备登船的官兵们,纷纷拆下枪栓揣进口袋,在登船的一瞬间将武器丢入大海。

25师的官兵们士气低落,太平山上的枪炮声骤然而止,许多人回头遥望太平山方向,心神恍惚。

站在码头物资箱上的牛秦川为了提振士气,深深吸了一口气,扯开嗓子,大声唱道:

"八百里秦川——"

"呦!哈!"

第四十四章 营口之殇

"千万里江山——"

"哈!"

全体排着队尚未登船的官兵,用枪托敲击着地面,一领一随,一步一敲,数千人呼应着:

"乡情唱不尽——"

"哈!"

"故事说不完——"

"哈!"

最后,牛秦川使出全部的力气,大吼一声:

"伙计们,抄起家伙来——"

五十二军的撤退是经过刘玉章与牛秦川精心策划的,可谓是组织得精、严、细、实,但是也出了问题,第2师的代理师长尹先甲不见了踪影。

赵云鹏望着兵败如山倒的国民党军,心中感慨万千。三年浴血奋战,人民军队越战越勇,越打越强,除了军事指挥员们的睿智和战略决策外,最大的倚靠就是政治工作形成的这条看似无形的"生命线",使我军战必胜、天下无敌!

船舷上披着大衣的牛秦川,叼着自己用烟叶卷成的简陋雪茄,一种逃出生天的庆幸让他心有余悸。望着入海口泾渭分明的海水,他微微一愣,心中浮现出进入地狱的幻觉,让他不禁打了一个寒战。

突然,副官跑到他跟前,焦急地指着"宣怀号"商船上的浓烟,大声喊道:"看呀,商船着火了,着火了!我们炮营还在底舱啊!"

被滚滚浓烟笼罩的"宣怀号"商船似乎发生了倾斜,甲板上的步兵慌乱跳水,底舱的炮兵和通讯营的国民党兵为了争夺出口大打出手,结果船体倾斜造成了踩踏,尸体堵死了舷梯的出口。

望着倾覆的"宣怀号"商船,牛秦川用手死死地抓着一旁的护栏,连被护栏上的铁齿割破流血不止也浑然不觉。这时,他大檐帽上的军徽掉落在甲板上,蹦跶了几下,又沿着船舷滚动着掉落海中。

太平山顶的赵云鹏突然感觉胸口一阵莫名发闷,他身子一晃,差点也摔倒,被一旁的警卫员及时搀扶住了。

营口之战终于结束了,街上一派战后残破的景象。格外引人注意的是,营口街上到处都有国民党军官带不走而被遗弃的小妾。

梅钰琳望着远方灯火通明的码头，她知道，她已等不到那个男人了。她神情麻木地独自走在辽河大堤上，与自己挚爱的男人"生离"，肚子里面的孩子怎么办？

赵云鹏与梅钰琳并肩而立。梅钰琳看了一眼赵云鹏，如果不是军装不同，她真以为牛秦川回来了，失望的她握紧了手雷。

站了许久的赵云鹏突然将梅钰琳藏在大衣里面的手雷夺了过来，用力丢向大海。赵云鹏一只手抓住梅钰琳的手，另一只手将试图自杀的她搂入怀中，低声而又温柔地说道："你怎么能干这种傻事呢？！"

梅钰琳缓缓抬头看了赵云鹏一眼，用力将他推开，怒喊道："你装什么好人，有你什么事？"

赵云鹏用力搂紧梅钰琳，喃喃自语道："不为了你自己，也要为了孩子，只要活着就有希望啊！"说着，赵云鹏从口袋里面掏出一张纸，把一份结婚申请塞进了梅钰琳的手中，深情地说道："给孩子一个完整的家吧！"

梅钰琳看了一眼那张纸，又看了一眼神情庄重的赵云鹏。她曾想过与赵云鹏在一起，但想起赵云鹏安葬白晓芳的情景就觉得这不可能，因为当时她就断言，这个男人的爱已经用完了！想到这，她一把将赵云鹏推开，绝情地说道："我们怎么能在一起呢？你安葬白晓芳那天我都看到了，你的爱已经用完了！"说着，梅钰琳的眼泪止不住地往下流。

赵云鹏走上前去，掏出手帕为梅钰琳轻轻地擦去眼泪，牵着她的左手，朝着辽河入海口的方向走去。这条充满了历史色彩的古老之河，在野草枯黄的寒冷季节，像蜕了皮的白花蛇一样瘦得不成样子，一派苍凉的景象。两人默默无语，只是牵着手一直往前走，走着走着，突然眼前出现了大海，海阔天空，一望无边，两人顿时眼前一亮，心境大开。这时，赵云鹏把梅钰琳拽过来，让她面对着自己，深情地说："我和牛秦川是孪生兄弟，你肚子里面的孩子也是我的血脉传承。"这句暖心的话一下子打动了梅钰琳，她低下了头，再也说不出话来。两人依偎在苍凉无比的辽河入海口，望着大海，想着隔海相望的地方还有个亲人，心中充满了惆怅。他在那头，我在这头，一湾浅浅的海水，联结着满满的剪不断的思愁。

部队从"白山黑水"一直打到了"天涯海角"。朝鲜战争爆发，部队进行大整编，赵云鹏调离了政委岗位，钟守田也成了主力师的师长。在部队开赴朝鲜的前一夜，赵云鹏和梅钰琳请钟守田吃饭，为他送行。

第四十四章　营口之殇

钟守田带着陆璐欣然来到赵云鹏家中，两家人亲如一家。席间赵云鹏提醒钟守田要警惕"联合国军"这个全新的对手。

钟守田却大大咧咧地表示："老蒋的美械咱们又不是没打过。"

陆璐却一脸担忧地向赵云鹏告状："他为了去朝鲜，把自己从师长降成了团长。我知道共产党人只讲奉献，我现在住的是师职干部的房子，他主动降职，我怎么办？我只能拖老带小地搬家啊！"

钟守田将碗里的酒一饮而尽，一展心中抑郁说道："他大爷的美帝国主义，好日子还没过上又搞事情，不打能行吗？我们不打，让我儿子去打？老子就要打他个天翻地覆，他老美就多一条命？老子就是要让儿子呼吸一口没有硝烟的空气，不再颠沛流离，长大了让他当个农民，土里刨食不丢人，自食其力。"

那一晚，赵云鹏醉了，钟守田也醉了……

半年后，钟守田牺牲在了三七线附近，由于条件有限，遗体未能运回。赵云鹏试图寻找陆璐母子却杳无音信，但他从未放弃。没想到的是，多年以后，赵云鹏会以另外一种方式与钟守田的后人相遇。

后　记

时光荏苒，岁月如梭。

2007年八一建军节前夕，两鬓花白的赵云鹏在一丝不苟地整理着军装，今天，他要参加一个重要活动。梅钰琳站在一旁细心地为他检查。一旁，悬挂着一张1955年授衔时候的照片，英武挺拔的赵云鹏佩戴着大校军衔。另一旁是儿子赵国成被授予少将军衔的照片，与其并列的是战斗机飞行员孙子赵云飞与战机歼-20的合影。曾孙女赵凝思身着学员制服的照片也被放在了最后。

年迈的梅钰琳看了一眼照片，责怪道："当年你是可以授少将的，偏偏和自己过不去，非要授大校。要是当年授了少将，现在房子能比老黄的大多了。"

赵云鹏心中一阵苦涩，自己当年迎娶梅钰琳就是为了保护她和她肚子里面的孩子，自己与牛秦川是双胞胎兄弟这个秘密他坚守到了如今。他清楚自己的行为等于是欺骗了组织，所以才强烈要求降授一级军衔当作自罚，这样他感到心里好受一些。

但是嘴上不服输的赵云鹏还是振振有词地说："比起那些牺牲的同志，我们还有什么不满足的呢？"

梅钰琳用心痛的眼神望着赵云鹏的背影："把轮椅带上吧，你不能站得太久。"

赵云鹏挺了挺腰杆，憋足了气说道："我不能坐着接他们回家！"

蔚蓝的天空，万里无云，似乎在为抗美援朝的英烈们护航。

一架运-20飞行在对流层拉出长长的尾迹，两架歼-20战斗机迎上去准备为它护航。

战斗机飞行员开始呼叫运输机："20041飞机，我是中国空军航空兵旅长李凌，报告你的任务性质。"

运输机飞行员铿锵有力道："我是中国空军运-20机长徐延君，奉命接迎志愿军烈士遗骸回国。"

李凌在座舱中敬礼道："欢迎志愿军忠烈回家。我旅歼-20飞机两架，奉命全程护航，向保家卫国的英雄致敬！"

后　记

　　机场，缓缓滑行的运输机穿越水门。赵云鹏激动不已地举起手敬礼，一旁的梅钰琳时刻关注着他飙升的血压。

　　情绪激动的赵云鹏用颤抖的手努力完成一个标准的军礼，口中喃喃自语道："回来了，回来了，老钟，这里面有你吗？对不起你啊，回家晚了！"

　　淅淅沥沥的雨水仿佛为这份迟来的归途平添了些许哀伤，祭奠着那些在保家卫国、抗美援朝战争中牺牲的英烈。时隔多年他们终于回来了。

　　整个省城万人空巷，雨中路边挤满了为欢迎英烈回国的人群，淡淡的哀伤弥漫在城市的上空。

　　青山环绕，绿水相依，苍松翠柏。

　　庄严肃穆的抗美援朝烈士陵园内，一阵阵枪声回荡在陵园上空，一排排烈士墓碑如擎天之柱，好似他们正在列队奔赴前行一般。

　　身着礼服的军乐队排列整齐，纪念碑前宽阔的广场上站满了各界人士，现场鸦雀无声。

　　礼兵方阵缓缓将装有烈士遗骸的骨灰箱摆放整齐，盖上国旗。鸣枪方队的八百名官兵列队完毕，钢枪如林。

　　军乐奏响的一瞬间，天空中的乌云缝隙展露出一缕金色的阳光，很快漫天的乌云散去，整个陵园沐浴在金色的阳光之中，一切仿佛冥冥之中自有天意。

　　赵云鹏抬头看了一眼天空，喃喃自语："连老天爷都知道你们要回家了，你们是英雄。"他意识到，这可能是他最后一次参加迎接志愿军忠烈遗骸归国的活动了，情非得已，英雄迟暮。

　　迎宾队伍最前方站着寻找到的志愿军忠烈直系家属代表。一名福建口音的中年男子捧着一个盖有红布的盘子。阵阵鸣枪声中，中年男子跪地掀开红布，泣不成声道："爷爷啊，这是山东的煎饼和大葱，我爸爸年纪大了来不了，我替他来接你回家啊！"

　　鸣枪声中，身处老兵方阵中的赵云鹏缓缓举起手臂敬礼，他记得上一次迎接志愿军忠烈遗骸回国老兵方阵人数还不少，这次似乎少了一半，那下一次……

　　或许，老兵永远不会死，他们是丰碑！每一个为祖国和人民牺牲的人，将永垂不朽！

　　祭奠仪式结束后，赵云鹏脱力地坐在纪念碑旁，从随身的拎包中掏出了99A主战坦克模型、歼-20模型、辽宁舰航母模型，逐一摆在下方道："现在什么都有了，守田你们放心吧！"

　　那个举着煎饼和大葱跪地哭泣的男子通过基因检测，确认了是钟守田的孙子钟继文。得知赵云鹏的身份后，他送来了一棵寓意吉祥的"小银杏树"。赵云鹏因此得知，陆璐因为思念成疾，1986年就去世了，当年她遵从了钟守田的话，带着孩子去务农，所以导致多年寻人不果。

解开了心结的赵云鹏想起，刚刚退休那会儿对于他来说无疑是一种煎熬，他经常组织院里退休的老同志吹号出操。随着时间长了，老伙计们一个接着一个走了，现在只剩赵云鹏一人。他戎马一生，最后的倔强是自己吹号，自己喊口令，自己出操。用他的话说，一个人也是队伍，只要政治领军，听党指挥，谁也打不垮这支队伍！

他曾经和儿子和孙子都争论过，他承认战术和武器会过时，但是政治工作永远不会过时！

收操完毕，邻居们纷纷开始遛狗和散步，大家自觉把六点到六点半这段时间留给老赵。走到家附近，赵云鹏发现自己小院门口出现了一个陌生的女孩，她跟在儿子赵国成和孙子赵云飞身后。女孩见到赵云鹏眼圈一红："曾大伯，这是我曾爷爷牛秦川的骨灰。这么多年过去了，他唯一的希望就是落叶归根！"梅钰琳瞬间身形一晃，被儿子扶住，她轻轻抚摸着牛秦川的骨灰盒，眼泪滴到光滑的盒面上。

落叶归根，牛秦川要落叶归根？他的根在哪里？赵云鹏想了许久，陕西不是，湖南也不是……

赵云鹏深深地呼了口气："你叫什么？"

女孩略微胆怯地说道："牛娜娜。"

赵云鹏上下打量了一下小姑娘，拉起牛娜娜的手："回家了，这里就是你的家，唯一的家！"

牛娜娜告诉赵云鹏，牛秦川在台湾过得并不舒服，他暴烈的性格决定了他的命运。牛秦川去台湾后就再没回过大陆，用他自己的话说是无脸见先人。他给梅钰琳和赵云鹏分别留了遗言，留给梅钰琳的信是一页白纸，留给赵云鹏的信则是叮嘱赵云鹏要将他的骨灰送往台儿庄安葬，那里见证了他人生辉煌的时刻，参加过台儿庄大捷战是牛秦川最值得炫耀的事情。

在台湾，每每提起台儿庄大捷，牛秦川的眼里就会闪现出炙热，他想和当年牺牲在台儿庄的弟兄们埋在一起，到了下面也好有个来往。

赵云鹏没去过台儿庄，他的身体情况不允许他出远门。于是他将这个重任交给儿子，让儿子陪同牛娜娜前往台儿庄，以完成牛秦川最后一个心愿。

……

后 记

　　东北解放战争的胜利虽然已过去了几十年，但许多人还在问：为什么共产党、人民军队在这黑土地决战中能打赢？这个答案，历史已经告诉了我们：

　　我军之所以能够无敌于天下，靠的是党指挥枪！筑牢这个军魂，靠的是政治工作这一我党我军一切工作的"生命线"！